HEYNE

DAS BUCH
»Sie werden versuchen, uns zu entern, und dann greifen wir nach allem, was als Waffe herhalten kann, und kämpfen um unser Leben.« Leitos setzte ein grimmiges Lächeln auf. »Wir lassen uns nicht einfach abschlachten, ohne uns zu wehren.«
Die Furchtlosigkeit des ersten Offiziers machte Telemachos Mut. Trotzdem verfluchte er Clemestes insgeheim für sein Zaudern und wunderte sich, dass der Kapitän nicht schon nach dem ersten Sichten des Schiffs die Flucht ergriffen hatte. Jetzt hing es von der Gnade der Elemente ab, ob sie den Piraten zum Opfer fielen. In der nächsten Stunde drängten sich die Matrosen achtern an der Reling und hielten mit gereckten Hälsen Ausschau nach dem sich rasch nähernden Seeräuberschiff. Clemestes stapfte auf dem Deck hin und her und schaute immer wieder hinauf zum Großsegel, das sich im steifen Ostwind straff spannte. Trotzdem wurde der Abstand zu den Piraten immer kleiner.
Clemestes wandte sich an den ersten Offizier. »Hol die Waffen raus, Leitos. Verteil sie an die Stärksten. Die anderen müssen sich mit dem behelfen, was da ist.«

Dass das Leben auf der Straße, ohne den Schutz einer Familie, gefährlich ist, weiß der junge Telemachos schon lange. Doch dass jeder Atemzug der letzte sein kann, erfährt er erst auf Hoher See, im Angesicht des Ozeans und der Piraten.

DER AUTOR
Simon Scarrow wurde in Nigeria geboren und wuchs in England auf. Nach seinem Studium arbeitete er viele Jahre als Dozent für Geschichte an der Universität von Norfolk, bevor er mit dem Schreiben begann. Mittlerweile zählt er zu den wichtigsten Autoren historischer Romane. Mit seiner großen Rom-Serie und der vierbändigen Napoleon-Saga feiert Scarrow internationale Bestsellererfolge.

Besuchen Sie Simon Scarrow im Internet unter
www.simonscarrow.co.uk

SIMON SCARROW
T. J. ANDREWS

PIRATEN

Aus dem Englischen von
Tamara Rapp

WILHELM HEYNE VERLAG
MÜNCHEN

Die Originalausgabe *Pirata* erschien erstmals 2019 bei
Headline Publishing Group, Hachette UK, London

Sollte diese Publikation Links auf Webseiten Dritter enthalten,
so übernehmen wir für deren Inhalte keine Haftung, da wir uns diese
nicht zu eigen machen, sondern lediglich auf deren Stand
zum Zeitpunkt der Erstveröffentlichung verweisen.

Penguin Random House Verlagsgruppe FSC® N001967

Deutsche Erstausgabe 07/2022
Copyright © 2019 by Simon Scarrow
Copyright © 2022 der deutschsprachigen Ausgabe
by Wilhelm Heyne Verlag, München,
in der Penguin Random House Verlagsgruppe GmbH,
Neumarkter Str. 28, 81673 München
Redaktion: Friedrich Mader
Printed in Germany
Umschlaggestaltung: Nele Schütz Design,
unter Verwendung von Motiven von
© Shutterstock.com (Luis Loro, Michael Rosskothen)
Gestaltung der Karte: © Tim Peters
Satz: Greiner & Reichel, Köln
Druck und Bindung: GGP Media GmbH, Pößneck
ISBN 978-3-453-47186-3

www.heyne.de

HANDELNDE FIGUREN

Telemachos: eine junge griechische Waise
Nereus: Telemachos' älterer Bruder, ein Sklave
Nestor: ein gefürchteter Piratenführer
Agrios: Kapitän des Piratenschiffs *Pegasos*
Caius Munnius Canis: Präfekt der Flotte von Ravenna

SELENE
Clemestes: Kapitän
Leitos: erster Offizier
Geras: ein Matrose
Syleus: ein Matrose
Dimithos: Steuermann

POSEIDONS DREIZACK
Bulla: Kapitän
Hector: erster Offizier
Castor: Quartiermeister
Skiron: Folterknecht
Longarus: Ausguck, eins der jüngsten Besatzungsmitglieder
Virbius: erfahrener Seemann
Bassus: thrakischer Kämpfer
Proculus: Schiffszimmermann und Aushilfsarzt
Lasthenes: syrischer Pirat
Calkas: Steuermann

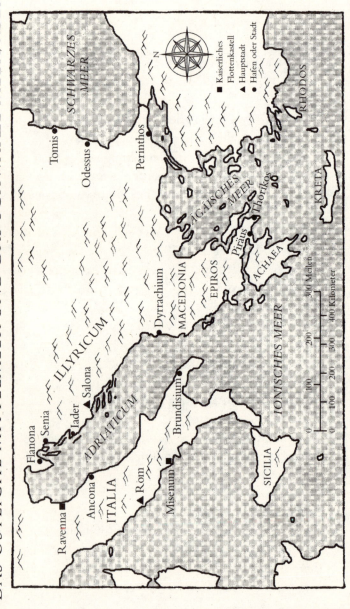

KAPITEL 1

Piräus, Anfang 25 A. D.

Eine scharfe Windbö ließ beißenden Regen auf den griechischen Kapitän niederprasseln, der auf der trüb beleuchteten Straße dahinstolperte. Es war ein ungemütlicher Vorfrühlingsabend, und die Hafengegend lag wie ausgestorben da. Clemestes hastete weiter und schielte immer wieder über die Schulter nach den drei bulligen Gestalten knapp hinter ihm. Der erfahrene Kapitän des Handelsschiffs *Selene* war gerade von einer erfolgreichen Fahrt nach Salamis mit einer Ladung Garum und Klippfisch zurückgekehrt. Obwohl er letztlich nur einen schmalen Gewinn erzielt hatte, der kaum die Kosten der Mannschaft und des Schiffs deckte, war es ihm besser ergangen als den meisten seiner Standesgenossen. Zwei Jahre mit schlechten Ernten und Piratenangriffen hatten das Handelsaufkommen hier im Hafen schrumpfen lassen, und die Kapitäne der Kauffahrer machten schwere Zeiten durch. Mehrere hatten sich gezwungenermaßen aus dem Geschäft zurückgezogen, und viele der Übrigen hatten sich bei den Händlern größere Summen ausleihen müssen, um ihre Verluste aufzufangen. Clemestes hatte beschlossen, den raren Anlass einer gelungenen Reise in einer örtlichen Taverne mit einem Schlauch Mulsum zu feiern. Als sich über den Hafen schon die Dämmerung stahl und das Licht verblasste, hatte er den »Lustigen Seemann« verlassen und sich auf den Weg zurück in die warme kleine Kabine auf seinem Schiff gemacht. Dabei waren ihm die Männer aufgefallen, die ihm folgten.

Der Regen rauschte unablässig auf die Dachschindeln der umgebenden Gebäude, als Clemestes durch die zwielichtigen Gassen des Speicherviertels stapfte. Normalerweise herrschte um diese Stunde bei den Lagerhallen großer Betrieb, wenn die Stauer die meist für Athen bestimmten Güter von frisch eingelaufenen Handelsschiffen ausluden. Doch jetzt hing eine unheimliche Stille über dem Stadtteil. Die Bedrohung durch Piratenbanden, die auf den großen Schifffahrtsstraßen ihr Unwesen trieben, hatte die örtlichen Kaufleute und Schiffseigner verunsichert, und sie scheuten das Risiko eines Transports ihrer Waren durch das Imperium. Unter dem Rückgang des Handelsverkehrs hatte Piräus schwer gelitten, und nichts deutete darauf hin, dass sich die Stadt bald von dieser wirtschaftlichen Flaute erholen würde.

Ohne sein Tempo zu verlangsamen, spähte Clemestes erneut über die Schulter. Die drei kräftig gebauten Männer in ihren braunen Tuniken blieben ihm auf den Fersen, ohne je zurückzufallen. Zuerst hatte er den Gedanken, dass sie ihn verfolgten, als Unsinn abgetan. Doch dann hatte er im Schein einer offenen Tür einen Blick auf ihre Gesichter erhascht und sie aus dem Trubel in der Taverne wiedererkannt. Sie hatten mit ihren Getränken an einem aufgebockten Tisch in einer dunklen Ecke gesessen und die anderen Gäste voller Neugier gemustert. Mit einer allzu starken Neugier, überlegte Clemestes jetzt angespannt. Er hegte keinen Zweifel mehr. Diese Männer waren Banditen. Sie hatten beobachtet, wie er die Taverne verließ, und wollten ihn ausrauben.

Er schluckte schwer, wandte sich wieder nach vorn und zog seinen Umhang eng um sich, als er den Schritt beschleunigte und sich verfluchte, weil er die Strauchdiebe nicht eher bemerkt hatte. Hätte er seine Verfolger gleich nach dem Verlassen der Taverne entdeckt, hätte er ohne Weiteres Zuflucht in einer anderen der vielen billigen Kaschemmen und Weinhäuser suchen können, die auf der Agora ihr florierendes Geschäft betrieben. Doch nein, er hatte sich so am Erfolg seiner Fahrt berauscht, dass ihm die Banditen erst auffielen, nachdem er vom Hauptplatz abgebogen und in die schummerigen, gewundenen Gassen des Speicherviertels vorgedrungen war. Jetzt konnte sich Clemestes nirgends mehr verstecken und abwarten, bis die Räuber die Verfolgung aufgaben. Weit und breit war keine Menschenseele zu sehen, die ihn vor dem drohenden Angriff hätte bewahren können.

Er zitterte unter seinem Umhang und schaute sich abermals um. Die Banditen waren jetzt zwanzig Schritt hinter ihm und bewegten sich flink trotz ihrer stämmigen Statur. Clemestes hingegen wurde von einem deutlichen Hinken behindert, die Nachwirkung einer Verletzung, die er während seiner Jahre als erster Offizier auf einem Schiff erlitten hatte. Mit wachsendem Grauen begriff er, dass ihn die Verfolger bald einholen würden.

Er verscheuchte den Nebel aus Trunkenheit in seinem Kopf und kam zu dem Schluss, dass seine einzige Chance darin bestand, sich einen Weg durch das Gewirr von Lagerhallen zu bahnen. Vielleicht konnte er den Banditen auf diese Weise entkommen und sich dann auf den Weg zur *Selene* machen. Er war in Piräus aufgewachsen und hatte als kleiner Junge häufig Botengänge für die Speicherinhaber erledigt, bevor er sich der Mannschaft eines kleinen Schiffskutters anschloss. Daher kannte er sich in den Gassen des Viertels so gut aus wie kaum ein anderer. Besser als die Räuber, die ihm im Nacken saßen, hoffte Clemestes. Mit ein wenig Glück konnte er sie abschütteln und dann unbehelligt auf sein Schiff und zu seinen Leuten zurückkehren.

Blitzschnell huschte er in eine Seitengasse und schlug mehrere Haken in Richtung des großen Emporions in der Nähe des Kais. Ein übler Gestank nach menschlichen Exkrementen hing in der Luft. Sein Herz schlug schneller, und er flehte zu den Göttern, ihn vor seinen Verfolgern zu beschützen. Er passierte einen kleinen, verlassenen Speicher, der auf schmerzliche Weise von den schweren Zeiten zeugte, die Piräus wegen der Piratenüberfälle durchmachte. Natürlich hatte es schon immer einige Seeräuber gegeben, die die Schiffsrouten belagerten und von Zeit zu Zeit arglose Kauffahrer aufbrachten. Doch in den letzten Jahren hatte sich die Situation verschärft, weil die Piraten, ermutigt von ihren ersten Erfolgen, immer kühnere Raubzüge durch das östliche Mittelmeer und darüber hinaus unternahmen. Inzwischen war es so schlimm, dass Clemestes beschlossen hatte, sich aus dem Geschäft zurückzuziehen, sobald er seine Schulden abbezahlt hatte. Er hatte vor, die *Selene* in ein oder zwei Jahren zu verkaufen und sich auf einer Insel in der Ägäis niederzulassen. Er wollte eine Einheimische heiraten, ein Stück Land kaufen, sich um Aussaat und

Ernte kümmern und an den Abenden im Wirtshaus mit den anderen alten Recken Seemannsgarn spinnen. Falls er so lange lebte.

Ihm sank der Mut, als er bemerkte, dass zwei der Verfolger ihm noch immer auf den Fersen waren und obendrein näher kamen. Er wandte sich wieder nach vorn und hinkte weiter. In der Ferne hörte er schallendes Gelächter und wusste, dass es nicht mehr weit bis zum Pier war. Auf dem Kai war immer etwas los, und sobald er dort ankam, mussten die Männer hinter ihm die Jagd aufgeben. Obwohl der Handel in Piräus in jüngster Zeit stark gelitten hatte, herrschte am Hafen auch zu dieser späten Stunde ein geschäftiges Treiben von Kaufleuten, Matrosen und Besuchern von Weinschenken. Clemestes hoffte, dass die Banditen in diesem belebten Stadtteil keinen Angriff wagen würden.

Der Kapitän schlüpfte nach rechts in eine enge Gasse zwischen zwei verfallenen Gebäuden und rutschte zweimal beinahe aus, weil er nicht in das Rinnsal aus Pisse und Scheiße tappen wollte, das in diesem Stadtteil frei durch die Straßen floss. In der Dunkelheit konnte er nur wenige Schritt weit sehen und musste sich vorsichtig einen Weg durch den stinkenden Abfall bahnen, der zu beiden Seiten auf die Gasse gekippt worden war. Ein kurzes Stück weiter vorn hing in einem Eisenhalter eine Öllampe, die den Eingang zu einem Speicher neben dem Emporion beleuchtete. In ihm stieg Erleichterung auf, denn nun hatte er den Kai fast erreicht. Als er weiterdrängte, stieß er mit dem Fuß gegen etwas Hartes, Knochiges. Er geriet ins Stolpern und gewann erst im letzten Moment sein Gleichgewicht zurück.

»Au, pass doch auf!«, zischte eine Stimme.

Clemestes hielt inne und warf einen Blick zurück. Mühsam konnte er im Schatten einen liegenden Jungen ausmachen, der sich eine fadenscheinige Decke um den dürren Leib gewickelt hatte. In der finsteren Gasse hatte er ihn nicht gesehen und war über seine ausgestreckten Beine gestrauchelt. Der junge Obdachlose starrte ihn böse an.

Das pochende Geräusch heraneilender Schritte riss den Kapitän aus seiner Versunkenheit, und er humpelte weiter. Bis zur Ecke waren es nur noch zwanzig Fuß, und einen kurzen Moment lang glaubte er schon, seinen Verfolgern entronnen zu sein. Dann bewegte sich im Schatten am Ende der Gasse etwas, und eine vierschrötige Gestalt hastete um die Ecke. Clemestes blieb wie angewurzelt stehen, als er den rasierten Schädel und das von Narben entstellte Gesicht erkannte. Der dritte Bandit. Eisige Angst stieg in ihm auf. Anscheinend war der Mann auf einer parallel verlaufenden Gasse vorausgerannt, um Clemestes den einzigen Weg zum Pier abzuschneiden, während seine zwei Spießgesellen gleichmäßigen Abstand zu ihrem Opfer hielten. Clemestes schlug das Herz bis zum Hals. Der Plan der Straßenräuber war aufgegangen. Er saß in der Falle.

Er fuhr herum und sah die zwei anderen Banditen am Eingang der Gasse auftauchen und entschlossen auf ihn zusteuern. Hektisch um sich blickend suchte er nach einer Fluchtmöglichkeit. Doch es gab keine. Clemestes lief ein kalter Schauer über den Rücken, als sich die drei Männer näherten. Er öffnete den Mund zu einem Hilfeschrei, aber einer der Räuber sprang blitzschnell vor und rammte ihm die Faust in den Magen. Die Hand an den Bauch gedrückt, krümmte sich der Kapitän ächzend, und die Luft rauschte ihm aus der Lunge. Derselbe Bandit holte mit dem Stiefel aus und streckte ihn mit einem derben Stoß nieder. Nun fielen die anderen zwei mit einem Wirbel von Faustschlägen und Tritten über ihn her, und durch seinen Kopf brandete ein heftiges Stechen. Schützend hob er die Arme, doch immer weiter prasselten die Hiebe auf ihn nieder. Eine Stiefelspitze bohrte sich in seine ungeschützte Seite. Es knackte laut, und in seiner Brust loderte scharfer Schmerz auf.

»Schnapp dir seine Börse!«

Zwei Räuber traten zurück, und die Schläge hörten auf. Stöhnend fasste sich Clemestes an die lädierte Brust. Er schmeckte Blut. Der Dritte, der eine gebrochene Nase und mehrere Zahnlücken hatte, ließ sich neben ihm auf ein Knie nieder, griff ihm unter den Umhang und packte die am Gürtel festgemachte Geldbörse. Er riss sie los und warf sie seinem Kumpan zu, einem gedrungenen, bärtigen Kerl mit kleinen, dunklen Augen. Dieser spähte in die Börse und runzelte die Stirn.

Dann starrte er Clemestes an, die Augen zu Schlitzen verengt. »Wo ist der Rest?«

Clemestes zuckte zusammen. »Ich weiß nicht, wovon du redest.«

»Blödsinn! Ich bin doch nicht von gestern, Alter. Wir haben von der Ladung gehört, mit der du angelegt hast. Ein Freund von uns behält alle Güter im Auge, die reinkommen. Er meint, dass du mit deinen Sachen einen anständigen Preis erzielt hast. Jedenfalls mehr als die paar mickrigen Münzen hier.« Der Bärtige tippte auf die halb leere Börse und deutete dann auf seinen Kumpan mit den fehlenden Zähnen. »Du sagst mir jetzt, wo du das übrige Geld hast, oder Cadmus hier schneidet dir deine verdammten Eier ab.«

Cadmus setzte ein bedrohliches Grinsen auf und zückte seinen Dolch.

Clemestes richtete den Blick wieder auf den Bärtigen und schüttelte hastig den Kopf. »Nein, bitte! Das ist alles, was ich habe!«

»Der Hund lügt«, fauchte Cadmus. »Das seh ich genau.«

»Es ist die Wahrheit, ich schwöre es«, beteuerte Clemestes.

Der Räuber musterte ihn kurz, dann wandte er sich an den Mann mit dem Dolch. »Schneid ihm ein Auge raus, Cadmus. Das löst ihm bestimmt die Zunge.«

Das schwache Licht blitzte auf der erhobenen Klinge, als Cadmus auf den Kapitän zutrat. Clemestes lag hilflos auf den regennassen Steinplatten, überwältigt von der Erkenntnis, dass er hier in dieser schäbigen Gasse sein Leben lassen würde und nicht etwa durch das Wüten eines schrecklichen Seeungeheuers oder eines heftigen Sturms, wie er es oft befürchtet hatte. Steif vor Angst beobachtete er, wie sich die Dolchspitze seinem Gesicht näherte, und richtete ein stilles Stoßgebet an die Götter.

Plötzlich erahnte er hinter dem Banditen eine Bewegung. Aus einem Türeingang stürzte sich ein dunkler, geschmeidiger Schemen auf den Bärtigen und rammte ihm die Schulter in den Rücken. Mit einem abgerissenen Ächzen krachte der Räuber nach vorn in einen Haufen Schutt und vermodertes Holz auf der Gassenseite.

Überrascht vom Schmerzensschrei seines Spießgesellen fuhr Cadmus herum und bemerkte die heranstürmende Gestalt. Clemestes erhaschte einen Blick auf das Gesicht des Angreifers und erkannte den jungen Obdachlosen, über dessen Beine er gestolpert war. Fassungslos beobachtete er, wie der magere Bursche über den gestürzten Räuber hinwegsetzte und auf Cadmus zuraste.

»Saukerl!« Cadmus stach mit dem Dolch nach der Kehle des jungen Mannes. Doch dieser war viel wendiger als der klobige Bandit und wich dem Stoß geistesgegenwärtig aus. Cadmus knurrte enttäuscht, als seine Klinge ins Leere fuhr. Brüllend schlitzte er wild durch die Luft und zwang den Jungen, sich mit einer ruckartigen Bewegung nach hinten in Sicherheit zu bringen. Cadmus sprang ihm nach und ließ die Klinge auf seinen Bauch niedersausen. In einer einzigen fließenden Bewegung parierte der Junge den Stoß mit dem Unterarm, huschte auf seinen Gegner zu und rammte ihm die Faust an den Kopf. Dumpf krachte Knochen auf Knochen, und der Schädel des Banditen zuckte nach hinten. Der Dolch entglitt seinem Griff und fiel klirrend zu Boden.

»Pass auf!«, schrie Clemestes.

Der Junge wirbelte herum und bemerkte, dass sich der Bärtige mit einem benommenen Kopfschütteln wieder aufgerichtet hatte und schwankend auf ihn losging. Der Junge hechtete nach vorn und riss den Dolch an sich, bevor er sich dem Banditen entgegenstellte. Als dieser zu einem fahrigen Schlag ausholte, ließ er sich blitzartig in die Hocke fallen und wich geschickt aus. Dann schnellte er auf den Fußballen hoch und stach mit der scharfen Dolchspitze nach seinem Gegner. Untermalt von einem überraschten Ächzen des Mannes, bohrte sich die Klinge tief in den Bauch des Räubers. Sein Mund erschlaffte, und er senkte taumelnd den Blick auf den Griff, der aus seinen Eingeweiden ragte. Von der Wunde breitete sich ein nass glänzender Fleck auf seiner Tunika aus.

Bevor der Bandit gekrümmt zusammensackte, riss ihm der Junge den Dolch heraus und wandte sich Cadmus zu, der sich wieder hochgerappelt hatte. Inzwischen war auch der Dritte herbeigestürzt und stellte sich neben seinen Kumpan. Wachsam beäugten die beiden den Straßenjungen.

»Na kommt schon!«, brüllte dieser. »Wer von euch Schweinen will als Nächster dran glauben?«

Die zwei Räuber zögerten. Ihre Blicke glitten von ihrem verwundeten Spießgesellen zu dem todbringenden Angreifer, der mit dem Dolch in der blutverschmierten Hand vor ihnen stand. In seinen Augen glitzerte ein gefährliches Licht, und seine schlanken Muskeln waren angespannt wie bei einem sprungbereiten Raubtier. Einen Moment lang herrschte atemlose Stille. Dann wurden Stimmen laut, die sich aus der Richtung des Kais näherten. Nach einem letzten bösen Blick auf den Jungen nickte Cadmus seinem Kumpan zu, und die beiden Banditen rannten durch die Gasse zurück in den Speicherbezirk, weg von dem Geräusch. Eine Woge der Erleichterung schwappte über Clemestes hinweg, als er beobachtete, wie sie verschwanden.

Der Junge steckte den Dolch in den Gürtel und eilte zu ihm. »Alles in Ordnung?«

Clemestes zwang sich zu einem Lächeln. »Mir geht's gleich wieder gut. Bin bloß ein bisschen angeschlagen. Ich dachte, die Kerle bringen mich um.«

»Ziemlich übler Haufen, stimmt. Aber die machen dir keine Schererein mehr.« Der Junge deutete mit dem Kinn auf den hingestreckten Banditen. »Der zumindest.«

»Wahrscheinlich nicht.« Clemestes schielte nach dem Sterbenden. Er wollte sich erheben, doch die Anstrengung war zu groß, und er sank zitternd vor Schmerz und Schock wieder zurück.

»Hier, lass dir helfen.« Der Junge hielt ihm die Hand hin.

Clemestes fasste danach und zog sich mit einer Grimasse hoch, bis er auf wackligen Beinen stand. Jede Faser seines Körpers schmerzte, und er bekam nur mühsam Luft. »Danke.« Schließlich fixierte er die ausgehungerte Gestalt. »Wie heißt du?«

»Telemachos. Und du?«

»Clemestes. Ich bin der Kapitän der *Selene*.« Er neigte den Kopf. »Ich stehe tief in deiner Schuld, Telemachos. Du hast mir das Leben gerettet.«

Telemachos zuckte die Achseln. »Ich war bloß zufällig in der Nähe, das ist alles. Das hätte doch jeder getan.«

»Daran habe ich ernste Zweifel.«

Der Kapitän verstummte kurz und betrachtete den Jungen. Er war in zerfledderte Lumpen gekleidet und schien nicht älter als sechzehn oder siebzehn. Über Kinn und Wangen zogen sich knotige weiße Narben. Eins der verlassenen Kinder von Piräus, dachte Clemestes. Allein und ohne Hoffnung. Der Nachwuchs eines Seemanns, der mit einer Einheimischen eine kurze Affäre genossen hatte. Nach der Geburt ausgesetzt und ganz auf sich gestellt. Im Hafen wimmelte es von ihnen. Und doch hatte Telemachos etwas an sich, das seine Neugier weckte. Dieses magere Kerlchen hatte drei abgebrühte Verbrecher besiegt. Clemestes spürte eine feurige Widerstandskraft in ihm.

»Wo willst du hin?«, fragte Telemachos. »Ich helfe dir.«

»Zu meinem Schiff«, krächzte der Kapitän. Er winkte in Richtung Hafen und zuckte zusammen. »Mist ... die haben mir eine ganz schöne Abreibung verpasst.«

Telemachos nickte. »Wir sollten lieber verschwinden, falls sie noch mal zurückkommen.«

Er schlang Clemestes den Arm um den Rücken, und die beiden setzten sich in Bewegung. Von hinten hallte ihnen das tiefe Stöhnen des Sterbenden nach.

KAPITEL 2

Der Regen schwächte sich zu einem Nieseln ab und hörte schließlich ganz auf. Durch eine Lücke in der dunklen Wolkendecke brach schwaches Mondlicht. Telemachos stützte den Kapitän auf dem Weg zum Hafen und konnte bereits die Masten und die Takelage von Dutzenden festgemachten Schiffen erkennen. Dieser Anblick war für den jungen Griechen ein vertrauter Teil des Hafenlebens, genauso wie die Gesänge und zotigen Witze der Matrosen, die für die Nacht auf ihre Schiffe zurückkehrten. Auf den Straßen zum Pier befanden sich nur noch wenige Männer, die miteinander stritten oder Würfel spielten. Auf einer Seite des Kais machten Wachen in Zweiertrupps vor den mächtigen, aus Holz gezimmerten Speichergebäuden ihre Runde. Der Hafen selbst blickte hinaus auf zwei Steinmolen. Weiter draußen krachten dunkle Wellen gegen die Dammmauer und zerplatzten zu weißer Gischt, die im fahlen Licht glitzerte.

Clemestes hielt vor einem großen Frachter am hinteren Ende des Kais. »Da ist sie«, verkündete er stolz. »Die *Selene*. Sicher nicht das schnellste Schiff, aber dafür sehr robust.«

Neugierig ließ Telemachos den Blick über den Kauffahrer wandern. Im Mondschein erkannte er einen stumpfen Bug und einen breiten Rumpf mit einem hochgezogenen Achtersteven, auf dem als Relief die griechische Göttin Selene mit ihrem Mondwagen abgebildet war. Am Heck hing ein großes Steuerruder, und vom Vordeck führte ein schmaler Landesteg hinunter zum Kai. Ohne Ladung lag die *Selene* hoch im Wasser. Sie war größer als die meisten anderen Schiffe im Hafen, und Telemachos fand, dass sie einen imposanten Anblick bot.

Clemestes nickte seinem Retter zu und lächelte verlegen. »Leider kann ich dir nicht viel zur Belohnung anbieten. Aber vielleicht möchtest du an Bord einen Happen essen und etwas trinken? Das ist das Mindeste, was ich tun kann.«

Schweigend ließ sich Telemachos den Vorschlag des Kapitäns durch den Kopf gehen. Er lebte schon lange auf der Straße und wusste aus Erfahrung, dass bei freundlichen Angeboten von Fremden äußerste Vorsicht geboten war. Andererseits lag seine letzte Mahlzeit bereits zwei Tage zurück, und er spürte ein schmerzhaftes Knurren in seinem Magen. Außerdem machte der Kapitän einen ziemlich harmlosen Eindruck.

Er nickte. »Danke.«

»Gut.« Clemestes rang sich ein gequältes Lächeln ab. »Hier lang.«

Telemachos half ihm über die Laufplanke hinauf zum Vordeck. Dort schlief eine Handvoll Männer, dick eingewickelt in Tücher oder unter Zeltplanen zum Schutz vor dem Schmuddelwetter. Beim Ersten blieb Clemestes stehen und stupste ihn unsanft an. Laut schnarchend wälzte sich der Matrose auf die andere Seite. Der Kapitän schüttelte ihn heftiger, bis der Mann sich mit undeutlichem Gebrabbel regte.

Schließlich sprang er auf, und in seine glasigen Augen trat ein Ausdruck von Bestürzung, als er die Prellungen in Clemestes' Gesicht bemerkte. »Heiliger Zeus!«, lallte er. Sein Atem roch nach billigem Wein. »Beim Hades, ist dir was zugestoßen?«

»Mir geht's gut, Syleus«, antwortete Clemestes. »Ehrlich. Bin in eine Schlägerei geraten, das ist alles. Aber ohne diesen Burschen hier hätte das Ganze viel schlimmer ausgehen können.« Er deutete mit dem Kopf auf Telemachos.

Syleus fixierte den zerlumpten Griechen mit hochgezogener Braue. »Tatsächlich?«

»Weck bitte meinen Kajütendiener«, sagte der Kapitän. »Ich gehe runter in mein Quartier.«

»Aye, Käpt'n.«

Telemachos beobachtete, wie Syleus sich einen Weg zu einer zusammengekauerten Schar unter einem Zelt im Bug des Schiffs bahnte. Er brüllte einen der Seeleute an und weckte ihn mit Tritten. Der Kajütendiener, der einige Jahre jünger war als Telemachos, sprang auf und hastete zur Heckluke, von der eine Treppe hinunter zum Kapitänsquartier führte. Dicht hinter ihm bewegten sich Telemachos und Clemestes langsam über die sonnengebleichten Planken. Clemestes stieg durch die Luke, und der Jüngere folgte ihm über die Treppe zu einer kleinen, schräg ins Heck eingelassenen Kajüte. Telemachos musste unter dem Türsturz den Kopf einziehen, als er das enge Gelass betrat. Auf dem kompakt um den Achtersteven gebauten Schreibtisch hatte der Diener gerade eine Öllampe angezündet, deren Schein die Kajüte kaum zu erhellen vermochte.

»Bring uns was zu essen und zu trinken aus dem Proviantraum, Nessos«, befahl Clemestes.

»Ja, Herr.«

Der Junge wandte sich ab und eilte hinaus. Telemachos spähte in das schummerige Licht. Auf einer Seite des Schreibtischs erkannte er eine schmale Pritsche und daneben auf dem Boden eine massive Geldkassette. In der Luft lag ein starker Geruch nach gebrauchten Tauen und Teer.

Clemestes ließ sich vorsichtig auf der Pritsche nieder und wies auf einen Hocker vor dem Schreibtisch. »Bitte nimm Platz.«

Telemachos folgte der Aufforderung und versuchte sein Unbehagen über das langsame Schaukeln des festgemachten Frachters zu verbergen.

»Zum ersten Mal auf einem Schiff?«, fragte Clemestes.

Telemachos nickte beklommen. »Gesehen hab ich schon viele. Hab mehr oder weniger mein ganzes Leben im Hafen verbracht. Aber ich hab noch nie einen Fuß auf eins gesetzt.«

»Du lebst auf der Straße, nehme ich an?«

»Ja.« Beschämt senkte Telemachos den Kopf. »Schon lange.«

»Was ist mit deinen Eltern?«

»Die sind tot«, antwortete der Junge tonlos.

»Aber du wirst doch irgendwelche Verwandten haben, die dich aufnehmen können? Eine Tante oder einen Onkel vielleicht? Oder einen Bruder? Da muss es doch jemanden geben.«

Achselzuckend wandte Telemachos den Blick ab. Kurz darauf kam der Kajütendiener mit einer Platte herein, auf der Käse, ein paar Schnitze getrocknetes Rindfleisch und Brot lagen. Dann stieg er noch einmal nach oben und kehrte mit zwei Keramikbechern und einem Krug kräftig riechendem Wein zurück. Telemachos leckte sich über die Lippen und beäugte gierig die Speisen. Nachdem Nessos verschwunden war, schenkte Clemestes mit Wasser verdünnten Wein ein und reichte seinem Gast einen Becher. Telemachos fing sofort an, sich Essen in den Mund zu schaufeln, und nahm nur zwischendurch schlürfend einen Schluck. Der Wein rann ihm übers Kinn, als er den Becher absetzte und die Zähne in einen Streifen Fleisch schlug.

Clemestes lächelte mitfühlend. »Es ist bestimmt schwer. Das Leben auf der Straße, meine ich.«

»Man kommt schon irgendwie klar«, erwiderte Telemachos kauend. »Meistens stöbere ich in der Nähe der Speicher herum. Die Kaufleute werfen immer Zeug weg. Oft ist es schimmelig, aber man gewöhnt sich an den Geschmack.« Er stopfte sich Käse in den Mund und rülpste. »Im Winter ist es am schlimmsten. Da ist es bloß noch kalt und nass.«

»Was ist mit deinen Eltern passiert?«

»Das geht nur mich was an.« Gereizt legte Telemachos ein Stück Rindfleisch beiseite und schaute den Kapitän an. »Warum fragst du überhaupt? Das betrifft dich doch gar nicht.«

»Stimmt. Aber du hast mich vor diesen Strolchen geschützt. Dazu braucht es Mut, und so was findet man heutzutage bloß noch selten. Ich würde gern mehr über den tapferen jungen Mann erfahren, der mir das Leben gerettet hat.«

Telemachos schüttelte den Kopf. »Ich bin kein Held.«

»Trotzdem. Die meisten Leute hätten keinen Finger gerührt, um mir zu helfen. Und wenn ich es mir überlege, fallen mir einige ein, die sich sogar abgewandt und das Weite gesucht hätten. Es macht mich einfach neugierig, warum ein unerschrockener Bursche wie du auf der Straße lebt.«

Eine Weile fixierte Telemachos schweigend das halb beendete Mahl. »Meine Mutter habe ich nie kennengelernt«, erklärte er schließlich leise. »Sie ist bei meiner Geburt gestorben.«

»Das tut mir leid.«

»Leid? Das ist doch nicht deine Schuld. Du hast sie nicht umgebracht.«

»Natürlich nicht. Trotzdem, es ist schwer, ohne Mutter aufzuwachsen.«

Telemachos zuckte bloß die Achseln. »Nach ihrem Tod musste mein Vater uns allein großziehen. Mich und meinen älteren Bruder Nereus. Wir hatten ein kleines Haus unten am Hafen in Munichia. Unser Vater hat auf den Schiffen gearbeitet. Er war Kapitän wie du.«

»Hier? In Piräus?«

Der Junge nickte. »Er hatte ein Handelsschiff. Eher klein. Nicht so groß wie das hier. Er hat sein Bestes versucht, aber es war immer schwer für uns, über die Runden zu kommen. Er konnte nicht mit Geld umgehen und hat es sofort ausgegeben, wenn er welches hatte. Meistens für Glücksspiel und Wein. Wenn er von einer Seereise zurückkehrte, hat er bloß kurz zu Hause vorbeigeschaut und ist dann sofort zum Saufen in die nächste Taverne gegangen. Manchmal blieb er wochenlang verschwunden. Eigentlich hab ich ihn kaum zu Gesicht bekommen. Wenn sich jemand um mich gekümmert hat, dann war das Nereus. Hat immer ein paar Münzen aus der Börse meines Vaters genommen, wenn der seinen Rausch ausgeschlafen hat, damit wir genug Geld für Essen und Kleider hatten, solange der Alte unterwegs war. Mein großer Bruder hat damals viel mehr für mich getan als mein Vater.« Er verstummte und stocherte in seinem Essen.

Clemestes betrachtete ihn schweigend.

Nach einer Weile legte Telemachos ein Stück Brot beiseite und blickte den Kapitän an. »Eines Tages sind wir runter zum Kai gegangen und wollten das Schiff meines Vaters beim Einlaufen beobachten wie immer, wenn seine Rückkehr angekündigt war. Wir warteten und warteten, doch sie kamen nicht. Allmählich wurde es dunkel, und wir machten uns Sorgen. Schließlich lief ein anderes Schiff ein, und ein Freund meines Vaters entdeckte uns unten am Pier. Er trat zu uns, und sobald ich seinen Gesichtsausdruck bemerkte, wusste ich, dass etwas nicht stimmte. Er erzählte uns, dass das Schiff meines Vaters vor Delos in einen Sturm geraten war. Der Wind hatte sie auf die Felsenküste zugetrieben, und das Schiff war zerschellt. Als ihnen endlich ein anderes zu Hilfe kam, waren nur noch wenige Matrosen am Leben, die an Holztrümmer geklammert im Wasser schwammen. Vater gehörte nicht zu ihnen. Er ist auf See geblieben.«

»Wie alt warst du damals?«

»Sechs.« Telemachos zählte im Kopf nach. »Das war vor zehn Jahren.« Traurig lächelte er den Kapitän an. »Ich kann mich kaum noch erinnern, wie mein Vater aussah.«

»Was wurde aus dir und deinem Bruder?«

»Vater hat einen Berg Schulden hinterlassen. Nach seinem Tod haben wir rausgefunden, dass er seine Spielsucht mit Darlehen finanziert hatte. Einem Geldverleiher am Hafen hat er eine große Summe geschuldet. Der Mann wollte sein Geld zurück, aber so einen Betrag konnten wir unmöglich aufbringen. Eines Tages ist er mit zwei Leibwächtern bei uns aufgekreuzt, um unsere wenigen Habseligkeiten zu beschlagnahmen und mich und Nereus in die Sklaverei zu verkaufen. Sie haben meinen Bruder gepackt, und mich hätten sie auch mitgenommen, wenn Nereus sich nicht so lang gewehrt hätte, dass ich fliehen konnte. Ich bin ihnen entwischt, aber ich konnte nirgends hin. Seitdem lebe ich auf der Straße.«

»War bestimmt schwer, auf einmal ohne deinen Bruder auszukommen.«

»Ich hatte keine andere Wahl. Wenn Nereus nicht so geistesgegenwärtig gewesen wäre, hätten sie uns beide in Ketten gelegt.«

»Und wo ist er jetzt?«, fragte Clemestes.

»In einer Schmiede drüben in Thorikos.« In Telemachos' Stimme brodelte der Zorn. »Das habe ich von einem Freund gehört, der in einer Werkstatt arbeitet. Sie kaufen ihr ganzes Werkzeug dort. Decimus Rufius Burrus heißt der Besitzer. Jedenfalls hat mein Freund die Schmiede besucht und Nereus erkannt. Burrus halst ihm alle gefährlichen Sachen auf: das Bedienen der Blasebälge und das Reinigen der Esse. Dieser verfluchte Römer behandelt seine Sklaven wie Dreck und lässt sie schuften bis zum Umfallen. Erst letzten Monat ist einer der anderen bei einem Unfall gestorben. Wenn mein Bruder sich da noch lange abschinden muss, wird es ihm genauso ergehen, fürchte ich.« Telemachos drückte die Augen zu, um seinen Zorn im Zaum zu halten. Als er sie wieder aufschlug, bemerkte er, dass ihn der Kapitän nachdenklich musterte.

Schließlich beugte sich Clemestes mit einem Räuspern vor. »Und wenn es eine Möglichkeit gäbe, deinen Bruder freizukaufen?«

Telemachos schnaubte ungläubig und schüttelte den Kopf. »So viel Geld kann ich nie auftreiben. Ich verdiene mir höchstens mal ein paar As, wenn ich Passagieren, die von Bord gehen, beim Tragen ihres Gepäcks helfe. Die Ausbeute ist eher bescheiden. Da müsste ich zehn Leben lang sparen, damit ich ihn loskaufen könnte.«

»Vielleicht.« Sinnierend strich sich Clemestes übers Kinn. »Oder vielleicht auch nicht.«

Telemachos runzelte die Stirn. »Was soll das heißen?«

»Einen wie dich könnte ich in meiner Mannschaft gut gebrauchen. Jemand, der seine fünf Sinne beisammenhat und sich nicht vor ehrlicher Arbeit scheut.«

Telemachos starrte den Kapitän entgeistert an. »Du bietest mir … eine Stelle an?«

Clemestes zuckte die Achseln. »Du brauchst Geld, und ich brauche eine Hilfskraft auf meinem Schiff.«

Telemachos machte keinen Hehl aus seiner Skepsis. »Ich hab doch nicht die geringste Ahnung vom Seefahrerleben.«

Der Kapitän winkte ab. »Du bist jung, du wirst den Bogen schnell raushaben. Einer von den Älteren kann dir alles zeigen. Und dümmer als einige von den jetzigen Matrosen kannst du dich gar nicht anstellen.«

»Was hätte ich denn zu tun?«

»Ich habe an eine Stelle als Schiffsjunge gedacht. Anfangs mit halbem Lohn. Zumindest bis du deinen Wert bewiesen hast. Zu deinen Pflichten würde gehören, dass du den Umgang mit Segeln und Tauwerk erlernst, dazu Wachdienst und Handlangertätigkeiten.« Der Kapitän fixierte ihn mit ruhigem Blick. »Ich möchte dich nicht anlügen. Die Arbeit auf einem Schiff ist nicht leicht. Sie kann unangenehm und gefährlich sein. Aber glaub mir, das Leben auf See ist etwas ganz Besonderes. Man lernt fremde Orte kennen und kann etwas aus seinem Leben machen.« Er lehnte sich zurück und zuckte erneut mit den Achseln. »Besser als das Leben auf der Straße ist es allemal.«

Telemachos kniff die Augen zusammen. »Trotzdem verstehe ich das nicht. Warum möchtest du mir helfen?«

»Du hast mir das Leben gerettet, da bin ich dir was schuldig. Und nach allem, was ich höre, hast du es nicht leicht gehabt bis jetzt.«

»Ich brauche deine Almosen nicht. Und dein Mitleid auch nicht.«

»Was ich dir anbiete, hat mit beidem nichts zu tun. Ich bin einfach der Meinung, dass du das Zeug zu einem ausgezeichneten Seemann hast. Du bist zäh und furchtlos. Vielleicht ein bisschen hitzköpfig, aber das ist bei deiner Geschichte kaum anders zu erwarten. Und wer weiß? Wenn du deinen Lohn sparst, kannst du eines Tages vielleicht sogar deinen Bruder aus dieser von allen Göttern verlassenen Schmiede freikaufen.«

Tief in Gedanken starrte Telemachos auf sein Essen. »Wann müsste ich anfangen?«

»Sofort. Du meldest dich morgen früh beim ersten Offizier. Sobald wir unsere nächste Fracht geladen haben und sich das Wetter beruhigt, stechen wir in See.« Der Blick des Kapitäns fiel auf die zerfledderten Sachen seines Gasts. »Wahrscheinlich wirst du auch was aus der Kleiderkammer brauchen. Das wird dir vom Lohn für deine erste Fahrt abgezogen. Aber ich kann dich ja nicht in Lumpen auf meinem Schiff arbeiten lassen.« Unvermittelt klatschte Clemestes in die Hände. »Also? Was meinst du?«

Telemachos überlegte. Vor einer Stunde hatte er vor Kälte und Nässe gezittert und davon geträumt, eines Tages einen Ausweg aus seiner Misere finden zu können. Jetzt saß er mit vollem Bauch im warmen Quartier des Kapitäns und hatte die Möglichkeit, eine Stelle mit anständigem Lohn anzutreten. Er konnte kaum fassen, dass sich sein Schicksal auf einmal so wenden sollte. Trotzdem zögerte er, das großzügige Angebot anzunehmen. Das Leben auf den Straßen von Piräus war elend, doch aus vielen Erzählungen im Hafen wusste er, dass die Arbeit auf Schiffen gefährlich war. Viele wurden vom Meer verschlungen, vor allem im Winterhalbjahr. Sollte er sich wirklich dieser Mannschaft anschließen mit dem Risiko, das gleiche Schicksal zu erleiden wie sein Vater? Dann fiel ihm wieder Nereus ein, der sich in der Schmiede zu Tode schuftete. Seine Entscheidung war gefallen.

Er schaute den Kapitän an. »Also gut, ich nehme an.«

»Freut mich.« Clemestes stand auf und lächelte seinen frischgebackenen Schiffsjungen an. Er ergriff seine Hand und schüttelte sie fest. »Willkommen in deinem neuen Leben auf der *Selene*, Telemachos.« Seine Augen funkelten. »Du wirst es nicht bereuen.«

KAPITEL 3

Am nächsten Morgen war der Himmel noch immer bedeckt, und eisiger Sprühregen ging auf den Hafen nieder, als die Mannschaft der *Selene* die letzten Vorbereitungen für die Fahrt traf. In emsiger Geschäftigkeit machten die Matrosen klar Schiff und öffneten die Ladeluke. Clemestes schickte seinen Kajütendiener zum Markt, damit er Vorräte an Zwieback, Wasser und Brot für die anstehende Reise kaufte. Im schwachen Schein der Sonne hinter dunklen Wolkenbänken erschien aus der Richtung der Lagerhallen eine lange Reihe Hafenarbeiter, die die großen, für den Frachtraum der *Selene* bestimmten Amphoren heranschleppten.

Nachdem er das Quartier des Kapitäns verlassen hatte, war Telemachos von einem Besatzungsmitglied hinauf zum Deck begleitet worden. Geras war ein muskulöser, großspuriger Matrose und hatte, obwohl er nicht viel älter war als Telemachos, ein von den Jahren auf See stark wettergegerbtes Gesicht. Er hatte den Jungen zu einem Platz auf dem überfüllten Achterdeck geführt, wo er sich hinlegen konnte, bevor er sich am nächsten Tag an seine Pflichten machte. Nachdem er aus unruhigem Schlaf erwacht war, bekam Telemachos eine verblichene Tunika aus der Kleiderkammer des Schiffs. Dann stellte ihn Geras dem ersten Offizier vor und eilte davon. Leitos war ein angegrauter Seemann mit grobem Haar, blauen

Augen, tiefen Krähenfüßen und einer gezackten Narbe quer über dem Hals. Mittschiffs stehend überwachte er die Männer, die die großen Tonkrüge über das Deck hinunter in den Laderaum trugen.

Den zerrauften Jungen bedachte er mit einem vernichtenden Blick und sprach ihn mit heiserer Stimme an. »Du hast also diese Räuber in die Flucht geschlagen. Wie alt bist du, Junge?«

»Sechzehn.«

Schnaubend runzelte der erste Offizier die zerfurchte Stirn. »Sechzehn, sagt er! Schaust aber nicht so aus. Ich habe schon Bengel übernommen, die mehr Muskeln drauf hatten als du. Das gibt's doch nicht, dass so eine dürre Bohnenstange wie du diese abgebrühten Kerle vertrieben hat, die den Kapitän überfallen haben.«

»Ich bin stärker, als ich aussehe«, antwortete Telemachos mit zusammengebissenen Zähnen.

Der erste Offizier stimmte ein herzhaftes Lachen an. »Das heißt nicht viel. Aber keine Sorge, Junge. Schlepp erst mal einen Monat lang Taue auf diesem Pott, dann legst du schon zu. Wie viel Seeerfahrung bringst du mit?«

»Keine.«

Leitos wirkte fassungslos. »Warst du nie auf einem Fischerboot?«

Telemachos schüttelte den Kopf und richtete den Blick auf seine nackten Füße. »Ich bin zum ersten Mal auf einem Schiff.«

»Götter der Unterwelt! Kannst du wenigstens schwimmen?«

»Nein«, antwortete Telemachos niedergeschlagen.

Die Geringschätzung im Gesicht des ersten Offiziers war fast mit Händen zu greifen. »Du kannst also nicht schwimmen und warst noch nie zur See. Und so jemand will in Piräus geboren und aufgewachsen sein! Gibt es auch was, das du *kannst*, Junge?«

Telemachos starrte ihn an. »Ich weiß, wie ich in einem Kampf klarkomme.«

»Das wird dir hier nicht viel weiterhelfen«, gluckste Leitos. »Die Einzigen, die du hier umbringen wirst, sind die Ratten unten im Lastraum. Da wimmelt es nur so von den Scheißviechern.«

»Ein paar Ratten machen mir nichts aus«, entgegnete Telemachos gereizt. »Ich bin auf der Straße groß geworden. Da braucht es schon mehr, damit ich Angst kriege.«

Der erste Offizier wölbte eine buschige Augenbraue. »Tapfer gesprochen. Aber wart erst mal ab, bis du auf See bist. Da gibt es so einiges, wovor man Angst haben kann. Piraten zum Beispiel oder Stürme. Sogar Seeungeheuer.«

»Seeungeheuer?«

»Richtig.« Leitos hob drohend den Finger. »Mit Härte kannst du dich vielleicht auf der Straße durchschlagen, aber die See ist was ganz anderes. Wenn sie den Rappel kriegt, kann sie ein echtes Aas sein, und man tut gut daran, ihr Respekt zu zollen. Das ist die erste Lektion, die jeder Matrose lernen muss. Kapiert?«

Telemachos nickte unsicher. »Ja.«

Die Miene des ersten Offiziers verdüsterte sich. »Das heißt *Aye*, Junge. Du bist keine Landratte mehr. Also, von einem Schiffsjungen wird erwartet, dass er überall mit anpackt, wo er gebraucht wird. Die Grundlagen lernst du von mir. Da kommt harte Arbeit auf dich zu, aber wenn du dich an deine Befehle hältst und deine Pflichten erfüllst, kannst du bald ein Reff ausschütten wie die Besten. Verstanden?«

»Ja ... ich meine, aye.«

»Schon besser.« Leitos wandte sich nach einem halb mit Wasser gefüllten Holzeimer um, dessen Fugen mit Pech abgedichtet waren, und streckte ihn Telemachos hin. »Hier, deine erste Aufgabe. Das Deck schrubben. Der Kapitän mag es makellos, bevor wir ablegen.«

»Schrubben?« Telemachos konnte seine Enttäuschung nicht verbergen.

Leitos fixierte den Jungen zornig. »Hast du was dagegen?«

»Nein.« Telemachos schluckte. Dann glitt sein Blick hinaus zum Hafen. »Wohin segeln wir eigentlich?«

»Nach Moesia. An der Westküste des Schwarzen Meers. Schon mal davon gehört?«

Telemachos schüttelte den Kopf.

Leitos lachte. »Dann mach dich mal auf was gefasst. Die Einheimischen dort sind Wilde. Dagegen sind die Germanen noch kultiviert. Wir legen in einem Ort namens Tomis an. Nördlich der thrakischen Küste. Verglichen mit diesem Drecklochist Piräus das reinste Paradies.«

»Warum fahren wir hin, wenn es so trostlos ist?«

»Mendischer Wein.« Der erste Offizier deutete auf die Amphoren, die an Bord gebracht wurden. »Ist bei denen der letzte Schrei. Die Einheimischen zahlen ein kleines Vermögen für das Zeug. Da müsste der Kapitän mit seinem Anteil einen satten Gewinn erzielen.«

»Wie lang brauchen wir bis dorthin?«

»Kommt drauf an. Als Faustregel gilt: Wenn es in die eine Richtung schnell geht, ist die Rückfahrt langsamer als ein einbeiniger Köter. Um diese Jahreszeit sind die Winde ungünstig, das heißt, wir müssen uns übers Schwarze Meer durchkämpfen. Aber auf dem Rückweg bläst der Wind normalerweise von achtern. Ungefähr einen Monat hin und zurück, würde ich schätzen. Vorausgesetzt, wir stoßen nicht auf Piraten.«

Telemachos musterte ihn erschrocken. »Ist das denn wahrscheinlich?«

Leitos zuckte die Achseln. »Das kann immer passieren, Junge. Vor allem da oben. Auf den Meeren im Osten wimmelt es nur so von den Scheißkerlen.« Er zeigte auf seinen Hals. »Was meinst du, wie ich zu dieser Narbe gekommen bin?«

»Das waren Piraten?«

»Damals habe ich auf einem anderen Schiff gearbeitet, der *Andromeda*. Ist schon ein paar Jahre her. Wir waren mit einer Ladung Reis und einigen Passagieren auf der Rückreise von Perinthos. Wir sind die thrakische Küste runtergesegelt, da sind plötzlich zwei Piratenschiffe aufgetaucht. Zuerst haben wir versucht, ihnen zu entkommen, aber sobald sie ein paar Pfeile auf uns abgeschossen hatten, bekam der Kapitän Angst. Der feige Hund hat sich einfach ergeben, obwohl einige von uns kämpfen wollten. Der Narr dachte, dass uns die Seeräuber schonen, wenn wir ihnen die Beute einfach überlassen.«

»Und?«

»Sie haben den Kapitän massakriert und jeden umgebracht, der sich gewehrt hat. Nachdem sie alles an sich gerafft hatten, was ihnen gefiel, hat ihr Kapitän die Passagiere und Matrosen zusammengetrieben. Er wollte keine Überlebenden, die die Piraten bei der römischen Marine anzeigen konnten. Dann begannen die Hinrichtungen. Die Schweine haben sämtliche Passagiere abgemurkst. Alte, Frauen, Kinder – alle haben sie niedergemetzelt.«

Telemachos erschauerte. »Wie hast du überlebt?«

»Ein kaiserliches Kriegsschiff mit Würdenträgern an Bord ist plötzlich aufgetaucht. Sobald die Piraten es bemerkt haben, haben sie die Beute auf ihr Schiff geschafft und sind geflohen.« Letus hielt einen Augenblick inne. »Nur vier haben den Überfall überlebt. Einem von ihnen wurden beide Augen ausgestochen. Armes Schwein. Glaub mir, Junge. Piraten sind Abschaum, schlicht und einfach. Denen möchte man lieber nicht begegnen. Und jetzt mach dich an die Arbeit. Wir haben noch viel zu tun, bevor wir in See stechen.«

Den Rest des Tages scheuerte Telemachos auf Händen und Knien mit einem groben Sandsteinklotz die Decksplanken. Als er damit fertig war, befahl ihm Leitos, das in den Schiffsrumpf eingedrungene Leckwasser aus der dunklen, rattenverseuchten Bilge zu leeren. Es war Knochenarbeit, und je länger der Tag dauerte, desto mehr bedrückte ihn die Aussicht, dass in den nächsten Monaten ähnlich zermürbende Pflichten auf ihn warteten. Doch dann fiel ihm wieder die verzweifelte Lage seines Bruders ein. Wenn er nicht genug Geld auftrieb, um ihn freizukaufen, musste sich Nereus den Rest seines Lebens unter seinem grausamen römischen Herrn in der Schmiede abschinden. Mit frischer Kraft machte er sich wieder ans Werk, entschlossen, alles Menschenmögliche für seinen Bruder zu tun.

Am späten Nachmittag klang der Regen ab, und eine leichte Brise wehte durch den Hafen, als die Sonne in der grauen Masse des Meeres versank. Im nachlassenden Licht verdoppelten die Seeleute ihre Anstrengungen, weil sie nach der Arbeit noch ein letztes Mal die Annehmlichkeiten von Piräus genießen durften. Nachdem alles erledigt war, machte sich Telemachos auf den Weg zur Ladeluke auf dem Achterdeck, um Proviant aus dem Lastraum nach vorn zum Bug zu bringen, wo die Matrosen ihr Abendessen zu sich nahmen. Er konnte sich nicht erinnern, in seinem Leben schon einmal so hart gearbeitet zu haben. Seine Muskeln waren ganz steif, an den Händen hatten sich brennende Blasen gebildet, und sein Bauch schmerzte vor Hunger. Eine Welle der Müdigkeit schwappte über ihn hinweg, und er sehnte sich nach ein paar Stunden Erholung und Schlaf.

Ein scharfer Geruch nach Teer und Fisch empfing ihn, als er hinab zum Laderaum stieg und auf die Proviantkammer zusteuerte. Unter Deck waren Hunderte von Amphoren in hohen Stapeln angeordnet, die Fugen dicht mit Sand zugepackt. Er bemerkte Syleus und einen anderen Matrosen, die kniend die letzten Amphoren aufschichteten. Syleus schlang einen Knoten in ein ausgefranstes Tau, während der zweite Mann die Krüge festhielt.

Schließlich stand er auf und wischte sich den Schweiß von der Stirn. »So, das muss reichen.«

Der andere schob die Lippen vor und betrachtete skeptisch das verschlissene, schlaff durchhängende Seil.

»Hat der Kapitän nicht befohlen, dass wir die Ladung mit mindestens drei Tauen sichern sollen? Damit es auch wirklich hält?«

Syleus winkte ab. »Das reicht für den Krempel, wenn du mich fragst. Was sollen wir hier noch lange rummurksen, wenn wir uns stattdessen einen ansaufen können? Das ist bestimmt für mehrere Tage unsere letzte Gelegenheit.«

»Und wenn der Kapitän rausfindet, dass wir es nicht so gemacht haben, wie er wollte?«

»Das findet er nicht raus. Der alte Ziegenbock geht doch nie zum Inspizieren in den Lastraum. Dazu ist er viel zu bequem. Glaub mir, das passt schon so.«

»Ich weiß nicht ...«

Syleus klopfte seinem Kameraden auf den Rücken. »Du machst dir zu viel Sorgen, Androcles. Das ist dein Problem.« Er grinste. »Jetzt komm schon. Ich hab Durst. Die erste Runde geht auf mich.«

In diesem Moment huschte eine Ratte über das Deck, und Telemachos fuhr erschrocken zusammen.

Die zwei Seeleute wirbelten herum, und Syleus kniff die Augen zusammen, als er den Schiffsjungen bemerkte. »Was gibt's da zu gaffen?«, fauchte er.

»Nichts«, antwortete Telemachos wachsam.

»Sehr richtig.« Syleus spuckte auf den Boden und trat auf den Jungen zu. Sein Atem stank nach Zwiebeln, und seine Augen glitzerten böse. »Hier gibt's nichts zu sehen. Hast du kapiert, Kleiner?«

Telemachos starrte den stämmigen Matrosen schweigend an. Die Narben an den Knöcheln des Mannes zeugten von den vielen Faustkämpfen, die er bestanden hatte. Es hatte keinen Sinn, ihn zu reizen. In der Enge des Lastraums und ohne das Überraschungsmoment hatte er kaum eine Chance gegen die beiden. Schließlich deutete er ein Nicken an.

Grinsend machte Syleus einen Schritt zurück. »Gut. Und jetzt verpiss dich.«

Telemachos trat beiseite, als sich Syleus und Androcles lachend und Witze reißend an ihm vorbei zur Treppe drängten, die hinauf zur Luke führte. Mit einem bleiernen Gefühl im Herzen schaute er ihnen nach, bis sie verschwunden waren. Syleus hatte offenbar sofort eine Abneigung gegen ihn gefasst. Es war nicht zu übersehen, dass der Mann eine grausame Ader hatte. Er war der Typ, dem es Spaß machte, vermeintlich Schwächere zu schikanieren. Ab jetzt musste Telemachos auf der Hut sein. Er seufzte schwer. Er war noch keinen Tag an Bord der *Selene* und hatte sich bereits einen der Männer zum Feind gemacht.

Am zweiten Morgen klarte es auf, und eine frische ablandige Brise fegte über das Meer. Sobald die letzten Vorräte verstaut waren, versammelte sich die Besatzung um den Kapitän, der auf dem kleinen Steinaltar am Vordeck ein Opfer darbrachte, damit Poseidon der *Selene* eine sichere Überfahrt gewährte. Dann gab Clemestes das Zeichen zum Ablegen, und die Mannschaft machte sich ans Werk. Zwei Matrosen zogen den Landesteg ein, während zwei andere die Halteleinen von den Vertäupfählen am Kai lösten. Leitos bellte Telemachos einen Befehl zu, und er eilte hinzu, um mehreren Kameraden mit einem Rundholz zu helfen. Es war erstaunlich schwer, und er ächzte unter der Last, als sie den Schiffsbug hinaus zum Hafenwasser ausrichteten. Sobald sie in sicherer Entfernung vom Pier waren, erteilte Clemestes den Befehl zum Ausfahren der Ruder. Auf seinen Ruf hin packten ein Dutzend der kräftigsten Männer die riesigen, an Deck gelagerten Riemen und steuerten die *Selene* behutsam auf die schmale Lücke zwischen den Molen zu.

Nachdem sie durch waren, wandte sich der Kapitän an die Mannschaft: »Ruder einziehen!« Er wölbte die Hände vor dem Mund, um sich durch den auflebenden Wind verständlich zu machen. »Großsegel hissen und reffen!«

Sofort verstauten die Seeleute die Ruder, und mehrere kletterten über die Takelage hinauf zur Rah. Leitos rief einen Befehl, und die Männer entrollten das Quersegel, bis das Tuch im Wind knatterte. An Deck holten die anderen die Schoten ein und verzurrten sie mit den Belegnägeln entlang der Reling. Dann laschten die Männer auf der Rah die erste Reffleine fest, bevor sie durch das Takelwerk wieder nach unten kletterten. Voller Bewunderung beobachtete Telemachos die Matrosen, die sich gewandt durch die Webeleinen bewegten, als der Bug der *Selene* mit stark gerefftem Hauptsegel durch das Wasser pflügte.

»Dimithos!«, rief Clemestes dem Steuermann zu, der hinter dem Mast stand. »Neuer Kurs! Vier Finger nach backbord!«

Der Nubier stemmte sich mit den Beinen auf dem Dach der Kajüte ein und drehte mit seinen kräftigen Unterarmen an der Ruderpinne, bis der Kauffahrer so hart am Wind segelte, wie es der Kapitän wagte. Mit schwirrendem Kopf hielt sich Telemachos achtern an der Reling fest. Um ihn herum brauste die See, und die *Selene* hob und senkte sich durch die Dünung. Kalter Schweiß lief ihm übers Gesicht, und plötzlich packte ihn eine Welle der Übelkeit. Um sich zu beruhigen, konzentrierte er sich auf den Horizont, aber schon wenig später lehnte er sich über die Seite und leerte seinen Mageninhalt in die schäumende weiße Gischt. Nachdem er die Reste des Erbrochenen ausgespuckt hatte, wischte er sich den Mund ab und klammerte sich wieder mit aller Kraft an der Reling fest.

»Schon seekrank?« Leitos fixierte ihn mit breitem Grinsen.

»Die Götter sollen mich strafen«, stöhnte Telemachos. »Mein Kopf …«

Der erste Offizier brüllte vor Lachen. »Das findest du schon schlimm? Wart nur ab, bis wir im Schwarzen Meer sind. Da kann es ziemlich heftig werden. Dann wirst du erst begreifen, was echte Seekrankheit ist.«

Telemachos drückte sich die Hand an den Bauch. Schon jetzt fürchtete er sich davor, mehrere Tage auf See verbringen zu müssen. »Es wird noch schlimmer?«

»Viel schlimmer!« Leitos klopfte ihm herzhaft auf die Schulter. »Zieh nicht so ein Gesicht. Bald hast du dich daran gewöhnt. Und da, wo wir hinwollen, ist raue See sowieso die geringste Sorge. Ich denke da an die vielen Piraten, die in der Nähe von Moesia ihr Unwesen treiben.«

»Wird uns die Marine nicht schützen?«

»Beim Hades, da besteht keine Hoffnung. Das Schwarze Meer ist der absolute Arsch der Welt im Imperium. Die Römer kümmern sich einen Scheißdreck um die Gegend. Das Problem müssen schon die Einheimischen übernehmen. Und die haben leider kein Geld und keine Flotte für eine wirksame Überwachung der See. Also können die Piraten nach Belieben schalten und walten. Die Götter mögen uns beistehen, wenn wir unterwegs auf welche von diesen Scheißkerlen stoßen.«

Als Telemachos gerade antworten wollte, schlingerte die *Selene*. Schlagartig wurde ihm erneut übel, und er musste sich heftig würgend über die Reling beugen. Nach einer Weile ebbte der Anfall wieder ab, und er schaute zurück zum Hafen. Salziger Wind peitschte ihm ins Gesicht und ließ seine Haare fliegen. Kurz vergaß er das mulmige Gefühl im Bauch und das Pochen in seinem Kopf, und durch seine Brust flackerte eine merkwürdige Mischung aus Angst und Aufregung. Zum ersten Mal in seinem Leben verließ er die Heimat. Auf einem Schiff voller Fremder, das in einen der entlegensten Winkel des Reichs segelte. Das war die Gelegenheit, in die Fußstapfen seines Vaters zu treten und ein Leben voller Abenteuer auf See zu beginnen. Eine Gelegenheit, die er einfach hatte ergreifen müssen. Ein letztes Mal suchte sein Blick den Hafen. Dann wandte er sich dem offenen Wasser zu, auf das die *Selene* zuhielt.

KAPITEL 4

Die ersten Tage an Bord verliefen nicht eben glücklich für Telemachos. Abgesehen von den endlosen Pflichten, die ihm Leitos übertrug, hatte der neue Schiffsjunge ständig mit seiner Seekrankheit zu kämpfen, die bei jedem Brechanfall zu Hänseleien vonseiten der älteren Matrosen führte. Jeden Tag schuftete er auf und unter Deck, leerte die stinkende Bilge, schrubbte die Böden und bereitete Mahlzeiten zu. Leitos überwachte ihn streng und prüfte persönlich nach, ob er seine Aufgaben auch wirklich erledigt hatte. Dabei fand der erste Offizier immer etwas auszusetzen und verschlimmerte mit seinen kritischen Bemerkungen noch das Leid des jungen Mannes. Bald wich die nervöse Aufregung seiner ersten Tage auf See einer tiefen Melancholie und Einsamkeit, und er bereute bitter, dass er das Angebot des Kapitäns angenommen hatte.

Jeden Tag meldete er sich nach der Arbeit bei Leitos, und dieser führte ihn in die Grundlagen der Seefahrt ein. Der Unterricht war eine willkommene Abwechslung zur endlosen Monotonie seiner Pflichten. Er lernte, wie man verschiedene Knoten schlang und wie man die Segel entrollte und reffte. Zudem übte er das Klettern in den Wanten und das Vermessen der Seetiefe in seichten Gewässern mit dem Senkblei. Leitos zeigte ihm, wie man das Schiff mit der Pinne lenkte und erklärte ihm die Funktionsweise der Segel und des laufenden Guts. Anfangs fiel es Telemachos schwer, sich zu konzentrieren, während es in seinem Magen weiter rumorte. Doch nach einigen Tagen klang die Seekrankheit allmählich ab, und als sein Selbstbewusstsein wuchs, zeigte er so große Bereitschaft, aus seinen Fehlern zu lernen, dass er damit selbst den mürrischen ersten Offizier beeindruckte.

Jeden Abend suchte die *Selene* Schutz in einer nahen Bucht. Sobald das Schiff vor Anker lag, ruderten die Männer mit dem kleinen Boot an Land. Am Strand wurde Feuer gemacht, und die Matrosen genossen eine gekochte Mahlzeit, bevor sie sich für die Nacht aufs Schiff zurückzogen. Wenn die letzten Sonnenstrahlen am Horizont glühten, schleppte Telemachos seine müden Knochen zu einem leeren Platz auf dem Achterdeck und legte sich unter dem sternenübersäten Himmel schlafen, während um ihn herum die anderen schon schnarchten. Noch nie in seinem Leben hatte er sich so erschöpft gefühlt. Und so allein. Nur Geras machte sich die Mühe, in diesen ersten, einsamen Tagen auf See mit ihm zu sprechen.

Auch jetzt schaute der Seemann herüber, als sich Telemachos nach seinem hartem Arbeitspensum mit zerschlagenen Muskeln auf ein notdürftiges Bett aus aufgewickelten Tauen fallen ließ.

»Schwerer Tag?«, fragte er.

Telemachos blickte auf und knurrte unbestimmt.

»Ist keine Schande, wenn du es zugibst«, fuhr Geras fort. »Manche Leute gewöhnen sich einfach nicht ans Meer, und wenn sie es noch so sehr versuchen. Dieses Leben ist nicht für jeden, weißt du.«

»Ich gebe nicht auf«, erwiderte Telemachos wütend. »Da sterbe ich lieber.«

Überrascht von der Heftigkeit des Jungen zog Geras die Braue hoch. »Wie bist du überhaupt darauf gekommen, dir einen Platz auf diesem Schiff zu suchen? Nimm's mir nicht übel, aber wie ein Seefahrer siehst du nicht unbedingt aus.«

»Mein Bruder Nereus. Er ist Sklave. Ich habe mir geschworen, dass ich ihn freikaufe. Dafür muss ich Geld sparen.«

»Und da hast du dir gedacht, du versuchst dein Glück auf einem Schiff?«

Telemachos zuckte die Achseln. »Was anderes ist mir nicht eingefallen.«

Geras blies die Backen auf. »Da wärst du besser in eine Gladiatorenschule gegangen. Oder zu einer Diebesbande. Selbst wenn du dich als Matrose behauptest, dauert es Jahre, bis du so viel Geld zusammenhast.«

»Irgendwas muss ich probieren. Ich will meinen Bruder da rausholen.«

»Versteh schon.« Geras gähnte. »Ich für mein Teil gebe meinen Lohn lieber für Huren und Wein aus. Und davon hat Moesia reichlich zu bieten. Die Einheimischen sind vielleicht verschlagen, aber die Frauen haben den einen oder anderen Kniff drauf. Tu dir lieber einen Gefallen und schau mal bei ihnen vorbei. Das muntert dich auf.«

Telemachos lächelte halbherzig. »Danke. Aber ich muss jede Sesterze sparen, die ich verdiene. Auch wenn es Jahre dauert, irgendwo muss ich anfangen.«

»Wie du meinst, Kumpel. Wirst sowieso ein anderes Lied singen, sobald du merkst, wie launisch die See ist.«

»Was soll das heißen?«

»Es lohnt sich nicht, zu weit nach vorn zu blicken, das ist alles. Nicht, wenn das Meer dich jederzeit holen kann. Ein Seemann hat es besser als eine Landratte, aber dafür ist die Arbeit auch gefährlicher. Jeder Kamerad hier kennt jemanden, der auf See geblieben ist. Wenn du mich fragst, vergiss deinen Bruder lieber und genieß die Zeit, solange du kannst.«

Telemachos schüttelte den Kopf. »Das kann ich nicht. Nereus ist mein einziger Verwandter, und ich verdanke ihm mein Leben.«

Am achten Tag passierte die *Selene* die schmale Straße zwischen Thrakien und Bithynien und gelangte ins Schwarze Meer, über dem sich im Osten ein dunkles Wolkenband zusammenballte. Obwohl er seinen Pflichten nachging, konnte Telemachos die wachsende Anspannung der Matrosen nicht entgehen. Sogar Clemestes wirkte besorgt. Der Kapitän stand auf dem Vordeck, den Horizont fest im Blick. Sie segelten an der Küste entlang nach Nordwesten Richtung Odessus und hielten Ausschau nach irgendwelchen Anzeichen von Piraten, die hier bekanntermaßen den Kauffahrern auflauerten.

Auch Leitos beobachtete gespannt den azurblauen östlichen Horizont.

»Sind wir in Gefahr?«, fragte ihn Telemachos.

Leitos zuckte die Achseln. »Nicht mehr als jedes andere Schiff. Das Meer hier in der Gegend ist tückisch. Die Piraten werden sich dicht an der Küste halten, genau wie wir.«

Telemachos versuchte, seine Unruhe zu überspielen. »Sollten wir dann nicht weiter draußen segeln?«

»Nicht in dieser rauen See. Zu gefährlich. Wir müssen nah beim Land bleiben, falls uns die Elemente Schereien machen. Das Wetter sieht im Moment nicht besonders günstig aus.«

»Wenn wir also zu weit weg von der Küste segeln, geraten wir in einen Sturm, und wenn wir nah dran bleiben, laufen wir Gefahr, auf Piraten zu stoßen?«

Leitos lächelte leise. »Du lernst dazu, Junge. Auf See kommt keine Langeweile auf.«

»So kann man es auch ausdrücken.«

Verunsichert spähte Telemachos erneut hinaus zum Meeresrand. Das Leben in den Elendsvierteln von Piräus war bestimmt kein Zuckerschlecken, doch die einzigen Bedrohungen waren Bettler, die sich um Essensreste stritten, und die unflätigen Beleidigungen wütender Einwohner. Hier dagegen lauerte die Gefahr überall.

Am späten Nachmittag wurde der Wind stärker und drehte schließlich wild hin und her. Die Stimmung der Matrosen verschlechterte sich, als eine brodelnde dunkle Wolkenbank auf das Schiff zujagte. Aus dem Augenwinkel bemerkte Telemachos, dass Leitos mit mahlenden Kiefern hinaus übers Wasser starrte.

»Was ist?«

Der erste Offizier kniff die Augen zusammen. »Sieht nach einem Sturm aus. Nach einem großen. Bewegt sich schnell. Wird bald hier sein.«

Telemachos folgte dem Blick des Seemanns. Der Horizont war hinter einem mehrere Meilen breiten dunkelgrauen Vorhang verschwunden, der auch die Sonne verhüllte. Clemestes stand auf dem Achterdeck und beobachtete mit angespannter Miene den rasch heranrasenden Sturm. Schließlich erteilte er den Befehl, das Schiff hinaus aufs Meer zu steuern.

Telemachos wandte sich wieder an Leitos und deutete zur Küste, die keine Meile entfernt war. »Warum segeln wir nicht aufs Land zu?«

Leitos schüttelte den Kopf. »Wir brauchen Abstand, damit uns der Wind nicht auf die Felsen drückt.« Er spuckte aus und starrte auf den heranrauschenden dunklen Dunst. »Das müssen wir wohl abwettern.«

Keine Stunde später brach der Sturm mit schrecklicher Wucht über sie herein. Wütend fegte der Wind über den Kauffahrer, gefolgt von einem eisigen Regenguss. Große Tropfen klatschten aufs Deck und durchweichten die Matrosen in ihren Tuniken bis auf die Haut. Das Schiff stampfte und rollte. Umtost von Brechern, hielten sich die Matrosen fest und schützten sich nach Kräften vor der eisigen Sturzflut. Auch Telemachos krallte sich verzweifelt an die seitliche Reling, und die Gischt schlug ihm wie mit Krallen ins Gesicht. Er hob den Blick und erkannte, dass der Wind das Schiff unerbittlich aufs Land zutrieb. Die Küste schien inzwischen bedrohlich nah, und obwohl er kaum mehr als eine Woche auf See verbracht hatte, war ihm die Gefahr sofort klar.

»Alle Mann!« Das Brüllen des Kapitäns drang nur schwach durch das Jammern des Windes in den Wanten. »Segel bergen! Anker werfen!«

Bellend gab Leitos den Befehl weiter. Mehrere Matrosen kletterten die Takelage hinauf und schoben sich mühsam durch den peitschenden Wind und Regen hinaus auf die Rah. Gleichzeitig eilte eine Handvoll Männer zum Bug, um das Focksegel einzuholen. Zusammen mit den übrigen nahm Telemachos seine Position zum Ankerwerfen ein. Genau in diesem Moment rollte die *Selene* zur Seite, und ein schriller Schrei zerriss die Luft. Ohne die Reling loszulassen, spähte Telemachos nach oben. Androcles war abgerutscht und klammerte sich mit beiden Armen an der Rah fest, die Beine baumelnd in der Luft. Schon schob sich der Seemann neben ihm Zoll für Zoll heran, doch dann ging erneut ein Ruck durch das Schiff. Androcles verlor den Halt und stürzte kreischend in die Tiefe. Kurz darauf versank er in den grauen Wogen, und seine Hilferufe brachen jäh ab. Mehrere Männer beobachteten die Stelle, wo er ins Wasser getaucht war, doch er blieb verschwunden.

»Telemachos!« Leitos deutete zur Takelage. »Hilf mit! Rauf mit dir, sofort!«

Beklommen spähte der Schiffsjunge hoch zur Rah. Die Vorstellung, unter derart gefährlichen Bedingungen durch die Wanten zu steigen, lähmte ihn. Dann erkannte er den Ernst der Lage und schob die Furcht beiseite. Er durfte seine Kameraden nicht im Stich lassen. Von allen Seiten kreischte der Wind und zerrte an seiner Tunika, als er die Webeleinen hinaufkletterte und hinaus auf die Rah glitt, jeden Blick nach unten meidend. Die anderen Matrosen verteilten sich auf der Spiere, und der am weitesten vom Mast entfernte Mann nahm den Platz von Androcles ein. Sobald sie in Position waren, rief Clemestes den Befehl, und alle machten sich daran, so schnell wie möglich die wild knatternden Segel einzurollen. Im unerbittlich niederprasselnden Regen zurrte Telemachos die Lederbänder fest, wie er es von Leitos gelernt hatte. Kurz darauf warfen die Männer auf dem Achterdeck den Heckanker ins Wasser und ließen das Tau ablaufen, bis die Flügel in den Meeresgrund bissen und sich die Bewegung des Schiffs allmählich beruhigte. Zusammen mit den anderen kletterte Telemachos nach unten und ließ sich keuchend auf das regennasse Deck fallen.

Leitos nickte ihm mürrisch zu. »Gute Arbeit, Junge. Wir machen doch noch einen Seemann aus dir.«

»Und was jetzt?«, rief Telemachos.

»Wir warten, bis sich der Sturm ausgetobt hat.«

»Wie lang wird das dauern?«

»Noch eine ganze Weile«, antwortete der erste Offizier. »Mehrere Stunden, schätze ich. Das Schlimmste steht uns noch bevor.«

Telemachos zog eine Grimasse – und dann war die Verschnaufpause schon wieder vorbei, denn Clemestes gab den Befehl zum Lenzen. Wild schaukelnd zerrte das Schiff am Ankertau, sodass die über Deck hastenden Männer sich nur mühsam auf den Beinen halten konnten. Dann schöpften sie abwechselnd das Wasser aus der voll gelaufenen Bilge, während die anderen das Schiff sicherten und eine Persenning über den Eingang zum Laderaum banden. Nachdem sie fertig waren, kauerten sie sich unter der Bugreling zusammen. Sie zitterten in ihren völlig durchnässten Tuniken, und einige murmelten Gebete an die Götter. Andere starrten zum Ufer, weil sie sich nach dem Schutz eines Hafens oder einer Bucht sehnten.

Auch nach Einbruch der Dunkelheit flaute der Sturm nicht ab. Die ganze Nacht hindurch peitschten Wind und Regen auf die *Selene* und ihre Besatzung nieder. Es gab keine Hoffnung auf Schlaf, denn die Matrosen mussten rund um die Uhr in Schichten Wasser aus der Bilge lenzen. Für Telemachos vergingen die Stunden nur langsam, und mit jedem Stampfen des Schiffs wuchs sein Grauen. Tauwerk und Spieren stöhnten unter der Last des Sturms. Die Nacht wollte einfach nicht enden, und jeder Augenblick wurde dem Jungen zur Qual, in seiner Furcht, das Schiff könnte kentern oder das Ankerkabel könnte reißen. Unaufhörlich malte er sich aus, wie die *Selene* mit ihrer Mannschaft an der Felsenküste Thrakiens zerschellte. Doch das Tau hielt.

Am nächsten Morgen ließ der Sturm endlich nach. Der Wind schwächte sich zu einer sanften Brise ab, und die ersten Strahlen glitten über den Horizont. Bald hörte der Regen auf, und die Sonne, die durch eine Wolkenlücke brach, tauchte die fernen Berge in glänzendes Gold. Von dem unerbittliche Toben der Nacht waren nur noch das leise Platschen der öligen Wellen am Schiffsrumpf und das Tropfen von der Takelage übrig geblieben. Frierend und müde rappelten sich die hungrigen Matrosen hoch, als Clemestes den Befehl zu einer gründlichen Untersuchung des Schiffs erteilte. Alle Spuren von Schäden wurden vom ersten Offizier auf einer Wachsplatte notiert, damit sofort nach der Landung in Tomis die Reparaturarbeiten beginnen konnten.

»Telemachos!«, rief Clemestes. »Hol Essen für die Männer rauf. Sie sollen nicht mit leerem Magen die Segel setzen. Nicht nach so einer Nacht.«

»Aye, Käpt'n!« Mit einem munteren Nicken eilte Telemachos zur Heckluke und löste die Befestigungstaue der

Persenning von den Klampen. Als er die Treppe hinunterstieg, fiel ihm im Frachtraum ein merkwürdiges Glitzern auf. Dann hatten sich seine Augen an die Dunkelheit gewöhnt, und er erstarrte.

Im Laderaum trieben verstreut in einem schwappenden Brei aus Sand und Wein Hunderte von Tonscherben. Dazwischen waren einzelne, ausgefranste Tausträhnen zu erkennen. Telemachos schaute sich genauer um und begriff voller Entsetzen, dass sich die meisten Amphoren losgerissen hatten und zerbrochen waren. Ihr kostbarer Inhalt hatte sich über das ganze Lastdeck verteilt. Nur einige Dutzend waren unbeschädigt.

»Beeil dich, Junge!«, knurrte Leitos, der die Treppe herunterstieg. »Was brauchst du denn so …« Beim Anblick der Verwüstung blieb er wie angewurzelt stehen. »Scheiße«, murmelte er mit panischer Miene und wandte sich ab. »Warte hier.«

Er hastete die Treppe hinauf und rief nach dem Kapitän. Kurz darauf kam er mit Clemestes zurück. Neugierig geworden, folgten ihm mehrere Besatzungsmitglieder rasch nach unten. Völlig benommen betrachtete Clemestes den Schaden an der wertvollen Fracht. Sein Gesicht zerfurchte sich zu einem Ausdruck aus bitterer Enttäuschung und Verzweiflung.

»Bei allen Göttern«, ächzte er. »Was ist da passiert?«

»Muss sich bei dem Sturm gelöst haben, Kapitän«, erwiderte Telemachos.

»Aber … wieso?« Leitos schüttelte den Kopf. »Diese Amphoren sollten sicherer festgezurrt werden als der Hintern einer Vestalin. Sie hätten sich niemals losreißen dürfen. Auch nicht in einem Sturm.«

Syleus stand unruhig in dem Gedränge von Matrosen. »Das liegt an den Tauen. Die müssen schon total verschlissen gewesen sein.«

Telemachos wollte schon widersprechen, doch als er Syleus' finsteren Blick auffing, überlegte er es sich schnell anders und ließ den Mund zu.

»Das spielt jetzt sowieso keine Rolle mehr. Die Ladung ist verloren.« Niedergeschlagen starrte Clemestes auf die zerschlagenen Amphoren. »Das ist mein Ruin. Für meine Hälfte der Fracht musste ich mir Geld beim Kaufmann leihen. Und jetzt ist alles dahin.«

Fünf Tage später glitt die *Selene* auf den kleinen Pier in Tomis zu. Nachdem die Matrosen die Scherben und den Schlamm aus Wein und Sand über Bord geworfen hatten, waren die wenigen unbeschädigten Amphoren auf Befehl des Kapitäns am Gebälk festgebunden worden. Unter den Männern herrschte missmutige Stimmung, als sie die Ruder einzogen und den Arbeitern am Ende des Kais die Enden der Festmachleinen zuwarfen. Normalerweise hätten sie der Ankunft in einem neuen Hafen voller Begeisterung entgegengesehen und sich darauf gefreut, ihren sauer verdienten Lohn für die zweifelhaften Vergnügungen im Ort auszugeben. Doch der Tod von Androcles und der Verlust fast der gesamten Fracht hatten ihnen schwer zugesetzt. Telemachos hatte kurz mit dem Gedanken gespielt, den Kapitän davon in Kenntnis zu setzen, dass Syleus den Wein nicht ausreichend gesichert hatte. Doch schon wenige Stunden nach der Entdeckung hatte ihn der Seemann beiseitegenommen und ihm gedroht, ihm die Kehle durchzuschneiden, wenn er auch nur ein einziges Wort darüber verlor, was er in Piräus beobachtet hatte. Da hielt der Schiffsjunge lieber den Mund.

Die Arbeiter zogen an den Leinen und vertäuten sie an den Dalben, bis der Kauffahrer der Länge nach am Pier lag. Auf ein Kommando von Leitos hin ließen zwei Matrosen an der Steuerbordseite des Schiffs das Fallreep zum Kai nieder. Sobald das Schiff sicher festgemacht hatte, erteilte Clemestes den meisten Leuten die Erlaubnis, an Land zu gehen und ihren Kummer in einer Hafentaverne im Wein zu ertränken. Auch Telemachos wäre gern mitgekommen, doch Clemestes befahl ihm, den Stauern beim Entladen der wenigen unversehrten Amphoren zu helfen.

Als über Tomis die Abenddämmerung hereinbrach, marschierte ein beleibter Herr mit mehreren Goldringen an den Fingern über den Landesteg und steuerte direkt auf das Achterdeck zu, wo Clemestes stand.

»Kapitän!« Der Mann keuchte vor Anstrengung nach dem Anstieg hinauf zum Schiff und musste erst einmal durchatmen. »Wo ist der Rest von meinem Wein?« Er winkte in Richtung der entladenen Amphoren. »Das ist doch höchstens ein Viertel der Ladung.«

Clemestes drehte sich um. »Ich grüße dich, Herakleidos.« Er räusperte sich und zog ein gequältes Gesicht. »Wir sind leider unterwegs auf Schwierigkeiten gestoßen.«

»Ach? Was denn für Schwierigkeiten?«, blaffte Herakleidos gereizt.

Clemestes holte tief Luft, bevor er zu einer Erklärung ausholte. Mit gesenktem Kopf schilderte er dem Kaufmann das Wüten des Sturms und den Schaden im Laderaum, den dieser angerichtet hatte.

Herakleidos hörte ihm mit versteinerter Miene zu. »Nun, Kapitän. Das ist allerdings ein bedauerlicher Schicksalsschlag.« Er setzte ein heuchlerisches Lächeln auf. »Falls deine Behauptung der Wahrheit entspricht.«

Clemestes runzelte die Stirn. »Was soll das heißen?«

»Du musst zugeben, dass das nach einer ziemlich faulen Ausrede klingt. Woher soll ich wissen, dass du den Rest der Ladung nicht einfach in einem anderen Hafen gelöscht und den Gewinn in die eigene Tasche gesteckt hast?«

Der Kapitän wirkte bestürzt. »Du zeihst mich der Lüge?«

»Du wärst nicht der erste Kapitän, der mich betrügt. Du wirst doch nicht ernsthaft glauben, dass ich dir diesen Unsinn mit den zerbrochenen Amphoren abnehme.«

»Es ist die Wahrheit, das schwöre ich bei allen Göttern! Du kannst alle meine Männer fragen, sie werden dir das Gleiche berichten.«

»Das bezweifle ich nicht«, antwortete der Kaufmann tonlos. »Wie dem auch sei, selbst wenn deine Worte wahr sind, du kannst nicht erwarten, dass ich für eine Schiffsladung zahle, die du nicht geliefert hast. Vereinbart waren zweihundert Amphoren bester mendischer Wein. Du verstehst gewiss, dass du mich damit in eine missliche Lage bringst.«

Der Kapitän kniff die Lippen zusammen, ohne etwas zu sagen.

»Zudem stellt sich die Frage, wie du deinen Anteil zurückzahlen willst«, fuhr Herakleidos fort.

»Zurückzahlen?« Clemestes runzelte die Stirn. »Was meinst du damit?«

Der Kaufmann nickte in Richtung der Amphoren. »Mehr als drei Viertel der Ladung ist verloren gegangen ... sofern man deinen Worten Glauben schenken kann. Das umfasst auch deinen halben Anteil. Diesen Anteil hast du mit dem Geld bezahlt, das ich dir geliehen habe. Zu einem äußerst großzügigen Zinssatz, wie ich hinzufügen darf. Und dieses Darlehen musst du zurückzahlen, unabhängig davon, was mit dem Wein geschehen sein mag.«

Die Falten auf der Stirn des Kapitäns wurden tiefer. »Und woher soll ich das Geld nehmen?«

»Das ist nicht mein Problem«, entgegnete der Kaufmann. »Aber wenn du deine Schulden bei mir nicht begleichen kannst, bleibt mir keine Wahl. Ich bin gezwungen, mich an den Magistrat zu wenden und ihn um die Beschlagnahmung deines Schiffs zu ersuchen.« Um seine Mundwinkel zuckte es. »Pullus ist ein guter Freund von mir. Er hat bestimmt Verständnis für meine Lage.«

»Das kannst du nicht machen!« Clemestes schüttelte zornig den Kopf. »Du kannst mir nicht mein Schiff wegnehmen! Sie ist alles, was ich habe. Bitte, es muss doch eine andere Möglichkeit geben.« Mit flehender Miene schaute er Herakleidos an.

Der Ausdruck des Kaufmanns verriet nicht das geringste Mitgefühl. Doch nun strich er sich mit leicht zusammengekniffenen Augen übers Kinn. »Vielleicht kannst du deine Schulden bei mir tatsächlich auf andere Weise begleichen.«

»Und wie?« In die Stimme des Kapitäns stahl sich Verzweiflung.

»Letzte Woche habe ich bei einer Tischgesellschaft Gerüchte aufgeschnappt. Einige Kaufleute haben sich über die neuesten Nachrichten aus dem Illyricum unterhalten. Sag mir, Kapitän. Warst du dort schon öfter unterwegs?«

»Ich habe ein paarmal in Salona angelegt. Das liegt eher am Anfang der illyrischen Küste. Aber in den letzten Jahren bin ich nicht mehr auf dieser Strecke gefahren. Ziemlich geizig, die Illyrer. Lassen kaum mit sich verhandeln und zahlen nie pünktlich. Warum fragst du?«

»Anscheinend gab es in der Gegend einen Aufstand. Ein besiegter Stammesführer der Desidaten ist aus der Verbannung zurückgekehrt und hat die Einheimischen aufgestachelt. Ein gewisser Bato.«

»Das habe ich auch gehört. Die Kapitäne in Piräus haben darüber geredet. Haben die Römer die Revolte nicht niedergeschlagen?«

Herakleidos nickte. »Tiberius hat eine Kolonne der Fünften Mazedonischen Legion entsandt, um die Ordnung wiederherzustellen. Sie haben die Rebellion niedergeschlagen, die Anführer getötet und die anderen in die Sklaverei verkauft. Doch der Aufstand war eine starke Belastung für die Kornvorräte. Die Lebensmittel sind knapp, und die Bevölkerung hungert.« Mit einem Funkeln in den Augen ergänzte er: »Mit einer Kornlieferung würde man zurzeit einen sehr hohen Preis erzielen. Damit könntest du deine Schulden begleichen, und für uns beide würde noch ein ordentlicher Gewinn abfallen.«

Argwöhnisch beäugte Clemestes den Kaufmann. »Wenn die Sache so lukrativ ist, warum schicken dann die anderen Kaufleute keine Güter nach Salona?«

»Das tun sie ja. Zumindest haben sie es versucht. Leider sind die meisten Lieferungen nicht durchgekommen. Anscheinend haben einige Seeräuber von dem zunehmenden Handelsverkehr gehört und ihre Tätigkeit ins Adriaticum verlegt.«

Clemestes nickte nachdenklich. »Leuchtet mir ein. Die sind immer auf der Suche nach neuen Strecken für ihre Plünderungen.«

»Richtig. Und seit sich die Gefahr durch die Piraten herumgesprochen hat, richten viele Schiffseigner keine Fahrten nach Salona mehr aus. Oder sie verlangen unverschämte Preise. Ich suche schon seit einer Weile nach jemandem, der meine Güter transportiert. Bis jetzt ohne Erfolg.« Er legte eine Pause ein. »Natürlich treibt diese Panik die Kornpreise noch weiter in die Höhe. Wer nach Salona durchkommt, darf sich auf ein Riesengeschäft freuen.«

»Verstehe«, erwiderte Clemestes knapp. »Meine Männer tragen das Risiko, und du streichst den Gewinn ein.«

»Wenn du es so ausdrücken möchtest, ja. Doch zugleich biete ich dir damit die Gelegenheit, deine Verluste auszugleichen, Kapitän. Und vielleicht bleibt sogar ein bescheidener Gewinn für dich übrig, nachdem du deine Schulden an mich zurückgezahlt hast.« Der Kaufmann zuckte die Achseln. »Nicht jeder meiner Standesgenossen wäre so großzügig.«

Clemestes ließ sich das Angebot durch den Kopf gehen. »Und wenn ich mich weigere?«

»Dann muss ich mich an den Magistrat wenden und anstelle einer Bezahlung die Beschlagnahmung deines Schiffs verlangen.«

Clemestes ließ die Schultern nach unten sacken. »Dann bleibt mir wohl keine andere Wahl.«

»Kapitän, das darfst du nicht!«, rief Telemachos und sprang auf.

Clemestes und der Kaufmann wandten sich gleichzeitig dem Schiffsjungen zu.

Dieser hatte der Unterhaltung mit wachsendem Unbehagen gelauscht. Ihm wollte nicht in den Kopf, dass der Kapitän auf diesen riskanten Vorschlag einging. Und jetzt konnte er sich einfach nicht mehr im Zaum halten. »Das ist viel zu gefährlich! Was ist, wenn uns die Piraten erwischen? Der Kaufmann soll sein Glück beim nächsten Schiff probieren, das er in die Finger kriegt. Lass dich nicht auf so eine Vereinbarung ein, Kapitän.«

»Schweig!« Clemestes starrte Telemachos kalt an. »Du bist Schiffsjunge und redest nur, wenn du gefragt wirst.«

»Aber, Kapitän ...«

»Das reicht!«, fauchte Clemestes. »Wenn mich deine Meinung interessiert, dann frage ich danach. Und jetzt mach dich wieder an die Arbeit und behalt deine verdammten Ansichten für dich.«

Der schroffe Ton des Kapitäns bestürzte Telemachos. Stumm wandte er sich zum Gehen. Aus dem Augenwinkel sah er, wie Clemestes sich gerade aufrichtete und dem Kaufmann entschlossen zunickte.

»Also gut, Herakleidos. Abgemacht. Sag deinen Leuten, sie sollen das Korn so schnell wie möglich einladen. Ich lege im Morgengrauen nach Salona ab.«

KAPITEL 5

Eine steife nördliche Brise blies über das Deck der *Selene*, als Telemachos nach steuerbord blickte. In der Ferne konnte er undeutlich die Konturen der illyrischen Küste mit ihren verstreuten kargen Inseln und Buchten ausmachen, die gelegentlich von zerklüfteten Bergen unterbrochen wurden. Tief am Himmel hingen graue Wolken, und er hörte das Rauschen der See an der Bordwand des Schiffs, das sich seinen Weg durchs östliche Adriaticum bahnte. Fast ein Monat war vergangen, seit der Kauffahrer mit seiner Ladung Korn im Frachtraum in Tomis abgelegt hatte, und die Reise war reibungslos verlaufen. Doch nach dem Passieren der hohen Klippen von Dyrrachium hatte sich der Himmel bezogen, und die Stimmung an Bord veränderte sich. Einige Matrosen starrten beklommen hinaus aufs Meer, als hätten sie Angst, sie könnten jederzeit von einem Piratenschiff überfallen werden. Selbst Leitos spähte mit besorgter Miene zum Horizont.

»Wie lang dauert es noch bis Salona?«, fragte ihn Telemachos.

»Bis übermorgen, schätze ich«, erwiderte der erste Offizier. »Wir kommen trotz unserer Ladung gut voran. Wir müssen bloß hoffen, dass der Wind hält. Und beten, dass keine Piraten auftauchen.«

»Ich sag euch was, Jungs. Ich kann es gar nicht mehr erwarten, dass wir endlich einlaufen.« Syleus rieb sich freudig die Hände und schaute in die Runde seiner Kameraden. »Nach der Landung gibt es Wein und Weiber im Überfluss.«

»Außer wir stoßen doch noch auf Scherereien«, bemerkte Leitos barsch.

»Keine Sorge.« Mit einer ausladenden Bewegung deutete Syleus zum Horizont. »Seht euch doch um. Kein Anzeichen von Gefahr. Die Gewässer hier sind leerer als das Herz eines Geldverleihers.«

»Im Moment. Aber die Saukerle treiben sich irgendwo da draußen rum. Kapitän Nestor und seine Horde versetzen die Gegend schon seit Jahren in Angst und Schrecken.«

»Nestor?« Telemachos runzelte die Stirn.

»Ein Piratenführer, der hier an der Küste sein Unwesen treibt«, erklärte Leitos. »War früher bei einer Räuberbande in Larisa. Dann hat er sein Geschäft aufs Meer verlegt, weil er dort mehr verdienen kann. Seine Männer sind die grausamsten Bestien diesseits von Piräus. Dieser Meute möchte man lieber nicht in die Hände fallen, das könnt ihr mir glauben.«

»Uns wird schon nichts passieren«, meinte Syleus wegwerfend. »Von Nestor hat man seit Monaten nichts mehr gehört. Keine Angst, in ein paar Tagen sind wir in Salona und feiern.«

»Lass uns beten, dass du recht hast. Sonst seien uns die Götter gnädig.«

Syleus schritt zurück übers Deck und machte sich lachend zusammen mit den meisten anderen Matrosen wieder an seine Pflichten. Trotz der handfesten Gefahren, die im Adriaticum lauerten, gingen sie ihren Aufgaben ganz unbekümmert nach. Telemachos beneidete sie insgeheim um die Leichtigkeit, mit der sie die Möglichkeit eines Piratenüberfalls als Hirngespinst abtaten. Nur Leitos und die erfahreneren Seeleute schienen seine Bedenken zu teilen.

Erneut wandte er sich an den ersten Offizier. »Was machen wir, wenn uns die Piraten entdecken?«

Leitos zuckte die Achseln. »Dann versuchen wir, ihnen zu entkommen. Allerdings haben wir schwer geladen. Selbst die Tölpel, die im Circus Maximus für das Blaue Gespann fahren, würden dieses Schiff in einem direkten Rennen schlagen, und jeder weiß, dass bloß die unfähigsten Wagenlenker für die Blauen antreten.«

»Dann hoffen wir mal, dass es nicht so weit kommt.«

Mit einem mulmigen Gefühl in der Magengrube schaute Telemachos wieder hinaus auf die Dünung. Obwohl das Schiff hohe Wellen erklettern und wieder hinabfahren musste, pflügte sich der Bug schnell durchs Wasser. Im Osten verblasste allmählich die Küstenlinie, während sie weiter nach Norden steuerten, bis die Berge schließlich ganz verschwanden und er nur noch das endlose Band des Horizonts wahrnahm.

»Achtung!«, brüllte Geras vom Masttopp herab. »Segel voraus, Käpt'n!«

Hastig trat Clemestes aus seiner Kajüte und reckte den Hals nach oben. Geras klammerte sich mit einem Arm am Mastbaum fest und streckte den anderen vor. Der Kapitän spähte in die Richtung, in die der Ausguck deutete. Auch Telemachos hielt Ausschau nach einem Segel. Er konnte nichts anderes erkennen als die wogende See und eine sich verdichtende Masse von Wolken.

Clemestes wölbte die Hände vor den Mund und rief hinauf: »Wie viele Schiffe?«

»Eins, Kapitän. Zwei Meilen weg.«

»Kurs?«

Nach einer kurzen Pause meldete Geras: »Direkt auf uns zu. Kommen anscheinend von der Küste.«

»Piraten?«, fragte Telemachos.

Clemestes runzelte die Stirn. »Vielleicht. Könnte auch bloß ein anderer Kauffahrer sein.«

Leitos zog eine Braue nach oben. »Hier draußen? In den letzten Tagen haben wir kaum ein anderes Schiff erspäht. Die meisten machen einen Bogen um diese Strecke, so wie es dieser Kaufmann erzählt hat. Das sind bestimmt Piraten. Die haben sich wahrscheinlich in einem Meeresarm versteckt und auf Beute gelauert. Wir sollten sofort abdrehen.«

Clemestes schürzte die Lippen, die Unentschlossenheit stand ihm ins Gesicht geschrieben. »Nein«, sagte er schließlich. »Solange wir es nicht mit Sicherheit feststellen können, bleiben wir auf Kurs. Je eher wir den Hafen erreichen, desto besser. Vor allem bei dem Wetter, das sich da zusammenballt. Wir dürfen auf keinen Fall wieder in einen Sturm geraten.«

»Wenn es ein Handelsschiff ist, warum hält es dann direkt auf uns zu? Wir wissen doch, dass sich hier Piraten rumtreiben, Kapitän. Wir sollten lieber das Weite suchen, solange wir noch können.«

Clemestes beugte sich vor und funkelte den ersten Offizier böse an. »Das ist *mein* Schiff! Ich bin der Kapitän. Und ich werde den Kurs nicht ändern, wenn ich keinen guten Grund dafür habe. Kapiert?«

»Aye, Käpt'n«, erwiderte Leitos mit zusammengebissenen Zähnen.

»Gut.« Clemestes richtete sich wieder auf und rief zum Ausguck hinauf. »Behalt sie im Auge, Geras. Sobald dir irgendwas Neues auffällt, meldest du es.«

»Aye, Käpt'n.«

Clemestes wandte sich ab und spähte mit nervös zuckenden Gesichtsmuskeln hinaus über die unruhige See. An die seitliche Reling gelehnt, suchte Telemachos seinerseits nach Zeichen eines sich nähernden Schiffs. Er konnte nichts entdecken. Erst nach einer Stunde erahnte er die Umrisse eines winzigen Segels am Horizont, als die *Selene* schaukelnd einen Wellenkamm erklomm. Dann stürzte sie wieder hinab, und das kaum wahrnehmbare Dreieck verschwand wieder.

Unmittelbar darauf meldete Geras vom Ausguck: »Ich sehe jetzt den Rumpf, Käpt'n! Sie ist kleiner als wir. Am Mast weht eine Fahne.«

»Welche Farbe?«, rief Clemestes nach oben.

Geras antwortete erst nach einer kurzen Pause, und niemandem an Deck konnte die Anspannung in seiner Stimme entgehen. »Schwarz, Käpt'n.«

»Schwarz?«, wiederholte Clemestes erschrocken. Aus seinem Gesicht wich jede Farbe. »Scheiße.«

»Piraten.« Wütend drosch Leitos auf die Reling ein. »Ich wusste es, verdammt!«

Clemestes wandte sich unwillkürlich von seinen Männern ab, um seine Reaktion zu verbergen. Die Hände zu Fäusten geballt, fluchte er leise vor sich hin. Einen Moment später hatte er sich wieder im Griff.

»Wie lauten deine Befehle, Käpt'n?«

»Wir müssen wenden und zusehen, dass wir ihnen davonsegeln«, antwortete Clemestes. Er wandte sich an den Steuermann. »Dimithos! Fertig machen zum Abdrehen!«

Der Nubier zerrte die Ruderpinne nach backbord, bis der Bug der *Selene* weg von dem Piratenschiff zeigte. Gleichzeitig trieb Leitos die Männer brüllend zum Ausschütten der Reffs an. Telemachos und mehrere seiner Kameraden sprangen an der Takelage in Position, während die anderen nach oben kletterten und sich auf der Rah verteilten. Auf ein Kommando des ersten Offiziers hin lösten die Männer vorgebeugt die Reffknoten und ließen das Großsegel so weit wie möglich herausgleiten. Mit einem donnernden Krachen zappelten die Schoten im böigen Wind wie Schlangen, und die Matrosen an Deck fingen an, sie einzuholen und an den Klampen zu befestigen.

Die *Selene* legte sich zur Seite, dann nahm sie Fahrt auf und erkletterte eine Welle nach der anderen. Das Tempo schien atemberaubend, doch als Telemachos über die Schulter schielte, stellte er erschrocken fest, dass das Piratenschiff stark aufgeholt hatte und sein Segel inzwischen deutlich sichtbar war. Wie ein Pfeil glitt es durch das Wasser hinter dem Kauffahrer.

Mit heftig klopfendem Herzen wandte er sich an den ersten Offizier. »Werden sie uns kriegen?«

»Ja.« In fatalistischem Tonfall fuhr Leitos fort. »Die *Selene* ist eine unverwüstliche alte Kiste, aber sie ist vor allem groß und nicht schnell. Die Piraten bevorzugen leichtere Schiffe, und wir haben nichts mehr zum Ausreffen. Sie werden uns bald haben.«

Um Telemachos' Magen krampfte sich eine eisige Faust. »Und was machen wir dann?«

Der erste Offizier zuckte die Schultern. »Wir halten unseren Kurs und beten, dass das Wetter umschlägt. Mit rauem Wetter kommen wir besser klar als ein kleineres Schiff.«

»Und wenn das nicht klappt?«

»Sie werden versuchen, uns zu entern, und dann greifen wir nach allem, was als Waffe herhalten kann, und kämpfen um unser Leben.« Leitos setzte ein grimmiges Lächeln auf. »Wir lassen uns nicht einfach abschlachten, ohne uns zu wehren.«

Die Furchtlosigkeit des ersten Offiziers machte Telemachos Mut. Trotzdem verfluchte er Clemestes insgeheim für sein Zaudern und wunderte sich, dass der Kapitän nicht schon nach dem ersten Sichten des Schiffs die Flucht ergriffen hatte. Dann hätte der Kauffahrer wenigstens eine echte Chance gehabt, seinen Verfolgern zu entkommen. Jetzt hing es von der Gnade der Elemente ab, ob sie den Piraten zum Opfer fielen.

In der nächsten Stunde drängten sich die Matrosen achtern an der Reling und hielten mit gereckten Hälsen Ausschau nach dem sich rasch nähernden Seeräuberschiff.

Clemestes stapfte auf dem Deck hin und her und schaute immer wieder hinauf zum Großsegel, das sich im steifen Ostwind straff spannte. Trotzdem wurde der Abstand zu den Piraten immer kleiner, und Telemachos wusste, dass es nur noch eine Frage der Zeit war, bis sie die *Selene* überholten.

Clemestes wandte sich an den ersten Offizier. »Hol die

Waffen raus, Leitos. Verteil sie an die Stärksten. Die anderen müssen sich mit dem behelfen, was da ist.«

»Aye«, antwortete Leitos entschlossen. »Alle Mann, fertig machen zum Zurückschlagen der Enterer!«

Überall an Deck entstand hektische Aktivität. Mit stiller Verzweiflung trafen die Männer ihre Vorkehrungen gegen den Piratenangriff. Auf das Kommando des ersten Offiziers hin eilten zwei Matrosen hinunter in den Laderaum. Kurz darauf kehrten sie mit einer kleinen Holzkiste zurück, in der sich eine Handvoll Kurzschwerter und Dolche befanden, die meisten davon in schlechtem Zustand. Dann händigten sie die Waffen an die kräftigsten Männer aus. Andere griffen nach unbenutzten Belegnägeln, Bootshaken und weiteren Werkzeugen, die man als Waffe benutzen konnte. Voller Entsetzen blickte Telemachos zurück auf das hart am Wind segelnde Verfolgerschiff, das unaufhaltsam näher rückte.

»Steh hier nicht bloß rum, Junge!«, rief Leitos. »Schnapp dir eine Waffe, verdammt!«

Telemachos suchte verzweifelt das Deck ab und fand schließlich einen übrigen Belegnagel. Dann rannte er hinüber zu seinen Kameraden, die sich um den Mast geschart für den Kampf bereit machten. Einige der Unerfahreneren zitterten merklich, und er fürchtete, dass sie der Raserei der Piraten nicht lange würden standhalten können, sobald diese das Schiff geentert hatten. Wenn sie dem Feind nicht entrinnen konnte, hatte die Besatzung der *Selene* keine Überlebenschance. Mit einem Mal überfiel ihn die Erkenntnis, dass heute an Bord dieses Schiffes der Tod auf ihn wartete. Unmittelbar darauf stieg Trauer über das Schicksal seines Bruders in ihm auf. Er hatte sich geschworen, alles zur Rettung von Nereus zu unternehmen. Und jetzt schnürten ihm Enttäuschung und Verzweiflung die Kehle zu, weil er versagt hatte.

Plötzlich erschallte vom Masttopp ein Schrei. »Segel voraus!« Geras deutete nach Westen. »Am Backbordbug, Käpt'n!«

KAPITEL 6

Mit zusammengekniffenen Augen spähte Clemestes zum Horizont. Alle Augen an Deck folgten der Blickrichtung des Kapitäns. Kurz darauf schüttelte er den Kopf und schaute hinauf zum Ausguck. »Was siehst du?«

»Acht Segel, Käpt'n. Nein, neun ... zehn! Zehn Segel!« Geras reckte die Arme hinaus zum Bug des Kauffahrers. »Vier oder fünf Meilen entfernt. Ich seh sie jetzt ganz deutlich. Das sind Kriegsschiffe, Käpt'n!«

»Den Göttern sei Dank!«, rief Syleus seinen Kameraden zu. »Das müssen die Römer sein. Wir sind gerettet!«

»Ruhe da!«, blaffte Clemestes. Dann wandte er sich wieder dem Ausguck zu. »Was für einen Kurs fahren sie?«

»Nach Norden, Käpt'n. Sie kreuzen unseren Weg. Sieht nach sechs Kriegsschiffen und vier kleineren Booten aus.«

»Anscheinend ein römisches Geschwader auf Patrouille«, überlegte Clemestes, den Blick unverwandt hinaus über den Bug der *Selene* gerichtet. »Vielleicht haben sie den Auftrag, sich um die Piraten zu kümmern.«

Bei diesen Worten stieg eine Woge der Erleichterung in Telemachos auf. »Dann sind wir also gerettet?«

Stirnrunzelnd starrte Leitos voraus und nach achtern und überschlug die Entfernung der Piraten und der Kriegsschiffe von der *Selene* und die Windstärke.

Schließlich schüttelte er müde den Kopf. »Leider nein, Junge. Die Kriegsschiffe werden nicht rechtzeitig hier sein. Die Piraten sind schon zu nah.«

Telemachos blickte über die Schulter nach dem Verfolger. »Können wir nicht schneller segeln?«

»Zwecklos. Falls die Seeräuber nicht beim Anblick der Kriegsschiffe die Nerven verlieren, werden sie uns überholen.«

Telemachos wandte sich ab, und seine Erleichterung wich einem Gefühl der Hilflosigkeit. Auf den Straßen von Piräus hatte er sich zum Überleben auf seine fünf Sinne verlassen. Doch die Bedingungen auf See entzogen sich seinem Einfluss, und er konnte nur verzweifelt zuschauen, wie die Piraten immer näher kamen.

Kurz darauf rief Geras herab und deutete in Richtung der römischen Kriegsschiffe. »Das Geschwader ändert den Kurs, Käpt'n! Sie fahren jetzt direkt auf uns zu!«

Erneut spähte Clemestes hinaus über den Bug. Telemachos folgte seinem Blick und sah, wie die Flotte von Kriegsschiffen mit dem Wind in den Segeln auf das Drama zuhielt, das sich hier im Westen anbahnte. Die Römer setzten offenbar alles daran, den Kauffahrer vor den Piraten zu erreichen, und ihre bronzebeschlagenen Rammsporne pflügten anmutig durch die See. Die größeren Schiffe fuhren nun sogar ihre spinnenhaften Ruder aus, um schneller voranzukommen. Doch sie waren noch immer drei Meilen entfernt. Der Abstand zu den Piraten dagegen betrug keine halbe Meile mehr.

»Warum wenden die Piraten nicht und fliehen?«, fragte Telemachos. »Sie müssen die Kriegsschiffe da vorn doch längst entdeckt haben.«

»Sicher«, antwortete Leitos. »Aber das Geschwader ist immer noch weit weg. Die Piraten können uns einholen und haben immer noch genug Zeit, dass sie die *Selene* entern, uns umbringen, das Schiff plündern und das Weite suchen, bevor die Römer eintreffen.«

»Telemachos!« Die Stimme des Kapitäns übertönte den Aufruhr an Deck. »Geh ans Ruder! Nimm Kurs auf die Kriegsschiffe. Wir müssen uns die Piraten so lang wie möglich vom Leib halten. Dann reicht vielleicht die Zeit, damit uns die Römer retten können.«

Es war eine schwache Hoffnung, und Telemachos hörte die Verzweiflung in der Stimme des Kapitäns. Er hastete zum Achterdeck und übernahm das Steuer von Dimithos. Der Nubier nickte ihm zu, bevor er nach vorn zu den anderen Seeleuten lief. Einer von ihnen reichte Dimithos einen Spieß, dann bezogen die beiden Männer zusammen mit den anderen ihre Positionen um den Mast und machten sich bereit für das Aufeinandertreffen mit dem Feind.

So wie er es von Leitos in den vergangenen Wochen gelernt hatte, richtete Telemachos mit gespannten Armmuskeln das Ruder auf die römischen Kriegsschiffe aus. Der Kauffahrer segelte, so schnell er konnte, und die Takelage summte unter der Beanspruchung durch den Wind. Dennoch reichte die Geschwindigkeit nicht. Die erbarmungslose Jagd ging weiter, und als er über die Schulter schielte, konnte er auf dem Piratenschiff bereits die Männer ausmachen, die sich auf dem Vordeck drängten. Die Münder zu wildem Kriegsgeschrei aufgerissen, boten sie einen schrecklichen Anblick. Viele von ihnen trugen Panzerhemden über ihren bunten Tuniken und schwangen Äxte oder Kurzschwerter, deren Spitzen im fahlen Licht stumpf schimmerten. Er wandte sich wieder nach vorn und spürte den eisigen Griff der Furcht um seinen Hals. Leitos hatte recht. Die Entfernung zwischen dem Kauffahrer und den Kriegsschiffen war einfach zu groß, und selbst Telemachos mit seinem ungeübten Auge konnte erkennen, dass die Piraten sie einholen würden, lange bevor ihnen das Geschwader zu Hilfe eilen konnte.

Während er weiter auf den Verband der Römer zusteuerte, bemerkte er, dass die Verfolger ihren Kurs leicht geändert hatten, anscheinend in der Absicht, die *Selene* von ihrer Steuerbordseite anzugreifen. Weniger als hundert Schritt trennten die auf dem Vordeck versammelten Seeräuber jetzt noch von ihrer Beute. Sie stießen ihre Schwerter in die Luft und klopften sich in freudiger Erwartung auf die Brust, um die verunsicherte Besatzung des Kauffahrers zu verspotten. Neben der vordersten Reihe machte sich inzwischen eine zweite Gruppe bereit, Enterhaken zu schleudern, sobald das verfolgte Schiff in Reichweite war. Als Telemachos wieder hinsah, hatten sich die Piraten schon fast neben den Kauffahrer geschoben. Beinah gleichzeitig hoben und senkten sich die beiden Schiffe mit ihren Kielen auf den Wellen.

»Es ist so weit, Jungs!«, brüllte Leitos trotzig. »Murkst so viele von den Hunden ab, wie ihr könnt. Keine Gnade!«

Die Schreie der Feinde schallten über das Wasser, und die Enterhaken kreisten bedrohlich über ihren Köpfen. Doch in diesem Moment traf das Piratenschiff auf eine starke Woge, die den Bug nach oben hob und ihn mit einem plötzlichen heftigen Stoß nach unten stürzen ließ.

Der Kiel passierte den Wellenkamm, und die gewaltigen Wassermassen ließen den Schiffsbug aus großer Nähe auf die *Selene* zuschwenken. Als Telemachos die Bewegung aus dem Augenwinkel wahrnahm, begriff er mit einem Schlag, was er tun musste. Jäh riss er das Steuer herum, sodass der schwere Kauffahrer sich nach steuerbord drehte, direkt auf die Seite des kleineren Piratenschiffs zu. Auf dessen Vordeck stießen mehrere Männer warnende Rufe aus und versuchten sich irgendwo festzuhalten, als sie die Gefahr erkannten. Mit einem krachenden Splittern rammte der stumpfe Bug der *Selene* den Rumpf des feindlichen Schiffs. Dessen Mast erschauerte, und unter dem gewaltigen Aufprall barsten die Schoten. Im gleichen Moment stürzten Dutzende von Seeräubern zu Boden und schlitterten in wildem Tumult über das Deck. Einer, der ganz vorn gestanden hatte, verlor das Gleichgewicht und kippte über die Reling in die See.

Mit der nächsten Welle prallte der Kauffahrer zurück, und das Piratenschiff stellte sich gegen den Wind. Sein losgerissenes Segel knatterte wie verrückt, und es verlor an Fahrt. Bevor die Piraten sich hochrappeln und nach ihren Enterhaken greifen konnten, stemmte sich Telemachos erneut in die Ruderpinne. Mit einer frischen Windbö im Großsegel zog die *Selene* langsam davon in Richtung des römischen Geschwaders, und das Seeräuberschiff blieb in ihrem Kielwasser zurück. Er schaute sich um und bemerkte mehrere Piraten auf dem Vordeck, die Speere schleuderten und Pfeile auf den fliehenden Kauffahrer schossen. Doch sie verfehlten ihr Ziel und stürzten ins Wasser, ohne Schaden anzurichten. Bald hatte die *Selene* die Piraten weit hinter sich gelassen, und die Seeleute feierten das nicht mehr für möglich gehaltene Entrinnen mit lautem Triumphgeschrei.

Clemestes sah Telemachos an und grinste übers ganze Gesicht. »Gut gemacht, Junge! Das wird diesem Geschmeiß eine Lehre sein!«

»Wir haben es noch nicht überstanden.« Argwöhnisch behielt Leitos die Piraten im Auge.

»Schaut!«, rief ein Matrose und deutete über den Bug der *Selene* hinaus.

Alle Blicke wandten sich den römischen Kriegsschiffen zu. Telemachos beobachtete, wie sich der Verband aufteilte. Ein halbes Dutzend Biremen und drei Liburnen schlugen einen Kurs vorbei an dem Kauffahrer ein, um das angeschlagene Piratenschiff zu stellen. Das größte Kriegsschiff, von dessen Mast ein breiter violetter Wimpel wehte, hielt auf die *Selene* zu. Inzwischen hatten die Piraten erkannt, dass sie den Kürzeren gezogen hatten, und machten sich daran, die Taue festzulaschen. Telemachos verfolgte, wie die winzigen Gestalten in der Ferne hastig das heftig flatternde Segel mit frischen Schoten sicherten. Sobald sie eingeholt waren, schwenkte der Bug herum, und das Segel straffte sich. Mit dem Wind im Rücken gelang es den Piraten, hinaus aufs offene Meer zu fliehen.

»Sie hauen ab.« Clemestes stieß einen hörbaren Seufzer der Erleichterung aus. »Es ist vorbei. Den Göttern sei Dank, wir sind gerettet.«

Das große römische Kriegsschiff hielt weiter Kurs auf die *Selene*. Telemachos ließ es nicht aus den Augen. Es war größer als die anderen des Geschwaders, mit drei

Ruderreihen auf jeder Seite und einem Katapultturm auf dem Vordeck.

»Das ist eine Trireme«, erklärte Leitos, als er den neugierigen Gesichtsausdruck des Jungen bemerkte. »Eine Triere, wie man sie bei der Flotte nennt. War früher das Arbeitstier der kaiserlichen Marine.«

Clemestes legte die Stirn in tiefe Falten. »Ich frage mich, was die von uns wollen.«

»Das werden wir bald rausfinden, Käpt'n.«

Als die Trireme näher kam, zog sie die Ruder ein und schwenkte in den Wind. Clemestes gab den Befehl zum Beidrehen. Kurz darauf wurde an der Seite des Kriegsschiffs eine Barke herabgelassen. Achtern erspähte Telemachos zwei sitzende Gestalten, deren Helme und Panzer funkelten, als die ersten Sonnenstrahlen vom aufklarenden Himmel blitzten. Ein Paar von Ruderern trieb die Barke schaukelnd durch das Wasser zwischen den zwei Schiffen, bevor sie an der Steuerbordseite des Kauffahrers anlegte. Clemestes rief einen Befehl, und man ließ eilig eine Strickleiter hinab. Dann kletterten die zwei behelmten Gestalten an der Bordwand der *Selene* hinauf und sprangen an Deck. Die Ruderer blieben unten in der Barke.

Der größere Römer trug einen langen roten Umhang, unter dem ein Brustharnisch schimmerte. Er richtete sich auf und forschte in den Gesichtern der Matrosen an Deck. »Wo ist euer Kapitän?«, fragte er auf Lateinisch.

Clemestes trat schnell vor und streckte die Hand aus. »Willkommen an Bord! Clemestes, der Kapitän der *Selene* zu deinen Diensten. Mit wem habe ich die Ehre?«

»Tribun Caius Munnius Canis.« Der Mann streifte

die Hand des Kapitäns mit einem kurzen Blick, ohne sie zu schütteln. »Präfekt der Flotte von Ravenna. Das ist Quintus Attius Musca, mein erster Nauarchus.« Er neigte den Kopf in Richtung des sehnigen, wettergegerbten Offiziers an seiner Seite. Telemachos fiel auf, dass der Mann einen Tornister trug.

»Freut mich.« Clemestes zog diskret seine Hand zurück.

»Das war, äh, ein gekonntes Manöver vorhin«, bemerkte Canis. »Ungewöhnlich, aber sehr wirkungsvoll. Du kannst dich glücklich schätzen, Kapitän. Es gelingt nicht vielen Schiffen in dieser Gegend, den Piraten zu entwischen.«

»Wir wären gar nicht in Schwierigkeiten geraten, wenn wir früher gewendet hätten«, knurrte Leitos leise, der neben Telemachos stand.

Weder der Kapitän noch die Römer schienen den ersten Offizier gehört zu haben. Canis wandte sich nach dem Frachtraum um und fuhr in seinem hochnäsigen Ton fort. »Was ist das Ziel eurer Reise?«

»Salona«, erwiderte Clemestes. »Wir haben eine volle Ladung Korn an Bord. Wir hoffen, dass wir dort damit einen ordentlichen Preis erzielen können.«

Der Präfekt lächelte. »Ich kann mir vorstellen, dass der Preis nicht nur ordentlich sein wird. In den letzten Wochen sind wegen der Piraten, die an der Küste herumstreifen, kaum noch Schiffe durchgekommen. Wir haben auf beiden Seiten der See zusätzliche Patrouillen eingesetzt, aber das hat sie leider nicht im Geringsten abgeschreckt. Ihr könnt von Glück sagen, dass ihr auf uns gestoßen seid.«

»Ja«, entgegnete Clemestes matt. »Danke.«

»Wie lang sind sie euch schon gefolgt?«

Der Kapitän überlegte einen Moment. »Vier Stunden ungefähr. Nicht viel länger. Kurz nach dem Ablegen heute Morgen haben wir sie erspäht. Sie sind wie aus dem Nichts aufgetaucht.«

»Verstehe.« Canis zog die Augen zusammen. »Du wirst Musca euren letzten Ankerplatz zeigen. Das liefert uns vielleicht einen Hinweis darauf, wo die Piraten ihr Lager haben. Höchste Zeit, dass wir endlich einschreiten und diesen Abschaum zerquetschen. Sie werden immer dreister. Inzwischen gibt es in diesen Gewässern kaum noch Schiffsverkehr.«

Clemestes wirkte überrascht. »Mir war nicht klar, dass die Lage so ernst ist.«

»O doch, das ist sie«, entgegnete Canis verbittert. »Deswegen müssen meine Schiffe so weit von Ravenna patrouillieren. Es war schon schlimm genug, als die Piraten die Handelsrouten unsicher gemacht haben, aber jetzt haben sie auch noch angefangen, kleinere Häfen an der illyrischen Küste zu überfallen. Sogar einige unserer Patrouillen wurden angegriffen. So haben wir überhaupt erst von den Piraten erfahren.«

»Was ist denn passiert?«, fragte Clemestes.

»Vor einem Monat erhielt ich die Nachricht, dass seit Beginn der Segelzeit mehrere Handelsschiffe nicht in Salona angekommen sind. Natürlich dachte ich zuerst, dass sie untergegangen sind. Zur Sicherheit habe ich eine kleine Einheit zur Überwachung der Küste losgeschickt. Eine Bireme und eine Liburne. Sie wurden von Piraten überfallen. Sie haben die Bireme geentert und fast die ganze Besatzung getötet. Die Liburne konnte entkommen und hat die Nachricht nach Ravenna gebracht. Seitdem versuchen wir, die Bedrohung durch die Piraten auszumerzen. Die Kaufleute und Ratsherren in Salona sind natürlich empört über den Schaden für die dortige Wirtschaft. Aber ich habe einfach nicht genügend Schiffe für das gesamte Meer.«

»Ich dachte, in Ravenna liegt eine vollständige Flotte.«

Canis lachte verbittert. »Das dachte ich auch – vor meiner Ernennung zum Präfekten. Die Flotte ist alt. Die meisten Schiffe wurden in der Schlacht bei Actium erbeutet und von Augustus in die kaiserliche Marine eingegliedert. Überflüssig zu erwähnen, dass viele schon jahrelang nicht mehr im Einsatz waren und dass die wenigen seetüchtigen ständig repariert werden müssen. Nach derzeitigem Stand können wir gerade mal mit zwei Geschwadern im Wasser sein. Das reicht eben noch für den Schutz unserer Meeresseite, aber für mehr nicht.«

Leitos räusperte sich in die Faust. Nach einem kurzen Blick zu Clemestes fasste er sich ein Herz. »Verzeihung, Präfekt, wie sollen wir denn weiter Handel treiben, wenn die Routen nicht mehr sicher sind?«

Über das glatte Gesicht des Römers flackerte ein gereizter Ausdruck. Er ließ seinen Blick auf dem ersten Offizier ruhen, bevor er in eisigem Ton antwortete. »Sei versichert, dieses Piratengeschmeiß wird nicht ungestraft davonkommen. Das ist nur noch eine Frage der Zeit. Sobald wir ihr Lager entdeckt haben, werden wir ihnen einen vernichtenden Schlag versetzen. Keiner von ihnen kann mit Schonung rechnen. Alle Piraten, die in diesen Gewässern ihr Unwesen treiben, werden auf die eine oder andere Weise ausgerottet. Mein Wort darauf.« In den Augen des Präfekten leuchtete kühle Entschlossenheit.

Clemestes winkte in Richtung des fliehenden Piratenschiffs, das von dem römischen Geschwader verfolgt wurde. »Und die da? Sind wir vor denen jetzt sicher?«

Telemachos schaute sich um. Das kleine, wendige Piratenschiff segelte mit dem Wind und hatte bereits einen deutlichen Vorsprung auf die römischen Verfolger.

Auch Canis sah ihnen nach, bevor er dem Kapitän antwortete. »Ach, ich denke schon. Irgendwann werden wir sie zur Strecke bringen. Zunächst schlage ich vor, dass ihr für die Nacht irgendwo an der Küste Schutz sucht. Sobald wir die Piraten unschädlich gemacht haben, könnt ihr eure Fahrt nach Salona ohne Gefahr fortsetzen.«

»Und wie lang dauert es, bis ihr die See von diesen Bestien gesäubert habt?«, fragte Clemestes. »Monate? Ich treibe Handel und muss davon meine Mannschaft bezahlen. Mit Verlaub, Präfekt, es kann nicht sein, dass wir jedes Mal mit der Angst in See stechen, dass wir von Piraten überfallen werden.«

Canis lächelte schmal. »Keine Sorge. Diese Schurken kommen nicht weit. Unsere Schiffe mögen nicht so schnell sein wie ihre, aber sie werden ihre Aufgabe erfüllen.«

»Und wenn sie euch davonsegeln?«

»Das werden sie nicht. Bestimmt verkriechen sie sich auf einer Insel nahe der Küste. Dann sitzen sie in der Falle. Mit ein wenig Glück machen wir sogar den einen oder anderen Gefangenen und können auf diese Weise etwas über ihr Lager herausfinden.« Er nickte Musca zu, der eine Ziegenlederkarte und einen Stilus aus seinem Tornister nahm. Dann wandte er sich wieder an Clemestes und deutete auf die Seekarte. »Nun, Kapitän. Vielleicht hättest du jetzt die Freundlichkeit, uns euren letzten Ankerplatz zu zeigen.«

Wenig später kletterten der Präfekt und der Nauarchus wieder hinab zur Barke und kehrten zu ihrer Trireme zurück. Dann setzte das Kriegsschiff die Segel und schlug die gleiche Richtung ein wie der Rest des Geschwaders. Kaum noch zu erkennen, schwebte das dreieckige Segel der Piraten am schimmernden Horizont und vergrößerte weiter den Abstand zu den Römern. Als die *Selene* ihren Weg fortsetzte, beobachtete Telemachos neben Leitos mit einer Mischung aus Erleichterung und dunkler Vorahnung die ferne Verfolgungsjagd.

»Meinst du, sie können sie stellen?«, fragte er.

»Wer weiß? Jedenfalls sollten wir denen nicht mehr so schnell begegnen. Beim nächsten Mal sind uns die Götter vielleicht nicht mehr so gewogen.«

Clemestes winkte ab. »Keine Sorge, Leitos. Du hast den Präfekt gehört. Fürs Erste sind wir außer Gefahr. Diese Piraten werden uns keine Scherereien mehr machen.«

Angespannt blickte Leitos dem Kriegsschiff nach. »Hoffentlich hast du recht, Käpt'n. Das wäre besser für uns alle …«

KAPITEL 7

Am späten Nachmittag steuerte die *Selene* die illyrische Küste an, und als am Horizont die letzten Sonnenstrahlen glühten, erteilte Clemestes der Mannschaft den Befehl zum Landen. Der Steuermann lenkte den Frachter geschickt in eine schmale Bucht mit einem Kiesstrand. Dahinter stieg dichtes Gestrüpp steil hinauf zu einem Streifen verkrüppelter Bäume. Weiter landeinwärts konnte Telemachos einen dichten Wald erkennen. Dieser erstreckte sich bis zu fernen Bergen, die wie riesige Fäuste aufragten. Zu beiden Seiten des Strands standen hohe Klippen, die ihn vor der offenen See schützten. Beim Anblick der friedlich daliegenden Bucht entspannte sich Telemachos ein wenig.

Als das Schiff nur noch ein kurzes Stück von der Küste entfernt war, barg die Mannschaft die Segel und ging mit sirrend durch die Klüse rauschender Leine vor Anker. Clemestes hatte beschlossen zu feiern, dass sie den Piraten knapp entronnen waren, und ließ eine zusätzliche Amphore Wein aus dem Vorratslager heraufschaffen. Die Männer erledigten eilig ihre Pflichten, denn alle freuten sich darauf, an Land zu gehen und sich einen ordentlichen Schluck zu genehmigen.

Nachdem das Schiff gesichert war, ließen die Matrosen das Boot hinunter und beluden es mit Speisen fürs Abendessen. Ein kurzes Stück strandeinwärts wurde ein Lagerfeuer entzündet, und mit Wein gefüllte Lederbecher machten die Runde. Die Männer saßen im Kreis um die flackernden Flammen, und bald erfüllte der köstliche Duft von gebratenem Fleisch die Nachtluft. Einige schlürften schweigend ihren Wein, andere versuchten die Stimmung aufzulockern. Sie erzählten Geschichten über ferne Gegenden, die sie besucht hatten, und stritten über die jeweiligen Vorzüge der Bordelle in Alexandria und Gades. Telemachos blickte still hinaus in die heranrückende Dunkelheit hinter dem schwarzen Rumpf der *Selene*.

»Da, trink was, Junge!« Geras reichte ihm einen bis zum Rand vollgeschenkten Becher. »Davon wachsen dir Haare am Rücken. Und an ein paar anderen Stellen.«

Telemachos musterte das Gefäß. Ohne auf den starken Geruch zu achten, nahm er einen kleinen Schluck. Das faulig schmeckende Gebräu brannte wie Feuer in der Kehle.

Hustend und würgend lehnte er sich vor. »Bei allen Göttern, was ist das für ein Zeug?«

»Kretischer Wein.« Geras grinste breit. »Der Käpt'n kennt einen Kaufmann, der ihm da einen guten Preis macht. Billiger geht's kaum, aber es hat ganz schön Pfeffer. Auf jeden Fall besser als diese dünne gallische Plörre, die in den Tavernen serviert wird. Prost.« Er hob seinen Becher. Dann nahm er einen tiefen Schluck und rülpste befriedigt.

»Meinst du, die Piraten sind noch irgendwo da draußen?« Telemachos spähte hinaus in die Finsternis.

»Weiß der Geier.« Geras zuckte die Achseln. »Vermutlich.«

»Hast du keine Angst, dass wir wieder auf sie stoßen?«

»Auf See ist es immer gefährlich. Wenn wir uns den ganzen Tag Sorgen darüber machen würden, was auf dem Wasser alles passieren kann, würden wir nie auslaufen.« Mit einer ausladenden Geste deutete Geras auf die anderen Matrosen. »Was glaubst du, warum wir von einem Tag zum anderen leben? Nur die Götter wissen, was morgen sein wird, deswegen sollten wir uns über das freuen, was heute ist.«

»Wahrscheinlich hast du recht.«

Lachend klopfte ihm Geras auf den Rücken. »Kopf hoch. Du bist der Held der Stunde. So ein Manöver hätten nicht viele hingekriegt. Da hast du wirklich blitzschnell reagiert. Du hast uns allen das Leben gerettet.«

Telemachos schüttelte den Kopf. »Mir geht es bloß um meinen Bruder.«

Geras fixierte ihn prüfend. »Er liegt dir wohl wirklich am Herzen.«

Telemachos starrte in die Aschenglut und nickte. »Nereus ist der einzige Grund, warum ich hier bin. Seit dem Tod meiner Eltern ist er mein einziger Verwandter. Ich würde alles dafür tun, dass ich ihn da rausrhole, dass ich ihm wieder ins Gesicht schauen kann.« Er blickte auf. »Und du? Warum bist du Seemann geworden?«

»Kann mich nicht erinnern. Ich bin schon seit meinem zehnten Lebensjahr auf See. Mein alter Herr hat mir immer damit in den Ohren gelegen, dass ich in seine Fußstapfen trete und bei der kaiserlichen Marine diene. Aber für mich ist das nichts. Viel zu anstrengend. Und dieses ständige Buckeln nach oben. Ich wollte einfach in der Welt rumreisen, mich sinnlos besaufen und die Gesellschaft von ein paar preiswerten Huren genießen. Wie er rausgefunden hat, dass ich auf einem Kauffahrer angeheuert hatte, hat mir der alte Mistkerl eine Tracht Prügel verabreicht, die ich nie vergessen werde.«

»War bestimmt schlimm.«

»Von mir aus soll er verrotten. Das ist jetzt meine Familie. Dieser Haufen hier. Dass ich Matrose geworden bin, war die beste Entscheidung meines Lebens.«

Telemachos lächelte. »Ich merke allmählich, warum du darauf schwörst. Von dem Wein hier kann ich das allerdings nicht behaupten.«

Geras beugte sich nah zu ihm. »Was du da heute gezeigt hast, war echte Seemannskunst, Junge. Und ich glaube, dass du dich endlich an diesen Beruf gewöhnst.« Er schlürfte den letzten Tropfen aus seinem Becher und strahlte ihn an. »Vielleicht wird ja doch noch ein richtiger Matrose aus dir.«

Nach dem Abendessen kehrten die Männer zufrieden zurück aufs Schiff. Ihr berauschtes Lachen und Grölen schallte über die Bucht, als sie sich mit vollen Bäuchen zur Ruhe betteten. Am wolkenlosen Himmel stand der aufgehende Mond, und sein Schein brach sich auf dem Wasser wie auf tausend stumpfen Schwertspitzen. Im sachten Wiegen der *Selene* lag Telemachos auf dem Deck und schaute hinauf zu den glitzernden Sternen, wohlig erwärmt vom Wein und erfrischt von der kühl heranwehenden Seebrise. Bald dämmerten die anderen Matrosen weg, und in der Stille waren nur noch ihr lautes Schnarchen, das Knarren der Takelage und das leise Platschen der Wellen an den Felsen zu hören.

Obwohl ihn der anstrengende Tag völlig erschöpft hatte, fand Telemachos keinen Schlaf. Zum ersten Mal seit dem Antritt seiner Stelle auf der *Selene* fühlte er sich als Teil der Besatzung und spürte die tiefe Verbindung zwischen diesen Männern. Vielleicht hatte Geras recht. Vielleicht lag wirklich eine verheißungsvolle Zukunft als Seefahrer vor ihm.

Stunden verstrichen, und seine Gedanken wandten sich wie so oft Nereus zu. Wie viele Reisen musste er wohl unternehmen, bis er seinen Bruder aus der Sklaverei freikaufen konnte? Nach dem Abendessen hatte ihn Clemestes beiseitegenommen und ihm als Dank für die Rettung des Schiffs vor den Piraten versprochen, ihn nach der Landung in Salona wie einen regulären Matrosen zu bezahlen. Diese Ankündigung erfüllte Telemachos mit großer Freude. Die volle Heuer bot ihm die Chance, viel mehr zu sparen als der magere Halblohn eines Schiffsjungen. Vielleicht hatte Nereus nach seiner Befreiung Lust, mit ihm gemeinsam auf der *Selene* zu dienen? Wenn sie hart arbeiteten und jede übrige Sesterze beiseitelegten, konnten sie vielleicht irgendwann sogar ein eigenes Handelsschiff kaufen wie ihr Vater. Sie würden zu den fernen Gestaden des Imperiums fahren und ein Vermögen verdienen …

Seine müßigen Gedanken wurden von einem leisen Platschen unterbrochen, das nur schwach durch das betrunkene Schnarchen der Männer und das Wispern des Windes an Deck drang. Sofort setzte er sich auf und spitzte die Ohren. Als er das Geräusch erneut hörte, kroch er hinüber zu Geras und rüttelte ihn wach.

Geras kam zu sich und schaute Telemachos mit benebeltem Blick an. »Was hast du? Was ist denn los?«

»Hast du das auch gehört?«, fragte Telemachos leise.

»Was?«

»Horch doch!«

Geras wurde ruhig und lauschte angestrengt. Schließlich rieb er sich die Augen und schlich zur Reling. Telemachos huschte ihm nach, und zusammen spähten sie hinaus in das fahle Mondlicht.

»Schau!«, flüsterte er. »Da drüben!« Er deutete auf die schwarze Masse der Felszunge an einem Ende der Bucht.

Geras folgte seinem Blick. Vor ihren Augen löste sich der schattenhafte Umriss eines Schiffs aus der Finsternis und schob sich unter leisem Rudern auf den vor Anker liegenden Kauffahrer zu. Der Mast war umgelegt, damit es sich vor dem sternenübersäten Himmel weniger stark abzeichnete. Als es näher kam, erkannte Telemachos die schlanken Konturen vom Vortag wieder, und das Blut gefror ihm in den Adern. Das Piratenschiff war keine Viertelmeile mehr von der *Selene* entfernt.

»Scheiße!«, zischte Geras. »Die Piraten! Sie haben uns gefunden!«

Überall an Bord regten sich nun langsam die anderen Matrosen in ihren Decken. Leitos sprang auf und rannte sofort zu Telemachos und Geras an der Reling.

Kurz darauf erschien schläfrig und verwirrt der Kapitän. »Was ist denn?«, fragte er gereizt. Dann bemerkte er das fast lautlos heranrudernde Schiff und erstarrte vor Schreck. Über sein Gesicht legte sich Entsetzen. »Nein!« Er schüttelte den Kopf. »Das kann doch nicht sein!«

»Die Hunde haben die Römer abgehängt.« Leitos mahlte mit den Zähnen. »Wahrscheinlich haben sie sich in der Nachbarbucht versteckt und uns kommen sehen. Jetzt sitzen wir in der Falle.«

Inzwischen waren die anderen Seeleute wach und fixierten voller Angst das feindliche Schiff. Da nun auch die Piraten erkannten, dass das Überraschungsmoment verloren war, war keine Heimlichkeit mehr nötig. Die Ruderer erhöhten rasch den Rhythmus, und das Piratenschiff steuerte mit heftig schlagenden Riemen auf die *Selene* zu. Telemachos bemerkte schattenhafte Gestalten, die sich auf dem Vordeck drängten, und das Knurren des Kommandanten drang deutlich durch das Rauschen des Meeres. Diesmal hatten sie keine Chance, den Seeräubern zu entrinnen. Sie mussten sich stellen und kämpfen.

»Bereite die Männer vor«, rief Clemestes dem ersten Offizier zu. »*Sofort!*«

Leitos drehte sich um und bellte einen Befehl. Die Männer hasteten über das Deck und griffen nach allem, was sich als Waffe verwenden ließ.

In dem allgemeinen Durcheinander schnappte sich Leitos einen Bootshaken und streckte ihn Telemachos hin. »Jetzt wirst du doch kämpfen müssen, Junge.«

Telemachos packte den Holzgriff und rannte mit Geras hinüber zur Backbordseite, wo die anderen auf den Ansturm der Seeräuber warteten. Er spürte ihre Angst und Verzweiflung. Einige wirkten wie gelähmt von der Aussicht, den besser bewaffneten Angreifern entgegentreten zu müssen, und die notdürftigen Waffen zitterten in ihren Händen. Andere schauten sich furchtsam um, als überlegten sie, ob sie versuchen sollten, sich schwimmend in Sicherheit zu bringen und ins Landesinnere zu fliehen. Die Mannschaft der *Selene* stand auf verlorenem Posten, und Telemachos fühlte, wie sich der Herzschlag in seiner Brust beschleunigte. Er umklammerte den Bootshaken und blickte mit angespannten Muskeln hinüber zum Schiff der Piraten.

Auf dessen Achterdeck schrie der Kommandant einen Befehl. Im letztmöglichen Moment erstarrten die Riemen im Wasser. Dann schwenkte das Schiff herum, und sein Bug stieß mit einem dumpfen Pochen gegen die Backbordseite des Kauffahrers. Sofort schleuderten die Männer auf dem Vorderdeck ihre Enterhaken in hohem Bogen durch die Luft. Kaum gruben sich die Eisendornen ins Holz, strafften die Piraten die Leinen und zogen die Schiffe zusammen. Dann stieß einer von ihnen einen wilden Schlachtruf aus, und die erste Welle von Enterern kletterte auf die Reling. Mit einem Satz überwanden sie die Lücke und landeten auf dem Deck der *Selene*. Dann wandten sie sich den Matrosen zu.

»*Auf sie!*«, brüllte Leitos.

KAPITEL 8

Mit dem Mut der Verzweiflung warfen sich die Matrosen auf den Feind. Zwei von ihnen wurden sofort niedergemäht, als die Parteien in einem heftigen Getümmel von prügelnden Knüppeln, hackenden Äxten und stechenden Schwertern aufeinanderprallten. Telemachos stürzte sich auf einen Piraten mit breitem Brustkasten, der einen Krummdolch hielt. Dieser riss den rechten Arm zurück und schlitzte in weitem Bogen nach seinem Gegner. Telemachos wich gewandt zurück, und die schimmernde Klinge fuhr knapp vor ihm durch die Luft. Die Wucht seines Hiebes trug den Piraten einen Schritt nach vorn, und Telemachos sprang auf ihn zu und stieß den Bootshaken nach oben. Dem Mann quollen die Augen aus den Höhlen, als sich der eiserne Dorn mit leisem Knirschen direkt unter dem Kinn in den Hals bohrte. Er zuckte und ächzte, dann riss Telemachos den Haken mit einem brutalen Ruck heraus, der Muskeln und Sehnen zerfetzte. Der Seeräuber brach zusammen, und Blut spritzte aus der dunklen Scharte in seiner Kehle.

Der Schiffsjunge wirbelte herum und suchte nach dem nächsten Gegner. In seinen Adern kochte es. Überall um ihn herum tobte ein erbitterter Kampf auf Leben und Tod zwischen Seeleuten und Piraten. Durch das Krachen der Äxte und Klirren der Schwerter hörte er, wie Clemestes seine Männer mit flehender Stimme anfeuerte. Links von ihm rammte Dimithos wild brüllend einem Piraten mit einem dumpfen Knacken einen Belegnagel ins Gesicht.

Doch schon bald zeigte sich, wie sehr die Matrosen im Nachteil waren. Unter der schieren Übermacht des Feindes wichen sie von der Seitenreling zurück und scharten sich um den Hauptmast. Schon lagen mehrere Männer erschlagen in ihrem Blut auf dem Deck, und Telemachos begriff, dass sie dem gnadenlosen Ansturm nicht mehr lange standhalten konnten. Plötzlich bemerkte er Syleus, der seine Waffe fallen ließ und die Hände hob, um sich zu ergeben. Doch die Piraten waren so in Rage, dass zwei von ihnen sofort über ihn herfielen. Die Schmerzensschreie des Matrosen schallten über das Deck, und er sackte unter einem Hagel von Schwerthieben zusammen.

»Pass auf, Junge!«, schrie Leitos.

Aus dem Augenwinkel sah Telemachos ein Aufblitzen von Eisen und drehte sich schnell nach rechts. Ein dicker, dunkelhäutiger Pirat mit Lederharnisch stieß mit dem Kurzschwert nach seiner Kehle. Bevor ihn die Spitze treffen konnte, duckte sich Telemachos instinktiv und fügte ihm mit dem blitzschnell nach vorn zuckenden Bootshaken eine klaffende Wunde am Oberschenkel zu. Fauchend vor Schmerz drückte der Pirat die Hand auf die Verletzung und stocherte unbeholfen nach Telemachos. Dieser wich mühelos aus und stach erneut zu. Diesmal traf der Haken mit tödlicher Genauigkeit, und sein Gegner krümmte sich mit durchbohrter Leiste zusammen. Telemachos drehte den Griff mit einem Ruck, und der Pirat ächzte auf, als ihm der Haken die Organe zerfetzte. Dann kippte er um, und der Schaft ragte aus seinem blutbesudelten Unterleib. Vergeblich versuchte

Telemachos, die Waffe herauszuzerren, die sich tief im Gedärm des Mannes verfangen hatte.

Dann hörte er neben sich einen Schrei. Er kam von einem Matrosen, dem das Blut aus dem Stumpf seines abgetrennten Arms quoll. Über dem Verletzten ragte ein riesiger Pirat mit einer Breitaxt auf. Weit ausholend ließ er sie so heftig auf das Gesicht des Matrosen niedersausen, dass Blut, Knorpel und Knochensplitter nach allen Seiten spritzten.

»Hier bin ich!«, brüllte Telemachos wutentbrannt. »Komm her, du Schwein!«

Bevor er sich der neuen Herausforderung stellte, riss der Seeräuber seine Waffe los. Gleich darauf trat ein anderer Pirat mit einem Krummsäbel zu ihm. In dem Glauben, leichtes Spiel zu haben, drangen die beiden auf Telemachos ein. Dieser schnappte sich das Kurzschwert des Mannes, den er gerade niedergemacht hatte, und wandte sich seinen zwei Widersachern zu. Inzwischen waren die Decksplanken verschmiert mit Blut und Eingeweiden, und der Axtkämpfer wäre um ein Haar ausgerutscht, als er sich mit hoch erhobener Waffe auf Telemachos stürzte. Der Junge duckte sich blitzschnell, und das Beil sauste keine Handbreit an seinem Kopf vorbei. Mit splitterndem Krachen grub es sich in den Mast und blieb zitternd stecken. Bevor sein Gegner die Waffe wieder lösen konnte, sprang Telemachos auf ihn zu und rammte ihm den Knauf seines Schwerts an die Schläfe. Der Pirat schlitterte stöhnend über das Deck und prallte mit dem Kopf voraus gegen das vertäute Beiboot.

Im gleichen Atemzug erahnte Telemachos neben sich eine Bewegung und wirbelte herum. Bevor er ausweichen konnte, schlitzte der zweite Pirat nach ihm, und er ächzte vor Schmerz, als die Säbelspitze über seine Schulter schrammte. Blut sickerte warm aus der Fleischwunde. Den Mund zu einem erbarmungslosen Grinsen verzogen, stieß der Seeräuber erneut zu, um ihm den Garaus zu machen. Zurücktaumelnd glitt Telemachos auf den verschmierten Planken aus und knallte so heftig auf, dass er das Schwert fallen ließ. Der Aufprall verschlug ihm den Atem, und einen Moment lang war er ganz benommen. Dann schüttelte er den Kopf und wollte nach seiner Waffe greifen, doch der Säbelschwinger wischte sie mit einem Tritt beiseite. Erschrocken blickte Telemachos auf. Die Spitze des Säbels blitzte tückisch im hellen Mondschein, als der Pirat zum tödlichen Stich ansetzte.

»Nein, das machst du nicht!«, rief eine Stimme.

Der Pirat schielte nach links und sah den lauthals brüllenden Geras, der mit zwei Händen einen Spieß umklammerte. Der Seeräuber fuhr herum und konnte den Stoß gerade noch rechtzeitig von seiner Flanke ablenken. Dann ging er seinerseits mit dem Säbel auf Geras los. Sofort streckte sich Telemachos nach seinem Schwert und hackte nach dem Fußgelenk des Piraten. Die Klinge schnitt durch die Sehne und fraß sich in den Knöchel. Mit einem lauten Aufschrei sackte der Seeräuber auf ein Knie, und Geras beförderte ihn mit einem Tritt auf die Planken. Bevor der Mann sich aufrappeln konnte, stürzte er sich auf ihn und bohrte ihm die Eisenspitze von hinten in den Schädel.

Geras riss den Spieß heraus und wandte sich von dem leblosen Piraten ab, um Telemachos aufzuhelfen. Arme und Kopf waren blutbespritzt, und sein Gesicht war zu einem wild verzweifelten Ausdruck verzogen. Als Telemachos sich bei ihm bedanken wollte, rief er: »Heb dir das für später auf! Es ist noch nicht zu Ende.«

Kaum war Telemachos wieder aufgestanden, befahl Clemestes seine Männer zum Achterdeck, und die Matrosen ließen sich langsam zurückfallen. Immer noch strömten Piraten über die Reling. Telemachos schaute sich kurz um und erkannte, dass nur noch ein Dutzend Matrosen auf den Beinen war. Die anderen lagen zusammengesunken auf dem Deck, neben mindestens fünfzehn Piraten. Einige hatten versucht, sich mit einem Sprung ins Meer zu retten, waren aber von den Feinden unbarmherzig niedergemetzelt worden.

Schulter an Schulter stehend wurden Telemachos und die anderen von den Piraten umzingelt. Die Mannschaft der *Selene* hatte ihr Schiff entschlossen verteidigt, doch jetzt war die Sache entschieden. Die Schlacht war verloren. Nun konnten die Matrosen nur noch so viele Seeräuber wie möglich töten, bevor sie überrannt wurden. Mit einem tiefen Atemzug machte sich Telemachos darauf gefasst, kämpfend unterzugehen.

Die Piraten rückten unaufhaltsam vor, da ertönte plötzlich von hinten eine Stimme. Auf das Kommando hin zogen sie sich ein Stück zurück, ohne ihre Waffen zu senken oder das dicht gedrängte Häufchen von Matrosen aus den Augen zu lassen. Kurz darauf entstand eine Lücke, und eine dunkelhaarige Gestalt in einer Lederhose und einem mit silbernen und goldenen Wirbelmustern geschmückten Harnisch näherte sich. Die rechte Hand umschloss den hakenförmigen Bronzegriff einer Falcata.

Alle Blicke richteten sich auf den Mann, der sich einen Weg durch die auf dem Deck verstreuten Leichen bahnte. Mehrere Schritte vor den verbliebenen Matrosen der *Selene* hielt er inne und musterte sie. Nachdem die letzten Kampfgeräusche verhallt waren, durchbrachen nur noch das leise Wimmern der Verwundeten und Sterbenden und das schwere Atmen der Überlebenden die unheimliche Stille.

»Mein Name ist Bulla«, sagte der Mann. »Wer ist euer Kapitän?«

Die Antwort kam mit leichter Verzögerung. »Ich. Ich bin der Kapitän.« Clemestes trat vor und hob zitternd die Hand.

Bulla musterte ihn. Über seine Lippen huschte ein leises Lächeln. »Deine Männer haben sich tapfer geschlagen, Kapitän. Aber jetzt ist es vorbei. Sag ihnen, sie sollen sich ergeben.«

Nach kurzem Zaudern neigte Clemestes den Kopf und ließ seinen Speer zu Boden gleiten. Dann wandte er sich an die Besatzung. »Legt die Waffen nieder, Männer.«

Nach langem Schweigen folgten die Matrosen schließlich widerstrebend dem Beispiel ihres Kapitäns, und ihre Waffen stürzten mit dumpfem Poltern auf das Deck, bis nur noch Telemachos übrig war. Schließlich ließ auch er zögernd sein Schwert fallen.

Mit einem anerkennenden Knurren wandte sich Bulla wieder an Clemestes. »Ich habe noch nie erlebt, dass sich die Besatzung eines Kauffahrers so erbittert zur Wehr setzt. Das sind wirklich zähe Burschen, die du da hast, Kapitän. Ich glaube, ich werde die Überlebenden auf mein Schiff nehmen.«

Clemestes schüttelte den Kopf und versuchte, sich nichts von seiner Angst anmerken zu lassen. »Meine Männer sind Matrosen, keine Diebe. Sie werden dir nichts nützen.«

»Da bin ich anderer Meinung.« Bulla wies mit dem Kopf auf den Kreis seiner Piraten. »Alle meine Männer waren früher irgendwann Matrosen. Sie haben einfach die Seite gewechselt, weil ich ihnen was Besseres geboten habe. Deine Leute sind da bestimmt nicht anders.«

»Und wenn sie sich euch nicht anschließen wollen?«

Der Piratenkapitän zuckte die Achseln. »Dann werden sie hier sterben und auf dem Meeresgrund verrotten. Sie können es sich aussuchen.«

Clemestes machte einen Schritt nach vorn und deutete zur Heckluke. »Hör zu, ich mach dir einen Vorschlag. Nimm unsere Ladung. Sie gehört dir … du kannst alles haben. Sogar den Inhalt meiner Geldtruhe. Lass mich und meine Männer einfach gehen. Ich bitte dich.«

»Warum sollte ich?« Bulla strich sich über das stoppelige Kinn.

»Du hast, was du wolltest. Du warst doch hinter der Ladung her. Du musst mir nicht auch noch meine Besatzung stehlen.«

Bulla schüttelte den Kopf. »Du irrst dich. Ich habe heute Nacht gute Männer verloren. Und zwar nicht wenige. Ich muss sie ersetzen.«

»Meine Leute werden sich euch nicht anschließen.« Clemestes spannte die Halsmuskeln. »Es wäre einfacher, wenn du uns gehen lässt.«

»Ist das so?« Der Piratenkapitän wölbte eine schmale Augenbraue und lächelte. »Das werden wir ja sehen.«

Plötzlich riss er den Arm hoch und ließ die blitzende Falcata waagrecht durch die Luft sausen. Mit einem einzigen glatten Hieb durchtrennte die krumme Schneide Clemestes' Hals, und der Kopf des Kapitäns fiel auf das Deck. Sein Körper blieb noch kurz aufrecht, ehe er begleitet vom erschrockenen Ächzen der Matrosen zusammenbrach. Voller Entsetzen beobachtete Telemachos, wie das Blut aus dem schartigen Halsstumpf pumpte und eine Lache um den Enthaupteten bildete.

Voller Verachtung ruhte Bullas Blick auf dem Toten. Dann wandte er sich an die Matrosen der *Selene*. »Hört mir gut zu. Euer Kapitän war ein Narr. Trotzdem halte ich mein Angebot an euch aufrecht. Wenn ihr euch meiner Mannschaft anschließt und einen Eid auf unsere Sache leistet, werdet ihr verschont. Wer seine Loyalität unter Beweis stellt, bekommt einen Anteil an der Beute, die wir machen. Wer sich weigert, erleidet das gleiche Schicksal wie der Kapitän. Das sind die Bedingungen. Ich rate euch, dass ihr eine klügere Wahl trefft als er.« Er trat zurück und wartete auf die Reaktion der Seeleute.

Auf dem mondbeschienenen Deck breitete sich erneut Stille aus, als die Männer beklommen mit sich rangen. Die einen starrten voller Grauen auf ihren toten Kapitän, die anderen beäugten argwöhnisch die Piraten. Schließlich machte Dimithos einen Schritt nach vorn und verneigte sich vor Bulla. Einer nach dem anderen folgte seinem Beispiel. Telemachos zauderte einen Moment, dann gewann sein Überlebensinstinkt, und er trat zu den anderen.

Bulla lächelte zufrieden und steckte seine Falcata mit einem metallischen Scharren zurück in die Scheide. Er winkte einen der Piraten zu sich. »Hector!«

Ein korpulenter, narbenbedeckter Veteran mit verfilztem Haar näherte sich. »Aye, Käpt'n.«

»Bring diese Männer aufs Schiff und nimm ihnen den Eid ab.« Bulla deutete mit einer ausladenden Armbewegung auf die Reihe der Matrosen. »Wenn sich einer beschwert ... schneidest du ihm die Zunge raus.«

Hector grinste die Überlebenden der *Selene* an. Mit einem grausamen Glitzern in den Augen richtete er den Blick auf Telemachos. »Was ist mit diesem dürren Klappergestell? Der Schweinehund hat Pelagios umgebracht.« Er deutete auf den leblosen Axtkämpfer. »Sollen wir ihn abmurksen?«

Bulla musterte den Schiffsjungen. »Wie heißt du?«

»Telemachos.« Herausfordernd starrte er den Piratenkapitän an.

Bullas Blick wanderte von der blutbespritzten Tunika des Jungen zu den leblos hingestreckten Leichen der Piraten. Er zog die Augenbraue hoch. »Telemachos, hm? Anscheinend hast du ein paar von meinen besten Männern getötet.« Nach kurzer Überlegung wandte er sich wieder an Hector. »Bring ihn mit den anderen an Bord.«

Der narbige Pirat kniff die Lippen zusammen. »Da werden die Männer nicht begeistert sein, Käpt'n. Pelagios war sehr beliebt. Sie wollen bestimmt, dass diesem Scheißkerl die Eingeweide rausgerissen werden.«

»Ihr Pech. Wir brauchen im Moment alle Leute, die wir kriegen. Vor allem solche, die sich in einem Kampf behaupten können.«

»Wie du meinst, Kapt'n.« Hector konnte seine Enttäuschung nicht verbergen. »Und was machen wir mit dem Schiff?«

Bulla überlegte. »Holt alles raus und macht sie los. Das wird allen anderen eine Warnung sein. Wer mit den Römern zusammenarbeitet, darf keine Gnade erwarten.«

Hector wandte sich mit einem Nicken ab und blaffte die anderen Piraten an: »Also, worauf wartet ihr noch? Ihr habt den Käpt'n gehört. Schnappt euch die Beute und bringt sie aufs Schiff!«

Die Seeräuber machten sich sofort an die Arbeit. Mehrere von ihnen rissen die Luke zum Frachtraum auf, zwei weitere stürmten zum Quartier des Kapitäns unter Deck. Die anderen wurden zum Durchsuchen der Leichen eingeteilt, um ihnen Ringe und andere Wertgegenstände abzunehmen. Hastig wurden Säcke voller Korn, Reis und anderer Vorräte aus dem Laderaum heraufgeschafft und auf die *Poseidons Dreizack* geschleppt. Mit lautem Krachen brach ein Pirat Clemestes' Geldtruhe auf und brach in grölenden Jubel aus, als er den kleinen Stapel Silbermünzen darin entdeckte. Inzwischen zerrte Hector die neuen Rekruten mit erhobenem Schwert an Bord des Piratenschiffs, sichtlich gewillt, jeden, der einen Fluchtversuch unternahm, sofort zu erschlagen. Schließlich war die gesamte Fracht umgeladen, und die Piraten erhielten den Befehl zur Rückkehr auf ihr Schiff. Nachdem sie die Enterhaken geborgen hatten, kletterten sie über die Reling und überließen die *Selene* ihren Toten.

Als die erste Ahnung der Morgendämmerung den Horizont streifte, legte das Piratenschiff schwer beladen ab. Telemachos stand zusammen mit den anderen neuen Rekruten auf dem Vordeck und beobachtete verzweifelt, wie die herrenlos treibende *Selene* allmählich in der Ferne verschwand. Er gestattete sich nur einen Moment des Zorns über das jähe Ende seiner Tätigkeit als Schiffsjunge, dann richtete er seine Gedanken auf die unmittelbare Zukunft. Er hatte sich immer schnell an neue Bedingungen gewöhnt und diese Fähigkeit in den vielen Jahren seiner Existenz auf den Straßen von Piräus vervollkommnet. Seine Aufgewecktheit hatte ihn oft vor dem Schlimmsten bewahrt. Diesen Instinkt brauchte er mehr denn je, wenn er in seiner jetzigen Situation überleben wollte.

»Was wird jetzt mit uns passieren?«, fragte er Geras.

Dieser zuckte mürrisch die Schultern. »Wahrscheinlich machen sie das Gleiche wie alle Piraten, wenn sie Matrosen gefangen nehmen. Sie zwingen uns zum Treueeid und lassen uns hier auf dem Schiff schuften. Außer sie sind knapp bei Kasse. Dann verkaufen sie vielleicht ein paar von uns in die Sklaverei, um ein paar Sesterzen einzunehmen. So oder so, das Ganze wird kein Zuckerschlecken für uns.«

Telemachos schluckte. »Verstehe.«

»So viel zur Hoffnung auf ein ruhiges Leben auf See.« Geras fluchte leise vor sich hin. »Ich hätte auf meinen Alten hören und zur kaiserlichen Marine gehen sollen. Dann wäre ich jetzt wenigstens nicht diesen Irren ausgeliefert.«

»Hätte schlimmer kommen können«, erwiderte Telemachos.

»Ach, findest du?«

»Immerhin leben wir noch. Das ist doch schon mal nicht so schlecht.«

Mit einem gereizten Knurren wandte Geras den Blick ab.

Auch wenn er sich nichts anmerken ließ, teilte Telemachos die Ängste seines Kameraden. Trotz des wachsenden Grauens in seiner Brust zwang er sich dazu, seine Gedanken zu ordnen. Sicher, sie befanden sich in einer echten Notlage, aber immerhin hatten sie nicht das gleiche grausame Schicksal erlitten wie viele von Piraten überwältigte Mannschaften. Bulla hatte versprochen, dass sie sich ihren Platz unter seinen Männern verdienen und sogar an dem lukrativen Gewinn teilhaben konnten, den das Plündern reicher Handelsschiffe abwarf. Vielleicht war noch nicht alles verloren.

Leitos neben ihm starrte wie gebannt auf den kaum mehr erkennbaren Kauffahrer und schüttelte den Kopf. »Wir sind noch am Leben, Junge, das stimmt. Aber damit endet unser Glück. Wir stecken bis zum Hals in der Scheiße.«

»Wieso?«

Leitos deutete mit dem Kinn auf die *Selene*. »Es wird nicht lange dauern, bis die römische Marine auf sie stößt. Und wenn das passiert, werden sie noch entschlossener Jagd auf die Verantwortlichen machen.«

»Dann besteht noch eine Chance, dass wir gerettet werden?«

Der ehemalige erste Offizier spähte erneut zum Horizont, wo sich der Kauffahrer nur noch als winziger Punkt abzeichnete. Dann wandte er sich an Telemachos, die Augen erfüllt von tiefer Sorge. »Verstehst du nicht, Junge? Der Präfekt wird seine Schiffe losschicken, damit sie Bulla und seine Männer zur Strecke bringen … also auch uns. Wenn die Römer angreifen, stehen wir genau zwischen den Fronten.«

KAPITEL 9

Über der *Poseidons Dreizack* brach die Abenddämmerung herein, als sie langsam auf den Strand zuglitt. Auf dem Achterdeck des Piratenschiffs stand Kapitän Bulla, den Blick zur Küste und den fernen Bergen dahinter gewandt. Nachdem sie bis zum Abend nach Norden gesegelt waren, hatte der Piratenkommandant den Befehl erteilt, in dem Gewirr von Inseln und Meeresarmen an der illyrischen Küste vor Anker zu gehen. Es wurde allmählich dunkel, und er wollte nicht nachts weiterfahren und mit dem voll beladenen, tief liegenden Schiff das Risiko eingehen, in seichten Gewässern auf Grund zu laufen.

Er wandte sich seinem ersten Offizier zu, einem korpulenten Mann mit grau durchsetztem Haar und dauerhaft finsterer Miene. Hector hatte eine seltene Begabung, wenn es darum ging, anderen Angst einzujagen oder sie zu töten. Darum hatte Bulla ihn trotz seiner begrenzten seemännischen Fähigkeiten zu seiner rechten Hand gemacht. Inzwischen fuhren sie seit fünf Jahren auf der *Poseidons Dreizack* und führten das Kommando über eine der blutrünstigsten und gewalttätigsten Mannschaften im gesamten Imperium.

Bulla nickte ihm zu. »Wir setzen das Schiff auf Strand, Hector. Die Männer sollen sich bereithalten.«

»Aye, Käpt'n.« Der erste Offizier wies mit dem Kopf

auf die gefangenen Matrosen. Viele von ihnen trugen Wunden von dem erbitterten Kampf in der vergangenen Nacht an Bord des Handelsschiffs. »Was ist mit den Jammergestalten da?«

Bulla überlegte kurz. »Wir führen sie ein, sobald wir gelandet sind. Höchste Zeit, dass sie unsere Reihen auffüllen.«

Geras beobachtete, wie sich der erste Offizier entfernte, und schüttelte verbittert den Kopf. »Diese verdammten Piraten. Wir wären schon längst in Salona, wenn die uns nicht überfallen hätten. Wir könnten uns einen ansaufen und uns mit den einheimischen Weibern vergnügen. Stattdessen sitzen wir hier auf diesem Pott.«

Leitos bedachte ihn mit einem bösen Blick. »Das ist mal wieder typisch für dich, Geras. Wir werden von den erbarmungslosesten Strolchen im ganzen Adriaticum in den Dienst gezwungen, und dich stört nur, dass dir ein paar Huren durch die Lappen gehen.«

Geras zuckte die Achseln. »Ich mein ja nur.«

Telemachos ließ den Blick über die Bucht gleiten. »Was denkst du, wo wir sind, Leitos?«

Der Ältere starrte auf die Berge und strich sich über die grauen Stoppeln. »Vor einer Weile sind wir an Ragusa vorbeigekommen. Das hier muss eine Insel in der Nähe von Corcyra Nigra sein. Anscheinend gehen wir für die Nacht vor Anker. Der Schlupfwinkel der Piraten liegt wahrscheinlich weiter nördlich.«

»Vielleicht findet uns die Marine, bevor wir dort ankommen«, sagte Geras.

»Auf diesen Inseln?« Leitos schnaubte. »Das bezweifle ich. Und selbst wenn sie zufällig über uns stolpern, werden uns die Römer nicht anders behandeln als die Piraten.«

Der magere Junge legte die Stirn in Falten. »Aber wir *sind* doch anders. Wir sind keine Seeräuber. Ihr Kapitän hat uns gezwungen, dass wir uns ergeben und seiner Mannschaft beitreten.«

»Gezwungen oder nicht, Telemachos, für die Römer sind wir alle gleich. Außerdem, warum sollten sie uns Glauben schenken? Bestimmt behauptet jeder Pirat, der zwischen hier und Miletus gestellt wird, dass er gegen seinen Willen auf einem Seeräuberschiff fährt.«

»Leitos hat recht«, warf Geras ein. »Wir haben das Angebot des Kapitäns angenommen, und damit sind wir Feinde Roms. Ob das nun gerecht ist oder nicht, wir sind alle Gezeichnete. Wir sitzen bis zum Hals in der Scheiße.«

Telemachos schluckte schwer. »Sollen wir versuchen zu fliehen?«

»Lass es lieber. Oder willst du, dass sie dir den Kopf abhauen? Die machen dich sofort nieder, wenn du wegrennst. Du kommst nicht weit. Wir sind doch meilenweit weg vom nächsten Hafen.«

»Was sollen wir dann tun?«

»Am besten, du ziehst den Kopf ein«, mahnte Leitos eindringlich. »Mach dir keine Feinde, und bei allen Göttern sieh zu, dass du nicht abgemurkst wirst.«

Inzwischen näherte sich die *Poseidons Dreizack* dem Strand, und die Matrosen versanken in niedergeschlagenes Schweigen. Hector rief einen Befehl, und alle verfügbaren Männer bewegten sich zum Achterdeck, um den Schiffsbug zu heben. Während einige Gefangene Stoßgebete an die Götter richteten oder flüsternd über die Möglichkeit zur Flucht sprachen, beobachtete Telemachos unauffällig die Piraten. Obwohl er sie noch immer fürchtete, war das ursprüngliche Entsetzen allmählich von ihm gewichen, verdrängt von rastlosen Gedanken ans Überleben. Vielleicht bot sich hier sogar eine gute Gelegenheit. Die Matrosen an Bord der *Selene* hatten sich oft in Erzählungen über die Gräueltaten der Seeräuber ergangen, doch sie hatten auch die dabei erbeuteten Reichtümer erwähnt. Wenn das der Wahrheit entsprach, konnte er vielleicht doch noch sein Glück machen – nicht als Schiffsjunge, sondern als Pirat. Und wenn er schon zu einer Existenz als Gesetzloser verdammt war, dann konnte er wenigstens als wohlhabender Mann sterben ...

Ein jäher Ruck riss ihn aus seinen Gedanken. Der Schiffsbug hatte auf dem Kies aufgesetzt. Bulla befahl den Männern, die Ruder einzuziehen, und über die Steuerbordseite wurde ein fester Landesteg herabgelassen. Die Piraten kletterten schnell von Bord und nahmen mehrere Amphoren Wein mit, um den erfolgreichen Raubzug zu feiern. Sie zündeten mehrere Lagerfeuer am Strand an, und bald darauf waberte das schwache Aroma von geschmortem Schweinefleisch über das Deck. Telemachos spürte, wie sein Magen vor Hunger knurrte. Die letzte Mahlzeit der Matrosen lag fast einen Tag zurück, und die Vorstellung von gekochtem Essen war eine zusätzliche Qual für sie.

Als die Decks geräumt und die Luken gesichert waren, stapfte Hector heran und versetzte dem nächsten Matrosen einen Tritt. »Hoch mit euch, ihr nutzlosen Bilgenratten!«

Zusammen mit den anderen rappelte sich Telemachos langsam auf. Von den langen Stunden an Deck waren seine Muskeln steif und verspannt, und die Fleischwunde an seiner linken Schulter pochte schmerzhaft. Doch sein körperliches Unbehagen war nichts im Vergleich zu der Beklemmung, die ihm die Kehle zuschnürte. »Was passiert mit uns?«

Hector starrte ihn an, das Gesicht gehässig verzogen. »Höchste Zeit, dass wir dir den Eid abnehmen, Junge. Dir und den anderen Glücklichen aus deiner Schar.« Seine Lippen öffneten sich zu einem tückischen Grinsen. »Beeilt euch. Der Kapitän hat eine Überraschung für euch.«

»Eine Überraschung?«, wiederholte ein übergewichtiger Matrose mit Stirnglatze. »Was soll das heißen?«

Das Grinsen des Seeräubers wurde breiter. »Kann ich leider nicht verraten.« Seine Miene wurde hart. »Und jetzt bewegt euch, ihr faulen Säcke. Der Kapitän erwartet euch am Strand.«

Er drehte sich um und führte die Matrosen über die verwitterten Decksplanken zum Fallreep. Telemachos, Leitos und Geras reihten sich hinter den schlurfenden Gestalten ein.

Der beleibte Seemann warf nervöse Blicke um sich, die Augen groß vor Angst. »Das kann alles nicht wahr sein«, wimmerte er. »Es darf nicht sein. Ich muss nach Hause zu meiner Familie.«

»Still, Nearchos!«, zischte Leitos. »Willst du uns alle in Schwierigkeiten bringen?«

Nearchos verstummte und schaute mit zusammengesunkenen Schultern nach vorn, während die Matrosen über die Laufplanke hinab zum Kiesstrand stiegen. Die Flammen der Lagerfeuer leckten am dunkel werdenden Himmel und warfen ihren Schein auf die Gesichter der Piraten. Wild grölend hatten sie sich in einem losen Pulk um ihren Kapitän versammelt und schwenkten ihre Lederbecher voller Wein. Mit verschränkten Armen stand Bulla neben einer eisernen Feuerschale, das Schwert an seinem breiten Gürtel. Neben ihm hielt ein gedrungener Syrer mit dicht verfilztem Bart eine Eisenstange und erhitzte sie in der Schale. Die orangefarbene Glut spiegelte sich in seinen bedrohlichen schwarzen Augen wider.

»Scheiße«, flüsterte Geras. »Das sieht nicht gut aus.«

»Nein.« Telemachos ließ den Blick über die umgebende Bucht wandern. Sie war umsäumt von Klippenwänden. Es gab keine Lücke, die vom Strand wegführte, und er verwarf sofort die Idee eines Fluchtversuchs.

Leitos bemerkte seinen Gesichtsausdruck und beugte sich nahe heran. Seine Stimme wurde zu einem leisen Flüstern. »Was auch passiert, zeig keine Angst, Junge. Gib den Hunden nicht diese Genugtuung.«

Die aufgeregten Rufe der Piraten wurden lauter, als Hector die Matrosen heranführte, bis sie nur noch wenige Schritte von Bulla entfernt waren. Mit erhobenem Arm forderte er sie zum Stehenbleiben auf, und am Strand wurde es auf einmal ganz still.

Schließlich trat er vor und räusperte sich. »Männer der *Selene*. Heute ist der beste Tag in eurem bisherigen erbärmlichen Leben. Ab jetzt seid ihr nicht mehr der niedrigste Abschaum der Handelsschifffahrt, der sich für einen Hungerlohn abstrampelt, während ein gieriger Kaufmann in Athen den Gewinn einsteckt. Nein. Dieses Leben ist vorbei. Ihr werdet Teil einer neuen Mannschaft. Von heute an wird jeder von euch auf einem Schiff dienen, das den Menschen bis in die entferntesten Winkel des Adriaticums Angst einflößt – auf der *Poseidons Dreizack*!«

Die versammelten Piraten johlten aus voller Kehle. Telemachos schielte nach den anderen Gefangenen. Einige starrten die Seeräuber mit großen Augen an. Andere hatten sich offenbar in ihr Schicksal ergeben und beobachteten den Kapitän mit niedergeschlagener Miene. Nearchos' Hände zitterten vor Angst. Als sich das Geschrei allmählich legte, richtete Telemachos den Blick wieder auf Bulla, der seine Ansprache fortsetzte.

»Manche von euch haben bestimmt Geschichten über unsere Lebensweise gehört. Darüber, warum wir uns darauf verlegt haben, die Seestraßen des Imperiums unsicher zu machen. Wer nichts über uns gehört hat, muss Folgendes begreifen. Viele von uns haben früher auf Handelsschiffen gedient. Wir wissen, was es heißt, wenn man mit einem Hungerlohn abgespeist wird. Wenn man das ranzige Essen und die täglichen Demütigungen ertragen muss. Wenn man einem unfähigen Kapitän ausgeliefert ist und für einen römischen Schiffseigner arbeitet, der sich einen feuchten Dreck um einen schert. Jetzt habt ihr die Chance, das alles hinter euch zu lassen. Befolgt die Regeln auf unserem Schiff, und ich verspreche euch, ihr werdet reich belohnt. Wenn es hingegen jemand wagt, uns zu hintergehen, wird er ohne Nachsicht bestraft. Wer aus der Schiffskasse stiehlt oder Beute für sich behält, wird hingerichtet. Das Gleiche gilt für alle, die einen Fluchtversuch unternehmen oder eine Meuterei anstiften. Wenn ihr euch unseren Reihen anschließt, gehört ihr zu unserer Bruderschaft. Wir bestehen gemeinsam Not und Gefahr und teilen den Gewinn, der uns dabei zufällt.« Der Kapitän grinste. »Und wenn wir nach den Fahrten auf See unseren Ruhestand noch erleben, werden wir reicher sein als Croesus. Ihr werdet so viel Geld und Wein haben, wir ihr es euch nur wünschen könnt.«

»Und Muschis!«, krähte ein Pirat und löste damit schallendes Gelächter aus.

Telemachos schielte überrascht nach seinen Kameraden. Für eine Waise, die nichts anderes kannte als drückende Armut, klang selbst ein Dasein als Seeräuber verheißungsvoll. Vielleicht war es gar keine so schlechte Idee, sich der Mannschaft eines Piratenschiffs anzuschließen. Er hörte gespannt zu, als Bulla fortfuhr.

»Um eure Treue sicherzustellen, werdet ihr alle mit dem Zeichen des Dreizacks gebrandmarkt. An diesem Mal wird jeder erkennen, wer ihr seid … was aus euch geworden ist. Wie ihr wisst, kennen die römischen Hunde keine Gnade mit Leuten unseres Berufs. Der neue Präfekt Canis hat verkündet, dass ab jetzt jeder, der Piraterie betreibt, für seine Verbrechen gekreuzigt wird. Das heißt, wenn ihr uns den Rücken kehrt, werdet ihr ans Kreuz genagelt. Nehmt daher euer Brandmal an, dient diesem Schiff und kämpft wie echte Helden, dann werdet ihr reicher sein, als ihr es euch je erträumt habt, das verspreche ich euch. Wenn ihr euch dem Mal verweigert, dann schneide ich euch die Zunge heraus und verkaufe euch im erstbesten Hafen auf dem Sklavenmarkt.«

Telemachos jagte ein eiskalter Schauer über den Rücken. Einige Matrosen schauten sich erschrocken an, weil sie erst jetzt so richtig begriffen, was ihnen bevorstand.

Bulla wandte sich an zwei kräftige Piraten, die bereitstanden. »Bringt mir den Ersten!«

KAPITEL 10

Unter den Gefangenen machte sich Angst breit, als sich die beiden Piraten näherten. Einige Matrosen neben Telemachos senkten den Blick, während andere zurückwichen, in der Hoffnung, dass es einen anderen vor ihnen traf und sie ihr eigenes Leid noch hinauszögern konnten. Die Piraten steuerten sofort auf Nearchos zu und packten ihn mit eisernem Griff an den Armen. Entsetzt flehte der Matrose die Seeräuber an, ihn zu verschonen, als sie ihn zu ihrem Kapitän zerrten.

»Tut das nicht!«, rief er. »Ich laufe nicht davon, das schwöre ich!«

Die Piraten ignorierten seine verzweifelten Bitten und stießen ihn vor Bulla auf die Knie. Durch die Schar der Seeräuber lief ein aufgeregtes Murmeln.

Der Piratenführer musterte Nearchos mit einer Miene kalter Verachtung. Dann wandte er sich dem Syrer bei der Feuerschale zu und nickte. »Zeichne ihn, Lasthenes.«

Sofort zog der Angesprochene das Brandeisen aus der Glut und trat auf Nearchos zu. Beim Anblick der rot leuchtenden Spitze verlor der Matrose völlig die Beherrschung. Zitternd winselte er um Gnade, doch seine Rufe gingen unter in den grölenden Sticheleien der versammelten Seeräuber. Als Lasthenes näher kam, riss Nearchos den Kopf vom Brandeisen weg und löste damit eine Welle von wüsten Beschimpfungen aus.

»Nein«, stöhnte er. »Bitte nicht …«

»Schnauze!«, herrschte ihn Bulla an. »Haltet ihn fest.«

Ein Pirat packte Nearchos am Handgelenk, sodass er es nicht mehr bewegen konnte. Mit einem grausamen Grinsen auf den Lippen hielt Lasthenes das Eisen aufreizend nah über die Haut. Dann presste er die dreizackförmige Spitze fest auf den Unterarm des Matrosen. Dessen gellende Schmerzensschreie wurden schon bald von dem betrunkenen Gegröle der Menge übertönt. Zischend brannte sich das erhitzte Metall ins Fleisch und ließ gekräuselten Rauch aufsteigen. Erst nach mehreren quälenden Momenten zog Lasthenes das Eisen weg und trat zurück. Schlotternd und schluchzend sackte Nearchos auf den Kies. Auf Bullas Kommando hin zerrten die zwei Piraten ihn hoch und schleiften den hemmungslos Weinenden weg.

Kopfschüttelnd wandte sich Bulla an Hector. »Der Nächste!«

»Aye, Käpt'n.« Der erste Offizier packte Telemachos und stieß ihn auf Bulla zu. »Beweg dich! Du hast den Kapitän gehört!«

Den Bauch verkrampft vor Furcht, stolperte Telemachos vorwärts. Laute Buhrufe schallten über den Strand, als ihn die zwei Seeräuber an den Armen ergriffen und zur Feuerschale zogen. Lasthenes schlang ein Tuch um das Griffende des Brandeisens und hielt es so lange in die Flammen, bis die Spitze weiß glühte. Dann zog er es heraus und trat auf Telemachos zu. Dieser spannte die Muskeln an und holte tief Luft, um sich gegen den bevorstehenden Schmerz zu wappnen. Er spürte die beißende Hitze des Eisens, die auf der Haut kribbelte und die Härchen am Arm versengte. Von allen Seiten feuerten die Seeräuber den Syrer an.

»Drück ihm das Zeichen auf!«, rief einer. »Brenn den dürren Scheißer, bis die Haut qualmt!«

»Lass ihn winseln!«, brüllte ein anderer.

Lasthenes setzte ein tückisches Grinsen auf. »Gleich tut's weh, Kleiner.«

Der Syrer drückte das Brandeisen nach unten, und im Unterarm des Jungen explodierte ein stechender Schmerz. Jede Faser in seinem Körper kreischte, und er kämpfte mit zusammengebissenen Zähnen gegen die schier unerträgliche Qual an. In seine Nase drang der Gestank von verbranntem Fleisch, und eine heftige Welle der Übelkeit stieg aus seinen Eingeweiden hinauf zur Kehle. Mit äußerster Kraft unterdrückte er jeden Schmerzenslaut, entschlossen, sich nichts von seinem Leiden anmerken zu lassen. Einen kurzen, schrecklichen Moment lang fürchtete er, in Ohnmacht zu fallen. Dann zog Lasthenes plötzlich das Eisen weg, und er sackte keuchend in die Knie.

Bulla trat vor und betrachtete den jungen Griechen voller Verwunderung. »Ich glaube nicht, dass ich so was schon mal erlebt habe. Sonst greinen die neuen Rekruten immer wie Babys, wenn sie gebrandmarkt werden.«

»Dann brennen wir ihn eben noch mal«, schlug Hector vor. »Am besten gleich auf den Arsch. Den bringen wir schon noch zum Schreien, Käpt'n.«

Bulla schüttelte den Kopf. »Nein, der Kerl hat Mumm. Er hat genug eingesteckt. Fürs Erste zumindest.« Er kniff die Augen zusammen. »Wie war noch mal dein Name, Junge?«

»Telemachos«, kam die stöhnende Antwort.

»Für dich immer noch Käpt'n.« Über das Gesicht des Piraten zog ein Flackern. »Du bist dieser Schiffsjunge, oder? Der, der Pelagios umgebracht hat.«

Telemachos starrte trotzig zurück. »Der bin ich … Käpt'n.«

»Pelagios war ein guter Schwertkämpfer. Einer der besten auf meinem Schiff. Trotzdem hast du ihn irgendwie bezwungen. Wo hat ein magerer Bengel wie du so zu kämpfen gelernt?«

»Nirgends. Ich habe es mir selbst beigebracht, in den Elendsvierteln von Piräus. Dort bin ich aufgewachsen. Man überlebt da nur, wenn man sich zu wehren weiß.«

»Ein Straßenkind also.« Bulla musterte sein Gegenüber kurz. »Ich schlage vor, du isst jetzt was und lässt deine Wunde reinigen. Wir laufen schon morgen wieder aus, und du nützt mir nichts, wenn du zu schwach zum Klettern in den Webcleinen bist.«

»Aye … Käpt'n.«

Die zwei Piraten, die Telemachos festgehalten hatten, zogen ihn hoch und brachten ihn zu einem Lagerfeuer. Dort saß schon Nearchos, der immer noch untröstlich weinend in die Flammen starrte. Die Seeräuber warfen Telemachos zu Boden, bevor sie erbost knurrend zurück zu ihrem Kapitän stapften. Kurz darauf hinkte ein anderer Pirat herüber. Er war groß und dünn, mit kahl geschorenem Schädel und tief zerfurchter Stirn. Auf der Innenseite seines Unterarms war das Dreizackmal deutlich zu erkennen.

Er reichte Telemachos einen angeschlagenen Tonbecher. »Hier, trink das.«

Telemachos schnupperte argwöhnisch an der Flüssigkeit. »Was ist das?«

»Wein. Vor ein paar Wochen haben wir eine ganze Ladung davon auf einem Versorgungsschiff erbeutet. Billiges Zeug, schmeckt wie Rattenpisse. Aber kräftig. Hilft gegen die Schmerzen.«

»Danke.« Telemachos hob den Becher an die Lippen und nahm einen langen Schluck. Der Wein brannte in der Kehle und landete warm im Bauch, doch er richtete wenig aus gegen das heftige Brennen in seinem Arm.

»Ich heiße Castor. Bin der Quartiermeister des Schiffs.« Der Mann deutete mit dem Kinn in Richtung der Feuerschale. »Anscheinend hast du den Kapitän ganz schön beeindruckt.«

»Wenn du das sagst.«

Castor nickte. »Diesen Haufen darfst du nicht zu ernst nehmen. Mit den neuen Rekruten springen sie immer rau um. Vor allem, wenn sie sie auf anderen Schiffen gefangen genommen haben.« Er runzelte die Stirn. »Wie bist du überhaupt auf diesem Kauffahrer gelandet? Wie ein Seemann siehst du nicht gerade aus.«

»Ein paar Straßenräuber haben eines Nachts in Piräus meinen Kapitän überfallen. Ich hab sie in die Flucht geschlagen.« Telemachos ließ den Kopf sinken. »Zur Belohnung hat er mir einen Platz auf seinem Schiff angeboten.«

Der Quartiermeister gluckste. »Schöne Belohnung! Das Leben auf einem Frachter ist so beschissen, wie es hier in der Gegend nur sein kann. Da wärst du besser auf den Straßen geblieben, Junge.«

»Ich hatte keine andere Wahl«, erwiderte Telemachos mürrisch.

»Was meinst du damit?«

Telemachos zögerte. Sein Schädel pochte vor Schmerz. »Ich habe angeheuert, weil ich meinem Bruder helfen will. Er arbeitet als Sklave in einer Schmiede drüben in Thorikos. Ich dachte, wenn ich genug spare, kann ich ihn irgendwann freikaufen.«

»Also, eins steht fest. Mit unserer Mannschaft wirst du mehr Geld verdienen als auf einem Handelsschiff. Das weiß ich ganz genau. Ich war nämlich früher ebenfalls Matrose.«

Telemachos blickte auf. »Sie haben dich auch zwangsrekrutiert?«

Castor schüttelte den Kopf. »Ich bin schon mit Bulla gesegelt, als er noch kein Pirat war. Wir haben auf einem Kaufmannspott gearbeitet, der seinen Heimathafen in Delos hatte. Das ist jetzt sechs Jahre her. Unser Kapitän damals war ein richtig fieser Sack. Dachte, er kann uns wie Scheiße behandeln, bloß weil er ein feiner römischer Pinkel war. Da haben ein paar von uns den Kerl und seinen hinterhältigen ersten Offizier beseitigt und unter dem Kommando von Bulla das Schiff übernommen. Seitdem streifen wir als Seeräuber über die Meere.«

»Hast du nie daran gedacht, die Mannschaft zu verlassen?«

»Warum sollte ich? Ich hab hier ein schönes Leben. Besser jedenfalls als auf dem Kauffahrer. Ich kriege regelmäßig Mahlzeiten, einen Anteil an der Beute und die Freiheit der See. Und ein paar von den Männern sind gar nicht so schlecht, wenn man sie erst mal näher kennenlernt.«

»Du musst es ja wissen.« Telemachos schielte hinüber zu den Piraten, die johlend die Brandmarkung des nächsten Matrosen begrüßten. Dann wandte er sich wieder an Castor. »Wohin segeln wir morgen?«

»Wir fahren an der Küste zurück und halten Ausschau nach weiterer Beute. Wenn unsere Vorräte zur Neige gehen, ziehen wir uns in unser Versteck zurück. Peiratispolis. Die Piratenstadt. Schon mal davon gehört?«

Telemachos schüttelte den Kopf.

»Hätte mich auch gewundert«, setzte Castor hinzu. »Ist auf keiner Karte eingetragen, und die Römer wissen auch nichts davon. Eigentlich eher ein kleiner Fischerhafen als eine Stadt.«

»Wie weit ist es bis dorthin?«

»Zwei Tage Fahrt bei günstigem Wind. War bis vor ein paar Jahren ein gut gehender Hafen, dann ist ein großer Sturm auf die Küste getroffen und hat die Siedlung zum größten Teil zerstört. Ein paar Einheimische sind geblieben und haben ihre Häuser wieder aufgebaut, aber die meisten sind weggezogen. Da haben wir beschlossen, dass wir den Ort als Schlupfwinkel benutzen – zusammen mit mehreren anderen Piratenschiffen, die in diesen Gewässern unterwegs sind. Du wirst es ja bald mit eigenen Augen sehen.« Castor hielt inne. »Wenn du so lange am Leben bleibst.«

Telemachos setzte sich mit einem Ruck auf. »Was soll das heißen?«

Der Pirat vergewisserte sich mit einem kurzen Blick, dass ihn niemand hörte. Weiter unten am Strand zerriss ein grässlicher Schrei die Nacht, als wieder ein Matrose mit dem Brandeisen gezeichnet wurde. Die betrunkene Besatzung brüllte erneut vor Lachen.

»Sagen wir einfach, dass ein paar von den Männern nicht gerade begeistert von deiner Rekrutierung sind«, antwortete Castor. »Hector zum Beispiel. Anscheinend will er dir an den Kragen.«

»Wieso denn? Ich hab ihm doch nichts getan.«

»Pelagios war bei vielen Männern beliebt. Und er war ein guter Freund von Hector. Der sinnt bestimmt auf Rache.«

»Weil ich mich gegen jemanden gewehrt habe, der mich umbringen wollte?«

»Genau so ist es, Junge.«

»Ich fürchte niemanden«, erklärte Telemachos selbstbewusst.

»Solltest du aber«, mahnte Castor. »Ganz im Ernst. Hector ist ein gemeines Schwein. Die anderen haben fast alle eine Scheißangst vor ihm, dabei sind das so ziemlich die härtesten Kerle, die mir je begegnet sind.« Er starrte Telemachos mit grimmiger Miene an. »Glaub mir. Sei lieber auf der Hut.«

KAPITEL 11

Im Lauf der Tage wurde der Himmel klar, und die Frühlingssonne wärmte die Schiffsplanken. Nach dem Elend der Wintermonate nutzten die Männer die Gelegenheit, mit nacktem Oberkörper zu arbeiten. Die neuen Rekruten wurden zum Scheuern der Decks und zum Reparieren der Segel eingeteilt, von denen eines Tages das Leben der Piraten abhängen konnte. Während einige ältere Matrosen von der *Selene* um Heim und Familie trauerten, die sie nie wiedersehen würden, ergaben sich die meisten anderen bald in ihr Schicksal und gewöhnten sich an ihr neues Leben.

Telemachos fand schnell heraus, dass er noch viel zu lernen hatte. Zusätzlich zu ihren Deckspflichten mussten die Piraten das Kämpfen auf See beherrschen, und jeden Abend, wenn das Schiff auf Strand gesetzt war, unterwies Lasthenes die Rekruten im Umgang mit Falcatas, Schilden und schweren Streitäxten. Telemachos erwies sich als sehr geschickt und beherrschte schon nach kurzer Zeit die grundlegenden Techniken des Schwertkampfs. Trotz der großen körperlichen Anstrengung stürzte er sich entschlossen in jede neue Aufgabe, um seinen Wert zu beweisen. Hier konnte er sein Glück machen, und diese Chance durfte er sich nicht entgehen lassen.

Doch Hector ging ihm nie aus dem Sinn. Seit sie die Segel gesetzt hatten, behandelte der erste Offizier die

Rekruten mit schonungsloser Grausamkeit und verprügelte jeden, dessen Arbeit nicht seine Billigung fand. Besonders hatte er es dabei auf Telemachos abgesehen. Offenbar legte er es darauf an, ihm das Leben schwer zu machen. Wenn sie einander begegneten, ließ er keine Gelegenheit aus, ihn zu beschimpfen oder eine finstere Drohung auszustoßen. Auf dem engen Schiff konnte ihm Telemachos nicht völlig aus dem Weg gehen, auch wenn er sich noch so um sicheren Abstand bemühte, und er hatte auf Schritt und Tritt das Gefühl, dass Hectors feindseliger Blick ihm überallhin folgte.

Zwei Wochen verstrichen, ohne dass die Piraten auf weitere Beute stießen, und als sie Colentum passierten, erteilte Bulla widerstrebend den Befehl, die Suche abzubrechen und zum Lager zurückzukehren.

Nach dem Ende seiner Wache nahm Telemachos auf dem Vordeck eine bescheidene Mahlzeit aus Essigwasser und gedörrtem Rindfleisch zu sich. Unweit von ihm lehnte Castor an der Reling und blickte hinaus auf die aufgewühlte See.

»Wie lang ist es noch bis Peiratispolis?«, fragte der Junge.

Castor fixierte den Horizont mit zusammengekniffenen Augen. »Wir müssten schon weit vor Einbruch der Dunkelheit ankommen. Unter vollen Segeln ist die alte Kiste schneller als ein durchschnittlicher Kauffahrer. Andererseits ist der Frachtraum voll, da ist sie bestimmt langsamer. Jedenfalls landen wir noch vor der Abenddämmerung.«

»Was passiert, nachdem wir dort angelegt haben?«

»Wir nehmen Proviant an Bord, während der Kapitän mit unserem Kaufmann einen Preis für die Ladung aushandelt. Er nimmt alles, was wir ihm anbieten, und stellt keine Fragen. Die Jüngeren gehen natürlich an Land und lassen sich in den Tavernen volllaufen. Von den Älteren werden einige sicher Zeit mit ihrer Familie verbringen.« Castor zögerte. »Aber wir bleiben bestimmt nicht lange.«

»Warum?«

Der Pirat kniff die Lippen zusammen. »Die Männer haben auf einen wertvollen Fang gehofft als auf eine Ladung Korn. Auch wenn der Kaufmann einen anständigen Preis dafür zahlt, reicht das kaum, um die Kosten des Schiffs zu decken. Der Kapitän steht unter Druck, er muss eine gute Prise auftun.«

»Mir war nicht klar, dass es so schlecht steht«, entgegnete Telemachos.

»So schlimm ist es auch wieder nicht. Noch nicht zumindest. Aber wir sind nicht die einzigen Piraten, die in diesen Gewässern segeln. Ganz und gar nicht. Da herrscht ein harter Wettbewerb. Dir ist sicher aufgefallen, dass nur wenige Handelsschiffe unterwegs sind, weil sie Angst vor einem Überfall haben.« Castor lächelte nachdenklich. »Anscheinend haben wir uns mit unserer Schlagkraft selbst geschadet.«

Telemachos nickte. Seit dem Lichten des Ankers hatten sie kaum noch Segel gesichtet. Ein deutlicher Hinweis, dass die Piraterie die Schifffahrt in der Gegend fast zum Erliegen gebracht hatte.

»Wie viele Piratenmannschaften jagen denn in diesen Gewässern?«, fragte er.

»Nicht wenige«, antwortete Castor. »Einige nutzen die gleichen Schlupfwinkel, aber auf See bleiben wir meistens für uns.«

»Ihr segelt nie zusammen?«

Castor lachte trocken. »Keine Chance. Früher hatten die illyrischen Piratenbanden eine Bruderschaft, aber inzwischen schauen alle bloß noch auf sich selbst. Unsere Leute sehnen sich bestimmt nicht danach, mit den anderen Besatzungen zusammenzuarbeiten. Vor allem nicht mit solchen wie Nestor und seiner Horde.«

»Nestor? Treibt der sich hier herum?«

Castor musterte ihn. »Du hast von Nestor gehört?«

»Das eine oder andere.« Telemachos erinnerte sich noch gut an die Geschichten, die man ihm auf der *Selene* erzählt hatte. Nestor war einer der gefürchtetsten Piratenkapitäne an der illyrischen Küste, berüchtigt für die blutigen Gräuel, die seine Männer an gefangenen Matrosen begingen. »Ist es wahrscheinlich, dass wir ihm begegnen?«

»Kann ich mir nicht vorstellen. Seine Bande arbeitet weiter nördlich. Solange wir in unserem Meeresabschnitt bleiben, sind wir auf der sicheren Seite.«

Telemachos wechselte das Thema. »Was wird der Kapitän jetzt unternehmen? Wenn wir keine Schiffe zum Ausplündern finden, meine ich.«

»Bulla treibt bestimmt was auf. Wie immer. Allerdings ist es schon eine Weile her, dass wir auf eine gute Prise gestoßen sind. Wenn er nicht aufpasst, könnte sich ein Teil der Mannschaft gegen ihn wenden.«

»Aber er ist der Kapitän. Sie werden ihn doch nicht einfach hinterrücks niederschlagen, oder?«

»Wir sind hier nicht bei der kaiserlichen Marine, Junge.« Castor machte eine Geste in Richtung der anderen Seeräuber. »Diese Männer kommen von überallher. Aus Thrakien, Hispanien, Ägypten, Lykien. Ihre einzige Gemeinsamkeit ist, dass sie nach einem leichten Leben suchen. Niemand von denen nimmt Befehle von einem Mann an, der sie nicht reich machen kann. Wenn er das nicht schafft, werden sie ihn stürzen und einen anderen zum Anführer wählen.«

»Dann streifen wir also weiter durch diese Gewässer, bis wir ein gutes Beuteschiff entdecken? Wir *werden* doch was finden, oder?«

»So einfach ist das nicht. Der Kapitän muss die Bedürfnisse der Besatzung gegen das Risiko eines Angriffs auf ein Schiff abwägen. Die kleineren ergeben sich meistens sofort, wenn sie die schwarze Flagge sehen, aber dafür haben sie in der Regel auch keine wertvolle Fracht geladen. Die fettesten Prisen bringen die Kauffahrer auf der Route von Caesarea. Sie transportieren Gewürze, Seide, Weihrauch. Für dieses Zeug zahlen die Händler ein Vermögen. Aber viele von diesen Schiffen haben als Vorsichtsmaßnahme ehemalige Seesoldaten und Gladiatoren angeheuert. Ein paar von den Männern haben schon vorgeschlagen, wir sollen lieber Geiseln nehmen oder Siedlungen überfallen, aber der Kapitän ist dagegen.«

»Warum?«, fragte Telemachos. »Wenn man auf den Seestraßen kaum noch ein Auskommen findet, ist es doch sinnvoll, sich neue Ziele zu suchen.«

»So einen Schritt muss man sich genau überlegen, Junge.« Castor tippte sich an die Schläfe. »Im Moment sind wir für Rom nur ein kleines Ärgernis. Auch wenn der

Kaiser sich aufbläst und damit droht, uns zu vernichten, weiß jeder, dass seine Flotte in einem beschissenen Zustand ist. Mit ihren paar einsatzbereiten Schiffen und Soldaten können sie die Meere einfach nicht wirksam überwachen. Aber wenn wir jetzt anfangen, hochrangige Römer zu entführen und Siedlungen zu plündern, müssen sie was unternehmen. Solange wir bei Überfällen auf Handelsschiffe bleiben, wird uns Rom kaum zur Kenntnis nehmen.«

»Da wäre ich mir nicht so sicher«, erwiderte Telemachos nachdenklich. »Ich bin dem neuen Präfekten begegnet. Er kam an Bord der *Selene*, als ich noch auf dem Schiff war. Anscheinend ist er entschlossen, die Piraten – uns – auszurotten.«

Castor winkte lachend ab. »Diese Marinepräfekten sind alle gleich. In meiner Zeit als Matrose auf Kauffahrern ist mir der eine oder andere von der Sorte über den Weg gelaufen. Sie übernehmen den Posten, weil sie sich einen Namen machen wollen. In ein oder zwei Jahren wird auch deiner in ein lohnenderes Amt aufsteigen und uns vergessen. Außerdem werden uns die Römer nie finden, und wenn sie sich auf den Kopf stellen. Nicht zwischen all diesen Inseln. Die können jahrelang suchen, ohne dass sie unseren Schlupfwinkel entdecken.«

Telemachos blickte hinaus zum Horizont und wünschte sich, den Optimismus des Quartiermeisters teilen zu können. Doch er hatte noch allzu deutlich in Erinnerung, wie Canis mit einem feurigen Funkeln in den Augen geschworen hatte, alle Piraten zur Strecke zu bringen, die die Seestraßen unsicher machten. Für ihn stand fest, dass der Präfekt der Flotte von Ravenna erst ruhen würde, wenn Bulla und alle anderen Piraten im Adriaticum den Tod gefunden hatten.

Später am Vormittag befahl Hector Telemachos, die Bilge zu reinigen. Die Piraten machten sich nicht die Mühe, das Leckwasser so oft abzuschöpfen wie die Matrosen auf Handelsschiffen, und so schlug ihm durch den Gitterrost im Lastraum ein überwältigender Gestank entgegen, als er sich ans Werk machte. Stundenlang schleppte er große Holzkübel voll mit trübbraunem Wasser hoch an Deck und kippte sie über die Heckreling. Es war schwere Arbeit, und am späten Nachmittag taten ihm Arme und Beine von der Anstrengung weh. Seit seiner Rekrutierung als Pirat hatte er kaum einen Moment Ruhe gefunden, und er sehnte sich danach, aus den Segeltüchern und zusammengerollten Tauen beim Hauptmast ein behelfsmäßiges Lager zu bauen und eine Weile die Augen zu schließen.

Er ließ den Kübel ein weiteres Mal hinunter in die Bilge und zog ihn herauf. Als er sich vom Gitterrost aufrichtete, bemerkte er drei Gestalten, die ihm den Weg versperrten. Vor zwei anderen Piraten stand Hector, den Mund zu einem bedrohlichen Grinsen verzogen. Seine Augen funkelten grausam, und in seiner rechten Hand blitzte ein Dolch.

Er trat auf Telemachos zu, und sein Grinsen wurde breiter. »Wo willst du denn hin, Kleiner?«

Telemachos ließ sich nicht beeindrucken. »Lass mich vorbei.«

»Und wenn nicht?« Mit amüsierter Miene schaute Hector seine zwei Begleiter an. »Murkst du mich dann ab, wie du es mit unserem Freund Pelagios gemacht hast?

Glaube ich nicht. Außerdem haben wir dich noch gar nicht richtig begrüßt.«

Telemachos schielte kurz nach den zwei kräftig gebauten Piraten neben Hector, dann richtete er den Blick wieder auf den ersten Offizier. »Was meinst du damit?«

»Das da.« Hector schwenkte den Dolch. Die Spitze leuchtete tückisch im stinkenden Halbdunkel des Lastraums. »Du hast Pelagios erschlagen. Und jetzt kriegst du von uns ein Andenken an ihn. Ein zweites Zeichen, das zu dem auf deinem Unterarm passt. Damit alle Männer auf dem Schiff wissen, dass du einen Kameraden umgebracht hast.«

Wie vom Griff einer eisigen Hand schnürte es Telemachos die Kehle zusammen. Mit pochendem Herzen machte er einen halben Schritt zurück und sah sich hilfesuchend um. Doch er war völlig allein. Die anderen Rekruten hatten ihre Pflichten beendet und waren oben an Deck. Er hörte das Stapfen ihrer Schritte auf den abgenutzten Planken über seinem Kopf und den Widerhall ihrer Stimmen.

Hector kam auf ihn zu. »Jetzt kannst du dich nirgends mehr verkriechen.« Er verlagerte das Gewicht auf ein Bein und stieß im nächsten Moment mit dem Dolch nach Telemachos. Dieser hatte die Bewegung vorausgeahnt und wich dem Angriff mit einem Schritt zur Seite im letzten Moment aus. Bevor der erste Offizier das Gleichgewicht wiedergefunden hatte, versetzte ihm Telemachos einen Tritt in den Unterleib. Ächzend krümmte sich Hector nach vorn und drückte die freie Hand auf seine lädierten Hoden. Der Dolch entglitt seinem Griff und fiel scheppernd auf den Gitterrost.

»Packt ihn!«, knurrte er den anderen zu. »Schnappt ihn euch, verdammt!«

Mit wutverzerrtem Gesicht stürzte sich der Pirat rechts auf Telemachos. Dieser duckte sich blitzschnell unter dem Schwinger des Mannes hindurch und traf ihn seinerseits mit einem wuchtigen Hieb in den Bauch. Stöhnend sackte der Seeräuber nach vorn. Im gleichen Atemzug erfasste Telemachos aus dem Augenwinkel eine Bewegung und fuhr zu dem dritten Piraten herum. Doch es war zu spät. Der Mann rammte ihn mit der Schulter so heftig am Kopf, dass er zurücktorkelte. Telemachos sah nur noch Sterne und bemerkte erst im letzten Moment, dass der andere Seeräuber erneut nach ihm schlug. Als er zur Seite sprang, um auszuweichen, stieß er mit dem Fuß an den Kübel mit dem Bilgenwasser, den er neben dem Rost abgestellt hatte, und rutschte aus. Er landete auf dem Rücken, und die dunkelbraune Brühe ergoss sich über ihn.

Schnell wollte er sich aufrappeln, doch da traf ihn einer der Piraten mit einem wuchtigen Stiefeltritt in die Rippen, und ihm blieb die Luft weg. Als sich der Nebel in seinem Kopf wieder lichtete, erkannte er die drei Männer, die über ihm auftragten.

Beim Anblick seines hilflosen Opfers setzte der erste Offizier ein triumphierendes Grinsen auf. Er hob den Dolch auf, während die anderen beiden in die Hocke gingen und Telemachos zu Boden drückten.

»Jetzt hab ich dich«, fauchte Hector. »Und diesmal *wirst* du schreien, das schwöre ich dir.«

Die Dolchspitze senkte sich langsam auf Telemachos herab. In diesem Augenblick hallten schwere Tritte durch den Lastraum. Jemand näherte sich von achtern. Die zwei Piraten, die Telemachos festhielten, sprangen sofort auf, und alle drei fuhren zu der näher kommenden Gestalt herum. Nun erkannte Telemachos im Licht der offenen Luke Bulla.

»Was ist hier unten los?«, fragte der Kapitän stirnrunzelnd.

Hector nahm gerade Haltung an. »Nichts, Käpt'n. Bloß ein kleines Missgeschick. Der Junge ist beim Leeren der Bilge ausgerutscht. Ich und die anderen haben ihm gerade erklärt, dass er vorsichtiger sein muss.«

Bulla schaute Telemachos an. »Ist das so?«

Telemachos zögerte. Aus dem Augenwinkel registrierte er Hectors scharfen Blick. Wenn er sich bei den Piraten Respekt verschaffen wollte, durfte er nicht die Wahrheit sagen. In seiner kurzen Zeit an Bord der *Poseidons Dreizack* hatte er begriffen, dass die Besatzung des Schiffes aus hartgesottenen, furchtlosen Männern bestand, die Meinungsverschiedenheiten mit der Faust lösten, statt sich an den Kapitän zu wenden. Außerdem war es unwahrscheinlich, dass Bulla ihm mehr Glauben schenken würde als seinem bewährten Stellvertreter. Wenn er sich beim Kapitän beklagte, würde er sich damit das Leben auf dem Schiff noch schwerer machen, als es ohnehin schon war.

»Aye, Käpt'n. Bin ausgerutscht und hingefallen.«

Bulla fixierte ihn skeptisch. »Verstehe. Dann pass in Zukunft besser auf. Und jetzt putz erst mal den ganzen Dreck weg.« Er wandte sich an Hector. »Und du lässt den Jungen in Ruhe arbeiten.«

»Aye, Käpt'n.«

Bulla nickte knapp und stieg den Niedergang hinauf, gefolgt von den zwei Piraten.

Hector sah ihnen nach, dann drehte er sich mit zornig verzogenem Gesicht noch einmal nach Telemachos um. »Glaub bloß nicht, dass es jetzt vorbei ist. Nach der Landung wird der Kapitän nicht mehr ständig in der Nähe rumschleichen und dir aus der Patsche helfen. Und dann rechne ich mit dir ab, verlass dich drauf. Sobald wir von Bord gehen, gehörst du mir.«

Nachdem Telemachos den Frachtraum gereinigt hatte, stieg er mit einem mulmigen Gefühl im Magen hinauf zum Hauptdeck. Früher oder später musste er sich Hector stellen, sonst waren seine Tage auf dem Piratenschiff gezählt. Kurz spielte er mit dem Gedanken an Flucht. Nach der Landung in Peiratispolis war es bestimmt kein Problem, sich aus dem Staub zu machen. Solange die anderen mit Weibern und Wein beschäftigt waren, konnte er ins Landesinnere verschwinden. Natürlich musste er sein Brandzeichen verbergen, wenn er sein Glück woanders versuchen wollte. Vielleicht konnte er sich irgendeiner Räuberbande anschließen. Dann verwarf er die Idee wieder. Selbst wenn er sich irgendwie durchschlug, ohne gefasst zu werden, musste er erst einmal genug Geld zusammenkratzen, um seinen Bruder freizukaufen. Der Gedanke an Nereus und das Leid, das er unter seinem römischen Herrn zu ertragen hatte, bestärkte ihn in seiner Entschlossenheit. Nein, er durfte seinen Bruder nicht im Stich lassen. Er hatte keine andere Wahl. Nach der Ankunft im Lager musste er die Sache mit Hector klären.

Auf dem Achterdeck stieß er auf Geras, der mit

schweißbedeckten Muskeln aus den Wanten herabkletterte und ihm zunickte.

»Was ist denn mit deinem Gesicht passiert?«, fragte sein Freund.

»Nichts«, erwiderte Telemachos mürrisch.

Geras zog eine Braue hoch. »Anscheinend bist du wieder mal bester Laune. Aber keine Sorge. Wenn wir erst in Peiratispolis sind, kannst du auch wieder lächeln.«

»Da hab ich irgendwie meine Zweifel.«

Geras klopfte ihm herzhaft auf den Rücken. »Weißt du, was du brauchst? Was Feines zu trinken und die Gesellschaft einer hübschen Dirne. Und von beidem gibt's in Peiratispolis reichlich, wie ich höre. Hab gerade mit ein paar von den Männern geredet, und sie haben versprochen, dass wir heute Abend so richtig auf die Pauke hauen.« Er grinste. »Vielleicht ist das Leben als Pirat gar nicht so schlecht.«

Telemachos spürte einen Anflug von Neid und seufzte. Sie gehörten erst seit zwei Tagen zur Mannschaft, und Geras schloss bereits Freundschaften. Warum konnte er selbst nicht so unbekümmert sein wie sein Kamerad? Das Leben auf dem Schiff wäre viel erträglicher gewesen.

In diesem Augenblick kam ein angespannter Ruf vom Ausguck am Masttopp. »Käpt'n, schau! Genau voraus!«

Die Piraten ließen alles stehen und liegen und eilten zum Vordeck. Dicht gedrängt standen sie an der Reling, als die *Poseidons Dreizack* auf Peiratispolis zusteuerte. Das Unbehagen der seewärts starrenden Männer war fast mit Händen zu greifen. Auch Telemachos, der sich zwischen Geras und Castor drückte, spürte es.

Den Blick zum Horizont wandte sich Geras stirnrunzelnd an den alten Piraten. »Was ist denn los?«

Castor deutete stumm über den Schiffsbug. Telemachos spähte angestrengt in die gleiche Richtung und erahnte eine hohe, felsige Landzunge mehrere Meilen nördlich. Dahinter erhoben sich niedrige, dicht bewaldete Hügel.

»Auf der anderen Seite der Landspitze liegt Peiratispolis«, erklärte Castor. Er schluckte. »Oder das, was noch davon übrig ist.«

Beunruhigt schaute Telemachos auf. »Was meinst du damit?«

Das Schiff erhob sich auf der nächsten Welle, und Castor nickte Richtung Horizont. Telemachos kniff die Augen zusammen. Dann sah er es. Ein kurzes Stück hinter der Landspitze waberten Rauchsäulen träge hinauf zum Nachmittagshimmel.

KAPITEL 12

In der Mannschaft machte sich nervöse Stille breit, als die *Poseidons Dreizack* auf die Landspitze zusteuerte. Für den Fall, dass irgendwo hinter den Felsen Feinde auf der Lauer lagen, befahl Bulla seinen Leuten, die in einem Kasten mittschiffs eingelagerten Waffen zu holen. Telemachos packte eine Breitaxt, während Geras und Leitos nach Kurzschwertern im Legionärsstil griffen. Einige Piraten schnallten sich verzierte Harnische über ihre Tuniken, andere rüsteten sich mit Helmen und Panzerhemden aus. Die Bogen- und Schleuderschützen bezogen Position auf dem Vordeck, um feindliche Schiffe unter Beschuss nehmen zu können. Die rechte Hand auf dem Knauf seiner Falcata, stand Bulla am Hauptmast und starrte voraus auf die grauen Dunstfahnen, die sich in den Himmel erhoben. Um ihn herum warteten die Piraten mit angespannten Gesichtern darauf zu erkennen, was sich hinter den Klippen verbarg.

Als sich die *Poseidons Dreizack* langsam um die Landzunge schob, wurde das volle Ausmaß der Verheerungen deutlich. Drei seitlich auf Strand gesetzte Schiffe waren in Brand gesteckt worden, und aus den verrußten Planken stieg noch immer Rauch auf. Zwei andere, die vor Anker gelegen hatten, waren gesunken, und nur ihre zerborstenen Spieren und Ruder sowie die zerfetzten Segel trieben zusammen mit den zerbrochenen Überresten kleinerer Boote im seichten Wasser vor der Küste. Ein kurzes Stück landeinwärts erspähte Telemachos eine Gruppe zerstörter Häuser. In den Ruinen größerer Gebäude wüteten noch immer die Flammen, und zwischen den Trümmern irrten Menschen umher, auf der Suche nach anderen Überlebenden und Wertgegenständen. Mehrere Einheimische hockten auf dem Boden und starrten niedergeschlagen auf die skelettartigen Gerüstbalken. In und bei den Ruinen lagen Dutzende leblose Gestalten verstreut.

»Schaut!«, rief Geras. »Da drüben!«

Telemachos folgte der Richtung seines ausgestreckten Fingers zum Nordufer der Bucht. Dort zog sich eine lange Reihe von Holzkreuzen hin, und ihm lief ein eisiger Schauer über den Rücken, als er die daran festgenagelten Toten erkannte. Die auf dem Vordeck versammelten Piraten zitterten vor Zorn. Einige beteten flüsternd darum, dass ihren Liebsten dieses Schicksal erspart geblieben war. Andere schüttelten die Fäuste und schworen Rache.

Telemachos schielte zur Seite und bemerkte Castors bestürzten Gesichtsausdruck. »Beim Hades, was ist denn passiert?«

»Wir sind überfallen worden«, antwortete der Quartiermeister grimmig.

»Von den Römern?«

»Von wem sonst? Anscheinend haben die Schweine unser Lager gefunden.« Verzweifelt schüttelte der Pirat den Kopf. »Sie haben alles verwüstet ... es ist alles zerstört. Nichts ist mehr da.« Überwältigt vom Schmerz schloss er die Augen.

Telemachos ließ den Blick vom Land hinaus zum Meer schweifen, um nach Spuren des Feindes zu suchen. Doch mit Ausnahme der wenigen Überlebenden war der Schlupfwinkel wie ausgestorben. Wahrscheinlich waren die Angreifer nach der Verwüstung des Piratenverstecks wieder in See gestochen. Inzwischen hatte sich das Schiff der Küste bis auf wenige Hundert Fuß genähert, und er konnte das leise Prasseln der Flammen hören, die noch immer aus einigen größeren Gebäuden schlugen.

Hinten am Hauptmast wandte sich Hector mit mühsam unterdrückter Anspannung an Bulla. »Was machen wir jetzt, Käpt'n?«

Erst nach einem Moment des Schweigens kam die Antwort. »Lass die Segel einholen. Die Männer sollen die Ruder ausfahren und uns an Land bringen.«

Der erste Offizier zögerte. »Bist du sicher, dass das eine gute Idee ist?« Sein Blick strich nervös über die Bucht. »Vielleicht sollten wir besser abhauen. Hier sind wir nicht sicher.«

»Ich sehe Überlebende.« Bulla wies mit dem Kinn auf die Gestalten am Strand. »Ich möchte wissen, was passiert ist, und sie sind die Einzigen, von denen wir es erfahren können. Also gib den Befehl.«

»Aye, Käpt'n.« Hector löste sich widerstrebend vom Mast, und dann schallten bellend seine Kommandos über das Deck.

Telemachos und die anderen konnten sich nur mit Mühe von der schauerlichen Szenerie losreißen. Langsam kletterten sie durch die Takelage hinauf und rollten die Segel ein. Gleichzeitig legten sich die Ruderer ins

Zeug, und der Steuermann zerrte kraftvoll an der Pinne, bis die *Poseidons Dreizack* auf einen leeren Strandabschnitt in sicherem Abstand von den niedergebrannten Schiffen zulief. Kurz vor der Bucht befahl Bulla den Männern, sich für die Landung fertig zu machen, und Telemachos eilte zu den anderen, die sich in der Nähe des Hecks drängten. Das Schiff hob sich kurz, dann setzte es bebend im nassen Sand auf.

»Ruder einziehen!«, rief Bulla. »Das Fallreep runterlassen!«

Als der Landesteg ausgefahren war, stieg der Kapitän hinunter zum Strand, dahinter kamen Hector und die meisten anderen. Nur einige wenige Piraten blieben als Wachen an Bord, für den Fall, dass sich Feinde näherten. Die Männer stapften langsam durch den Sand und spähten argwöhnisch nach den Strandausläufern zu beiden Seiten der Bucht. Beißender Gestank nach verbranntem Fleisch und verkohltem Holz stach Telemachos in die Nase, als er den anderen durch die Ruinen folgte. Vorsichtig bahnte er sich einen Weg durch die auf den Straßen verstreuten aufgedunsenen Leichen, Mauertrümmer und Amphorenscherben. Mehrere Opfer waren enthauptet. Andere lagen mit aufgeschlitzten Bäuchen in getrockneten Blutlachen. Einige Piraten stürzten zu verstümmelten Leichen, in denen sie ihre Frauen oder Kinder erkannten. Einer hob seinen toten Sohn auf und wiegte ihn wimmernd wie ein verwundetes Tier im Arm. Telemachos wandte den Blick ab. In seinem Herzen brannte bitterer Zorn.

»Diese Schweine«, knurrte Castor. »Diese römischen Schweine. Ich habe schon immer gewusst, dass sie uns hassen, aber so was habe ich in den vielen Jahren noch nie erlebt.«

Telemachos biss sich auf die Lippen. »Wie haben sie den Platz hier überhaupt gefunden? Ich dachte, Peiratispolis ist ein sicheres Versteck?«

»War es auch.« Der Quartiermeister zuckte die Achseln. »Wahrscheinlich hat die Flotte ein Piratenschiff verfolgt, das von einem Raubzug zurückgekehrt ist.«

Plötzlich zerriss ein Schrei die Luft, und alle Blicke zuckten zu einer Gestalt, die aus Richtung eines Latrinengrabens heranwankte. Gesicht und Tunika des Mannes waren mit Exkrementen und Dreck verschmiert. Aus einer klaffenden Kopfwunde sickerte Blut. Nach mehreren stolpernden Schritten sank er mit einem Stöhnen zu Boden. Bulla und die anderen eilten zu ihm.

»Scheiße«, flüsterte Castor. »Das ist Sostratos.«

Angewidert von dem fauligen Gestank rümpfte Telemachos die Nase. »Wer ist das?«

»Ein Kaufmann, der hier sein Gewerbe hatte. Armer Hund.«

Bulla sank neben dem Verletzten auf ein Knie.

Sostratos klammerte sich an den Arm des Kapitäns und hob unter Qualen den Kopf. »Hilf mir ... bitte«, krächzte er. »Wasser.«

Bulla winkte einen Mann heran. »Schnell, deine Feldflasche!« Hastig zog er den Stöpsel heraus und goss Sostratos ein wenig Wasser zwischen die aufgesprungenen, blassen Lippen. Stöhnend ließ der Händler die Flüssigkeit durch seine Kehle rinnen. Nach einigen weiteren Schlucken fing er an, heftig zu husten.

Bulla zog die Feldflasche weg und gab sie dem Piraten

zurück. »Hol den Arzneikasten. Wir müssen sehen, was wir für ihn tun können. Und auch für die anderen Überlebenden. Schnell!«

Der Pirat wandte sich ab und rannte über den Strand zurück zur *Poseidons Dreizack*.

Bulla sah wieder Sostratos an, der mit schmerzverzerrtem Gesicht nach Luft rang. »Was ist geschehen?«

Der Händler leckte sich über die Lippen. »Die Römer … sie haben uns überfallen.«

Bulla tauschte einen Blick mit Hector aus, bevor er sich erneut an Sostratos wandte. »Die Flotte von Ravenna? Die waren das?«

Sostratos nickte schwach. »Gestern sind sie gekommen. Im Morgengrauen.« Mit zitternder Hand deutete er seewärts. »Ein Wachposten hat die Kriegsschiffe erspäht und Alarm geschlagen. Aber wir hatten keine Zeit mehr, unsere Verteidigung vorzubereiten.« Ihm brach die Stimme. »Wir haben die Familien zusammengeholt, um ins Landesinnere zu fliehen. Doch kaum waren wir unterwegs, sind auf den Hügeln Soldaten aufgetaucht und haben uns den Weg abgeschnitten. Dann saßen wir in der Falle, es gab kein Entrinnen.«

Hector betrachtete die niedrigen bewaldeten Hügel landeinwärts. »Die Römer müssen mit einem Trupp auf der anderen Seite gelandet sein, der sich dann über Nacht angeschlichen hat. Wahrscheinlich haben sie gewartet, bis sie die Flotte gesehen haben.«

Tief in Gedanken strich sich der Kapitän übers Kinn. »Und was ist dann passiert, Sostratos?«

»Mehrere Piraten wollten sich durchkämpfen«, flüsterte der Händler. »Aber die Römer waren in der Überzahl. Die Soldaten haben viele von den Unseren umgebracht, bevor sie zu den Waffen greifen konnten. Ein paar sind durch die feindlichen Linien geschlüpft und in die Hügel geflohen. Die anderen Überlebenden haben sich zum Marktplatz zurückgezogen.«

»Und wo warst du währenddessen?«

»Ein Römer hat mir auf den Kopf geschlagen und mich liegen lassen, weil er mich für tot hielt. Ich bin mit letzter Kraft in die Latrinengrube hinter der Taverne gekrochen, bevor mich jemand finden konnte.«

»Sprich weiter.«

»Nachdem sie uns umstellt hatten, sind die Kriegsschiffe in der Bucht vor Anker gegangen. Dann sind die Offiziere in einem Boot an Land gerudert und haben sich an die Letzten von uns gewandt, die noch Gegenwehr geleistet haben. Einer von ihnen trug einen roten Umhang. Hat behauptet, er ist der neue Präfekt der Flotte von Ravenna.«

»Tribun Canis«, knurrte Telemachos.

Sostratos nickte und schluckte.

»Was wollte er?«, fragte Bulla.

»Ein Angebot machen.« Der Händler ächzte, geschüttelt von einer neuerlichen Welle der Qual. »Er wusste, dass Peiratispolis ein Piratenversteck ist. Hat gesagt, dass er alle in der Festung verbliebenen Kapitäne und ihre Mannschaften verschont, wenn sie sich friedlich ergeben. Im Fall einer Weigerung hat er gedroht, alle Piraten umzubringen und die anderen Einwohner in die Sklaverei zu verkaufen.«

»Wie haben sich die Kapitäne entschieden?«

Sostratos schüttelte verbittert den Kopf. »Sie mussten darauf eingehen, sie hatten ja keine andere Wahl. Die Römer hatten die Siedlung umstellt. Wenn sie Widerstand geleistet hätten, wären sie zermalmt worden. Auch Frauen und Kinder. Nach kurzer Beratung haben die Kapitäne die Bedingungen des Präfekten angenommen und die Waffen niedergelegt.« Er hielt kurz inne. »Und dann hat Canis den Befehl gegeben, dass seine Männer alle Überlebenden zusammentreiben und abschlachten.«

Bullas Augen wurden zu Schlitzen. »Moment. Canis hat die Hinrichtung befohlen, *nachdem* sie sich ergeben hatten?«

Sostratos nickte, und tiefe Furchen gruben sich in seine Stirn. »Die Piraten haben ihn angefleht, wenigstens ihre Familien zu verschonen. Aber dieses hartherzige Scheusal hat sich geweigert.«

»Was ist mit den anderen Kapitänen? Cosicas, Sokleidas, Zeniketes?«

»Alle tot.« Sostratos biss sich auf die zitternden Lippen. »Auch die Mannschaften und ihre Familien. Canis hat niemandem das Kreuz erspart. Stundenlang hat das Gemetzel gedauert. Ich musste in meinem Versteck die Schreie mit anhören.«

»Diese Schweine!« Zornig ballte Hector die Hände zu Fäusten. »Dafür werden sie zahlen, das schwöre ich.«

Bullas Blick hing weiter an Sostratos. »Wann haben sie abgelegt?«

»Gestern. In der Abenddämmerung.« Er stöhnte vor Schmerz, geschwächt von der Anstrengung des Redens.

Bulla erhob sich und machte Platz für den Piraten, der mit dem Arzneikasten zurückgekehrt war und jetzt die Wunden des Händlers betrachtete.

Hector schaute hinaus auf offene Meer. »Sie können nicht weit sein, Käpt'n.«

»Stimmt.«

»Wie lauten deine Befehle?«

Bulla ließ sich Zeit zum Überlegen. »Die Männer sollen nach weiteren Überlebenden suchen. Sammelt alles an Vorräten zusammen, was noch da ist, und ladet alles aufs Schiff. Wir können nicht hierbleiben, das Risiko ist zu groß. Wir brauchen ein neues Lager. Einen Ort, an dem wir vor den Römern sicher sind.«

»Aber wo? Wir haben Ewigkeiten gebraucht, bis wir Peiratispolis entdeckt haben. Die Suche nach einem anständigen Ankerplatz könnte monatelang dauern.«

»Leicht wird es nicht, das stimmt. Aber es geht nicht anders. Präfekt Canis und seine Leute sind offenbar entschlossen, uns zur Strecke zu bringen. Wir müssen einen Schlupfwinkel finden, den wir verteidigen können. Zumindest besser als unsere Brüder hier.«

»Wir könnten uns doch auf den Weg nach Risinium machen«, schlug Hector vor. »Da wären wir in der Nähe des Schiffsverkehrs rund um Dyrrachium. Haufenweise leichte Schiffe zum Plündern.«

Bulla schüttelte entschieden den Kopf. »Da unten gibt es nur wenige Inseln. Das Risiko, dass uns eine Marinepatrouille zufällig entdeckt, ist zu groß. Nein, wir segeln nach Norden Richtung Flanona. Das ist die beste Möglichkeit. Da gibt es viele Plätze zum Verstecken.«

»Flanona?« Hector runzelte die Stirn. »Ist das nicht Nestors Revier, Käpt'n?«

»Ja. Na und?«

Der erste Offizier öffnete schon den Mund zu einem

Einwand, doch dann gab der Rang den Ausschlag, und er nickte knapp. »Gut, Käpt'n. Auf nach Flanona.« Er wandte sich ab und bellte den Piraten Befehle zu.

Mehrere Männer wurden zur Suche nach überlebenden Freunden und Verwandten eingeteilt, andere sollten die Ruinen nach Essen, Wein und Wertgegenständen durchkämmen, die der Verwüstung entgangen waren. Während die Piraten durch die glühenden Überreste des Lagers streiften, äugte Telemachos immer wieder mit bösen Vorahnungen hinüber zu der Reihe von Holzkreuzen. Die Besatzung der *Poseidons Dreizack* war sichtlich erschüttert von dem Massaker an den Einwohnern von Peiratispolis. Jedenfalls hatte sich Canis als ein Mann entpuppt, mit dem zu rechnen war. Offenkundig war er zu allem entschlossen, um Bulla und die anderen Piratenkapitäne zu besiegen. Selbst wenn er dafür Frauen und Kinder abschlachten lassen musste. Schreckte der Präfekt der Flotte von Ravenna überhaupt vor irgendwelchen Gräueln zurück?

Geras schüttelte seufzend den Kopf. »Anscheinend haben wir uns eine ganz schlechte Zeit für den Wechsel zu den Piraten ausgesucht, Junge. Unser Schlupfwinkel wurde überfallen, die anderen Piratenschiffe sind zerstört, und um dem Ganzen die Krone aufzusetzen, haben wir auch noch diesen Irren Canis im Nacken, der uns unbedingt den Garaus machen will.«

Telemachos wandte den Blick von den Gekreuzigten ab und schluckte schwer. »Hoffen wir, dass wir möglichst bald einen anderen Rückzugsort finden.«

»Wir finden bestimmt was. Diese Pechsträhne kann nicht ewig weitergehen. Die Küstenlinie von hier bis

Flanona ist Hunderte von Meilen lang. Irgendwo auf der Strecke muss es einfach einen guten Ankerplatz geben.«

»Hoffentlich hast du recht«, antwortete Telemachos. »Wenn nicht, enden wir alle am Kreuz.«

KAPITEL 13

Vom Festland wehte eine scharfe Brise herüber und ließ den nach steuerbord spähenden Telemachos frösteln. Zwei Meilen von ihm entfernt erhob sich die felsige Silhouette der illyrischen Küste. Zehn Tage waren vergangen, seit die Piraten aus den Ruinen von Peiratispolis mit den letzten Vorräten und einer Handvoll Überlebender in See gestochen waren. Bisher hatte sich die Suche nach einem neuen Lager als fruchtlos erwiesen. Jeder Tag war gleich verlaufen. Das Schiff segelte langsam an der Küste entlang, und der Ausguck suchte die fernen Gestade ab. Immer wenn ein möglicher Ort gesichtet wurde, änderte die Mannschaft den Kurs, um sich genauer umzusehen. Doch alle Buchten und Meeresarme, die sie erforscht hatten, waren ungeeignet für ihre Zwecke. Die wenigen guten Landeplätze lagen zu nahe bei den Häfen und Siedlungen um Iader und wurden häufig von Kauffahrern genutzt, die für eine Nacht vor Anker gingen. Erst am Morgen hatten sie eine Insel erkundet, die einen vielversprechenden Eindruck machte, doch dann hatte sich die Bucht als zu eng und kaum navigierbar erwiesen.

Im Lauf des Tages verschmolzen Himmel und See zu einer einzigen grauen Masse, und einige Männer beklagten sich darüber, dass die Suche nach einem guten Ankerplatz aussichtslos war. Telemachos spürte eine tiefe Niedergeschlagenheit in den Reihen der Piraten.

Neben ihm starrte Castor mit besorgter Miene zum Horizont. »Es ist einfach hoffnungslos«, knurrte er. »Meilenweit nichts anderes als nackte Küste. Wenn es so weitergeht, suchen wir zum Fest der Saturnalien immer noch nach einem neuen Lager.«

»Wie weit ist es noch bis Flanona?«, erkundigte sich Telemachos.

Der Quartiermeister überlegte kurz. »Zwei Tage, nehme ich an.«

»Dann haben wir immer noch einen längeren Küstenabschnitt vor uns.«

»Eine ziemliche Strecke, stimmt. Aber die Frage ist nicht, ob uns die Plätze zum Suchen ausgehen. Die Frage ist, wie lang wir noch weitersegeln können.«

Telemachos schaute ihn fragend an. »Was meinst du damit?«

»Der Proviant wird knapp. Schon vor der Landung in Peiratispolis mussten wir mit halben Rationen auskommen. Mit den zusätzlichen hungrigen Mäulern werden unsere Vorräte nicht mehr lange reichen. Ich schätze, wir können höchstens noch drei oder vier Tage auf See bleiben.«

»Und was geschieht, wenn wir bis dahin nichts Passendes gefunden haben?«

»Weiß der Geier, Junge. Der Kapitän könnte sich entschließen, ein Versorgungsschiff zu überfallen. Oder er begnügt sich mit einem weniger guten Liegeplatz, damit wir unsere Beutezüge wiederaufnehmen können.«

»Aber das wäre doch Wahnsinn. Wir dürfen uns nicht für einen unsicheren Rückzugsort entscheiden. Nicht nach dem Gemetzel der Römer in Peiratispolis.«

»Möglicherweise bleibt ihm gar nichts anderes übrig, Junge. Etliche von den Männern sind sowieso schon sauer, weil sie so lange ohne anständige Beute fahren müssen. Sie möchten wieder ihrem Handwerk als Piraten nachgehen, und um den Frieden zu wahren, muss Bulla vielleicht Zugeständnisse machen.« Castor hielt kurz inne. »Und einige hätten sowieso nichts dagegen, den Kapitän zu wechseln.«

»Wer denn?«

Der Quartiermeister schaute sich vorsichtig um und senkte die Stimme zu einem leisen Flüstern. »Es ist eigentlich kein Geheimnis auf dem Schiff, dass Hector ein Auge auf den Posten des Anführers geworfen hat. Möglicherweise will er sich die Unzufriedenheit zunutze machen und Bulla herausfordern.«

Wie ein eisiges Rinnsal lief die Angst durch Telemachos. »Könnte er gewinnen?«

»Schwer zu sagen. Bulla ist beliebt. Er behandelt die Männer anständig und hat gute Prisen aufgetan. Aber wer weiß, wie die Besatzung abstimmt, wenn sich das Blatt nicht bald wendet?«

Telemachos wandte den Blick ab. Die Vorstellung, dass Hector das Kommando über das Schiff übernahm, war ein Albtraum. Wenn das eintrat, würde seine Karriere auf der *Poseidons Dreizack* zweifellos ein jähes und brutales Ende finden. Und das gerade jetzt, da er sich allmählich an das neue Leben als Pirat gewöhnte. Er verscheuchte den beunruhigenden Gedanken und starrte zur Küste. Auf einmal sehnte er sich nach trockenem Land und der Einfachheit seiner früheren Existenz. Das Leben auf den Straßen von Piräus war ein harter Kampf gewesen, doch zumindest hatte er sich nie um rachsüchtige Seeräuber, meuternde Mannschaften oder den langen Arm der römischen Marine kümmern müssen. Im Vergleich dazu erschienen ihm die alten Feinde Hunger, Kälte und Elend geradezu zahm.

Deprimiert schüttelte er den Kopf. »Irgendwo da draußen muss es einen guten Schlupfwinkel geben. Es kann einfach nicht anders sein.«

Castor zuckte nur die Achseln. »Wir können bloß weitersuchen. Und zu Poseidon beten, dass das Wetter hält.«

Telemachos musterte ihn. »Glaubst du, es könnte umschlagen?«

Castor deutete mit dem Kinn auf die dichte Wolkenbank über den Bergen im Osten. »Um diese Jahreszeit ist das Wetter launisch. Es ändert sich öfter als die Preise in einem athenischen Bordell.«

Tatsächlich ballten sich kurz darauf die Wolken am Horizont zusammen und verdunkelten den Himmel. Der jäh auffrischende Wind trieb zornige Schaumkronen über die steigende Dünung, und das Schiff rollte und gierte.

Telemachos spürte sein Haar in der steifen Brise flattern, während er die heranfegenden Sturmwolken beobachtete. Er wandte sich an Castor. »Wann wird uns das Wetter treffen?«

»Dauert nicht mehr lange, Junge. Die Frage ist nur noch, ob wir direkt reinsegeln oder nicht. So oder so, das wird kein Zuckerschlecken.«

Bulla gab den Männern Befehl, einen Teil der Segel einzuholen. Andere huschten über das Deck, um Luken zu sichern und lose Gegenstände festzuzurren. Mit einem schrecklichen Schrillen schloss der Sturm das Schiff ein, und der erneut drehende Wind ließ es so stark krängen, dass sich Telemachos an der Reling festhalten musste, um nicht über Bord gespült zu werden. Vom Achterdeck wehte ein Schrei herüber, und er bemerkte gerade noch, wie der Rudergänger in die brodelnde Tiefe stürzte. Ein herabzuckender Blitz tauchte das Meer in helles Licht, und einen kurzen Augenblick lang erahnte Telemachos den Mann, der mit erhobenen Armen auf und ab gerissen wurde und verzweifelt um Hilfe schrie. Dann brandete die nächste schaumgekrönte Welle auf ihn nieder, und er versank für immer in der See.

»Hector!« Bulla brüllte angestrengt, um das heulende Tosen zu übertönen. »Übernimm die Pinne! Sofort!«

Der erste Offizier hastete über das rutschige Deck und griff mit einem Sprung nach dem Steuer. Sofort stellte er sich breitbeinig hin und stemmte sich mit aller Kraft gegen das Rad, um den Kurs des Schiffs zu korrigieren. Kaum hatte es sich wieder aufgerichtet, setzte der Hagel ein. Körner in der Größe von schwerem Bleischrot, wie er in Schleudern verschossen wurde, prasselten auf die Decksplanken und malträtierten jeden Fingerbreit nackter Haut. An die Reling geklammert, spähte Telemachos hinaus auf die Wellen und schützte sein Gesicht mit der freien Hand vor der Gischt. Er sah nur noch Eisregen und schwarze Wolken. Von der illyrischen Küste war nichts mehr zu erkennen. Offenbar, so begriff er voller Bitterkeit, war das Schiff vom Ufer weggetrieben. Damit war jede Hoffnung dahin, dass das Schiff in einer kleinen Bucht Schutz suchen und abwarten konnte, bis sich das Unwetter gelegt hatte. Die Piraten mussten vor dem

Sturm segeln und versuchen, sich seiner Wucht zu entziehen.

»Klar zum Wenden!«, rief Bulla seinem ersten Offizier zu. Dann wandte er sich an die Mannschaft. »Rauf in die Wanten! Segel zur zweiten Reihe trimmen!«

Der Hagel ging in Platzregen über. Glitzernde Tropfen durchweichten Telemachos, Geras und die anderen Männer, die widerstrebend durch die Takelage kletterten, angetrieben von wüsten Beschimpfungen ihres Kapitäns. Zitternd in den regennassen Kleidern, schoben sie sich vorsichtig hinaus auf die Rah. Unten an Deck brüllte Bulla ein Kommando, und sie begannen, das Segel zum zweiten Reffpunkt zu ziehen: Mehr Tuch war nicht nötig, um vor dem Sturm zu fahren. Bei zu viel Wind lief man Gefahr, dass der Mast einfach abbrach oder dass die *Poseidons Dreizack* kenterte. Nachdem sie die Bänder an der Spiere festgezurrt hatten, stiegen sie schwer atmend vor Anstrengung wieder hinunter zum Hauptdeck.

Eine Stunde später schwächte sich der Regen zu einem Nieseln ab, und obwohl der Himmel bedeckt blieb, wagte Telemachos zu hoffen, dass sie das Schlimmste überstanden hatten. Doch die Wetterbesserung erwies sich lediglich als vorübergehend, und kurz darauf drehte der Wind abermals scharf, als hätte Neptun die Piraten mit dieser kurzen Ruhepause nur verspotten wollen. Tatsächlich raste bereits die nächste graue Wand über die See auf sie zu.

»Käpt'n!«, schrie Castor. »See von achtern!«

Bulla und die anderen Piraten blickten gleichzeitig zum Schiffsheck. Durch die Gischt erspähte Telemachos eine haushohe, auf sie herabrollende Welle. Einige Männer erstarrten vor Schreck und blieben wie gebannt stehen. Plötzlich spürte Telemachos, wie sich das Deck unter seinen Füßen bewegte, und schaute hinüber zu Hector, der an der Pinne zerrte, um das Schiff von der Sturzsee wegzudrehen. Brüllend befahl ihm Bulla, den Bug gegen die Welle zu richten, und Telemachos begriff sofort, was für einen verhängnisvollen Fehler der erste Offizier begangen hatte. Durch sein Ausweichmanöver war die Rumpfseite der *Poseidons Dreizack* schutzlos dem tobenden Sturm ausgesetzt.

Bullas Ruf verhallte ungehört, und die Welle traf mit äußerster Heftigkeit auf die Seite des Schiffs. Das Wasser schoss über das krängende Deck, und Telemachos klammerte sich mit aller Kraft am Hauptmast fest, als das Wasser über ihn hinwegbrandete und ihm salzig in Mund und Nase drang. Hustend und spuckend rang er nach Luft. Plötzlich bemerkte er das gefährlich geblähte Segel. Ein Blitz beleuchtete die Silhouette der Rah, die sich fast senkrecht vor dem Nachthimmel abhob.

»Das Segel hat zu viel Wind!«, brüllte Geras, der sich an einem Stag festhielt. »Es kann jeden Moment reißen!«

Die nächste Welle krachte über das Schiff und spülte zwei Piraten fort. Inzwischen war das Deck so stark geneigt, dass die erste Want riss. Starr vor Angst hatten sich mehrere Männer neben Telemachos an den Mast gekrallt. Beim Anblick des Waffenkastens mittschiffs begriff Telemachos sofort, was zu tun war. Er hatte keine Zeit, Bulla oder jemand anderen zu fragen. Tief Luft holend zog er sich über das steile Deck hinauf zu dem Kasten. Er riss ihn auf, schnappte sich eine Axt und warf den Deckel wieder zu, bevor die anderen Waffen herauspurzeln konnten.

Der Sturm wurde stärker und ließ das Deck noch weiter kippen. Einen schrecklichen Moment lang fürchtete Telemachos, er könnte den Halt verlieren und in die tosende See stürzen. Dann zog er sich mit tauben Fingern an der Reling entlang, ohne auf die Welle zu achten, die auf die *Poseidons Dreizack* brandete und zu eisiger Gischt zerplatzte. Endlich erreichte er die an den Belegnägeln befestigten Schoten. Mit wütenden Axthieben hackte er die Taue durch, bis die Enden wild im Wind schwenkten. Das losgeschnittene Segel flatterte wie ein Schwarm Wildvögel im Wind, und das Deck erschauerte. Das Wasser strömte in Kaskaden durch die Speigatten, als sich das Schiff unter dem Jubel der Piraten langsam wieder aufrichtete.

Zum Feiern blieb keine Zeit. Trotz des anhaltenden Sturms befahl Bulla den Männern, die beschädigten Schoten durch neue Leinen zu ersetzen. Etliche hatten sich noch nicht davon erholt, dass sie den Fängen Neptuns nur mit knapper Not entkommen waren, und krallten sich weiter wie versteinert an den Mast.

Bulla versetzte dem Nächstbesten einen Tritt. »Bewegt euch! Das Schiff repariert sich nicht von alleine!«

Nun rappelten sich die Piraten hoch und machten sich an die Arbeit. Einige holten zusammengerollte Taue aus dem Kabelgatt und trugen sie zur Takelage. Die abgehackten Schoten wirbelten wie Ranken im Wind und peitschten den Männern ins Gesicht, die die ausgefransten Enden mit den Belegnägeln zu verbinden suchten. Andere entrollten rasch das am Klüverbaum befestigte

Focksegel, um den Bug zu stabilisieren. Die restlichen Piraten brachten zwei Riemen und laschten sie zusammen, um die von der Riesenwoge zerschmetterte Ruderpinne zu ersetzen.

Als Telemachos gerade eine Schot sicherte, bemerkte er Lasthenes, der mit der Hand an der Reling auf den Kapitän zuwankte.

»Was ist, Lasthenes?« Vom Schreien im Wind war Bullas Stimme ganz heiser.

»Der Frachtraum, Käpt'n. Er ist vollgelaufen.«

»Können wir das Wasser nicht rausschöpfen?«

Lasthenes schüttelte den Kopf. »Das Schiff liegt zu tief in der See. Wir müssen einen Teil der Ladung loswerden. Das ist unsere einzige Hoffnung.«

Schweigend ließ sich Bulla die Worte des Syrers durch den Kopf gehen. Schließlich presste er die Lippen zusammen, um sich nichts von seinem inneren Zwiespalt anmerken zu lassen. »Es muss eine andere Möglichkeit geben.«

»Nein, Käpt'n. Viele Fugen sind nicht mehr richtig dicht. Wir können versuchen, sie zu reparieren, aber bei diesem Wetter ist das nicht leicht. Wenn wir keinen Ballast abwerfen, sinken wir.«

Nach kurzem Zögern nickte der Kapitän. »Also gut. Die Männer sollen die Ladung über Bord werfen.«

»Aye, Käpt'n.«

Lasthenes brüllte ein Kommando, und wer nicht unabkömmlich war, machte sich an die Arbeit. Mühsam schleppten die Piraten durchnässte Korn- und Reissäcke an Deck, dazu die wenigen Habseligkeiten, die die Überlebenden von Peiratispolis aus den Ruinen ihrer Häuser geborgen hatten. Nachdem ein großer Teil der Fracht beseitigt war, lag die *Poseidons Dreizack* wieder höher im Meer. Nun konnte man endlich darangehen, das Leckwasser aus dem Rumpf zu schöpfen. Gleichzeitig stopfte eine Gruppe Männer geteerte Taustücke in die schadhaften Fugen, um sie behelfsmäßig abzudichten. Als alles so weit repariert war, befahl Bulla das Einholen der Schoten, und die Männer an Deck befestigten die neuen Leinen an den Belegnägeln. Mit gerefftem Segel schob sich das angeschlagene Schiff langsam durch das Unwetter.

Schließlich tat sich zwischen den Wolken in der Ferne eine Lücke auf, und der stürmische Wind flaute allmählich ab. Der Regen ließ nach, und am Horizont zeigte sich ein erster Schimmer von Sonnenschein. Nachdem er stundenlang Wasser aus dem Frachtraum gelenzt hatte, torkelte Telemachos nach oben. Klatschnass und völlig erschöpft sank er auf dem Achterdeck nieder.

»Beim Hades, dieser Sturm hätte uns fast den Garaus gemacht«, ließ sich Geras vernehmen, der sich neben ihn plumpsen ließ. »Ich dachte schon, wir enden alle in einem nassen Grab.«

Telemachos nickte bloß, weil er zu müde für eine Antwort war. Von der Kälte und der Anstrengung tat ihm alles weh.

Geras lächelte matt. »Kopf hoch. Das hast du wirklich gut gemacht vorhin. Ohne dich wäre dieser Pott mit der ganzen Besatzung abgesoffen.«

Telemachos starrte zur fernen Küste. »Das Ganze ist noch nicht ausgestanden.«

»Wieso?« Geras runzelte die Stirn. »Was meinst du damit?«

Telemachos nickte in Richtung des leer geräumten Frachtraums. »Wir mussten gerade die einzigen Wertsachen über Bord werfen, die die Mannschaft noch hatte.« Nach kurzem Schweigen wandte er sich wieder seinem Kameraden zu. »Die Stimmung war schon vorher schlecht. Ich möchte mir gar nicht vorstellen, was die nach der Landung aufführen werden.«

KAPITEL 14

Die Sonne umkränzte die Gipfel der fernen Berge, als die *Poseidons Dreizack* am nächsten Morgen auf die Küste zuhielt. Alle waren völlig entkräftet. Die ganze Nacht über hatten sie Wasser aus der Bilge geschöpft, doch trotz aller Anstrengungen war das Schiff weiter vollgelaufen, bis es auf seiner mühsamen Fahrt durch die sanfte Dünung nur noch dahinkroch. Widerstrebend hatte Bulla schließlich entschieden, einen einigermaßen geschützten Ort anzulaufen, damit die notwendigen Reparaturen an dem beschädigten Schiff vorgenommen werden konnten. Im ersten Morgengrauen gab er Befehl, die Segel einzuholen und die Ruder auszufahren. Wenig später glitt die *Poseidons Dreizack* träge auf eine einsame Bucht fern der Haupthandelsrouten zu.

Bulla zeigte Hector einen Uferabschnitt, wo die Klippen einen Bogen machten. Hinter dem Strand zog sich ein schmaler Kiefernstreifen hin, bevor es steil hinaufging zu einer Kette karger, unwirtlicher Berge.

»Da legen wir an«, erklärte er. »Die Männer sollen gleich nach der Landung mit den Reparaturen anfangen. Wenn sie sich ins Zeug legen, können wir in ein oder zwei Tagen wieder in See stechen.«

»Und wohin segeln wir dann, Käpt'n?«

»Nach Flanona natürlich.«

»Flanona.« Hector machte ein erschrockenes Gesicht.

»Aber wir durchkämmen jetzt schon seit Tagen diese Gewässer, ohne dass wir einen anständigen Ankerplatz gefunden haben. Vielleicht sollten wir unser Glück lieber woanders versuchen. Das Schwarze Meer verspricht reiche Beute, wie ich höre.«

»Willst du meine Autorität infrage stellen, Hector?«, fuhr ihn Bulla an.

»Nein, Käpt'n. Auf keinen Fall.« Hector zuckte die Achseln. »Ich meine ja nur. Vielleicht wäre es Zeit für eine Planänderung. Die Männer haben schon länger keinen guten Fang mehr gemacht.«

»Das ist eben Pech«, fauchte Bulla. »Ein paar Tage Not müssen sie schon aushalten können. Die Zukunft dieses Schiffs hängt davon ab, dass wir einen sicheren Ort für ein neues Lager auftun. Einen Ort, wo wir uns vor den Römern verstecken können. Wir setzen die Suche fort, bis wir diesen Platz gefunden haben. Habe ich mich klar ausgedrückt?«

»Aye, Käpt'n«, antwortete Hector mit mahlenden Kiefern.

»Freut mich zu hören.« Bulla richtete sich gerade auf. »Und jetzt setzen wir das verdammte Schiff auf Strand!«

Hector wandte sich ab und starrte die um den Mast versammelten Piraten giftig an. »Ihr habt den Kapitän gehört! An die Arbeit!«

In verbissenem Schweigen gehorchten die Männer. Die *Poseidons Dreizack* schob sich in den Eingang der Bucht und näherte sich dem breiten Strand. Unter Hectors Kommando zogen sie die Ruder ein und versammelten sich am Heck. Mit einem sanften Ruck lief der Kiel auf Grund, dann sprangen die Piraten in das seichte

Wasser und stapften hinauf zum losen Kies. Geschwächt von den Mühen zur Rettung des Schiffs, sanken sie nieder. Doch Bulla ließ ihnen keine Zeit zum Ausruhen. Er schickte sofort eine Gruppe los, die Holz zum Feuermachen schneiden sollte. Hector und die anderen erhielten den Auftrag, die restliche Fracht aus dem Laderaum zu holen und eine gründliche Inspektion des Schiffs vorzunehmen.

»Castor!« Bulla marschierte auf den Quartiermeister zu. Im Gegensatz zu seinen Leuten zeigte der Piratenführer weder Erschöpfung noch Anspannung. Wenn ihm der Sturm der vergangenen Nacht zugesetzt hatte, so ließ er sich nichts anmerken.

»Käpt'n?«

»Wir brauchen Essensrationen«, erklärte Bulla. »Schick Telemachos los, er soll das Boot zu Wasser lassen und Fische fangen.« Er nickte Telemachos zu. »Nimm ein paar von den Neuen mit.« Er wandte sich ab und schritt weiter, um sich mit dem Zimmermann zu beraten.

Castor rief nach den Rekruten und wies sie an, Kescher, Filetiermesser und geflochtene Körbe aus dem Schiffslager zu holen.

»Wunderbar«, knurrte Geras. »Da will ich gerade mal die Füße hochlegen, und jetzt muss ich einen Angelausflug machen. Warum kriegen immer wir die beschissensten Aufgaben?«

Telemachos zuckte nur stumm die Achseln. Insgeheim war er dankbar für die Ablenkung. Die kleine Spazierfahrt hinaus in die Bucht bedeutete wenigstens, dass er Hector und seinen unermüdlichen Nachstellungen eine Weile aus dem Weg gehen konnte.

»Vielleicht bietet sich eine Chance zur Flucht«, meinte Nearchos leise. »Sobald wir außer Sichtweite sind, können wir abhauen.«

Leitos lachte trocken. »Das bezweifle ich, Junge. Die behalten uns genau im Auge, bis sie von unserer Treue überzeugt sind. Und selbst wenn wir uns aus dem Staub machen könnten, wo sollen wir denn hin?«

»Es muss doch Siedlungen in der Nähe geben, irgendwelche Kolonien ...«

»Und was sagst du, wenn jemand das da bemerkt?« Leitos deutete auf das Mal an Nearchos' Unterarm. »Wir sind gebrandmarkt, Junge. Wir alle. Sobald das jemand sieht, bist du so gut wie tot.«

»Wir könnten es doch erklären«, stammelte Nearchos. »Dass wir entführt worden sind.«

»Viel Glück bei der Suche nach einem wohlwollenden Ohr. Du musst der Wahrheit ins Auge schauen. Wir sind auf Bulla und seine Horde angewiesen. Auf Gedeih und Verderb. Wir müssen das Beste daraus machen und unsere Aufgaben erfüllen. Die andere Möglichkeit ist, dass wir uns den Rest unserer Tage in einem von allen Göttern verlassenen Winkel des Imperiums verstecken.«

»Da pfeif ich drauf.« Geras stand auf. »Machen wir uns an die Arbeit. Wenn wir uns beeilen, kommen wir vielleicht zurück, bevor die anderen uns den letzten Wein weggesoffen haben.«

Das Boot wurde von der *Poseidons Dreizack* ins Wasser gelassen, dann kletterten Telemachos und die anderen Rekruten zusammen mit Castor und zwei kräftigen Piraten hinein. Über den schroffen Berggipfeln schien noch immer die Sonne, als sie nach den Riemen griffen und hinaus in die sanfte Brandung glitten. Leitos übernahm das Ruder und lenkte das Boot um die Landspitze.

»Da drüben werden wir sicher fündig.« Castor deutete auf einen zwei Meilen entfernten felsigen Küstenvorsprung. »Dort werfen wir die Netze aus und sammeln so viel wie möglich ein, dann fahren wir gleich wieder zurück. Wir sollten uns auf jeden Fall beeilen.«

»Warum?«, fragte Telemachos.

»Hier gibt es ein paar verstreute Dörfer. Wir wollen den Einheimischen lieber aus dem Weg gehen, sonst laufen wir Gefahr, dass sie uns an die römische Marine verraten.«

»Warum sollten sie das tun? Ich dachte, die Römer sind hier verhasst.«

»Stimmt schon. Aber die Piraten sind noch unbeliebter. Vor allem seit Nestor und seine Bande hier Jagd auf Schiffe machen.«

»Nestor? Er segelt in diesen Gewässern?«

Castor nickte. »Er hat hier irgendwo sein Lager. Habe ich zumindest gehört. So oder so, ich möchte ihm eher nicht begegnen. Der Mann ist ein kaltblütiger Mörder. Da lege ich mich lieber mit einem Seeungeheuer an.«

Telemachos lief ein eisiger Schauer über den Rücken, als er sich an die Geschichten über Nestor und seine Bande erinnerte. Er hatte oft davon gehört, was für eine Angst sie anderen Piratenmannschaften einflößten, und mit welcher Grausamkeit sie gegen die Unglücklichen vorgingen, die ihnen bei einem Überfall lebend in die Hände fielen. Er betete inständig darum, dass sich seine Wege nie mit denen Nestors kreuzen möchten.

Geras seufzte. »Je eher der Kapitän ein sicheres Versteck für uns findet, desto besser. Ich freue mich schon auf die Zeit, wenn wir uns wegen Präfekt Canis nicht mehr den Kopf zerbrechen müssen.«

Telemachos kniff die Lippen zusammen. »Da mach dir lieber nicht zu viele Hoffnungen. Ich glaube nicht, dass unsere Probleme mit einem neuen Schlupfwinkel gelöst sind.«

»Wie kommst du darauf?«, fragte Geras.

»Egal, wohin wir fahren, die Römer werden immer nach uns suchen. Auch wenn wir eine Weile vor ihnen sicher sind, früher oder später müssen wir uns um Canis kümmern.«

»Nicht unbedingt. Seine Männer haben gerade unser altes Zuhause geschleift. Nach der Niederlage, die er uns beigebracht hat, haut er vielleicht wieder ab nach Ravenna.«

»Kann sein«, erwiderte Telemachos zweifelnd. »Ich glaube allerdings eher, dass er erst Ruhe gibt, wenn er die Sache beendet hat. Bestimmt hat er die Kapitäne in Peiratispolis vor ihrem Tod verhört. Er weiß also, dass wir noch im Adriaticum unterwegs sind. Das heißt, er wird ein Geschwader für die Jagd auf uns abstellen.«

»Soll er doch«, meinte Geras wegwerfend. »Wenn wir erst ein neues Lager haben, kann dieser aristokratische Spinner nach uns suchen, bis er schwarz wird.«

»Mag sein. Aber was ist, wenn er uns schon vorher findet? Wenn wir auf seine Flotte stoßen, bevor wir uns an einem neuen Ort niederlassen?«

Geras starrte seinen Kameraden mit großen Augen an. »Bei allen Göttern, du weißt, wie man jemandem die Laune verdirbt, Junge. Gerade sind wir diesem verdammten Sturm entronnen, und da überlegst du schon, wie lang es noch dauert, bis Canis uns erwischt und abschlachtet. Ich glaube, du solltest dir ausnahmsweise mal ein paar Becher Wein genehmigen.«

Eine Stunde später bog das Skiff in eine kleine Bucht, die auf der hinteren Seite durch eine Klippe geschützt war. Leitos lenkte das Boot ins seichte Wasser, und die Piraten zogen die Ruder ein. Dann warfen sie Netze aus, schlossen sie um den Fang und holten sie ein. Die zappelnden Fische schütteten sie in Körbe, damit sie an Land ausgenommen werden konnten, bevor sie verdarben.

Wenig später schlitzte Telemachos zusammen mit den anderen Rekruten mit einem Filetiermesser Fische auf und legte sie ausgeweidet in einen Korb. Im glühend heißen Sonnenschein über der Bucht roch er bald nichts anderes mehr als den ranzigen Haufen Eingeweide auf seiner Seite, und auf einmal sehnte er sich danach, auf der *Poseidons Dreizack* das abgestandene Wasser aus der Bilge zu leeren.

»Ein verdammter Angelausflug.« Geras stieß einen empörten Seufzer aus. »So viel zum Piratenleben. Seit wir zur Mannschaft gehören, haben wir bloß gekocht, geputzt und geschuftet wie Sklaven.«

Telemachos nickte zustimmend. »Hoffentlich steigen wir bald zu vollwertigen Mitgliedern der Besatzung auf.«

»Bevor das passiert, muss Bulla erst mal einen passenden Schlupfwinkel finden. Wenn es so weitergeht, werden wir noch bis zum Jahresende schrubben und fischen.«

»Unter Umständen ist das sogar ganz gut«, warf Leitos ein.

Telemachos sah den grauhaarigen Seemann fragend an. »Wie meinst du das?«

Leitos schob die Lippen vor. »Vielleicht ist es gar keine so schlechte Idee, fürs Erste einen Bogen um die Schifffahrtsstraßen zu machen. Wenn ich mir vorstelle, dass Canis und seine Geschwader fieberhaft nach uns suchen, sollten wir vielleicht lieber eine Weile verschwinden, bis Gras über die Sache gewachsen ist.«

»Darauf trinke ich«, meinte Geras. »Ehrlich gesagt, wäre ich froh, wenn wir ein paar Monate nicht zur See fahren würden.«

»Dann hättest du nicht anheuern sollen.«

»Was hatte ich denn für eine Wahl? Wenn ich mich geweigert hätte, hätte mich Bulla umgebracht oder in die Sklaverei verkauft. Und ich bin lieber tot als ein Sklave.« Zögernd schielte er nach Telemachos. »Tut mir leid. Das ist mir jetzt so rausgerutscht.«

Telemachos war verstummt, weil ihn Geras' Bemerkung an seinen älteren Bruder erinnert hatte. Er musste daran denken, wie er Nereus zum letzten Mal gesehen hatte. Damals, als der Schuldeneintreiber mit seinen Leibwachen erschienen war, um den Besitz ihres Vaters zu beschlagnahmen und die Kinder in die Sklaverei zu verkaufen. Solange er nicht genug Geld auftrieb, um ihn freizukaufen, musste er um das Leben seines Bruders fürchten.

»Mach dir keine Sorgen, Junge.« Geras bemühte sich, seinen Fehler wiedergutzumachen. »Bestimmt gehen wir schon bald auf Jagd nach Beute. Dann hast du das Geld für diesen fiesen römischen Schweinehund Burrus bald zusammen.«

Telemachos fixierte seinen Kameraden. »Ich dachte, du bist nicht scharf darauf, wieder zur See zu fahren?«

»Stimmt schon. Aber ich könnte auch ein paar Münzen gebrauchen. Wenn sich die Lage wieder beruhigt hat, möchte ich mir nämlich ordentlich einen ansaufen, und den Wein kriege ich schließlich nicht geschenkt.«

Telemachos rang sich ein Lächeln ab. »Denkst du eigentlich auch mal an was anderes als an Wein, Weiber und dich selbst?«

Geras erwiderte das Lächeln. »Gibt's denn was anderes?«

Genau in diesem Moment stieß ein Pirat einen warnenden Ruf aus. Telemachos hielt schützend die Hand über die Augen und spähte zur Mündung der Bucht. Ein kleines Fischerboot näherte sich der Küste. Darin saßen mehrere Leute, die die Hälse nach den Männern am Strand reckten. Mehrere hatten Fischspeere und Fangnetze dabei. Telemachos trat zu den anderen, die vor der Brandung standen und das Boot beobachteten.

»Anscheinend sind wir nicht allein«, knurrte Geras.

»Fischer?«, überlegte Telemachos laut.

»Was erwartest du denn sonst in diesen Gewässern?«

Telemachos runzelte die Stirn. »Auf dem Weg hierher sind mir gar keine Siedlungen aufgefallen.«

»Mir auch nicht.« Geras wirkte auf einmal unsicher. »Die müssen von weit her kommen. Oder sie haben ein gutes Versteck.«

Jemand im Boot rief herüber. Seine Begleiter hörten auf zu rudern und schauten angestrengt zum Strand.

»Was sollen wir tun?«, fragte Telemachos.

»Bleibt ganz ruhig«, antwortete Castor mit entschlossener Miene. »Wir sagen einfach, dass wir zu einem Frachtschiff in der Nachbarbucht gehören. Wir lächeln sie freundlich an und finden raus, wer sie sind.«

»Und wenn sie sich als feindselig herausstellen?«

»Dann müssen wir sie eben unschädlich machen.« Mit angespannten Kiefermuskeln wandte sich Castor den anderen zu. »Haltet eure Waffen bereit. Seid auf der Hut. Wer uns blöd kommt, wird umgehauen. Lasst sie auf keinen Fall als Erste angreifen.«

Die Männer ließen die Fangnetze fallen und griffen nach ihren Messern und Keulen. In nervösem Schweigen verfolgten die Rekruten das heranrudernde Boot. Telemachos stand neben dem Skiff und behielt die Fremden genau im Auge. Er zählte ein halbes Dutzend. Aus der Nähe sahen sie nicht aus wie Fischer. Sie waren muskulös und sonnenverbrannt wie Seeleute, und die Narben auf Gesichtern und Armen deuteten auf Erfahrung im Zweikampf hin. Einige hatten die Hände auf den Griffen ihrer Messer liegen, als erwarteten sie Scherereien.

»Seid gegrüßt, Freunde!«, rief Castor.

Die Unbekannten setzten ihr Boot unweit des Skiffs auf Strand und sprangen in die Brandung. Mit erhobener Hand signalisierte der Vorderste seinen Begleitern, dass sie zurückbleiben sollten. Er trat näher und musterte die Piraten mit misstrauisch zusammengekniffenen Augen. Telemachos fiel eine tränenförmige rosa Narbe an seiner linken Wange auf.

»Wer seid ihr?«, knarzte der Mann auf Griechisch.

Castor räusperte sich und bemühte sich um einen unbekümmerten Tonfall. »Wir wollen nichts von euch. Unser Schiff ist letzte Nacht in einen Sturm geraten. Es liegt in der Nähe. Wir sind bloß zum Fischefangen hier, das ist alles.«

»Und was ist das für ein Schiff?« Plötzlich bemerkte der Mann das Brandzeichen an Telemachos' Unterarm, und ein beunruhigtes Zucken lief über sein Gesicht. »Warte mal, das Mal kenne ich. Ihr seid von der *Poseidons Dreizack*. Das Schiff von Kapitän Bulla.«

Telemachos wechselte einen Blick mit Geras, bevor er sich wieder dem Mann mit der rosa Narbe zuwandte. »Hätte nicht gedacht, dass wir so berühmt sind.«

»Woher weißt du von unserem Schiff?«, hakte Castor nach.

Der Mann ignorierte die Frage. »Wo ist der Rest eurer Mannschaft?«

»Nicht weit von hier. Ganz in der Nähe.«

»Tatsächlich?« Der Narbige spannte den Mund zu einem schmalen Lächeln. »Seltsam. Ich kann mich nicht erinnern, dass unser Kapitän jemandem die Erlaubnis gegeben hat, hier zu fischen.«

»Erlaubnis?«

Der Mann deutete vage auf die umliegende Bucht. »Das sind unsere Gewässer. Hier darf sich niemand aufhalten, ohne dass Kapitän Nestor davon weiß.«

Telemachos erstarrte. »Nestor ...«

Der Narbige machte einen Schritt nach vorn, und seine Begleiter rückten zu ihm auf. Er hob sein Messer und bleckte die Zähne. »Ihr habt hier nichts verloren. Verschwindet und sagt eurem Kapitän, er soll sich verpissen, bevor es zu spät ist.«

Castor duckte sich sprungbereit. Um ihn herum griffen die anderen nach ihren Klingen.

Der Pirat schielte kurz zu seinen Gefährten, dann knurrte er: »Auf sie, Männer!«

In einem hektischen Gewirr von Stößen und Stichen fielen die beiden Parteien übereinander her. Telemachos stolperte nach hinten, als der Narbige sich auf ihn stürzte. Er entging nur knapp dem Ansturm und stieß mit einem Ausfallschritt nach der Kehle seines Gegners. Als der Pirat den Streich parierte, schlug Telemachos mit dem freien Arm zu und traf ihn direkt unter den Rippen. Doch der Hieb raubte dem Piraten nicht den Atem. Bevor Telemachos nachsetzen konnte, keilte sein Widersacher fauchend vor Zorn aus und zwang ihn zum Zurückweichen. Von allen Seiten hörte Telemachos das Klirren und Scharren der Klingen, untermalt vom verzweifelten Ächzen von Männern, die um ihr Leben kämpften. Seine Kameraden von der *Poseidons Dreizack* gaben keine Handbreit Boden preis.

»Du Hund! Jetzt bist du tot!« Mit einem wütenden Brüllen warf sich der Pirat auf Telemachos und schlitzte wild durch die Luft.

Trotz seiner schwerfällig wirkenden Statur war der Mann unglaublich wendig und hätte Telemachos beinahe mit einem tückischen Hieb erwischt. Instinktiv nach links ausweichend glitt Telemachos auf seinen Gegner zu und schlug mit der zur Faust geballten freien Hand nach oben. Laut knirschend brach das Nasenbein, und der Mann taumelte benommen zurück. Bevor er reagieren konnte, sprang Telemachos nach vorn und rammte ihm das Filetiermesser in die weiche Haut unter dem Kinn. Der Pirat stöhnte auf und zuckte am ganzen Körper, als sich die Klinge tief in seinen Schädel grub. Mit einem matschigen Zischen riss Telemachos das Messer heraus, und das Blut des schlaff in die Brandung sinkenden Toten vermischte sich träge mit den schäumenden Fluten.

Plötzlich hörte er einen Schrei und bemerkte herumwirbelnd einen bulligen Piraten mit Bart, der ihm einen Fischspeer in die Brust bohren wollte. Gerade noch rechtzeitig zuckte er zur Seite und wich dem Stoß aus. Blitzschnell schaute er sich um. Im Sand und in der Brandung krümmten sich mehrere Gestalten, die meisten vom anderen Boot. Mit ihrer entschlossenen Gegenwehr hatten die Männer von der *Poseidons Dreizack* die Angreifer überrascht, und die wenigen noch verbliebenen Piraten Nestors fanden sich auf einmal in der Unterzahl wieder. Sofort richtete Telemachos den Blick wieder auf den Bärtigen, der erneut mit dem Spieß nach ihm stieß. Diesmal versuchte er, den Piraten tief geduckt mit einem Stich in die Eingeweide zu treffen. Doch die größere Reichweite des Speers vereitelte diese Absicht, und im nächsten Moment riss der Pirat seine Waffe herum und trieb Telemachos den Holzschaft so heftig in die Magengrube, dass er aufächzte. Bevor er sich erholen konnte, setzte der Bärtige nach und drosch ihm das Spießende ans Kinn. Benommen sackte Telemachos in den Sand und schmeckte Blut im Mund.

»Jetzt hab ich dich, du Lump!« Mit triumphierend leuchtenden Augen stürzte der Pirat auf ihn zu und ließ die mit Widerhaken versehene Speerspitze herabsausen.

Im letzten Augenblick wand sich Telemachos zur Seite und keilte mit dem Fuß von hinten gegen die Ferse des Bärtigen. Dieser stieß einen Schrei aus und fiel unbeholfen nach vorn. Er landete mit dem Gesicht im Sand und ließ vor Überraschung seine Waffe los. Telemachos sprang sofort auf und versetzte dem Mann einen Tritt in die Rippen, bevor dieser nach dem Spieß greifen konnte. Dann drückte er ihm das Knie in den Rücken und hielt ihn am Boden fest. Der Pirat fuchtelte wild, ohne sich befreien zu können. Telemachos packte ein Büschel Haare und riss den Arm hoch, um ihm die Klinge in den ungeschützten Nacken zu bohren.

»Nein!«, rief Castor. »Lass ihn am Leben!«

Telemachos erstarrte. Plötzlich wurde ihm bewusst, dass die Kampfgeräusche verhallt waren, und er hob den Kopf. Die letzten Feinde waren niedergemacht, und aus ihren Wunden rann das Blut. Zorn brandete in ihm hoch, als er zwei zusammengesunkene Kameraden im Sand bemerkte. Sie hatten den Sieg nicht ohne Verluste errungen.

Mit schimmernden Schweißperlen auf dem kahl geschorenen Schädel stapfte Castor herüber. »Den brauchen wir lebend«, keuchte er.

»Wozu?«, wollte Telemachos wissen.

»Er kann uns was über Nestors Versteck erzählen. Muss hier ganz in der Nähe sein.«

Telemachos hielt die Klinge umklammert, in seinen Adern brodelte es noch immer. Er sehnte sich danach, dem Piraten die Spitze in den Hals zu stoßen. Doch dann setzte sich die Vernunft durch, und er ließ den Verletzten los. Sofort stürzten zwei Männer von der *Poseidons Dreizack* herbei und zerrten den Piraten hoch.

»Sollen wir ihn gleich verhören?«, fragte Telemachos.

Castor schüttelte den Kopf. »Setzt ihn zu den Fischen ins Boot. Kapitän Bulla möchte bestimmt selbst rausfinden, was er alles weiß.«

KAPITEL 15

»Ich glaube, er ist jetzt so weit«, erklärte Castor und trat von dem lädierten Piraten zurück.

Aus einer Ecke des Frachtraums beobachtete Telemachos, wie Bulla lächelnd den Blick auf den Gefangenen richtete. Nachdem sie den Mann gefesselt hatten, waren Telemachos und die anderen in die Bucht zurückgekehrt, erleichtert, dass sie den brutalen Zusammenstoß überlebt hatten. Sobald das Boot auf Strand gesetzt war, wurden die Körbe mit Fischen abgeladen, und Bulla befahl Castor und Telemachos, den Gefangenen zum Verhör auf die *Poseidons Dreizack* zu bringen. In einem Teil des Laderaums, der den Sturm relativ unbeschadet überstanden hatte, wurde Platz geschaffen. Die Hände des Piraten waren mit einem groben Strick zusammengebunden, dessen Ende nun mit einem Eisenring an einem Schiffsspant befestigt war. Der Mann hatte sich zunächst gewehrt, aber mehrere harte Schläge ins Gesicht und auf die Brust hatten ihn schnell zur Vernunft gebracht. Als er sicher vertäut war, kam Bulla mit Hector und einem grobschlächtigen Kerl, um die Befragung zu beginnen. Eine Öllampe in einem Winkel tauchte die zerschrammten Gesichtszüge des Gefesselten in einen matten rotgelben Schein.

»Ausgezeichnete Arbeit, Castor«, sagte Bulla. »Gut gemacht. Der Fang des Tages. Ich glaube, jetzt übernehme ich das.«

Castor nickte. »Soll ich ihn nicht noch ein bisschen durchprügeln, Käpt'n? Löst ihm bestimmt die Zunge.«

»Das wird nicht nötig sein. Ich denke, wir können das Geplänkel überspringen und gleich mit der Folter anfangen.«

Über das Gesicht des Gefangenen lief ein beunruhigtes Zucken. Bulla winkte den Piraten neben Hector heran. Der kleine, breitschultrige Mann trat vor und ließ die narbigen Knöchel knacken.

Bulla wandte sich wieder dem Gefesselten zu. »Darf ich vorstellen, das ist Skiron. Er ist ein Meister der Schmerzen und sehr stolz auf seine Arbeit. Er kann jemanden in einem Zustand unvorstellbarer Qual tagelang am Leben halten. Wenn er mit dir fertig ist, wirst du flennen wie eine kleine Göre.«

Der Mann funkelte den Piratenführer giftig an. »Ich kann dir nur raten, dass du mich freilässt, solange noch Zeit dafür ist. Bevor meine Freunde nach mir suchen. Außerdem kriegst du sowieso kein Wort aus mir raus. Ich verrate nichts.«

»Wer hat denn was von verraten gesagt?« Bulla lächelte schmallippig. »Wir haben dir ja noch nicht mal eine Frage gestellt.«

In den Augen des Gefesselten blitzte Angst auf. Dann spannte er die Muskeln an, und sein Gesicht wurde hart. »Du bist so gut wie tot. Du und deine ganze verfluchte Besatzung.«

Um Bullas Mundwinkel zuckte es. »Verwegenheit. Für einen Piraten immer eine gute Eigenschaft. Das wird ein echtes Vergnügen. Du kannst anfangen, Skiron.«

Grinsend trat der Folterknecht nach vorn. Ohne ein Wort ballte er die vernarbte Pranke zur Faust und rammte sie dem Mann brutal in den Bauch. Stöhnend vor Schmerz krümmte sich der Gefangene nach vorn. Noch ehe er wieder Luft bekam, holte Skiron erneut aus und drosch ihm die Knöchel mit solcher Wucht auf die Nase, dass sein Kopf nach hinten gerissen wurde und mit dumpfem Pochen gegen den Holzspant krachte.

Hin- und hergerissen zwischen Grauen und Faszination beobachtete Telemachos, wie Skiron seinem Opfer mit einer Reihe von wüsten Schlägen zusetzte. Der Mann ließ die heftigen Prügel stumm über sich ergehen. Kein Bitten um Erbarmen, kein Winseln um Gnade. Er biss einfach die Zähne zusammen und unterdrückte jeden Schmerzensschrei.

Schließlich räusperte sich Bulla und rief Skiron zurück. Flach atmend hob der Gefangene das zerschundene Gesicht. Sein linkes Auge war zugeschwollen, und über der aufgeplatzten Oberlippe hing eine Glocke aus Blut und Rotz. Er starrte Bulla mit wutverzerrter Miene an und spuckte vor ihm aus.

»Vielleicht solltest du allmählich reden«, schlug der Kapitän vor. »Oder möchtest du, dass Skiron seine erlesene Werkzeugsammlung rausholt?«

»Dafür werdet ihr zahlen«, geiferte der Gefangene. »Wenn Kapitän Nestor rausfindet, was ihr getan habt, seid ihr erledigt. Er wird euch aufspüren und euch alle massakrieren.«

Bulla lachte trocken. »Da habe ich meine Zweifel. Überleg dir doch mal deine Lage. Deine Kameraden sind alle tot, und es wird sicher noch eine Weile dauern, bis euch dein Kapitän vermisst. Da sind wir schon längst verschwunden, und für dich ist es zu spät. Viel zu spät. Wenn du unbedingt meinst, kannst du gern noch ein bisschen leiden. Oder du ersparst dir weitere Qualen. Dafür musst du uns bloß ein paar Fragen beantworten, das ist alles.«

»Zum Beispiel?« Der Pirat zog eine Fratze. »Ich kann euch nichts Nützliches sagen.«

»Doch, das kannst du. Einer deiner Kameraden hat meinen Männern erzählt, dass Kapitän Nestor und seine Leute hier irgendwo ihren Schlupfwinkel haben. Gut versteckt, wie ich vermute, weil ich mich nicht erinnern kann, bei meinen vielen Reisen durch diese Gewässer ein Piratenlager gesichtet zu haben. Zufällig wurde unser Ankerplatz vor Kurzem von den Römern überfallen, daher sind wir jetzt auf der Suche nach einem geeigneten Ersatz. Da kommt uns euer Versteck sehr gelegen. Und du wirst mir verraten, wo es liegt, damit ich mich mit meiner Mannschaft an einen sicheren Ort zurückziehen kann.«

Mit einem höhnischen Grinsen entblößte der Gefangene seine zerschlagenen, blutverschmierten Zähne. »Du bist ein Narr. Nestor würde unser Lager nie mit euch teilen. Auf den Handelsstraßen gibt es sowieso kaum noch genug Beute für uns.«

»Ach, ich habe gar nicht vor zu teilen. Ich hätte da eine viel bessere Idee. Du erzählst mir, wo wir nachschauen müssen, und dann schnappen wir euch das Lager weg. Ich will wissen, wie viele Schiffe Nestor kommandiert. Wie viele Männer er hat, wie seine Festung geschützt ist. Alles, was ich brauche, damit ich ihn bei einem Angriff zerquetschen kann. Das heißt, du wirst meine Fragen beantworten. Wenn du redest, verschone ich dein Leben, du hast mein Wort. Und vielleicht nehme ich dich danach sogar in meine Mannschaft auf. Gute Leute kann ich immer gebrauchen. Aber wenn du dich weigerst, wird Skiron dafür sorgen, dass du endlose Qualen erleidest. Du hast die Wahl.«

»Leck mich!« Der Gefesselte spuckte auf den Boden und starrte Bulla mit trotzig blitzenden Augen an.

Bulla lachte in sich hinein. »Nicht besonders originell, trotzdem finde ich die Einstellung bewundernswert. Schade. Du wärst eine echte Verstärkung für meine Mannschaft gewesen.« Er nickte dem muskelbepackten Folterknecht zu. »Er gehört dir, Skiron. Zeig, was du kannst. Zurückhaltung bringt bei dem nichts. Der hat richtig Mumm. Zumindest jetzt noch ...«

In der nächsten Stunde hallten die irren Schreie des Gefangenen durch den Laderaum. Nachdem er ihn zunächst gründlich mit den Fäusten weichgeklopft hatte, öffnete Skiron seinen Werkzeugkasten und unterwarf den Mann einer Reihe exquisiter Folterpraktiken. Zunächst prügelte er mit einem eisenbeschlagenen Knüppel auf ihn ein, dann riss er ihm mit einem kleinen Haken Fetzen aus dem Fleisch. Als das nichts brachte, schnitt er dem Piraten mit dem Messer einen Zeh ab. Trotz seiner Abneigung gegen den Gefangenen empfand Telemachos einen widerstrebenden Respekt vor ihm. Offenbar waren Nestors Männer bereit, füreinander zu sterben. Falls Bulla den Ort des Verstecks tatsächlich erfuhr, würde dessen Eroberung eine gewaltige Herausforderung darstellen.

Erst als sich Skiron daranmachte, dem Gefangenen die Finger abzusägen, brach dieser schluchzend zusammen. »Bitte ... ich kann nicht mehr. Ich flehe euch an ...«

Bulla hob die Hand und trat auf ihn zu. »So ist es recht, mein Freund. Sag mir, was du weißt, und deine Qualen nehmen ein Ende. Inzwischen musst du doch einsehen, dass es keinen Sinn hat, uns deine Hilfe zu verweigern. Wir finden so oder so raus, was du weißt. Du *wirst* reden. Die Frage ist nur, wie viel Schmerzen du davor aushalten möchtest.«

Der Gefesselte gab ein leises Wimmern von sich, hin- und hergerissen zwischen der Forderung, seine Kameraden zu verraten, und der Furcht vor weiterer Folter. »Warum soll ich euch was erzählen? Ihr bringt mich ja sowieso um.«

»Keineswegs«, erwiderte Bulla in bestimmtem Ton. »Wenn du uns den Ort von Nestors Versteck nennst, wird dein Leben verschont. Du hast mein Wort. Und jetzt raus mit der Sprache. Sonst macht sich Skiron wieder ans Werk.«

Der Anblick des Folterknechts, der gekonnt sein blutbesudeltes Messer kreisen ließ, brach den schwindenden Widerstand des Gefangenen. Mit Tränen auf den Wangen blickte er zu Bulla auf. »Nein, nicht! Ich rede …«

»Gut. Jetzt verstehen wir uns endlich.« Mit einem Wink ließ der Kapitän Skiron beiseite treten, der keinen Hehl aus seiner Enttäuschung machte. Dann wandte sich Bulla an Telemachos. »Hol mir die Seekarte aus meinem Quartier.«

Telemachos lief sofort los zur Kajüte des Kapitäns und kam wenig später mit der Ziegenlederkarte zurück.

Bulla hatte sich dicht vor dem Gefangenen aufgebaut. »Also, du erzählst mir jetzt, wo Nestors Lager ist. Aber Vorsicht. Wenn ich merke, dass du mich belügst oder etwas für dich behältst, lass ich dich in Stücke reißen. Skiron wird dir die restlichen Finger und Zehen und dann die Eier abschneiden. Wenn er mit dir fertig ist, wirst du um deinen Tod betteln. Allerdings wird es Tage dauern, bis du stirbst. Kapiert?«

Der Mann schluckte mühsam und nickte schließlich. »Petrapylae«, ächzte er. »Unser Lager ist in Petrapylae.«

»Das steinerne Tor?« Bulla runzelte die Stirn. »Das kann nicht sein. Soviel ich weiß, befindet sich dort eine gut gesicherte Handelsniederlassung.«

»Jetzt nicht mehr«, erwiderte der Gefolterte. »Nach mehreren Missernten ist die Militärgarnison mit den meisten Einheimischen weggezogen. Wir haben den Hafen vor einigen Monaten besucht. Bei einem Überfall auf ein Schiff haben wir einen Kaufmann von dort gefangen. Er hat sich bereit erklärt, uns den Weg zu zeigen, wenn wir seine junge Familie verschonen. Wir sind in den Hafen eingedrungen und haben die Zitadelle erobert. Dann haben wir jeden Mann rekrutiert, der mit einem Schwert umgehen konnte.«

»Kann mir vorstellen, dass die Dorfbewohner nicht besonders begeistert waren.«

»Die fragt doch keiner. Nestor herrscht mit eiserner Faust. Er erhebt sogar Steuern auf die Gewinne der ansässigen Händler, und die Männer dürfen sich in den Tavernen mit Wein und Essen bedienen.«

Bulla zog die Braue hoch. »Und das haben die Einheimischen klaglos hingenommen?«

»Ein paar haben sich anfangs aufgelehnt, aber Nestor hat sie einfach hinrichten lassen. Samt ihren Familien. Sie wurden hoch auf die Klippen geschafft und unter den Augen der übrigen Bewohner nacheinander runtergestoßen. Jetzt haben alle so viel Angst vor ihm, dass keiner mehr den Mund aufmacht.« Mit einem erschöpften Stöhnen ließ er den Kopf sinken.

Bulla trat mit der Seekarte zu einer Vorratstruhe und breitete sie darauf aus. Hector und mehrere andere Piraten traten näher und spähten mit zusammengekniffenen Augen auf das Pergament.

»Hier. Petrapylae.« Bulla tippte mit dem Finger auf einen Punkt unweit von ihrem Ankerplatz. »Da hat sich Nestor wirklich einen guten Ort für sein Versteck ausgesucht. In der Nähe der wichtigen Handelsstrecken. Auf allen Seiten Berge, nur ein schmaler Durchlass zwischen Felsen: das steinerne Tor. Dort könnten uns die Römer nie überraschen.« Staunend schüttelte er den Kopf. »Wir sind Dutzende von Malen an dem Eingang zur Bucht vorbeigesegelt, ohne ihn je zu sichten. Die perfekte Festung, direkt vor unserer Nase.«

Hector zog die Stirn in Falten. »Wenn sie tatsächlich existiert, Käpt'n. Kann es nicht sein, dass der Gefangene lügt, um seine Kameraden zu schützen?«

Bulla überlegte kurz. »Nein. Das ist der einzige passende Ort an diesem Küstenabschnitt. Alles andere wäre zu weit weg von den Handelsstraßen. Das muss das Versteck sein. Die Frage ist nur, wie erobern wir es?«

Er wandte sich wieder dem Gefangenen zu, vor dessen Füßen sich auf den ausgetretenen Planken eine klebrige Blutlache gebildet hatte. »Euer Lager. Wie gut ist es gesichert?«

Der Pirat zuckte zusammen. »Es gibt eine Zitadelle. Dort hat Nestor sein Quartier. Er besitzt mehrere Bolzenwerfer. Seine Wachen werden euer Schiff erspähen und sofort Alarm schlagen. Die Katapulte werden euer Schiff versenken, bevor ihr die Bucht erreicht.«

»Was ist mit Schiffen und Männern? Wie viele hat Nestor?«

»Zwei ... ich meine, drei. Nestor hat drei. Sein Flaggschiff, dazu zwei weitere Mannschaften, die sich ihm angeschlossen haben. Jeweils mit voller Besatzung. Insgesamt dreihundert Leute.«

»Dreihundert?« Hector riss die Augen auf. »Unsere Männer sind stark, aber gegen so eine Übermacht haben wir keine Chance.«

Ohne ihn zu beachten, musterte Bulla den Gefangenen. »Warum hast du zuerst von zwei Schiffen gesprochen? Sag die Wahrheit, oder dein Leben ist verwirkt.«

Zögernd schielte der Mann zu Skiron, dann fand sein Blick zurück zu Bulla. »Eins der Schiffe ist unterwegs. Die *Achelous*. Das Schiff von Kapitän Peleus. Sie ist seit einem Monat auf Raubzug an der Küste in der Nähe von Acruvium.«

»Wann soll sie zurückkommen?«

»In ein paar Tagen.« Erneut ließ er den Kopf sinken.

Bulla schickte jemanden nach Brot und Wasser und ließ auch den Arzneikasten bringen. Der Gefangene musste gepflegt werden, bis er sich erholt hatte und in die Mannschaft eingegliedert werden konnte. Vorsichtig banden ihn zwei Piraten von dem Eisenring los und führten ihn weg.

Castor räusperte sich und wandte sich an den Kapitän. »Wie sollen wir Nestor besiegen? Wir sind doch hoffnungslos in der Unterzahl.«

Bulla schaute seine Männer an. »Vielleicht gibt es eine Möglichkeit. Die *Achelous* ist zurzeit auf See. Damit steigen unsere Chancen. Wir müssen sofort zuschlagen, solange die Zitadelle unterbesetzt ist. Wenn es uns gelingt, die anderen zwei Mannschaften zu überrumpeln, können wir Petrapylae erobern.«

»Dann müssen wir uns immer noch mit den Einheimischen rumschlagen, Käpt'n. Vielleicht sind wir ihnen als neue Herrscher nicht willkommen.«

»Kann sein. Aber wenn sie zurzeit so unglücklich sind, wie es unser Gefangener geschildert hat, dann werden sie sogar dankbar sein, dass wir ihnen helfen, Nestor loszuwerden.«

Den Blick auf der Seekarte, sog Hector geräuschvoll die Luft zwischen den Zähnen ein. »Trotzdem wird es verdammt schwer, so ein Bollwerk zu überrennen. Wie wär's mit einem Angriff von der Landseite? Wir könnten über die Berge steigen und heimlich auf die Zitadelle vorrücken.«

»Ausgeschlossen«, erwiderte Bulla. »Ich bin schon öfter an diesen Bergen vorbeigekommen. Sie sind zu hoch, da kann man nicht einfach rüberklettern. Nein. Wir müssen es von See aus probieren.«

»Aber wie?«, fragte Castor. »Nestors Posten entdecken uns doch, sobald wir die Landspitze umrunden. Seine Katapulte sind bestimmt geladen, da kann er uns bequem abschießen. Wir würden es nie bis zum Ufer schaffen. Und selbst wenn, müssten wir immer noch die Zitadelle einnehmen.«

»Und wenn wir im Schutz der Dunkelheit reinfahren?«, schlug Hector vor.

Bulla schüttelte den Kopf. »Zu gefährlich. An diesem Küstenabschnitt sind überall Felsausläufer. Und falls wir auf Grund laufen, können wir keinen Angriff führen. Außerdem bleibt die Frage, wie wir in die Zitadelle reinkommen. Nein, wir müssen uns was anderes einfallen lassen.«

Auch Telemachos vertiefte sich jetzt in die Karte. In seinem Kopf bildeten sich die ersten Ansätze zu einem Plan. Zu einem Plan, der nicht ohne Risiken war, der es den Piraten jedoch vielleicht ermöglichte, bis zur Zitadelle vorzudringen, ohne dass Alarm geschlagen wurde. Er räusperte sich. »Käpt'n?«

»Ja«, blaffte Bulla gereizt. »Was ist?«

Telemachos zögerte, das Wort zu ergreifen. Einem jungen Rekruten stand es nicht zu, seinem Kapitän einen Rat anzubieten. Er musste damit rechnen, dass jeder Vorschlag von ihm kurzerhand als unpassend abgetan wurde. Doch dann fiel ihm ein, wie er den Kapitän der *Selene* vergeblich gewarnt hatte. Clemestes hatte seiner Bitte, nicht ins Adriaticum zu segeln, keine Beachtung geschenkt und diesen Fehler letztlich mit dem Leben bezahlt. Er musste es einfach wagen.

Er holte tief Luft. »Vielleicht gibt es eine Möglichkeit für uns, die Zitadelle zu erreichen.«

»Niemand hat dich nach deiner Meinung gefragt, du Rotzlöffel«, fauchte Hector. »Halt die Klappe und überlass das Planen uns.«

Bulla schaute den Jungen neugierig an. »Nein, wir sollten ihn anhören.«

»Den da?« Hector lachte höhnisch. »Der ist doch bloß ein Rekrut. Er hat keine Ahnung von Landangriffen und vom Erstürmen von Befestigungsanlagen.«

»Bist du sicher? Auf jeden Fall hat er seinen Scharfsinn bereits unter Beweis gestellt. Oder hast du schon vergessen, wie er uns bei dem Sturm vor dem sicheren Tod bewahrt hat?«

Die Nüstern des ersten Offiziers bebten vor Zorn. Bulla wandte sich wieder an Telemachos. »Also, lass deine Idee hören. Ich kann nur hoffen, dass sie gut ist.«

Telemachos nickte. »Es geht um das dritte Schiff, Käpt'n. Das gerade auf See ist.«

»Die *Achelous*. Was ist mit ihr?«

»Der Gefangene sagt, dass Nestor erst in ein paar Tagen mit ihr rechnet. Und wenn sie nun früher eintrifft?«

Bulla kratzte sich an der Wange. »Könnte schon sein. Wenn die Mannschaft eine gute Prise auftut, kehrt sie vielleicht früher zurück als erwartet. Und das könnte uns Probleme machen.«

Telemachos setzte ein gerissenes Lächeln auf. »Dann sollten wir darauf setzen, dass sie noch ein wenig ausbleibt.«

»Was meinst du damit?«

»Ich glaube, ich weiß, wie wir in das Lager eindringen können, ohne dass der Feind alarmiert wird. Aber zuerst müssen wir genau wissen, wie die *Achelous* aussieht.«

KAPITEL 16

»Bald sollten wir Nestors Festung sichten«, sagte Castor, der über den Bug des Schiffs spähte.
Telemachos stand neben dem Quartiermeister auf dem Deck und spürte die sanfte Brise auf den Wangen, als die *Poseidons Dreizack* langsam aufs Ufer zukroch. Vor ihnen erstreckte sich ein langer, schmaler Meeresarm mit einem abweisenden, schroffen Berg auf der anderen Seite. Nach dem Bericht des Gefangenen befand sich das feindliche Lager am Fuß dieses Berges.

»Beten wir, dass dein Plan hinhaut«, fuhr Castor fort. »Sonst können wir einpacken.«

»Er haut bestimmt hin«, erwiderte Telemachos. »Du wirst sehen.«

»Hoffentlich hast du recht. Denn wenn Nestors Leute unsere List durchschauen, sind wir verratzt.«

Telemachos nickte knapp und ließ den Blick über das Deck schweifen. In den letzten zwei Tagen hatte die Mannschaft hart daran gearbeitet, der *Poseidons Dreizack* das Aussehen der *Achelous* zu verleihen. Bulla hatte das Schiff einmal auf einer Reise nach Delos gesehen. Ausgehend von diesem Wissen und den Angaben des Gefangenen, hatten sie mehrere Veränderungen an der Takelage und den Segeln der *Poseidons Dreizack* vorgenommen. Bei näherer Betrachtung wäre niemand darauf hereingefallen, doch nach Bullas Einschätzung würde die Ähnlichkeit ausreichen, um die Wachleute auf der Zitadelle zu täuschen. Nach den letzten Vorbereitungen hatte die Mannschaft im Morgengrauen den Ankerplatz verlassen. In den vergangenen Stunden waren sie gemächlich der illyrischen Küste gefolgt. Kurz vor Mittag bogen sie in den Meeresarm und waren jetzt auf dem Weg nach Petrapylae.

Nur eine Handvoll Piraten stand auf dem Hauptdeck. Der Rest der Besatzung war in dem engen Lastraum verborgen und spielte die Rolle von Gefangenen. Zu ihnen gesellten sich einige Überlebende aus Peiratispolis, die sich von ihren Verletzungen erholt hatten und mit einer Klinge umgehen konnten. Als er den Blick zum Lukensüll senkte, erkannte Telemachos in dem Meer angespannter Gesichter unter Deck Geras und Leitos. Sie trugen schmutzige Lumpen und waren an Händen und Füßen aneinander gefesselt. Allerdings mussten sie zum Abschütteln ihrer Ketten nur die dünnen Verbindungsstifte zerbrechen. Er lächelte, zufrieden über ihr zerzaustes Aussehen, und ging im Kopf noch einmal seinen Plan durch.

Sobald die *Poseidons Dreizack* mit der gehissten Flagge der *Achelous* den Ausguck passiert hatte, sollte sie in die Bucht fahren und so nah wie möglich bei Nestors Lager auf Strand setzen. Nach der Landung wollten Telemachos und seine Kameraden an Deck die anderen aus dem Lastraum holen und sie hinauf zur Zitadelle führen. Nach Angaben des Gefangenen waren in Petrapylae mehrere Sklavenhändler ansässig, sodass der Anblick von gefesselten Seeleuten, die in die Festung gebracht wurden, keinen Verdacht erregen würde. Drinnen sollten die Piraten auf Bullas Befehl hin ihre Ketten abwerfen und mit den in ihren Tuniken verborgenen Messern zu Nestors Quartier vordringen. Sie hatten die Order, jeden zu töten, der Widerstand leistete. Die anderen mussten sich entscheiden zwischen dem Tod und einem Treueeid auf die *Poseidons Dreizack*. Nach der Eroberung Petrapylaes konnten sich Bulla und seine Leute endlich wieder auf die Jagd nach Beute machen. Telemachos hoffte darauf, seinen Bruder schon nach wenigen erfolgreichen Raubzügen freikaufen zu können.

Natürlich barg der Plan auch Risiken. Wenn das Täuschungsmanöver aufflog, bevor die *Poseidons Dreizack* das Ufer erreichte, blieb dem Feind reichlich Zeit für die Einleitung von Verteidigungsmaßnahmen. Und selbst wenn die Männer sich an den Posten vorbeistehlen und landen konnten, mussten sie erst noch in die Zitadelle gelangen, ohne dass jemand Verdacht schöpfte. War nicht zu befürchten, dass die Torwachen den Braten rochen und ihre Kameraden alarmierten? Bei dieser Vorstellung zog Telemachos eine Grimasse. Ohne das Überraschungsmoment war es nur eine Frage der Zeit, bis die Männer der *Poseidons Dreizack* von den Verteidigern aufgerieben wurden. Und von Nestor durften sie keine Gnade erwarten. Wer lebend gefangen wurde, musste damit rechnen, in die Sklaverei verkauft zu werden oder nach schrecklichen Folterqualen den Tod zu finden.

Einer der Männer an Deck stieß einen Ruf aus, und alle Blicke wandten sich hinauf zu dem kleinen Wachturm auf der Klippe, über dem bunt blitzend eine Signalflagge gehisst wurde.

»Anscheinend gibt der Ausguck Zeichen an die Zitadelle«, warnte Hector.

Mit zusammengekniffenen Augen spähte Bulla nach dem fernen Wimpel. »Gelb. Das ist das Signal für ein sich näherndes Schiff, oder?«

Telemachos nickte. »So hat es uns der Gefangene erzählt, Käpt'n.«

»Außer der Scheißkerl hat uns angelogen«, knurrte Hector. »Dann segeln wir direkt in eine Falle.«

»Das werden wir bald rausfinden«, antwortete Bulla.

Unter einem strahlend blauen Nachmittagshimmel näherte sich die *Poseidons Dreizack* der Küste, die Segel schräg vor dem achterlichen Wind. Bulla hatte darauf verzichtet, die Ruder einzusetzen, weil er seine Leute nicht vorzeitig ermüden wollte, und so dauerte es eine halbe Ewigkeit, bis sie den Eingang zur Bucht erreichten. Dann war es endlich so weit, und die Männer drängten an die Reling, als das Piratenlager in Sicht kam. Vom Fuß des Berges ragte eine über einen Gerölldamm mit dem Strand verbundene Felsspitze heraus. Am Ende des Felsvorsprungs lag eine befestigte Siedlung, die auf drei Seiten von steilen Klippen geschützt und von einer verfallenen Steinmauer umschlossen war. Der Zugang vom Strand war mit einem Wehrgraben und einem Torhaus gesichert. Hinter dem Wall erspähte Telemachos weiß gestrichene Häuser, die sich dicht gedrängt den Hang hinaufzogen. Am höchsten Punkt erhob sich eine aus Stein gebaute Bastion.

»Der Gefangene hat nicht übertrieben«, bemerkte Castor mit bebender Stimme. »Das sind wirklich starke Verteidigungsanlagen.«

Auch Telemachos waren die Katapulte auf Plattformen über der Mauer nicht entgangen. »Nestor geht kein Risiko ein, das steht fest. Umso besser für uns, wenn wir hier unser Lager aufschlagen.«

Castor knurrte. »Erst mal müssen wir es erobern.«

Telemachos ließ den Blick nach unten wandern und entdeckte eine vor Anker liegende schlanke Galeere im ruhigen Wasser vor der Zitadelle. Nach der Beschreibung des Gefangenen musste es sich dabei um Nestors Flaggschiff *Proteus* handeln. Ein deutlich kleineres Schiff ruhte, von kräftigen Holzbalken gestützt, seitlich auf dem Strand. Mehrere winzige Gestalten waren damit beschäftigt, eine frische Pechschicht auf den Rumpf aufzutragen. Weiter oben am Strand bemerkte Telemachos verstreute Hütten und einige Fischerboote. Alles wirkte friedlich, und die wenigen Piraten am Strand schenkten der langsam dahingleitenden *Poseidons Dreizack* keinerlei Beachtung.

»Käpt'n!«, rief Castor. »Schau, dort!«

Telemachos schaute zur Zitadelle, auf die der Quartiermeister deutete. Über der Festung stieg ein ölig dunkler Fleck zum wolkenlosen Himmel auf, gefolgt von wirbelndem Rauch.

»Brandballen.« Klatschend schlug Hector mit der Hand auf die Reling. »Ich hab's gewusst. Die haben uns durchschaut. Wir müssen sofort umkehren, Käpt'n!«

»Verlier nicht die Nerven, verdammt!«, fauchte Bulla. »Die schießen nicht. Zumindest, solange sie uns noch nicht angerufen haben.«

Kurz darauf reckte ein Besatzungsmitglied mit einem Schrei den Arm und deutete hinauf zum Wachturm am höchsten Punkt der Landspitze. Telemachos und die anderen beobachteten, wie der Wimpel eingeholt und rasch von einer dunklen Flagge ersetzt wurde.

Bulla verfolgte das Ganze gespannt. »Gut. Das ist das Signal, dass wir uns zu erkennen geben sollen.« Er wandte sich nach Telemachos um. »Hoch mit der Fahne!«

Telemachos eilte nach achtern zur Backskiste und zerrte das grüne Leinen heraus. Mit fliegenden Fingern befestigte er die Schlaufen der Flagge an den frisch eingezogenen Schoten. Wenig später glitt sie den Mast hinauf und kräuselte sich in der Brise wie eine grüne Zunge. Wenn die Angaben des Gefangenen stimmten, konnte sich das Schiff mit dieser Farbe als die von einem erfolgreichen Beutezug zurückkehrende *Achelous* ausweisen. Das hieß, dass die Piraten an den Brandgeschützen den Befehl zum Zurücktreten erhalten würden.

»Beten wir zu den Göttern, dass es klappt, Käpt'n«, knirschte Hector.

»Das wird sich gleich rausstellen«, antwortete Bulla gelassen. Er wölbte die Hände vor dem Mund. »Steuermann, Kurs halten! Decksheifer, Segel einholen und Ruder ausfahren!«

So ungezwungen wie möglich ließen Telemachos und seine Kameraden die Segel herab und zurrten sie fest. Die anderen Piraten legten sich langsam schlagend in die Riemen, um bei den Gestalten am Strand keinen Verdacht zu erregen. Jetzt waren sie nur noch wenige Hundert Fuß vom Land entfernt, und mit jedem Augenblick wuchs bei Telemachos die Angst, der Feind könnte ihren Plan durchschauen und das Schiff mit einem Hagel von Feuerbällen in Brand stecken. Bulla stapfte in aller

Ruhe auf dem Deck hin und her und warf nur ab und zu einen Blick auf die dunklen Rauchsäulen über den Befestigungsanlagen. Sein gelassenes, beherrschtes Benehmen trug viel zur Beruhigung der Mannschaft bei und führte Telemachos deutlich vor Augen, welche Führungseigenschaften für das Kommando über ein Piratenschiff nötig waren.

Der Kapitän befahl dem Steuermann, in sicherem Abstand von dem auf der Seite liegenden Schiff auf den Strand zuzuhalten. Mit klopfendem Herzen trat Telemachos zu den achtern versammelten Piraten. Diese hielten ängstlich Ausschau nach dem Rauch über der Zitadelle, als rechneten sie jeden Moment mit einem niedergehenden Schauer flammender Wurfgeschosse. Doch nichts passierte. Kurz darauf hob sich der Bug mit bebenden Decksplanken und setzte im Kies auf. Polternd wurden die Ruder eingezogen, und dann rührte sich das Schiff nicht mehr.

»Fallreep runterlassen!«, befahl Bulla. »Klarmachen zum Aussteigen!«

Sofort gingen die Piraten ans Werk. Zwei manövrierten den Landesteg durch die seitliche Öffnung am Bug und ließen ihn mit lautem Platschen in das seichte Wasser fallen. Hector trieb den Rest der Decksbesatzung an, die Gefangenen heraufzuholen. Wenig später verließen Leitos, Geras und die anderen den dunklen Laderaum und blinzelten in das grelle Sonnenlicht. Fast gleichzeitig trat eine Abordnung von drei Männern aus der Zitadelle, um die Neuankömmlinge zu begrüßen. Auf Bullas Befehl hin führte Hector die Gefangenen von Bord. Mit klirrenden Ketten schlurften sie vom Landesteg in das hüfthohe Wasser. Telemachos zwang sich zur Ruhe, als er hinauf zum Kiesstrand watete.

Vorsichtig schielte er hinüber zu den Arbeitern bei dem kleinen liegenden Schiff, für den Fall, dass sich welche von ihnen näherten, um ihre zurückkehrenden Freunde willkommen zu heißen. Wenn das geschah, war der Plan gescheitert. Dann blieb ihnen nichts anderes mehr übrig, als aus der Bucht zu fliehen, bevor die Wurfgeschosse die richtige Reichweite fanden und sie versenkten. Doch zu seiner großen Erleichterung kam niemand auf sie zu. Nur ein oder zwei Männer hielten kurz zum Winken inne, bevor sie wieder an ihre Arbeit zurückkehrten.

Sobald die letzten Piraten an Land waren, drehte sich Bulla um und führte sie unerschrocken zu dem schmalen Gerölldamm, der den Strand mit der Zitadelle verband. Die drei Männer, die aus dem Torhaus getreten waren, standen am anderen Ende des Walls und beobachteten die Näherkommenden. Telemachos marschierte in forschem Tempo, und die scheinbaren Gefangenen mit ihren schweren Ketten konnten nur mühsam Schritt halten. Mit einem erschrockenen Schrei rutschte Geras auf dem losen Kies aus und fiel hin. Instinktiv streckte Telemachos seinem Gefährten die Hand hin, um ihm aufzuhelfen.

Das trug ihm einen zornigen Blick von Bulla ein, der ihn leise anzischte: »Was machst du da? Das sind keine Freunde, sondern unsere Gefangenen. So musst du sie auch behandeln, sonst werden die da drüben am Tor noch misstrauisch!«

Telemachos zog sofort den Arm zurück. Nach kurzem

Zögern versetzte er Geras mit finsterem Gesicht einen Tritt in die Rippen. »Hoch mit dir, du Abschaum!«, rief er so laut, dass ihn die Posten am Torhaus hören konnten.

Geras rappelte sich stöhnend auf und warf Telemachos einen bösen Blick zu. »Danke.«

»Tut mir leid.«

»Vergiss es.« Wütend schüttelte Geras den Kopf. »Ketten und Prügel.«

Telemachos schluckte nervös. »Hoffen wir, dass uns der Feind dieses Theater abnimmt. Sonst tragen wir bald alle Ketten.«

»Haltet den Mund und bewegt euch!«, fauchte Bulla. Sein Zeigefinger fuhr auf Geras zu. »Du! Zurück zu den anderen!«

Leise vor sich hin fluchend reihte sich Geras wieder ein und stapfte mit den Gefangenen auf die Zitadelle zu. Hinter dem Torhaus erkannte Telemachos eine breite, von baufälligen Hütten gesäumte Kopfsteinstraße und an deren Ende einen gut besuchten Marktplatz. In mehreren Weintavernen sorgten Nestors Leute für lebhaften Betrieb. Dorfbewohner starrten misstrauisch aus schwach beleuchteten Türen und Seitengassen. Andere schlurften mit gesenktem Blick hastig an den Piraten vorbei. Der eine oder andere starrte sie mit offener Feindseligkeit an, und Telemachos spürte den Unmut, den sie gegen die Eindringlinge hegten. In der Ferne konnte er die Spitze des Steinturms ausmachen, in dem Nestor sein Hauptquartier hatte.

»Wir haben es fast geschafft«, flüsterte Bulla. »Bleibt ganz ruhig, Männer. Folgt mir einfach.«

Eine der Gestalten vor dem Tor, ein abgebrüht wirkender Pirat in mittleren Jahren, näherte sich nun den Neuankömmlingen. Mit erhobenem Arm forderte er Bulla und seine Leute zum Anhalten auf. Links und rechts von ihm hatten sich Wachen aufgebaut, deren Hände auf den Knäufen ihrer Falcatas ruhten.

Der Pirat trat vor und fixierte Bulla. »Ihr seid von der *Achelous*?« Er legte die Stirn in Falten. »Ich kenne euch nicht.«

Bulla lächelte. »Wir sind neu zur Besatzung von Kapitän Peleus gestoßen.«

»Aha.« Der Pirat knurrte unbestimmt und ließ den Blick über die vor ihm Stehenden wandern. Aus den wettergegerbten Gesichtszügen und dem angegrauten Haar schloss Telemachos, dass es sich um einen hochrangigen Untergebenen Nestors handelte.

»Wo ist euer Kapitän?«, fragte er.

Bulla deutete mit dem Daumen hinter sich zur *Poseidons Dreizack*. »Noch an Bord, er sammelt gerade den Rest der Beute zusammen. Er wird aber gleich da sein. Hat uns befohlen, dass wir zuerst die Gefangenen herschaffen. Die werden bei den Sklavenhändlern bestimmt einen guten Preis erzielen.«

»Was du nicht sagst.« Die Lippen des Piraten teilten sich zu einem Grinsen, das fleckige gelbe Zähne zeigte. Mit dem Verkauf von vierzig Gefangenen winkte Nestors Führungsriege vermutlich ein satter Gewinn. Ein Gedanke, der den Mann sicher beschäftigte, während er die Gefangenen musterte.

»Schauen wir uns doch mal an, was wir da haben.« Der Pirat blieb vor Geras stehen und blies die Backen auf. »Scheiße, der sieht ja ziemlich beschränkt aus. Mit dem ist bei den Sklavenhändlern sicher nicht viel zu holen. Einen anständigen Preis zahlen diese knauserigen Athener nur noch für Leute, die lesen und schreiben können. Und bei dem hier hab ich eher den Eindruck, dass er nicht mal seinen Namen richtig aussprechen kann.«

Telemachos bemerkte, dass es in seinem Freund vor Empörung brodelte. Unbemerkt von den Wachen, ließ er die Hand langsam nach unten zum Schwertgriff gleiten. Er schloss die Finger darum, bereit, beim ersten Anzeichen von Schwierigkeiten zuzuschlagen.

»Immerhin hat er ein bisschen was auf den Rippen«, warf einer der Wachposten ein und stupste Geras in den Bauch. »Wir könnten ihn vielleicht an eine Gladiatorenschule verkaufen. Die zahlen zwar herzlich wenig, aber es ist besser als nichts.«

»Da hast du recht«, knurrte der Ältere. »Auf mehr können wir bei diesem Sack voll Scheiße wahrscheinlich nicht hoffen. Für alle Fälle sollten wir uns vergewissern, dass er noch ein komplettes Gebiss hat.« Ohne lang zu fackeln, packte er Geras mit einer Hand am Kiefer. Dann steckte er ihm einen schmutzigen Finger in den Mund und stocherte darin herum.

Geras zuckte zurück und stieß den Piraten mit einem zornigen Schrei von sich. »Verpiss dich! Lass mich bloß in Ruhe!« Die Eisenfesseln um seine Handgelenke zerbrachen und rasselten zu Boden.

Sprachlos vor Verblüffung starrte der Pirat auf die zerrissene Kette zu seinen Füßen. Dann richtete er den Blick wieder auf Geras, und die Verwirrung in seinem Gesicht wurde von Furcht verdrängt. Schnell griff er nach der Waffe an seiner Seite.

Im gleichen Moment zerrte Bulla seine Falcata aus der Scheide und wandte sich brüllend an seine Männer. »*Los! Auf sie!*«

KAPITEL 17

Bullas Stimme hallte noch von den umstehenden Häusern wider, da ging bereits ein Ruck durch die Besatzung der *Poseidons Dreizack*. Mit einem metallischen Scharren fuhren Schwerter aus Scheiden, und die scheinbaren Gefangenen warfen klirrend ihre Ketten ab. Zum Entsetzen der drei Piraten vor ihnen griffen sie sofort nach den versteckten Waffen in ihren zerlumpten Tuniken. Der Grauhaarige hatte die Situation kaum erfasst, da war Telemachos bereits mit seinem Schwert zur Stelle. Er rammte ihm die Klinge tief in den Leib und durchbohrte mit einem Ruck nach oben einen Lungenflügel. Die zwei Wachen wandten sich zur Flucht und warnten ihre Kameraden auf dem Platz mit lauten Rufen. Bullas Leute fielen sofort über sie her und erschlugen sie, bevor sie entrinnen konnten. Am Ende der Straße wurden Schreie laut, und eine Gruppe von Piraten sprang von ihren Würfelspielen und Trinkbechern auf. Sie drehten sich nach den Angreifern um und griffen nach ihren Waffen.

»Macht sie nieder!«, donnerte Bulla. »Macht sie alle nieder!«

Seine Männer brauchten keine weitere Aufforderung. Mit lautem Schlachtgebrüll stürmten sie auf den großen Platz zu. Von allen Seiten wurden Schreie von Dorfbewohnern laut, Frauen packten ihre Kinder und suchten Schutz. Nestors Männer waren völlig überrumpelt und hatten keine Zeit zum Reagieren. Viele von ihnen wurden gnadenlos abgeschlachtet, bevor sie auch nur ihre Schwerter ziehen konnten. Plötzlich hörte Telemachos von rechts einen Schmerzensschrei und sah gerade noch, wie einer seiner Kameraden von einem Stich in den Unterleib niedergestreckt wurde. Die Freude des Angreifers währte allerdings nicht lange, denn Telemachos stieß ihm sofort die Klinge in den Bauch und riss sie brutal nach oben. Mit einem Ächzen der Qual sackte der Mann zu Boden und stieß einen wüsten Fluch aus, während er schon verblutete.

Mit pochenden Schläfen löste sich Telemachos von dem erschlagenen Gegner und schaute sich blitzschnell um. Nur einer Handvoll von Nestors Leuten gelang die Flucht in ein Gewirr von Nebengassen, die tiefer in die Zitadelle hineinführten. Andere, die die Stellung hielten, wurden niedergemetzelt. Aus dem Augenwinkel nahm Telemachos wahr, wie sich vier von Bullas Männern um einen knabenhaften Piraten mit einem Kurzschwert drängten. Der junge Mann warf die Waffe weg und hob kapitulierend die Arme, doch die Angreifer ignorierten sein Flehen, und er versank mit einem gellenden Schrei in einem Hagel erbarmungsloser Hiebe. In einem Gewirr zerbrochener Tonamphoren, umgestürzter Holzbänke und verlassener Verkaufsbuden lag inzwischen mindestens ein Dutzend Toter verstreut auf dem Marktplatz. Der jähe Ansturm von Bullas Männern hatte den Feind völlig überwältigt.

»Das reinste Kinderspiel.« Geras wischte sich den Schweiß von der Stirn.

»Nicht mehr lange«, erwiderte Telemachos grimmig. »Schau!« Er deutete auf eine schmale Straße, die vom Hauptplatz wegführte.

Aus der Richtung der Festung näherte sich eine Schar mit Schwertern und Rundschilden, um die Eindringlinge zurückzuschlagen.

»Scheiße …«, murmelte Geras.

Nach einem lauten Warnruf wandten sich die Männer von der *Poseidons Dreizack* gleichzeitig der neuen Bedrohung zu. Den Namen ihres Kommandanten brüllend schwärmten Nestors Leute über den Marktplatz. Sie sprangen über ihre gefallenen Kameraden und warfen sich auf ihre Gegner. Bald versank alles in einem tosenden Meer von zuckenden Dolchen, Schwertern und Holzknüppeln. Ein kräftig gebauter Pirat mit einem Faustschild und einem für seine Gestalt zu kleinen Brustharnisch aus kostbar verziertem Leinen fixierte Telemachos mit zusammengekniffenen Augen und stürzte sich wild hauend auf ihn. Telemachos fegte die Klinge beiseite und stieß sofort zurück, doch der Pirat lenkte den Hieb mühelos mit dem Pugnum ab und zielte mit einer blitzschnellen Gewichtsverlagerung auf das Gesicht seines Gegners. Im letzten Augenblick riss Telemachos den Kopf weg und spürte einen sengenden Schmerz, als ihn die Klinge an der Wange streifte. Mit einem Zischen wankte er zurück.

»Du blutest, Kleiner«, höhnte der Pirat. »Und jetzt schlitze ich dir die Kehle auf.«

Mit angespannten Muskeln duckte sich Telemachos, völlig auf seinen Gegner konzentriert. Dieser bleckte die schiefen Zähne und sprang mit einer Finte nach vorn, bevor er die Klinge auf Telemachos' Zwerchfell niederfahren ließ. Blitzartig parierend schnellte Telemachos aus seiner gebückten Haltung nach oben und stieß mit voller Wucht nach dem Kopf seines Gegners. Der Mann riss verzweifelt den Schutzarm hoch, und die Klinge prallte mit einem lauten metallischen Klirren auf das Pugnum. Der Schlag war so heftig, dass die ertaubten Finger den Halt um den Schildgriff verloren. Im nächsten Atemzug bohrte Telemachos dem Piraten das Schwert in die seitliche Lücke des Harnischs. Blut spritzte dunkel aus der Wunde, als er die Waffe herausriss. Der Pirat sank mit einem verzweifelten Stöhnen zu Boden.

Telemachos hob sofort den Rundschild auf, bevor er sich den nächsten Gegner suchte. Ein kaltes Prickeln der Angst lief ihm über den Rücken, als er feststellte, dass der Feind in der Überzahl war. Mit dem Verpuffen des ersten Überraschungsmoments war der Angriff ins Stocken geraten, und er erkannte, dass es nur noch eine Frage der Zeit war, bis Bulla und seine Leute überrannt wurden. Auf der anderen Seite des Platzes bemerkte er eine Schar von Dorfbewohnern, die aus dem Dunkel einer Seitengasse ängstlich das Geschehen verfolgten.

»Steht nicht einfach tatenlos rum«, rief er ihnen zu. »Helft uns! Wenn ihr Nestor und seine Meute loswerden wollt, habt ihr jetzt die Chance dazu!«

Die Einheimischen schauten sich zögernd an. Einige starrten auf die verstreuten Waffen, hin- und hergerissen zwischen der Angst, sich einzumischen, und dem Wunsch, Nestor zu vertreiben. Dann rannte einer nach vorn, ein Hüne von einem Mann mit einem dichten Bart. Er schnappte sich eine blinkende Klinge aus dem Wirrwarr blutiger Leichen und stürzte sich auf den nächsten Feind, einen dicklichen Kerl, dem das lockige Haar zu beiden Seiten unter der Lederkappe hervorquoll. Der Pirat spannte das Gesicht zu einer hasserfüllten Fratze und holte mit seiner Axt nach dem Riesen aus. Dieser wich dem Schlag geduckt aus und rammte seinem Gegner das Schwert in den Leib. Der Pirat brach mit einem blutigen Gurgeln zusammen. Ächzend setzte der Hüne einen Stiefel auf den Erschlagenen und zog die Klinge heraus. Dann forderte er seine in den Seitengassen versteckten Freunde lauthals auf, sich ihm anzuschließen.

Beflügelt von seinem Beispiel, strömten weitere Einheimische heraus. Sie griffen nach den erstbesten Waffen, die herumlagen, und warfen sich mit ihrem ganzen angestauten Zorn auf ihre Unterdrücker. Einer zog eine Mistgabel von einem Wagen und stieß sie einem keulenschwenkenden Piraten in die Flanke. Der Pirat schrie vor Schmerz, als ihn die eisernen Zinken durchbohrten, bis nur noch der Schaft aus seinen Eingeweiden ragte. Ein zweiter Einheimischer streckte einen von Nestors Männern mit einem Tritt in den Rücken nieder und hielt ihn fest, während ein weiterer einen Mauerbrocken hochriss und den Schädel des Piraten zertrümmerte. Wieder andere gingen mit Tonscherben oder Steinen auf die Verteidiger los, und manche kämpften mit bloßen Händen.

»Kommt schon!« Telemachos ballte die Faust in Richtung der Dorfbewohner, die sich noch nicht in den Kampf gewagt hatten. »Ihr habt doch nichts zu verlieren. Schlagt zu!«

Kurz darauf gaben auch die letzten Unentschlossenen ihr Zaudern auf und fielen ohne Erbarmen über ihre

Feinde her. Obwohl sie keine geübten Krieger waren, gab die schiere Zahl der Dorfbewohner den Ausschlag. Nestors Leute konnten dem Ansturm nicht mehr standhalten und zogen sich zurück. In dem Gefühl, dass sich das Schlachtenglück zu ihren Gunsten wandte, stürzten sich Bulla und seine Leute mit frischem Schwung auf die Verteidiger und trieben sie Schritt für Schritt zurück bis zum hinteren Ende des Marktplatzes. Ein paar flohen aus dem dichten Gedränge in Nebengassen. Bevor sie endgültig entkommen konnten, lösten sich einige Männer aus dem Hauptverband der *Poseidons Dreizack* und machten sie unschädlich. Unter sie mischten sich mehrere Einheimische, die, mitgerissen von ihrem Blutrausch, jeden von Nestors Männern töteten, der noch atmete.

»Hector!«, rief Bulla. »Lauf mit ein paar Männern zur Rückseite der Häuser. Dann können sie nicht mehr abhauen und sitzen in der Falle.«

»Aye, Käpt'n!«

Von den Verteidigern war nur noch ein kleines Häuflein übrig. Da ihnen Hector und sein Trupp von hinten den Weg abgeschnitten hatten, blieb ihnen keine Fluchtmöglichkeit mehr. Nun befahl Bulla seinen Männern, nicht weiter auf den Feind einzudringen. Die Besatzung der *Poseidons Dreizack* zog sich mehrere Schritt zurück, und das Klirren und Hämmern der Waffen gegen Schilde wich einer zermürbenden Stille, die nur von den Schreien der Verwundeten durchbrochen wurde. Telemachos stand neben seinen Kameraden, die angestrengt keuchend ihre Widersacher im Auge behielten. Nestors Leute hatten ihre Waffen nach wie vor erhoben, als wollten sie gleich zu einem letzten verzweifelten Ansturm auf die Eindringlinge ansetzen.

In deren Reihen tat sich schließlich eine Lücke auf, und Bulla erschien. »Wer von euch ist Kapitän Nestor?«

Eine hochgewachsene, dunkelhäutige Gestalt in einem reich verzierten Kürass trat nach vorn. »Ich. Und wer zum Henker bist du?«

»Ich bin Kapitän Bulla von der *Poseidons Dreizack*. Ich erhebe Anspruch auf die Zitadelle. Deine Leute sind umstellt, Nestor. Sag ihnen, sie sollen sich ergeben. Jedes weitere Blutvergießen ist überflüssig.«

Nestor schnaubte verächtlich. »Unsinn, Kapitän. Wir wissen doch beide, dass das nicht stimmt. Sobald ich meinen Männern befehle, die Waffen niederzulegen, wirst du uns abschlachten.«

Bulla schüttelte energisch den Kopf. »Wir töten nicht zum Spaß. Du und deine Besatzung, ihr werdet verschont. Und jetzt sag ihnen, sie sollen die Waffen strecken, sonst hauen wir euch alle in Stücke und werfen euch den Hunden zum Fraß vor.«

Die Männer links und rechts von Nestor schielten sich unsicher an. Einen Moment lang blieb alles unbewegt. Dann ließ ein Pirat mit einer stark blutenden Beinwunde sein Schwert zu Boden poltern. Schnell folgten die anderen seinem Beispiel. Telemachos nahm ein letztes trotziges Aufflackern in Nestors Augen wahr, dann warf auch der Kapitän mit einem verdrossenen Knurren seine Waffe beiseite und senkte den Kopf.

»Hector!«, rief Bulla.

»Käpt'n?«

»Bring ihn weg.« Er deutete auf Nestor. »Steck ihn zusammen mit seinen obersten Gefolgsleuten in eine Zelle. Ich befasse mich später mit ihm. Der Rest seiner Männer kann sich uns anschließen und unsere Gefallenen ersetzen.«

Ein Einheimischer starrte ihn erschrocken und ungläubig an. »Du willst diesen Abschaum verschonen? Nach allem, was sie uns angetan haben?«

Bulla nickte. »Wir haben heute viele Kameraden verloren. Ich brauche diese Männer für meine Besatzung.«

»Und was soll sie davon abhalten, dass sie uns abmurksen, sobald wir ihnen den Rücken zukehren? Wir sollten diese Kerle umbringen, statt sie für ihre Schandtaten auch noch zu belohnen!«

Mehrere Dorfbewohner ließen ein zustimmendes Murren hören.

Bulla nahm sich den Ersten vor, der das Wort ergriffen hatte. »Nein! Das Gemetzel reicht für heute. Außerdem gehören diese Männer jetzt mir, und ich kann über sie bestimmen. Schließlich haben wir euch befreit.«

»Befreit?« Mit einem bitteren Lachen riss der Sprecher die Arme hoch. »Was für ein Blödsinn! Gerade hast du Nestor erklärt, dass ihr Anspruch auf die Zitadelle erhebt. Warum sollten wir zulassen, dass ihr über uns herrscht?«

Andere in der Menge feuerten ihn an oder forderten die Piraten zum Verschwinden auf. Ohne auf ihre Rufe zu achten, schaute Bulla dem Mann fest in die Augen. »Ihr werdet feststellen, dass ich viel gerechter bin als Nestor. Ich versichere euch, dass ihr nichts von uns zu befürchten habt. Ich werde euch anständig behandeln und euch einen Anteil an unserer Beute geben.«

»Das haben wir alles schon mal gehört!« Der Sprecher wandte sich den Einheimischen zu, bei denen er offenkundig großes Ansehen besaß. »Wir haben doch nicht unser Leben riskiert, um Nestor und seine Schergen loszuwerden, bloß damit wir uns jetzt dieser Horde ergeben. Ich bin dafür, dass wir selbst die Herrschaft über die Zitadelle übernehmen!«

»Das reicht!« Bullas mächtiger Ruf brachte die Aufsässigen zum Schweigen. Die Hand fest um den Schwertgriff gespannt, näherte er sich dem Sprecher. »Hör mir jetzt gut zu. Ohne uns würdet ihr alle hier noch immer unter Nestors Knute leben.« Er hielt inne, um seine Worte wirken zu lassen. Dann fuhr er in drohendem Ton fort. »Also schön. Entweder ihr nehmt unser Angebot an, dass wir hier unser Lager einrichten und ihr im Gegenzug einen Anteil an unserem Reichtum bekommt. Oder ihr wandert zu Nestor und seinen Stellvertretern in den Kerker. Wie lautet eure Entscheidung?«

Der Mann starrte Bulla an, und kurz schien es, als wollte er weiter protestieren. Doch dann drehte er sich mit unterdrücktem Fluchen um, und die Dorfbewohner zerstreuten sich langsam. Hector bellte einen Befehl. Zwei Männer lösten sich aus dem Glied und führten den geschlagenen Piratenkapitän ab. Durch Telemachos brandete eine Welle der Erleichterung.

Neben ihm lachte Geras nervös und klopfte ihm auf den Rücken. »Wir haben es geschafft. Verflucht noch mal, wir haben es geschafft. Petrapylae gehört uns!«

Später am Nachmittag versammelten sich die Piraten auf dem Hauptplatz, um ihren Sieg zu feiern. Nachdem die letzten Versprengten zusammengetrieben waren, hatte Bulla den Wachturm mit Posten besetzen lassen, die nach der *Achelous* Ausschau halten sollten. Gleichzeitig wurden die Piraten, die sich für einen Wechsel zur *Poseidons Dreizack* entschieden hatten, gebrandmarkt und vereidigt. Einige von Nestors Männern bekannten sich hartnäckig zu ihrem Kapitän und besannen sich erst eines Besseren, als Bulla damit drohte, sie an einen Sklavenhändler zu verkaufen.

Während die neuen Rekruten eingeschworen wurden, befahl Bulla seinen Leuten, den Schutt und die Leichen vom Marktplatz zu räumen. Manche Dorfbewohner begegneten ihren Befreiern noch immer voller Argwohn. Einige der Getöteten aus Nestors Reihen hatten trauernde Frauen und Kinder hinterlassen, die Bullas Piraten voller Hass anstarrten. Doch die meisten Einheimischen hatten sich schnell mit dem Machtwechsel abgefunden und bedachten Bullas Leute mit Wein und Essen.

Telemachos fand es verständlich, dass sie darauf aus waren, sich beliebt zu machen. Nach dem Abzug der römischen Garnison hatte Petrapylae schwere Zeiten durchgemacht, und die Bewohner mussten Handel mit den Piraten treiben, um wenigstens ein mageres Auskommen zu erzielen. Nach Nestors Niederlage waren sie darauf angewiesen, dass die Männer der *Poseidons Dreizack* ihr Geld in den Schenken, Marktbuden und Bordellen ließen. Die Piraten taten ihnen diesen Gefallen gern und genossen fröhlich den dünnen Wein, der in den baufälligen Tavernen des Dorfs gereicht wurde. Während die meisten von ihnen einen großen Sieg feierten, tranken manche in düsterem Schweigen und grübelten darüber nach, wie knapp sie dem Schicksal ihrer zwei Dutzend Kameraden entgangen waren, die bei dem Angriff auf Petrapylae gefallen waren. Doch mit dem Verstreichen der Stunden wandte sich das Gespräch vergnügteren Themen zu, und die Piraten spekulierten eifrig über die Reichtümer, die sie auf ihrer nächsten Seereise erwarteten.

Telemachos hatte Mühe, den Reden seiner Kameraden zu folgen, weil ihn die Gedanken an seinen Bruder immer wieder ablenkten. Nereus war noch immer auf Gedeih und Verderb seinem römischen Herrn ausgeliefert, und die bloße Vorstellung brannte wie eine glühende Speerspitze in seinem Herzen. Er wusste, dass er keine Ruhe finden würde, solange er Nereus nicht befreit hatte.

»Also, das lass ich mir schon eher gefallen«, verkündete Geras, als er seinen Becher bis zum Rand nachfüllte. »Billiger Wein, gute Gesellschaft und als krönender Abschluss die Aussicht auf ein hübsches Flittchen.«

»Genieß es, solange du kannst«, entgegnete Telemachos. »Wir werden schon bald wieder die Segel setzen und Jagd auf Beute machen.«

Geras bedachte ihn mit einem giftigen Blick. »Musst du mir immer die Stimmung verderben? Kannst du mir nicht ein Mal meinen Spaß lassen?« Nach einem tiefen Schluck fuhr er fort. »Wie kommst du überhaupt darauf, dass Bulla so schnell wieder in See stechen will? Wir hatten doch noch nicht mal richtig Zeit zum Durchatmen.«

»Der Junge hat recht«, warf Leitos ein. Er nickte in Richtung der Piraten an den anderen Tischen. »Der Kapitän muss möglichst schnell einen wertvollen Fang auftun, um den Haufen da bei Laune zu halten.«

»Auf mich machen sie einen sehr zufriedenen Eindruck.«

»Im Augenblick schon«, erwiderte Telemachos. »Aber das wird nicht lange so bleiben. Außer Bulla kann ein oder zwei fette Prisen an Land ziehen. Vergiss nicht, vor der Eroberung von Petrapylae war die Hälfte von denen kurz davor, sich gegen ihn zu wenden. Und es braucht nicht viel, bis es wieder so weit ist. Und wenn es dazu kommt, sitzen wir alle in der Patsche.«

Geras schnaubte. »Bei den Göttern, ihr seid mir zwei! Die trübseligsten Piraten im ganzen Illyricum. Für diese Sorgen ist morgen auch noch Zeit. Jetzt möchte ich mich erst mal besaufen, in Ordnung?«

In diesem Moment fegte ein Luftzug durch die Taverne. Ein Schiffsoffizier war eingetreten und schaute sich um. Als sein Blick auf Telemachos fiel, bahnte er sich einen Weg durch den überfüllten Raum und nickte dem jungen Piraten zu. »Der Käpt'n will dich sprechen«, bemerkte er tonlos.

»Mich?« Telemachos schaute fragend auf. »Warum?«

Der Offizier zuckte die Achseln. »Woher soll ich das wissen? Beweg dich endlich, er wartet schon.«

Schwer seufzend erhob sich Telemachos und folgte dem Mann nach draußen. Über der Zitadelle dämmerte es bereits, und die Straßen waren fast leer. Nur ein paar Einheimische suchten zwischen den Toten nach ihren Liebsten. Beobachtet von neugierigen Blicken aus schummerigen Eingängen, marschierte Telemachos über den Platz auf eine eisenbeschlagene Pforte in einer Seitenmauer der Festung zu. Sein Führer eilte eine Treppe hinauf und dann weiter durch einen dunklen Gang.

Vor einer Tür auf der linken Seite hielt er an und klopfte zweimal.

»Herein«, rief Bulla von der anderen Seite.

Der Offizier hob den schweren Riegel und forderte Telemachos mit einer Geste zum Eintreten in ein quadratisches Zimmer auf. An zwei Wänden gab es mit Läden verschlossene Fenster, und in einer Ecke brannte eine Feuerschale. Auf der hinteren Seite saß Bulla hinter einem großen Schreibtisch, auf dem eine Pergamentkarte der Küste ausgebreitet war. Kurz nach der Eroberung der Zitadelle hatte er Nestors ehemaliges Quartier bezogen, während die anderen Besatzungsmitglieder in größerer Nähe zum Torhaus untergebracht wurden.

Der Kapitän wartete, bis die Schritte des Offiziers im Gang verhallt waren, dann deutete er auf einen Hocker vor dem Tisch. »Setz dich, Telemachos.« Mit aneinandergelegten Fingerspitzen beobachtete er, wie der junge Pirat Platz nahm. »Wie geht's der Wunde?«

Telemachos berührte die Stiche, die den flachen Riss an der Wange zusammenhielten. Der Schiffszimmermann hatte die Wunde vor dem Vernähen gereinigt und ihm versichert, dass sie bald verheilen würde, allerdings nicht ohne eine Narbe zu hinterlassen. »Nur ein Kratzer, Käpt'n. Pocht ein bisschen, mehr nicht.«

»Du hast dich heute gut geschlagen«, fuhr Bulla fort. »Dein Plan hat besser hingehauen, als wir hoffen konnten. Wenn wir diesen Ort nicht erobert hätten, hätte mir bestimmt schon einer von diesen undankbaren Hunden der Besatzung den Dolch in den Rücken gestoßen.«

Telemachos nickte bedächtig. Er hatte keine Ahnung,

warum ihn Bulla so unvermutet in sein Quartier gerufen hatte.

Der Kapitän nahm einen Schluck Wein aus einem silbernen Pokal neben der Seekarte. »Nun, fürs Erste habe ich ihnen das Maul gestopft. Petrapylae gehört uns. Nestor ist unser Gefangener.« Er setzte ein schmales Lächeln auf. »Sobald ich mit ihm fertig bin, lasse ich ihn vor den Einheimischen hinrichten. Wird ihnen bestimmt gefallen. Allerdings bleibt dann immer noch das Problem mit der wahren *Achelous*.«

Telemachos nickte erneut. »Was machen wir, wenn sie zurückkommt?«

»Darüber habe ich schon nachgedacht. Wir werden hier alle Kampfspuren beseitigen, damit die Besatzung glaubt, dass Nestor und seine Horde immer noch das Sagen haben. Nach der Landung werden wir die Männer gefangen nehmen und ihnen das gleiche Angebot machen wie den anderen. Entweder sie schließen sich uns an, oder sie werden als Sklaven verkauft. Wahrscheinlich werden sie schnell klein beigeben, wenn sie begreifen, was für sie auf dem Spiel steht. Wir haben jetzt freie Hand für unsere nächsten Raubzüge, da könnten wir die zusätzlichen Leute gut gebrauchen.«

»Wir stechen also in See, Käpt'n?«, fragte Telemachos aufgeregt.

»Sobald wir uns hier eingerichtet haben«, antwortete Bulla. »In ein paar Tagen, schätze ich. Wenn ich länger warte, werden die Männer unruhig.«

»Aber die *Poseidons Dreizack* ... sie ist nicht gerade gut in Schuss. Und so schnell kriegen wir sie nicht wieder hin.«

Bulla stellte seinen Pokal ab und fuhr sich mit der Hand durch das ölige Haar. »Wir werden nicht mit der *Poseidons Dreizack* fahren. Wir nehmen Nestors Flotte. Der Zimmermann sagt, dass zwei Schiffe seetüchtig sind. Die *Proteus*, das Flaggschiff, und die *Galatea*, die ein bisschen kleiner ist. Hector übernimmt das Kommando auf der *Proteus*. Damit bleibt die Frage, wer das andere Schiff befehligen soll.«

Erstaunt zog Telemachos die Braue hoch. »Kommst du denn nicht mit, Käpt'n?«

Der Piratenführer schüttelte den Kopf. »Ich werde hier gebraucht. Wir müssen ein paar gründliche Verbesserungen an den Wehranlagen der Zitadelle vornehmen, damit uns die Römer nie wieder überrumpeln können.« Er zögerte kurz. »Außerdem habe ich schon den idealen Kapitän für die *Galatea* im Auge. Dich.«

Lange saß Telemachos einfach nur sprachlos da. Er konnte nicht glauben, was er da gerade gehört hatte. Noch vor wenigen Monaten hatte er auf den Straßen von Piräus um Essensabfälle gebettelt. Und jetzt bot man ihm das Kommando über ein eigenes Piratenschiff an.

»Ich, Käpt'n? Aber ... warum?«

»Warum nicht? Du hast dich als fähiger Seemann bewährt. Eigentlich sogar mehr als das. Und ich brauche jemanden mit gutem Seefahrerinstinkt als Kapitän auf der *Galatea*. Jemanden, der in jeder Situation den Überblick behält und entschlossen handelt.«

Bulla verstummte und beugte sich über den Tisch. Ein breites Lächeln erschien auf seinem Gesicht, und in seinen Augen funkelte es. »Also? Bist du bereit, dein erstes Schiffskommando zu übernehmen?«

KAPITEL 18

»Ich setze auf den Grauen«, verkündete der untersetzte Pirat. »Er wird den Kampf locker gewinnen.«
Telemachos schaute seinen Kameraden stirnrunzelnd an. »Warum bist du dir da so sicher, Geras?«

»Ist doch klar«, kam die Antwort. »Dieser Vogel ist viel größer als sein Gegner. Außerdem sind graue Hähne die besten Kämpfer, das weiß doch jeder. Glaub mir, er wird den anderen in Stücke reißen.«

Telemachos wandte sich wieder der behelfsmäßigen Arena zu und betrachtete die zwei Betreuer mit ihren Wettkampfhähnen. Um den Platz hatte sich ein dicht gedrängter Kreis von Piraten gebildet, deren betrunkenes Johlen von den Wänden widerhallte. Sie hatten sich in diesem dunklen Winkel der Zitadelle versammelt, um sich die Zeit mit Wetten zu vertreiben. Jetzt warteten sie auf den letzten Kampf des Tages. Sie wussten, dass sie schon bald in See stechen und zur illyrischen Küste zurückkehren würden, um Kauffahrer zu kapern, die es noch wagten, auf den dortigen Handelsrouten zu segeln.

Telemachos beobachtete gespannt, wie die Betreuer die blutbespritzte Arena durchquerten und sich dem Schiedsrichter näherten. Andächtige Stille kehrte ein, als der Mann die Widersacher ankündigte: einen grau gefiederten Hahn gegen einen weißen Vogel mit leuchtend roter Brust. Wie bei den vorangegangenen Wettkämpfen sollte derjenige von den beiden, der als Letzter auf den Beinen stand, zum Sieger erklärt werden. In den meisten Fällen lief dies auf eine Auseinandersetzung auf Leben und Tod hinaus. Während der Ansage trafen die Halter die letzten Vorbereitungen für die Schlacht. Sie tätschelten die Wettkämpfer und überprüften noch einmal die an ihren Beinen befestigten gebogenen Metallsporen, deren scharfe Spitzen im fahlen Licht des Spätnachmittags tückisch blitzten. Der kleinere Hahn flatterte und wand sich so heftig im Griff seines Betreuers, dass dieser ihn nur mit Mühe festhalten konnte und wild fluchte.

Telemachos machte seinen Freund darauf aufmerksam. »Ich glaube, der Weiße hat doch eine Chance.«

»Der?« Geras zog die Augenbraue hoch. »Das soll wohl ein Witz sein.«

»Warum? Was findest du denn so schlecht an ihm?«

»Frag lieber, was nicht!«, ereiferte sich Geras. »Schau ihn doch an. Das dürre Vieh ist bloß halb so groß wie der Graue. Bevor der gewinnt, werde ich der nächste Kaiser von Rom.«

»Er ist kleiner«, räumte Telemachos ein. »Dafür hat er die größere Reichweite und ist bestimmt auch schneller als sein Gegner. Kann gut sein, dass er uns überrascht.«

»Wie du meinst, Junge. Aber darauf setzen würde ich nicht. Vor allem weil du heute anscheinend sowieso kein Glück hast.«

»Was soll das heißen?«

»Viel hat dir dein Riecher bis jetzt nicht eingebracht.« Geras deutete auf die Lederbörse seines Freundes. »Auch wenn du inzwischen Schiffskapitän bist, über die Kunst des Hahnenkampfs musst du noch einiges lernen.«

Telemachos wandte den Blick ab. Die Erinnerung an seine unvermutete Ernennung weckte gemischte Gefühle in seiner Brust. Mehrere Tage waren vergangen, seit die Männer von der *Poseidons Dreizack* das befestigte Dorf Petrapylae erstürmt hatten. Der Sieg über die dort niedergelassene Piratenbande war hart umkämpft und blutig gewesen, doch jetzt hatten sich Kapitän Bullas Leute fest in ihrem neuen Lager eingerichtet und blickten voller Spannung ihrer bevorstehenden Rückkehr aufs Meer entgegen. Nach wochenlangen Entbehrungen waren die Männer ganz wild darauf, die Jagd auf Beute an der illyrischen Küste wiederaufzunehmen.

Eigentlich hätte er sich freuen müssen, doch stattdessen empfand er wachsende Sorge. Dass ihm Bulla ein Schiffskommando übertragen hatte, empfanden einige ältere Besatzungsmitglieder als unangemessene Bevorzugung. Wenn er seine Autorität nicht rasch festigen konnte, so fürchtete Telemachos, würde sich sein erstes Kommando auch als sein letztes erweisen.

»Wann stechen wir denn wieder in See?«, fragte Geras. »Du stehst doch auf vertrautem Fuß mit Bulla und hast bestimmt eine Ahnung.«

»Ziemlich bald, schätze ich. Er wird sicher nicht mehr lange warten. Vor allem, wenn die da schon nach ihrem Anteil am nächsten Beutezug gieren.« Mit einer unmerklichen Kopfbewegung wies Telemachos auf die anderen Piraten.

»Hoffentlich geht es bald los. Den Wein und die Weiber hier im Dorf gibt's nicht umsonst. Und du hättest sicher auch nichts gegen einen guten Fang, damit du endlich deinen Bruder freikaufen kannst.«

Heißer Zorn packte Telemachos bei der Erinnerung an seinen älteren Bruder, der in einer Schmiede in Thorikos als Sklave für seinen hartherzigen römischen Herrn schuftete. Er konnte sich nur mit dem Wissen trösten, dass er als Schiffsführer das Anrecht auf den doppelten Anteil an jeder Prise hatte. Einen erfolgreichen Beutezug vorausgesetzt, konnte er Nereus vielleicht schon viel früher loskaufen als erhofft. Falls sein Bruder überhaupt noch lebte, dachte er grimmig. Zum letzten Mal hatte er vor mehreren Monaten von ihm gehört, und er betete darum, dass Jupiter, der Herr der Götter, Nereus vor den grausigen Unfällen bewahrte, die den Sklaven in den gefährlichen Schmieden bei Laureion oft widerfuhren.

»Gleich fängt es an.« Geras' Bemerkung riss Telemachos aus seinen düsteren Gedanken. »Letzter Kampf des Tages. Hoffentlich bekommen wir was zu sehen.«

Telemachos beobachtete, wie die beiden Halter ihre Hähne nahe zusammenbrachten. Unter wildem Krähen spannten sich die Vögel an und stellten ihre roten Kämme auf. Nachdem sie ausreichend gereizt waren, wies der Schiedsrichter – ein verhutzelter Seeveteran namens Calkas – die Betreuer an, sich hinter die fünf Fuß auseinanderliegenden Kreidemarkierungen zurückzuziehen. Einige Einheimische schritten den Kreis der Zuschauer ab und nahmen Wetten entgegen. Geras setzte sein ganzes Geld auf den großen Favoriten, während Telemachos ein paar Sesterzen für den weiß gefiederten Hahn opferte. Mehr hatte er von seinem Anteil an dem Korn, das sie bei der Eroberung von Petrapylae erbeutet hatten, nicht mehr übrig. Das Korn war an einen Händler mit verkniffenem Gesicht aus einem benachbarten Hafen verkauft und der Preis gemäß ihrem Rang auf die Besatzungsmitglieder der *Poseidons Dreizack* verteilt worden. Bei einem Sieg des Außenseiters konnte er seine Verluste ausgleichen und vielleicht noch einen kleinen Gewinn erzielen.

Nach dem Abschluss aller Wetten pochte Calkas laut mit seinem Stab auf den Steinboden und gab den Betreuern das Zeichen zum Beginn des Kampfs. »Los!«

»Endlich!«, brüllte Geras. »Los! Reiß ihn in Stücke!«

Die Zuschauer schrien aufgeregt, als die zwei Hähne angriffen und mit wild flatternden Flügeln und schlitzenden Sporen aufeinandertrafen. Mit gerecktem Hals verfolgte Telemachos, wie die Vögel aufsprangen und erneut übereinander herfielen. Die Halter standen sich an entgegengesetzten Seiten des Kreises gegenüber und feuerten ihre Kämpfer laut rufend und klatschend an. Der Graue stieß mit dem Schnabel nach dem Hals des Weißen, der sich wand und krümmte, um seinen Gegner abzuschütteln. Mit zurückgerissenem Kopf sprang der Größere auf und schlug dem Kleineren die Sporen in die ungeschützte Flanke. Vor Schmerz quäkend stolperte der Weiße zurück, und das Blut quoll aus einer tiefen Wunde unter dem Flügel.

»Ja!« Breit grinsend schaute Geras seinen Freund an. »Was hab ich dir gesagt? Der Graue massakriert den Winzling. Der Kampf wird gleich vorbei sein, pass nur auf.«

Ohne sich von dem Geprahle seines Kameraden ablenken zu lassen, konzentrierte sich Telemachos auf das Geschehen in der Arena. Der Betreuer des verletzten Vogels forderte seinen Schützling mit flehender Stimme zum Angriff auf. Doch schon nutzte der graue Hahn seinen

Vorteil für den nächsten Angriff. Er warf sich auf seinen angeschlagenen Feind und drückte ihn mit den Klauen auf die nackte Erde. Hilflos zappelnd und krähend riss der Weiße den Kopf hin und her, ohne dass es ihm gelang, den wiederholten Schnabelstößen seines Gegners zu entgehen. Bald war der Boden mit Blut verschmiert, und Telemachos dachte bedrückt daran, dass er gerade seine letzten Münzen verspielt hatte.

»Weiter so!«, brüllte Geras. »Bring ihn um. Mach den Scheißer fertig!«

Mit äußerster Kraftanstrengung stieß der verwundete Vogel seinen Gegner weg und zog sich hinkend zurück, bevor dieser erneut attackieren konnte. Dann entstand eine kurze Pause, als die beiden Kontrahenten schwer keuchend um Luft rangen. Um den Weißen stand es schlecht, wie Telemachos niedergeschlagen bemerkte. Sein Gefieder glänzte von Blut, ein Flügel war verletzt, und an der Stelle, wo ihm ein Auge ausgehackt worden war, klaffte ein dunkel tränendes Loch. Kein Zweifel, das Ende des Kampfes nahte.

Unter den Piraten brandete lauter Jubel auf, als der graue Hahn nach vorn schnellte, um den tödlichen Stoß zu führen. Im letzten möglichen Moment erahnte der Weiße die Gefahr und wich dem Angriff mit geducktem Kopf aus. Der Graue landete und wirbelte mit angespannten Muskeln herum, um sofort nachzusetzen. Doch der Weiße reagierte schneller und schlitzte seinem Gegner mit einem seiner scharfen Sporen den Hals auf. Der große Hahn wankte einen Moment auf der Stelle, und das Blut strömte aus dem tiefen Riss in seiner Kehle. Begleitet vom ungläubigen Ächzen der Piraten, stürzte er zu Boden und hauchte unter heftigem Zucken sein Leben aus. Wenig später senkte auch der Weiße den blutverschmierten Kopf und sackte neben seinem Widersacher zusammen. Sofort sprangen die Betreuer herbei und sahen nach den hingestreckten Vögeln.

Calkas bückte sich und stieß die reglosen Streithähne mit dem Stab an, um zu erkennen, ob sie noch lebten. Schweigend warteten die Zuschauer auf seine Entscheidung. Nach mehreren angespannten Augenblicken stand er auf und deutete auf den zitternden kleineren Hahn, dem das Blut über das Gefieder lief. »Der Weiße lebt noch – er ist der Sieger!«

»Ja!« Triumphierend riss Telemachos die Faust hoch. »Ich hab's gewusst!«

»Unglaublich.« Kleinlaut schüttelte Geras den Kopf. »Ich war mir so sicher, dass der Vogel erledigt ist.«

Telemachos grinste. »Anscheinend verstehe ich doch ein bisschen was vom Hahnenkampf.«

»Anfängerglück«, knurrte Geras giftig. »Komm. Hol deinen Gewinn ab, und dann lass uns hier verschwinden. Ich brauche dringend was zu trinken.«

Die Zuschauer zerstreuten sich, und Telemachos eilte zu dem Mann, der seine Wette angenommen hatte.

In diesem Moment stieß ein stämmiger Pirat zwei andere beiseite und stapfte mit wutverzerrtem Gesicht auf den Schiedsrichter zu. »Das war ein Unentschieden!« Er deutete auf die zwei Hähne, die von ihren Betreuern weggetragen wurden. »Beide Vögel sind tot. Das Ergebnis muss gestrichen werden!«

»Anscheinend ist Hector nicht glücklich über die Entscheidung«, flüsterte Geras seinem Freund zu.

»Sieht so aus.« Telemachos runzelte die Stirn. Beim Anblick des ersten Offiziers der *Poseidons Dreizack* stieg ihm die Galle hoch. Hector hatte den Befehl über das größere der zwei Schiffe übernommen, die an der illyrischen Küste auf Streifzug gehen sollten. Obwohl Telemachos als Kommandant der *Galatea* seine eigenen Sorgen hatte, war er erleichtert, dass er in nächster Zeit wenigstens nicht mehr das Deck mit dem ersten Offizier teilen musste. Seit Telemachos zu den Piraten gestoßen war, hatte Hector eine Abneigung gegen ihn gefasst und ihm bei jeder sich bietenden Gelegenheit das Leben schwer gemacht. Telemachos hatte seinen Mann gestanden und sich gewehrt, doch das hatte nur noch für mehr böses Blut zwischen ihnen gesorgt. Gereizt beobachtete er jetzt, wie Hector den Schiedsrichter anstarrte.

»Der Graue ist zuerst gestorben«, erklärte Calkas in bestimmtem Ton. »Deshalb ist er der Verlierer.«

»Das ist mir egal«, fauchte Hector. »Keiner von den Vögeln lebt mehr. Das heißt, das Ergebnis zählt nicht.«

»Da kann ich dir nicht helfen. Die Regeln sind eindeutig.«

»Ich scheiße auf deine Regeln!«

Der Schiedsrichter schluckte nervös.

Hector machte einen Schritt auf ihn zu und bohrte ihm einen fleischigen Finger in die Brust. »Ich möchte meinen Wetteinsatz zurück, Alter, sonst kriegst du Ärger mit mir.«

Telemachos ließ den Blick über die Gesichter der Anwesenden gleiten. Niemand machte Anstalten einzugreifen. Das war nur allzu verständlich. Hector war berüchtigt für seine Gewalttätigkeit und sein Geschick im Umgang mit den Fäusten und dem Schwert. Mit so einem gefährlichen Mann wollte sich niemand anlegen.

»Ich hab gesagt, gib mir mein Geld zurück«, forderte Hector. »Und jetzt her damit, wenn du deine Zähne behalten willst.«

»Bitte«, flehte Calkas. »Sei doch vernünftig.«

»Lass ihn in Ruhe, Hector«, rief Telemachos mit fester Stimme und trat nach vorn. »Calkas hat recht. Dein Vogel hat verloren.«

Hector wandte sich von dem Schiedsrichter ab und richtete seinen grausamen Blick auf Telemachos. Seine aufgeworfenen Lippen verzogen sich zu einem hämischen Grinsen. »Ach, wen haben wir denn da? Den kleinen Bengel, der Pirat sein möchte.« Seine Miene wurde hart. »Niemand hat dich um deine Meinung gebeten. Und jetzt hau ab, bevor mir der Geduldsfaden reißt.«

»Nein.« Ohne eine Handbreit zurückzuweichen, beobachtete Telemachos, wie der erste Offizier auf ihn zusteuerte. Die anderen Piraten verfolgten gebannt diese unerwartete Fortsetzung der nachmittäglichen Unterhaltung.

Hector fletschte die Zähne und spuckte aus. »Bist du taub, du Rotznase? Ich hab gesagt, du sollst abhauen.«

Telemachos schaute ihn ruhig an. »Ich bin keine Rotznase.«

»Ach was? Da wär ich mir nicht so sicher.« Glucksend trat Hector näher. »Schau dich doch an. Hältst dich für einen harten Hund, bloß weil dir der Kapitän das Kommando über diesen stinkenden kleinen Pott gegeben hat. Warte nur, bis wir in See stechen. Da wird sich schon zeigen, dass du bloß ein kleiner Knirps bist, der Pirat spielt.« Er ballte seine Pranken zu riesigen Fäusten.

Als Telemachos sich schon auf den ersten Hieb gefasst machte, trat der ältere Pirat auf einmal zurück und schielte nach einer Lücke, die sich in der Menge auftat. Telemachos folgte seinem Blick und bemerkte eine Gestalt, die sich von der Zitadelle näherte.

Der sommersprossige Schiffsjunge blieb am Rand der Arena stehen und nickte Telemachos und Hector nacheinander zu. »Der Kapitän lässt ausrichten, dass er euch beide sprechen will. Sofort.«

Hector warf Telemachos einen letzten bösen Blick zu, dann zuckte er mit den Schultern. »Schön, gehen wir. Die Unterhaltung zwischen uns war sowieso schon zu Ende.«

»Kann ich meinen Gewinn abholen?« Telemachos sah den Schiedsrichter an.

»Ich heb ihn dir auf«, bemerkte Geras mit ein wenig zu viel Begeisterung. Er legte Telemachos die Hand auf die Schulter und wartete, bis Hector sich in Bewegung gesetzt hatte. Dann beugte er sich zu seinem Freund. »Kleiner Ratschlag«, flüsterte er. »Sei lieber auf der Hut vor Hector.«

»Glaubst du, das weiß ich nicht?«

»Ich meine es ernst. Du hast ihn gerade vor allen anderen herausgefordert. Das wird er nicht so schnell vergessen. Pass gut auf dich auf, ja?«

»Ich werd's versuchen.« Telemachos seufzte, dann eilte er dem ersten Offizier und dem Schiffsjungen nach. Sosehr er sich auch bemühte, irgendwie kam er aus den Schwierigkeiten einfach nicht heraus.

KAPITEL 19

Die Sonne senkte sich bereits jenseits der Berge herab, als Telemachos und Hector hinter dem Schiffsjungen zum Hauptplatz strebten. Mit raschen Schritten marschierten sie durch die gepflasterten Straßen der Zitadelle und passierten mehrere heruntergekommene Tavernen, Lasterhöhlen und Bordelle, die um die Gunst der neuen Besatzer warben.

»Hier stinkt es.« Knurrend machte Hector einen Bogen um einen von Fliegen umsummten kleinen Misthaufen. »Ich freu mich schon, wenn ich wieder auf See bin.«

Telemachos nickte, obwohl er sich vor allem darauf freute, Hector endlich nicht mehr auf Schritt und Tritt begegnen zu müssen. Der Schiffsjunge führte sie durch einen verfallenen Torbogen über einen kleinen Platz zum Wehrturm am Ende der Zitadelle. Vor dem Haupteingang stand ein Wachposten und löste den schweren Riegel. Die uralten Angeln kreischten protestierend, als sich die Pforte öffnete. Der Junge trat über die verwitterte Schwelle und stieg vor Telemachos und Hector eine gewundene Treppe hinauf. Am Ende der Stufen wandte er sich nach links und steuerte auf die letzte Tür am Gang zu. Vor dieser blieb er stehen und klopfte. Nach kurzer Stille rief eine barsche Stimme: »Herein!«

Der Schiffsjunge hob den verrosteten Riegel und forderte seine zwei Begleiter mit einer Geste zum Eintreten auf. Hector stolzierte als Erster durch die Tür, dann betrat auch Telemachos das Quartier des Kapitäns.

Das Zimmer war großzügiger ausgestattet als die Mannschaftsunterkünfte. Durch die mit Läden verschlossenen Fenster fiel spärliches Zwielicht auf einen prunkvollen Diwan und einen gewebten Teppich. Auf einem Seitentisch daneben stand eine unberührte Platte mit Honigfeigen, Oliven und Käse. Am anderen Ende des Raums beugte sich Kapitän Bulla über einen breiten Tisch, vertieft in eine Ziegenlederkarte der illyrischen Küste.

Beim Eintreten seiner Gäste blickte er auf und nickte dem Schiffsjungen zu. »Lass uns allein.« Erst als sich dieser gehorsam zurückgezogen hatte, wandte sich Bulla mit einem steifen Nicken an die beiden vor ihm stehenden Piraten. »Eure Schiffe sind bereit zum Ablegen, wie ich annehme?«

»Aye, Käpt'n«, erwiderte Hector. »Die Männer auf der *Proteus* können es gar nicht mehr erwarten.«

»Und was ist mit dir, Telemachos? Wie steht es um die *Galatea*?«

Telemachos räusperte sich. »Sie ist voll ausgerüstet, Käpt'n. Ich habe das Tauwerk überprüfen und ein paar durchgescheuerte Leinen ersetzen lassen. Die Segel sind geflickt, trotzdem muss man sie bald austauschen.«

»Gut.« Bulla fuhr sich mit der Hand durch das ölig schimmernde Haar. »Ihr stecht morgen in See. Bei dem schönen Wetter wagen sich bestimmt viele fette Frachtschiffe hinaus.«

»Und die *Achelous*, Käpt'n? Was ist, wenn sie zurückkommt, während wir auf Beutezug sind?«

Bei der Erwähnung des Namens runzelte Bulla die Stirn. Während der Eroberung der Zitadelle durch die Männer von der *Poseidons Dreizack* war die *Achelous* auf See gewesen. Nach den Angaben eines Gefangenen war sie eine Woche vor der Ankunft Bullas und seiner Leute ausgelaufen. In den letzten Tagen hatte der Kapitän ständig nach ihr Ausschau halten lassen, mit der Absicht, die Besatzung nach Petrapylae zu locken und dort zu überwältigen. Doch das Schiff war nicht aufgetaucht.

»Ich habe hier mehr als genug Leute, um die Festung zu verteidigen«, antwortete Bulla. »Aber eigentlich rechne ich nicht mehr mit ihrer Rückkehr. Sie ist längst überfällig. Wahrscheinlich gesunken.«

»Oder sie ist auf eine Seepatrouille gestoßen«, gab Telemachos zu bedenken.

»Das ist nicht auszuschließen. Jedenfalls ist dieser Canis darauf aus, uns alle auszurotten. Das sollte nach den Ereignissen in Peiratispolis klar sein.«

Voller Erbitterung erinnerte sich Telemachos an die Verheerungen, die die kaiserliche Marine in ihrem alten Lager angerichtet hatte. Das grausame Gemetzel an ihren Kameraden samt Familien hatte selbst die abgebrühte Besatzung der *Poseidons Dreizack* mit Grauen erfüllt. Offenbar schreckte Canis, der Präfekt der Flotte von Ravenna, vor nichts zurück in seinem Bemühen, die Piraten zu vernichten, auch wenn das bedeutete, dass ganze Siedlungen dem Erdboden gleichgemacht wurden.

»Auf jeden Fall müsst ihr auf See äußerst wachsam sein, weil die Römer jetzt mit zusätzlichen Patrouillen auf dieser Seite des Adriaticums unterwegs sind.« Er deutete ein Lächeln an. »Vermutlich haben wir das den ehemaligen Besatzern der Zitadelle zu verdanken. Schade, dass Kapitän Nestor und seine Horde bei der kaiserlichen Flotte so viel Aufsehen erregt haben. Sonst hätten wir jetzt ein leichteres Leben.«

Hector zuckte die Achseln. »Von ein paar herumstreifenden Biremen an der Küste haben wir uns noch nie abhalten lassen, Käpt'n.«

»Stimmt. Aber vielleicht ist es auch unser geringstes Problem, den Römern aus dem Weg zu gehen.«

»Was meinst du damit?«, fragte Telemachos.

»Kurz vor seiner Hinrichtung habe ich mich mit unserem Freund Nestor unterhalten.« Bulla setzte ein grausames Lächeln auf. »Der Narr dachte, dass ich sein Leben verschone, wenn er meine Fragen beantwortet. Er hat bestätigt, was wir schon vermutet hatten: Seine Leute konnten in letzter Zeit kaum noch Kauffahrer überfallen, weil die meisten Kapitäne aus Angst vor ihnen nicht mehr in diesen Gewässern fahren. Es wird schwer werden, ausreichend Beute für unsere Mannschaften aufzutun. Die Hunde knurren schon.«

Telemachos zog eine Augenbraue hoch. »Sprichst du von Meuterei, Käpt'n? Wenn du mich fragst, sind die Leute bester Laune, seit wir ein neues Lager haben.«

»Fürs Erste«, räumte Bulla ein. »Aber es dauert nicht mehr lang, bis sie wieder unruhig werden. Mit der Eroberung von Petrapylae habe ich Zeit gewonnen, mehr nicht. Ich habe Rivalen in den Reihen der Besatzung, und sie werden das geringste Anzeichen von Unzufriedenheit nutzen, um meinen Platz einzunehmen. Wenn sie nicht bald einen satten Prisenanteil kriegen, werden sie sich gegen mich auflehnen. Und es wird nicht leicht sein, in den Gewässern hier entsprechende Beute zu machen.«

»Was sollen wir also tun, Käpt'n?«, fragte Hector.

»Es gibt nur eine Möglichkeit. Wir müssen uns nach einem neuen Jagdgebiet umschauen.« Mit einem Wink forderte Bulla seine beiden Gäste auf, den Küstenverlauf auf der Seekarte genauer in Augenschein zu nehmen. Dann fuhr er fort. »Ihr werdet die Gegenden nördlich und südlich von Petrapylae durchstreifen und alle Schiffe kapern, die euch begegnen. Wir brauchen jede Prise, die wir auftreiben können, und dürfen uns nichts durch die Lappen gehen lassen. Wenn ihr getrennt jagt, steigen die Chancen auf Beute.« Er tippte auf einen Küstenpunkt ein Stück über der Zitadelle. »Telemachos, du fährst im Norden die Seestraßen an der liburnischen Küste zwischen Ortopla und Nesactium ab. Da die *Galatea* nur über einen kleinen Frachtraum verfügt, musst du jedes erbeutete Schiff behalten und es mit einem Prisenkommando besetzen.«

Telemachos nickte.

»Und was ist mit mir, Käpt'n?«, fragte Hector.

Bulla wandte sich dem ersten Offizier zu und strich mit dem Finger hinunter zu einer anderen Stelle an der Küste. »Du segelst mit der *Proteus* nach Süden Richtung Tragurium.«

Hector hob den Blick von der Karte und strich sich über die fleischige Stirn. »Tragurium? Aber das ist doch in der Nähe von Salona.«

»Na und?«

»Da sind wir erst kürzlich durchgekommen und nicht mal dem Hauch eines anderen Schiffs begegnet. Da traut sich doch schon seit einer Weile kein Kauffahrer mehr hin.«

»Das war vor mehreren Wochen. Inzwischen kann sich die Lage durchaus geändert haben. Bestimmt hat Präfekt Canis mit seinem Überfall auf unser altes Lager geprahlt. Das wird auch den Kapitänen der Handelsschiffe zu Ohren gekommen sein. Kann also gut sein, dass einige von ihnen eine Rückkehr auf diese Route für sicher halten.«

Hector schien nicht überzeugt. »Selbst wenn das zutrifft, muss ich gegen all die anderen Piraten konkurrieren, die dort tätig sind. Da fallen doch höchstens Almosen ab.«

»Vielleicht. Aber sicher wissen wir das erst, wenn du dich dort umgeschaut hast.«

Der erste Offizier schüttelte den Kopf. »Lass mich statt dem Jungen nach Norden fahren, Käpt'n. Da gibt es haufenweise reiche Häfen, und die *Proteus* hat einen größeren Lastraum als die *Galatea*. Ich kann viel mehr Beute transportieren als er.«

»Kommt nicht infrage. Nesactium liegt viel näher beim kaiserlichen Flottenkastell in Ravenna, und daher ist auch die Gefahr größer, auf ein römisches Geschwader zu stoßen. Das heißt, Telemachos kann mit seinem wendigeren Schiff diesen Küstenabschnitt viel besser absuchen, ohne in Schwierigkeiten zu geraten.«

»Aber der Junge hat doch überhaupt keine Erfahrung«, knirschte Hector. »Bei Jupiter, er hat noch nie ein Schiff geentert!«

»Meine Entscheidung ist getroffen«, entgegnete Bulla mit fester Stimme. Er warf Hector einen herausfordernden Blick zu. »Aber wenn du meinem Befehl nicht folgen willst, kann ich sicher einen anderen Offizier dazu überreden, deinen Platz einzunehmen.«

Hector öffnete den Mund zu weiteren Protesten, doch dann überlegte er es sich anders und senkte den Kopf. »Schon gut, Käpt'n. Ich segle nach Tragurium.«

Telemachos hatte sich in die Karte vertieft und erwachte jetzt aus seiner Versunkenheit. In seinem Kopf bildete sich eine Frage. »Wie lang sollen wir auf See bleiben, Käpt'n?«

»So lange, bis ihr ein paar gute Prisen gemacht habt. Ihr dürft auf keinen Fall mit leeren Händen zurückkommen. Ich brauche was Ordentliches zum Verteilen an die Männer.« Er fixierte beide mit eindringlichem Blick, um seine Worte zu unterstreichen. Dann wandte er sich wieder der Karte zu. »Noch etwas.« Er deutete auf eine von vielen dicht gedrängten kleinen Inseln unweit der Zitadelle. »Hier, die Insula Pelagos. Dort ist ein verlassener Hafen, von dem nur noch verfallene Ruinen übrig sind. Dort werdet ihr euch alle zehn Tage treffen und Erkenntnisse austauschen, die ihr bei euren Reisen gewonnen habt. So habt ihr zwischen den Treffen genug Zeit für die Jagd.«

Hector kratzte sich an der Wange. »Wird aber ziemlich schwer, es gleichzeitig hinzuschaffen, Käpt'n. Was ist, wenn einer von uns aufgehalten wird? Oder in Schwierigkeiten gerät? Wie verständigen wir den anderen?«

»Ganz einfach. Wer zuerst eintrifft, wartet einen ganzen Tag lang auf das andere Schiff. Wenn es am zweiten Tag noch immer nicht in Sicht ist, setzt ihr eure Raubzüge wie geplant fort. Noch Fragen?«

»Was ist mit den Matrosen der erbeuteten Schiffe?« Hector kniff den Mund zusammen. »Bringen wir sie um, oder nehmen wir sie gefangen?«

»Ihr tötet jeden, der Widerstand leistet. Alle anderen bringt ihr hierher. Wer sich uns anschließen will, wird die Gelegenheit dazu erhalten. Die übrigen können wir zu einem guten Preis auf dem Sklavenmarkt verkaufen.« Bulla zögerte. »Eine letzte Sache. Ihr habt die strikte Order, keine Siedlungen zu überfallen.«

»Das wird den Männern nicht gefallen.« Hector klang enttäuscht. »Da haben sie weniger Gelegenheit zum Beutemachen.«

»Pech. Wir können es uns nicht leisten, dass wir die Römer noch mehr gegen uns aufbringen. Canis sitzt uns sowieso schon im Nacken. Wir dürfen diesen Hunden auf keinen Fall einen Vorwand zur Verstärkung der Flotte von Ravenna liefern. Ihr beschränkt euch auf das Ausrauben von Schiffen, zumindest bis der Präfekt das Interesse an der Jagd auf uns verliert und sich einen anderen Zeitvertreib sucht. Habe ich mich klar ausgedrückt?«

»Aye, Käpt'n«, antwortete Hector mürrisch.

Bulla nickte und richtete sich gerade auf. »Gut, dann gebt jetzt euren Offizieren Bescheid. Inzwischen teile ich die Leute für eure Besatzungen ein. Einige Männer aus Nestors Reihen werden mit euch segeln. Ihr müsst sie natürlich genau im Auge behalten.«

»Willst du auf was Bestimmtes hinaus, Käpt'n?«, fragte Telemachos.

»Du kennst ... den Ruf von Nestor und seiner Bande?«

Telemachos nickte bedächtig. Selbst unter den Piraten an der illyrischen Küste waren Nestors Männer als kaltblütige Schlächter verschrien, denen mehr an Folter und Mord lag als an Beute. Dass einige von ihnen auf der *Galatea* fahren sollten, machte seine neue Aufgabe nicht gerade leichter.

»Sie haben den gleichen Eid geschworen wie wir alle«, fuhr Bulla fort. »Trotzdem stehen ein paar von ihnen vielleicht noch immer treu zu ihrem alten Kapitän. Möglicherweise wird es schwer, sie im Zaum zu halten.«

Telemachos runzelte die Stirn. »Warum sollen sie dann bei uns Dienst tun?«

»Uns bleibt gar nichts anderes übrig. Wir haben einfach zu wenige fähige Seefahrer. Ohne Nestors Piraten hätten wir nicht genügend Leute für die Besatzung beider Schiffe und die Verteidigung des Lagers hier. Ob es uns passt oder nicht, wir brauchen diese Männer. Die Situation ist alles andere als ideal, aber ihr werdet das Beste daraus machen. Verstanden?«

Telemachos und Hector nickten.

Bulla musterte sie mit festem Blick. »Es darf nicht zu lange dauern, bis ihr mit eurem Fang zurückkehrt. Jede Verzögerung kann dazu führen, dass sich meine Feinde gegen mich wenden. Meine ... und unsere Zukunft hängt davon ab, dass ihr so bald wie möglich reiche Beute bringt. Ansonsten kann es passieren, dass ihr hier keinen sicheren Rückzugsort mehr vorfindet. Also, wenn es keine weiteren Fragen mehr gibt ...«

»Nein, Käpt'n«, sagte Telemachos.

»Dann schlage ich vor, dass ihr eure Vorkehrungen trefft. Ihr stecht im Morgengrauen in See.«

KAPITEL 20

»Und so was nennt sich ein gutes Jagdgebiet«, klagte Geras, der auf dem schmalen Vordeck der *Galatea* stand. »Da stoßen wir ja noch eher auf eine Meeresnymphe als auf ein Handelsschiff.«

Die Augen auf die azurne Weite gerichtet, strich sich Telemachos mit den Fingern über die frische Narbe im Gesicht. Von der liburnischen Küste an Steuerbord wehte eine ablandige Brise heran und brachte die Takelage der *Galatea* zum Summen. Vorn konnte er nichts anderes sehen als die Linie des Horizonts und die schaumgekrönten Wellen, die in der grellen Mittagssonne glitzerten wie Messer. Vergeblich suchte er nach Anzeichen eines Segels.

Schließlich wandte er sich ab und ließ erbittert die Faust auf die geschnitzte Reling niedersausen. »Das verstehe ich nicht. Wir hätten schon längst was finden müssen. Bulla war sich ganz sicher.«

»Vielleicht hat er sich getäuscht«, erwiderte Geras. »Oder die Kapitäne der Kauffahrer haben mehr Angst vor Piraten, als wir dachten.«

»Aber niemand sonst ist so weit nördlich wie wir auf Jagd nach Beute. Zumindest ist uns nichts davon bekannt. Die Kapitäne hier haben keinen Grund zur Angst.«

Geras zuckte die Achseln. »Irgendwas muss sie abgeschreckt haben. Wir sind jetzt sechs Tage unterwegs und haben so gut wie nichts zu Gesicht gekriegt. Da wird sich Käpt'n Bulla nicht freuen.«

Telemachos zog eine Grimasse. Auch ohne die Worte seines Freundes hätte er nicht vergessen, dass er als Befehlshaber der *Galatea* letztlich die Verantwortung trug. Eine Verantwortung, die schwer auf seinen Schultern lastete, seit sie von Petrapylae abgelegt hatten. Als die *Galatea* ausgerüstet mit Männern, Waffen und Proviant Kurs nach Norden genommen hatte, war sein Unbehagen der Euphorie gewichen. Mit einem günstigen Wind im Rücken hatte ihn eine starke Erregung ergriffen bei der Vorstellung, das Kommando über ein Piratenschiff zu führen, und er hatte seinen Zwist mit Hector bald vergessen. Nicht einmal die regelmäßigen Anfälle von Seekrankheit, die ihn in den ersten Tagen heimsuchten, konnten seiner Begeisterung Abbruch tun.

Doch seine Hoffnung auf eine schnelle Prise hatte sich nicht erfüllt. Seit sie in See gestochen waren, hatten sie nur eine Handvoll Schiffe erspäht. Und die wenigen, die ihnen begegnet waren, hatten beim Anblick eines anderen Segels sofort gewendet und das Weite gesucht. Mit jedem Tag wuchs die Enttäuschung der Piraten, die in endloser Monotonie Wache halten, die Bilge leeren und Segel flicken mussten, damit sie beschäftigt waren.

Zu allem Überfluss stellte sich heraus, dass mehrere Amphoren Wein im Frachtraum verdorben waren. Telemachos ließ die ungenießbare Brühe ins Meer schütten und sah sich gezwungen, die Rationen zu kürzen. Auch das machte die Stimmung an Bord nicht gerade besser. Vor allem das ungewisse Schicksal der verschollenen *Achelous* drückte den Männern aufs Gemüt, und einige fragten unverhohlen, ob die *Galatea* ebenfalls sinken oder der kaiserlichen Marine in die Hände fallen würde.

Wenigstens hatte er ein freundliches Gesicht neben sich. Bulla hatte beiden Kommandanten gestattet, ihre eigenen Stellvertreter zu ernennen, und Telemachos hatte in stiller Erleichterung aufgeatmet, als Geras sich bereit erklärte, den Posten des ersten Offiziers auf der *Galatea* zu übernehmen. Obwohl er nur wenige Jahre älter war, verfügte Geras über ein reiches Seefahrerwissen und war beliebt bei der Mannschaft wegen seiner unbekümmerten Art und seiner ruhigen Beherztheit. Die Entscheidung für ihn war Telemachos nicht schwergefallen. Schließlich war er einer seiner wenigen Freunde, auf dessen Treue und Kameradschaft er sich blind verlassen konnte.

»Vielleicht hat Hector mehr Glück gehabt«, bemerkte Telemachos mürrisch.

»Da unten im Süden? Mach dir lieber keine allzu großen Hoffnungen. Jeder Matrose von hier bis Dyrrachium weiß, dass man diesen Küstenabschnitt besser meiden sollte. Da würde man eher eine Henne mit Zähnen finden.«

»Dann stehen wir in der Pflicht.«

Geras zuckte die Achseln. »So oder so, einer von uns sollte bald eine Prise auftun. Sonst müssen wir die Rationen noch stärker kürzen, und ich bin nicht scharf darauf, diesem Haufen zu erklären, dass wir keinen Wein mehr haben.«

»Ich auch nicht«, antwortete Telemachos leise.

Plötzlich wurden sie von einem hitzigen Wortwechsel auf der anderen Seite des Decks unterbrochen. Telemachos bemerkte Leitos, der einen stark vernarbten Piraten mit wilder Haarmähne anbellte. Völlig unvermittelt ging der Narbige auf Leitos los und prügelte heftig auf ihn ein. Rasch bildete sich ein Kreis von Neugierigen, die beobachteten, wie der Mann ausholte und den angegrauten Offizier mit einem heftigen Hieb ans Kinn niederstreckte.

»Scheiße«, murmelte Geras. »Was jetzt?«

Telemachos seufzte. »Komm, wir müssen das regeln.« Er ließ die Reling los und stapfte zum Achterdeck, dicht gefolgt von Geras. Telemachos stieß einen grölenden Zuschauer beiseite und trat vor.

»Das reicht!«, brüllte er aus voller Kehle. »Auseinander!«

Der Dunkelhaarige nutzte noch schnell die Gelegenheit zu einem raschen Tritt in die Rippen des Offiziers. Telemachos rief zwei Matrosen einen Befehl zu, die den Piraten sofort packten und ihn von Leitos wegzerrten. Sie hielten ihn mit festem Griff, während sich der Offizier benommen hochrappelte und mit der Hand an den blutverschmierten Mund fasste.

»Was ist hier los?«, verlangte Telemachos zu wissen.

»Der Mistkerl hat mich geschlagen«, knurrte Leitos.

»Er hat es nicht anders verdient«, fauchte der Narbige. »Hat mich als faulen thrakischen Hund beschimpft.«

»Nur weil es wahr ist«, keuchte Leitos. »Dieser Abschaum will sich nicht ins Zeug legen. Ich hab ihm gesagt, dass er das Deck scheuern soll, und er hat sich glatt geweigert. Ich hab ihm gedroht, dass ich ihm die Ration kürze, wenn er nicht gehorcht, und da ist der Schweinehund einfach auf mich losgegangen.«

»Scheißdreck!« Der Thraker funkelte ihn zornbebend an. »Deckschrubben ist nicht meine Aufgabe. Dafür hab ich nicht angeheuert!«

Telemachos fasste den Sprecher näher ins Auge und erkannte einen Piraten in ihm, der aus Nestors besiegter Mannschaft zu ihnen gestoßen war. Er hatte eine imposante Statur, und die Adern an seinen muskulösen Armen waren dick wie Taue. Wie alle Zwangsrekrutierten Bullas trug er das Brandzeichen eines Dreizacks am linken Unterarm.

»Bassus, nicht wahr?«

Der Thraker nickte. »Aye, so heiße ich.«

»Fällt es dir schwer, Befehle zu befolgen?«

Bassus schnaubte. »Es fällt mir schwer, den ganzen Tag das Deck zu scheuern und Wasser aus der Bilge zu schöpfen. Ich bin Pirat. Ich habe angeheuert, weil ich plündern und mich besaufen will, und nicht, damit ich wie ein verdammtes Weib auf Händen und Knien putze.«

Telemachos machte einen Schritt auf den Thraker zu und schaute ihm fest in die Augen. »Du wirst deine Arbeit machen, genau wie alle anderen an Bord.«

»Und was ist das für eine Arbeit? Auf dem Meer rumlungern, statt Kauffahrer zu kapern?«

»Wir werden bald Prisen auftun. Sehr bald.«

»Ach ja?« Bassus ließ den Blick über die Umstehenden gleiten. »Und warum sollten wir dir auch nur ein Wort von dem glauben, was du da erzählst? Wir sind jetzt sechs Tage auf See und haben noch nicht mal die Witterung von Beute aufgenommen. Wenn wir keine Schiffe finden, müssen wir eben einen reichen Hafen überfallen. Bloß auf dem Arsch rumsitzen bringt uns nicht weiter.«

Mehrere Stimmen murmelten zustimmend. Aus dem Augenwinkel bemerkte Telemachos die Blicke einiger älterer Piraten, die offenbar neugierig waren, wie der junge Kommandant auf diese Provokation reagieren würde. Mit angespannten Muskeln trat er noch näher an Bassus heran. »Unser Befehl lautet, nur Handelsschiffe anzugreifen. Wir dürfen die Römer nicht noch mehr gegen uns aufbringen.«

»Ich scheiße auf unseren Befehl! So was hätte Käpt'n Nestor nie geduldet. Wenn er unser Kommandant wäre, würden wir jetzt schon bis zum Hals in Wein und Beute waten und ...«

»*Schluss jetzt!*«, brüllte Telemachos aus vollem Hals.

Sofort verstummte jedes Getuschel an Deck. Einen Moment lang war nur das Vorbeirauschen der See am Schiffsrumpf zu hören.

Der Kapitän suchte den Blick eines Vertrauten. »Castor!«

Ein verkrüppelter Mann mit grauen Stoppeln und kahl rasiertem Schädel hinkte heran. »Aye, Käpt'n?«

»Den da auspeitschen.« Telemachos deutete mit dem Kinn auf Bassus.

Dem Thraker rutschte das Kinn herunter. »Was?«

»Du hast ein Besatzungsmitglied geschlagen. Darauf stehen zwanzig Hiebe. Schiffsregeln.«

Das Gesicht des Mannes verdüsterte sich. »Das kannst du nicht machen.«

»Und ob ich das kann«, entgegnete Telemachos mit kalter Stimme. »Du hast den Regeln zugestimmt, als du zu uns gekommen bist. Und jetzt wirst du dich ihnen beugen, sonst werden es vierzig Hiebe. Du hast die Wahl.«

Bassus öffnete den Mund zu einer Erwiderung und schloss ihn sofort wieder.

»Bindet ihn fest!«, befahl Telemachos zwei Piraten aus Bullas ursprünglicher Mannschaft, auf deren Loyalität er sich verlassen konnte.

Sie brachten den Thraker zur Takelage, während Castor zur Backskiste mittschiffs eilte. Kurz darauf kehrte er mit einer kurzen Lederpeitsche zurück, und ein Lächeln lag auf seinem wettergegerbten Gesicht. Die Piraten fesselten die Hände des Dunkelhaarigen an die Wanten und rissen ihm das Hemd vom Leib, sodass er mit nacktem Rücken dastand.

Dann gab Telemachos Castor ein Zeichen und zwang sich zum Zuschauen. Ein ums andere Mal sauste der Lederriemen auf den Rücken des Thrakers nieder, und jeder Hieb entriss ihm einen Schmerzensschrei. Nach dem Ende der Strafaktion befahl Geras den anderen mit erhobener Stimme, an ihre Arbeit zurückzukehren, und wenig später hatten sie sich flüsternd zerstreut.

Kurz darauf trat der erste Offizier wieder zu seinem Kapitän. »Hart, aber wirksam. Wie immer bei einer ordentlichen Auspeitschung. Das wird ihnen bestimmt das Maul stopfen.«

»Fürs Erste vielleicht«, antwortete Telemachos.

»Worauf willst du hinaus?«

»So ungern ich es sage, aber Bassus hat recht. Diese Männer haben bei uns angeheuert, weil sie kämpfen und reich werden wollen. Disziplin ist schön und gut, doch damit allein kann man sie nicht dauerhaft im Zaum halten. Das schaffen wir nur mit einer anständigen Prise.«

»Und wenn wir nichts erbeuten? Was dann?«

Telemachos zuckte die Achseln. »Dann werden sich mehr Männer gegen uns stellen. Beim nächsten Mal werden wir sie mit einer Auspeitschung nicht mehr in die Schranken weisen können.«

Geras schüttelte den Kopf. »Ich sag es ja immer: so viel zum süßen Piratenleben. Kaum Wein, keine Beute und eine meuternde Besatzung. Da sehnt man sich fast nach der *Selene* zurück.«

Telemachos lächelte matt bei der Erinnerung an die Zeit an Bord des Kauffahrers. Der Überfall von Bullas Piraten auf die *Selene*, nach dem Telemachos und die anderen überlebenden Matrosen zwangsrekrutiert worden waren, lag keine zwei Monate zurück, doch es fühlte sich an, als wäre seitdem ein ganzes Leben vergangen.

»Bereust du deine Entscheidung, Geras?«

»Natürlich nicht, Käpt'n. Ich wollte bloß sagen, dass das Leben damals einfacher war. Als Matrosen hatten wir es zwar auch nicht gerade leicht, aber wir mussten wenigstens nicht befürchten, dass uns die halbe Mannschaft an die Gurgel geht.«

Telemachos spürte auf einmal das ganze Ausmaß seiner Hilflosigkeit und wandte den Blick ab. Wenn er über mehr Erfahrung verfügt hätte, hätten die Männer sein Urteil vielleicht nicht so schnell infrage gestellt. Aber als Neuling, der zum ersten Mal den Befehl über ein Schiff führte, musste er seine Fähigkeiten beweisen. Und genau aus diesem Grund hatte er Bassus so streng bestraft. Obwohl er in den wenigen Monaten als Pirat gelernt hatte, dass die besten Kapitäne nur selten auf die Peitsche zurückgriffen, stand er zu seiner Entscheidung. Er hatte keine andere Wahl gehabt. Einige Piraten begegneten ihm schon jetzt mit Skepsis, und das leiseste Anzeichen von Schwäche hätte genügt, damit sie über ihn herfielen. Er konnte nicht zulassen, dass sie ihn für einen Weichling hielten.

Plötzlich machte sich der Ausguck bemerkbar. »Achtung! Segel backbord voraus!«

Telemachos und Geras hoben die Köpfe. Der Junge auf der Rah hatte einen Arm um den Mast geschlungen und deutete mit dem anderen hinaus aufs Meer. Telemachos spähte angestrengt in die angezeigte Richtung, ohne etwas erkennen zu können.

Schließlich rief er hinauf: »Was siehst du, Longarus?«

Der junge Mann zögerte kurz, bevor er antwortete. »Ein Segel, Käpt'n. Kein Rumpf erkennbar. Sechs, vielleicht sieben Meilen weit weg.«

»Welchen Kurs hat sie?«

»Nord, Käpt'n.«

»Könnte ein Kauffahrer sein«, meinte Geras.

Telemachos nickte abwesend, in Gedanken bei der Karte der Küstenlinie, die er einen Tag vor dem Ablegen studiert hatte. »Jedenfalls muss sie auf dem Weg nach Tarsatica sein. Das ist weit und breit der einzige Hafen.«

Geras furchte die Stirn. »Warum gibt sie noch nicht Fersengeld? Sie muss uns doch inzwischen längst gesichtet haben.«

»Nicht unbedingt.« Telemachos deutete hinauf zum strahlenden Mittagshimmel. »Sie ist nördlich von uns, das heißt, ihr Ausguck musste direkt in die Sonne schauen.«

Nach einem kurzen Blick zum Horizont gab Geras ein zustimmendes Brummen von sich.

»Ich seh jetzt ihren Rumpf!«, rief Longarus herab. »Es ist ein Kauffahrer. Anscheinend sogar ein großer!«

»Endlich!« Geras ließ die Faust in den Handteller klatschen. »Mit ein bisschen Glück hat sie auch anständigen Wein geladen.«

»Das werden wir bald rausfinden«, erklärte Telemachos. »Ruf alle Männer zusammen und bring uns auf Abfangkurs. Wir nähern uns von schräg hinten und schneiden ihr den Weg zur Küste ab. Dann kann sie uns nicht mehr entkommen.«

KAPITEL 21

Der Kauffahrer unternahm keinen Fluchtversuch und strich die Segel, sobald die schwarze Flagge der Piraten klar zu erkennen war. Die *Galatea* schnitt wie ein Pfeil durch die Dünung. Telemachos gab Befehl, sich von achtern zu nähern, und konnte es unter den Füßen spüren, als der Steuermann den Kurs anpasste. Während die Männer des Enterkommandos ihre Waffen holten, nahm er das Schiff genauer in Augenschein. Sie lag hoch im Wasser und zeigte nichts von der üblichen Trägheit schwer beladener Frachter.

Dann fiel ihm noch etwas anderes auf, und er wandte sich nachdenklich an Geras. »Wo ist denn die Besatzung? Das Deck ist wie ausgestorben. Da müssten doch mehr Matrosen herumlaufen.«

Geras zuckte die Achseln. »Sind wahrscheinlich unten im Lastraum und scheißen sich in die Tunika. Ist doch egal! So einen leichten Fang kriegen wir bestimmt nicht so bald wieder.« Er grinste vor Aufregung.

Bisher hatte sich der erste Offizier allenfalls widerstrebend zum Piratentum bekannt und stets behauptet, dass ihn epikureische Genüsse weit mehr interessierten als die Jagd auf Beute. Doch jetzt teilte er auf einmal die Begeisterung der anderen, die sich voller Vorfreude ihrer Prise näherten.

Mit wachsendem Unbehagen fixierte Telemachos wieder den Kauffahrer. An Deck war nur eine Handvoll Männer zu erkennen. Keiner von ihnen schien bewaffnet, und sie trafen auch keine Anstalten, sich gegen die Enterer zu wehren. Diese Tatenlosigkeit war rätselhaft. Bulla hatte ihm beigebracht, dass nicht einmal die sanftmütigste Besatzung ohne jeden Widerstand die Waffen niederlegte. Doch diese Matrosen hatten kampflos kapituliert. Erneut zerbrach er sich den Kopf über die Frage, warum sie nicht versucht hatten, der Kaperung zu entgehen. Hätte der Kapitän gleich nach der Sichtung der Piraten den Befehl zur Flucht gegeben, wären sie vielleicht entronnen oder hätten die Jagd zumindest hinauszögern können, um dann im Schutz der Dunkelheit zu entwischen. Jetzt war es dafür natürlich längst zu spät.

Neben ihm suchte Geras den Horizont nach Zeichen eines jähen Wetterwechsels ab. Aber der Himmel war blau, so weit das Auge reichte.

Als sie keine hundert Schritt mehr von dem Kauffahrer entfernt waren, nickte Telemachos dem ersten Offizier zu. »Lass die Männer Aufstellung nehmen, Geras. Gleich entern wir.«

»Aye, Käpt'n!«

Geras blaffte die Piraten an, die sich mit Schilden und Waffen um den Mast formierten. Einige rannten zu den mit Klampen an den Bordwänden befestigten Enterhaken, um sie auf das erste Kommando hin nach dem Kauffahrer zu schleudern. Brüllend befahl Telemachos dem Steuermann, die *Galatea* von backbord neben den Kauffahrer zu manövrieren. Dann schnappte er sich eine Falcata und ein kleines Pugnum und nahm seinen Platz in den Reihen des Enterkommandos ein. Obwohl das Handelsschiff bereits die Segel gestrichen hatte, wollte er kein Risiko eingehen. Wenn dort drüben eine Falle auf sie wartete, sollten seine Leute darauf gefasst sein.

Wenig später lagen die Schiffe auf gleicher Höhe nebeneinander, und Telemachos rief: »Enterhaken bereithalten!«

Mehrere Piraten stellten sich breitbeinig auf die Planken und ließen die Eisenhaken an Leinen über ihren Köpfen kreisen. Als die *Galatea* langsam mit dem Kauffahrer gleichzog, schätzte Telemachos sorgfältig die Lücke zwischen den beiden Bordwänden ein. Dann erschallte sein Kommando: »Ruder nach backbord!«

Calkas stemmte sich auf die Pinne, und der Bug der *Galatea* driftete auf die Beute zu. Der Veteran war ein versierter Steuermann und einer von mehreren Piraten, die sich freiwillig zum Dienst unter Telemachos gemeldet hatten, weil auch sie dem aufbrausenden Hector lieber aus dem Weg gingen.

»Enterhaken auswerfen!«, rief Telemachos.

In hohem Bogen flogen die Eiskrallen über die Bordwand des Kauffahrers und bohrten sich ins Deck. Die Männer zerrten an den Leinen und zogen die zwei Schiffe zusammen. Sobald sie direkt nebeneinanderlagen, rief Telemachos einen Befehl, und die Deckshelfer holten hastig das Großsegel ein. Dann kletterte er über die Reling und sprang auf den Frachter, dicht gefolgt von den anderen Piraten, die polternd auf den glatten Planken landeten und sich sofort über das Deck verteilten.

Die wenigen Matrosen rissen sofort die Arme hoch. »Bitte nicht!«, schrie einer. »Wir ergeben uns!«

Telemachos' Blut war in Wallung geraten, und es kostete ihn einige Überwindung, die Waffe zu senken. »Skiron!«, rief er einem Piraten zu. »Treib die Kerle zusammen!«

»Aye, Käpt'n.« Bullas Folterknecht ließ ein grausames Lächeln aufblitzen.

Beim Anblick von Skirons Miene fiel ihm ein, dass die halbe Besatzung der *Galatea* aus Nestors Bande stammte und einen schonungslosen Umgang mit ihren Gefangenen gewohnt war.

»Ich will sie lebend, Skiron ... fürs Erste. Vielleicht erweisen sie sich als nützlich.«

Skiron nickte unmutig und winkte mehrere seiner Kameraden zu sich. Laut grölend und mit ihren Waffen fuchtelnd stießen sie die verängstigten Matrosen hinüber zum Großmast.

Telemachos gab Castor ein Zeichen.

»Käpt'n?«

»Nimm ein paar Männer und steig runter in den Lastraum. Durchsuch ihn nach Matrosen, die sich dort verstecken, und schau nach, was sie geladen hat. Und dass niemand was von der Beute für sich behält. Wer beim Stehlen erwischt wird, wird ausgepeitscht.«

Sofort machte sich der kahlköpfige Veteran mit mehreren Leuten auf den Weg zur Heckluke, die hinunter zum Frachtraum führte. Erst jetzt kam Telemachos dazu, sich genauer an Bord umzusehen, und bemerkte prompt deutliche Spuren eines Kampfes. Die Ladeluken standen offen, und über das ganze Deck waren leere Kisten und Truhen verstreut. An einigen Stellen waren die ansonsten blank geschrubbten Planken mit Blut bespritzt.

Kurz darauf kehrte Castor mit grimmigem Gesicht zurück. »Der Laderaum ist leer.«

»Leer?« Telemachos musterte ihn bestürzt.

Der Quartiermeister machte eine hilflose Geste. »Alles weg. Außer Ratten und ein paar zerschlissenen Segeltüchern gibt's da unten nichts. Was die alte Schaluppe auch transportiert hat, jetzt ist es verschwunden.«

Telemachos war fassungslos und konnte nur mit Mühe seine Enttäuschung verbergen. Schließlich wandte er sich den Matrosen am Mast zu. Unter sie hatten sich auch einige Leute gemischt, die durch ihre bleichere Gesichtsfarbe und den weniger drahtigen Körperbau auffielen. Offenbar handelte es sich um Passagiere.

»Die haben wahrscheinlich ihre Fracht über Bord geworfen, als sie uns bemerkt haben.« Wutschnaubend deutete Skiron mit der Spitze seines Schwertes auf das verlorene Häufchen. »Ich bin dafür, dass wir den feigen Schweinen die Gedärme rausschneiden.«

»Nein, bitte nicht!«, rief ein Matrose. »Wir haben nichts weggeworfen, ich schwöre es bei den Göttern. Wir haben bloß schon einen Überfall hinter uns!« Der Sprecher war ein Levantiner mit olivfarbener Haut, der eine phrygische Mütze trug. Es war derselbe Mann, der die Piraten beim Entern um Gnade gebeten hatte.

Telemachos musterte ihn mit zusammengekniffenen Augen. »Und wer bist du?«

»Amyntas, Herr«, antwortete der Matrose nervös. »Der erste Offizier der *Artemis*.«

»Wo ist dein Kapitän, Amyntas?«

»Er ist tot, Herr. Er und noch fünf andere. Sie haben sie umgebracht.«

»Wer hat sie umgebracht?«

»Die Leute, die uns überfallen haben. Die Piraten.«

Telemachos tauschte einen erstaunten Blick mit Geras aus. Dann wandte er sich mit eisiger Miene wieder dem Matrosen zu. »Piraten haben euch überfallen?«

»Aye. Ich schwöre es.«

»Erzähl mir, was passiert ist, Amyntas. Die reine Wahrheit, sonst lasse ich dich und deine Freunde da abschlachten.«

Der Levantiner versuchte sich zu fassen und schaute ihm fest in die Augen. »Wir waren zusammen mit einem anderen Schiff, der *Skamandros*, auf unserer üblichen Strecke von Ephesos nach Pola unterwegs. Die meisten Kapitäne wollen wegen der Bedrohung durch die Piraten nicht mehr allein segeln.«

Telemachos nickte bedächtig. Aus seiner eigenen Erfahrung an Bord der *Selene* wusste er, dass die Kapitäne von Handelsschiffen nur widerstrebend durch das untere Adriaticum fuhren, weil die Seeräuber dort ihr Unwesen trieben. So überraschte es ihn nicht zu hören, dass sie dazu übergegangen waren, die Reise in Paaren zu unternehmen. »Weiter.«

»Und da haben wir sie auf einmal gesichtet, Herr. Die anderen Piraten. In einem großen Schiff. Wie aus dem Nichts waren sie auf einmal da und haben Jagd auf uns gemacht. Die *Skamandros* hat sich abgesetzt. Wir haben es nicht geschafft«, fügte er verbittert hinzu. »Unser Kapitän wusste, dass wir keine Chance hatten, und hat sich ergeben. Die Piraten haben ihn trotzdem umgebracht. Unsere ganze Ladung und fast den gesamten Proviant haben sie geraubt. Dann hat uns der Kapitän befragt.

Wollte hören, ob wir was über andere Frachter wissen, die in der Gegend unterwegs sind. Dann hat er angefangen, die Überlebenden zu massakrieren. Wir haben ihn angefleht, wenigstens die Frauen und Kinder unter den Passagieren zu schonen, aber das war ein kaltherziger Schweinehund. Hätte uns alle abgemurkst, wenn nicht plötzlich diese römische Patrouille aufgetaucht wäre.«

Telemachos lief ein kalter Schauer über den Rücken. »Römer?«

»Ja, Herr.« Der Mann schniefte. »Seit ein paar Wochen fahren sie hier an der Küste auf und ab.«

»Verstehe. Was war dann?«

»Die Piraten haben unser Schiff verlassen und sind geflohen, bevor die Marine sie verfolgen konnte. Ein römischer Offizier kam an Bord und hat sich ein Bild von den Schäden gemacht. Er hat uns geraten, den nächsten Hafen anzulaufen und erst wieder in See zu stechen, wenn die Gefahr gebannt ist. Letzte Nacht haben wir Schutz in einer Bucht gesucht und hatten die Hoffnung, dass wir es vor Einbruch der Dunkelheit nach Tarsatica schaffen. Dann haben wir euer Segel gesichtet. Wir wussten, dass wir euch nicht entrinnen können, und so haben wir beschlossen, uns zu ergeben, Herr. Wir haben sowieso nichts mehr, das man plündern könnte.« Niedergeschlagen ließ der Matrose die Schultern sinken.

Telemachos überließ den Mann seinem Kummer und wandte sich an Geras. »Was meinst du?«

Geras überlegte mit zusammengepressten Lippen. »Seine Geschichte klingt glaubhaft. Jetzt wissen wir wenigstens, warum wir in den letzten Tagen kaum ein Segel zu Gesicht gekriegt haben.«

»Das sehe ich auch so. Trotzdem will mir das nicht in den Kopf. Es hat doch geheißen, dass so weit nördlich keine anderen Seeräuber unterwegs sind. Oder es gibt welche in der Gegend, von denen Bulla nichts weiß.«

»Es muss so sein, Käpt'n. Oder hast du eine andere Erklärung?«

Telemachos ließ den Blick über das blutverschmierte Deck schweifen, und eine beunruhigende Ahnung stieg in ihm auf. Erneut fasste er Amyntas ins Auge. »Diese anderen Piraten – wie sahen sie aus?«

Der Matrose kratzte sich am Ellbogen. »Wie Piraten eben, so wie ihr. Bloß das Schiff war deutlich größer.«

»Fällt dir sonst noch was ein? Denk nach, Amyntas.«

Zögernd runzelte der Mann die Stirn. »Da war noch was, wenn ich es mir recht überlege.«

»Was?«

»Der Anführer. So ein schwerer Brocken. Er hatte ein Mal am Unterarm. Ich konnte es nicht richtig erkennen, aber ich glaube, es war so eine Art Speer.«

»Ein Dreizack? Wie das da?« Telemachos schob den Ärmel zurück und zeigte dem Matrosen das Zeichen, das man ihm vor einigen Wochen in die Haut gebrannt hatte.

Amyntas sah es sich genau an. »Aye. Das ist es. Das gleiche Mal, Herr.«

»Hector ...«, zischte Telemachos durch zusammengebissene Zähne.

»Was macht der hier oben?« Geras furchte die Stirn. »Die *Proteus* soll doch unten im Süden fahren.«

Zornig schüttelte Telemachos den Kopf. »Der verlogene Hund hat gar nicht daran gedacht, im Süden auf Beutezug zu gehen. Kapierst du denn nicht? Er wusste genau, dass da unten nichts zu holen ist. Er muss sich an uns vorbeigestohlen haben, kurz nachdem wir aus Petrapylae ausgelaufen sind.«

»Er hatte bestimmt seine Gründe«, warf Castor ein. »Vielleicht hat ihn eine Marinepatrouille verfolgt.«

»Wenn es so ist, warum schlachtet er dann die Besatzung der Schiffe ab, die er kapert? Das liegt doch auf der Hand. Das macht er nur, damit es keine Zeugen für seine Überfälle gibt und wir ihm nicht auf die Schliche kommen.« Telemachos wandte sich ab, um den schwelenden Zorn in seiner Brust zu verbergen.

Sein verhasster Rivale hatte ihn überlistet. Nur ein einfältiger Narr wie er hatte glauben können, dass sich Hector an die Befehle seines Kapitäns halten würde. Am schlimmsten war, dass ihn seine Männer bestimmt für unbedarft hielten, wenn sie erfuhren, wie leicht ihn Hector hinters Licht geführt hatte.

Doch kurz darauf hatte er sich wieder gefasst. Er war der Kommandant eines Piratenschiffs und musste mit einer unzufriedenen Besatzung und knapp werdenden Vorräten fertigwerden. Und dazu vielleicht auch noch mit einem römischen Geschwader, das die Gegend hier durchkämmte. Ein Dasein im Elend und der tägliche Kampf ums Überleben hatten ihn gelehrt, dass es nichts half, lang über Missgeschicke zu jammern.

Er schob Enttäuschung und Zorn beiseite und wandte sich wieder an Amyntas. »Wann hat dieser Überfall stattgefunden?«

»Gestern Nachmittag. Nicht lange vor der Abenddämmerung, Herr.«

»Und wo genau?«

»Unweit von Senia. Ein paar Stunden, nachdem wir die Kolonie passiert hatten.«

Geras strich sich grübelnd übers Kinn. »Dann ist uns Hector einen halben Tag voraus. Die *Proteus* ist aber nicht besonders schnell. Mit dem achterlichen Wind können wir sie überholen und die nächsten Handelsschiffe vor ihr abfangen.«

»Vorausgesetzt, es sind noch welche unterwegs«, gab Castor zu bedenken.

»Worauf willst du hinaus?«

»Wir sind jetzt schon seit Tagen auf Beutezug. Deshalb müssen wir davon ausgehen, dass Hector nicht bloß dieses eine Schiff aufgebracht hat. Wenn das zutrifft, rechnen die anderen Kauffahrer vielleicht inzwischen mit unserer Anwesenheit. Und von dem Matrosen hier haben wir gehört, dass die Marine jeden Kapitän davor warnt, in See zu stechen. Also laufen kaum noch Schiffe aus, und die wenigen, die die Reise wagen, werden wahrscheinlich sofort abdrehen, sobald sie uns sichten.«

»Scheiße!« Wütend schüttelte Geras den Kopf. »Wir müssen doch irgendwas unternehmen können. Das dürfen wir uns von dem Saukerl nicht einfach bieten lassen.«

Telemachos überlegte fieberhaft. Er konnte nicht mit leeren Händen nach Petrapylae zurückkehren. Damit würde er sich Bullas Zorn zuziehen und das Ende seiner kurzen Karriere als Kommandant eines Piratenschiffs heraufbeschwören. Er brauchte einen Sieg, um seinen Männern zu beweisen, dass er nicht zu Unrecht zu ihrem Anführer ernannt worden war.

Wieder richtete er den Blick auf den Matrosen.

»Das andere Schiff ... die *Skamandros*. Wohin fährt sie?«

Der Mann zuckte die Achseln. »Keine Ahnung. Unser Kapitän wusste es, aber er ist tot.« Unruhig verlagerte er das Gewicht.

Telemachos bemerkte ein trotziges Flackern in seinen Augen. »Du lügst, Amyntas.«

»Es ist die Wahrheit, Herr«, entgegnete er demütig.

Telemachos schielte über die Schulter. »Skiron! Schneid dem Lügner die Zunge raus.«

Mit einem boshaften Grinsen trat der muskulöse Pirat vor und zog ein Messer aus der Scheide an seinem Gürtel. Zwei andere packten Amyntas an den Armen, während ihm Skiron das Messer vors Gesicht hielt. Beim Anblick der schimmernden Klinge erlosch der Widerstand des Matrosen. »Flanona, sie hat bestimmt Kurs auf Flanona genommen. Und dort ist sie wahrscheinlich jetzt.«

»Bist du sicher?«, fragte Telemachos.

»So war es zumindest zwischen unseren Kapitänen abgemacht«, erwiderte Amyntas rasch. »Bei Schwierigkeiten sollten wir nach Flanona segeln und abwarten, bis die Rückkehr aufs Meer wieder sicher ist.«

»Klingt einleuchtend«, meinte Castor. »Der Hafen ist nicht weit weg. Und sicher nicht der schlechteste Zufluchtsort.«

»Was hat sie geladen?« Telemachos durchbohrte den Matrosen mit seinen schwarzen Augen.

»Hauptsächlich Gewürze. Dazu Kampfer und Sandelholz. Und Elfenbein.«

»Gewürze!« Geras stieß einen Pfiff aus. »Bei Neptuns

Steiß! Diese Fracht bringt uns ein Vermögen ein, wenn wir sie uns unter den Nagel reißen können.«

»Falls sie überhaupt noch in dem Hafen ist«, bemerkte Castor. »Flanona ist eine Tagesreise entfernt. Vielleicht ist sie inzwischen weitergesegelt.«

Amyntas schüttelte den Kopf. »Sie wird mindestens zwei Tage dort bleiben. Ihr Kapitän ist ein vorsichtiger alter Seebär. Der läuft bestimmt erst wieder aus, wenn er sich ganz sicher ist, dass keine Gefahr mehr besteht.«

»Also gut. Dann legen wir sofort ab.« Telemachos nickte seinem ältesten Offizier zu. »Leitos, du schaffst die Gefangenen runter in den Lastraum. Alle noch vorhandenen Vorräte werden auf unser Schiff verladen.«

Die Sonne senkte sich bereits zum Horizont, als die verbliebenen Matrosen und Passagiere niedergeschlagen zum Frachtraum schlurften.

»Ist das klug, Käpt'n?«, fragte Geras leise. »Unser Proviant ist sowieso schon knapp, und jetzt sollen wir auch noch diese Leute durchfüttern?«

»Mag sein, aber auf dem Sklavenmarkt bekommen wir für sie einen ordentlichen Preis.«

Telemachos wunderte sich selbst, wie wenig es ihn kümmerte, dass er diese Menschen zu einem Leben des Elends und Knechtschaft verdammte, während er seinen Bruder unbedingt aus der Sklaverei freikaufen wollte. Aber, überlegte er, er hatte eben ein schweres Leben gehabt und sich längst an die Ungerechtigkeit und Grausamkeit der Welt gewöhnt. Da er nichts daran ändern konnte, wollte er wenigstens Nutzen daraus ziehen.

»Ruf die anderen zurück aufs Schiff«, wies er Geras an. »Wir segeln nach Flanona und nehmen uns die *Skaman-*

dros an ihrem Ankerplatz vor. Wenn wir schnell sind, erwischen wir sie, bevor sie wieder in See stechen kann.«

Castor hatte mitgehört und sog die salzige Luft zwischen den Zähnen ein.

Telemachos starrte ihn an. »Hast du Einwände?«

»Es wird nicht leicht sein, sie einfach zu entführen«, antwortete der Quartiermeister. »In meiner Zeit als Matrose auf Handelsschiffen war ich ein paarmal in Flanona. Der Hafen ist gut geschützt. Steile Klippen zu beiden Seiten, außerdem ist dort auch eine Garnison stationiert.«

»Legionäre?«

»Hilfstruppen. Nach den Piratenüberfällen vor einigen Jahren wurde die Garnison verstärkt. Sie haben einen Wachturm und auch Katapulte. Da kommen wir nie nah genug ran.«

»Wir könnten doch bei Nacht reinfahren«, schlug Geras vor. »Dann würden sie uns nicht sehen.«

Nach kurzem Zögern schüttelte Castor den Kopf. »Das haut nicht hin. Wir müssten ja immer noch das Schiff kapern, ohne Alarm auszulösen. Das ist hoffnungslos.«

»Vielleicht auch nicht«, sagte Telemachos nachdenklich.

Geras starrte seinen Kommandanten fragend an. »Käpt'n?«

Telemachos lächelte, als sich in seinem Kopf die ersten Umrisse eines Plans formten. »Wenn wir die Besatzung der *Skamandros* nicht ohne Aufsehen überwältigen können, müssen wir sie eben vorher weglocken.«

KAPITEL 22

»Findest du das wirklich eine gute Idee?« Geras starrte hinauf zu den zerklüfteten schwarzen Bergen, die sich über Flanona erhoben.

Kurz nach Einbruch der Dunkelheit über der Küste hatte Telemachos Befehl gegeben, nahe der Mündung zur Bucht beizudrehen. Sie hatten die Segel gestrichen und sogar die Rah niedergeholt, damit die *Galatea* vom Land her weniger gut zu sehen war. Vor dem Bug hörte er das leise Platschen des Wassers am Rumpf.

Er lächelte grimmig. »Frag mich das in einer Stunde noch mal.«

»Vielleicht sollten wir uns lieber was anderes suchen«, meinte Geras. »Draußen auf See. Früher oder später schnappen wir uns schon was.«

»Ich habe meine Entscheidung getroffen«, entgegnete Telemachos mit fester Stimme. »So eine Gelegenheit können wir uns nicht entgehen lassen. Also, denk daran. Wenn ich in einer Stunde nicht zurück bin, übernimmst du den Befehl über das Schiff und legst sofort ab. Du fährst zum Treffpunkt, ohne anzuhalten, egal, was passiert.«

»Komm lieber zurück, sonst kannst du was erleben.«

»Versprochen.« Telemachos rang sich ein Lächeln ab.

Im schwachen Schein der Sterne war die besorgte Miene seines Freundes kaum zu erkennen. Hinter Geras sammelten sich die anderen Männer des Enterkommandos um den Mast. Flüsternd trafen sie ihre letzten Vorbereitungen für den nächtlichen Überraschungsangriff auf die *Skamandros*.

Nach rasender Fahrt unter vollen Segeln waren die Piraten vor einigen Stunden nahe Flanona eingetroffen. Als sie auf die Bucht zusteuerten, hatte Telemachos die Männer angewiesen, die *Galatea* so nahe wie möglich an den Hafen zu lenken, damit sie die Wehranlagen auspähen konnten, bevor sie sich in der zunehmenden Abenddämmerung wieder entfernten. Mit ein wenig Glück hatten die Wachen beobachtet, wie die Piraten am Horizont verschwanden, und sich gedacht, dass sie sich auf die Suche nach leichterer Beute gemacht hatten. So hatte es sich Telemachos zumindest vorgestellt. Das Aufgehen seines Plans hing davon ab, ob sich der Kapitän der *Skamandros* in Sicherheit wiegte. Er durfte auf keinen Fall damit rechnen, dass ein Piratenkommandant den waghalsigen Versuch unternehmen würde, den Kauffahrer unter den Augen der Hilfsgarnison zu stehlen.

Eine gründliche Erkundung aus der Ferne hatte seine ursprüngliche Einschätzung bestätigt, dass eine direkte Annäherung unmöglich war. Der Eingang zum Hafen wurde von Turmposten bewacht, die darauf gefasst waren, beim ersten Anzeichen von Gefahr Alarm zu schlagen. Zum Schutz der Frachtschiffe und Fischerboote waren auf den Stadtwällen Bolzenwerfer errichtet, die jedes Überfallkommando vernichtet hätten, lange bevor es den Kai erreichte. Sie hatten Amyntas auf Deck gebracht, und er hatte ihnen das reiche Handelsschiff an seinem Liegeplatz gezeigt. Außerdem hatte er sie vor den Matrosen der *Skamandros* gewarnt, die treu zu ihrem Kapitän standen und sich bei einem Angriff auf das Schiff bis zum letzten Blutstropfen wehren würden.

Für den Überfall waren zwanzig Leute eingeteilt, fast die Hälfte seiner Besatzung. Er hatte die fähigsten Seeleute ausgesucht, um die *Skamandros* aus dem Hafen zu entführen. Er selbst wollte mit drei anderen in dem kleinen Skiff der *Galatea* vorausfahren. Der Rest des Enterkommandos sollte unter Castors Befehl mit einigem Abstand in einem Makrelenboot folgen, das sie untertags erbeutet hatten.

Castor näherte sich von der Reling. »Die Männer sind bereit.«

Telemachos nickte. »Sie sollen ins Boot steigen. Und denk daran, keiner gibt einen Laut von sich. Ich lasse jedem das Fell gerben, der beim Reden erwischt wird.«

»Keine Sorge, die machen keinen Mucks. Dafür sorge ich schon.«

Castor wandte sich ab und erteilte den Kaperern leise Befehle. Sie kletterten hinunter und ließen sich lautlos in dem Fischerboot nieder, das neben der *Galatea* auf und ab schaukelte. Dann hievten mehrere Deckshelfer das Skiff an den Flaschenzugleinen über die Bordwand. Telemachos nahm als Letzter hinter Bassus, Longarus und Leitos die Strickleiter. Der Offizier hatte sich dagegen ausgesprochen, dass Bassus an dem Handstreich teilnahm, doch Telemachos hatte sich nicht umstimmen lassen. Für ihn war entscheidend, dass der widerspenstige Thraker nach der Bestrafung seine Pflichten mustergültig erfüllt hatte und als ehemaliger Gladiator großes Geschick im Umgang mit dem Schwert besaß.

Die Männer stemmten sich in die mit Lappen umwickelten Riemen, und die zwei Boote legten ab. Telemachos gab leise den Takt vor, und das Skiff setzte sich auf seinem Weg zum Ufer langsam von dem Makrelenboot ab. Der kleine Trupp im Skiff hatte eine besondere Aufgabe, bevor die größere Gruppe die Skamandros angreifen konnte. Ein Ablenkungsmanöver, von dem das Gelingen des ganzen Plans abhing. Ohne diese List war es völlig ausgeschlossen, dass die Piraten die Besatzung des Kauffahrers überwältigen konnten, bevor die römischen Soldaten auftauchten. Auf jeden seiner Männer, der lebend gefasst wurde, wartete die Kreuzigung – die Strafe für all jene, die es wagten, die Herrschaft Roms über die hohe See infrage zu stellen.

Mit einer großen Willensanstrengung schüttelte er seine Zweifel ab. Als das Skiff in die Bucht kroch, schaute er sich nach Castors Boot um. Es war inzwischen weit zurückgefallen und in der Dunkelheit kaum mehr auszumachen. Er wandte sich wieder nach vorn und erspähte die Schiffe am Steinkai, deren Masten sich als Silhouetten vom warmen Schein der Stadt abhoben. Nur eine Handvoll lag im Hafen, ein sicheres Zeichen, dass die Furcht vor Piraten viele Kaufleute davon abhielt, sich auf die Meeresstraßen zu wagen. Auf seinen geflüsterten Befehl hin änderte das Skiff seinen Kurs und glitt auf die Rampe am hinteren Ende des Piers zu. Telemachos schaute sich gründlich um. Auf einer Seite erhob sich eine Reihe großer Lagerhäuser, und mehrere enge Gassen gingen vom Kai ab. Sie waren so gut wie ausgestorben, nur ein fernes Gewirr von Stimmen zeugte von zechenden Matrosen in den Tavernen der Stadt.

Kurz darauf erreichten sie den Kai und zogen die Ruder ein. Das Skiff stieß leise an die Rampe, und Bassus schlang die Fangleine um einen Steinpfosten. Sobald sie festgemacht hatten, richtete sich Telemachos langsam auf.

»Zu mir«, wisperte er. »Und denkt daran, Männer, keine Eile. Wir dürfen kein Aufsehen erregen. Wenn uns jemand begegnet, führe ich das Wort.«

Die anderen drei nickten und folgten Telemachos über die Stufen hinauf zum Kai. Sie trugen alle schlichte Tuniken und billige Sandalen wie die Matrosen der *Artemis*. Wenn man sie anrief, konnten sie sich als Seeleute von einem der Schiffe im Hafen ausgeben und im Ernstfall schnell das Weite suchen.

In gespielt gemächlichem Schritt strebte Telemachos zu der Gruppe von Gebäuden am Hafenende. Beim Überqueren der breiten Straße zwischen dem Kai und den Lagerhäusern spürte er die Falcata, deren Scheide verborgen unter der Tunika an seinen Schenkel klopfte. Sie passierten zwei betrunken grinsende Matrosen, die zurück zu ihrem Schiff wankten. Mit pochendem Herzen nickte Telemachos den beiden freundlich zu. Er war darauf gefasst, jeden Moment aufgehalten zu werden, doch die wenigen Menschen, die zu dieser Stunde unterwegs waren, schenkten ihnen keine Beachtung, weil sie in ihrem Rausch ganz damit beschäftigt waren, Witze zu reißen oder sich zu streiten.

Im tiefen Schatten blieb er schließlich stehen und ließ den Blick über die Lagerhallen gleiten. Amyntas hatte ihm verraten, dass in einem von ihnen Flachs aufbewahrt wurde. Wenig später fand er, was er gesucht hatte.

»Da.« Er deutete auf ein Gebäude ein Stück weit links. »Das ist es.«

Die anderen drei starrten angestrengt in die angegebene Richtung. Ein gemaltes Schild über dem Eingang zum Hof zeugte davon, dass das Lagerhaus Vibius Draco gehörte. Neben dem Tor saß ein beleibter Wachposten, dessen Gesichtszüge im Schein einer Lampe schwach schimmerten. An seinem Ledergurt hing eine beschlagene Holzkeule.

»Was jetzt?«, fragte Leitos.

»Wir gehen rein und stecken das Gebäude in Brand.«

»Wie denn? Der lässt uns da sicher nicht einfach reinmarschieren.«

»Das ist auch gar nicht nötig«, erwiderte Telemachos. »Schließlich sind wir zu viert, und er ist allein. Kommt.«

Nach einem tiefen Atemzug steuerte er mit seinen Männern in gemütlichem Schritt auf die Pforte zu und vergewisserte sich mit einem raschen Blick, dass niemand sie beobachtete.

Als der Posten sie bemerkte, erhob er sich von seinem Hocker und versperrte ihnen mit verschränkten Armen den Eingang. Aus kleinen, stumpfen Augen betrachtete er die vier Männer. »Was zum Henker wollt ihr hier?«

Telemachos hob die Hände. »Wir suchen nach dem Betrunkenen Delfin. Wir wollten uns dort mit Freunden treffen.«

Argwöhnisch kniff der Wächter die Augen zusammen. »Den Delfin? Der ist am anderen Ende der Stadt.«

Telemachos fluchte leise vor sich hin. »Mal wieder typisch für Galabrus. Gibt uns einfach eine falsche Wegbeschreibung, der Trottel. Wie kommen wir da hin, Freund?«

Der Posten entspannte sich ein wenig und deutete zur Straße. »Noch ein ziemliches Stück von hier. Ihr müsst in diese Richtung, dann nehmt ihr die zweite Abzweigung rechts und folgt ihr bis ...«

Während er noch redete, riss Telemachos seinen Dolch unter der Tunika heraus und drückte ihm die Spitze an den weichen Hals. »Ein Laut, und ich weide dich aus wie einen Fisch. Kapiert?«

Der Posten senkte den Arm und nickte vorsichtig.

Telemachos schob ihn durch die Pforte in den Hof. Drinnen wandte er sich seinen Begleitern zu, die ihm gefolgt waren. »Zündet die Fackeln an. Schnell.«

Leitos eilte hinaus, um eine Öllampe aus ihrer Halterung zu nehmen. Inzwischen zogen Bassus und Longarus die Fackeln heraus, die sie unter ihren Tuniken verborgen hatten. Leitos hielt die Flamme sorgsam an das talggetränkte Tuch, mit dem das obere Ende der ersten Fackel umwickelt war. Kurz darauf flackerte sie auf. Nachdem er auch die zweite angezündet hatte, stellte er die Lampe ab und trat wieder hinaus vors Tor, um Wache zu halten. Telemachos übernahm die Fackel von Bassus und befahl ihm, den Posten zu fesseln und zu knebeln und ihm die Kehle durchzuschneiden, falls er Schereien machte. Dann huschte er neben Longarus hinüber zum Lagerhaus. Die Fackeln warfen ihren unsteten Schein auf die Tore.

Diese machten einen massiven Eindruck und waren alle mit Eisenriegeln gesichert. Er trat auf das nächste zu und zog daran. Die Schließvorrichtung gab ein hörbares

Knarren von sich, als er sie aus der Halterung heben wollte. Flüsternd forderte er Longarus auf, ihm zu helfen. Mit behutsamen Bewegungen lösten sie den Riegel, um möglichst wenig Lärm zu erzeugen. Dann zog Telemachos das Tor auf und trat ein, dicht gefolgt von Longarus.

Sie kamen in eine große Halle mit Steinboden. Zu beiden Seiten türmten sich Flachsballen in Stapeln, die zum Teil fast bis hinauf zu den Holzbalken unter den Dachziegeln reichten. Telemachos steuerte auf einen Ballen rechts zu und rupfte ihn auseinander, dann hielt er die Fackel an die gelösten Stränge. Auf der anderen Seite machte es Longarus genauso. Sobald es brannte, schritten sie im Kreis weiter und zündeten etliche weitere Ballen an. Bald schlugen hell lodernde Flammen in die Höhe und breiteten sich unter heftigem Prasseln von einem Ballen zum nächsten aus.

»Komm«, rief Telemachos, »verschwinden wir hier.«

Als sie hinausliefen, stiegen bereits beißende schwarze Rauchschwaden zum Nachthimmel auf. Bassus hatte den gefesselten Wachposten bei den Handkarren neben der Pforte abgelegt. Die gedämpften Hilferufe des Mannes gingen bald im Brausen des Brandes unter, der sich rasch durch das Lagerhaus fraß. Heimlichkeit war jetzt nicht mehr nötig, und so stürmten die vier Männer durch das Tor hinaus auf den Kai. Schon rüttelten mehrere Matrosen an Bord der festgemachten Schiffe ihre Kameraden wach und deuteten wild gestikulierend auf die Flammen.

Telemachos und seine Kameraden duckten sich neben einen Haufen Kornsäcke bei einem Frachtschiff und spähten zurück zum Lagerhaus. Mehrere Legionäre waren aus dem Kastell gestürzt, um den Brand zu bekämpfen. Inzwischen griffen die wütenden Flammen bereits auf das benachbarte Gebäude über, und ein Posten forderte die Matrosen laut rufend auf, ihm zu helfen. Zuerst waren alle wie gelähmt und rührten sich nicht. Schließlich befahlen einige Kapitäne ihrer Besatzung, sich in Bewegung zu setzen – vermutlich hatten sie erkannt, dass auch ihre eigenen Vorräte und Güter in Gefahr waren. Bald darauf waren sämtliche Schiffe nur noch mit wenigen Leuten bemannt.

»Wo bleiben die anderen?«, knurrte Leitos leise. »Sie müssten das Signal doch längst gesehen haben.«

Telemachos wandte sich dem ruhigen Wasser im Hafen zu, das nicht vom gleichmäßigen Schlag gedämpfter Riemen aufgewühlt wurde, und fragte sich unwillkürlich, ob sich das zweite Boot verirrt hatte. Dann bemerkte er einen dunklen Umriss, der sich aus der Nacht löste und direkt auf die *Skamandros* zuhielt. Wie es Telemachos vorhergesagt hatte, starrten die wenigen verbliebenen Matrosen an Bord des Frachters wie gebannt auf das lichterloh brennende Lagerhaus, ohne das sich nähernde kleine Fischerboot zu bemerken. Schließlich erreichte es sein Ziel und verschwand aus seinem Blickfeld. Eine Weile war nur noch das Prasseln der Flammen zu hören. Dann drangen erschrockene Schreie durch die Nacht, als die Piraten die Bordwand hinaufkletterten und mit blinkenden Waffen über das Deck schwärmten.

»Los!« Telemachos trat aus der Deckung der Kornsäcke. »Folgt mir!«

Zusammen mit seinen drei Begleitern rannte er über den Kai auf das Fallreep der *Skamandros* zu. Von vorn war bereits der gedämpfte Lärm eines verzweifelten

Kampfes an Bord des Frachters zu hören. Zum Glück war das Tosen des Feuers im Hafen so laut, dass niemand sonst darauf aufmerksam wurde. Mit gezückter Falcata raste Telemachos den Landesteg hinauf, und auch seine drei Kameraden rissen ihre Schwerter aus den verborgenen Scheiden.

Mit wenigen Schritten erreichte er das Vordeck und sah die dunkle Masse hin und her wogender Leiber am Großmast. Im Schein der fernen Flammen hielt ein kleiner Pulk von Matrosen mit Belegnägeln, Bootshaken und anderen Gegenständen die Stellung und wehrte sich entschlossen gegen seine besser bewaffneten Widersacher. Doch sie hatten keine Ahnung, dass in ihrem Rücken vier Männer heranstürmten.

»Auf sie!«, brüllte Telemachos.

Sofort stürzte er sich auf den nächsten Seemann, der einen Speer in der Hand hielt. Im letzten Augenblick hörte der gedrungene Kerl die polternden Schritte von hinten und wirbelte herum. Sofort stocherte er mit der Spitze seines Speers nach der Kehle seines Gegners. Telemachos konnte den Angriff gerade noch parieren und setzte sofort nach, doch der Matrose entzog sich geistesgegenwärtig der Reichweite seiner Falcata. Fauchend stieß der Matrose erneut zu. Diesmal wich Telemachos der tückisch durch die Luft pfeifenden blattförmigen Spitze mit einem Seitenschritt aus und packte mit dem freien Arm den Speerschaft. Mit einem heftigen Ruck zerrte er den Mann zu sich heran, der überrascht aufächzte, als Telemachos mit der Falcata nach unten schlitzte und ihm direkt unter dem Brustkasten eine klaffende Wunde zufügte. Mit zitternden Händen tastete der Mann nach seinen hervorquellenden Eingeweiden und sackte mit aufgerissenem Mund auf die Knie.

Telemachos hörte gedämpften Jubel und bemerkte, dass die wenigen verbliebenen Matrosen sich ergaben und die Waffen wegwarfen. Andere sprangen ins Wasser, um den Piraten zu entrinnen. Doch zum Feiern blieb keine Zeit, denn inzwischen waren die Seeleute auf den anderen Schiffen doch noch auf den Überfall aufmerksam geworden. Einige rannten bereits über den Kai und schrien nach den Legionären, die den Brand im Lagerhaus bekämpften.

»Leinen los!«, befahl Telemachos seinen Männern. »Wir müssen weg hier. *Sofort!*«

Eine Gruppe löste die Haltetaue und warf sie über die Bordwand, während andere die *Skamandros* vom Kai wegruderten. Sobald sie im offenen Wasser waren, rief Castor einen Befehl. Auch die Übrigen legten nun rasch die Waffen beiseite und halfen mit den Riemen, den Schiffsbug zum Eingang der Bucht zu lenken.

Angespannt spähte Telemachos über die Schulter. Inzwischen hatten die römischen Hilfstruppen und die beim Lagerhaus zusammengeströmten Leute begriffen, was geschah, und er erkannte kleine Gestalten, die hinauf zu den Befestigungsmauern liefen. Die Flammen tauchten den ganzen Hafen in einen rotgelben Schein, der sich im sanft schwappenden Wasser spiegelte. Auf dem Achterdeck drängten sich mehrere Piraten und beobachteten das rasch um sich greifende Feuer.

Von einem Wachturm ertönte ein Warnruf an das gekaperte Frachtschiff, das durch das Hafenbecken glitt. Dann nahm Telemachos über den Stadtwällen eine schimmernde Bewegung wahr, gefolgt vom unverkennbaren Krachen eines Katapults. Mit lautem Platschen stürzte der Bolzen hinter der *Skamandros* ins Wasser.

Sofort wirbelte Telemachos zu Castor herum. »Nicht mehr lang, dann haben sie die richtige Reichweite. Können wir nicht schneller fahren?«

Der Quartiermeister schüttelte den Kopf. »Die Männer rudern so hart, wie sie können.«

Telemachos stieß einen leisen Fluch aus. Nacheinander hallte das Krachen der unsichtbar über den dunklen Himmel rauschenden Bolzen durch die Bucht. Der erste landete im Kielwasser des Schiffs, doch der zweite schlug direkt auf dem Achterdeck ein. Die Bolzenspitze spießte zwei Piraten auf und bohrte sich, untermalt von ihren grausigen Schreien, in einem Hagel von Holzsplittern in die Planken. Die anderen flohen verzweifelt über das Deck oder suchten Deckung, um dem Schicksal ihrer Kameraden zu entgehen.

Plötzlich spürte Telemachos einen Luftzug an der Wange. »Großsegel hissen!«, bellte er Leitos zu. »Ablandige Brise! Beeilt euch!«

Leitos gab den Befehl weiter, und sofort kletterten Männer die Webeleinen hinauf, um verteilt auf der Rah mit fliegenden Fingern die Ledergurte um das Segeltuch zu lösen. Gleichzeitig machten sich andere hektisch daran, die Schoten einzuholen und sie an der Reling festzuzurren. Mit einem dumpfen Knall fuhr der Wind ins Großsegel, und die *Skamandros* krängte leicht unter dem erhöhten Druck, bevor sie Fahrt aufnahm und mit dem Bug durchs Wasser pflügend auf den Eingang der Bucht zusteuerte.

Telemachos und Castor schielten zurück zum Hafen, da mehrere krachende Schläge die nächste Salve von Wurfgeschossen ankündigten, mit denen die Verteidiger der Festung die *Skamandros* noch abfangen wollten. Doch es war nur ein letzter vergeblicher Versuch, denn sie hatte bereits die Mündung der Bucht erreicht, und die Bolzen zischten wirkungslos ins Wasser.

Wenig später erteilte Telemachos den Befehl, die Riemen einzuziehen, den die Ruderer mit begeistertem Jubel begrüßten.

Nach einer Weile kam Castor aus dem Frachtraum und näherte sich breit grinsend seinem Kommandanten.

»Die ganze Ladung ist da. Gewürze und Elfenbein – die sind ein verdammtes Vermögen wert. Genau wie es der Matrose von der *Artemis* beschrieben hat.«

»Und Vorräte?«

»Das Schiff ist anscheinend frisch mit Proviant eingedeckt. Brot, Wasser, Käse, Fässer mit Pökelfleisch. Und jede Menge Wein.«

Telemachos nickte. Wie eine riesige Woge brandete Erleichterung durch ihn. Sein gewagter Plan zur Entführung der *Skamandros* hatte funktioniert. Mit dem ihm zustehenden doppelten Anteil an der Beute war er dem Ziel nähergekommen, seinen Bruder zu befreien. Viel näher. Dann auf einmal erinnerte er sich voller Bitterkeit, dass mehrere Männer bei dem Überfall ihr Leben verloren hatten. Und sie waren auch noch nicht völlig in Sicherheit. Nicht, solange sie sich in dieser Gegend aufhielten. Es war nur eine Frage der Zeit, bis die Garnison den gesamten Küstenabschnitt alarmierte. Sie mussten die Bucht schleunigst hinter sich lassen.

Er wandte sich an Skiron. »Such dir eine Besatzung aus. Du übernimmst den Befehl über dieses Schiff. Sobald wir die offene See erreichen, drehen wir bei. Im ersten Tageslicht fahren wir weiter zur Insula Pelagos.«

»Aye, Käpt'n«, antwortete Skiron.

Mit zufriedenem Lächeln schaute Telemachos zum Horizont, hinter dem die *Galatea* wartete. Zum ersten Mal seit dem Aufbruch in Petrapylae spürte er die wilde Erregung eines Piratenkommandanten, der seine Leute zu einem gelungenen Überfall geführt hatte. Noch nie in seinem Leben hatte er so viel Stolz empfunden.

Neben ihm stand Castor, der immer noch grinste und sich freudig die Hände rieb. »Das nenne ich mal eine saubere Entführung. Die Leute werden heute Nacht auf dich anstoßen.«

Telemachos richtete den Blick zurück nach Flanona. »Die Männer haben sich gut geschlagen«, sagte er schließlich. »Jetzt müssen wir uns bloß noch um Hector kümmern.«

KAPITEL 23

»Anscheinend sind wir die Ersten hier.« Leitos nickte zum fernen Ufer, und Telemachos hielt schützend die Hand über die Augen, um nach Anzeichen der *Proteus* und ihrer Mannschaft zu suchen.

Am wolkenlosen Himmel brannte die Sonne, und es wehte eine warme Brise. Langsam steuerte die *Galatea* auf den Treffpunkt zu. Hinter ihr fuhren Prisenbesatzungen auf den beiden gekaperten Schiffen: die *Skamandros* und ein kleinerer Frachter, den sie unterwegs erbeutet hatten. Dieser war weiter oben an der Küste vor einem Sturm geflüchtet und hatte keine Chance gegen das weitaus wendigere Piratenschiff gehabt. Mit der Ladung aus Tuch, Glas und Keramikgeschirr konnte man bei den Händlern in Petrapylae sicher einen guten Preis erzielen. Kein Wunder also, dass sich die Männer auf ihren Anteil aus dem Erlös der erbeuteten Güter freuten und bester Laune waren.

Geras ließ den Blick über den Küstenstrich wandern und runzelte die Stirn. »Wo ist die *Proteus*? Hector und seine Leute müssten doch schon längst hier sein.«

»Wer weiß?« Telemachos zuckte die Achseln. »Vielleicht sind sie auf eine Marinepatrouille gestoßen. Oder sie sind in diesem Sturm vom Kurs abgekommen.«

»Gut möglich. Oder der Lump möchte uns einfach warten lassen. Würde ihm ähnlich sehen.«

Telemachos seufzte matt. »Wie auch immer, uns bleibt nichts anderes, als beizudrehen und hier auszuharren. So hat es Bulla befohlen.«

Geras winkte ab. »Seit wann gibt Hector einen Furz darauf, Befehle zu befolgen? Trotzdem, wer zuletzt lacht, lacht am besten. Warte nur, bis er unseren ganzen Fang sieht. Ich wette, seine Männer haben nichts erbeutet, was auch nur annähernd so wertvoll ist wie eine Ladung Gewürze. Das wird dem Kerl seine Grenzen aufzeigen.«

Castor presste die Lippen aufeinander. »Da wäre ich mir nicht so sicher.«

»Was soll das heißen?« Telemachos musterte den alten Veteranen.

»Hector ist schon lange Mitglied der Besatzung. Länger als die meisten. Auch wenn er kein besonders guter Seemann ist, er ist zäh, und er weiß, wie man überlebt. Im Lauf der Jahre hat er sich gegen viele Herausforderer behauptet. Wenn er merkt, wie erfolgreich wir waren, wird er dich als Bedrohung einstufen. Verlass dich drauf.«

Telemachos schüttelte den Kopf. »Ich befolge nur meine Befehle. Zumindest Bulla wird zufrieden sein.«

»Hector wird das kaum beeindrucken.«

Geras schnaubte geräuschvoll. »Piraten. Mehr Intrigen als in einer Athener Rhetorikschule. Ehrlich gesagt, freue ich mich einfach darauf, wenn wir mit dieser fetten Beute ins Lager zurückkehren. Das reicht monatelang für Wein und Weiber.«

»Den anderen vielleicht«, stellte Telemachos fest. »Dass *dein* Anteil so lange vorhalten wird, bezweifle ich allerdings.«

Geras grinste ihn an. »Kann schon sein, dass du recht

hast. Aber wozu soll man so viel Zeug zusammenrauben, wenn man es dann nicht genießt?«

Telemachos senkte den Blick und hörte schweigend zu, als Geras und die anderen aufgeregt darüber diskutierten, wie sie nach der Rückkehr nach Petrapylae ihr Vermögen ausgeben würden. Er selbst dachte an seinen Bruder. Trotz seines doppelten Anteils am Gewinn reichte das Geld vielleicht nicht, um Nereus freizukaufen. Von einem Kaufmann in Petrapylae hatte er gehört, dass Decimus Rufius Burrus im Ruf stand, äußerst hart zu verhandeln. Telemachos musste also wohl eine stolze Summe aufbringen, um das Sklavendasein seines Bruders zu beenden. Ein starkes Gefühl von Niedergeschlagenheit erfasste ihn. Wenn er seinen Bruder jemals wiedersehen wollte, brauchte er einen noch größeren Fang als die *Skamandros*.

Zwei Stunden später stieg vom Masttopp ein Ruf auf. »Achtung, Segel voraus!«

Telemachos spähte hinauf zum Ausguck. »Was kannst du ausmachen, Longarus?«

»Zu klein für einen Kauffahrer, Käpt'n.«

»Könnte eine römische Patrouille sein«, bemerkte Geras.

Telemachos schüttelte den Kopf. »Kann ich mir nicht vorstellen. Wir sind weit weg von der Handelsstraße.«

»Jetzt erkenne ich mehr«, rief der Ausguck. »Sie trägt eine schwarze Flagge. Sieht ganz nach der *Proteus* aus, Käpt'n.«

»Wird auch Zeit, verdammt«, knurrte Geras.

Mit einem Nicken wandte sich Telemachos wieder dem Horizont zu. Sie hatten das Großsegel gerefft und ein kleines Focksegel gesetzt, damit die *Galatea* mit ruhigem Bug durch die sanfte Dünung gleiten konnte. Eine Stunde später bemerkte er die schwarze Flagge des größeren Piratenschiffs, das sich langsam näherte. Sie bewegte sich träge schlingernd durch die ruhige See, und nach der letzten Wende erkannte Telemachos, dass an den Stumpf des abgebrochenen Großmasts eine Spiere gebunden war, an der behelfsmäßig ein fleckiges Ersatzsegel hing.

»Anscheinend hat sie einen Schaden erlitten«, konstatierte Leitos. »Kein Wunder, dass sie so lange gebraucht haben.«

Als die *Proteus* nur noch eine Meile entfernt war, holten mehrere Gestalten vorsichtig das Segel und die Spiere nieder. Dann fuhren die Männer die Riemen aus und ruderten, ehe sie in einem Abstand von fünfzig Schritt vor der *Galatea* beidrehten.

Kurz darauf erschien ein Besatzungsmitglied auf dem Vordeck und schrie über die Dünung: »Käpt'n Hector möchte mit dir sprechen, Telemachos!«

Telemachos antwortete mit einem Ruf und wandte sich dann an die Offiziere. »Gut, ich schau mal nach, was da los ist. Lasst das Skiff runter. Geras, du kommst mit mir. Leitos, du übernimmst hier bis zu unserer Rückkehr das Kommando.«

Schaukelnd überquerte das Skiff die Strecke zwischen den zwei Schiffen. Telemachos saß achtern und Geras vor ihm. Zwei Piraten bemannten die Riemen und steuerten das Boot auf die *Proteus* zu. Als sie sich längsseits der Galeere befanden, befahl Telemachos den Männern, das

Rudern einzustellen. Geras befestigte den Bootshaken an der Reling der *Proteus*, und jemand warf ein Tau herunter. Auf wackligen Beinen wartete Telemachos, bis das Skiff den Wellenkamm erklommen hatte, dann kletterte er die Bordwand hinauf. Geras folgte und sprang kurz nach ihm aufs Hauptdeck.

Erst jetzt konnte Telemachos das volle Ausmaß der Schäden erkennen. Die Wanten und Schoten waren an vielen Stellen notdürftig geflickt, und um das Lukensüll waren mehrere Planken zersplittert. Eine Reihe von Männern leerte Wassereimer über Bord. Mit ihren niedergeschlagenen Mienen machten sie keinen Hehl aus ihrer Verdrossenheit.

»Was ist denn passiert?«, fragte Geras den Deckshelfer, der das Tau heruntergeworfen hatte.

»Nach was sieht's denn aus, verdammt?«, knurrte der Mann. »Wir sind letzte Nacht in einen Sturm geraten. Hat uns glatt den Mast abgerissen.«

Telemachos starrte ihn verblüfft an. »Wir sind auch durch diesen Sturm gekommen. So heftig war der doch nicht. Jedenfalls nicht so, dass gleich der Mast bricht.«

»Der Käpt'n war schuld«, antwortete der Pirat verbittert. »Wollte kein einziges Segel einholen, bis der Sturm da war. Der Wind hat uns richtig umgedrückt. Ein Wunder, dass wir nicht gekentert sind. Drei Männer haben wir verloren, und die anderen haben fast die ganze Nacht Wasser aus dem Schiff gelenzt.«

»Und was ist mit der Ladung?«

Bedrückt zuckte der Deckshelfer die Achseln. »Das meiste mussten wir über Bord schmeißen.«

»Da hat sich Hector bestimmt nicht gefreut.«

»Frag ihn selbst.« Er nickte hinüber zum Niedergang, der zur Heckkajüte führte.

Dort war der Kapitän der *Proteus* erschienen, begleitet von einem großen, drahtigen Piraten, dessen verfilzter Haarschopf grau durchsetzt war. Nach kurzer Überlegung fiel Telemachos ein, wer das war: Virbius, der erste Offizier des Schiffs.

Ein grimmiger Blick von Hector genügte, damit der Deckshelfer sofort verschwand und das enge Deck den vier Schiffsführern überließ. Nach einem kurzen Blick auf die zwei Kauffahrer neben der *Galatea* wandte sich Hector mit finsterer Miene an Telemachos. »Ich fasse mich kurz. In diesem Zustand ist mit der *Proteus* keine Jagd auf Beute möglich. Sie kann sich gerade noch über Wasser halten, mehr nicht.«

»Und was hast du jetzt vor?«, erkundigte sich Geras.

»Ich muss sie zur Reparatur nach Petrapylae zurückbringen, was anderes bleibt mir nicht übrig. Wir können froh sein, wenn wir es mit dem Notmast noch bis dorthin schaffen.«

Virbius deutete mit dem Kopf auf die *Skamandros* und das kleinere Handelsschiff. »Wenigstens ihr habt Glück gehabt.«

»Wir haben einen guten Fang gemacht.« Nach einer kurzen Pause wandte sich Telemachos Hector zu. »Dir haben wir das nicht zu verdanken.«

»Was soll das heißen, Kleiner?«

»Ich weiß genau, was du für ein Spiel treibst.« Telemachos starrte den Kommandanten der *Proteus* kalt an. »Wir sind hier im Norden auf ein Schiff gestoßen, das du mit deinen Leuten vor ein paar Tagen überfallen hast. Die Überlebenden haben uns alles erzählt. Du bist nie nach Süden gesegelt. Du hast in unserem Einsatzgebiet Jagd auf Beute gemacht, gegen deinen Befehl.«

Mit einem arroganten Lächeln breitete Hector die Arme aus. »Und wenn schon! Die Fahrt nach Süden hätte nichts gebracht, das war doch jedem Trottel klar.«

»Du hast Bullas Befehl missachtet.«

»Ich hatte keine andere Wahl. Wir hätten da unten wochenlang herumstreifen können, ohne was Brauchbares zu finden.«

»Erklär das Bulla, wenn wir zurückkehren.«

Hector gluckste. »Und zu wem wird der Käpt'n wohl halten, was meinst du? Schließlich bin ich seine rechte Hand. Er verlässt sich auf *mein* Urteil. Was *du* denkst, interessiert ihn nicht.« Grinsend verschränkte er die Arme vor der Brust.

Telemachos mahlte stumm mit den Kiefern. Hector hatte nicht ganz unrecht. Der erste Offizier hatte viele Verbündete in den Reihen der Besatzung, und Bulla konnte es sich nicht leisten, sie vor den Kopf zu stoßen. Nicht wenn seine eigene Position in Gefahr war.

»Außerdem«, fuhr Hector fort, »hätten wir da unten im Süden nichts von dem Verband erfahren, der unweit von hier Schutz gesucht hat.«

Telemachos legte die Stirn in Falten. »Was für ein Verband?«

»Ungefähr eine halbe Tagesreise von hier liegen drei Kauffahrer in einer Bucht vor Anker. Reif zum Pflücken.«

»Und das soll ich dir glauben?«

Hector schüttelte den Kopf. »Nicht mir. Wir sind gestern ein paar Fischern begegnet. Die haben uns davon erzählt.«

Geras sah ihn forschend an. »Was haben sie gesagt?«

»Anscheinend ist an der Küste ein Marinegeschwader unterwegs und fordert alle Schiffe auf, an einem sicheren Ort vor Anker zu gehen, bis sie uns versenkt oder vertrieben haben. Die Fischer meinen, dass die Bucht, in der der Verband Zuflucht gesucht hat, ungeschützt ist. Es wäre ein Kinderspiel, ihn zu überfallen und sich die ganze Ladung unter den Nagel zu reißen.«

»Und woher wissen wir, dass die Fischer die Wahrheit sagen?«

Hector zuckte die Achseln. »Ich gebe nur wieder, was ich gehört habe.«

»Wenn diese Schiffe so eine leichte Beute sind, warum habt ihr sie dann nicht angegriffen?«

»Das hatten wir ja vor«, erwiderte Virbius mit seiner knarzenden Stimme. »Wir wollten die Bucht auskundschaften, da hat uns dieser verdammte Sturm eingeholt. Und jetzt ist die *Proteus* so ramponiert, dass es nicht mehr geht. Aber euch kann niemand davon abhalten.«

»Wo genau liegt diese Bucht?«

»Keine dreißig Meilen die Küste hoch«, antwortete Hector. »Bestimmt nicht schwer zu finden. Ihr müsst sie bloß ausspähen und rausfinden, ob sich die Sache lohnt.« Er hielt kurz inne. »In der Zwischenzeit könnte ich die Schiffe, die ihr gekapert habt, nach Petrapylae bringen.«

Geras lachte. »Das würde dir so passen.«

Hector starrte ihn böse an.

»Wir sind doch nicht von gestern«, setzte Geras hinzu. »Glaubst du wirklich, wir händigen dir einfach unsere Beute aus? Da sterben wir lieber.«

Hector zuckte die Achseln. »Das müsst ihr wissen. Wenn ihr keine Lust habt, könnt ihr gern mit uns zurückkehren. Und Bulla erklären, warum ihr euch diese fetten Prisen habt entgehen lassen.«

Nachdenklich strich sich Telemachos übers Kinn. Natürlich war er misstrauisch gegen Hector und hielt es durchaus für vorstellbar, dass der erste Offizier ihn hintergehen wollte. Der Bericht über den vor Anker liegenden Verband war vielleicht nur eine Lüge, die Telemachos dazu bringen sollte, seine schwer erkämpfte Beute aus der Hand zu geben. Andererseits war nicht auszuschließen, dass Hector die Wahrheit sagte. Falls die drei Handelsschiffe tatsächlich dort oben im Norden Schutz gesucht hatten, boten sie die Chance auf einen äußerst einträglichen Raubzug. Außerdem konnte er mit einem blitzartigen Überfall auf eine ungeschützte Bucht seinen Ruf bei der Besatzung weiter stärken. Vor allem aber winkte ihm durch die Kaperung von drei reich beladenen Kauffahrern die Möglichkeit, seinen Bruder freizukaufen.

Er traf seine Entscheidung und nickte Hector zu. »Gut. Wir machen es.«

Hector grinste. »Sobald wir im Lager ankommen, erstatte ich dem Käpt'n Meldung und erzähle ihm von dem zusätzlichen Fang, der zu ihm unterwegs ist.«

Virbius eilte zur Kapitänskajüte und kam mit einer Papyruskarte zurück. Hector breitete sie aus und zeigte die Lage der Bucht. Kurz darauf kletterte Telemachos mit

Geras wieder in das Skiff und fuhr hinüber zur *Galatea*. Dort erteilte er Befehl, den größten Teil der Fracht auf die *Proteus* umzuladen. Sein Schiff sollte so leicht wie möglich sein, für den Fall, dass er Jagd auf die drei Kauffahrer machen musste. Zudem brauchte Hectors Besatzung dringend Proviant, weil sie die meisten Vorräte über Bord geworfen hatte. Im Lastraum der *Galatea* blieb nur ein kleiner Bestand an Lebensmitteln und Wein, zusammen mit der Fischerausrüstung von dem gekaperten Makrelenboot, mit der sie bei Bedarf ihre Rationen aufstocken konnten.

Während die Deckshelfer schufteten, trat Geras zu Telemachos. Mit beunruhigter Miene beobachtete er, wie die Männer Fässer mit Pökelfleisch zur *Proteus* schleppten. »Ist das klug? Ich traue Hector nicht über den Weg.«

»Ich auch nicht«, erwiderte Telemachos. »Aber wir haben keine andere Wahl. Abgesehen von der *Skamandros* sind wir keinem lohnenden Schiff begegnet. Wenn die Möglichkeit auf weitere Beute besteht, können wir sie nicht einfach ignorieren.«

»Mag sein«, räumte Geras ein. »Aber ich finde es verdächtig, dass Hector auf einmal so hilfsbereit ist. Dieser hinterhältige Hund macht doch keinen Finger krumm, wenn für ihn nichts zu holen ist. Was ist, wenn er behauptet, dass *er* das alles erbeutet hat?«

»Dann gibt es nach unserer Heimkehr eine Rechnung zu begleichen.«

»Und wenn sich Bulla auf seine Seite stellt? Was dann?«

Telemachos seufzte. »Hör zu, wir sollten uns nicht den Kopf darüber zerbrechen, was Hector im Schilde führen könnte. Wir haben den Auftrag, so viel Beute einzufahren wie möglich. Das heißt, wir werden nach Norden segeln und diese Bucht zumindest auskundschaften. Wenn wir Glück haben, bietet sich uns dort eine einmalige Gelegenheit.«

»Und wenn uns die Sache komisch vorkommt?«

»Dann wenden wir und segeln sofort zum Lager. Jedenfalls kann es nicht schaden, wenn wir uns genauer umschauen.«

Geras nickte zögernd. »Wie du meinst.«

»Gut.« Telemachos richtete sich gerade auf. »Sobald die Fracht umgeladen ist, sollen unsere Männer von den beiden Schiffen auf die *Galatea* zurückkehren. Hector soll sie mit seinen eigenen Leuten besetzen. Dann legen wir ab zur Bucht. Morgen um diese Zeit sind wir vielleicht schon reich.«

»Ich kann nur beten, dass du recht hast, Käpt'n.«

KAPITEL 24

»Mit dem Wind im Rücken müssten wir den Eingang zur Bucht in der nächsten Stunde erreichen«, bemerkte Castor und deutete landwärts.

Über dem östlichen Horizont schimmerte die erste Ahnung des Morgengrauens, als die *Galatea* auf die Küste zuglitt. Weil mit Wachposten auf der Landspitze zu rechnen war, hatten sie die Piratenflagge abgenommen. Unter Deck kauerten die für das Enterkommando ausgewählten Männer und warteten auf das Signal zum Angriff. Oben waren nur einige wenige Piraten geblieben, die schlichte Tuniken trugen, um sich als Matrosen eines Handelsschiffs auszugeben. Unter ihnen stand auch Telemachos und spähte in die Mündung der Bucht, die sich allmählich vor ihnen auftat, um vielleicht etwas von den vor Anker liegenden Frachtern zu erkennen. Doch bis jetzt war nur der fahle Schatten der fernen Berge auszumachen.

Die *Galatea* war schon gestern angekommen und hatte einige Meilen weiter südlich an der Küste beigedreht. Im schwindenden Licht hatte Telemachos Castor befohlen, mit einem kleinen Trupp im Skiff die Bucht zu erkunden. Bei seiner Rückkehr wenige Stunden später hatte der Quartiermeister berichtet, dass sie im Schein mehrerer Lagerfeuer am Strand die Konturen von drei Schiffen gesichtet hatten. Genauere Einzelheiten hatten sie wegen der zunehmenden Dunkelheit nicht erkennen können. Telemachos war zufrieden, weil die Auskünfte, die Hector von den Fischern bekommen hatte, offensichtlich zutrafen. Jetzt musste er sich nur noch überlegen, wie die *Galatea* die drei Kauffahrer am besten überrumpeln konnte.

Spätnachts hatte er den Männern seinen Plan erklärt. Nach einem herzhaften Abendessen mit Brot, Käse und Pökelfleisch hatten sie an Deck ihr Lager aufgeschlagen, um ein wenig kostbaren Schlaf zu finden. Sie sollten satt und ausgeruht sein, wenn sie am Morgen die nichtsahnenden Matrosen der Handelsschiffe überfielen.

»Sieht ganz ruhig aus.« Geras reckte den Hals zur Bucht. »Anscheinend hat uns Hector doch keinen Bären aufgebunden.«

Telemachos nickte. »Dann flehe ich zu den Göttern, dass sie meinen Plan gelingen lassen.«

»Mach dir keine Sorgen, Käpt'n. Wir sehen wirklich harmlos aus. Die Seeleute werden erst was merken, wenn es zu spät ist.«

»Hoffentlich hast du recht.«

»Und falls sie doch was spitzkriegen, drehen wir einfach ab und verschwinden. Die *Galatea* ist auf Geschwindigkeit ausgelegt. Bevor sie uns stellen können, sind wir schon längst entwischt.«

Telemachos wandte sich wieder der Bucht zu. Der Erfolg seines Plans hing davon ab, dass er sich den drei Frachtern nähern konnte, ohne dass die Besatzungen Alarm schlugen. Aus der Ferne konnte die *Galatea* als harmloses Schiff durchgehen, das vor den Gefahren der hohen See Schutz suchte. Und sobald sie den einzigen

Zugang zur Bucht versperrte, gab es für die drei Kauffahrer kein Entrinnen mehr. Von ihrer Kaperung versprach sich Telemachos den krönenden Abschluss eines erfolgreichen Beutezugs und das Ende aller Meutereiabsichten gegen Kapitän Bulla.

Als sie sich der Küste näherten, redeten einige Männer darüber, was sie mit ihrem Anteil am Gewinn nach der Rückkehr ins Lager anstellen wollten, und Telemachos sann über den Unterschied zwischen ihm und den anderen Piraten nach. Während sie an nichts anderes dachten als die unmittelbare Zukunft und sich damit zufriedengaben, ihr Geld mit Wein und Würfelspielen zu verprassen, verfolgte er ein höheres Ziel: die Befreiung seines Bruders aus der Sklaverei. In einem Augenblick seltener Selbsterkenntnis begriff er allerdings, dass ihn auch noch etwas anderes antrieb: der Wunsch, sich als würdiger Piratenkommandant zu bewähren. Der Erfolg des Unternehmens und die erregende Jagd auf Beute waren ihm wichtiger als die Reichtümer, die dabei zu gewinnen waren.

Der Wind frischte auf, und die *Galatea* ließ den Küstenvorsprung mit zunehmender Geschwindigkeit hinter sich. Dann sah Telemachos die drei Schiffe, die eine halbe Meile entfernt unterhalb der Klippen lagen. Eins war kleiner als die beiden anderen und besaß einen verzierten Achtersteven und ein Lateinersegel. Die größeren ankerten zu beiden Seiten, und ihr dunkler Rumpf spiegelte sich im gekräuselten Wasser. Telemachos fiel auf, dass beide über zwei Ruderbänke verfügten. Aus den Bugen ragten glänzende Rammsporne aus Bronze.

Leitos wurde blass. »Scheiße.«

»Das sind keine Kauffahrer, Käpt'n«, keuchte Geras. »Das sind römische Biremen!«

Plötzlich wimmelte es an Bord der Kriegsschiffe von ameisenähnlichen Gestalten, deren Helme und Waffen in der strahlenden Morgensonne hell blitzten. In einem hektischen Durcheinander bezogen die Seesoldaten ihre Posten, und mehrere Bogenschützen sammelten sich auf den Vordecks. Dann wurden die Anker gelichtet und die Ruder ausgefahren, und die zwei Biremen hielten direkt auf die *Galatea* zu.

»Das versteh ich nicht«, murmelte Leitos. »Wie können wir die übersehen haben?«

Verbittert schüttelte Castor den Kopf. »Die waren gestern Abend nicht da, als wir die Bucht ausgespäht haben, das schwöre ich!«

Bassus, der kräftige Thraker, starrte Telemachos mit entsetzt hervorquellenden Augen an. »Was machen wir jetzt, Käpt'n?«

Mit wütend zusammengebissenen Zähnen beobachtete Telemachos die Biremen noch einen Augenblick, dann kam sein Kommando: »Sofort wenden!«

»Aye, Käpt'n!« Der Steuermann riss die Pinne nach backbord, und der Bug schwenkte weg von den sich nähernden Kriegsschiffen.

Kurz nachdem mehrere Deckshelfer zum Ausreffen und Anholen der Brassen hinaufgeklettert waren, erschallte von oben ein Ruf. »*Noch* zwei Schiffe, Käpt'n! Kommen schnell näher!« Der Mann deutete zum Eingang der Bucht.

Telemachos fuhr herum und bemerkte zwei weitere Kriegsschiffe, die die Landspitze auf der anderen Seite umrundeten. Eine Bireme und ein deutlich größeres Seefahrzeug, in dem er sofort eine Trireme erkannte. An der Mastspitze flatterte eine lange violette Flagge, Bug und Heck waren mit Katapulten bestückt. Die Piraten unten im Laderaum hatten den Aufruhr mitbekommen, und Telemachos konnte die Welle von Furcht, die sich in der ganzen Besatzung ausbreitete, förmlich spüren. Sie waren in eine Falle der Römer getappt. Geras stand neben ihm und schüttelte ungläubig den Kopf.

Telemachos schaute sich wieder nach den zwei von hinten heranrückenden Kriegsschiffen um und begriff, dass es keine Hoffnung auf ein Entrinnen gab. Die Römer hatten der *Galatea* von beiden Seiten den Weg abgeschnitten, und es war nur noch eine Frage der Zeit, bis sie da waren und das Piratenschiff enterten. Er konnte sich darauf verlassen, dass sich seine Männer zur Wehr setzen würden, doch sie waren weit in der Unterzahl und nicht in der Lage, dem Feind lange standzuhalten. Ihre Möglichkeiten beschränkten sich lediglich darauf, so viele Römer wie möglich mit in den Tod zu reißen, ehe sie überrannt wurden.

»Wir sollten Befehl geben, dass sich die Männer an Deck formieren«, bemerkte Geras entschlossen.

Telemachos nickte. Aber als er den Piraten unter Deck schon das Kommando zurufen wollte, hielt er inne, denn in seinem Kopf überschlugen sich mit einem Mal die Gedanken. Ihm war etwas eingefallen. Eine rettende Idee, die die Katastrophe vielleicht doch noch abwenden konnte. Er wölbte die Hände vor den Mund und rief über das Deck: »Bereit machen zum Beidrehen und Segeleinholen!«

Bassus starrte seinen Kapitän voller Entsetzen an. »Was soll das, verdammt? Wir müssen abhauen, solange wir noch können!«

Telemachos schüttelte den Kopf. »Wir schaffen es nicht aus der Bucht raus.«

»Aber wir können doch nicht einfach stehen bleiben. Die murksen uns ab!«

»Nur wenn sie uns für Piraten halten.«

Mehrere Männer gafften ihn fragend an.

Telemachos deutete zur Ladeluke. »Wir haben doch die Fischerausrüstung von dem Makrelenboot. Wir verstecken die Waffen bei den Kameraden unter Deck und geben uns als Fischer aus.«

»Das ... das meinst du doch nicht ernst«, stammelte Bassus. »Und wenn sie uns durchschauen?«

»Dann werden wir alle gekreuzigt. Trotzdem ist es unsere einzige Chance, lebend hier rauszukommen.« Telemachos starrte den Thraker herausfordernd an. »Oder hast du eine bessere Idee?«

Er wandte sich von Bassus ab, dem es die Sprache verschlagen hatte, und fing an, Befehle zu erteilen. Rasch brachten die Leute die leichten Fangnetze, Weidenkörbe und Angelschnüre aus dem Lastraum nach oben. Auf Geras' Anweisung hin breiteten zwei Männer eine Persenning über die Ladeluke und zurrten sie an den Klampen fest, damit die Piraten dort unten sämtlichen Blicken entzogen waren. Die an Deck Verbliebenen verbargen die Brandzeichen an ihren Unterarmen mit Lederschienen, Umhängen und Tuniken aus der Kleiderkammer. Nachdem alle Vorkehrungen getroffen waren, war Telemachos überzeugt, dass er und seine Besatzung als Fischer durchgehen konnten. Jetzt erst drehte die *Galatea* bei und wartete auf die schnell näher kommenden Kriegsschiffe.

Die zwei Biremen vorn ließen die Ruder ruhen, und die hinten versperrte den Zugang zur offenen See. Auf der herangleitenden Trireme, die schon in Rufweite war, wurden die Riemen eingezogen und die Segel eingeholt. Auf dem Vordeck erschien ein Mann mit einem Schalltrichter aus Messing. Daneben wurden die Arme des Katapults zurückgezogen, um das Piratenschiff bei der geringsten Provokation in ein zersplittertes Wrack zu verwandeln.

»Ihr da!«, rief der Mann auf Lateinisch. »Gebt euch zu erkennen!«

Telemachos war in den Straßen von Piräus aufgewachsen und hatte ein paar Brocken Latein von den Matrosen römischer Schiffe aufgeschnappt, die häufig im Hafen anlegten. Daher fiel es ihm nicht schwer, in der Sprache des Imperiums zu antworten. »Nicht schießen! Wir sind Fischer! Die Besatzung der *Galatea*!«

Es wurde still, als sich der Offizier mit seinen Untergebenen beriet. Schließlich wandte er sich wieder dem Piratenschiff zu und hob den Schalltrichter. »Bleibt, wo ihr seid! Wir schicken ein Boot hinüber! Und keine Mätzchen, sonst versenken wir euch.«

Auf ein lautes Kommando hin wurde das Beiboot des Kriegsschiffs an einem Tau heruntergelassen. Wenig später kletterten zwei Offiziere über eine Strickleiter hinab zu den vier Matrosen an den Riemen und ließen sich unbeholfen auf der Heckbank nieder. Telemachos beobachtete, wie das Boot ablegte und wippend auf die *Galatea* zusteuerte.

»Der Moment der Wahrheit«, knurrte Geras.

»Das war keine gute Idee.« Bassus konnte seine Furcht kaum mehr bezähmen. »Die werden uns bestimmt durchschauen. Ich weiß es.«

Telemachos funkelte den Thraker an. »Halt den Mund! Das gilt auch für alle anderen. Überlasst das Reden mir.«

Als das Boot längsseits kam, wurde eine Strickleiter ausgeworfen. Die zwei Römer stiegen die Bordwand der *Galatea* hinauf und gingen möglichst würdevoll an Deck. Einer richtete sich gerade auf und trat nach vorn. Ein groß gewachsener, kräftig gebauter Mann, dessen Helmbusch ihn als hohen Offizier auswies. Er hatte die unverkennbare Aura und Arroganz eines aristokratischen Römers.

Telemachos wusste sofort, wen er da vor sich hatte, und flüsterte: »Canis.«

Mit einem eisigen Schauer erinnerte er sich an die Begegnung mit dem Präfekten der kaiserlichen Marine auf der *Selene* vor einigen Wochen. Damals war Telemachos noch Schiffsjunge gewesen, und Canis hatte ihm keine Beachtung geschenkt. Falls der Präfekt ihn dennoch wiedererkannte, würde er sicher Verdacht schöpfen. Die Nachricht von der Kaperung der *Selene* und dem Schicksal ihrer Besatzung war zweifellos bis zum Flottenhauptsitz in Ravenna vorgedrungen. Das unverhoffte Auftauchen ihres Schiffsjungen auf einem Fischerboot hätte sich nicht so leicht erklären lassen.

Der Präfekt räusperte sich. »Ich bin Caius Munnius Canis, der Präfekt der Flotte von Ravenna. Wer von euch ist der Kapitän dieses Schiffs?«

»Ich.« Vorsichtshalber behielt er die Kapuze seines Umhangs auf, auch wenn die langen Wochen auf See seine Erscheinung verändert hatten. Er war sonnenverbrannt und hatte Muskeln angesetzt. Die Stoppeln in seinem Gesicht waren zu einem dichten Bart zusammengewachsen, der die knotigen weißen Narben am Kinn verdeckte. Trotzdem fürchtete er, von Canis erkannt zu werden, und richtete ein stummes Stoßgebet an die Götter, als er sich leicht vor dem Römer verneigte. »Kapitän Telemachos zu deinen Diensten, Herr.«

Canis musterte ihn neugierig. »Telemachos, sagst du? Du kommst mir vertraut vor ... sind wir uns schon einmal begegnet?«

Telemachos setzte eine verständnislose Miene auf. »Kann ich nicht behaupten.«

»Wie alt bist du?«

»Siebzehn, Herr.«

»Ziemlich jung für einen Kapitän, oder?«

»Das ist das Schiff meines Vaters. Ich habe es nach seinem Tod übernommen.«

Canis starrte ihn weiter an. »Möchtest du mir erklären, was du in diesen Gewässern machst?«

»Wir sind zum Fischen hier, Herr. Wir haben gehört, dass es in der Gegend reiche Makrelenbestände gibt. Da wollten wir unser Glück versuchen.«

»Aha.« Canis warf einen kurzen Blick auf das Fischereigeschirr beim Mast. »Sicher ist dir bekannt, dass an diesem Küstenabschnitt in den letzten Tagen Piraten gesichtet wurden.«

»Piraten, Herr?« Telemachos gab sich erschrocken.

»Sie treiben schon seit Monaten ihr Unwesen auf dieser Seite des Adriaticums. Vor einigen Tagen haben wir hier in dieser Bucht eins ihrer Schiffe abgefangen. Meine

Männer haben kurzen Prozess mit ihnen gemacht.« Canis streckte einen Arm zum Ufer.

Mit zusammengekniffenen Augen konnte Telemachos die rußigen Ruinen bescheidener Hütten erkennen. Dazwischen waren in einer langen Reihe Holzpfähle in den Boden gerammt, auf deren zugespitzten Enden abgetrennte Köpfe steckten. Es gelang ihm nicht, einen Schauer zu unterdrücken.

Canis nahm seine Reaktion mit einem kalten Lächeln auf. »Wir haben hier gewartet, um den anderen eine Falle zu stellen.«

»Den anderen?«

Canis nickte. »Zwei ihrer Schiffe waren zum Zeitpunkt unseres Angriffs gerade auf See. Meine Späher haben euer Segel bemerkt und angenommen, dass ihr eine der zurückkehrenden Mannschaften seid. Ihr seid seit Tagen die ersten freundlichen Gesichter, denen wir begegnen.«

»Dann sind hier also nicht viele Schiffe unterwegs?«

Canis lachte bitter. »Das ist eine starke Untertreibung. Piraten haben den gesamten Küstenabschnitt zwischen hier und Ortopla geplündert, und schon seit Wochen wagen sich keine Kauffahrer mehr hinaus aufs Meer. Es erstaunt mich, dass du davon nichts gehört hast. Woher kommt ihr gleich wieder?«

»Das hatte ich noch nicht erwähnt, Herr. Wir sind aus ... Colentum.«

»Colentum? Das ist aber ziemlich weit für einen kleinen Fischzug.«

Telemachos überlegte fieberhaft. »Wir hatten in letzter Zeit kein Fangglück, Herr.«

Es dauerte einen Moment, bis der misstrauische Zug

um den Mund des Präfekten wieder verschwand. »Dann solltet ihr den Göttern danken, dass ihr nicht auf Piraten gestoßen seid. Sie werden immer dreister, vor allem seit sich die Schifffahrtsstraßen geleert haben.«

»Wirklich?«

»O ja. Das Geschmeiß muss mehr Risiken eingehen, und einige haben sich sogar dazu verstiegen, Schiffe aus Häfen zu entführen. Vor wenigen Tagen erst haben sie in Flanona einen wertvollen Frachter geraubt. Trotzdem ist es nur eine Frage der Zeit, wann wir ihren Schlupfwinkel entdecken. Und dann werden wir zuschlagen und auch noch den Letzten von ihnen hinrichten. Es wird kein Entrinnen geben, keine Gnade. Dieser Abschaum wird schon bald bereuen, dass er es gewagt hat, Rom die Stirn zu bieten.«

Der Ausdruck eiserner Entschlossenheit in den Augen des Präfekten verunsicherte Telemachos.

Geras bemerkte das Zögern seines Freundes und griff ein. »Da tust du ein gutes Werk, Herr. Höchste Zeit, dass jemand diesen Piraten eine Lektion erteilt. Die haben alle den Tod am Kreuz verdient.«

»In der Tat.« Nach einem kurzen Blick auf Geras wandte sich Canis wieder Telemachos zu. »Du kannst deine Fahrt fortsetzen, Kapitän. Allerdings empfehle ich dir, dass ihr euch für die Nacht einen sicheren Ankerplatz sucht und dann schleunigst nach Colentum zurückkehrt. In dieser Gegend lauft ihr weiter Gefahr, auf Piraten zu stoßen. Am besten, ihr bleibt in eurem Heimathafen, bis wir sie unschädlich gemacht haben.«

»Ja, Herr, das tun wir bestimmt. Wir brechen gleich auf.«

Canis richtete sich gerade auf und wandte sich zum Gehen. Dann fiel ihm etwas ein, und er blieb vor der Reling stehen. »Noch etwas, Kapitän.«

»Herr Präfekt?«

»Es geht um die Piraten, die Flanona überfallen haben. Der Eigentümer des Schiffs, das sie geraubt haben, ist zufällig ein guter Freund von mir, deshalb setze ich eine Belohnung aus für Angaben, die zu ihrer Gefangennahme führen.«

»Wie hoch ist die Belohnung, Herr?«, erkundigte sich Geras.

»Zehntausend Sesterzen. Sobald wir sie gefasst haben, werde ich ein Exempel an ihnen statuieren. Ihre Dreistigkeit wird nicht ungestraft bleiben. Wenn euch etwas zu Ohren kommt, werdet ihr es melden.«

Telemachos schluckte schwer. »Natürlich, Herr.«

»Ich verlasse mich darauf.« Der Präfekt nickte und kletterte ohne ein weiteres Wort wieder die Bordwand hinunter.

Kurz darauf beobachtete Telemachos, wie das kleine Boot zurück zur Trireme schaukelte.

Neben ihm stieß Geras einen tiefen Seufzer der Erleichterung aus. »Mann, das war verdammt knapp. Ich dachte schon, wir sind erledigt.«

»Ich auch«, erwiderte Telemachos leise und wandte sich von der Trireme ab. »Das ist alles Hectors Schuld. Er hat genau gewusst, dass die römische Marine hier auf der Lauer liegt. Der Schweinehund wollte uns reinlegen.«

»Ich hab ja gleich gesagt, dass wir ihm nicht trauen können.« Geras schüttelte wütend den Kopf. »Und wir haben ihm auch noch unsere ganze Beute anvertraut. Bestimmt ist er inzwischen im Lager und prahlt mit seinem tollen Fang.«

»Aber nicht mehr lange.« Telemachos sah seinem Freund in die Augen. »Lass die Segel hissen, Geras. Sobald wir weit genug von der Küste weg sind, nehmen wir Kurs auf Petrapylae. Und dort kommt dann die Abrechnung.«

KAPITEL 25

Die *Galatea* glitt langsam auf die ferne Küste zu, über die sich bereits abendliches Zwielicht breitete. Die Männer an Deck gingen in verdrossenem Schweigen ihren Pflichten nach. Dass sie um ein Haar in die Fänge der kaiserlichen Marine geraten wären, hatte ihre Nerven strapaziert, und viele von ihnen waren erleichtert über die Rückkehr in die relative Sicherheit der Zitadelle. Erst nachdem sie den letzten Landausläufer umrundet und die Bucht erreicht hatten, fiel die Anspannung allmählich von ihnen ab.

»Die haben sich anscheinend schwer ins Zeug gelegt«, stellte Geras fest. Er trat zu Telemachos und Castor aufs Vordeck und deutete mit dem Kinn in Richtung der Felsspitze, die sich von einem Ende des schmalen Strandes ins Wasser erstreckte.

Auch Telemachos bemerkte jetzt die Verbesserungen, die an den seeseitigen Wehranlagen der Zitadelle vorgenommen worden waren. Die verfallene Steinmauer um das kleine Dorf war erneuert, und auf einer hölzernen Plattform über dem Wachturm zur Bucht stand ein großer Bolzenwerfer. Über der Festung waren mehrere Plattformen für weitere Katapulte im Bau.

»Beeindruckend«, räumte er ein. »Aber ich glaube, im Moment haben wir dringendere Sorgen als einen Angriff der Römer.«

Geras warf ihm einen fragenden Blick zu. »Du meinst die Kleinigkeit, dass uns Hector in eine tödliche Falle gelockt hat?«

»Nicht bloß das.« Telemachos senkte die Stimme, damit die anderen nichts aufschnappen konnten. »Du hast ja gehört, was Canis gesagt hat. Der Handel in diesem Teil des Adriaticums ist praktisch zum Erliegen gekommen. Und es wird noch schlimmer werden. Wenn sich nur noch eine Handvoll Kapitäne aufs Meer wagt, finden wir keine Beute mehr.«

»Na und? Dann suchen wir uns eben ein neues Jagdgebiet.«

»Und wo? Von Bulla wissen wir doch schon, dass es im Süden zu viele Seeräuber gibt.«

»Mag sein, Käpt'n. Auf jeden Fall ist das nicht unser Problem, oder?« Geras zögerte. »Was willst du wegen Hector unternehmen?«

»Gar nichts«, antwortete Telemachos. »Das ist nicht notwendig. Sobald Bulla erfährt, dass Hector uns belogen und sich nicht an seinen Befehl gehalten hat, ist er erledigt.«

»Da wäre ich mir nicht so sicher«, wandte Castor ein. »Der hat sich schon öfter rausgewunden.«

»Diesmal nicht. Er wird nicht ungeschoren davonkommen, das schwöre ich.«

Ein Ruf des Ausgucks unterbrach sie. »Fahne am Wachturm!«

Telemachos spähte hinauf und bemerkte ein dunkles Stück Stoff, das flatternd an einem Pfosten gehisst wurde. »Das ist die Aufforderung.« Er wandte sich an Geras. »Das Erkennungszeichen.«

»Aye, Käpt'n.« Geras erteilte einen Befehl, und kurz darauf stieg die Flagge hinauf zur Mastspitze.

In der zunehmenden Dämmerung, die mit den schwarzen Bergen in der Ferne verschmolz, kroch die *Galatea* weiter durch die Bucht. Auf dem schmalen Kiesstreifen unmittelbar über dem Ufer erkannte Telemachos die dunklen Umrisse von drei auf Strand gesetzten Schiffen. Die *Proteus* lag auf der Seite und war zum Reparieren mit mehreren Holzbalken abgestützt. Neben der Galeere waren die zwei Frachter, die Telemachos mit seiner Mannschaft gekapert hatte. Beim Anblick der Kauffahrer packte ihn kalte Wut. Er gelobte bei allen Göttern, sich an Hector zu rächen, und wenn der Preis noch so hoch war.

Kurz vor dem Ufer rief Geras mehrere Kommandos, und die Männer drängten zum Heck, um so den Bug zu heben. In diesem Augenblick löste sich eine kleine Gruppe von der Zitadelle und marschierte über den Damm nach unten zum Wasser. Telemachos suchte unwillkürlich nach Hector, konnte aber in dem schwachen Licht keine Gesichter ausmachen. Mit einem lauten Knarren hob sich der Kiel, dann setzte das Schiff bebend auf. Nachdem es gesichert war, führte Telemachos seine Mannschaft über das Fallreep an Land. Am Ende des sanft ansteigenden Strandstreifens wartete die Gruppe auf die Neuankömmlinge, ganz vorn Bulla, der leicht erstaunt wirkte. Hector stand neben ihm.

Noch bevor die letzten Besatzungsmitglieder der *Galatea* müde an Land stapften, trat Bulla vor. »Telemachos! Ich muss zugeben, dass ich überrascht bin. Ich hatte nicht damit gerechnet, dich wiederzusehen. Hector war der Meinung, dass du einen Zusammenstoß mit den Römern hattest.«

Mit mahlenden Kiefern warf Telemachos dem ersten Offizier einen kurzen Blick zu. Erst als er sich wieder im Griff hatte, antwortete er dem Piratenführer. »Da hast du eine falsche Auskunft erhalten, Käpt'n.«

»Es hat ganz den Anschein. Nun, sei's drum. Deine Mannschaft und dein Schiff sind heil geblieben, das ist die Hauptsache. Übrigens kommt ihr gerade rechtzeitig zu den Feiern.«

»Welche Feiern?«, fragte Telemachos.

Bulla deutete auf die zwei Kauffahrer neben der *Proteus*. »Hector ist mit einem kleinen Vermögen zurückgekehrt.«

Erneut unterdrückte Telemachos seinen Zorn und schüttelte den Kopf. »Hector hat dich angelogen, Käpt'n. Das sind *unsere* Prisen. Die habe ich mit meinen Männern erbeutet.«

Bulla verzog das Gesicht zu einem verwunderten Lächeln. »Wovon redest du da?«

»Hector hat uns hintergangen, Käpt'n. Bei dem Treffen auf der Insula Pelagos. Er hat uns ein Märchen von einem Verband von Kauffahrern in einer versteckten Bucht aufgetischt und unseren Fang mitgenommen. In der Bucht sind wir dann auf ein Geschwader der kaiserlichen Marine gestoßen. Hat nicht viel gefehlt, und er hätte uns alle in den Tod gelockt.«

»Der Bursche lügt, Käpt'n!«, fauchte Hector. »Das ist unser Fang. Frag meine Männer!«

»Ich bürge für ihn.« Virbius stellte sich neben Hector. »Ich war dabei. Der Bengel erzählt Scheiße.«

Bulla schielte kurz zu seinem ersten Offizier, dann sah er Telemachos fragend an. »Warum bei Neptun sollte Hector dir so eine Falle stellen?«

»Er hat den größten Teil seiner Ladung in einem Sturm verloren«, erklärte Telemachos ruhig. »In dem Sturm, der sein Schiff beschädigt hat. Das hat uns einer von seinen Leuten am Treffpunkt erzählt. Hector wollte nicht mit leeren Händen zurückkommen, also hat er sich einen Plan zurechtgelegt, wie er uns loswerden und unsere gekaperten Kauffahrer für sich beanspruchen kann.«

»Unsinn!«, ereiferte sich Virbius. »Verlogener Rotzlöffel!«

Bulla musterte Telemachos, ohne dem drahtigen Piraten Beachtung zu schenken. »Hast du Beweise für deine Behauptung?«

»Mein erster Offizier war dabei, als ich auf der Insula Pelagos mit Hector gesprochen habe.« Telemachos nickte Geras zu. »Er kann alles bezeugen.«

»Es ist die Wahrheit, Käpt'n«, erklärte Geras. »Hector hat uns in eine Falle gelockt. Hätte Telemachos nicht so schnell geschaltet, wären wir von den Römern abgeschlachtet worden.«

Bulla starrte ihn eine Weile an, dann fasste er wieder Hector ins Auge. »Nun? Stimmt das?«

Der Angesprochene schnaubte verächtlich. »Natürlich nicht, Käpt'n. Von einem Marinegeschwader hab ich nichts gewusst, das schwöre ich. Ich hab ihnen nur erzählt, was ich gehört hatte. Ist nicht meine Schuld, dass sich die Angaben als falsch rausgestellt haben.«

»Na gut.« Bulla fixierte Telemachos mit durchdringendem Blick. »Du kannst Hector nicht für unzuverlässige Auskünfte verantwortlich machen. Vielleicht hättest du die Bucht genauer auskundschaften lassen sollen, bevor du dein Schiff und deine Besatzung in Gefahr gebracht hast.«

»Ich weiß genau, was passiert ist, Käpt'n. Hector hat mich angelogen. Gib mir die Gelegenheit, und ich zwinge ihn, es vor allen Männern zuzugeben.«

Hector quollen die Augen hervor. »Niemals! Du wirst mich nicht dazu bringen, irgendwas zuzugeben, du kleiner Pisskopf.«

»Das reicht!«, brüllte Bulla. »Damit meine ich euch beide!«

Die zwei Kommandanten verstummten sofort.

Bulla starrte sie nacheinander in steifer Haltung an. »Du erhebst da eine ernste Anschuldigung, Telemachos. Du behauptest, dass dich Hector bewusst hintergangen hat. Es gibt nichts Schlimmeres als jemanden, der seine Kameraden durch Verrat dem Tod überantwortet. Die Entscheidung, wie in diesem Fall zu verfahren ist, liegt bei mir. Gemäß unseren Regeln klären der Beschuldiger und der Beschuldigte ihren Streit mit Schwertern. In einem Kampf auf Leben und Tod.«

Wie eine Wolke legte sich Schweigen über den Strand. Über Hectors Gesicht lief ein überraschtes Zucken, dann bleckte er höhnisch die Zähne. »Soll mir recht sein, Käpt'n. Ich freu mich schon darauf, diesem Milchbart die Eingeweide rauszuschneiden.«

»Telemachos?« Bulla schaute den jungen Kommandanten ruhig an. »Möchtest du deine Anschuldigung zurücknehmen? Ich gebe dir noch eine letzte Chance.«

Telemachos hatte Mühe, sich nichts von seiner Nervosität anmerken zu lassen. »Nein, Käpt'n. Ich stehe zu meinem Wort.«

Bulla nickte beiden knapp zu. »Dann ist es beschlossen. Der Kampf findet morgen bei Tagesanbruch statt. Ich werde einen Schiffsoffizier anweisen, die nötigen Vorkehrungen zu treffen. Bis zu eurem Duell bleibt ihr in euren Kajüten. Vorher möchte ich nichts mehr von euch hören.« Mit diesen Worten machte er auf dem Absatz kehrt und entfernte sich auf dem Dammweg.

Die anderen Piraten zerstreuten sich langsam und schlenderten, vertieft in Gespräche über den bevorstehenden Zweikampf, zur Zitadelle.

Geras schaute ihnen eine Weile nach, bevor er sich mit besorgter Miene an seinen Freund wandte. »Hoffentlich weißt du, was du da tust.«

»Was bleibt mir denn anderes übrig? Es ist die einzige Möglichkeit, unseren Streit zu klären.«

»Kann schon sein«, warf Castor ein. »Aber Hector ist bestimmt kein leichter Gegner. Auch wenn er keine Ahnung von der Seefahrt hat, mit einem Schwert kann er umgehen. Ich wäre nicht scharf auf einen Kampf gegen ihn.«

In diesem Moment bemerkte Telemachos Hector, der sich mit einem bösen Lächeln auf den feisten Lippen näherte. »Morgen bist du ein toter Mann. Wart's nur ab. Diesmal entkommst du mir nicht, Kleiner.«

Telemachos blickte seinem Widersacher fest in die Augen. »Ich habe keine Angst vor dir, Hector.«

Der erste Offizier gluckste so heftig, dass sich seine fleischigen Muskeln kräuselten. »Dann bist du ein Narr. Ich habe schon mit dem Schwert gekämpft, bevor du gehen gelernt hast. Morgen früh weide ich dich aus wie einen Fisch.«

»Das werden wir ja sehen.«

»Genau.« Hämisch grinsend machte Hector einen Schritt auf ihn zu. »Ich werde dafür sorgen, dass du schön langsam krepierst. Damit du Zeit hast zu bereuen, dass du mir jemals in die Quere gekommen bist.«

KAPITEL 26

Im fahlen Licht des Morgengrauens versammelten sich die Piraten auf dem Hauptplatz. Wie Säure fraß sich die Furcht durch sein Inneres, als Telemachos sich dem schattenhaften Gewühl näherte. Geras war nach ihm gesandt worden und marschierte jetzt neben seinem Kapitän. Nach den Regeln, die Bulla am Vorabend erklärt hatte, hatten sich die streitenden Parteien bis zur Stunde des Kampfs in ihren Schiffsquartieren aufgehalten und mussten getrennt voneinander am verabredeten Ort erscheinen. Telemachos hatte den größten Teil der Nacht auf seinem Strohsack wachgelegen und dem Duell mit Hector entgegengefiebert, ohne sich entspannen zu können. Es war fast eine Erleichterung, als ihn sein Freund kurz vor Tagesanbruch abholte.

»Wie fühlst du dich?«, fragte Geras leise.

Telemachos zwang sich zu einem Lächeln. »Besser als je zuvor.«

»Das ist die richtige Einstellung.« Geras wies mit dem Kopf auf die Menge. »Vergiss nicht, die meisten von denen hassen Hector fast genauso wie du. Sie werden dich bestimmt anfeuern.«

»Wirklich? Da habe ich meine Zweifel.«

Inzwischen bildeten die Piraten einen unregelmäßigen Kreis um den Platz. In gespannter Erwartung drängten die einen nach vorn, um eine bessere Sicht zu haben, während andere die Hälse reckten oder sich auf Holzbänke stellten. Mitten in der behelfsmäßigen Arena stand Bulla. Hector war auch schon da, zusammen mit Calkas, den Bulla zum Schiedsrichter bestimmt hatte. Mehrere Gestalten in den vorderen Reihen skandierten Hectors Namen und bedachten seinen Gegner mit Beschimpfungen.

»Hector hat ein paar eingefleischte Anhänger«, gab Geras zu. »Am besten, du achtest gar nicht auf diese Schreihälse.«

»Du hast leicht reden. Du hast keinen Kampf auf Leben und Tod vor dir.«

»Stimmt.« Geras schwieg eine Weile. »Wenigstens sind es viele Zuschauer. Anscheinend will sich das keiner hier entgehen lassen.«

»Und deswegen soll ich mich besser fühlen?«, knurrte Telemachos.

»Ich sag ja nur. Für die bist du wie ein Gewinn im Würfelspiel.«

Telemachos schluckte nervös. Schon oft hatte er sich Gefahren stellen müssen, und er hatte keine Angst vor dem Tod. Doch die Vorstellung, vor den Augen seiner Männer gegen Hector zu verlieren, erfüllte ihn mit Scham. Er wusste, dass Hector ein schwerer Gegner war. Schwerer als jeder andere, mit dem er es bisher zu tun gehabt hatte. Wenn er ihn schlagen wollte, musste er seinen gesamten Einfallsreichtum und Kampfgeist aufbieten. Er schloss kurz die Augen und gelobte im Fall eines Sieges, Neptun ein Opfer darzubringen.

Dann fiel ihm etwas anderes ein, und er wandte sich an Geras. »Versprich mir was. Wenn Hector gewinnt, musst du dafür sorgen, dass mein Bruder meinen Anteil an der Beute bekommt.«

Geras nickte ernst. »Du kannst dich auf mich verlassen.«

»Es wird nicht reichen, dass er sich freikauft, aber vielleicht kann er das Geld verstecken und den Rest zusammensparen. Jedenfalls ist es besser als nichts. Ich wäre dir sehr dankbar, wenn du das übernehmen würdest.«

»Das ist doch selbstverständlich. Sollte es so weit kommen, werde ich ihn finden. Aber jetzt musst du mir auch was versprechen.«

»Was?«

»Tu uns allen einen Gefallen und schneide diesem hinterhältigen Schwein den Kopf ab.«

Telemachos entschlüpfte fast ein Lächeln. »Ich werd's probieren.«

Als sie den gepflasterten Platz erreichten, bahnte sich Telemachos mit beherrschter Miene einen Weg zu der offenen Fläche, wo der Kampf stattfinden sollte. Dann stand ihm Hector gegenüber. Dem ersten Offizier war keine Angst anzumerken, er starrte seinen jungen Gegner mit boshaft funkelnden Augen an. Mit erhobener Stimme bat sich Bulla Ruhe aus. Die Versammelten verstummten und wandten sich dem Piratenführer zu.

»Sobald Calkas das Kommando gibt, werdet ihr kämpfen.« Bulla sah Telemachos eindringlich an. »Außer du möchtest deine Anschuldigung doch noch zurücknehmen. Überleg es dir gut.«

Telemachos schüttelte den Kopf. »Ich habe die Wahrheit gesagt – Hector hat unsere Prisen gestohlen und uns in eine tödliche Falle gelockt. Ich schwöre bei Jupiter, dem Herrn der Götter, dass ich den Hund zu einem Geständnis zwingen werde, bevor ich mit ihm fertig bin. Aber ich will ihm hier noch eine letzte Chance bieten, die Wahrheit zu sagen und damit seine Ehre zu retten.«

Hector bedachte ihn mit einem vernichtenden Blick und spuckte auf den Boden. »Ich pisse auf deine Ehre, du aufgeblasener Kümmerling!«

Bulla nickte. »Wie ihr wollt. Calkas!«

Der Schiedsrichter nahm stramme Haltung an. »Zur Stelle.«

»Bist du so weit?«

»Aye, Käpt'n.«

Bulla zog sich zum Rand des Kreises zurück, während Calkas zwei Männer heranwinkte. Sie trugen die Waffen, die die beiden Kontrahenten gewählt hatten. Hector hatte sich für ein schweres, fast drei Fuß langes Schwert entschieden, Telemachos für seine bevorzugte Falcata. Dann näherten sich zwei andere Piraten und reichten den Widersachern ihre Faustschilde.

Auf das Kommando des Schiedsrichters hin nahmen sie ihre Waffen und wichen zurück, bis mehrere Schwertlängen zwischen ihnen lagen. Telemachos umklammerte den Griff seiner Falcata und hielt sie schlagbereit. Hector hatte sein langes Schwert erhoben und grinste seinen Gegner höhnisch an.

Dann sprach Calkas beide an. »Ihr wisst Bescheid. Es ist ein Kampf auf Leben und Tod, alles ist erlaubt. Seid ihr bereit?«

Hector knurrte nur. Telemachos nickte und rief sich all die kleinlichen Gemeinheiten und Demütigungen ins Gedächtnis, mit denen ihm dieser Mann seit ihrer ersten Begegnung zugesetzt hatte. Er spannte die Muskeln an und spürte, wie sein Herz schneller schlug, da sich ihm endlich die Gelegenheit zur Rache an seinem Peiniger bot.

»Los!«, schrie Calkas.

Kaum war das Kommando ergangen, da stürmte Hector auch schon vor und hieb lauthals brüllend mit seinem langen Schwert nach Telemachos. Die Plötzlichkeit des Angriffs überrumpelte den Jüngeren, und er konnte sich gerade noch hinter sein kleines Pugnum ducken, als die Klinge auf ihn niederfuhr. Sofort stieß er mit seiner Falcata zu, doch Hector konnte sich der Attacke dank der größeren Reichweite seiner Waffe mühelos entziehen.

Er holte kurz Luft und leckte sich die dicken Lippen. »Jetzt gehörst du mir. Gleich werde ich mich daran weiden, wie du verblutest.«

»Du hast schon mal versucht, mich umzubringen, Hector«, erwiderte Telemachos. »Und hast es nicht geschafft. Jetzt bin ich an der Reihe.«

Rasend vor Zorn fletschte Hector die fleckigen Zähne und stürzte sich auf seinen Gegner. Er täuschte einen Stich an, bevor er die Klinge hochzog und sie auf den Schädel des Jüngeren herabsausen ließ. Geistesgegenwärtig riss Telemachos seinen Schild hoch, und die Klinge prallte klirrend auf den metallenen Schutzbuckel. Hector setzte sofort nach und rammte Telemachos sein Pugnum in die Magengrube. Dem Jüngeren verschlug es den Atem. Hilflos nach hinten taumelnd konnte er nicht verhindern, dass der Schildgriff seinen Fingern entglitt.

Hector grinste. »Hab ich dich endlich, du Aas.«

Hauend und stechend drang er auf Telemachos ein, um ihm den tödlichen Treffer beizubringen. Einen Hieb nach dem anderen parierte Telemachos mit seiner Falcata, bis seine Muskeln vor Anstrengung brannten. Der Schweiß glitzerte auf Hectors Gesicht und rann ihm in Bächen über die bebenden Arme und Schultern. Dank seiner größeren Wendigkeit schaffte es Telemachos immer wieder, sich von seinem Gegner zu lösen, doch mit einem kurzen Blick über die Schulter stellte er fest, dass er schon fast bis zum Rand des Kreises zurückgewichen war. Aufgestachelt von Virbius, forderten mehrere Zuschauer Hector laut grölend auf, Telemachos niederzumachen. Andere wiederum buhten den ersten Offizier aus und feuerten den Jüngeren an.

Aus dem Augenwinkel bemerkte Telemachos, dass Bulla die Menge nervös beobachtete. Sofort wandte er seine Aufmerksamkeit wieder Hector zu, der schon den nächsten Angriff führte, und gleich darauf hallte das spröde Klirren der Klingen von den Mauern wider. Die Hiebe des ersten Offiziers wurden allmählich fahriger, und Telemachos begriff, dass ihn das Kämpfen mit dem schweren Schwert ermüdet hatte. Mit einem Sprung nach hinten parierte er einen Stoß, der auf seine Kehle zielte – und dann befand er sich auf einmal am äußersten Rand des Kreises.

Eine Schwertlänge entfernt hielt Hector inne, und über seine groben Gesichtszüge huschte ein triumphierender Ausdruck. »Jetzt kommst du mir nicht mehr aus, Kleiner. Es ist vorbei. Zeit zum Sterben.«

Ohne auf das heftige Pochen in seiner Brust zu achten, kauerte sich Telemachos tief nach unten und konzentrierte sich geduckt auf seinen Feind. Den Schwertarm hoch erhoben, stürzte sich Hector auf ihn. Im letzten Moment zuckte Telemachos zur Seite, und die Klinge fuhr eine halbe Handbreit neben ihm durch die Luft. Schwung und Müdigkeit rissen Hector weiter, und er kam kurz aus dem Tritt. Schwerfällig mit dem Arm rudernd wirbelte der übergewichtige Pirat herum, doch er war zu langsam. Wie der Blitz ließ Telemachos seine Klinge auf den Oberschenkel seines Gegners niedersausen und durchtrennte Muskeln und Sehnen.

Hector zischte durch zusammengebissene Zähne und ließ taumelnd sein Pugnum fallen. »Du Hund!« Bebend vor Zorn und Hass stach er erneut zu.

Mühelos ausweichend ließ sich Telemachos auf ein Knie fallen und schlug mit der Rückhand zu. Laut krachend knallte der Knauf der Falcata auf den Kiefer seines Gegners. Hectors Kopf ruckte nach hinten, seine Beine gaben nach, und er sackte zu Boden. Ohne Zögern stürmte Telemachos vor und fegte das Langschwert mit einem Tritt beiseite, bevor Hector es aufheben konnte. Von allen Seiten hörte er den Jubel und die Schmährufe der Zuschauer, als er mit der Falcata zum tödlichen Schlag ausholte.

»Gesteh, Hector!«, forderte er.

»Leck mich, Kleiner.«

»Murks ihn ab, den Fettsack!«, brüllte jemand.

Unbeeindruckt von dem Gejohle, richtete Telemachos den Blick auf seinen Widersacher. Über Hectors Gesicht lief ein Flackern der Furcht.

»Warte!«, rief Bulla.

Telemachos erstarrte. Mit erhobener Waffe schielte er nach dem Piratenführer, der in den Ring trat und auf die Zweikämpfer zusteuerte.

»Das reicht!« Bulla musste brüllen, um die lärmenden Zuschauer zu übertönen. »Wir haben einen ehrenhaften Kampf erlebt. Jetzt kannst du das Schwert senken.«

Das Geschrei verstummte, nur vereinzelt war noch aufgeregtes Getuschel zu hören. Hector spuckte Blut und rappelte sich langsam hoch.

Telemachos konnte seine Enttäuschung nicht verbergen und starrte Bulla an. »Es ist ein Kampf auf Leben und Tod. Das hast du selbst gesagt, Käpt'n.«

»Ihr habt euch beide wacker geschlagen«, erwiderte Bulla mit fester Stimme. »Es ist nicht nötig, dass heute jemand stirbt.«

Unter den Zuschauern erhob sich ein Murren.

Telemachos bebte vor Empörung. »Aber Käpt'n …«

Bulla trat auf ihn zu und flüsterte: »Ich tu dir einen Gefallen, du Narr. Wenn du Hector tötest, machst du dir die halbe Mannschaft zum Feind. Du hast bewiesen, dass du im Recht bist. Nimm die Waffe runter, sonst büßt du es mit dem Leben.«

Nach kurzem Zögern ließ Telemachos den Schwertarm sinken.

Bulla atmete erleichtert auf. Dann wandte er sich an die Piratenschar. »Der Kampf ist vorbei! Die Ehre ist wiederhergestellt.«

Überall auf dem Platz bekundeten die Zuschauer mit lautem Buhen ihren Unwillen. Einige riefen nach einer Fortsetzung des Kampfes, während andere ihre Wetteinsätze zurückforderten. Zwei Piraten gerieten sich so sehr in die Haare, dass sie aufeinander einprügelten. Mit bellender Stimme befahl Bulla, die beiden Streithähne zu trennen. Die Auseinandersetzung hatte alle Blicke auf sich gezogen, und niemand achtete mehr auf die Arena.

Da drang plötzlich Geras' Stimme durch den Lärm auf dem Platz: »Telemachos! Pass auf!«

Kaum war der Warnruf verhallt, da nahm Telemachos aus dem Augenwinkel eine Bewegung wahr. Er wirbelte herum und sah Hector mit dem Schwert auf sich zustürzen, das er sich in dem allgemeinen Durcheinander offenbar wieder geschnappt hatte. Mit hochgerissenem Arm wehrte der Jüngere den Angriff ab und wich gedankenschnell auch dem nächsten Stich aus. Inzwischen hatten einige Zuschauer begriffen, was passierte, und machten ihre Kameraden aufmerksam, die sich wieder umdrehten und beobachteten, wie Hector auf seinen Gegner zustürmte. Als der Mann die Waffe hob, erkannte Telemachos seine Chance und schnellte mit gestreckter Falcata nach vorn. Das Eisen bohrte sich in Hectors Bauch und schlitzte von unten bis hinauf zur Brust. Der erste Offizier stieß einen durchdringenden Schrei aus, als ihm eine ruckartige Drehung der Waffe die inneren Organe zerfetzte. Mit einem feuchten Schmatzen riss Telemachos die Falcata heraus, und Hector sank stöhnend vor Schmerz zu Boden.

Kurz herrschte auf dem Platz benommene Stille, dann brach lauter Jubel aus. Die meisten Zuschauer skandierten den Namen Telemachos, und einige beschimpften Hector als elenden Verräter. Lediglich die Anhänger des ersten Offiziers warfen Telemachos eisige Blicke zu.

»Hinterhältiger Halunke!«, ereiferte sich einer der Piraten und deutete auf Hector. »Gut, dass wir den los sind!«

»Gemeiner Mörder!«, hielt Virbius dagegen.

Mit einem Ausdruck der Verachtung in den Augen starrte Bulla seinen ersten Offizier an. Dann winkte er Calkas zu sich. »Sorg dafür, dass die Männer sich zerstreuen, bevor das hier noch weiter ausufert. Wir hatten heute schon genug Scherereien.«

»Was sollen wir mit dem da machen, Käpt'n?« Calkas deutete auf Hector, der sich stöhnend und blutend auf dem Boden wand.

»Bringt ihn weg. Wohin, ist mir egal. Schmeißt ihn irgendwohin und lasst ihn krepieren.«

»Aye, Käpt'n.«

Mit lauter Stimme brüllte der Steuermann Befehle, und die Piraten verließen widerstrebend in kleinen Grüppchen den Platz. Die meisten machten sich auf den Weg zurück in ihre Unterkünfte, andere übernahmen den Wachdienst. Zwei Posten schleiften Hector weg, während ihre Kameraden die beim Kampf benutzten Waffen und Schilde einsammelten und in einen Handkarren warfen.

»Telemachos!« Bulla stapfte heran.

»Käpt'n?«

Der Piratenführer musterte sein Gegenüber von oben bis unten. »Du kommst mit mir.«

»Die Sache ist nicht so ausgegangen, wie ich gehofft hatte«, sagte Bulla kurz darauf in seinem Quartier zu Telemachos. »Du hast dich tapfer geschlagen. Nur die wenigsten meiner Leute hatten sich so gegen Hector behaupten können. Trotzdem wäre es besser gewesen, wenn er überlebt hätte.«

Die Schmeichelei prallte von Telemachos ab, und er entgegnete mit kalter Stimme: »Er wollte mich umbringen. Ich hatte keine andere Wahl, Käpt'n.«

»Das weiß ich!«, blaffte Bulla. »Schließlich war ich dabei.« Er schüttelte den Kopf. »Hector hat sich schon immer überschätzt. Als ich den Kampf unterbrochen habe, war mir klar, dass er sich vielleicht zu einer Dummheit hinreißen lässt. Trotzdem musste ich es versuchen.«

Telemachos kniff die Lippen zusammen. Eigentlich sehnte er sich bloß danach, in seiner Kajüte die blutverschmierte Tunika abzustreifen und ein wenig Ruhe zu finden. Stattdessen stand er jetzt erschöpft und hungrig vor Bulla, der ihn dafür tadelte, dass er einen Mann getötet hatte, der Dutzende seiner Kameraden in einen Hinterhalt der Römer gelockt hatte. »Der feige Hund hat es nicht anders verdient«, knurrte er böse.

»Das mag sein. Aber Hector hatte viele Freunde in der Besatzung, und dazu zählen auch einige meiner wichtigsten Untergebenen.«

»Virbius zum Beispiel? Der mich als Lügner verleumdet hat?«

»Unter anderem. Sie sind bestimmt nicht sehr erbaut davon, dass ein Grünschnabel ihren Kameraden getötet hat. Du hast dir einen Feind vom Hals geschafft und dir dafür gleich mehrere neue gemacht.«

»Dann muss ich mich eben auch gegen sie zur Wehr setzen«, erwiderte Telemachos trotzig. »Ich bin mit Hector fertiggeworden, und ich nehme es mit jedem anderen auf.«

»Das wirst du nicht.« Bullas Blick duldete keinen Widerspruch. Nach längerem Schweigen atmete der Piratenführer tief durch. »Es reicht jetzt erst mal mit den Streitigkeiten. Kapiert?«

»Aye, Käpt'n«, antwortete Telemachos mürrisch.

»Gut.« Bulla ließ sich in seinen thronähnlichen Sessel zurücksinken. »Außerdem war Hectors unbesonnener Angriff auf dich vielleicht gar nicht *so* schlecht für uns.«

»Warum?«

»Ich wusste schon seit Längerem, dass er ein Auge auf meine Position geworfen hatte. Und er hat nicht als Einziger gegen mich intrigiert. Jetzt nach Hectors Tod ist es weniger wahrscheinlich, dass sich die Besatzung gegen mich auflehnt.«

»Das wäre doch Meuterei. Warum hast du ihn und die anderen Verschwörer nicht einfach aus dem Weg geräumt?«

»Das konnte ich nicht.« Bulla seufzte schwer. »Ein guter Kapitän sichert sich den Gehorsam seiner Mannschaft durch sein gutes Beispiel, nicht durch Angst. Oder zumindest nicht allein durch Angst. Manchmal ist es besser, jemanden zu demütigen, als ihn zu töten. Deswegen wollte ich Hectors Leben schonen. Seine Niederlage hätte als Demütigung gereicht.«

»Mir nicht.«

»Spiel hier nicht den Gekränkten.« Bulla winkte ab. »Du hast deinen Willen durchgesetzt. Hector ist tot. Da er dich von hinten angefallen hat, ist den Männern klar geworden, dass ihm nicht zu trauen war. Und seine Kumpane werden sich in Zukunft zweimal überlegen, ob sie dir in die Quere kommen möchten. Das kann dir in deiner neuen Stellung bestimmt nicht schaden.«

Telemachos zog die Brauen zusammen. »Was meinst du damit, Käpt'n?«

»Eigentlich sollte dir das inzwischen klar sein. Ab jetzt bist *du* meine rechte Hand.«

Telemachos starrte den Piratenführer mit offenem Mund an.

Bulla legte die Hände mit ineinander gehakten Fingern auf den Tisch. »Jemand muss Hector ersetzen. Natürlich gibt es erfahrenere Kandidaten als dich, aber im Moment brauche ich vor allem jemanden, dem ich vertrauen kann. Außerdem hat es mich beeindruckt, wie du die kaiserliche Marine abgeschüttelt hast. Du hast mit Sicherheit das Zeug für eine leitende Funktion auf einem Schiff. Deshalb möchte ich dich zu meinem Stellvertreter machen.«

Telemachos entschlüpfte ein Lächeln. Er hatte sich schon gefragt, warum Bulla nicht wollte, dass er sich neue Feinde machte. Jetzt begriff er. In seiner neuen Position war er nur noch Bulla unterstellt. Und der Kapitän konnte es sich nicht leisten, jemanden zu ernennen, der bei der Besatzung der *Poseidons Dreizack* unbeliebt war.

»Du hast mir treu zu dienen und dafür zu sorgen, dass die Mannschaft meine Befehle ausführt«, fuhr Bulla fort. »Du bist verantwortlich für die alltäglichen Abläufe an Bord, wenn wir auf See sind, zudem wirst du genau über die Stimmung der Leute wachen. Beim geringsten Anzeichen von Unzufriedenheit hast du mir unter vier Augen Meldung zu erstatten. Habe ich mich klar ausgedrückt?«

»Aye, Käpt'n.«

Bulla nickte. »Dann schlage ich vor, du ziehst dich jetzt in deine Kajüte zurück. Sobald wir die Beute verkauft und den Gewinn geteilt haben, stechen wir in See. Mit der *Poseidons Dreizack*, die inzwischen repariert ist. Und diesmal leite *ich* die Jagd.«

»Wohin segeln wir, Käpt'n?«

Bulla lächelte mit funkelnden Augen. »Ich kann mir auf jeden Fall vorstellen, wo wir *anfangen* werden. Man muss nur wissen, wo man zu suchen hat, dann winken richtig fette Prisen. Außerdem wird es höchste Zeit, dass wir diesem aufgeblasenen Präfekten Canis ein bisschen auf der Nase herumtanzen.«

KAPITEL 27

Drei Wochen später

Telemachos stand auf dem Hauptdeck des Piratenschiffs und spähte zum Horizont. Keine zwei Meilen entfernt schnitt der Frachter, den sie verfolgten, durch die Dünung und schleuderte eine Gischtwolke in die Höhe.

Vier Stunden waren vergangen, seit der Ausguck das Segel in der Nähe des Hafens Vegium gesichtet hatte. Während der langen, scharfen Jagd hatte der Kapitän verzweifelte Maßnahmen ergriffen, um den Piraten zu entrinnen. Notanker, Tauwerk und Decksladung waren über Bord gegangen und alle Reffleinen gelöst worden, damit die frische Landbrise von der illyrischen Küste auch noch die letzte Handbreit Segeltuch erfasste. Aber selbst mit der verminderten Ladung konnte es der Kauffahrer nicht mit dem wendigen Schiff der Piraten aufnehmen. Im Lauf des Nachmittags war die *Dreizack* immer näher an ihre Beute herangerückt.

»Bald haben wir sie«, sagte Castor. Die Hand schützend über die Augen haltend starrte der altgediente Quartiermeister hinaus auf die in der grellen Sonne glitzernde See.

Telemachos wandte sich zu ihm um. »Bist du sicher?«
»Ja.« Castor nickte zuversichtlich. »Wir sind meilen-

weit entfernt vom nächsten sicheren Ankerplatz. Sie wird uns nicht entkommen. Zumindest nicht, wenn das Wetter hält.«

Auch Geras meldete sich jetzt grinsend zu Wort. »Endlich eine Prise. Höchste Zeit. Nach den letzten Tagen hatte ich schon befürchtet, dass wir mit leeren Händen zurückkehren müssen.«

»Viel haben wir bisher nicht aufgetan«, räumte Telemachos ein.

»Nicht viel?« Geras zog eine Augenbraue hoch. »Reichlich vorsichtig ausgedrückt. Das ist das erste richtige Segel, das wir seit Wochen zu Gesicht kriegen. Die Gegend ist öder als ein Zimmer voll alter Jungfern.«

Telemachos nickte zustimmend. Vor drei Wochen war die *Dreizack* mit frisch aufgefüllten Vorräten aus dem Schlupfwinkel in Petrapylae zu ihrem Raubzug durch das nördliche Adriaticum aufgebrochen. Doch die Piraten hatten das Gerücht, dass die Handelsschifffahrt an der Küste praktisch zum Erliegen gekommen war, rasch bestätigt gefunden. Die wenigen erspähten Segel gehörten Fischerbooten – alles andere als die lohnenden Prisen, die ihnen ihr Kapitän versprochen hatte. Bulla hatte den Männern befohlen, den Lastraum zu reinigen und sie immer wieder in die Takelage aufentern lassen, damit sie nicht aus der Übung kamen und träge wurden. Trotzdem lag ständig die Gefahr einer Meuterei in der Luft. Vor einigen Tagen, als die Männer zum Abendessen an Land gingen, hatte Telemachos ein erstes unzufriedenes Murren gehört. Umso erleichterter war der junge erste Offizier, als sie kurz vor Mittag den Kauffahrer gesichtet hatten.

»Ich frage mich, wo all die anderen Schiffe geblieben sind«, sinnierte er.

»Vielleicht warten sie darauf, dass die Römer im Meer aufräumen«, bemerkte Geras.

»Kann sein«, meinte Telemachos. »Oder was anderes hat sie dazu gebracht, auf Nummer sicher zu gehen.«

»Was soll das sein?«

»Keine Ahnung. Ich weiß nur, dass die Kapitäne nicht ohne triftigen Grund an Land bleiben würden.«

»Spielt jetzt sowieso keine Rolle mehr.« Geras deutete auf den Kauffahrer. »Das Blatt hat sich gewendet. Wenn sie eine anständige Fracht geladen haben, bin ich zufrieden. Und für dich sollte das erst recht gelten – du bist immerhin erster Offizier.«

Das stimmte. Mit dem doppelten Anteil an der Beute, auf den er als stellvertretender Kommandant Anspruch hatte, durfte er darauf hoffen, dass er seinen Bruder schon bald freikaufen konnte.

»Hauptsache, wir begegnen keinen Kriegsschiffen mehr«, knurrte Castor.

Geras nickte und wandte unruhig den Blick ab.

Zweimal hatten die Piraten in den letzten Tagen Geschwader der kaiserlichen Marine gesichtet. In beiden Fällen waren sie unter vollen Segeln geflohen und hatten sich zwischen den verstreuten Inseln in diesem Abschnitt des Meeres an einen versteckten Ankerplatz zurückgezogen. Die römischen Biremen hatten keinen Versuch unternommen, sie zu verfolgen, doch ihr Auftauchen hatte einige Männer verunsichert, die seitdem immer wieder ängstliche Blicke zum Horizont warfen.

»Auf jeden Fall scheint Canis entschlossen, uns zur

Strecke zu bringen.« Schaudernd dachte Telemachos an die mörderischen Angriffe, die der römische Präfekt Caius Canis auf Siedlungen und Schiffe der Piraten an der Küste geführt hatte. Nach seiner eigenen Begegnung mit ihm vor einem Monat bezweifelte er, dass sie beim nächsten Mal wieder so glücklich davonkommen würden.

»Früher oder später wird er es aufgeben«, erklärte Castor. »Ich habe schon viele von diesen Präfekten kommen und gehen sehen. Ein paar Vergeltungsaktionen an der Küste, damit ihre Herren in Rom zufrieden sind, dann suchen sie sich irgendwo anders einen besseren Posten. Du wirst schon sehen.«

Telemachos schüttelte den Kopf. »Canis ist anders. Du warst doch dabei, Castor, wie er an Bord gekommen ist. Du hast selbst gehört, was er gesagt hat. Er wird nicht ruhen, bevor er uns alle ausgerottet hat.«

»Ich finde, du hast dringendere Sorgen als irgendwelche Römer, die uns über den Weg laufen könnten«, warf Geras ein.

»Was soll das heißen?«

Der gedrungene Pirat deutete mit dem Kinn auf eine Gruppe älterer Männer am Vordeck. Immer wieder schielte einer von ihnen nach Telemachos. »Hectors Kumpane sind nicht gerade begeistert über deine Beförderung.«

Telemachos erinnerte sich nur zu gut an den tödlichen Zweikampf mit seinem Vorgänger auf dem Posten des ersten Offiziers. Obwohl er sich große Mühe gegeben hatte, seine Loyalität zu beweisen und sich den Respekt der Besatzung zu verdienen, hegten manche von Hectors Kameraden noch immer einen Groll gegen ihn. Ohne einen Hehl aus ihrem Unmut auf den neuen ersten Offizier zu machen, bedachten sie ihn mit feindseligen Blicken und tuschelten so laut in seinem Rücken, dass er es hören konnte.

»Ich habe keine Angst vor ein paar unzufriedenen Männern«, entgegnete er schroff. »Ich hatte es schon mit schlimmeren Feinden zu tun.«

»Kann schon sein.« Castor strich sich über den glatt geschorenen Schädel. »Trotzdem solltest du vor denen lieber auf der Hut sein. Vor allem vor Virbius. Das ist ein richtig fieser Hund. Der lässt nicht so schnell locker, wenn er auf jemanden sauer ist.«

Telemachos fasste den Genannten unwillkürlich ins Auge. Virbius fing seinen Blick auf und verzog die Lippen zu einem verächtlichen Grinsen.

»Er kann denken, was er will«, erklärte Telemachos. »Der erste Offizier bin trotzdem ich.«

»Ja, aber nicht mehr lang, wenn es nach Virbius und seiner Meute geht.«

Telemachos stieß einen Seufzer aus. Nach Hectors Tod hatte er auf ein Ende seiner Probleme mit der Besatzung gehofft, doch jetzt musste er sich in Acht nehmen vor diesen Kerlen, die nur darauf lauerten, ihren getöteten Kameraden zu rächen. Dazu kam die ständige Bedrohung durch die Römer. Mit der Verstärkung der Patrouillen an der Küste war auch die Wahrscheinlichkeit gestiegen, dass er in Gefangenschaft geriet und auf grausame Weise hingerichtet wurde. Das Leben als Pirat war viel gefährlicher, als er es sich ausgemalt hatte.

Er konzentrierte sich wieder auf den verfolgten Kauffahrer. Inzwischen hing die Sonne bereits tiefer am

Himmel, und ihre Strahlen tauchten das Meer in einen warmen Schimmer. Zwischen den zwei Schiffen lag höchstens noch eine halbe Meile. Obwohl sich die *Dreizack* rasch näherte, blieb der Frachter beharrlich auf seinem Kurs. Dabei war sein Fluchtversuch zum Scheitern verurteilt, daran bestand für Telemachos kein Zweifel mehr.

»Meinst du, die Besatzung wird sich wehren?«, fragte Geras.

Selbst aus dieser Entfernung konnte Telemachos erkennen, dass die Matrosen an Bord des Kauffahrers mindestens eins zu vier in der Unterzahl waren. Gegen die gut bewaffneten Kämpfer der *Poseidons Dreizack* hatten sie nicht den Hauch einer Chance.

»Wenn der Kapitän einen Rest von Vernunft besitzt, wird er sich ergeben, um seine Leute zu retten«, konstatierte er. »Auch wenn sie Widerstand leisten, wird es schnell vorbei sein.«

Noch während er sprach, stieg von einem der Männer am Vordeck ein Ruf auf. Alle schauten in die Richtung, in die er deutete. Auch Telemachos erspähte nun mehrere Gestalten, die mit blitzenden Waffen über das Schiff huschten.

Knurrend zog Castor die Augen zu Schlitzen zusammen. »Anscheinend wollen sie sich doch zur Wehr setzen.«

»Telemachos!«

Beim Klang von Bullas Stimme fuhr Telemachos herum und eilte sofort zum Achterdeck. Mit einem Krummschwert an seinem Gurt stand der Kapitän neben dem Steuermann. Er trug seine Lederhose und einen schwarzen Leinenharnisch. Mit einem Funkeln in den Augen überschlug er die Entfernung zu dem verfolgten Schiff.

»Käpt'n?«

»Wir werden sie gleich einholen.« Bulla zeigte nach vorn. »Die Männer sollen sich formieren. Wenn sie die Segel nicht birgt, müssen wir sie mit Gewalt kapern.«

»Aye, Käpt'n.« Telemachos wandte sich von Bulla ab und holte tief Luft. »Alle Mann an Deck! Klarmachen zum Gefecht!«

KAPITEL 28

Nach dem Ruf des ersten Offiziers entstand Bewegung an Deck. Panzerhemden und Schwertspitzen blinkten im harten Schein der frühsommerlichen Sonne, als die Mitglieder des Enterkommandos zum Mast strebten. Andere griffen nach Schleudern, Speeren und Breitäxten, während die Übrigen die beleinten Haken herauszogen, die sie schon bald auf das Handelsschiff schleudern würden. Nach den zähen Tagen der Langeweile auf See, in denen nichts anderes sie beschäftigt hatte als das ewige Einerlei von Wachehalten, Segelsetzen und Deckschrubben, machten sich alle mit frischem Schwung an ihre Aufgaben, angespornt von der Aussicht auf ein Gefecht und reiche Beute.

Telemachos suchte in dem allgemeinen Gedränge nach einem bestimmten Gesicht. »Bassus!«

Eine hünenhafte, mit Narben übersäte Gestalt trat heran. Erst kürzlich war Bassus auf Telemachos' Empfehlung hin zum Schiffsoffizier befördert worden. Seine seefahrerischen Kenntnisse waren begrenzt, doch er hatte sich als kühner Krieger erwiesen, und Telemachos hatte seine Entscheidung keinen Augenblick bereut.

Er nickte dem bulligen Thraker zu und deutete zum Vordeck. »Lass die Bogenschützen antreten, aber sie sollen auf mein Kommando warten. Wer einen Pfeil abschießt, bevor ich den Befehl gebe, verliert seinen Anteil an der Prise. Verstanden?«

»Aye!« Bassus wandte sich ab und rief: »Jeder auf seinen Posten! Ihr da, zur Seite!«

Die anderen Piraten machten Platz für die Schützen, die zum Vordeck drängten und sich mit ihren Köchern und Bogen zum Angriff bereit machten. Telemachos wartete, bis alle Piraten ihre Position eingenommen hatten. Dann trat er mit Falcata und Faustschild zu Castor und den anderen beim Großmast.

Das Gesicht des Veteranen leuchtete vor Spannung. »Jetzt dauert es nicht mehr lange.«

Telemachos richtete den Blick wieder nach vorn auf das Handelsschiff. An Deck formierten sich die Matrosen, von denen einige behelfsmäßige Waffen in der Hand hielten: Belegnägel, Fischermesser und Bootshaken. Die Stimme des Kapitäns, der seine Mannschaft zum entschlossenen Widerstand gegen die Piraten aufforderte, hallte deutlich hörbar übers Wasser.

»Die sind anscheinend tapferer als so manch andere Besatzung, mit der wir es zu tun hatten«, stellte Castor fest.

Geras schnaubte. »Schauen wir mal, wie schneidig sie sind, wenn sich die Burschen hier ans Werk machen.« Er deutete in Richtung der Bogenschützen. »Die werden gar nicht wissen, was da über sie kommt.«

»Hoffen wir es«, sagte Telemachos.

Der erste Offizier hatte sich unter dem wachsamen Auge Bullas zusammen mit den anderen Piraten in den Abendstunden an Land mit Schleuder und Bogen vertraut gemacht. Diese Übungen hatten ihnen eine willkommene Abwechslung geboten und dafür gesorgt, dass die Männer trotz ihrer Saufgelage und Würfelspiele nichts von ihrer Kampfbereitschaft verloren.

Der ablandige Wind frischte auf, und die *Poseidons Dreizack* kämpfte sich mit summender Takelage durch die See. Telemachos holte tief Luft, um die Anspannung in seinen Muskeln zu vertreiben. Langsam näherten sie sich dem Achtersteven des Kauffahrers. Angesichts des bevorstehenden Kampfes spürte er die vertraute Beschleunigung seines Pulses und die Trockenheit im Mund. Um ihn herum riefen die Piraten den Matrosen Beschimpfungen und Schmähungen zu, während andere drohend ihre Schwerter schwenkten. Mit dem zotteligen Haar, den wilden Schreien und den blinkenden Waffen boten sie einen erschreckenden Anblick. Nur ein Narr, so dachte Telemachos, würde es wagen, Widerstand zu leisten. Plötzlich empfand er tiefe Verachtung für den Kapitän des Kauffahrers, der sinnlos das Leben seiner Leute aufs Spiel setzte.

Als sie von backbord weiter aufholten, rief Bulla dem Steuermann einen Befehl zu. »Bring uns ran, Calkas!«

Mit gespreizten Beinen zog der Steuermann an der riesigen Pinne, bis die *Poseidons Dreizack* schräg auf das andere Schiff zuhielt. Sie waren jetzt so nah, dass Telemachos die einzelnen Gesichter der um den Großmast gescharten Matrosen erkennen konnte. Einige von ihnen starrten die Piraten an, während andere sich nervös nach dem Horizont umschauten, als hofften sie auf Rettung durch ein im letzten Moment auftauchendes römisches Geschwader. Telemachos konnte sich leicht ausmalen, was in ihnen vorging. Schließlich war es noch nicht lange her, dass er als Schiffsjunge auf der *Selene* diese Angst am eigenen Leib erlebt hatte. Doch jetzt war er ein Pirat und hatte kein Mitgefühl mit ihnen. Ihn trieb nur das brennende Verlangen, sie zu überwältigen und ihre Ladung zu plündern, bevor er sich auf die Jagd nach dem nächsten Opfer machte.

»Pfeile bereit machen!«, brüllte er den Männern am Vordeck zu.

Die Bogenschützen legten die Pfeile an die Sehnen und zielten. Der Abstand zwischen den beiden Besatzungen betrug keine hundert Fuß mehr. Einige Matrosen hatten die Bogenschützen bemerkt und warnten ihre Kameraden mit lauten Rufen. Die meisten hatten keine Schilde und hielten völlig ungeschützt die Stellung.

Telemachos schätzte sorgfältig die Entfernung ab und erteilte endlich mit lauter Stimme seinen Befehl: »Schießt! Mäht sie nieder!«

Mit tödlichem Sirren schnellten die Pfeile los. Einige klatschten wirkungslos ins Wasser, doch die meisten fanden ins Ziel. Die spitzen Geschosse bohrten sich in die Matrosen, und dann gellte wildes Schmerzgeheul durch die Luft. Verletzt von einem Pfeil, wankte der Steuermann nach hinten und grapschte mit den Händen hilflos nach dem Schaft, der aus seinem Hals ragte. Ein anderer Matrose hörte, wie er mit einem kehligen Schrei über die Reling stürzte. Er eilte sofort nach hinten, doch ein Pfeil, der ihn an der linken Schulter traf, riss ihn um, bevor er das Steuer übernehmen konnte.

»Weiter so!«, donnerte Telemachos. »Zeigt es ihnen!«

Wieder zischten Pfeile auf das Deck des Frachters und landeten prasselnd auf den Planken oder gruben sich mit einem dumpfen Klatschen in die wehrlosen Matrosen. Drei hasteten nach hinten zur Frachtluke, um unter Deck Schutz zu suchen. Mehrere Bogenschützen wurden sofort auf sie aufmerksam und brachten zwei von ihnen zu Fall, ehe sie verschwinden konnten. Auf Telemachos' Befehl hin griffen nun die Schleuderer in das Geschehen ein und streckten mit einer Salve klumpiger Bleikugeln mehrere Besatzungsmitglieder des Kauffahrers nieder. Unter dem erbarmungslosen Angriff ließen die wenigen noch aufrecht stehenden Matrosen ihre Waffen fallen und gaben sich geschlagen. Die Männer der *Dreizack* reagierten mit lautem Jubel.

Telemachos suchte Bullas Blick. »Soll ich den Befehl geben, Käpt'n?«

Nach kurzem Zögern nickte Bulla. »Ich würde sagen, die haben genug.«

»Beschuss einstellen!«, bellte Telemachos.

Die Schützen senkten ihre Waffen, behielten das näher rückende Handelsschiff aber genau im Auge. Da die Besatzung zum größten Teil kampfunfähig auf den Planken lag, schlingerte das Schiff durch die Dünung. Das Poltern der Steuerpinne, die von einer Seite zur anderen pendelte, wurde immer wieder von den Schreien der Verwundeten übertönt.

»Denen haben wir gezeigt, was eine Harke ist«, gluckste Geras.

»Sie hätten sich nicht wehren sollen«, erwiderte Telemachos still.

Im Gegensatz zu manchen seiner Kameraden bereitete ihm das gnadenlose Abschlachten schlecht bewaffneter Seeleute kein Vergnügen, und er verfluchte ihren arroganten Kapitän, der sie zum Kämpfen gezwungen hatte. Hätte er sich beim ersten Anblick der schwarzen Flagge am Mast der *Dreizack* ergeben, wären seine Männer verschont worden. Und selbst ihr Verkauf an einen Sklavenhändler in Petrapylae wäre ein besseres Schicksal gewesen als der Tod. Der eine oder andere hätte sich vielleicht sogar dazu überreden lassen, sich den Piraten anzuschließen. Stattdessen waren die meisten sinnlos gestorben.

»Bring uns längsseits!«, rief Bulla dem Steuermann zu, bevor er sich an Telemachos wandte. »Die Männer sollen gleich nach dem Entern die Überlebenden zusammentreiben. Schaut auch im Lastraum nach. Bei Widerstand gibt es keine Gnade. Sobald alles gesichert ist, übernehmen wir die Ladung.«

Wenig später lag der Frachter festgemacht neben der *Poseidons Dreizack*, und sein Großsegel flatterte mit den gelösten Schoten in der Brise. Nach der Kapitulation hatten die Piraten leichtes Spiel und konnten kampflos an Bord stürmen. Schnell trieben sie die wenigen Matrosen, die überlebt oder sich unten im Lastraum verkrochen hatten, nach vorn zum Bug.

Telemachos stand neben Kapitän Bulla auf dem Vordeck und wachte über die verängstigten Gefangenen. Überall sah er die Verheerungen, die die Pfeile und das Schleuderblei angerichtet hatten. Die Leichen von Passagieren, Leibwächtern und Matrosen lagen auf dem Deck verstreut, und an manchen Stellen glänzten die Planken vom dunklen Blut. Einige von Bullas Leuten bahnten sich einen Weg durch die Toten und durchsuchten sie hingekauert nach Ringen, Schmuck und anderen Wertsachen. Diese waren Teil der Beute, die nach der Rückkehr ins Lager verkauft werden sollte.

Castor stieg den Niedergang zum Lastraum herauf und eilte herüber.

»Nun?«, fragte Bulla.

Der Quartiermeister trat von einem Fuß auf den anderen. »Die Ladung besteht aus Korn und Olivenöl, Käpt'n. Nicht besonders viel. Nur ein paar Säcke und Amphoren.«

Bulla furchte die Stirn. »Das ist alles? Sonst gibt es nichts?«

»Ein paar Ballen Tuch, aber das war's dann. Nichts, womit man was verdienen kann.«

»Wo ist der Rest?«, warf Telemachos ein. »Sie muss doch mehr geladen haben!«

Castor breitete die Arme aus. »Mehr haben die Männer nicht gefunden. Da unten ist sonst nichts.« Die Enttäuschung in seiner Stimme war nicht zu überhören.

Nach dem Verkauf dieser relativ wertlosen Ladung an einen Händler in Petrapylae konnten die Besatzungsmitglieder nur mit einem bescheidenen Anteil rechnen. Der kümmerliche Fang aus Korn und Öl deckte kaum die Schiffskosten und war sicher nicht geeignet, die Aufrührer zum Schweigen zu bringen.

Bullas Gesicht blieb ausdruckslos. »Hol die Vorräte rauf, Castor. Wir nehmen, was da ist.«

»Aye, Käpt'n.« Der Quartiermeister stapfte hinüber zur Luke.

Bulla wandte sich ab und ließ langsam den Blick über die Gefangenen gleiten: wenige überlebende Matrosen und eine Handvoll Passagiere. Viele von ihnen waren verletzt und bluteten stark. Mit einer Mischung aus Furcht und Niedergeschlagenheit starrten sie die Kaperer an.

»Ich heiße Bulla«, erklärte er mit rauer Stimme. »Ich bin der Kommandant der *Poseidons Dreizack*. Wer von euch ist der Kapitän dieses Schiffs?«

Die Gefangenen tauschten besorgte Blicke aus, und ihr flaches Atmen wurde allein vom Stöhnen ihrer Gefährten unterbrochen, die nur wenige Schritte entfernt im Sterben lagen.

Bulla richtete den Blick auf den nächsten Matrosen – einen sehnigen, von den Jahren harter Mühen auf See wettergegerbten Mann in den Vierzigern – und deutete auf Bassus. »Du da! Mach den Mund auf, sonst befehle ich ihm, dass er dir das Herz rausschneidet.«

Beim Anblick des Thrakers, der die Hand auf den Schwertgriff legte, hob ein anderer Gefangener den Arm und trat vor. »Bitte, Herr. Das ist nicht nötig.«

Bulla fixierte den Sprecher mit zusammengekniffenen Augen. »Und wer bist du?«

Der Mann war älter als die anderen Gefangenen, mit schütterem Haar und grau durchsetztem Bart. Er hob den Kopf und schaute dem Piratenkapitän vorsichtig in die durchdringenden dunklen Augen. »Titus Lucullus, Herr.« Es fiel ihm schwer, seine bebende Stimme zu beherrschen. »Kapitän der *Delphinus*.«

»Soso.« Bulla machte einen Schritt auf den Kapitän zu. »Dann verrat mir mal eins, Lucullus. Wo ist der Rest deiner Ladung?«

Lucullus zögerte, die Augen groß vor Angst. »Das ist alles. Wir sind mit Gütern die Küste hinauf nach Arausa gesegelt und haben auf der Rückfahrt nur Passagiere mitgenommen.«

»Aha. Und es ist nichts anderes an Bord … keine wertvollen Dinge, von denen du uns erzählen möchtest? Überleg es dir genau, Lucullus. Wenn ich rausfinde, dass du lügst, lass ich dich kielholen, und du wirst erst nach Stunden am Blutverlust sterben.«

Der Kapitän des Handelsschiffs breitete flehend die Hände aus. »Mehr haben wir nicht transportiert. Korn und Olivenöl. Dazu die Passagiere. Die anderen Schiffe in Arausa waren voll beladen. Im Gegensatz zu uns haben sie darauf gewartet, dass der Geleitverband den Befehl zum Ablegen bekommt.«

»Der Geleitverband?«, fragte Telemachos. »Was für ein Geleitverband?«

Lucullus schien überrascht. »Habt ihr davon nicht gehört? Die Marine bietet den Handelsschiffen, die an der Küste unterwegs sind, Geleitschutz an.«

Telemachos und Bulla schauten sich verblüfft an. Die Miene des Kapitäns verdüsterte sich, als er sich wieder an Lucullus wandte. »Seit wann?«

»Seit einigen Wochen. Auf dem Forum in Arausa gab es eine Bekanntmachung. Und offenbar auch in den anderen Häfen hier an der Küste.«

»Was genau wurde da angekündigt?«

Lucullus zuckte die Achseln. »Nur dass der Präfekt Canis seine Flotte angewiesen hat, die Patrouillen zwischen Ruginium und Salona zu verstärken. Alle Kauffahrer sollen auf ein römisches Geleitgeschwader warten, bevor sie aus einem Hafen auslaufen.«

»Aber auf diesem Küstenabschnitt gibt es doch Dutzende von Häfen«, wandte Telemachos ein. »Die Flotte von Ravenna ist nicht so groß, dass sie alle Schiffe eskortieren kann. Zumindest nicht zur gleichen Zeit.«

»Das haben auch mehrere Kaufleute gesagt. Die Marine ist seit der Schlacht von Actium ziemlich auf den Hund gekommen, das weiß jeder. Sie ist nicht einsatzbereit. Aber die Patrizier haben Krach geschlagen und verlangt, dass etwas geschieht. Und jetzt sitzt die Hälfte der Handelsschiffe in den Häfen fest und wartet darauf, dass eine römische Eskorte auftaucht.«

Telemachos erfasste sofort, welche Auswirkungen der von Canis angebotene Geleitschutz nach sich zog. Im Schutz einer Marineeskorte zu segeln war zweifellos sicherer, doch es brachte auch eine schwerwiegende Behinderung des Handels an der illyrischen Küste mit sich. Der regelmäßige Schiffsverkehr, auf den die Kaufleute für den Transport ihrer Ladungen von einem Winkel des Imperiums zum anderen angewiesen waren, würde fast gänzlich zum Erliegen kommen. Die Folge war unweigerlich ein Anstieg der Preise, weil die Vorräte knapp wurden. In den Lagerhäusern und Märkten am Adriaticum drohten Güter zu verrotten, weil man auf die Ankunft des nächsten Geleitgeschwaders warten musste. Alles in allem ging der Präfekt mit dieser drastischen Maßnahme ein großes Risiko ein.

Bullas Finger schnellte auf Lucullus zu. »Und was treibst du dann hier, wenn die anderen Handelskapitäne alle an Land bleiben?«

»Einige von uns waren nicht zufrieden mit dieser Regelung, Herr. Für die reicheren Kapitäne ist es schön und gut, aber die kleineren Schiffe können einfach nicht mehrere Wochen oder Monate untätig im Hafen liegen. Ich habe mich mit meiner Mannschaft besprochen und beschlossen, hinauf nach Parentium zu segeln.« Verzagt ließ Lucullus die Schultern sinken.

Telemachos fixierte den niedergeschlagenen Kapitän. »Wurde in der Bekanntmachung gesagt, wie lang die Marine das machen wird?«

»Bis das Meer gesäubert ist von … euresgleichen. So haben wir es im Forum gehört.«

»Das wird also noch eine Weile dauern.« Nachdenklich wandte sich Bulla an seinen ersten Offizier. »Was meinst du?«

»Klingt einleuchtend«, antwortete Telemachos. »Würde auf jeden Fall erklären, warum wir ständig diesen römischen Kriegsschiffen begegnen.«

Bulla nickte. »Dann muss Canis noch versessener darauf sein, uns auszurotten, als ich dachte.«

Virbius schnaubte verächtlich. »Und wenn schon! Von diesen römischen Scheißkerlen haben wir doch nichts zu befürchten, Käpt'n. Ein paar Biremen auf Patrouille haben uns früher auch nie aufgehalten.«

Bulla schüttelte den Kopf. »Es hat keinen Sinn, unsere Jagd hier fortzusetzen. Wir können den Römern zwar aus dem Weg gehen, aber das bringt uns nicht weiter, wenn sich nur noch die wenigsten Kapitäne mit ihren Schiffen allein aufs Meer hinauswagen.«

Virbius riss protestierend die Arme hoch. »Was sollen wir denn dann machen? Die Männer werden nicht glücklich sein, wenn wir ohne Beute heimkehren.«

»Wir könnten es doch weiter im Süden probieren«, schlug Telemachos vor. »Vielleicht zwischen Epidaurum und Dyrrachium. Der Geleitschutz reicht ja nur bis Salona.«

»Behauptet diese Wanze.« Virbius deutete mit dem Daumen auf Lucullus. »Außerdem wird es auch da unten nicht leicht sein, eine Prise aufzutun. Angeblich hat Agrios dort sein Lager aufgeschlagen.«

»Wer ist das?«, fragte Telemachos.

»Jemand aus unserem Gewerbe. Kommandant der *Pegasos*.«

»Und ein verdammter Irrer«, warf Leitos ein. »Noch schlimmer als dieser blutrünstige Nestor.«

Alle Augen richteten sich auf die hochgewachsene Erscheinung mit dem groben grauen Haar und der entstellenden Halsnarbe. Leitos hatte auf demselben Kauffahrer gedient wie Telemachos und Geras, bevor sie Bulla die Treue geschworen hatten. Der robuste Seemann verfügte über eine zwanzigjährige Erfahrung und hatte sich bei den Piraten schnell unentbehrlich gemacht.

»In den Tavernen von Piräus wurde viel über Agrios erzählt«, fuhr er fort. »Er hat früher auf einem Kauffahrer gedient und dort eine Meuterei angezettelt. Hat dem Kapitän bei lebendigem Leib die Haut abgezogen und die Offiziere zerhackt den Fischen vorgeworfen. Seitdem kreuzt er an der illyrischen Küste. Seine Leute schlachten Dorfbewohner ab, kreuzigen einheimische Römer und foltern die Besatzungen von gekaperten Schiffen. Es heißt, er schneidet jedem das Herz raus, der sich weigert, sich seiner Mannschaft anzuschließen.«

»Gerüchte.« Bulla winkte ab. »Solche Geschichten sind doch über alle Seeräuber im Umlauf. Agrios ist nicht anders als wir.«

»Woher wissen wir eigentlich, dass er sein Lager im Süden hat?«, fragte Telemachos.

»Das hat uns einer von Nestors Männern erzählt«, antwortete Virbius.

Telemachos erinnerte sich nur ungern an den verhassten Kapitän einer rivalisierenden Piratenbande. Er wandte sich an Virbius. »Was genau hat er gesagt?«

»Nicht viel. Er hatte bloß gehört, dass Agrios die Römer abgeschüttelt und seine Tätigkeit nach Dyrrachium verlegt hat.«

»Vielleicht stimmt das gar nicht«, warf Bulla ein.

»Und wenn doch?«, entgegnete Virbius.

»Dann ist es bloß *eine* Besatzung. Da bleibt für uns noch genügend Beute übrig.«

Leitos schüttelte den Kopf. »Agrios ist kein gewöhnlicher Kapitän. Wenn er sein Lager in der Nähe von Dyrrachium hat, werden es sich die Kapitäne von Handelsschiffen zweimal überlegen, ob sie in See stechen. Ich würde das jedenfalls tun.«

»Mag sein.« Bulla sann kurz nach. »Aber Genaueres erfahren wir erst, wenn wir die Gegend durchstreifen. Oder hat jemand eine bessere Idee?« Forschend ließ er den Blick über die Gesichter der umstehenden Piraten gleiten. Niemand wagte es, der Einschätzung des Kapitäns zu widersprechen. Schließlich nickte er. »Dann hätten wir das geklärt. Wir fahren nach Dyrrachium. Telemachos!«

»Aye, Käpt'n?«

»Nimm alle freien Leute und hilf Castor beim Umladen der Fracht. Und beeilt euch. Wir müssen die Segel setzen, bevor der Wind umschlägt.«

»Was wird mit denen?« Leitos deutete auf die zusammengedrängten Gefangenen beim Bug.

Bevor Bulla antworten konnte, trat Virbius vor und räusperte sich. »Vielleicht sollten wir sie freilassen, Käpt'n.«

Bulla runzelte die Stirn. »Warum?«

»Die nützen uns doch nichts. Schau sie dir an. Die meisten sind Passagiere, da ist kaum ein anständiger Seemann dabei. Außerdem müssen wir dann niemanden zusätzlich durchfüttern.«

»Am einfachsten wäre es, wenn wir sie umbringen.«

»Aye, Käpt'n, da hast du sicher recht«, fuhr Virbius fort. »Aber vielleicht sollten wir die Römer nicht noch mehr gegen uns aufbringen.«

Nach kurzem Zögern nickte Bulla. »Schön. Such dir die Matrosen aus, die was können. Die anderen lassen wir hier.« Ohne ein weiteres Wort wandte er sich ab und machte sich auf den Weg zurück zur *Poseidons Dreizack.*

Nachdem er dem Kapitän eine Weile nachgeschaut hatte, gab Virbius den Befehl, die Matrosen des Kauffahrers zusammenzutreiben. Dann packte er Lucullus und marschierte mit ihm zur Heckkajüte. »Sehen wir mal nach, ob du brauchbare Seekarten hast, mein Freund.«

Geras schob sich neben Telemachos. »Was hat der Kerl vor?«

Telemachos blickte zu seinem Kameraden auf. »Virbius? Wicso?«

»Das ist doch einer von Hectors Kumpanen. Es passt überhaupt nicht zu denen, dass sie Gefangene so schonend behandeln.«

»Du glaubst, er führt was im Schilde?«

»Was weiß ich. Jedenfalls traue ich ihm ungefähr so weit, wie ich einen Skorpion spucken kann.«

Telemachos atmete gereizt aus. »Um so was können wir uns jetzt keine Sorgen machen. Wir haben dringendere Probleme.«

»Du meinst, dass wir auf Agrios stoßen könnten? Anscheinend ein ziemlich übler Bursche.«

»Ich dachte eher an unsere Chancen auf eine lohnende Beute.«

Geras setzte eine fragende Miene auf.

Telemachos vergewisserte sich, dass sie nicht belauscht wurden. »Du hast doch gehört, was der Kapitän gesagt hat. Canis riegelt unser Jagdgebiet ab. Wenn es dabei bleibt, sind die Zeiten fetter Prisen für uns bald vorbei.«

»Wir finden schon was, Junge. Bisher haben wir es noch immer geschafft.«

»Und wenn nicht? Was dann?«

»Keine Ahnung.« Geras seufzte. »Aber du hast recht. Viele Möglichkeiten haben wir nicht mehr. Beten wir einfach zu Fortuna, dass Bulla weiß, was er tut. Ansonsten sitzen wir alle in der Patsche.«

KAPITEL 29

»Jetzt ist es nicht mehr weit nach Dyrrachium.« Leitos spähte mit zusammengekniffenen Augen Richtung Küste. »Höchstens noch einen Tag, schätze ich.«

An der Reling neben ihm lehnte Telemachos, der ebenfalls zum felsigen Ufer blickte. Die *Poseidons Dreizack* hatte ihren Ankerplatz im ersten Morgengrauen verlassen. Die frühsommerliche Sonne hatte sich bereits über dem Horizont erhoben und mit ihren hellen Strahlen den Dunst über dem Wasser vertrieben, hinter dem in der Ferne eine Kette imposanter grauer Klippen zum Vorschein kam. Die *Dreizack* hielt sich knapp in Sichtweite des Landes, weil so die beste Chance bestand, Kauffahrer zu entdecken, die an der Küste entlangsegelten oder von einem schwer zugänglichen Liegeplatz ablegten.

Telemachos wandte sich Geras zu. »Meinst du, wir haben da unten wirklich mehr Glück?«

Sein Kamerad stand rechts von ihm und hatte die Stirn in tiefe Falten gelegt. »Wer weiß? Schlimmer als bisher kann es wohl kaum werden.«

Zehn Tage waren vergangen, seit sie nach Dyrrachium aufgebrochen waren. Die längeren Tage erlaubten es den Piraten, mehr Stunden auf See zu sein. Sie waren gut vorangekommen und hatten schon am dritten Tag den Hafen von Acruvium erreicht. Doch danach hatten sie kaum noch Segel zu Gesicht bekommen. Gestern Nachmittag hatten sie zwei Schiffe erspäht, die beide sofort abgedreht und die Flucht ergriffen hatten, bevor die Piraten die Jagd aufnehmen konnten.

Damit die Männer nicht einrosteten, mussten sie durch die Wanten klettern, Segel flicken und ausgefranste Taue ersetzen. Andere schrubbten das Deck und wuschen die Tuniken mit Seewasser. Doch obwohl sich Bulla große Mühe gab, sie zu beschäftigen, blieben sie rastlos, und auch die Wasserknappheit trug nicht unbedingt dazu bei, ihre Stimmung zu heben. Bei ihren Landgängen an den Abenden hatten sie die Wasservorräte nicht auffrischen können, weil es in der letzten Zeit kaum geregnet hatte und die meisten Bäche und Flüsse ausgetrocknet waren. Der Stand in den Fässern war bedrohlich niedrig, sodass Bulla nach einer Beratung mit dem Quartiermeister Castor eine strenge Rationierung verhängt hatte.

»Warum hauen diese Schiffe einfach vor uns ab? Die haben doch keine Ahnung, wer wir sind.«

Geras quittierte die Frage seines Freundes mit einem Achselzucken. »Die Kapitäne von Kauffahrern sind eben ein misstrauischer Haufen. Gehört zum Geschäft, vor allem wenn sie wissen, dass an der Küste Piraten unterwegs sind.«

»Nein, da muss es noch einen anderen Grund geben. Normalerweise suchen sie nicht gleich das Weite, ohne nachzuschauen, mit wem sie es zu tun haben. Irgendwas hat sie in Angst und Schrecken versetzt.«

»Und was könnte das deiner Meinung nach sein?«

»Vielleicht hatten andere Seeräuber die gleiche Idee wie wir. Die oben im Norden haben inzwischen bestimmt von den Geleitzügen gehört. Vielleicht waren einige von ihnen vor uns hier.«

»Natürlich gibt es auch eine einfachere Erklärung.« Telemachos sah seinen Kameraden forschend an. »Agrios?«

Geras nickte. »So ungern ich es zugebe, aber Virbius hatte vielleicht doch recht. Wenn Agrios wirklich so gefürchtet ist, wie es allgemein heißt, dann hat er unter Umständen alle Handelsschiffe vergrault.«

»Meinst du wirklich?«

»Ich habe früher auf einigen Handelsschiffen gedient und weiß genau, wie die Kapitäne denken. Wenn die Gefahr besteht, dass sie auf einen mörderischen Piratenführer treffen, legen sie nicht ab. Das Leben auf See ist auch so schon unberechenbar genug.«

»Wir finden schon was. Ganz bestimmt.«

»Hoffen wir es«, knurrte Castor. »Wir haben den Männern bereits die Wasserrationen halbiert. Noch ein paar Tage ohne Beute, dann müssen wir aufgeben und mit leeren Händen zur Zitadelle zurückkehren.«

»Und das wird Bulla überhaupt nicht gefallen.«

Castor öffnete den Mund zu einer Erwiderung und schloss ihn sofort wieder, weil er seinen Freund inzwischen so gut kannte, dass er wusste, wann man ihn besser in Ruhe ließ. Die vergebliche Suche nach einer Prise machte Telemachos allmählich zu schaffen, zumal er es war, der die Fahrt nach Dyrrachium vorgeschlagen hatte.

Und er war nicht der Einzige, der die Anspannung spürte. Auch Bullas Laune hatte sich in den letzten Tagen zunehmend verdüstert. Am Morgen hatte Telemachos dem Kapitän in seiner Kajüte den üblichen Bericht erstattet, und im schwachen Schein der Öllampe war ihm nicht entgangen, wie müde Bulla wirkte. Es versetzte ihm einen Stich, als er begriff, dass der Piratenführer möglicherweise sein Kommando verlieren würde, wenn sich das Blatt nicht bald wendete. Die beängstigende Vorstellung, dass vielleicht einer seiner Feinde zum neuen Kapitän aufsteigen würde, ließ ihn den ganzen Tag über nicht mehr los.

Bei Einbruch der Dunkelheit ging die *Dreizack* in einer engen Bucht südlich der steilen Berge um Olcinium vor Anker. Am Strand wurden Lagerfeuer angezündet, und die Männer nagten mürrisch an ihren mageren Rationen Hammelfleisch mit hartem Brot. Die gefangenen Matrosen von der *Delphinus* wurden von Virbius im Schwertkampf unterrichtet. Weil man den Zwangsrekrutierten nach ihrer Brandmarkung noch keine echten Schwerter anvertrauen wollte, hatte man ihnen Holzwaffen gegeben, mit denen sie üben sollten, bis sich Bulla ihrer Loyalität sicher war.

Geras und Leitos tranken durstig ihren Wein. Nur Telemachos, der neben seinen zwei Kameraden saß, starrte gedankenverloren in die Flammen.

Geras leerte seinen Lederbecher und schmatzte mit den Lippen. »Wenigstens hatte dieser Pott was Anständiges zu trinken an Bord. Das Zeug aus Kreta ist einfach unschlagbar.«

»Du musst es ja wissen«, sagte Telemachos.

Geras neigte den Kopf. »Stimmt was nicht? Du hast deinen Wein kaum angerührt.«

»Hier, du kannst ihn haben.«

»Bist du sicher?«

Telemachos nickte.

»Da sag ich nicht Nein. Auf dein Wohl.« Geras griff nach dem Becher und nahm einen tiefen Schluck. Dann richtete er forschend den Blick auf seinen Freund. »Was wird deiner Meinung nach passieren, wenn wir in den nächsten Tagen nichts auftun?«

Telemachos ließ sich Zeit für seine Antwort. »Da gibt es nur eine Lösung. Wir müssen ein anderes Jagdgebiet finden.«

»Bloß wo? Hier in der Gegend ist kaum noch was zu holen, seit Canis seinen Geleitdienst eingerichtet hat. Das haben wir inzwischen festgestellt. Wohin könnten wir denn sonst fahren?«

Telemachos zuckte die Achseln. »Keine Ahnung, Geras.«

Leitos senkte den Blick auf seinen Becher. »Vielleicht sollten wir uns ein anderes Lager suchen. Weit weg von hier.«

»Petrapylae aufgeben?« Geras zog ein bestürztes Gesicht. »Du machst Witze.«

»Was bleibt uns denn anderes übrig? Du sagst ja selbst, dass wir hier nicht mehr viele Möglichkeiten haben.«

Seufzend schüttelte Telemachos den Kopf. »Wir haben ewig gebraucht, bis wir Petrapylae gefunden haben. Wenn wir dort abziehen und uns auf die Suche nach einem anderen guten Schlupfwinkel machen, kann das Monate dauern. Oder noch länger.«

»Vielleicht«, räumte Leitos ein. »Trotzdem ist es wahrscheinlich besser, als ewig hier rumzukrebsen.«

Geras blies die Backen auf. »Egal, ob wir bleiben oder nicht, wir sind auf jeden Fall am Ende.«

»So kann man es zusammenfassen«, erwiderte Leitos. »Bei allen Göttern, da wünsche ich mir fast, wieder auf der *Selene* zu sein. Das Essen war beschissen und die Bezahlung dürftig, aber man hat wenigstens regelmäßig was bekommen. Kein Wunder, dass die Männer murren.«

»Mit diesem Problem muss sich der Kapitän rumschlagen, nicht wir.« Leitos senkte die Stimme. »Dafür streicht er auch den größten Anteil ein. Die schwierigen Entscheidungen hat Bulla zu treffen.«

»Bis jetzt«, bemerkte Telemachos leise.

Geras sah ihn an. »Glaubst du, der Kapitän ist in Gefahr?«

Der junge erste Offizier überlegte eine Weile. »Ich glaube, einige Besatzungsmitglieder brennen nur so darauf, sein Kommando infrage zu stellen. Im Moment warten sie noch ab, aber beruhigen kann er sie nur mit einer fetten Prise. Wenn ihm das nicht gelingt …«

Geras nickte. »Hoffen wir, dass er bald Glück hat. Das wäre für uns alle das Beste.«

Plötzlich drang ein Schwall von Flüchen an ihre Ohren. Telemachos blickte auf und bemerkte ein Stück weiter am Strand Virbius, der gerade einen der neuen Rekruten bei den Fechtübungen zusammenstauchte.

»Das nennst du einen Stich?« Der drahtige Pirat deutete auf das Holzschwert in der Hand des Matrosen. »Da kannst du dich ja gleich unter den Achseln kratzen, du nichtsnutziger Versager!«

Mit einer jähen Armbewegung stieß Virbius den untersetzten jungen Mann nach hinten. Dieser verlor den

Halt und landete ächzend mit dem Rücken auf dem Kies. Bevor er sich hochrappeln konnte, war Virbius heran und bearbeitete ihn mit heftigen Tritten in die Rippen und ins Gesicht.

»Du Abschaum!«, blaffte er. »Und so was will ein Pirat sein!«

Telemachos verfolgte das Ganze mit mahlenden Kiefern. Virbius hatte die neuen Rekruten von Anfang an schikaniert und geschlagen, wenn sie das Deck schrubbten oder die Schoten anholten. Nur in Gegenwart des Kapitäns hatte er darauf geachtet, die Männer nicht zu hart anzufassen. Telemachos schaute sich um und stellte fest, dass sich Bulla bereits zum Schlafen in seine Kajüte zurückgezogen hatte. Als Virbius nun mit den Fäusten über den Matrosen herfiel, erhob er sich widerstrebend und steuerte mit knirschenden Schritten auf die beiden zu.

»Das reicht jetzt.« Er deutete mit dem Kinn auf den Rekruten. »Lass ihn in Ruhe.«

»Das geht dich nichts an«, fauchte Virbius.

»Doch. Du sollst diese Männer ausbilden, nicht sie zu Tode prügeln.«

Virbius schnaubte verächtlich. »Dieser erbärmliche Lump braucht einfach ein paar kräftige Tritte in den Arsch. Er ist zu weich. Wir hätten den Schlappschwanz gleich am Anfang über Bord schmeißen sollen.«

Telemachos wandte sich dem Matrosen zu, der mühsam wieder auf die Beine kam. Die blauen Flecken und verschorften Wunden an seinen Armen und im Gesicht stammten offenbar nicht von den Schlägen, die er gerade eingesteckt hatte.

»Proculus, richtig?«

»Aye ... Herr«, erwiderte der Mann matt.

»Woher hast du diese Verletzungen, Proculus?«

Der Blick des Matrosen flackerte kurz zu Virbius. Er kratzte sich am Arm und trippelte nervös auf der Stelle.

»Ich bin ausgerutscht, Herr. Beim Putzen.«

»Verstehe.« Telemachos wandte sich wieder Virbius zu und schaute ihm fest in die Augen. »Ab jetzt lernst du ihn richtig an. Das gilt auch für die anderen Rekruten. Diese Männer nützen uns nichts, wenn sie nicht kämpfen können, weil sie zu schwer verletzt sind.«

»Du vergisst, wen du vor dir hast, Kleiner«, konterte Virbius. »Für die Ausbildung dieser nichtsnutzigen Köter bin ich zuständig. Und ich behandle sie, wie ich es für richtig halte.«

»Du tust, was ich dir sage, oder wir fragen Bulla, was er dazu meint.«

Virbius gluckste. »Soll das eine Drohung sein, Junge?«

»Nein, ein Befehl.«

»Du kannst mich mal. Von Kindern nehme ich keine Befehle entgegen.«

»Ich bin der ranghöhere Offizier. Du folgst meinen Anweisungen, oder ich lass dich wegen Ungehorsams in Ketten legen.«

»Das glaube ich nicht«, spottete Virbius.

Telemachos verzog keine Miene. »Möchtest du es ausprobieren? Du hast ja erlebt, was mit Hector passiert ist. Oder bist du scharf darauf, das gleiche Schicksal zu erleiden?«

Einen Moment lang schien Virbius hin- und hergerissen. Dann bemerkte er das entschlossene Funkeln in Telemachos' Augen und trat zurück. »Also schön, wie du meinst. Aber du solltest dich lieber nicht zu sehr darauf verlassen, dass Bulla seine schützende Hand über dich hält. Viele von den Männern haben nicht vergessen, was du mit Hector angestellt hast.«

»Soll mir das Angst machen?«

»Ich sag nur, wie es ist. Pass lieber auf, Kleiner. Eines Tages zahlt es dir jemand heim.«

»Nicht, wenn ich schneller bin.«

»Das werden wir ja sehen.« Nachdem er Telemachos mit einem letzten finsteren Blick bedacht hatte, wandte sich Virbius wieder den Rekruten zu. »Was gibt's da zu gaffen, ihr Memmen? Macht weiter mit euren Schwertübungen!«

Hastig nahmen die Rekruten ihre Zweikämpfe wieder auf. Auch Proculus hob sein Schwert auf und drückte die Hand auf die schmerzenden Rippen. Telemachos schaute ihnen kurz zu, dann stapfte er zurück zu den Lagerfeuern. Das dumpfe Krachen von Holz auf Holz hallte über den Strand, als er sich wieder zu seinen Kameraden setzte.

Geras musterte ihn besorgt. »Kleiner Plausch mit einem alten Freund?«

Telemachos zuckte mit den Schultern. »Wir sind sowieso schon unterbesetzt. Ich kann nicht tatenlos zusehen, wie er die Situation noch verschlimmert.«

»Kann schon sein. Aber ich würde dir raten, dass du Virbius nicht gegen dich aufbringst. Zumindest nicht noch mehr.«

»Mach dir keine Gedanken um mich. Ich kann auf mich aufpassen.«

»Daran zweifle ich nicht. Schließlich hab ich dich

kämpfen sehen. Aber du musst nicht bloß vor Virbius auf der Hut sein. Viele von den älteren Männern respektieren ihn. Wenn du dich mit ihm anlegst, hast du die halbe Besatzung zum Feind.«

Telemachos seufzte niedergeschlagen. Er hatte geglaubt, mit dem Sieg über Hector einen Schlussstrich unter all seine Probleme mit den anderen Piraten ziehen zu können, doch das gewaltsame Ende seines alten Widersachers hatte bloß noch für mehr böses Blut gesorgt. Tiefe Ratlosigkeit ergriff ihn. Sosehr er sich auch anstrengte, einige von den Männern wollten ihn anscheinend nicht als ersten Offizier akzeptieren – allen voran Virbius. Und früher oder später, so fürchtete er, würden sie versuchen, Hector zu rächen.

Am nächsten Morgen verließ die *Poseidons Dreizack* die Bucht und setzte ihren Weg nach Dyrrachium fort. Mit einer warmen nördlichen Brise im Segel glitt sie in der Dünung auf und ab. Nach einem mageren Frühstück mit Brot und einem Becher Wasser drängten sich alle, die nichts zu tun hatten, an der Reling, in der Hoffnung auf den zusätzlichen halben Anteil, den der Kapitän für die erste Sichtung eines Segels ausgelobt hatte.

Je höher die Sonne stieg, desto stärker blies der Wind. Am Himmel ballten sich graue Wolken zusammen, und Bulla gab Befehl zum Reffen des Segels.

Leitos stand neben Telemachos und behielt das Tauwerk im Auge. »Beten wir, dass das Wetter nicht noch schlechter wird. Bald kommen wir am Kap Timoris vorbei.«

Diesen Namen kannte Telemachos noch aus seiner

Zeit als Schiffsjunge auf der *Selene*. Er warf dem angegrauten Piraten einen Blick zu. »Ist das Kap wirklich so schlimm, wie es immer heißt?«

»Schlimm?« Leitos lachte. »So viele Schiffbrüche wie hier gibt es nirgends sonst an der Küste. Jeder halbwegs brauchbare Kapitän weiß, wie gefährlich diese Stelle ist.«

»Was machen wir?«

»Was alle Schiffe machen, die das Kap passieren. Wir müssen möglichst großen Abstand halten und hoffen, dass wir nicht in ein Unwetter geraten.«

»Segel voraus!«, schrie plötzlich der Ausguck. »Ich sehe es, Käpt'n! Da drüben!«

Alle Männer an Deck blickten gleichzeitig hinauf zu dem jungen Piraten auf der Rah. Er platzte fast vor Begeisterung und deutete gestikulierend zum Horizont.

Bulla legte den Kopf zurück und rief: »Was siehst du, Longarus? Ich will eine klare Meldung hören, Junge.«

Nach längerem Schweigen rief Longarus erneut herab, diesmal in ruhigerem Ton. »Sie ist vor dem Backbordbug, Käpt'n. Drei Meilen voraus, hält direkt auf uns zu.«

Bulla eilte zur Reling, dicht gefolgt von Telemachos. Kurz darauf stießen Bassus und mehrere andere dazu. Auf den Zehenspitzen stehend starrten sie hinaus aufs Meer. Telemachos kniff vergeblich die Augen zusammen.

Dann streckte Bassus den Arm aus. »Da!«

Telemachos spähte angestrengt in die angezeigte Richtung, bis er einen dunklen, kaum wahrnehmbaren Fleck ausmachte.

»Ein römisches Kriegsschiff?«, fragte Geras.

»Nein«, erwiderte Telemachos. »Hier nicht. Die Patrouillen sind im Norden gebunden.«

»Kannst du sonst noch was erkennen?«, rief Bulla nach oben.

Longarus beobachtete eine Weile den Horizont, dann kam seine Antwort. »Der Rumpf liegt jetzt überm Wasser. Zu groß für ein Fischerboot. Sieht nach einem Kauffahrer aus, Käpt'n.«

Über das Deck der *Dreizack* brandete aufgeregtes Stimmengewirr.

Castor grinste. »Anscheinend sind uns die Götter doch gewogen.«

»Glückspilz.« Geras spähte hinauf zum Ausguck. »Er kriegt einen zusätzlichen halben Anteil, weil er das Schiff entdeckt hat.«

Unmittelbar darauf brüllte Longarus wieder und wies in die Richtung des unsichtbaren Kauffahrers. »Käpt'n, noch ein Segel!«

Das Geschnatter an Bord verstummte schlagartig, und Bulla hielt Ausschau. Nach einer Weile gab er es auf und wandte sich wieder an den Ausguck. »Kannst du was Genaueres erkennen?«

»Sie ist vielleicht eine Meile hinter dem ersten Schiff, Käpt'n. Gleicher Kurs.«

Geras strahlte übers ganze Gesicht. »Noch ein Frachter?«

Bevor jemand antworten konnte, meldete sich Longarus erneut. Jetzt klang seine Stimme besorgt. »Ich seh sie jetzt besser. Sie ist kleiner als der Kauffahrer, Käpt'n. Mit einer schwarzen Flagge.«

»Schwarz?« Bulla zog die Augenbrauen zusammen. »Bist du sicher?«

»Ja, auf jeden Fall schwarz.«

Geras schielte zu Telemachos. »Anscheinend hast du recht. Wir sind nicht die Einzigen, die hier Jagd auf Beute machen.«

Telemachos nickte zerstreut. In seinem Kopf überschlugen sich die Gedanken. »Die kommen bestimmt von der illyrischen Küste. Wahrscheinlich haben sie den Kauffahrer entdeckt, als er das Kap umschifft hat, und die Verfolgung aufgenommen.«

»Egal, wer sie sind, sie treiben uns den Frachter direkt in die Arme.« Bulla richtete sich gerade auf. »Ruf alle Mann zusammen, Telemachos. Wir schneiden ihm den Weg ab, bevor ihn die anderen stellen können.«

Telemachos drehte sich um und trieb die Leute an Deck mit lauter Stimme auf ihre Positionen. Auf Bullas Befehl hin zerrte Calkas an der Pinne, bis der Bug der *Dreizack* auf den Kauffahrer zuschwenkte. Gleichzeitig lösten die Deckshelfer die Schoten und brassten die Rah, damit der Wind direkt von achtern kam. Brüllend forderte Telemachos sie auf, die Schoten wieder festzuzurren, und nach kurzem Krängen schoss das Piratenschiff durch die Wellen wie ein Pfeil.

»Der Kauffahrer hat seinen Kurs geändert, Käpt'n!«, meldete der Ausguck.

Bulla spähte unwillkürlich zum Horizont, und Telemachos folgte seinem Blick. Weit draußen bemerkte er, wie der Bug des Frachters schlingernd von der *Dreizack* wegdrehte. »Sic segeln jetzt vor dem Wind, Käpt'n.«

»Die kommen nicht weit.« Auf Bullas Gesicht lag ein Ausdruck finsterer Entschlossenheit. »Wir sind viel schneller.«

Telemachos hatte sofort begriffen, in welcher Lage sich

der Kauffahrer befand. Nachdem das andere Piratenschiff ihm den Weg zur Küste abgeschnitten hatte, hatte er die apulische Küste angesteuert, um in Brundisium Zuflucht zu suchen. Doch jetzt hielt die *Poseidons Dreizack* von der See her auf ihn zu, und er war von beiden Seiten eingeschlossen.

»Das andere Schiff hat auch den Kurs geändert!«, rief der Ausguck. »Sie wollen den Kauffahrer von der Landseite aus abfangen, Käpt'n.«

»Sehr gut. Jetzt kann er nirgends mehr hin.« Bulla wandte sich an Telemachos. »Wir müssen ihn entern, sobald wir längsseits sind. Ich will, dass die Besatzung überwältigt und die Ladung auf der *Dreizack* verstaut ist, bevor das andere Piratenschiff eingreifen kann. Lass die Männer antreten.«

»Aye, Käpt'n.«

Telemachos brüllte Befehle, und das Enterkommando versammelte sich eilig auf dem Vordeck. Die Bogenschützen und Schleuderer formierten sich, während sich andere mit den Wurfhaken bereithielten. Bulla stellte sich neben den Steuermann, weil er dort den Kurs der *Dreizack* und den Abstand zu dem verfolgten Kauffahrer genau überwachen konnte. Nachdem alle ihre Posten bezogen hatten, trat Telemachos an die Reling zu den übrigen Männern, die nach dem Piratenschiff Ausschau hielten. Kurz darauf stieß einer von ihnen einen Ruf aus.

Telemachos erhaschte weit landwärts einen Blick auf ein dreieckiges Segel und schaute sich nach Leitos um. »Meinst du, wir sind vor dem anderen Schiff dort?«

Der Veteran kratzte sich am Kinn. »Wird eine knappe Sache. Aber wir sind näher dran, und unsere Kiste ist bestimmt wendiger. Ich verwette meinen Anteil darauf, dass wir als Erste hinkommen.«

Die Jagd ging weiter. Bald hatte sich die *Poseidons Dreizack* bis auf eine halbe Meile an den Kauffahrer herangeschoben, und der Abstand wurde immer kleiner. Telemachos spürte ein aufgeregtes Kribbeln, weil nach der wochenlangen erfolglosen Suche endlich Beute winkte. Er spähte landwärts und stellte erstaunt fest, wie nahe auch das andere Piratenschiff herangerückt war. Das dunkle Segel straff gespannt wie das Fell einer Trommel, jagte es dahin, und die Besatzung hatte sogar die Riemen ausgefahren, um mehr Fahrt zu machen. Trotzdem war für Telemachos klar erkennbar, dass die *Dreizack* den Kauffahrer zuerst erreichen würde.

Geras rieb sich vor Freude die Hände. »Jetzt haben wir sie am Wickel. Sieht so aus, als hätten sie ordentlich was an Bord.« Er deutete mit dem Kinn über den Bug.

Auch Telemachos war nicht entgangen, wie tief das Schiff im Wasser lag. Die Fracht musste ziemlich schwer sein. »Was haben die wohl geladen?«

»Egal, was es ist. Wir müssen sie aufbringen, bevor die anderen da sind.«

Die Sonne brach durch die verstreuten Wolken, und am Vordeck wurden hektische Rufe laut. Den Blick auf den Kauffahrer gerichtet, bemerkte er plötzlich das stumpfe Glänzen von Helmen an Deck. Sofort wandte er sich an Geras. »Schau, da vorn!«

Eine Schar von Männern in schlichten Tuniken, die mit Kurzschwertern und Schilden nach Legionärsart ausgerüstet war, schwärmte über das Deck des Frachters. Einige verteilten Speere, andere riefen Befehle und feuerten die Matrosen zur Verteidigung des Schiffs an. Telemachos zählte mindestens zwanzig Bewaffnete. Mehr als genug, um der Besatzung der *Dreizack* mit entschlossenem Widerstand zu begegnen.

»Seesoldaten?« Telemachos schüttelte bestürzt den Kopf.

Geras spähte nach den Gestalten und nickte. »Jedenfalls kampferprobte Leute.«

»Vielleicht gedungene Wachen. Wir werden es bald rausfinden.«

Bulla rief Calkas einen Befehl zu, und der Steuermann warf sich mit seinem ganzen Gewicht gegen die Pinne. Telemachos hörte das Knirschen von Holzplanken, als die Ruder ausgefahren wurden, und kurz darauf pflügten sich die Blätter durch die See und trugen die *Dreizack* zur Steuerbordseite des Kauffahrers. Mit einem Blick nach Osten erkannte er, dass auch das andere Piratenschiff den Kurs angepasst hatte, um den Frachter von backbord zu entern.

Plötzlich änderte der Kauffahrer die Richtung und hielt schräg auf die *Dreizack* zu, die keine fünfzig Schritt mehr entfernt war.

»Was soll das?«, wunderte sich Geras. »Warum steuern sie auf einmal auf uns zu?«

In diesem Moment schallte vom Deck des Kauffahrers ein Befehl über das Wasser, und Telemachos begriff, was die Verteidiger vorhatten. Unmittelbar darauf stieg ein Schauer dunkler Schäfte hinauf zum Himmel.

Er hob die Hände an den Mund und brüllte: »Alles in Deckung!«

KAPITEL 30

Einen schier unendlichen Moment lang hingen die Wurfgeschosse in der Luft, dann prasselten sie auf das Deck herab und zersplitterten die Holzschilde der Piraten. Aus dem Augenwinkel bemerkte Telemachos, wie ein Mann zu Boden sackte, dessen Oberschenkel unter seinem Schild von der Eisenspitze eines Speers durchbohrt worden war. Zwei seiner Kameraden stürzten sofort hinzu und zerrten ihn weg, kurz bevor ein weiterer Speer zitternd in die Planke schlug, auf der er gelegen hatte. Auch andere Männer schrien auf, getroffen von scharfen Spießen oder stumpfem Schleuderblei. Doch zum Glück hatten sich die meisten Piraten rechtzeitig hinter ihren Schilden verschanzt und waren unverletzt geblieben.

Mit erhobener Stimme übertönte Bulla die Schmerzenslaute der Verwundeten. »Lass die Bogenschützen antreten!«

Telemachos gab den Befehl mit lauter Stimme weiter. Die Schützen spannten zielend die Sehnen und schossen Pfeile auf den Kauffahrer ab. Einige stürzten wirkungslos in den schmalen Streifen Wasser zwischen den beiden Schiffen, aber die meisten prallten dröhnend gegen die hastig hochgerissenen Schilde der Verteidiger. Unter dem grölenden Jubel der Männer von der *Dreizack* brachen zwei Matrosen getroffen zusammen.

Der Beschuss von beiden Seiten ging erbarmungslos weiter. Bulla erteilte den Befehl zum Einziehen der Riemen, und die *Dreizack* schob sich an der Steuerbordwand des Kauffahrers entlang. Als die beiden Schiffe fast auf einer Höhe waren, löste er sich vom Achterdeck und rief: »Enterhaken auswerfen!«

Die Piraten hasteten zurück an ihre Posten und schleuderten die spitzen Eisenkrallen durch die Luft. Sobald sich die Stachel in das Deck des Kauffahrers gegraben hatten, zogen die Männer die *Dreizack* mit den Leinen näher heran. Hinter ihnen drängte sich das Enterkommando um den Mast und wartete darauf, auf das andere Schiff zu springen und sich auf die Verteidiger zu stürzen.

»Pullt, ihr faulen Säcke!«, brüllte Telemachos. »Pullt!«

Doch mit einem Mal hämmerte, begleitet von einem giftigen Sirren, ein tödlicher Hagel aus Schleuderblei auf die Piraten nieder, die an den Entertauen zerrten. Sie waren völlig ungeschützt, und Telemachos beobachtete, wie der Mann vor ihm am Kopf getroffen wurde und mit zerschmettertem Jochbein nach hinten stürzte. Der Pirat stieß einen kehligen Schmerzenslaut aus, und die Leine entglitt seinem Griff.

»Da drüben!« Telemachos streckte den Schwertarm aus, um das Augenmerk der Bogenschützen auf die Schleuderer zu lenken. »Macht sie nieder!«

Die Schützen visierten ihr neues Ziel an und sandten einen Schauer von Pfeilen aus. Ein Mann wurde niedergestreckt, die anderen warfen sich in Deckung. Unter dem pausenlosen Angriff mussten sich die Schleuderer allmählich in die Reihen der übrigen Verteidiger zurückziehen.

Kaum hatte der bleierne Regen etwas nachgelassen, da wandte sich Telemachos an seinen Nachbarn. »Bassus!« Er deutete auf das Entertau, das der Mann mit dem zertrümmerten Jochbein fallen gelassen hatte. »Nimm seinen Platz ein! Schnell!«

Ohne lang zu fackeln, rannte Bassus los und packte die Leine. Nach seiner Eingliederung in die Besatzung der *Poseidons Dreizack* hatte der hünenhafte Thraker anfangs großen Unwillen an den Tag gelegt und sich gegen seine Vorgesetzten aufgelehnt. Doch inzwischen hatte er sich, angetrieben von der Aussicht auf reiche Beute, zu einem überaus kampfesmutigen Piraten entwickelt.

Die Bogenschützen setzten ihren Beschuss fort, während Bassus und die anderen die Taue straff zogen. Als die Schiffe Seite an Seite lagen, zurrten die Männer die Leinen an den Holzklampen fest und reihten sich mit ihren Waffen in das Enterkommando ein. Nach einer letzten Pfeilsalve auf die Verteidiger riss Bulla sein Krummschwert hoch und feuerte die Piraten an: »Los! *Los!* Bewegt euch!«

Die Männer schwärmten aus. Als der Erste über die Reling kletterte, schleuderte ihm ein Matrose des Kauffahrers einen Speer entgegen. Der Schaft bohrte sich in seinen Bauch, und der Pirat stürzte mit einem lauten Stöhnen in die schmale Lücke zwischen den zwei Schiffen. Proculus und mehrere andere neue Rekruten erstarrten und beobachteten voller Entsetzen, wie er zwischen den Bordwänden zermalmt wurde.

Ohne auf einen verirrten Pfeil zu achten, der knapp an ihm vorbeizischte, schwang sich Telemachos auf die

Brüstung. »Kommt schon! Oder wartet ihr auf eine Einladung des Kaisers?«

Er schnellte über den Spalt und landete dumpf polternd auf dem Deck des Kauffahrers. Angespornt von der Furchtlosigkeit des ersten Offiziers, sprangen ihm Proculus und die anderen nach. Telemachos richtete sich auf und rannte sofort auf die Verteidiger zu. Diese waren nicht mehr durch den Beschuss mit Pfeilen gebunden und stürzten nun ihrerseits los, um die Angreifer an der Reling abzufangen. Vorneweg die Soldaten, die weniger gut bewaffneten Matrosen dahinter. Im Gegensatz zu dem üblichen Verhalten von Matrosen, denen eine Horde Piraten entgegenströmte, zeigten sie keine Spur von Verzagtheit. Telemachos begriff, dass den Leuten der *Poseidons Dreizack* ein harter Kampf bevorstand.

»Nicht nachlassen!«, brüllte er. »Sie oder wir, Männer!«

Mit gesenkter Schulter warf er sich auf den ersten Verteidiger, einen klobigen Kerl mit breiter Brust und kurz geschorenem Haar, der ein Kurzschwert und einen großen Turmschild hielt. Der Römer zog den Kopf nach unten und machte einen entschlossenen Schritt in seine Richtung. Das Scutum des Mannes krachte wie ein Amboss auf Telemachos' kleinen Faustschild. Von der Wucht des Aufpralls taumelte er nach hinten und bemerkte gerade noch rechtzeitig die schimmernde Eisenspitze des Schwerts, die auf seine Kehle zufuhr.

Gedankenschnell riss Telemachos den rechten Arm hoch und parierte den Hieb mit der Schneide seiner Falcata. Überrascht von den Reflexen seines Gegners, zog der Römer sein Schwert zurück und stach sofort nachsetzend nach Telemachos' Bauch. Diesmal sah Telemachos den Angriff voraus und lenkte ihn mit dem Faustschild ab. Bevor sich der Römer zurückziehen konnte, knallte er ihm das Pugnum ins Gesicht. Der Soldat gab ein lautes Ächzen von sich, als ihm der Metallrand das Nasenbein brach. Er stolperte nach hinten, und Telemachos hackte ihm die Falcata tief in den Hals. Das Blut spritzte in einem dicken Schwall aus der Wunde, und der Römer sackte auf die Knie.

Telemachos trat zurück und warf einen kurzen Blick um sich. Von allen Seiten drangen Stöhnen, Schreien und das harte Krachen von Klingen auf Schilden an seine Ohren. In dem wilden Gewühl entdeckte er, dass mehrere Männer der *Dreizack* hingestreckt auf dem Deck lagen. Bisher war der Kampf ausgeglichen, und die Verteidiger hielten dem Ansturm der Piraten noch immer stand. Der eine oder andere Pirat schielte nach dem zweiten Seeräuberschiff, das sich von der Backbordseite näherte, doch die meisten achteten nicht darauf, weil sie um ihr Leben fochten.

Aufgeschreckt von einer plötzlichen Bewegung am Rand seines Gesichtsfelds, wirbelte Telemachos herum und sah einen neuen Gegner auf sich zustürmen. Der übergewichtige Nubier schwenkte eine Axt, auf deren Blatt Blut glänzte, und ließ sie auf Telemachos' Schädel niedersausen. Im letzten Moment duckte sich der erste Offizier tief in die Hocke und stemmte sein Pugnum schützend nach oben. Ein brennender Schmerz schoss seinen Arm hinauf, als sich die Schneide tief in das Holz des Schildrands grub. Mit zusammengebissenen Zähnen aufspringend ließ er seine Falcata nach vorn schnellen, doch die Klinge schlitzte vor allem durch Stoff und fügte dem Nubier nur eine flache Schramme am Bauch zu. Mit wutverzerrtem Gesicht riss der Matrose seine Waffe aus dem Schild und zog sich einen Schritt zurück.

Dann griff er erneut an und legte sein ganzes Gewicht in den nächsten, doppelhändig geführten Hieb. Gerade noch rechtzeitig sprang Telemachos zur Seite, und das Blatt der Axt fuhr abgelenkt vom Faustschild splitternd in das Deck. Doch schon hatte der Nubier seine Waffe wieder herausgezerrt und rammte Telemachos die Schulter so heftig in den Bauch, dass dieser an die Reling gedrückt wurde.

Über die Lippen des Matrosen zuckte ein triumphierendes Lächeln. »Jetzt kommst du mir nicht mehr davon, du Abschaum!«

In diesem Augenblick fiel ein tiefer Schatten auf den Kauffahrer. Das andere Piratenschiff schob sich längsseits heran und krachte mit einem knirschenden Ruck in die Bordwand. Mehrere Männer wurden umgerissen, und ein Matrose, der den Halt verloren hatte, kippte im Stolpern auf den Nubier. In einem Gewirr von Gliedmaßen und Waffen stürzten beide aufs Deck, und die Axt schlitterte polternd über die Bohlen. Bevor sie sich aufrappeln konnten, stürzten sich zwei Piraten auf sie und machten ihnen mit hackenden Hieben den Garaus.

Kurz darauf flogen die Entertaue des zweiten Piratenschiffs über den schmalen Wasserspalt, und die Haken krallten sich in die Brüstung des Kauffahrers. Die Lücke schloss sich, und mehrere Soldaten stießen warnende Rufe aus. Schon setzten die ersten Seeräuber über die Reling und warfen sich mit wildem Geheul auf die Verteidiger. Einige Römer fuhren herum, um sich der neuen Bedrohung entgegenzustellen, doch viele andere reagierten zu langsam und wurden in einem Tumult von Schwertstreichen und Speerstößen gefällt. »Das war's, Männer!«, brüllte Bulla. »Jetzt haben wir sie! Macht sie fertig!«

Von Verwirrung und Schrecken erfasst, wurden die Verteidiger von den beiden Piratenmannschaften unbarmherzig zum Mast zurückgedrängt. Von dem anderen Schiff strömten weitere Bewaffnete herüber und metzelten jeden nieder, der Widerstand leistete. Bald waren nur noch wenige Verteidiger übrig, und diese streckten nun ihre Waffen, da sie erkannten, dass sie keine Chance mehr auf den Sieg hatten. Zwei der sich Ergebenden wurden von Männern erschlagen, die noch völlig in ihrer Kampfeslust befangen schienen. Erst ein lautes Kommando von Bulla konnte die Besatzung der *Dreizack* dazu bewegen, von den Überlebenden abzulassen.

Widerstrebend zogen sich seine Leute vom Mast zurück, und es öffnete sich eine Lücke zwischen ihnen und den anderen Seeräubern. Beide Seiten beäugten sich misstrauisch und wagten es nicht, die Waffen zu senken. Dann ertönte ein Ruf, und drüben teilten sich die Reihen. Eine hagere, dunkelhaarige Gestalt erschien. Unter einer schwarzen Kappe blinkten goldene Ohrringe.

Der Mann musterte die Piraten vor ihm mit scharfem Blick. »Wer ist euer Kapitän?«

»Ich.« Bulla schob sich nach vorn. »Ich heiße Bulla und bin der Kapitän der *Poseidons Dreizack*.«

»Bulla?« Nickend kniff der Hagere die Lippen zusammen. »Ja, den Namen habe ich schon gehört. Du bist der Kapitän, der Nestors Meute fertiggemacht hat.«

»Aye, das sind wir. Und wer bist du?«

Der andere lächelte milde. »Vielleicht hast du ebenfalls schon von mir gehört. Ich bin Agrios. Kommandant der *Pegasos*. Zu deinen Diensten.«

Über Bullas Gesicht flackerte ein überraschter Ausdruck, und mehrere seiner Männer tauschten nervöse Blicke.

Telemachos hatte ein wachsames Auge auf die Besatzung der *Pegasos*, deren Kommandant jetzt mehrere Schritte nach vorn machte. Agrios ließ den Blick über die hingestreckten Toten und Verwundeten gleiten, ehe er ihn wieder auf Bulla richtete. »Wie es aussieht, sind wir gerade noch rechtzeitig eingetroffen. Nur ein wenig später, und dir und deinen Männern hätte vielleicht die letzte Stunde geschlagen.«

»Wir wären schon mit ihnen fertiggeworden«, antwortete Bulla. »Aber ich gebe zu, dass sie uns einen harten Kampf geliefert haben.«

»Wundert mich nicht. Immerhin haben wir es jetzt mit Söldnern zu tun.«

»Mit Söldnern?« Telemachos zog eine Augenbraue hoch.

Agrios deutete mit einem Wink auf einen der toten Römer. »Die Schiffe in dieser Gegend reisen neuerdings unter Schutz. Ehemalige Seesoldaten, Legionäre, Gladiatoren … jeder, der mit einem Schwert umgehen kann. In letzter Zeit habe ich bei der Kaperung von Schiffen nicht wenige Männer verloren.«

»Da müssen wir uns unsere Opfer in Zukunft wohl sorgfältiger aussuchen«, bemerkte Bulla.

»In der Tat, Käpt'n. Würdest du jetzt freundlicherweise deine Leute auffordern, die Waffen wegzustecken und auf ihr Schiff zurückzukehren? Wir fahren weiter, sobald wir die Fracht in unseren Lastraum umgeladen haben.«

Bulla starrte ihn an. »Das ist unsere Prise. Wir haben das Schiff zuerst geentert. Die Ladung gehört uns.«

»Da irrst du dich, Käpt'n. Wir haben diesen Kahn schon lange vor eurem Auftauchen verfolgt. Auch wenn ihr versucht habt, ihn uns vor der Nase wegzustehlen, gibt euch das kein Recht auf die Beute.«

»Wer redet hier von Stehlen? Wir haben das Schiff aufgebracht, ganz einfach.«

Agrios kniff die Augen zu Schlitzen zusammen. »Ich bitte dich nicht noch mal, Käpt'n. Sag deinen Leuten, sie sollen sofort von Bord gehen.«

»Nein.«

Angespanntes Schweigen hing über dem Kauffahrer, nur unterbrochen vom Stöhnen der Verletzten und Sterbenden. Die Piraten beider Lager umklammerten die Waffen und warteten auf den Angriffsbefehl ihres Kapitäns. Die Überlebenden der Schiffsbesatzung drückten sich näher an den Mast und beobachteten unruhig die Auseinandersetzung zwischen den Seeräubern. Aus dem Augenwinkel nahm Telemachos wahr, wie mehrere seiner Kameraden sich mit erhobenem Schild für den Kampf gegen einen neuen Feind wappneten.

Agrios fixierte Bulla mit entschlossenem Ausdruck und machte noch einen Schritt nach vorn. »Das ist meine letzte Warnung, Käpt'n. Entweder ihr zieht euch zurück, oder ihr werdet es bereuen.«

»Wartet!« Telemachos trat zwischen die zwei Mannschaften, und alle Blicke richteten sich auf ihn.

»Und wer bist du?«, erkundigte sich Agrios.

»Telemachos, Käpt'n. Der erste Offizier der *Poseidons Dreizack*.«

»Dieser magere Hänfling ist dein Stellvertreter?« Agrios lachte. »Du musst ein verzweifelter Mann sein, Käpt'n.«

Mehrere Männer von der *Pegasos* lachten auf. Ohne sich davon beeindrucken zu lassen, fuhr Telemachos fort. »Warum teilen wir uns die Beute nicht, statt darum zu kämpfen?«

Agrios musterte ihn stirnrunzelnd. »Warum sollten wir uns auf so was einlassen?«

»Beide Mannschaften haben einen Anspruch auf die Ladung. Vielleicht hätte weder die eine noch die andere es geschafft, sie allein zu kapern. Deswegen finde ich, dass eine Aufteilung des Fangs die beste Lösung ist.«

»Unsinn!«, knurrte ein Mann mit dichtem Bart rechts hinter Agrios, der offenbar seine rechte Hand war. »Wir können uns doch nicht auf einen Handel mit diesem Gesindel einlassen, Käpt'n! Ich bin dafür, wir machen sie nieder und nehmen uns, was uns gehört.«

»Ruhe!«, blaffte Agrios. Er betrachtete Telemachos mit abwägender Miene. »Welche Bedingungen schlägst du vor, Junge?«

»Eine Hälfte für uns, die andere für euch. Das ist am gerechtesten, da wir beide an der Kaperung des Schiffs beteiligt waren.«

»Und wenn wir uns weigern?«, fragte Agrios.

»Dann müsst ihr um die Beute kämpfen. Mit Glück behaltet ihr vielleicht die Oberhand. Aber viele deiner Männer würden ihr Leben verlieren. Von einer Teilung haben beide Seiten was, ohne dass weiteres Blut vergossen wird.«

»Was ist mit den Überlebenden?«

»Wir machen halbe-halbe, genau wie bei der Ladung.«

»Das hört sich doch vernünftig an«, verkündete Bulla nach kurzem Schweigen. »Nun, Agrios? Was meinst du dazu?«

Der Kapitän der *Pegasos* zupfte an seinem Kinn. »Klingt verlockend. Wäre nicht schlecht, wenn wir keine weiteren Verluste erleiden würden.« Wieder entstand eine Pause. »Also gut. Ich bin einverstanden, Käpt'n. Diesmal.«

Bulla nickte erleichtert. »Dann erteile ich meinen Leuten den Befehl, die Ladung raufzuschaffen. Wir verteilen sie an Deck, zusammen mit dem Proviant und den Überlebenden.«

»Demetrios begleitet deine Leute.« Agrios winkte den Bärtigen heran. »Damit alles seine Richtigkeit hat.«

»Wie du willst.«

Die zwei Besatzungen machten sich an die Arbeit, und schon bald herrschte an Bord des Kauffahrers rege Betriebsamkeit. Die Leute von der *Pegasos* trieben die Überlebenden zusammen, während Bullas Männer zwischen Frachtraum und Deck hin- und hereilten. Sie trugen Tuch, feine Wolle und Lederhäute in Ballen nach oben, wo eine andere Gruppe unter Aufsicht von Demetrios und Castor die Beute gleichmäßig in zwei Haufen aufteilte. Der Anblick der wertvollen Güter hatte in beiden Seeräuberlagern für bessere Stimmung gesorgt, und bald war jede Feindseligkeit zwischen ihnen vergessen.

Als die letzten Ballen nach oben gebracht wurden, steuerte Demetrios auf die zwei Kapitäne zu. »Das ist jetzt alles. Unten im Kielraum liegen noch mehrere Marmorblöcke, aber sie sind zu schwer zum Tragen.«

»Schade«, erwiderte Agrios. »Marmor ist zurzeit ein kleines Vermögen wert. Trotzdem, der Fang kann sich sehen lassen. Sag den Leuten, sie können sich ans Verladen machen, Demetrios.«

»Aye, Käpt'n.« Der Bärtige stapfte zurück zur Frachtluke und rief den wartenden Männern Befehle zu.

Agrios beobachtete nachdenklich, wie sie die ersten Güter auf die *Pegasos* schafften. »Möglicherweise wäre das sowieso eine einträgliche Übereinkunft.«

Bulla fixierte ihn neugierig. »Was meinst du damit?«

»Letztlich konnten wir das Schiff nur kapern, weil wir es in die Zange genommen haben. Vielleicht sollten wir immer so vorgehen.«

»Du schlägst vor, dass wir … zusammen Jagd machen?«

»Ganz richtig. Zusammen können wir leichter Beute machen als alleine.«

Bulla schüttelte den Kopf. »Mit so einem Bündnis wären meine Leute niemals einverstanden.«

»Ich schlage auch keine dauerhafte Abmachung vor«, erklärte Agrios. »Wir könnten einfach in den nächsten Monaten zusammen segeln. Höchstens bis zum Winter.«

Bulla sah sein Gegenüber eindringlich an. »Und wer hätte die Leitung über dieses Bündnis?«

»Wir beide natürlich. Wir müssten uns darauf einigen, welche Schiffe wir verfolgen und welche Schiffe wir überfallen. Und einen Treffpunkt vereinbaren, falls wir getrennt werden. Alles, was wir zusammen erbeuten, wird gerecht geteilt.«

»Das könnte tatsächlich klappen.« Bulla kratzte sich am Kinn. »Aber das ändert nichts daran, dass es zurzeit wirklich schwer ist, Schiffe zum Kapern zu finden. Alles nördlich von Epidaurum kommt nicht infrage.« Der Kapitän der *Dreizack* beschrieb in knappen Worten die Geleitschutztaktik, die Canis angestoßen hatte.

»Du hast recht.« Agrios hatte Bulla aufmerksam zugehört. »Wir sollten die Finger von der Nordküste lassen. In den Gewässern hier ist sowieso nicht mehr viel zu holen. Aber vielleicht könnten wir unsere Tätigkeit in eine andere Gegend verlegen.«

»Hast du was Bestimmtes im Sinn?«

»Ja. Italia.«

Über Bullas Gesicht huschte ein beunruhigter Ausdruck. »Warum sollten wir so nahe bei unserem Feind auf Raubzug gehen?«

»Weil die italische Küste praktisch wehrlos ist. Solange Canis auf dieser Seite des Adriaticums mit seiner Jagd auf unsresgleichen beschäftigt ist, können wir dort drüben mit reicher Beute rechnen.«

»Die Römer haben ihre Küste bestimmt nicht ungeschützt zurückgelassen«, warf Telemachos ein. »So dumm ist nicht einmal Canis.«

Agrios setzte ein spöttisches Grinsen auf. »Offenbar kennst du die Römer nicht, Junge. Sie sind ein arrogantes Volk. Sie können sich gar nicht vorstellen, dass jemand es wagen würde, sie im Herzen ihres Reichs anzugreifen. Außerdem weiß ich aus zuverlässiger Quelle, dass Canis nur eine kleine Streitmacht zur Verteidigung der dortigen Schifffahrt abgestellt hat.«

»Von wem?«, fragte Bulla.

»Vor einer Woche haben meine Männer ein Flottenschiff aufgebracht. Hatte nichts besonders Wertvolles an Bord, doch ein Seesoldat war sehr entgegenkommend. Als er gesehen hat, wie seinen Freunden die Kehle aufgeschlitzt wurde, hat er uns bereitwillig Auskunft erteilt.«

Telemachos unterdrückte einen Schauder. »Was hat er gesagt?«

»Er hat uns von dem Geleitschutzplan erzählt. Und er hat uns verraten, dass die Flotte von Ravenna in einem weitaus schlechteren Zustand ist, als ich vermutet hätte. Der Mangel an seetüchtigen Schiffen ist so groß, dass Canis nur ein kleines Kontingent zum Schutz von Ravenna einteilen konnte. Ein halbes Geschwader, um genau zu sein. Fünf Biremen.«

»Fünf? Zur Verteidigung der gesamten Küste?«

»Das hat uns der Römer berichtet.« Mit einem berechnenden Funkeln in den Augen fuhr Agrios fort. »Diese Schiffe haben die strikte Anweisung, sich nicht weiter als eine Tagesfahrt von Ravenna zu entfernen. Befehl des Präfekten. Die Küste im Süden ist also reif zum Pflücken.«

Bulla runzelte die Stirn. »Wenn Italia so verlockend ist, warum bist du dann nicht schon längst dorthin gefahren?«

»Wir wollten noch mehr in Erfahrung bringen. Um sicher zu sein, dass der Römer uns mit seiner Geschichte keinen Bären aufgebunden hat. Was du gerade berichtet hast, bestätigt seine Angaben.«

»Aber wenn wir Italia überfallen, kommt das in kürzester Zeit auch der Marine zu Ohren«, warnte Telemachos. »Dann müssen wir mit Gegenmaßnahmen rechnen. Einen Angriff auf die eigene Küste werden sich die Römer bestimmt nicht bieten lassen.«

»Vielleicht. Aber bis die Römer den Arsch hochkriegen, sind wir schon längst verschwunden.« Lächelnd wandte sich Agrios an Bulla. »Nun, Käpt'n? Bist du dabei?«

Gedankenversunken ließ Bulla den Blick über die Ladung gleiten. »Wir müssen ein Prisenkommando auf diesen Kahn setzen, das unsere Verwundeten und unseren Beuteanteil zurück zum Lager bringt. Die *Dreizack* ist langsamer und lässt sich mit einem vollen Frachtraum auch nicht so leicht steuern.«

»Meinetwegen. Das Schiff gehört dir.«

Ohne Zögern traf Bulla seine Entscheidung. »In diesem Fall … bin ich einverstanden. Wir folgen deinem Plan, Agrios.«

»Ausgezeichnet. Sobald der Rest der Güter verstaut ist, brechen wir nach Italia auf. In der Zwischenzeit unterrichte ich meine Leute. Ich schlage vor, du machst es genauso.«

»Wir müssen noch einen Treffpunkt festlegen«, mahnte Bulla. »Für den Fall, dass wir uns auf See aus den Augen verlieren.«

»Selbstverständlich. Demetrios wird gleich die Karten aus meiner Kajüte holen, dann können wir uns einen geeigneten Ort aussuchen. Außerdem sollten wir Signale zur Verständigung vereinbaren und alle noch offenen Fragen klären, bevor wir die Segel setzen.« Mit einem flüchtigen Nicken wandte sich Agrios ab und ging hinüber zu seinen Offizieren.

Telemachos konnte sein Unbehagen kaum beherrschen. »Bist du sicher, dass das eine gute Idee ist, Käpt'n?«

»Agrios hat recht«, antwortete Bulla. »Wenn die Angaben des römischen Seesoldaten zutreffen, können wir uns diese Gelegenheit nicht entgehen lassen.«

»Aber damit provozieren wir die Flotte. Sie wird uns verfolgen.«

»Womit denn? Du hast doch gehört, was er erzählt hat. Die haben kaum noch Schiffe zum Schutz der Handelsstrecken. Wir können uns ein Vermögen unter den Nagel reißen.«

»Mag sein. Aber auf diese Art machen wir uns in Rom jede Menge neue Feinde. Davon haben wir jetzt schon genug.«

Bulla atmete gereizt aus. »Darum kann ich mir jetzt keine Sorgen machen. Ich trage die Verantwortung für das Schiff und die Besatzung, und nach meiner Einschätzung ist das unsere beste Chance auf eine lohnende Beute.«

»Aber Käpt'n …«

»Schluss jetzt«, fauchte Bulla. Die Ungeduld in seiner Stimme war unverkennbar. »Ich habe meine Entscheidung getroffen. Und jetzt holst du mir Castor, er soll sich ein Prisenkommando für dieses Schiff aussuchen und die Verwundeten mitnehmen. Alle anderen kehren auf die *Dreizack* zurück. Dann legen wir ab nach Italia.«

KAPITEL 31

»Da wartet ja ein richtiges Begrüßungskommando auf uns.« Geras deutete zum hinteren Ende der Bucht. Telemachos folgte seinem Blick und erspähte eine Schar von Menschen, die sich unweit des Dammwegs zur Zitadelle versammelte. Hinter den Wällen der Festung brannten Feuer und warfen ihr Licht auf die erhobenen Sockel der Katapulte. Unmittelbar nach der Umrundung der Landzunge hatte die Mannschaft der *Poseidons Dreizack* dem Wachturm mit dem Erkennungszeichen ihre Ankunft gemeldet. Das Signal wurde an die Piraten in der Zitadelle weitergegeben, und die Posten an den Katapulten zogen sich zurück. Jetzt waren alle unterwegs zum Strand, um die einlaufende *Dreizack* zu empfangen.

»Immerhin waren wir eine Weile weg«, erwiderte Telemachos. Er stand auf dem Vordeck und hielt die Hand über die Augen, um sie vor der untergehenden Sonne zu schützen. »Unsere Kameraden sind bestimmt ganz scharf darauf zu erfahren, wie es uns ergangen ist.«

Geras setzte ein breites Grinsen auf. »Die werden uns heute Abend bestimmt den einen oder anderen Wein spendieren, wenn sie hören, was wir alles geladen haben.«

Ein Monat war vergangen, seit die *Poseidons Dreizack* im Verein mit der *Pegasos* des Piratenführers Agrios nach

Italia in See gestochen war. Der Raubzug hatte sich als großer Erfolg erwiesen, überlegte Telemachos, während das Schiff sanft schaukelnd aufs Ufer zuglitt. Nach dem Erreichen der apulischen Küste waren sie nach Norden gesegelt und hatten zwei Kauffahrer in der Nähe des Hafens Sipontum aufgebracht. Zwei Tage später war ihnen bei Histonium ein weiteres Schiff in die Hände gefallen. Gemeinsam hatten die beiden Seeräubermannschaften ein kleines Vermögen zusammengetragen, das aus Seide, Gewürzen und anderen im ganzen Imperium begehrten Luxusgütern bestand.

Nach der Aufteilung der Beute hatte sich Bulla zur Rückkehr nach Petrapylae entschlossen. Agrios hatte ihn beschworen, die Jagd fortzusetzen, aber Bulla blieb keine andere Möglichkeit, weil sein Schiff inzwischen schwer geladen hatte und dringend neue Vorräte benötigte. So vereinbarten sie, sich an einem Ankerplatz abseits der Seestraßen wiederzutreffen, sobald die Fracht verkauft war und die *Dreizack* sich mit frischem Proviant eingedeckt hatte.

Der einzige bittere Beigeschmack war die Grausamkeit, mit der Agrios und seine Männer die gefangenen Seeleute behandelt hatten. Nach der Kaperung eines Schiffs hatte Agrios die Matrosen nacheinander antreten lassen und sie aufgefordert, sich den Piraten anzuschließen. Wer sich weigerte, wurde auf der Stelle geköpft oder an Händen und Füßen gefesselt über Bord geworfen. Voller Entsetzen hatte Telemachos mit angesehen, wie ein zehn- oder elfjähriger Schiffsjunge, der schluchzend um sein Leben gefleht hatte, von Demetrios erschlagen wurde. Obwohl solche Gräuel den Zorn der römischen

Öffentlichkeit nur weiter anstacheln konnten, war Bulla aus Rücksicht auf das noch junge Bündnis mit Agrios nicht eingeschritten.

»Schade, dass wir nur so kurz bleiben«, ließ sich Geras jetzt vernehmen. »Zwei Abende sind nicht gerade viel zum Feiern. Ich würde die Füße gern ein bisschen länger hochlegen.«

Telemachos zuckte die Achseln. »Bulla weiß eben, dass wir keine Zeit an Land verschwenden dürfen. Vor allem, nachdem uns das letzte Schiff entkommen ist.«

Vor ein paar Tagen hatten die *Dreizack* und die *Pegasos* mehrere Meilen nördlich des Hafens Mirenum einen kleinen Küstenfrachter gestellt. Doch obwohl sie ihn mit Pfeilen und Speeren unter Beschuss genommen hatten, war ihm bei Einbruch der Dunkelheit die Flucht gelungen.

»Wie die Römer wohl reagieren werden?«, sinnierte Geras.

Telemachos rieb sich übers Kinn. »Die Überfälle auf Italia werden dem Präfekten Canis sicher nicht gefallen.«

»Ein Grund mehr, die Sache bis zur Neige auszukosten.« Geras klopfte seinem Freund aufmunternd auf die Schulter. »Na komm schon. Wir haben zur Abwechslung mal eine Glückssträhne. Alle hier werden sich freuen über unsere fette Beute, und dort, wo sie herkommt, ist noch viel zu holen. Im Moment sieht es doch gar nicht schlecht für uns aus.«

»Stimmt.«

»Das ist die richtige Einstellung! Ich habe jedenfalls vor, mich mit einem Krug Wein und einer drallen Dirne zu amüsieren. Und an beidem herrscht hier kein Mangel.« Geras deutete zur Zitadelle. »Was meinst du? Wollen wir auf unseren Erfolg anstoßen?«

»Klingt verlockend.« Telemachos lächelte. »Aber ich muss mich um dringendere Angelegenheiten kümmern.«

»Nereus?«

Telemachos nickte zerstreut. Ihn beschäftigte der doppelte Anteil an der Beute, der ihm zustand. Durch den Verkauf der Ladung an die Händler durfte er mit einer großen Geldsumme rechnen, die ihn in die Lage versetzen würde, seinen Bruder loszukaufen. Schon bald konnte er ein Angebot machen. Zwei seiner zuverlässigsten Kameraden sollten mit dem Geld aufbrechen und in seinem Auftrag einen angemessenen Preis mit Burrus aushandeln, in dessen Schmiede Nereus als Sklave arbeitete. Endlich winkte seinem Bruder die Freiheit, und bei dem Gedanken, ihn bald wiederzusehen, ging ihm das Herz auf.

Das Schiff schob sich weiter aufs Ufer zu, und kurz darauf kam es auf dem losen Kies bebend zum Stehen. Telemachos erteilte den Befehl zum Einziehen der Riemen und Einrollen des Segels, dann folgte er Bulla auf dem festen Fallreep an Land.

Ein Stück entfernt löste sich Castor aus einer Schar von Piraten und näherte sich. »Den Göttern sei Dank, dass ihr zurück seid, Käpt'n. Wir haben uns schon allmählich Sorgen gemacht.«

»Nicht nötig«, erwiderte Bulla leichthin. »Es ist alles reibungslos gelaufen. Wir sind bloß gekommen, um frischen Proviant an Bord zu nehmen. Und natürlich, um unsere Fracht auszuladen.«

»Die Reise hat sich also gelohnt?«

»Mehr als du es dir ausmalen kannst. Wir unterhalten uns später über alles. In zwei Tagen stechen wir wieder in See.«

»So bald schon?« Castor zog eine Augenbraue hoch.

»Agrios möchte unbedingt noch einige Schiffe kapern, solange sich unsere römischen Freunde woanders rumtreiben. Und ich teile seine Auffassung. Also, gibt es etwas zu melden? Irgendwelche Scherereien mit den Männern?«

»Hier war es eigentlich ziemlich ruhig. Ein Wachposten hat sich mit einem Geldverleiher geprügelt. Ich musste ihm zwanzig Peitschenhiebe geben lassen. Ansonsten nur die üblichen Beschwerden der Einheimischen, dass die Burschen zu viel saufen und raufen.«

»Wie geht es den Verletzten, die du hergebracht hast?«

»Vier von ihnen sind gestorben. Drei andere sind verkrüppelt und können nicht mehr zur See fahren. Die anderen sind einsatzbereit.«

»Du wachst darüber, dass die Familien der Toten ausbezahlt werden«, antwortete der Kapitän grimmig. »Jede bekommt einen vollen Anteil. Damit sollten sie über den Winter kommen. Und für alle, die nicht mehr seetauglich sind, finden wir eine Arbeit an Land.«

»Aye, Käpt'n.« Castor verlagerte nervös sein Gewicht. »Da ist noch was ...« Stockend brach er ab.

»Und zwar?«, blaffte Bulla. »Was ist los? Raus mit der Sprache.«

Castor schaute sich vorsichtig um. »Darüber sollten wir vielleicht besser reden, wenn wir ungestört sind.«

Voller Ungeduld stieß Bulla die Luft aus. »Na schön. Leitos!«

Der Offizier lief von der *Poseidons Dreizack* herüber. »Käpt'n?«

»Du übernimmst das Kommando. Die Männer sollen mit dem Ausladen anfangen. Dass sich aber keiner fortschleicht, bevor alles erfasst ist. Und wenn du schon dabei bist, mach gleich eine Liste der Vorräte, die wir brauchen. Ich möchte, dass wir in zwei Tagen bereit zum Auslaufen sind. Verstanden?«

»Aye, Käpt'n.« Leitos eilte zurück zum Schiff, und kurz darauf schallten seine Befehle über den Strand. Ein Teil der Menge zerstreute sich, die anderen machten sich ans Löschen der Fracht.

Bulla stapfte voran, bis er am Dammweg zum Torhaus angelangt war. Als sie außer Hörweite waren, fixierte er Castor. »Also, was ist los? Mach den Mund auf.«

Castor kratzte sich am Ellbogen. »Das ist so, Käpt'n. Als ihr weg wart, bin ich mit ein paar Männern auf dem gekaperten Schiff nach Ortopla gesegelt, um Vorräte einzukaufen. Nach der letzten Reise waren die Lager in der Zitadelle fast leer, und die Einheimischen konnten uns auch kein Korn und Fleisch mehr verkaufen, weil sie selber schon fast am Verhungern waren.«

Telemachos nickte. Von Petrapylae aus war Ortopla der nächste freundliche Hafen voller skrupelloser Kaufleute, die keine Fragen danach stellten, mit wem sie Geschäfte machten und woher die ihnen zum Kauf angebotenen Güter stammten. Die Besatzung der *Dreizack* hatte dort schon oft angelegt, um zusätzliche Vorräte und Ausrüstung zu erwerben.

»Verstehe«, sagte Bulla. »Weiter.«

»Wir hatten gerade einen Preis mit diesem Halsabschneider Lycinius ausgehandelt, da hat einer von den Männern aufgeschnappt, wie so ein Herold auf dem Forum eine Bekanntmachung vorlas. Das meiste davon war der übliche Klatsch. Außerdem ein Bericht, dass die Römer eine Piratenbande gestellt haben, die nördlich von hier auf Raubzug war. Sie haben sie alle hingerichtet.«

»Eine rivalisierende Besatzung weniger«, konstatierte Bulla mit versteinerter Miene.

»Ja. Aber da war noch was, Käpt'n. Eine Verlautbarung von Canis, diesem Präfekten der kaiserlichen Flotte. Eine Sache, die den Jungen hier betrifft.«

Telemachos gefror das Blut in den Adern. »Was für eine Sache?«

Castor wandte sich direkt an ihn. »Canis hat deinen Bruder. Er wird als Geisel festgehalten.«

»Nereus? Das kann nicht sein.«

»Ich erzähle nur, was wir gehört haben.«

»Aber ... wie wollen die Römer denn überhaupt von ihm erfahren haben?«

»Woher soll ich das wissen?« Castor zuckte die Achseln.

Telemachos starrte den Quartiermeister unverwandt an. »Was habt ihr sonst noch gehört?«

»Die Römer geben dir bis Ende des Monats Zeit, dich zu stellen. Wenn du dich weigerst, wird Nereus gekreuzigt.«

In Telemachos brandete heißer Zorn auf. Überwältigt von Erbitterung und Sorge, ballte er die Hände zu Fäusten und schloss kurz die Augen. Wie oft hatte ihn in den letzten Monaten die Befürchtung heimgesucht, dass sein

Bruder bei einem schrecklichen Unfall in der Schmiede ums Leben kommen könnte! Doch er hätte nicht im Traum daran gedacht, dass er ihn gerade dadurch, dass er sich um seine Befreiung bemühte, in noch größere Gefahr brachte. Er holte tief Luft und mahnte sich zur Ruhe. Die Frage, die er gleich zu Anfang gestellt hatte, ließ ihn nicht los. »Wie haben die Römer das mit mir und meinem Bruder rausgefunden?«

»Keine Ahnung. Die Leute reden, Dinge sprechen sich rum ...«

Telemachos schüttelte den Kopf. »Nein, da steckt mehr dahinter. Wie lang ist es her, dass ihr das gehört habt?«

»Fünf Tage«, antwortete Castor.

In Telemachos keimte Hoffnung auf. »Dann bleibt noch Zeit, um ihn zu retten. Käpt'n, wir müssen ihn befreien.«

»Das geht nicht.« Bulla schüttelte den Kopf. »Wir wissen ja gar nicht, wo sie ihn eingesperrt haben.«

»Dann stelle ich mich in Ravenna. Mein Leben für das meines Bruders.«

»Sei kein Narr! Glaubst du wirklich, Canis hält Wort und verschont Nereus? Er wird euch einfach beide hinrichten.«

»Ich muss es trotzdem versuchen. Solange nur die kleinste Chance besteht, ihn zu retten, bin ich zu diesem Risiko bereit.«

»Aber ich nicht«, entgegnete Bulla entschlossen. »Wenn du dich stellst, werden dich die Römer sofort verhören. Sie haben Folterknechte, die jeden zum Reden bringen. Manche von ihnen verstehen noch mehr von ihrem Handwerk als wir. Am Ende würdest du ihnen alles verraten, was du weißt. Auch wo sich unser Lager befindet. Das werde ich nicht dulden.«

»Aber wir können ihn doch nicht einfach im Stich lassen!«, rief Telemachos. »Es muss eine Möglichkeit geben, ihm zu helfen, Käpt'n.«

»Es gibt keine Möglichkeit.« Bullas Ton wurde weicher, als er die Not in den Augen seines ersten Offiziers bemerkte. »Es tut mir leid. Wir können nicht mit der hoffnungslosen Suche nach deinem Bruder das Leben unserer Leute aufs Spiel setzen. Das wirst du doch sicher verstehen.«

Telemachos zwang sich, tief durchzuatmen. Bei aller Wut und Verzweiflung konnte er sich der Argumentation des Kapitäns nicht verschließen. Er musste ihn auf andere Weise überzeugen. »Ich verlange nicht, dass du unsere Besatzung in Gefahr bringst. Aber versprich mir bitte eins.«

»Und das wäre?«

»Wenn sich die Gelegenheit ergibt, Nereus zu retten, darf ich sie ergreifen.«

Bulla seufzte. »Ich werde meine Männer nicht auffordern, für deinen Bruder ihren Hals zu riskieren. Aber falls wir ihn ohne große Gefahr befreien können, dann ja. Du kannst auf meine Unterstützung zählen.«

Telemachos nickte voller Dankbarkeit. Noch immer nagte die unbeantwortete Frage an ihm. »Aber eins will mir einfach nicht in den Kopf, Käpt'n. Außer den Männern aus unserer Besatzung, denen ich davon erzählt habe, wusste keiner was von meinem Bruder. Niemand.«

Bulla musterte ihn neugierig. »Worauf willst du hinaus?«

»Jemand muss den Römern Bescheid gesagt haben. Jemand, der weiß, wo er gearbeitet hat und wer sein Herr war. Einer von unseren Leuten hat mich verraten.«

Bulla zog die Augenbraue hoch. »Das bezweifle ich. Meine Männer können grausame Hunde sein, wenn sie Lust darauf haben, aber so was würden sie einem der Ihren nie antun.«

»Was für eine andere Erklärung kann es dafür geben?«

Bulla starrte ihn an. »Warum sollte jemand unseren Feinden von deinem Bruder erzählen?«

»Um mich loszuwerden. Wer es auch war, jedenfalls weiß er, dass ich alles tun würde, um meinen Bruder zu retten. Bestimmt ist er davon ausgegangen, dass ich mich stelle, auch wenn ich damit die Besatzung in Gefahr bringe.«

Erst nach einem Moment des Schweigens antwortete der Kapitän. »Wenn das stimmt, werden wir den Verantwortlichen finden. Mein Wort darauf. Jeder Verräter in meiner Mannschaft wird ausgemerzt.«

Telemachos senkte den Kopf. »Mehr verlange ich nicht.«

»Und was machen wir jetzt, Käpt'n?«, fragte Castor.

»Wir bleiben bei unserem Plan. Du sorgst dafür, dass die *Dreizack* in zwei Tagen mit frischem Proviant beladen und bereit zum Auslaufen ist. Wir segeln direkt zum Treffpunkt mit Agrios und entscheiden dort über unsere nächsten Schritte.« Ohne ein weiteres Wort stieg Bulla hinauf zur Dammstraße und machte sich auf den Weg zur Zitadelle.

Nachdem sich Castor ebenfalls zum Gehen gewandt hatte, kehrte Telemachos versunken in dunkle Verzweiflung zum Strand zurück.

Geras stapfte vom Schiff herüber und deutete mit dem Kinn auf den sich entfernenden Kapitän. »Was war denn da los?« Schweigend hörte er zu, wie Telemachos ihm von der Gefangennahme seines Bruders berichtete. »Verdammt, das tut mir wirklich leid.« Er runzelte die Stirn. »Was hast du jetzt vor?«

»Im Moment sind mir die Hände gebunden. Aber nach der Rückkehr zur italischen Küste finde ich schon eine Möglichkeit, ihn zu retten. Wir werden bei unserem Raubzug den wichtigen italischen Handelsstraßen folgen und dabei bestimmt nicht wenige Schiffe kapern. Vielleicht treffen wir dabei auf jemanden, der weiß, wo Nereus ist.«

»Nicht gerade vielversprechend.«

»Ich weiß. Aber im Moment ist das meine einzige Hoffnung.«

Geras kniff die Lippen zusammen. »Angenommen, du bringst in Erfahrung, wo ihn die Römer gefangen halten. Wie willst du ihn dann rausholen? Er wird doch bestimmt scharf bewacht.«

»Darüber kann ich mir jetzt noch nicht den Kopf zerbrechen. Zuerst muss ich herausfinden, wo er ist.«

»Also, mich brauchst du nicht lange überreden. Wenn es darum geht, diesen römischen Hunden eins auszuwischen, hast du meine volle Unterstützung.«

Telemachos lächelte herzlich. »Danke.«

Geras sah seinen Freund prüfend an. »Hast du eine Ahnung, wer dich hingehängt hat?«

»Es muss einer aus der Besatzung sein. Jemand, der von Nereus weiß und die Möglichkeit hatte, den Römern eine Nachricht zuzuspielen. Da kommen nicht viele infrage.«

»Du weißt also, wer es sein könnte.«

»Ich habe einen Verdacht. Aber unternehmen kann ich erst etwas, wenn ich mir sicher bin.« Wie eine Faust krallte sich der Hass um sein Herz, als er hinüberschaute zu den Piraten, die die Güter ausluden. »Der Verräter wird für seine Tat büßen. Das schwöre ich bei Jupiter, dem Herrn der Götter.«

KAPITEL 32

Drei Tage später stand Telemachos zusammen mit Bulla und Agrios in der kleinen Kajüte im Heck der *Pegasos*. Von oben fiel Licht durch einen Deckenrost auf eine grob gezeichnete Ziegenlederkarte der italischen Küste, die auf dem Tisch in der Mitte des Kapitänsquartiers ausgebreitet lag. Um sie herum knarrten die Balken des sanft im Wasser schaukelnden Schiffs.

Die *Poseidons Dreizack* war am frühen Nachmittag mit frisch aufgefüllten Vorräten und einer durch Castor und den Rest des Prisenkommandos verstärkten Besatzung am Treffpunkt angekommen. Als der Abstand zur *Pegasos* nur noch fünfzig Schritt betrug, hatten sie die Ruder eingezogen und das Segel eingeholt, dann waren Bulla und Telemachos mit dem Boot hinübergefahren, um sich mit Agrios zu beraten.

»Hier sollten wir auf die Jagd gehen.« Agrios deutete auf einen Abschnitt der Karte. »Zwischen Ancona und Ariminum. Ich habe die Gegend sorgfältig ausgekundschaftet, während ihr weg wart. Macht einen vielversprechenden Eindruck. Viele Schiffe, die auf der Haupthandelsstrecke vor Anker gehen, und wenige Buchten zum Verstecken. Müsste eigentlich ganz leicht sein, uns noch ein paar Prisen zu schnappen. Und wer weiß, bei all den Vergnügungsbooten und Passagierschiffen, die zwischen den Kolonien unterwegs sind, fallen uns vielleicht sogar ein oder zwei aristokratische Römer in die Hände. Das könnte uns ein fettes Lösegeld einbringen. Natürlich erst, nachdem wir unseren Spaß mit den Weibern gehabt haben.« In seinen Augen lag ein gefährliches Funkeln.

Bulla vertiefte sich mit angespannter Miene in die Karte. »Wenn wir dorthin segeln, sind wir nicht mehr weit von Ravenna entfernt.«

»Aye.« Agrios nickte. »Na und?«

»Da gibt es viele Häfen und kaum sichere Ankerplätze. Was ist, wenn wir in Schwierigkeiten geraten?«

»Dazu wird es nicht kommen«, antwortete Agrios selbstsicher. »Außerdem haben wir weiter im Norden die besten Chancen. Im Süden können wir nicht mehr auf Beutezug gehen.«

»Warum nicht?«

»Auf dem Rückweg haben wir zwei Biremen gesichtet. Anscheinend waren sie unterwegs nach Süden.«

»Römer?« Telemachos konnte nur mühsam seine Unruhe verbergen. »Haben sie *euch* gesehen?«

»Natürlich nicht.« Agrios lächelte. »Wir hatten in einer Bucht Schutz vor einem Unwetter gesucht, da hat einer von meinen Leuten sie erspäht. Wir hatten die Hauptspiere und das Segel gestrichen. Die blöden Hunde sind einfach an uns vorbeigesegelt.«

»Aber wenn die Römer Patrouillen aussenden, heißt das doch, dass sie von unserer Anwesenheit wissen. Sie sind uns auf der Spur.«

»Entspann dich, Junge. Das sind nur zwei Patrouillenschiffe, nicht die gesamte kaiserliche Flotte. Der Rest des Geschwaders ist noch Hunderte von Meilen entfernt mit dem Geleitdienst des Präfekten Canis beschäftigt.«

»In Ravenna liegen immerhin fünf Biremen«, gab Bulla zu bedenken.

»Sie haben strikten Befehl, sich nicht weit vom Hafen zu entfernen. Außerdem wird Canis diese Schiffe nicht einsetzen. Schließlich kann er Ravenna nicht schutzlos zurücklassen.«

»Die Römer segeln zurück nach Italia, da schicken sie bestimmt bald Verstärkung«, erwiderte Telemachos. »Falls sie es nicht schon getan haben. Was ist, wenn wir wieder auf ein Kriegsschiff stoßen?«

»Dann hängen wir sie ab wie immer. Wir sind pfeilschnell, da können die mit ihren alten Schaluppen nicht mithalten.«

Telemachos konnte sich nur noch mit Mühe beherrschen. Auch wenn es ihn zu dem Ort zog, wo sein Bruder vermutlich gefangen gehalten wurde, hatte er auch das Leben der Besatzung zu berücksichtigen, der er seinen Treueeid geleistet hatte. Er wandte sich direkt an Bulla. »Vielleicht kehren wir besser zur anderen Seite des Adriaticums zurück und versuchen unser Glück in der Nähe unseres Lagers. Der Winter kommt bald, da werden sich vorher bestimmt noch einige Schiffe hinaus aufs Meer wagen.«

»Wozu die Mühe, solange wir hier noch fette Beute machen können?«, entgegnete Agrios.

Telemachos schüttelte den Kopf. »Es ist zu riskant.«

»Wir sind Piraten. Risiken gehören zum Geschäft.«

»Aber nicht solche. Die Gefahr, dass uns die Marine stellt, ist einfach zu groß.«

Agrios setzte eine höhnische Miene auf. »Hast wohl Angst, so zu enden wie dein Bruder?«

Telemachos starrte den Piratenführer an. »Woher weißt du von Nereus?«

»Das ist doch in jedem Hafen hier an der Küste das große Thema. Sogar die einheimischen Fischer reden über dich.« Agrios grinste. »Anscheinend bist du inzwischen der berühmteste Seeräuber im ganzen Illyricum, sogar noch bekannter als Bulla und ich. Das müsste dich doch eigentlich freuen.«

»Die Sache mit Nereus geht dich nichts an.«

»O doch, wenn sie dein Urteilsvermögen trübt. Wenn du nicht genug Mumm für Überfälle auf den Schiffsverkehr hier hast, hast du dir vielleicht den falschen Beruf ausgesucht. Das Piratenhandwerk ist nichts für Leute, die sich bei der bloßen Erwähnung der Römer ins Hemd machen.«

»Ich habe keine Angst«, entgegnete Telemachos ruhig. »Aber wenn wir weiter in diesen Gewässern jagen, setzen wir das Leben unserer Männer aufs Spiel.«

Agrios zuckte die Achseln. »Dieses Risiko nehme ich auf mich.«

»Ich habe genug gehört.« Bulla schaute auf. »Ich stimme Agrios zu. Wir segeln nach Norden und schlagen zu, bevor Canis Verstärkung nach Italia schicken kann.« Er bedachte Telemachos mit einem festen Blick, der jeden Widerspruch ausschloss.

Telemachos schluckte den Einwand, der ihm schon auf der Zunge lag, wieder hinunter. Er kannte seinen Kapitän und wusste, wann eine Angelegenheit entschieden war.

Mit tief zerfurchter Stirn beugte sich Bulla wieder über die Seekarte. »Wie sieht es mit einem Treffpunkt aus?

Auf dieser Seeseite gibt es nicht viele sichere Schlupfwinkel.«

»Das habe ich schon bedacht«, antwortete Agrios. »Hier liegt eine Bucht, in der Nähe einer aufgegebenen Kolonie. Ruhig und weit genug entfernt von den großen Häfen. Wenn wir uns aus den Augen verlieren, laufen wir sie an. Wer zuerst ankommt, wartet auf den anderen.«

»Ist es dort sicher?«

»Soweit ich weiß, ja. Einer meiner Leute hat hier früher auf den Fischerbooten gearbeitet. Er sagt, dass dort schon seit Jahren keine Schiffe mehr vor Anker gehen. Zu viele Untiefen.«

»Hoffentlich hat dein Mann recht.«

»Das hat er bestimmt, Käpt'n. Wenn er falschliegt, bezahlt er es mit seinem Leben.« Agrios nickte dem Kapitän und dem ersten Offizier der *Dreizack* zu. »Wenn es nichts mehr zu besprechen gibt, könnt ihr jetzt auf euer Schiff zurückkehren. Wir legen gleich ab.«

Kurz darauf stachen die *Pegasos* und die *Dreizack* in See. An diesem Nachmittag begegneten sie keinem Frachter mehr und gingen bei Einbruch der Dunkelheit in einer kleinen Bucht vor Anker, ehe sie im Morgengrauen die Fahrt nach Norden fortsetzten. Im Lauf des Tages überzog sich der Himmel mit grauen Wolken, und der auffrischende Wind zwang die Schiffe zum Trimmen der Segel. Am mittleren Nachmittag verkündete Castor, dass Ancona bald in Sicht kommen würde, und die Männer unterhielten sich aufgeregt über die Reichtümer, die ihnen an der umbrischen Küste winkten.

Telemachos blieb still in sich gekehrt, gepeinigt von Gedanken an seinen gefangenen Bruder. Das Bild des ans Kreuz genagelten Nereus erfüllte ihn mit einer Verzweiflung, wie er sie noch nie erlebt hatte. Er klammerte sich an die schwache Hoffnung, seinen Bruder vor dem Tag der Hinrichtung befreien zu können, falls er irgendwie herausfand, wo man ihn festhielt. Obwohl wenig Aussicht darauf bestand, wollte er nicht einfach aufgeben. Nereus war sein einziger noch lebender Verwandter, und er musste all seine Kräfte zu seiner Rettung aufbieten. Selbst wenn er dabei umkam. Nur das Leben seiner Kameraden durfte er dafür nicht aufs Spiel setzen.

Während die anderen ihren Pflichten nachgingen, trat Geras zu ihm. Er wies mit dem Kinn hinaus aufs Meer. »Noch nichts zu sehen?«

»Nichts«, antwortete Telemachos.

»Das wird sich bald ändern. Vor uns liegt die meistbefahrene Handelsstrecke auf dieser Seite des Adriaticums. Nicht mehr lang, und wir schwimmen in Beute.«

»Außer wir stolpern vorher über eine Patrouille.«

Geras sah seinen Freund verblüfft an. »Meinst du wirklich, dass wir in Gefahr sind?«

Telemachos kniff die Lippen zusammen. »Die Römer wissen, dass wir hier segeln. Es ist nur eine Frage der Zeit, bis wir auf sie stoßen.«

Geras hob den Blick zu den dunkler werdenden Wolken. »Ich glaube, die einzige Gefahr, die uns hier droht, ist ein bisschen raues Wetter.«

Telemachos betrachtete prüfend den Horizont. Aus Erfahrung wusste er, dass Sommergewitter im Adriaticum häufig auftraten: kurze, heftige Stürme, die fast ohne Vorwarnung zuschlugen. »Meinst du, es wird uns bald erwischen?«

»Ja. Sieht sogar ziemlich übel aus. Starker Wind, Regen. Die Frage ist bloß noch, aus welcher Richtung es über uns hereinbricht.«

»Die *Pegasos* gibt Zeichen, Käpt'n!«, rief der Ausguck nach unten.

Bulla kam vom Achterdeck und hielt Ausschau nach dem anderen Piratenschiff, das eine Meile weiter draußen durch die unruhige See kreuzte. Telemachos folgte seinem Blick und bemerkte an der Mastspitze ein leuchtend helles Tuch, das vor dem eisengrauen Himmel flatterte.

»Grün«, meldete Virbius. »Agrios hat ein Segel gesichtet, Käpt'n.«

»Ich weiß, was die Farbe bedeutet, verdammt«, knurrte Bulla. »Ausguck! Was kannst du erkennen?«

»Noch nichts, Käpt'n. Muss weiter draußen sein ... Moment. Ja, jetzt sehe ich die Aufbauten. Backbord voraus.«

Als die *Dreizack* stampfend den Kamm der nächsten Welle erklomm, starrte Telemachos angestrengt zum Horizont. Wenig später konnte er tatsächlich ein Segel erahnen.

»Ein Kauffahrer?«, fragte Leitos.

»Wahrscheinlich. Hier sind keine anderen Piraten unterwegs.«

Geras stieß Telemachos mit breitem Grinsen an. »Was hab ich dir gesagt? Anscheinend geht uns heute doch noch was ins Netz.«

Bulla wandte sich von der Reling ab. »Telemachos, lass alle Männer antreten. Und gib der *Pegasos* das Zeichen, dass sie die Verfolgung aufnehmen soll.«

Telemachos hielt die Hände vor den Mund und rief übers Deck. Während die Piraten die *Poseidons Dreizack* zum Angriff klarmachten, holten zwei junge Helfer ein rotes Tuch aus der Backskiste und rannten zur Takelage. Mit fliegenden Fingern befestigten sie den Wimpel am Großfall und zogen an dem groben Tau. Das Tuch schwirrte den Mast hinauf und entfaltete sich knallend in der steifen Brise. Am Mast der *Pegasos* stieg ein gleicher Wimpel auf, der das Signal bestätigte, bevor er sich wieder senkte.

»Calkas!«, kommandierte Bulla. »Bring sie auf Abfangkurs!«

Der Steuermann zerrte an der Ruderpinne, während Telemachos die Helfer brüllend die Wanten hinaufscheuchte, damit sie das Segel ausrefften. Das gelockerte Tuch knatterte wild im Wind, und die Männer an Deck zerrten angetrieben von wüsten Beschimpfungen aus dem Mund des ersten Offiziers an den Schoten. Mit einem Ruck schlingerte die *Dreizack* herum, und Telemachos konstatierte voller Stolz, dass die Besatzung der *Pegasos* länger für die Kursänderung brauchte. Kurz darauf hielten beide Schiffe direkt auf den Kauffahrer zu und schnitten ihm den Weg zur Küste und hinaus aufs Meer ab.

Sobald das Segel deutlich in Sicht war, schrie Longarus wieder nach unten. »Achtung! Sie hat den Kurs geändert, Käpt'n!«

»Sie haben uns bemerkt«, knurrte Bulla.

Virbius prustete. »Wird ihnen nicht viel nützen. Hier kommen sie uns nicht aus. Und wir sind viel schneller. Sie gehört uns, wenn das Wetter hält.«

»Dann hoffen wir mal, dass es hält.« Mit zusammengekniffenen Augen betrachtete der Kapitän das Tauwerk, um zu erkennen, wie lange er noch Zeit hatte, bis das Segel gerefft werden musste. Telemachos richtete den Blick wieder auf den Kauffahrer und stellte fest, dass die beiden Piratenschiffe den Abstand deutlich verkürzt hatten. Die *Dreizack* hatte einen kleinen Vorsprung, doch auch die leichtere *Pegasos* kam rasch heran. Der Frachter floh weiter mit dem Wind, doch er hatte keine Chance, rechtzeitig vor seinen Verfolgern den sicheren Hafen von Ancona zu erreichen.

Plötzlich entdeckte Telemachos ein dunkelgraues Wolkenband am Horizont, das sich mit unglaublicher Geschwindigkeit näherte und die See aufwühlte. »Sturm voraus, Käpt'n!«

Mit einem lauten Kommando trieb er die Helfer erneut hinauf in die Takelage, damit sie das Segel bis zum ersten Reffpunkt einholten. Als sie wieder zurück aufs Deck sprangen, hielt er Ausschau nach der *Pegasos* und dem verfolgten Schiff, die nun rasch hinter einem schmutzig grauen Schleier verschwanden. Der Wind frischte noch stärker auf, und Bulla befahl den Männern, sich an der Reling festzuhalten. Der Dunst raste jetzt direkt auf die *Poseidons Dreizack* zu.

»Da kommt er!«, schrie Castor.

Einen Moment später brach der Sturm über sie herein. Der Wind kreischte durch die Takelage, und die Taue peitschten an den Mast. Das Schiff neigte sich gefährlich zur Seite, und alle Piraten an Deck klammerten sich irgendwo fest, bis es sich allmählich wieder aufrichtete. Dann setzte der Regen ein. Große, schimmernde Tropfen klatschten schräg auf das Deck, durchweichten Segeltuch und stachen wie Nadeln in die nackte Haut der Piraten. Bulla schützte sein Gesicht mit einer Hand vor der Sturzflut und beschwor den Steuermann brüllend, den Kurs zu halten.

Das Tosen wollte kein Ende nehmen, und Telemachos spürte einen starken Drang, sich zu übergeben, als sich das Schiff stampfend und rüttelnd durch die Dünung kämpfte. Beim nächsten Ruck war es um ihn geschehen, und er leerte seinen Mageninhalt in den Wind. Mit eisernem Griff hielt er sich an der Holzbrüstung fest. In seinem Kopf pochte es, und er konnte nur noch machtlos Neptuns Zorn über sich ergehen lassen und darauf warten, dass sich das Unwetter legte.

Und tatsächlich, so plötzlich, wie er gekommen war, verzog sich der Sturm auch wieder. Der Wind ebbte ab zu einem schwachen Hauch, der Regen hörte auf, und dann brach schon der erste goldene Sonnenstrahl durch die dichten Wolken. Telemachos sah einen dunkelgrauen Vorhang rasch von der *Dreizack* zum Horizont entschwinden. An Bord herrschte eine fast unheimliche Stille, nur durchbrochen vom Husten und Spucken der Männer und dem leisen Platschen des Wassers am Rumpf.

»Schau, Käpt'n!« Der Ruf kam von Leitos.

Telemachos fuhr herum zu dem Schiffsoffizier, der in Bugrichtung hinaus aufs Meer deutete. Telemachos und Bulla suchten den Horizont ab. Die *Pegasos* war fort, genauso wie der große Kauffahrer, den sie verfolgt hatten.

Bulla schlug sich mit der Faust auf den Schenkel. »Scheiße!«

»Was ist mit ihnen passiert, Käpt'n?« Telemachos war ratlos. »Wo sind sie?«

»Wahrscheinlich sind sie durch den Sturm vom Kurs abgekommen, so wie wir.«

»Können wir ihnen nicht nachsegeln?«

Bulla schüttelte den Kopf. »Wir haben keine Ahnung, wohin es sie verschlagen hat. Der Sturm könnte sie meilenweit in jede erdenkliche Richtung abgetrieben haben. Wo sie jetzt sind, wissen nur die Götter.«

»Was sollen wir also tun?«

Den Blick zum Horizont gerichtet, ließ sich Bulla die Möglichkeiten durch den Kopf gehen. »Wir haben das verfolgte Schiff aus den Augen verloren. Bis wir die *Pegasos* finden, könnten Stunden vergehen, und es ist nicht mehr lang bis zur Abenddämmerung. Bei Einbruch der Dunkelheit dürfen wir nicht mehr auf See sein. Dafür gibt es hier zu viele Untiefen. Nein, wir müssen zum Treffpunkt. Auch Agrios wird dorthin segeln, sobald er merkt, dass wir getrennt worden sind.«

»Außer er will sich zuerst die Beute schnappen«, warf Leitos ein.

»Dann müssen wir eben etwas länger auf ihn warten. Was anderes bleibt uns nicht übrig.« Der Kapitän wandte sich an Telemachos. »Schau nach, ob das Schiff Schäden erlitten hat. Dann wenden wir und fahren zum Treffpunkt.«

»Aye, Käpt'n.«

Nachdem die *Dreizack* den neuen Kurs eingeschlagen hatte, trat Geras mit einem verzagten Lächeln zu Telemachos. »Kein guter Anfang für unsere Reise.«

»Nein.« Mit einem bedrückten Seufzer wandte sich Telemachos nach der italischen Küste um. Die Sonne senkte sich bereits zum Horizont. Selbst wenn beide Schiffe bald zum Treffpunkt gelangten, blieb keine Zeit mehr, noch vor Einbruch der Dunkelheit wieder in See zu stechen. Die Vorstellung, in feindlichen Gewässern vor Anker zu gehen, beunruhigte ihn, doch eine andere Möglichkeit gab es nicht.

In der zunehmenden Dämmerung näherte sich die *Poseidons Dreizack* dem Eingang der kleinen Bucht, die Agrios auf der Schiffskarte markiert hatte. Die See war ruhig, und die untergehende Sonne tauchte das Land in einen warmen Schein. Langsam ruderten die Piraten auf die Küste zu. Zu beiden Seiten eines geschwungenen, eine halbe Meile breiten Sandstreifens erhoben sich niedrige Klippen. Unweit des Meeres wuchsen Bäume, und auf einer Seite lag der Schutt einer vor langer Zeit aufgegebenen Siedlung. Telemachos nahm die Ruinen in Augenschein, ohne Spuren neuerer Behausungen zu entdecken. Abgesehen vom Eingang war die Bucht nur über eine schmale Rinne erreichbar, die zwischen einem großen Gesteinsfeld und einem Strandausläufer verlief. Hinter diesem war undeutlich eine Stelle mit mehreren Untiefen zu erahnen. »Anscheinend sind wir die Ersten.« Castor ließ den Blick über die verlassene Bucht gleiten.

Telemachos nickte. »Agrios hat bestimmt die Jagd auf den Frachter fortgesetzt.«

»Entweder das, oder die *Pegasos* wurde im Sturm beschädigt, und er musste woanders Zuflucht suchen. Jedenfalls hat er sich einen guten Schlupfwinkel ausgesucht. Ich glaube kaum, dass uns die Römer hier finden werden.«

Telemachos schaute sich nach dem Eingang zur Bucht um. Die niedrigen Klippen zu beiden Seiten verhinderten, dass sie vom Meer aus erspäht werden konnten, und jedes sich nähernde Schiff musste sich zunächst einen Weg durch die Sandbänke vor der Küste bahnen, sodass der Besatzung der *Dreizack* in jedem Fall genug Zeit blieb, sich auf einen Angriff vorzubereiten.

»Sieht tatsächlich ziemlich ruhig aus«, bemerkte er. »Dann hoffen wir mal, dass wir nicht lange warten müssen.«

Geras winkte ab. »Agrios kommt bestimmt, so schnell er kann. Nicht einmal er ist so verrückt, dass er an der italischen Küste allein auf Jagd geht.«

»Da bin ich mir nicht so sicher.«

Castor grinste. »Du bist wohl kein Bewunderer unseres neuen Verbündeten?«

Telemachos setzte schon zu einer freimütigen Antwort an, als ihm einfiel, dass er als erster Offizier nicht offen vor den Männern Bullas Urteil infrage stellen durfte. »Agrios hat sicher seine Vorzüge. Bloß machen wir uns mit seinen Methoden nicht unbedingt beliebt. Es ist schon schlimm genug, dass wir so nahe bei Ravenna segeln. Aber wenn dann auch noch die Besatzung jedes gekaperten Schiffs abgeschlachtet wird, ist es kein Wunder, dass uns die Römer um jeden Preis zur Strecke bringen wollen.«

»Das kann man auch anders sehen.«

»Und wie?«

»Man mag von Agrios halten, was man will, aber er hat Erfolg. Wenn ich da an unsere Schwierigkeiten in der letzten Zeit denke, ist das schon viel wert.«

Telemachos zuckte die Achseln. »Bulla muss auf jeden Fall klar sein, auf was er sich da einlässt.«

»Mach dir keine Sorgen um den Kapitän, Junge. Ich kenne ihn schon lang und weiß, dass er kein Dummkopf ist. Wenn die Sache zu brenzlig wird, zieht er sich zurück.«

»Hoffentlich hast du recht«, erwiderte Telemachos still.

Castor neigte sich zu ihm und wechselte das Thema. »Was ist mit dem Kerl, der deinen Bruder verraten hat? Bist du ihm schon auf der Spur?«

»Noch nicht.«

In den letzten Tagen hatten Telemachos und Geras genau beobachtet, ob sich jemand aus der Besatzung verdächtig benahm, doch sie hatten nichts Auffälliges feststellen können. Enttäuscht musste sich Telemachos eingestehen, dass er noch immer weit davon entfernt war, den Verräter zu entlarven. Dazu kam, dass er noch immer nicht wusste, wo die Römer seinen Bruder gefangen hielten. Die Zeit lief ihm davon, denn in weniger als einem Monat drohte Nereus ein qualvoller Tod am Kreuz.

Langsam glitt sie an der Rinne vorbei. Neben dem Mast richtete sich Bulla auf und rief: »Halt auf die Untiefe zu, Calkas! Telemachos, fertig machen zum Ankern!«

»Aye, Käpt'n!«

Auf das Kommando des ersten Offiziers hin eilten Bassus und drei andere kräftig gebaute Männer zum Staukasten und zerrten den mit Eisenflunken beschwerten Holzanker an seinem Tau nach achtern. Dann forderte Telemachos die Männer zum Einziehen der Ruder auf, und die Riemen verschwanden durch ihre Schlitze. Zu guter Letzt stürzte mit lautem Platschen der Anker über Bord, und das Seil knirschte durch die Klüse, bis die *Dreizack* kurz vor dem Strand zum Stehen kam.

Nachdem das Schiff festgemacht und die Wache eingeteilt war, konnten sich die Männer endlich entspannen. Zum Abendessen an Deck mussten sie sich mit kalten Rationen begnügen, weil Bulla in Sichtweite der italischen Küste jedes Lagerfeuer untersagt hatte. Nach einer ruhigen Nacht erwachte die Besatzung vor dem Morgengrauen und machte sich an ihre Pflichten. Über der See hing eine Nebelbank und verbarg den Eingang zur Bucht hinter einem dünnen grauen Schleier. Noch immer war von der *Pegasos* nichts zu erahnen, und einige Männer beschwerten sich unverhohlen über die Verzögerung ihrer Pläne.

Nach der morgendlichen Prüfung des Lastraums stieg Telemachos hinauf zum Deck und bemerkte Geras.

Dieser lehnte an der Heckreling und starrte hinaus aufs Meer. »Wo bleibt Agrios bloß so lang? Er sollte doch schon längst hier sein.«

»Vielleicht musste er sein Schiff zum Reparieren auf Strand setzen.«

Geras schüttelte den Kopf. »Heute wird es sowieso nichts mehr mit der Jagd auf Beute. Nicht bei diesem verdammten Nebel.«

Der Schrei eines Deckhelfers unterbrach ihr Gespräch. »Segel voraus!«

Bulla und mehrere andere ließen alles stehen und liegen und drängten zum Heck der *Dreizack*. Telemachos hielt angestrengt Ausschau, bis er eine Viertelmeile entfernt die undeutlichen Umrisse eines Schiffs wahrnahm, das sich aus dem Dunst löste. Sanft bewegt von dem leisen Hauch über der Bucht flatterte ein schwarzer Wimpel am Mast.

»Das ist die *Pegasos*«, konstatierte Bulla erleichtert.

»Wird auch allmählich Zeit«, knurrte Virbius. »Wir sitzen schon lang genug auf dem Arsch rum. Hoffentlich haben sie wenigstens Beute geladen.«

»Das werden wir bald erfahren.«

Telemachos beobachtete, wie sich kaum erkennbare Gestalten auf der Rah der *Pegasos* verteilten und das Hauptsegel einholten. Die Riemen glitten heraus und trieben das Schiff kurz darauf mit regelmäßigen Schlägen Richtung Küste. Mehrere Männer machten den Anker zum Abwerfen bereit, während andere sich an die Reling drückten und den Piraten auf der *Dreizack* zuwinkten. Die Besatzung wirkte entspannt, und es waren keine Schäden am Mast oder dem Tauwerk zu erkennen.

Weil er Agrios nirgends entdecken konnte, kletterte Telemachos ein kurzes Stück hinauf in die Wanten, um mehr zu erkennen. In dem Gedränge an Bord fiel ihm ein besonders stämmiger Mann auf, der nervös nach der Heckluke schielte. Telemachos folgte seinem Blick, und ein eisiger Schauer lief ihm über den Rücken. Sofort brüllte er zu Bulla hinunter: »Eine Falle, Käpt'n!«

Stirnrunzelnd spähte Bulla zu seinem ersten Offizier hinauf. »Wovon redest du, verdammt noch mal?«

»Da!« Wild gestikulierend deutete Telemachos auf das andere Schiff, wo sich gerade der Helmbusch eines römischen Legionärs über das Süll der Frachtluke schob. Dann bemerkte er das Schimmern weiterer Helme und Schwertspitzen. »Da sind Römer im Lastraum!«

Bevor Bulla antworten konnte, schallte ein Ruf über das Deck der *Pegasos*. Der stämmige Kerl schrie etwas Lateinisches und zog einen Gladius unter seinem Umhang hervor. Nun zückten auch die anderen Gestalten ihre verborgenen Waffen, und im nächsten Augenblick strömte mit kehligem Grölen eine Horde von Soldaten in weißen Tuniken mit Schwertern und Schildern aus dem Laderaum.

Bulla verfolgte das Ganze mit offenem Mund, und das Entsetzen stand ihm ins Gesicht geschrieben. »Wir sind erledigt.«

KAPITEL 33

Kaum hatte Bulla die Worte ausgesprochen, da brüllten die römischen Offiziere mehrere Kommandos, und die Ruderer hielten in verschärftem Tempo auf die *Poseidons Dreizack* zu. Gleichzeitig schwärmten die Seesoldaten über das Deck und machten die Entertaue bereit. Einen Augenblick lang starrte die ganze Besatzung der *Dreizack* wie vom Donner gerührt auf das heranrasende Schiff.

Dann endlich schüttelte Bulla seine Benommenheit ab und wirbelte herum. »Alle Mann auf ihre Posten! Bereit machen zum Gefecht!«

In einem wilden Durcheinander sprangen die Piraten in Position, um den nahenden Feind zu empfangen. Telemachos sprang aus dem Tauwerk und holte sich eine Falcata aus der Backskiste. Einen kleinen Krummdolch schob er in den Gürtel und rannte hinüber zu seinen Kameraden, die sich um den Mast scharten. Inzwischen waren aus dem Lastraum der *Pegasos* zwei Dutzend Seesoldaten gequollen und formierten sich jetzt. Zahlenmäßig waren die Römer den Piraten nicht überlegen, doch sie verfügten über die bessere Ausbildung und Ausrüstung. Telemachos wusste, dass ihnen ein schwerer Kampf bevorstand.

Rechts von ihm stand Leitos und schüttelte fassungslos den Kopf. »Wie haben die Scheißkerle uns gefunden?«

»Nachdem wir getrennt wurden, ist Agrios wahrscheinlich von einer römischen Patrouille abgefangen worden.« Telemachos mahlte vor Zorn mit den Kiefern. »Und dann muss einer von seinen Leuten dem Feind unser Versteck verraten haben.«

»Jedenfalls sitzen wir jetzt in der Falle.«

Telemachos begriff, wie gut der Plan der Römer aufgegangen war. Sie hatten die erbeutete *Pegasos* benutzt und die Seesoldaten unter Deck versteckt. Dadurch war es ihnen gelungen, sich der *Poseidons Dreizack* zu nähern, ohne dass die Besatzung Verdacht schöpfte. Und als die Piraten ihre List erkannten, war es bereits zu spät für die Flucht hinaus aufs Meer. Kurz streifte ihn die Frage, was wohl aus Agrios und seinen Männern geworden war, dann schüttelte er den unerfreulichen Gedanken ab und konzentrierte sich auf die heranrückenden Römer.

In diesem Moment kamen mehrere Piraten mit Speeren aus dem Frachtraum herauf. Ohne lang zu fackeln, schnappte sich Telemachos einen und ließ ihn fliegen. Aus der kurzen Entfernung war es fast unmöglich, das Ziel zu verfehlen, und so brach ein Römer mit einem schrillen Schrei zusammen. Sofort folgten andere seinem Beispiel und schleuderten Speere auf das feindliche Schiff. Die Römer konterten mit Pfeilen und Schleuderblei, und bald war die Luft erfüllt von Zischen, Schwirren und Krachen. Mit einem heftigen Ruck, der das ganze Schiff erschütterte, stieß die *Pegasos* gegen die Bordwand der *Poseidons Dreizack*. Im nächsten Moment warfen die Soldaten ihre Enterhaken über die Lücke und zogen die Taue straff, bevor sie sie festzurrten und nach ihren Waffen griffen.

Noch ehe die Römer an Bord stürmen konnten, kletterte Bulla auf die Reling und schrie aus vollem Hals: »Steht nicht einfach so rum! Murkst sie ab! Macht die Hunde nieder!«

Mit ohrenbetäubendem Gebrüll folgten die Piraten ihrem Kapitän und sprangen hinüber auf das andere Schiff.

Auch Telemachos landete auf dem Deck der *Pegasos*, wild entschlossen, jeden Römer zu erschlagen, der sich ihm in den Weg stellte. Er riss den Dolch aus dem Gürtel und stürzte sich mit erhobener Falcata in das Getümmel. Als Erstes schnellte er auf einen zerfurchten Legionär zu, der ihm eine Beleidigung entgegenschleuderte, und ließ die Falcata nach vorn zucken. Der Seesoldat fing den Angriff mit seinem Schild ab, und die geschwungene Klinge rutschte mit scharfem Klirren vom Schutzbuckel ab. Trotzdem zeigte der Hieb Wirkung, und bevor der Römer sich von seiner kurzen Benommenheit erholen konnte, bohrte ihm Telemachos knapp unter der Achsel den Krummdolch in die Brust. Der Legionär taumelte und brach mit der Klinge im Leib zusammen. Mit pochendem Herzen riss Telemachos den Schild des Mannes an sich.

»Pass auf!«, schrie jemand in der Nähe.

Er wirbelte herum und bemerkte einen gedrungenen Seesoldaten, der mit dem Schwert nach ihm stieß. Die vielen Kämpfe auf See in den letzten Monaten hatten Telemachos' Reflexe geschärft. Geistesgegenwärtig stemmte er den Schild hoch, und die Klinge prallte dumpf scheppernd ab. Der Mann stürzte mit wütendem Fauchen nach vorn, täuschte einen Stich auf den Hals an und schlitzte dann brutal nach unten. Das Schwert zog einen Riss durch Telemachos' Tunika und senste nur knapp an den angespannten Muskeln seines Oberschenkels vorbei.

Unmittelbar bevor der Seesoldat erneut zustechen konnte, rammte Telemachos den Schild nach vorn. Der Hieb ließ den Römer mehrere Schritte zurücktorkeln und stieß ihn gegen das wilde Gewoge von Leibern hinter ihm. Wieder sprang Telemachos vor und fegte mit der Falcata unter dem Schild des Römers hindurch. Dieser erahnte den Angriff, doch beim Ausweichen blieb er mit der Ferse an einem zusammengesunkenen Toten hängen. Er verlor das Gleichgewicht und stürzte mit dumpfem Krachen auf die Planken. Als er sich aufrappeln wollte, riss Telemachos seine Falcata hoch und ließ sie mit solcher Wucht niedersausen, dass die Klinge den Helm des Römers durchschlug und Blut und Knochensplitter aus dem gespaltenen Schädel platzten.

Sofort zog sich Telemachos wieder hinter seinen Schild zurück und spähte kurz um sich. Die Kämpfe konzentrierten sich vor allem beim Mast, wo die beiden Parteien hauend und stechend um jeden Handbreit Boden fochten. Trotz ihrer schlechteren Bewaffnung hielten die Piraten den Römern bisher gut stand. Inzwischen war das Deck übersät mit Gefallenen beider Seiten.

Durch die Schreie der Verwundeten und das Klirren der aufeinanderprallenden Klingen hörte Telemachos plötzlich, wie jemand seinen Namen rief. Er wischte sich das Blut von den Augen, und sein Blick fiel auf Castor.

Der Quartiermeister zeigte mit ausgestrecktem Arm aufgeregt nach hinten zur Mündung der Bucht. »Schau, da drüben!«

Als sich kurz darauf der Nebel an einer Stelle ein wenig lichtete, erspähte er drei herangleitende römische Kriegsschiffe. Zwei Biremen fuhren voraus, und dahinter folgte in einigem Abstand eine mächtige Trireme, die er an ihrem reich verzierten Bug und dem flatternden violetten Wimpel am Mast sogleich erkannte: das Flaggschiff der Flotte von Ravenna.

»Canis …«, murmelte er.

In seinem Inneren schwappte eine Woge der Verzweiflung hoch, denn ihm wurde schlagartig klar, dass die drei Kriegsschiffe verborgen im Nebel abgewartet hatten, wie der Überraschungsangriff der mit Seesoldaten bemannten *Pegasos* auf die *Poseidons Dreizack* ausgehen würde. Jetzt eilten sie herbei, um die Piraten endgültig zu erledigen. Auf dem Bug der zwei Biremen formierten sich bereits Enterkommandos, und die durch den schlierigen Dunst zuckenden Lichtstrahlen brachen sich auf Panzerhemden und Schwertspitzen. Die meisten Männer der *Dreizack* hatten der See den Rücken zugekehrt und ahnten nichts von der neuen Gefahr. Wenn ihnen nicht bald die Flucht gelang, drohten sie überrannt zu werden.

Als Telemachos sich umdrehte, um die anderen zu warnen, bemerkte er, dass Bulla von zwei Seesoldaten nach achtern abgedrängt worden und von seiner Besatzung abgeschnitten war. Wenige Schritte entfernt krümmten sich zwei Piraten auf dem Deck. Offenbar waren sie von den beiden Legionären niedergemacht worden, die jetzt über den Kapitän herfielen. Den ersten Stoß parierte Bulla noch, doch der zweite fuhr unter den Rand seines Schilds und bohrte sich tief in seinen Bauch. Bulla sackte nach vorn.

»Käpt'n!« Wild brüllend stürmte Telemachos zum Heck.

Als sich ihm ein Legionär in den Weg stellte, zog Telemachos die Schulter nach unten und rammte ihn mit seinem Schild um. Einer der beiden Seesoldaten, die vor Bulla standen, stieß einen Warnruf aus und wirbelte herum. Bevor er sein Schwert hochheben konnte, ließ Telemachos seine Klinge nach unten sausen. Der Hieb traf den Mann am Unterarm und trennte ihm fast die Hand ab. Aus seiner Wunde strömte Blut, und Telemachos stieß den Schreienden mit einem Tritt beiseite.

Gerade noch rechtzeitig wandte er sich um und bemerkte, dass das Kurzschwert des zweiten Seesoldaten auf ihn zuzuckte. Im letzten Moment riss Telemachos sein Pugnum hoch, und die Klinge krachte so heftig auf den Rand, dass sein Arm bis hinauf zur Schulter taub wurde. Er versuchte, mit der Spitze seiner Falcata über den Schild seines Gegners zu stochern, doch der Römer hakte tief geduckt sein Scutum über Telemachos' Faustschild und entriss es ihm mit einem heftigen Ruck. Grinsend trat der Legionär auf den schutzlosen Telemachos zu.

Plötzlich sah Telemachos aus dem Augenwinkel das Aufblitzen einer durch die Luft sensenden Axt. Knirschend fuhr das Blatt in den Nacken des Römers und trennte ihm glatt den Kopf ab. Heiß und rot spritzte es aus dem Hals des Enthaupteten, und er stürzte torkelnd aufs Deck. Erst jetzt bemerkte Telemachos Bassus, der hinter dem Zusammengebrochenen stand und in beidhändigem Griff eine dunkel verschmierte Axt hielt. Telemachos nickte ihm dankbar zu, dann kauerte er sich neben seinen Kapitän. Bulla stöhnte vor Schmerz und drückte die Hände an den Bauch. Durch seine Finger quoll Blut.

»Du da!«, rief Telemachos den nächsten Piraten an. »Bring den Kapitän zurück aufs Schiff. Schnell!«

Entsetzt vom Anblick seines verwundeten Kommandanten, zögerte der Mann kurz. Dann half er Bulla auf die Beine und stützte ihn auf dem Weg hinüber zur *Poseidons Dreizack*. Drei jüngere Helfer dort bemerkten die beiden und ließen sofort ein Fallreep herab.

Geras hatte das Ganze verfolgt und wandte sich an Telemachos. »Und was jetzt?«

Telemachos schielte kurz über die Schulter und spürte, wie sich eine eisige Faust um seinen Magen krampfte. Die beiden Biremen waren nicht mehr weit entfernt von der *Pegasos*. Sobald die Seesoldaten der zwei Kriegsschiffe in das Geschehen eingriffen, war der Kampf verloren, das wusste er. Wenn die noch verbliebenen Piraten auch nur den Hauch einer Überlebenschance haben wollten, durften sie keine Zeit mehr verlieren.

Mit lauter Stimme rief er über das Deck der *Pegasos*: »Alle Mann aufs Schiff!«

Auf sein Kommando hin wandten sich die Ersten ab und steuerten auf die Reling zu. Die Männer direkt am Mast konnten ihnen nicht folgen, weil die Römer, befeuert von den heranrückenden Kriegsschiffen, mit neuem Schwung angriffen. Eine der zwei Biremen war vorausgeeilt, und die Seesoldaten an Bord machten sich schon bereit, die *Pegasos* zu stürmen. Das Gefecht hatte sich in kleine Grüppchen zersplittert, und einige Piraten waren von ihren Kameraden abgeschnitten. Umstellt kämpften sie am Bug und am Mast ums nackte Überleben. Überall auf den blutgetränkten Planken lagen zusammengesunkene Leichen.

»Zurück!«, donnerte Telemachos. »Sofort zurück!«

Als immer mehr Piraten über die Reling kletterten, deutete ein Römer laut schreiend auf die *Poseidons Dreizack*. Unter der Führung eines Zenturios mit rotem Helmbusch löste sich ein Trupp Seesoldaten aus dem Getümmel, um den Piraten den Rückzug abzuschneiden. Telemachos sprang über die Lücke zwischen den zwei Schiffen und landete krachend auf dem Deck der *Dreizack*. Hinter ihm verteilten sich die Legionäre rasch an der Reling der *Pegasos* und brachten ihre letzten Speere in Anschlag.

»Runter!«, schrie Telemachos. »Runter mit euch!«

Der Zenturio brüllte ein Kommando, und die Seesoldaten schleuderten die Waffen aus nächster Nähe auf die Piraten. Direkt neben Telemachos wurde das Auge eines Mannes von einem Wurfspieß durchschlagen und sein Kopf nach hinten gerissen. Die Axt entglitt seinem Griff, und er brach zusammen. Zwei andere Piraten reagierten ebenfalls zu langsam und krümmten sich schreiend vor Schmerz um die dunklen Schäfte, die aus ihren Bäuchen ragten. Nach der nächsten Salve bellte der Zenturio erneut einen Befehl, und die Seesoldaten rannten über das Fallreep, bevor die Piraten es hochziehen konnten.

»Zu mir!« Telemachos reckte sein Schwert in die Luft.

Nach kurzem Zögern fielen die Piraten über die Legionäre her, die vom Landesteg herabsprangen. Mit zusammengebissenen Zähnen stieg Telemachos über einen erschlagenen Kameraden und hieb mit einem tiefen Schlag nach den Beinen eines Seesoldaten. Der Römer brüllte, als sich die Falcata in seine Kniescheibe grub. Telemachos fegte den verzweifelten Abwehrversuch des Mannes beiseite und drosch ihm den Faustschild so heftig ans Kinn, dass er über die Reling flog und ins Wasser stürzte.

In dem kurzen Moment der Ruhe, der folgte, sah er sich blitzschnell um. Rechts von ihm feuerte Geras die anderen brüllend an, dem Feind kein Pardon zu geben. Die Legionäre, die an Bord der *Dreizack* gestürmt waren, wurden rasch umstellt und schonungslos von den Piraten niedergemacht. Unter den Erschlagenen erkannte Telemachos die blutbesudelte Leiche des Zenturios. Schließlich waren nur noch ein Optio und zwei seiner Leute auf den Beinen und kämpften mit erhobenen Schilden um ihr Leben. Durch die Nebelschwaden beobachtete Telemachos, wie sich weitere Seesoldaten vom Hauptgefecht abwandten und ihren bedrängten Kameraden zu Hilfe eilten. In diesem Moment schob sich die vordere Bireme an der anderen Bordseite neben die *Pegasos*, und kurz darauf schwirrten Entertaue durch die Luft. Dann sprangen die ersten Römer an Deck und warfen sich auf Leitos und die übrigen Piraten beim Mast.

Telemachos wandte sich um und hielt die gewölbten Hände an den Mund: »Schneidet die Leinen durch! Schneidet sie durch!«

Castor schaute ihn bestürzt an. »Was ist mit den anderen?«

»Wir können nichts mehr für sie tun. Leinen durchschneiden, sofort!«

Mehrere Piraten stürzten zu den Entertauen und hackten mit Beilen und Schwertern auf sie ein. Als mit einem scharfen Knall das letzte Kabel riss, wandte sich Telemachos mit einem Schrei an den Steuermann. »Reiß die Pinne rum, Calkas! Schnell!«

Die Piraten, die am nächsten bei den Rudern standen, schoben sie nach draußen, um sich von der Bordwand der *Pegasos* abzustoßen. Kurz darauf erhob sich die *Poseidons Dreizack* in der sanften Dünung, und ihr Bug löste sich von dem anderen Schiff.

»So ist es gut, Männer!«, rief Telemachos. »Und jetzt bringt uns hier raus!«

Mit ausgefahrenen Riemen setzte sich die *Dreizack* in Bewegung und hielt auf den Eingang der Bucht zu. Mehrere Legionäre an Bord der *Pegasos* warfen den fliehenden Piraten Speere, Äxte und andere Gegenstände nach. Die meisten stürzten wirkungslos in die breiter werdende Lücke zwischen den beiden Schiffen. Stabil im Wasser liegend gewann die *Dreizack* an Fahrt. Die letzten Seesoldaten an Bord begriffen nun, dass sie von ihren Kameraden abgeschnitten waren, und ließen die Waffen fallen. Ein Pirat trat auf den Optio zu, um ihn niederzuhauen, doch Telemachos hielt ihn mit einem Befehl davon ab: »Nein, ich will sie lebend!«

Widerstrebend ließ der Pirat seine Axt sinken. Auch mehrere andere starrten die drei Römer voller Mordlust an.

»Bringt sie runter in den Lastraum!«, fauchte Telemachos. »Die nehmen wir uns später vor.«

Geras bellte einen Befehl, dann packten die Piraten den Optio und seine Soldaten und stießen sie zur Heckluke. Telemachos warf einen Blick zur *Pegasos* und beobachtete, wie die Legionäre der ersten Bireme an Bord stürmten und Leitos mit den letzten noch lebenden Enterern in einem gnadenlosen Hagel von Schwerthieben verschwand. Von den Piraten, die zum Bug gedrängt worden waren, sprangen einige über Bord, weil sie lieber ihr Glück im Wasser versuchen als dem Feind in die Hände fallen wollten. Doch sie wurden rasch Opfer der Spieße, die die Seesoldaten von der anderen Bireme auf sie schleuderten. Kurz darauf verschwand das Schiff hinter einem dichten Nebelschleier.

»Die Schweine haben Leitos umgebracht«, knurrte Geras. »Er und die anderen hatten überhaupt keine Chance.«

Der Verlust so vieler Männer war ein herber Schlag. Telemachos umklammerte die Reling und schwor bei allen Göttern Rache für Leitos und die anderen Gefallenen. Für dieses Verbrechen würde Rom teuer bezahlen – falls den Piraten die Flucht gelang.

Schon riefen die Legionäre an Bord der *Pegasos* den Trierarchen der zwei Biremen eine Warnung zu und deuteten wild fuchtelnd auf die sich entfernende *Poseidons Dreizack*. Sofort wurden die Enterleinen der ersten Bireme abgeworfen, und das Kriegsschiff nahm nach einem schwerfälligen Schwenk um das Heck der *Pegasos* die Verfolgung auf. Die zweite, etwas weiter entfernte Bireme schloss sich der Jagd an, und auch das Flaggschiff draußen in der Bucht änderte seinen Kurs, um den Piraten den Weg abzuschneiden.

»Wir sitzen in der Falle«, fauchte Castor.

Telemachos fluchte durch zusammengebissene Zähne. Doch auf einmal fiel ihm etwas ein, und er wandte den Blick zur entgegengesetzten Landzunge. Durch den dünner werdenden grauen Nebel war die schmale, zwischen dem Strandausläufer und den Felsen dahinter verlaufende Rinne kaum zu erahnen.

Er zeigte sie dem Steuermann. »Dorthin, Calkas! Halt direkt auf die Untiefe zu!«

KAPITEL 34

Die Beine fest auf den Planken verankert, stemmte sich der verhutzelte alte Steuermann in die Pinne, bis der Bug der *Dreizack* auf die seichte Stelle zwischen der Landzunge und dem Gesteinsfeld wies. Mehrere Männer reagierten sichtlich erschrocken auf den Kurswechsel und schauten sich bestürzt an.

Schließlich trat Virbius mit wütendem Gesicht vor. »Was soll das?«

»Ich bringe uns hier raus«, antwortete Telemachos bestimmt. »Wir fliehen durch die Untiefen und schütteln die Römer im Nebel ab.«

»Aber das schaffen wir nicht. Wir laufen auf Grund, verdammt noch mal!«

»Die *Dreizack* hat weniger Tiefgang als diese Kriegsschiffe. Das sollte reichen, damit wir durchkommen.«

»Und wenn nicht, stranden wir. Dann murksen uns die Römer ab wie Ratten in einem Fass.«

»Kann schon sein. Aber wenn wir es nicht versuchen, sind wir auf jeden Fall erledigt. So haben wir wenigstens eine Chance.«

»Du schickst uns geradewegs in den Tod, verdammt!«

»Für solche Streitereien hab ich jetzt keine Zeit«, knurrte Telemachos. »Solange der Kapitän nicht handlungsfähig ist, trage ich die Verantwortung für das Schiff. Und ich habe den Befehl gegeben. Jetzt geh wieder an die

Arbeit, oder ich lass dich in Ketten werfen.« Er starrte Virbius herausfordernd an.

Der drahtige Pirat hatte schon den Mund zum nächsten Einwand geöffnet, doch dann bemerkte er Telemachos' entschlossenen Gesichtsausdruck und presste die Lippen wieder zusammen.

Telemachos wandte sich von ihm ab und winkte Castor heran. »Schick einen Mann nach vorn. Einen mit scharfen Augen, der nach Felsen Ausschau hält.«

Castor eilte davon und brüllte Kommandos. Die Leute liefen an ihre Plätze, und Telemachos bezog seinen Posten hinter dem Mast. Geras stand neben ihm und beobachtete angespannt, wie sie von dem Ausläufer wegschwenkten und auf das seichte Gewässer zuruderten. Achtern war das römische Flaggschiff zu erkennen, das ebenfalls seinen Kurs geändert hatte und ihnen inzwischen bedrohlich nahe war. Die zwei Biremen waren ein Stück hinter der Trireme, weil sie die *Pegasos* hatten umrunden müssen. Auf allen drei Kriegsschiffen wurde hart gerudert, und Telemachos rechnete damit, dass die *Dreizack* die Untiefen nur knapp vor der Trireme erreichen würde.

Geras spähte zweifelnd voraus. »Glaubst du wirklich, dass das gelingt?«

Telemachos legte die Stirn in Falten. »Wir müssen darauf setzen, dass das Wasser tief genug ist. Aber sicher wissen wir es erst, wenn wir durchfahren. Und wir sollten darum beten, dass es für unsere Verfolger zu seicht ist.«

»Und wenn nicht?«

»Dann hat Virbius recht: Wir sind erledigt.«

»Also, eins steht so oder so fest. Ich lasse mich von

diesen römischen Hunden nicht lebendig fangen. Keine Ahnung, wie du das siehst, aber ich möchte nicht ans Kreuz genagelt aus dem Leben scheiden.«

»Ich auch nicht.« Telemachos lächelte grimmig. »Keine Sorge. Wenn es dazu kommt, nehmen wir so viele von ihnen mit wie möglich.«

Trotz seiner zur Schau getragenen Entschlossenheit nagten Zweifel an ihm. In leuchtenden Farben flimmerte vor seinem inneren Auge das Bild der *Poseidons Dreizack*, wie sie auf einen Fels knapp unter der Wasseroberfläche auflief. Oder, schlimmer noch, er hatte die Tiefe der Rinne falsch eingeschätzt. Virbius hatte nicht ohne Grund darauf hingewiesen, dass ein auf Grund festsitzendes Schiff eine leichte Beute für die Römer war. Die Trireme brauchte nur sicheren Abstand zu wahren und konnte dann das kleine Piratenschiff nach Belieben mit dem Katapult auf dem Vordeck zu Klump hauen. Und falls sich einige Männer aus den Trümmern retten konnten, boten sie im seichten Wasser ein leichtes Ziel für die römischen Speere – oder mussten sich nach der Gefangennahme auf ihre Kreuzigung gefasst machen.

Ein dumpfes Krachen riss Telemachos aus seinen Gedanken. Er fuhr herum und bemerkte, dass der Katapult des Flaggschiffs einen Eisenbolzen abgeschossen hatte. Er stieg auf und hing einen schrecklichen Moment lang in der Luft, ehe er zehn oder zwölf Fuß hinter der *Dreizack* in das schäumend weiße Kielwasser schlug.

»Bei allen Göttern, das war knapp«, flüsterte Geras.

»Reines Glück«, knurrte Telemachos. »So genau können sie den Abstand zu uns noch gar nicht einschätzen. Dafür sind sie noch zu weit weg.«

»Ja, bloß wie lange noch?«

Die Trireme rückte unaufhaltsam näher. Bei dieser Geschwindigkeit würde sie das verfolgte Schiff mühelos einholen, bevor es entkommen konnte.

Telemachos blaffte Castor an: »Befiehl den Leuten, sie sollen sich stärker ins Zeug legen!«

Der Quartiermeister schüttelte den Kopf. »Sie pullen schon, so schnell sie können. Unser Schiff ist keine Galeere. Sie ist nicht zum Rudern gemacht.«

Telemachos presste die Lippen zusammen und wandte den Blick ab. Er wusste, dass Castor recht hatte. Die *Dreizack* konnte den meisten Schiffen davonsegeln, aber bei völliger Windstille war sie zum Fahren auf ihre zwölf Riemenpaare angewiesen. Die Trireme verfügte über weitaus mehr Ruderer und holte rasch auf. Mit einem hohlen Gefühl im Bauch begriff er, dass es nicht mehr lange dauern würde, bis die *Dreizack* in Reichweite der Wurfgeschosse war. Auch die leichteren Biremen kamen schnell voran und hatten es nicht mehr weit bis zur Rinne. Verzweifelt suchte er nach Möglichkeiten, die Geschwindigkeit des Schiffs zu steigern, doch ihm fiel nichts anderes ein, als die Götter um eine plötzliche Windbö zu bitten. Nur so konnten sie darauf hoffen, dem Feind zu entkommen.

Er richtete sein Augenmerk wieder auf die Untiefen. Aus seiner Position schien die Lücke zwischen den Gesteinsbrocken und dem Strandausläufer bedrohlich schmal, und er fürchtete, dass das Schiff jeden Moment auf Grund laufen würde. Neben der Bordwand nahm er nicht weit unter der Wasseroberfläche dunkle Schatten wahr. Vorn stand ein Pirat über den Bug gebeugt und meldete dem Steuermann laut rufend, wenn er flache Stellen oder Felsen sichtete, die das Schiff in Gefahr bringen konnten. Jetzt waren es nur noch wenige Hundert Fuß bis zur offenen See jenseits der Landzunge, und Telemachos trieb die Ruderer stumm zu größerer Eile an.

Erneut krachte es, und ein zweiter Bolzen zog einen Bogen über den Himmel, gefolgt vom gellenden Kreischen eines Piraten, den der Eisenschaft durchbohrte. Ein weiteres Geschoss durchschlug die Reling und schleuderte einen Schauer schartiger Späne in die Höhe. Ein Mann mit einem scharfen Holzsplitter in der Wange torkelte stöhnend zurück. Telemachos schielte über die Schulter und erkannte, dass das Flaggschiff sie fast eingeholt hatte.

»Das schaffen wir nie!«, brüllte Virbius. »Die Hunde werden uns versenken!«

Plötzlich lief ein leichtes Beben über das Wasser. Geras deutete aufgeregt nach achtern. »Schau! Da!«

Telemachos sah sich um und beobachtete, wie die römische Trireme erschauernd auf Grund lief. Die Riemen verhakten sich polternd ineinander, dann barst der Mast und stürzte mit ohrenbetäubendem Krachen nach vorn. Unter wildem Geschrei rauschte das Gewirr aus Spieren, Tauwerk und Segeltuch hinunter auf das Deck, riss den Katapult von seinem Sockel und holte mehrere Seesoldaten von den Beinen. Der Bug des beschädigten Kriegsschiffs hob sich leicht, dann kam es zum Stehen.

Die Männer auf der *Dreizack* quittierten den Anblick mit lautem Jubel.

»Schweine!«, brüllte Geras mit gereckter Faust. »Denen haben wir's gezeigt! Jetzt holen sie uns bestimmt nicht mehr ein!«

Über das Deck der Triremе wuselten aufgeregte Gestalten, um den gebrochenen Mast und die Takelage zu kappen. Die zwei Biremen drehten ab und schlugen einen neuen Kurs zurück zum Eingang der Bucht ein. Offenbar wollten die Trierarche einen Zusammenstoß mit dem auf Grund liegenden Flaggschiff vermeiden, oder die Fahrt durch die tückischen Untiefen war ihnen zu gefährlich. So mussten sie den Umweg hinaus aufs Meer nehmen, bevor sie die Jagd fortsetzen konnten. Telemachos schaute ihnen noch kurz nach, dann wandte er sich wieder zum Bug der *Dreizack*, die sich durch die Rinne vorankämpfte und den Abstand zu den Kriegsschiffen immer weiter vergrößerte.

Geras atmete erleichtert auf. »Den Göttern sei Dank.«

»Es ist noch nicht vorbei«, warnte Telemachos. »Erst müssen wir noch die zwei Biremen abschütteln. Sobald sie die Bucht hinter sich gelassen haben, können sie die Verfolgung wiederaufnehmen.«

»Dann hoffen wir mal, dass der Nebel sich hält.«

Die Ruderer boten noch einmal alle Kräfte auf, dann ließ das Piratenschiff die flache Rinne hinter sich und gelangte in tieferes Wasser. Telemachos hob den Kopf, weil er vom Land her eine leise Brise spürte. Stark genug zum Aufhissen. Er gab den Befehl an Geras weiter, dann kletterten die erschöpften Helfer hinauf und entrollten das Großsegel. Mit dem achterlichen Wind gewann die *Poseidons Dreizack* rasch an Fahrt und entfernte sich von der Küste. Die Männer, die an den Riemen geschuftet hatten, konnten sich endlich ausruhen und sanken mit schweißglänzenden Gesichtern und Armen auf das Deck.

Während das Schiff seinen Weg hinaus aufs offene Meer fortsetzte, ertönte vom Heck her ein Ruf. Telemachos wandte sich der Mündung zur Bucht zu, die bereits weit hinter ihnen lag. Zwischen einzelnen Nebelstreifen waren die Masten und Spieren der Biremen zu erkennen, die soeben um die Landzunge kamen. Kurz fürchtete er schon, dass der Dunst sich lichten und Fortuna mit einem weiteren grausamen Streich den Römern Gelegenheit bieten würde, weiter Jagd auf sie zu machen. Dann jedoch fegte von der Küste her eine Nebelbank heran, die einen dichten Schleier um die Kriegsschiffe legte. Die Anspannung fiel von den Männern ab, und sie konnten sich endlich darüber freuen, dass sie entronnen waren.

Nachdem Telemachos sicher war, dass sie die Biremen abgeschüttelt hatten, gab er Befehl, Kurs auf Petrapylae zu nehmen. Die Verwundeten wurden hinunter in den Lastraum getragen, und Bulla konnte gestützt von Helfern in seine Kajüte zurückkehren. Die gefangenen Seesoldaten wurden in Ketten gelegt, und Telemachos stellte zwei Posten zu ihrer Bewachung ab.

Im Lauf des Vormittags wurde der Nebel dünner, und die Sonne brach allmählich durch. Telemachos suchte immer wieder den Horizont nach Anzeichen der römischen Kriegsschiffe ab, doch die See blieb leer, und er war ausnahmsweise dankbar dafür, dass der Ausguck keine Segel sichtete. Die Stimmung an Bord war düster, denn in die Erleichterung nach der Flucht mischte sich Verzweiflung über die erlittenen Verluste. Auch Telemachos wurde nach und nach das ganze Ausmaß der Niederlage klar, die die Römer den Piraten zugefügt hatten.

Ein Schiff war gekapert worden, das andere hatte die halbe Besatzung eingebüßt. Canis konnte sich die Hände reiben, denn seine Falle war zugeschnappt. Dutzende Männer der *Dreizack* hatten den Tod gefunden, und viele weitere waren verwundet. Auch ihr Kapitän hatte eine schwere Verletzung davongetragen. Nach diesem vernichtenden Schlag blieb ihnen wohl fürs Erste nichts anderes übrig, als sich die nächsten Monate an Land zu verkriechen. Vielleicht verlor Canis irgendwann die Lust auf die Jagd nach Seeräubern, und er suchte sich ein neues Amt. Erst dann konnten sie wohl aufs Meer zurückkehren ...

Sogleich verwarf Telemachos den Gedanken wieder. Canis war erbarmungsloser als jeder andere Mensch, den er kannte. Er würde sich nie mit weniger begnügen als der völligen Auslöschung der Piraten. Die Kaperung der *Pegasos* und die schweren Verluste der *Poseidons Dreizack* konnten ihn nicht von seinem Ziel abbringen. Im Gegenteil war davon auszugehen, dass ihn dieser Sieg zu einer neuen Welle von Angriffen anspornen würde, die darauf berechnet waren, den Vorteil gegenüber seinem demoralisierten Feind zu nutzen. Vielleicht verhörten seine Knechte bereits Überlebende von den beiden Piratenschiffen, um die Lage ihres Schlupfwinkels herauszufinden.

Je länger die Fahrt dauerte, desto mehr verfinsterte sich Telemachos' Stimmung. Er konnte sich nicht mehr der Einsicht verschließen, dass die Männer der *Poseidons Dreizack* den Präfekten und seine Flotte aufhalten mussten, wenn sie je wieder zur Ruhe kommen wollten.

KAPITEL 35

»Wie geht's dem Käpt'n?«, fragte Telemachos am Torhaus zur Zitadelle.

Proculus, der erst vor Kurzem zur Besatzung gestoßen war, wischte sich mit einem schmutzigen Tuch die Hände ab. Der Schiffszimmermann hatte sich noch immer nicht mit dem Piratendasein angefreundet, doch er hatte großes Geschick in der Versorgung der Verletzten bewiesen, und so hatte ihm Telemachos diese Aufgabe übertragen.

Nach längerem Schweigen schüttelte der pausbackige Seemann schließlich den Kopf. »Nicht gut, Herr. Die Wunde ist brandig. Riecht furchtbar. Und sobald das Blut verseucht ist, ist es vorbei. So viel weiß ich, auch wenn ich kein Arzt bin. Tut mir leid, Herr, aber nicht mal Asklepios könnte ihn retten.«

»Ich verstehe.« Insgeheim hatte Telemachos schon mit einer solchen Auskunft gerechnet, nachdem er Proculus beim Reinigen und Verbinden der Wunde des Kapitäns beobachtet hatte. Die römische Klinge war durch eine dünne Stelle in Bullas Leinenharnisch tief in seinen Bauch eingedrungen und hatte lebenswichtige Organe durchbohrt. Nicht einmal durch regelmäßiges Verbandwechseln war die Blutung zum Stillstand gekommen, und seit gestern sickerte auch noch gelblicher Eiter aus der Scharte.

Seit dem Hinterhalt waren fünf Tage vergangen. Am dritten Morgen hatten die Überlebenden der *Poseidons Dreizack* Petrapylae erreicht. Sobald der Bug des Schiffs auf Strand lag, hatte man die Verletzten auf behelfsmäßigen Bahren über das Fallreep von Bord gebracht. Wer gehen konnte, legte die kurze Strecke auf dem Dammweg zur Zitadelle zu Fuß zurück. Die zu Hause gebliebenen Kameraden verharrten auf ihren Posten und hielten ängstlich Ausschau nach einer sich nähernden feindlichen Flotte.

Die Erleichterung der Verwandten und Freunde über die Heimkehr des Schiffs schlug rasch in Verzweiflung um, als sie unter den Verwundeten nach ihren Liebsten suchten. Das Jammern der Trauernden dauerte den ganzen Tag, während die überlebenden Piraten ihren Kummer im Wein ertränkten und den Römern Rache schworen. Die Gefangenen hatte man fortgeschafft, um sie auf dem Sklavenmarkt zu verkaufen. Nur der Optio wurde in eine Zelle in der Zitadelle gebracht und verhört.

»Wie lang hat er noch?«, fragte Telemachos.

Proculus zuckte die Achseln. »Ein, zwei Tage noch, würde ich sagen. Vielleicht auch mehr. Kommt darauf an, wann ihn das Fieber überwältigt.«

Telemachos nickte bedächtig. »Was ist mit den anderen?«

Der Rekrut rang die Hände. »Ich tue mein Bestes, aber viele von ihnen sind schlecht dran. Ich kann eine Wunde schön sauber zunähen, aber mit so was wie dem Einrenken von Knochen habe ich keine Erfahrung. Bei manchen von ihnen stoße ich an meine Grenzen, Herr.«

Telemachos nickte erneut. »Flick die zusammen, von denen du glaubst, dass du sie retten kannst. Mehr verlange ich nicht, Proculus.«

»Und die anderen?«

»Mach es ihnen so leicht wie möglich. Sie sollen nicht leiden. Verstanden?«

»Ja, Herr. Das tue ich.« Proculus überquerte den Hof in Richtung der Bauten in der Nähe des Torhauses, wo die Verwundeten untergebracht waren.

Telemachos wandte sich ab und schritt durch die eisenbeschlagene Pforte in der seitlichen Festungsmauer. Vor dem Quartier des Kapitäns am Ende des dunklen Gangs stand ein Wachposten. Beim Anblick des ersten Offiziers trat er beiseite, und Telemachos zog knarrend den Riegel hoch. Als er eintrat, stach ihm ein süßlich fauliger Geruch in die Nase. Neben einem großen Tisch, auf dem ein Wasserkrug und ein silberner Kelch standen, hingen Bullas Tunika und Schwert an Wandhaken. Er selbst lag auf einem Diwan, die Stirn glänzend und das Haar feucht vom Schweiß. Um seinen Bauch war ein blutgetränkter Verband gewickelt, der die Wunde bedeckte. Langsam richtete sich der Blick seiner schwerlidrigen Augen auf den Besucher.

Telemachos kauerte sich neben ihn. »Käpt'n.«

»Nicht mehr lange, fürchte ich.« Bulla lächelte halbherzig und zuckte dann vor Schmerz zusammen. Seine Haut war von wächserner Blässe.

Telemachos erschrak, als er begriff, wie schnell sich Bullas Zustand seit seinem letzten Besuch am Vortag verschlechtert hatte. Er räusperte sich. »Kann ich dir was bringen, Käpt'n?«

»Wasser.«

Wortlos trat Telemachos an den Tisch und schenkte den Kelch voll. Als er den Krug abstellte, blieb sein Blick an einer kleinen, mit einem Wachsstöpsel verschlossenen Tonphiole neben einem Bündel von Schriftrollen und Seekarten hängen. Er kniete sich zu Bulla und drückte ihm den Rand des Kelchs an die aufgesprungenen Lippen.

Der Kapitän lehnte sich vor und stöhnte vor Erleichterung, als ihm das Wasser durch die Kehle rann. Nach mehreren Schlucken fing er an zu husten und forderte Telemachos mit einem Wink auf, das Gefäß wegzunehmen. »Danke«, krächzte er heiser. »Das habe ich gebraucht. Wenigstens werde ich nicht verdursten. Da ist mir der tödliche Stich eines Römerschwerts allemal lieber.«

Telemachos öffnete den Mund, um zu protestieren.

Mit kraftlos erhobener Hand schnitt ihm Bulla das Wort ab. »Schon gut, Junge. Ich habe in meinem Leben so einigen Männern die Eingeweide aufgeschlitzt und weiß genau, wie das ausgeht. Das war's für mich. Ich habe nicht mehr lang zu leben.«

Telemachos spürte, wie es ihm die Kehle zuschnürte. »Das tut mir leid, Käpt'n.«

»Ach was. Dir muss nichts leidtun. Du bist nicht derjenige, der die Männer in einen Hinterhalt geführt hat.«

»Das konntest du doch nicht wissen. Die Römer haben uns reingelegt.«

»Mag sein. Aber wenn ich auf dich gehört hätte statt auf diesen Narren Agrios, hätte es uns gar nicht erst in die Gegend von Ravenna verschlagen und … Scheiße, tut das weh.« Bulla schloss die Augen und verzerrte das Gesicht zu einer Grimasse der Qual. Sein ganzer Körper erstarrte, dann klang der Schmerz allmählich ab, und der Atem setzte flach und unregelmäßig wieder ein. Sein Blick richtete sich erneut auf seinen Gast. »Du bist ein guter Anführer, Telemachos. Besser, als ich es je war. Vergiss das nicht.«

»Nein, ich habe von dem Besten gelernt.« Telemachos zwang sich zu einem Lächeln. »Du solltest deine Kräfte schonen, Käpt'n. Du brauchst Ruhe.«

»Unsinn. Zum Ausruhen habe ich später genug Zeit. Jetzt habe ich noch eine wichtige Aufgabe, und dafür brauch ich deine Hilfe.«

»Was soll ich tun, Käpt'n?«

»Ruf die anderen Offiziere. Bring sie her. Ich habe ihnen was mitzuteilen.«

Am späten Nachmittag versammelten sich die Schiffsoffiziere im Quartier des Kapitäns. Bulla saß aufrecht auf dem Diwan. Er drückte die Hand auf den blutdurchweichten Verband, und das lange, strähnige Haar klebte ihm an der Kopfhaut. Obwohl die großen Fenster im hinteren Teil des Zimmers geöffnet waren, hing der Verwesungsgestank der brandigen Wunde in der Luft.

Der Schweiß rann dem Piratenführer über die Stirn, als er sich an die Anwesenden wandte. »Ihr wisst alle, warum ich euch hergebeten habe.« Seine Stimme war noch heiserer geworden, und die Anstrengung war ihm deutlich anzumerken. »Ich sage es ohne Umschweife. Ich bin erledigt, Männer. Meine Tage als Kapitän dieser Besatzung sind vorbei.«

Die Offiziere hörten ihm schweigend zu. Dann räusperte sich Bassus. »Lass uns einen Wundarzt holen, Käpt'n. Ich kann mit ein paar Männern nach Ortopla segeln und einen suchen. Wenn es sein muss, entführen wir ihn.«

»Dafür ist es schon zu spät. Für *mich* ist es zu spät. Ihr müsst in die Zukunft blicken.«

Castor zog die Augenbrauen zusammen. »Was meinst du damit, Käpt'n?«

»Vor meinem Tod muss jemand zu meinem Nachfolger berufen werden.«

Die Offiziere tauschten beklommene Blicke aus, und eine Weile herrschte angespanntes Schweigen.

Dann meldete sich Virbius zu Wort. »Hast du an jemand Bestimmten gedacht?«

Bulla nickte schwach. »Deswegen habe ich euch hergebeten. Damit ihr bezeugen könnt, dass ich das Kommando verbindlich an euren neuen Anführer übergeben habe.«

»Wer ist es?«

»Er.« Bulla deutete, und alle Blicke folgten seiner Geste. »Telemachos. Von jetzt an ist er der Kapitän der *Poseidons Dreizack*.«

»Ich?« Telemachos war wie vor den Kopf geschlagen. »Ich, Käpt'n?«

»Ich bin nicht mehr dein Käpt'n. Diese Verantwortung trägst jetzt du, Telemachos.«

Die anderen Anwesenden reagierten mit einer Mischung aus Verblüffung und Neid. Telemachos merkte, dass ihn einige von ihnen anstarrten, als würden sie ihn zum ersten Mal überhaupt ernst nehmen.

Virbius schüttelte ungläubig den Kopf und richtete den Blick wieder auf Bulla. »Ist das wirklich klug, Käpt'n?«

»Bist du anderer Meinung?«

»Bei allem Respekt, der Junge hat doch viel zu wenig Erfahrung. Er ist erst seit wenigen Monaten bei uns. Warum überträgst du das Kommando nicht einem Älteren? Jemandem, der was von der Sache versteht.«

Bulla rang sich ein Lächeln ab. »Jemandem wie dir, meinst du.«

Virbius zuckte die Achseln. »Mir geht es nur um das Wohl der Mannschaft.«

»Das bezweifle ich nicht. Aber Telemachos hat sich als tüchtiger Anführer bewährt. Er hat zahlreiche Schiffe gekapert, ist den Römern mehr als einmal entronnen und hat auch seine Fähigkeiten als Seemann unter Beweis gestellt. Vor allem aber hat er einen kühlen Kopf. Da sind wir uns wohl alle einig.«

»Der Käpt'n hat recht«, warf Bassus ein. »Ohne Telemachos wären wir nie lebend aus dieser Bucht rausgekommen. Die Römer hätten uns bis auf den letzten Mann in Stücke gehauen.«

»Sicher, er hat uns alle beeindruckt«, entgegnete Virbius widerwillig. »Aber ist jetzt wirklich der richtige Zeitpunkt für so ein Risiko? Die Römer haben uns gerade eine Abreibung verpasst, an die wir noch lange denken werden. Da wäre es vielleicht besser, das Steuer weiseren Händen zu überlassen.«

»Nein.« Bulla stöhnte auf, und seine Halsadern traten fingerdick hervor, als der Schmerz durch seinen Körper brandete. Er sank zurück, erschöpft von der Anstrengung des aufrechten Sitzens. Es kostete ihn sichtlich Mühe weiterzusprechen. »Meine Entscheidung steht fest. Telemachos übernimmt das Kommando über die Besatzung. Ich erwarte, dass ihm alle hier Anwesenden treu dienen ... so wie ihr mir gedient habt. Vorausgesetzt natürlich, dass du deine Berufung annimmst, mein junger Freund?«

Telemachos fehlten die Worte. Doch schließlich nickte er. »Aye, Käpt'n. Ich nehme sie an.«

»Gut.« Bulla schloss die Augen. Ein friedlicher Ausdruck legte sich auf sein Gesicht, und sein abgehackter Atem beruhigte sich. »Dann bleib bitte hier, ich muss noch etwas unter vier Augen mit dir besprechen. Alle anderen können gehen.«

In betroffenem Schweigen verließen die Offiziere den Raum.

Bulla schaute ihnen nach, dann richtete er den Blick wieder auf Telemachos. Seine trüben Augen hatten Mühe, den neuen Piratenkapitän zu fixieren. »Du bist überrascht?«

»Überrascht und geehrt.«

»Du wirst ein hervorragender Kapitän sein, Telemachos. Da bin ich mir ganz sicher. Die Besatzung wird in guten Händen sein. Und jetzt habe ich noch eine letzte Bitte an dich.«

»Aye, Käpt'n.«

Bulla deutete zum Tisch. »Die Phiole. Einer meiner Wachposten hat sie unten im Dorf für mich gekauft, für den Fall, dass der Schmerz zu schlimm wird. Ein paar Tropfen sollten genügen. Dann könnt ihr mich auf See bestatten, dort gehöre ich hin.«

Telemachos starrte ihn an und schluckte schwer. »Wenn das wirklich dein Wunsch ist, Käpt'n.«

»Meine Zeit ist abgelaufen. Es hat keinen Sinn, die Reise über den Styx noch lange hinauszuschieben. Nur eins musst du mir versprechen.«

»Ja?«

Bulla bot seine letzten Kräfte auf und packte Telemachos am Unterarm. Seine Hand bebte, die Haut war kühl. Sein Blick wurde klar. »Wenn die Zeit kommt, lässt du Canis büßen für das, was er uns angetan hat. Ihn und all die anderen römischen Hunde. Und rette deinen Bruder.«

»Das werde ich«, antwortete Telemachos. »Ich schwöre es bei allen Göttern. Ich werde den Römern eine Lektion erteilen, die sie nie mehr vergessen werden.«

Kurz darauf strebte Telemachos auf die feuchte Zelle neben den Ställen zu. Aus Respekt vor dem letzten Wunsch des Sterbenden hatte er Bulla die Phiole mit dem Gift in die Hand gedrückt und den Posten vor dem Quartier angewiesen, den Kapitän nicht zu stören.

Beim Überqueren des gepflasterten Hofs tobte ein Wirbel widersprüchlicher Gefühle in seiner Brust. Bulla war mehr für ihn gewesen als ein Kapitän. Weit mehr. Er hatte die Fähigkeiten, die in dem jungen Rekruten schlummerten, früh erkannt und ihn in den letzten Monaten als väterlicher Freund gefördert. Doch für angemessene Trauer um Bulla blieb Telemachos keine Zeit. Das musste er auf später verschieben. Nach seiner überraschenden Berufung zum Kapitän gab er sich keinen Illusionen hin. Er musste damit rechnen, dass sich einige der älteren Piraten nicht mit Bullas Entscheidung abfinden würden. Virbius zum Beispiel. Und falls das so war, konnte er die Auseinandersetzung mit seinen Gegnern nicht ewig hinausschieben. Aber zuerst hatte er sich auf seine Verantwortung gegenüber der Besatzung zu konzentrieren. Canis' heimtückischer Hinterhalt hatte der Moral der Männer einen schweren Schlag versetzt, und Telemachos wusste genau, was jetzt zu tun war.

Zwei mit Speeren bewaffnete Wachen standen vor der Tür der verwahrlosten Zelle. Als sie Telemachos bemerkten, richteten sie sich gerade auf und machten Platz. Einer von ihnen hob den Riegel, und die Tür schwang auf rostigen Angeln nach innen. Telemachos trat in den engen Raum, der früher als Quartier des Stallmeisters gedient hatte.

Der gefangene Römer lag auf einem Strohsack, Fuß und Hals an zwei Eisenringe an der hinteren Wand gekettet. Aufgeschreckt vom Knarren der Tür, hob er langsam den Kopf und spähte mit zusammengekniffenen Augen durch das Halbdunkel. Er bot einen elenden Anblick. Seine Tunika war verdreckt, die Arme mit blauen Flecken übersät und das Haar verfilzt vom eingetrockneten Blut. Anfangs hatte sich der hagere Veteran, ein Optio namens Calidus, halsstarrig gezeigt. Auch nachdem ihm Telemachos gedroht hatte, ihm die Daumen abzuschneiden, hatte er seinen Widerstand nicht aufgegeben. Doch dann hatte sich der Folterknecht an die Arbeit gemacht. Skiron brauchte nicht lange. Zwei Tage voller Schläge und Qualen reichten, um Calidus' Willen zu brechen. Der Mann vor Telemachos war nur noch der jämmerliche Abklatsch eines römischen Offiziers. Er zuckte zusammen, als Telemachos einen Schritt auf ihn zu tat.

»Skiron sagt, du bist jetzt bereit zum Reden.«

Calidus setzte eine entschlossene Miene auf. »Zuerst brauche ich Sicherheiten.«

Telemachos lächelte. »In deiner Lage kannst du keine Forderungen stellen.«

»Aber ich bin auch kein Narr.« Der Gefangene bewegte sich mit schmerzverzerrtem Gesicht, und seine Ketten klirrten. »Was sollte dich davon abhalten, mich umzubringen, sobald ich dir erzählt habe, was ich weiß? Als Geisel bin ich unbrauchbar. Canis würde nie über meine Freilassung verhandeln.«

Da musste ihm Telemachos recht geben. »Sag mir, was ich erfahren will, und du wirst verschont. Mein Wort darauf.«

»Du lässt mich frei?«

Telemachos staunte über die Naivität des Römers. Anscheinend war ein gebrochener Mann bereit, sich an jeden Strohhalm zu klammern. Er schüttelte den Kopf. »Das kann ich nicht erlauben. Du hast unser Lager gesehen. Wenn ich dich zu deinen Leuten zurückkehren lasse, wirst du uns verraten. Trotzdem, wenn du redest, bleibst du am Leben.« Er deutete zur Tür. »Ansonsten hole ich wieder Skiron. Vielleicht bist du entgegenkommender, nachdem er dir die Augen ausgestochen hat.« Er wandte sich ab, als wollte er gehen.

Der Optio starrte ihn verängstigt an. »Nein, warte! Dein Bruder! Ich weiß, wo er ist!«

Telemachos fuhr herum und funkelte den Legionär böse an. »Du weißt von Nereus?«

»Natürlich. Alle in der Flotte haben davon gehört, dass er gefangen gehalten wird. Das ist kein großes Geheimnis.«

»Und? Wo ist er?«

»In Ravenna«, antwortete Calidus hastig. »Dein Bruder ist in Ravenna.«

Telemachos spürte einen Stich in der Brust. »Im Flottenkastell? Bist du sicher?«

Der Römer nickte. »Ich habe mit eigenen Augen gesehen, wie er auf dem Exerzierplatz ausgepeitscht wurde. Er ist bestimmt dort. Genau wie alle anderen Piraten, die wir gefasst haben. Canis verhört sie persönlich. Er will alles aus ihnen herausquetschen, solange die Reparaturen am Flottenbestand laufen.«

Telemachos fixierte den Gefangenen mit geneigtem Kopf. »Canis lässt seine Kriegsschiffe reparieren?«

»Die, die nicht seetüchtig sind. Das heißt, die meisten. Einige von ihnen haben den Hafen schon seit Jahren nicht mehr verlassen. Der Präfekt hat die Werften beauftragt, sie auf Vordermann zu bringen. Sie sind Tag und Nacht dabei, Seepocken abzukratzen und morsche Planken auszutauschen. Er will, dass jedes Schiff der Flotte noch Jahre in See stechen kann.«

»Wozu?«

»Um euch zur Strecke zu bringen. Sobald die Flotte gefechtsbereit ist, wird er auf dieser Seite des Adriaticums ausschwärmen und jedes Piratennest niederbrennen. In Ravenna wird über nichts anderes mehr geredet.«

»Wann werden die Reparaturen abgeschlossen sein?«

»Zuletzt habe ich gehört, dass sie noch vor Ende des Monats fertig werden.«

Telemachos spürte einen eisigen Schauer im Nacken. Sobald die gesamte Flotte von Ravenna einsatzbereit war, verfügte Canis über einen entscheidenden Vorteil. Er konnte weiter seinen Geleitdienst betreiben und gleichzeitig die illyrische Küste absuchen, um einen Piratenschlupfwinkel nach dem nächsten zu zerstören. Dann war es nur noch eine Frage der Zeit, bis die Römer das Lager in Petrapylae entdeckten.

Er starrte Calidus finster an. »Wer hat euch gesagt, wo mein Bruder zu finden ist?«

»Du meinst den Verräter in euren Reihen?« Calidus schüttelte den Kopf. »Den kenne ich nicht.«

Heißer Zorn wallte in Telemachos auf, und er packte den Optio an seiner Tunika. »Du lügst, Calidus. Wenn du mir nicht aufrichtig antwortest, rufe ich wieder nach Skiron.«

»Es ist die Wahrheit, das schwöre ich!«, wimmerte Calidus mit bebenden Lippen. »Ich weiß bloß, dass jemand in Ravenna eine für Canis bestimmte Schriftrolle abgegeben hat.«

»Wer?«

»Der Kapitän eines Handelsschiffs. Vor ungefähr einem Monat ist er am Tor aufgetaucht und wollte den Präfekten sprechen. Er hatte eine Schriftrolle dabei, die er ihm überreichen sollte. Er war sich sicher, dass sich Canis dafür interessieren würde.«

»Und wer hat dem Kapitän die Schriftrolle gegeben?«

Calidus zuckte die Achseln. »Keine Ahnung. Die gleiche Frage hat Canis dem Kapitän auch gestellt. Er hat uns berichtet, dass er einige Tage zuvor von Piraten überfallen worden war. Einer von ihnen hat ihn beiseitegenommen und ihm eingeschärft, die Schriftrolle in Ravenna abzuliefern. Nur deswegen haben die Piraten überhaupt sein Leben geschont – hat er zumindest behauptet. Mehr weiß ich nicht, das schwöre ich bei allen Göttern.«

Telemachos ließ die verschmierte Tunika los, und der Gefangene sank zurück auf den Strohsack. Er hatte den Eindruck, dass Calidus die Wahrheit gesagt hatte. Mehr war wohl nicht aus ihm herauszuholen. Er richtete sich gerade auf und verneigte sich knapp vor der elenden Gestalt zu seinen Füßen. »Du hast dich als nützlich erwiesen, Calidus. Sehr nützlich sogar. Als Belohnung verspreche ich dir einen raschen Tod.«

Calidus erstarrte vor Entsetzen. »Aber ... das darfst du nicht. Wir haben eine Abmachung.«

»Traust du wirklich dem Wort eines Piraten? Du Narr. Es gibt keinen Grund, dich am Leben zu lassen. Du hast ja selbst darauf hingewiesen, dass du als Geisel wertlos bist. Die Zeit deiner Nützlichkeit ist vorbei.«

»Bitte!«, flehte der Optio. »Du darfst mich nicht umbringen!«

»Und warum nicht?«

In den Augen des Gefangenen flackerte es. »Ich kann dir noch mehr Auskünfte geben. Der Aufbau des Kastells, der Kerker, in dem dein Bruder sitzt ... ich kann dir helfen!«

»Tatsächlich?« Telemachos lächelte. »Dann hast du vielleicht immer noch die Chance, dein Leben zu retten, Römer. Ich schicke dir gleich Leute, die dich weiter befragen werden. Und ich warne dich. Wenn du ihnen nicht alles verrätst, was du weißt, oder wenn sie den

Eindruck haben, du willst uns hinters Licht führen, dann lasse ich dich den Wölfen zum Fraß vorwerfen.«

Er wandte sich zur Tür und ließ den jämmerlich schluchzenden Gefangenen zurück. Noch vor wenigen Monaten hätte er Calidus vielleicht verschont und ihn als Arbeiter in der Zitadelle behalten. Doch nach allem, was die Römer seinen Kameraden und seinem Bruder angetan hatten, war ihm jedes Mitleid vergangen.

Als sich seine Augen wieder ans Licht gewöhnt hatten, bemerkte er Geras, der sich aus der Richtung der Festung näherte.

»Bulla ist tot.«

Telemachos schnürte es die Kehle zusammen.

»Der Posten hat ihn gefunden«, fügte Geras hinzu. »Anscheinend hat der alte Knabe die Sache beendet, bevor es zu qualvoll wurde. Da kann ich ihm keinen Vorwurf machen. Trotzdem ein ziemlich grausiger Tod. Jetzt bist wohl du am Zug ... Käpt'n.«

»Ja.« Telemachos fand es seltsam, von Geras mit seinem neuen Titel angesprochen zu werden. »Such vier gute Leute für die Totenwache aus. Sie sollen Bulla in Leinen wickeln und morgen früh in einem Fischerboot rausfahren. Wir setzen ihn auf See bei, so wie er es sich gewünscht hat.«

»Was wird mit unserem Freund da drinnen?« Geras deutete mit dem Kinn auf die Zelle.

Telemachos erzählte ihm, was er von dem Römer erfahren hatte.

Geras rieb sich nachdenklich über die Nase. »Glaubst du, er sagt die Wahrheit? Dass die Schiffe repariert werden, meine ich?«

»Das werden wir bald rausfinden.«

»Was soll das heißen?«

Telemachos ließ die Frage unbeantwortet. »Erst mal will ich, dass du die *Proteus* und die *Galatea* klarmachst. Sie sollen Proviant laden und gleich morgen früh die Segel setzen. Nur Rumpfmannschaften, zwei erfahrene Offiziere als Kapitäne. Aber du bleibst hier. Verstanden?«

Geras zog verblüfft die Augenbrauen hoch. »Nichts für ungut, Käpt'n, aber ist das wirklich ein guter Zeitpunkt für einen Beutezug?«

»Die Schiffe werden nicht auf Jagd gehen«, erklärte Telemachos. »Sie sollen die Küste auf und ab fahren, von einem Schlupfwinkel zum nächsten, und alle illyrischen Piratenmannschaften verständigen. Wir rufen jede Bande und jedes Schiff auf dieser Seite des Adriaticums zu einem Treffen. Hier in Petrapylae. In zehn Tagen.«

Geras' Brauen hüpften noch höher. »Wozu willst du die denn alle einladen?«

»Ich möchte ihnen ein Angebot machen.« Um Telemachos' Mundwinkel zuckte es. »Ich werde ihnen vorschlagen, Ravenna zu überfallen.«

Geras starrte seinen Freund ungläubig an. Dann bemerkte er das harte Blitzen in seinen Augen und blies die Backen auf. »Du hast wirklich Mumm, das muss ich dir lassen. Aber du wirst dich ganz schön auf die Hinterbeine stellen müssen, wenn du die Männer von deinem Plan überzeugen willst. Vor allem, nachdem uns die Römer gerade das Fell gegerbt haben.«

»Genau deshalb müssen wir sofort handeln. Canis ist bestimmt noch damit beschäftigt, seinen Triumph auszukosten. Er rechnet nicht mit einem Angriff. Wir können den Schweinehund überrumpeln.«

»Glaubst du wirklich, dass das klappt? Ein Überfall auf Ravenna?«

»Es ist unsere einzige Chance, die Sache ein für alle Mal zu beenden. Wenn wir losschlagen, bevor die ganze Flotte repariert ist, können wir das Kastell zerstören und die Marine lahmlegen. Danach wird es lange dauern, bis sie auf unserer Seite der See wieder einsatzfähig sind.«

»Und wenn sich dabei auch noch die Gelegenheit ergibt, deinen Bruder zu befreien …«

»Dann werde ich sie nutzen«, ergänzte Telemachos. »Ich hole ihn da raus. Und Canis kriegt, was er verdient. Glaub mir, wenn ich mit dem Dreckskerl fertig bin, wird er uns nie wieder Scherereien machen.«

KAPITEL 36

Am späten Nachmittag erreichten die ersten Piratenschiffe die Bucht. Telemachos, der Kapitän der *Poseidons Dreizack*, stand ein wenig oberhalb des Strandes und schaute hinaus zu den schlanken Seglern, deren schwarze Flaggen wie Krähen im Wind flatterten. Mehrere Mitglieder seiner Besatzung hatten sich um ihn geschart und warteten auf die Neuankömmlinge. Einige tuschelten miteinander, andere schienen besorgt angesichts der Fremden, die sie in ihrem Lager begrüßen mussten. Trotz der drückenden Spätsommerhitze war der Himmel grau und abweisend.

»Bist du sicher, dass du weißt, was du da tust, Käpt'n?«, fragte Geras.

Telemachos wandte sich stirnrunzelnd nach seinem stämmigen ersten Offizier um. »Was tue ich denn?«

»Du hast diese Leute hergerufen.« Geras winkte in Richtung der sich nähernden Segel. »Klar, wir haben zu wenig Leute und Schiffe, aber woher wissen wir, dass wir diesen Kerlen vertrauen können? Einige von denen würden sich doch lieber gegenseitig die Kehle durchschneiden, als zusammenzuarbeiten.«

Mit zusammengepressten Lippen spähte Telemachos wieder hinaus auf die Bucht. Vor zehn Tagen hatte er zwei seiner Schiffe losgeschickt, um die illyrischen Piratenbanden zu einem Treffen nach Petrapylae zu rufen. Es waren nicht wenige Mannschaften, die von den verstreuten Inseln und Haffs an der Küstenlinie zu ihren Raubzügen aufbrachen, und nur eine Handvoll altgedienter Männer der *Dreizack* kannte die genaue Position ihrer Lager. Am Strand sollte ein Fest stattfinden, und danach wollte sich Telemachos dazu äußern, was für eine Bedrohung von der römischen Marine ausging und wie man ihr seiner Meinung nach am besten begegnen konnte. Die Entscheidung, die anderen Seeräuber einzuladen, hatte bei einigen seiner Männer Skepsis und Zorn ausgelöst, doch Telemachos hatte darauf beharrt, dass ihnen keine andere Wahl blieb, als weitere Schiffe für ihre Sache zu gewinnen. Nur wenn sie einen schlagkräftigen Verband bildeten, konnten sie es mit dem römischen Geschwader in Ravenna aufnehmen. Sobald die ersten Segel in Sicht kamen, hatte sich Telemachos hinunter zum Strand begeben, um die anderen Kapitäne zu begrüßen.

Jetzt schaute er sich besorgt nach der verfallenen, auf einem Felsausläufer unweit des Ufers errichteten Zitadelle um. Von den Plattformen über den Befestigungsanlagen stiegen Rauchranken auf und wirbelten hinauf zum grau verhangenen Himmel. Obwohl sich die Piratenkapitäne gegenüber dem Wachturm mit den richtigen Signalen ausgewiesen hatten, ging Telemachos kein Risiko ein. Er hatte den Männern an den Katapulten eingeschärft, sich mit ihren Brandbolzen bereitzuhalten und beim geringsten Zeichen von Verrat sofort zu schießen. Der jüngste Hinterhalt römischer Seesoldaten, die sich als Piraten ausgegeben hatten, war ihm noch allzu frisch in Erinnerung.

»Was willst du denn damit erreichen, Käpt'n?«, fragte Geras.

»Das habe ich dir doch schon erklärt.« Ein Hauch von Unmut stahl sich in Telemachos' Stimme. »Wir können es nicht allein mit den Römern aufnehmen. Wir brauchen die Unterstützung anderer Mannschaften.«

»Das mag schon sein, aber ich kann mir nicht vorstellen, dass diese selbstsüchtigen Scheißer auf unseren Vorschlag eingehen, wenn dabei nichts Handfestes für sie rausspringt. Außerdem hat unser letztes Bündnis mit einer anderen Mannschaft kein gutes Ende genommen.«

»Danke für den Hinweis«, entgegnete Telemachos gereizt.

»Ich mein ja nur, Käpt'n.«

Telemachos seufzte schwer. »Wir müssen es wenigstens versuchen. Der Aufbau einer eigenen Flotte ist unsere einzige Hoffnung. Nur so können wir das Adriaticum zurückgewinnen. Wenn wir tatenlos zuschauen, wie Canis die Seestraßen seiner Gewalt unterwirft, sind unsere Tage gezählt.«

»Bist du sicher, dass das der einzige Grund ist, warum du dich mit denen verbünden willst?«

Telemachos musterte seinen Freund mit forschendem Blick. »Willst du auf was Bestimmtes hinaus?«

Geras schielte vorsichtig um sich und beugte sich dann vor, damit ihn niemand hören konnte. »Dein Bruder soll bald hingerichtet werden, das ist allgemein bekannt.«

Bei der Erwähnung seines älteren Bruders zuckte Telemachos zusammen. Dass der Präfekt Canis Nereus hatte festnehmen lassen, war nun bereits über einen Monat her. Schon in wenigen Tagen drohte ihm der Tod am Kreuz, wenn sich Telemachos nicht im Kastell von Ravenna stellte.

»Ich weiß, dass du ihn unbedingt befreien willst«, fuhr Geras leise fort. »Und ein paar von den Männern fragen sich inzwischen, ob dir die Rettung deines Bruders vielleicht wichtiger ist als die Bedürfnisse der Besatzung. Bis jetzt sind es nur wenige, die den Mund aufmachen, trotzdem wollte ich es dir nicht verheimlichen.«

»Was genau sagen sie denn?«

Geras zuckte die Achseln. »Bloß dass das Ganze mit dem Aufbau einer Flotte vielleicht übereilt ist. Sie fänden es besser, wenn wir erst mal eine Weile in Deckung bleiben. Abwarten, bis sich die Lage beruhigt hat.«

»Und was denkst du, Geras?«

»Vielleicht liegen sie nicht so falsch.« Der erste Offizier bemerkte die finstere Miene seines Freundes und hob die Hände. »Hör zu, ich bin genau wie du dafür, dass die Römer einen saftigen Tritt in den Arsch kriegen. Die Götter wissen, dass sie es verdient haben. Aber hast du dir auch überlegt, was passiert, wenn dein Plan scheitert? Die Unterstützung der Besatzung wird dann schneller weg sein als ein freier Platz im Circus Maximus.«

»Ich habe geschworen, dass ich Nereus retten werde. Wenn sich die Chance ergibt, muss ich alles unternehmen, was in meinen Kräften steht.«

»Falls er überhaupt noch lebt.«

»Er lebt noch, das weiß ich.«

»Auch wenn das stimmt, musst du denen erst mal glaubhaft versichern, dass du nicht unnötig ihr Leben aufs Spiel setzt, bloß um deinen Bruder rauszuholen.« Geras deutete mit dem Daumen auf die Besatzungsmitglieder der *Dreizack*. »Einige werden sich bestimmt mit Händen und Füßen sträuben.«

»Mit den Männern komme ich schon klar. Das kannst du ruhig mir überlassen.«

»Gern.« Geras blies die Backen auf. »Anführer einer Piratenbande. So viel kann da gar nicht rausspringen, dass sich das lohnt. Da sind mir die einfachen Freuden des Lebens wirklich lieber.«

Telemachos sah seinen Kameraden an. Trotz ihrer höchst unterschiedlichen Meinungen und Neigungen verband sie eine echte Freundschaft, und es war ihm nicht schwergefallen, Geras zu seinem Stellvertreter zu ernennen. Er war treu und zuverlässig. Außerdem konnte er dank seiner Beliebtheit und seiner unbeschwerten Art sicher dazu beitragen, die Vorbehalte einiger Piraten gegen ihren neuen Kapitän zu überwinden. Seit der Übernahme des Kommandos über die *Poseidons Dreizack* hatte Telemachos mit vielen Schwierigkeiten zu kämpfen, und er war froh, Geras an seiner Seite zu haben.

Er beobachtete, wie die Mannschaft des vordersten Schiffs das Segel einholte und für das letzte Stück die Riemen ausfuhr. Kurz darauf hoben und senkten sich die Blätter in stetigem Takt. Inzwischen war ein halbes Dutzend Segel in Sicht, die hintersten nur als schwache Umrisse zu erahnen.

Das erste Schiff gelangte ins seichte Wasser, und Befehle schallten über das Deck. Die Riemen wurden eingezogen und der Anker ausgeworfen. Nach einer Weile senkte sich das Beiboot herab, und zwei Helfer übernahmen die Ruder. Schließlich setzte das Boot im Kies auf, und die vier Männer im Heck kletterten heraus.

Telemachos schielte zu Geras. »Zeit, unsere Gäste zu begrüßen.«

»Großartig«, knurrte Geras. »Kann es gar nicht mehr erwarten.«

Der Kies knirschte unter den weichen Lederstiefeln, als sie über den Strand stapften. Vor ihnen bahnten sich die Neuankömmlinge einen Weg durch die sanfte Brandung und schauten sich misstrauisch um. In einem Abstand von mehreren Schritten verteilten sich die kräftig gebauten Piraten und legten die Hände an die Griffe von Schwertern und Dolchen. Dann trat der Älteste nach vorn. Er trug Lederwams und Hose. An jedem seiner knotigen Finger funkelte ein goldener Ring.

»Willkommen, Freund!« Telemachos streckte dem Grauhaarigen die Hand entgegen. Hinter ihm waren zwei weitere Schiffe dem Ufer so nah gekommen, dass sie die Segel einholten.

»Wer bist du, verdammt noch mal?«

»Ich heiße Telemachos. Ich bin der Kapitän der *Poseidons Dreizack* und der Anführer der Piraten hier. Seit dem Tod von Bulla.«

Über das Gesicht des Piraten huschte ein erstaunter Ausdruck. »*Du* bist Telemachos?«

»Ja, der bin ich.«

Der Ältere musterte den Kapitän der *Dreizack* von oben bis unten, wie ein Betreuer einen angehenden Gladiator. »Mit so einem jungen Burschen habe ich nicht gerechnet. Wie kommt Bulla dazu, ein Kind als seinen

Nachfolger zu benennen? Ich hätte ihm mehr Verstand zugetraut.«

Telemachos fixierte den Piraten mit harter Miene. »Ich bin kein Kind. Und du wirst mich als deinesgleichen ansprechen, Kapitän …?«

»Kriton, Kommandant der *Lykos*. Den Namen kennst du ja bestimmt.«

Telemachos nickte. Er war den anderen Piratenkapitänen im Illyricum zwar noch nie begegnet, doch seine Offiziere hatten ihm alles über sie berichtet. Kriton war einer der ältesten Piraten, die sich noch aufs Meer wagten, und einige Männer der *Dreizack* waren an seiner Seite zur See gefahren, bevor er sein eigenes Kommando übernahm. Wenn Telemachos die anderen Besatzungen überzeugen wollte, brauchte er seine Unterstützung.

Mit zusammengekniffenen Augen ließ Kriton den Blick über die Zitadelle wandern. »Feines Lager habt ihr da. Schade, dass ich nicht auf die Idee gekommen bin. Allerdings dachte ich immer, dass das der Schlupfwinkel von Kapitän Nestor ist.«

»Das war er auch. Jetzt gehört er uns.«

»Verstehe.« Kriton starrte den Jüngeren schweigend an, dann richtete er sich gerade auf. »Nun, wir haben eine lange Reise hinter uns. Meine Männer und ich brauchen eine Stärkung.«

»Natürlich.« Telemachos deutete auf die Lagerfeuer, die ein Stück strandaufwärts neben einer Gruppe von Hütten brannten. »Es gibt genug Wein und Fleisch, und deine Leute können später gern dazustoßen.«

»Nicht nötig. Ich habe ihnen befohlen, an Bord der

Lykos zu bleiben. Sie werden für alle Fälle die ganze Nacht über Wachen einteilen.«

»Vertraust du uns nicht?«

Kriton lachte trocken. »Wie habe ich mich wohl so lange gehalten, was meinst du? Ein vorsichtiger Piratenkapitän lebt viel länger als ein leichtsinniger. Das wirst du auch noch lernen. Außerdem stechen wir sowieso beim ersten Tageslicht wieder in See.«

»Moment, ihr wollt nicht bleiben?« Telemachos war verblüfft.

»Wozu denn? Egal, was für einen dämlichen Plan du dir ausgedacht hast, diese Kapitäne werden sich nie darauf einigen. Da besteigt noch eher ein Barbar den Kaiserthron.«

»Warum seid ihr dann überhaupt gekommen?«, fragte Geras.

Ohne ihn zu beachten, wandte sich Kriton an Telemachos. »Ich war der Meinung, dass ich hier auf Bulla treffe. Ich und meine Männer sind das eine oder andere Mal mit ihm gesegelt. Er war ein feiner Kerl, und wenn du etwas zu sagen hast, will ich dich seinetwegen anhören. Das bin ich Bulla schuldig. Aber wenn du dir einbildest, die Kapitäne lassen sich von dir Befehle erteilen, dann täuschst du dich.«

»Hier geht es nicht um Befehle«, antwortete Telemachos. »Es geht ums Überleben unserer Mannschaften.«

»Sagst du.« Kriton bleckte die Zähne zu einem Lächeln, und Telemachos schlug ein Hauch von Knoblauch entgegen. »Ein freundlicher Rat. Du nennst dich vielleicht Kapitän, aber ich bin hier schon seit zwanzig Jahren auf der Jagd. Ich kenne die meisten anderen Piratenführer, und ich kann dir versprechen: bevor die zusammenarbeiten, trocknet noch eher der Styx aus.« Er wandte sich ab und bellte seinen Leuten einen Befehl zu. Dann stapften sie davon, verfolgt von einigen missmutigen Blicken der Männer am Strand.

Telemachos blickte ihnen nach, bis sie außer Hörweite waren. »Wenn ich die überzeugen will, werde ich mich ganz schön anstrengen müssen.«

Geras nickte vorsichtig. »Vielleicht sind die anderen Kapitäne entgegenkommender.«

»Hoffentlich. Denn wenn wir uns nicht verbünden, kann Canis ungestört seine Flotte aufrüsten und Jagd auf uns machen. Und dann sind wir erledigt. Wir und jede andere Piratenbande an der illyrischen Küste.«

KAPITEL 37

Als der Abend hereinbrach, waren die letzten Piratenschiffe in der Bucht vor Anker gegangen und zeichneten sich als dunkle Silhouetten vor dem Sonnenuntergang ab. Die Kapitäne gingen von Bord und versammelten sich mit ihren Stellvertretern im Halbkreis um die Lagerfeuer, während die übrigen Besatzungsmitglieder auf den Schiffen blieben, um beim ersten Zeichen von Gefahr sofort reagieren zu können. Die Kapitäne, die sich einen Schlupfwinkel teilten, saßen beisammen und nagten an ihren Fleischstücken. Alle beäugten einander voller Argwohn. Aus der Zitadelle wurden Krüge mit feinem Wein und Platten mit Käse, Brot und Feigen heruntergebracht.

Während er an einem Becher Wein nippte, musterte Telemachos die anderen Kapitäne. Sie waren alle viel älter als er, die Gesichter wettergegerbt von den schweren Jahren auf See; ihre gegenseitige Abneigung war mit Händen zu greifen. Es war bestimmt keine leichte Aufgabe, diese eigensinnigen Männer zu einem Bündnis zu bewegen. Als er den Eindruck hatte, dass seine Gäste genug Wein genossen und sich einigermaßen entspannt hatten, stellte er seinen Becher weg und trat vor die Versammlung.

»Brüder.« Er wartete, bis Schweigen einkehrte und er sich ihrer Aufmerksamkeit sicher war. »Danke, dass ihr gekommen seid. Ich weiß, dass das für manche von euch keine leichte Entscheidung war.« Sein Blick ruhte kurz auf Kriton, bevor er fortfuhr. »Ich weiß auch, dass es in jüngerer Zeit viel böses Blut zwischen unseren Mannschaften gegeben hat, und ich hoffe, dass dieses Treffen ein erster Schritt zur Versöhnung sein kann. Vielleicht werden wir dann noch so manchen Abend gemeinsam genießen, wie die Seeräuber, die einst das Adriaticum beherrscht und zusammen große Siege mit Wein und Gesang gefeiert haben. Aber heute geht es um eine dringendere Frage, für die wir eine Lösung finden müssen. Ich spreche natürlich von unserem gemeinsamen Feind – den Römern.«

Er strich sich mit der Hand durchs Haar und ließ den Blick über sein Publikum gleiten. Die Gesichter beleuchtet vom Schein der Lagerfeuer, hörten ihm die Kapitäne und ihre Stellvertreter schweigend zu. Auch die Offiziere der *Poseidons Dreizack* waren zu dem Treffen geladen worden und hockten dicht gedrängt mit ihren Lederbechern auf einer Seite.

Telemachos holte tief Luft. »Seit mehreren Monaten macht uns die kaiserliche Marine das Leben schwer. Wir mussten alle leiden. Die römischen Geschwader haben unsere Lager überfallen, unsere Schiffe abgefangen und unsere Kameraden und Verwandten abgeschlachtet. Seit Kurzem bietet die Flotte von Ravenna den Kauffahrern in diesen Gewässern Geleitschutz an. Ich muss euch nicht lang erklären, dass das ein harter Schlag für unseren Berufsstand war. Einige von uns stehen am Rande des Ruins.«

»Na und?«, warf jemand ein. »Das war doch schon

immer so zwischen uns und Rom. Wenn du nicht erst seit einem Tag Kapitän wärst, wüsstest du das.«

Mehrere Gestalten bei den Lagerfeuern knurrten zustimmend. Andere glucksten in sich hinein. Telemachos richtete den Blick auf den Sprecher, einen kräftigen Piraten in einer grellfarbenen Tunika. Er war als einer der Letzten an Land gegangen und hatte sich bei seiner Ankunft lauthals über den Gewinnausfall beschwert, den er durch seine Teilnahme an dem Treffen erlitten hatte.

Telemachos wartete, bis wieder Stille eingekehrt war. »Gentius sagt die Wahrheit. Die Römer haben schon immer entschlossen gegen Piraten gekämpft. Trotzdem ist es jetzt anders. Früher haben sie vielleicht eine Patrouille entsandt oder uns aus einem unserer Schlupfwinkel verjagt. Diesmal wollen sie uns ausrotten.«

Gentius setzte ein schmales Lächeln auf. »Und woher willst du so genau wissen, was die Römer vorhaben?«

»Ich bin ihrem Kommandanten begegnet, dem Präfekten Canis. Ich habe selbst gehört, wie er geschworen hat, jeden von uns zur Strecke zu bringen, bis die gesamte illyrische Küste von Piraten gesäubert ist. Mehr noch, ich habe mit eigenen Augen die Verwüstungen gesehen, die Canis und sein Geschwader in unserem früheren Lager Peiratispolis angerichtet haben. Er will uns um jeden Preis besiegen und schreckt vor nichts zurück. Vor drei Tagen erst habe ich die bestürzende Nachricht erhalten, dass ein weiterer Schlupfwinkel dem Erdboden gleichgemacht wurde: Terra Cissa.«

Kriton bekam große Augen. »Terra Cissa? Das ist doch seit Jahrzehnten ein Piratenlager.«

»Nicht mehr. Jetzt ist davon nur noch Schutt und Asche übrig.«

»Wie hast du davon erfahren?«, fragte Gentius.

»Eins meiner Schiffe ist auf die Ruinen gestoßen, als es die Einladung zu diesem Treffen überbringen wollte. Meine Leute haben ein paar Überlebende aufgelesen, die uns ihre Geschichte erzählt haben. Die Piraten wurden enthauptet, die Schiffe verbrannt und die Familien als Sklaven oder Bergwerksarbeiter verkauft.«

Einige der Versammelten ächzten auf und starrten den jungen Kapitän betroffen an. Kriton ballte zornbebend die Faust.

»Wir können es uns nicht erlauben, eine so ernste Bedrohung zu ignorieren«, setzte Telemachos hinzu. »Wenn wir nicht sofort handeln, wird uns Canis mit seiner Flotte irgendwann alle aufspüren und unsere Lager zerstören. Kein Einziger wird seinem Zorn entgehen.«

»Dann suchen wir uns eben neue Schlupfwinkel«, meinte ein anderer Pirat.

»Wenn es nur so einfach wäre, Skylla. Aber wo sollen wir denn hin? Im Ionischen Meer gibt es nicht viel zu holen, und weiter südlich sind kaum Inseln zum Verstecken. Nein, meine Freunde. Uns bleibt nur eine Möglichkeit: Wir müssen zurückschlagen und die Römer aus unseren Gewässern vertreiben.«

»Und dabei unseren Hals riskieren? Das ist doch Irrsinn!«

Alle Augen richteten sich auf den Sprecher: einen drahtigen Mann mit kleinen dunklen Augen aus den Reihen der Offiziere von der *Poseidons Dreizack*. Virbius.

Die Flammen tauchten sein narbiges Gesicht in flackerndes Licht, als er den Blick über die Versammelten wandern ließ. »Unser großer Anführer behauptet, dass wir nirgends hinkönnen. Doch das stimmt nicht. Wir könnten nach Osten ziehen, Brüder. Zum Schwarzen Meer.«

»Zum Schwarzen Meer?«, schnaubte ein Pirat. »Was sollen wir denn dort? Das ist doch der Arsch der Welt. Die Fahrt dorthin dauert einen Monat, und dann müssten wir erst noch nach einem guten Ankerplatz suchen. Außerdem fahren so weit weg von Rom kaum reich beladene Frachter.«

»Dafür werden wir auch nicht von römischen Geschwadern belästigt. Und es gibt da oben nicht viele Piratenbanden, habe ich zuletzt gehört. Wir hätten die Gegend ganz für uns.«

»Du schlägst vor, dass wir das Illyricum verlassen?«, fragte Gentius.

»Warum nicht?« Virbius zuckte die Achseln. »Was hält uns denn hier? Die Seestraßen werden scharf bewacht, Beute gibt es so gut wie keine, und wir leben in ständiger Angst vor Tod und Gefangenschaft. Schlimmer kann es doch gar nicht mehr werden. Im Schwarzen Meer könnten wir wenigstens ungestört das tun, was wir am besten können: Schiffe kapern und ausplündern.«

»Ich bin dafür!«, rief ein Pirat. »Auf nach Osten!«

»Scheiß auf das Illyricum!«, plärrte ein anderer.

Mehrere Kapitäne äußerten brüllend ihre Zustimmung zu Virbius' Plan. Andere reagierten entsetzt auf den Vorschlag. Prompt brach ein lautstarker Streit aus, und die Piraten schrien wild durcheinander.

Telemachos mahlte mit den Kiefern, weil er spürte,

dass ihm die Diskussion zu entgleiten drohte – und mit ihr jede Hoffnung, die Kapitäne zu einem Bündnis zu bewegen. Schließlich atmete er tief ein und donnerte: »*Schluss!*«

Die meisten Anwesenden schwiegen sofort. Nach einer Weile verstummten auch die letzten Stimmen, und steinerne Stille senkte sich auf den Strand herab.

Telemachos wartete, bis ihm alle zuhörten. »Virbius hat nicht so unrecht. Auf den ersten Blick ist es das Einfachste, nach Osten zu segeln. Wir können unsere Probleme hinter uns lassen, und niemand von uns muss sich mehr vor den Römern fürchten.«

»Worauf warten wir dann noch? Stechen wir in See!«

Mehrere Männer murmelten beifällig, und ein anderer öffnete den Mund.

Telemachos schnitt ihm mit erhobener Hand das Wort ab. »Ein Jahr lang oder zwei wären wir vielleicht in Sicherheit. Bis uns die Römer wieder nachstellen würden. Und was dann? Die eigentliche Frage ist doch: Warum haben wir uns überhaupt für diese Gewässer entschieden? Was hat uns alle hierhergelockt?«

»Abgelegene Ankerplätze!«, rief ein Kapitän.

»Billige Huren!«, kreischte ein anderer und erntete schallendes Gelächter.

»Das auch«, erwiderte Telemachos. »Aber der wichtigste Grund ist doch, dass es im Adriaticum die reichste Beute gibt. Im Osten wären wir vielleicht sicherer. Zumindest für eine Weile. Doch wir wären auch viel ärmer. Wollt ihr wirklich das beste Jagdgebiet im ganzen Imperium aufgeben und euch mit den Krümeln zufriedengeben, die im Schwarzen Meer zu finden sind?«

Er hielt inne und musterte forschend die Gesichter der Versammelten. Niemand antwortete, und sein Ton wurde zuversichtlicher, als er sich in Fahrt redete. »Hier geht es nicht nur um reiche Prisen, Brüder. Hier geht es um berechtigte Ansprüche! Auch wenn ich noch nicht lange Kapitän bin, eins weiß ich: Die Bruderschaft der Piraten ist schon immer an diesem Küstenabschnitt ihrem Handwerk nachgegangen. Nicht einmal Pompeius der Große konnte uns vernichten, trotz seiner prahlerischen Versprechungen an das römische Volk. Wir haben ihn überlebt, und jetzt sollen wir vor Canis den Schwanz einziehen? Und Canis ist kein Pompeius, obwohl er sich vielleicht etwas anderes einbildet.« Er deutete auf eine Gestalt im flackernden Schein. »Skylla, hast du vergessen, dass schon dein Vater in diesen Gewässern Schiffe gekapert hat und sein Vater vor ihm? Und was ist mit dir, Perimedes? Möchtest du wirklich kampflos dein Geburtsrecht aufgeben?«

Die angesprochenen Kapitäne bewegten sich unruhig. Nach längerer Stille brach erneut ein hitziger Streit zwischen den Anhängern von Telemachos und Virbius aus. Dann erhob sich ein sonnenverbrannter Mann mit wucherndem Bart und wilder weißer Mähne. Er räusperte sich und wartete darauf, dass die anderen schwiegen.

»Ruhe!«, rief jemand. »Birria möchte sprechen!«

Die letzten Rufe verhallten, und Telemachos bemerkte den Respekt und die Furcht in den Gesichtern der Piraten, als Birria das Wort ergriff.

»Ihr kennt mich alle, Brüder. Als Kapitän der *Olympias* jage ich seit vielen Jahren in dieser Gegend, das kann ich mit meinen Narben beweisen. Und ich sage, dass Telemachos recht hat. Wir sind schon viel zu lange Freiwild für die Römer. Sie vertreiben uns von Heim und Herd und massakrieren uns wie Hunde. Und was haben wir dagegen unternommen? Wir zetern und streiten uns um ein paar Brösel! Wir können nicht immer bloß wegrennen. Ich bin dafür, dass wir es den Römern mit gleicher Münze heimzahlen. Die Schweine gehören abgemurkst!«

Überall an den Lagerfeuern war beifälliges Gemurmel zu hören. Manche Piraten grölten sogar vor Begeisterung, und bald schallte ein Chor von Jubelschreien über den Strand. Telemachos fiel auf, dass Virbius die muskulösen Arme verschränkt hatte und ein finsteres Gesicht machte.

»Dieses Gerede über Bruderschaft ist schön und gut, Birria«, entgegnete Gentius. »Aber vergiss nicht, dass wir vor allen Dingen Räuber sind. Warum sollten wir in einem waghalsigen Krieg mit Rom alles aufs Spiel setzen?«

»Wir befinden uns doch bereits im Krieg!«, erwiderte Telemachos. »Wenn wir uns vor Augen führen, wie Canis in Terra Cissa und anderswo gehaust hat, kann daran kein Zweifel bestehen.«

»Trotzdem sollten wir uns nicht leichtsinnig auf ein unbedachtes Abenteuer einlassen. Die Situation ist schon bedrohlich genug. Wer weiß, wie der Präfekt reagiert, wenn wir ihn angreifen? Dadurch könnte alles noch schlimmer werden.«

Telemachos atmete zischend ein. »Ja, und wenn wir nichts unternehmen, wird er *trotzdem* Jagd auf uns machen. Entweder wir setzen uns zur Wehr und erobern das Meer hier zurück, oder wir schauen tatenlos zu, wie unser Feind seine Macht ausbaut. Das ist die Wahl, vor der wir stehen.«

»Mal angenommen, wir schließen uns deiner Auffassung an«, bemerkte Kriton vorsichtig. »Was genau schlägst du vor?«

»Canis weiß, dass er keinen Angriff auf seine Flotte fürchten muss«, erklärte Telemachos. »Das liegt auf der Hand. Unsere Schiffe sind schnell und leicht, aber gegen all seine schwer bewaffneten Triremen und Biremen haben sie keine Chance. Deshalb müssen wir die Flotte schrittweise vernichten. Als Erstes überfallen wir Ravenna.«

»Das Marinekastell?« Gentius bekam große Augen. »Das ist doch stark bewacht.«

»Normalerweise schon. Aber Canis hat seine Flotte für den Geleitschutz der Kauffahrer hierherbeordert. In Ravenna sind im Moment nur wenige seetüchtige Schaluppen.«

»Wie viele?«

»Fünf Biremen und das Flaggschiff, dazu eine Handvoll Spähboote und Frachtkähne.«

Gentius setzte eine zweifelnde Miene auf. »Sechs Kriegsschiffe? Mehr nicht?«

»Sechs, die seetüchtig sind. In den Werften liegen mehrere Liburnen und Triremen, von denen viele schon in der Schlacht bei Actium im Einsatz waren. Nach den Kürzungen, die die Kaiser im Lauf der Jahre bei den Seestreitkräften vorgenommen haben, sind sie ziemlich heruntergekommen. Einige sind schon seit Jahren nicht mehr aus dem Hafen ausgelaufen.«

»Woher weißt du das alles?«

»Vor zwei Wochen haben wir bei einem Hinterhalt der Römer einen Seesoldaten gefangen genommen. Einen Optio aus Ravenna. Er hat uns erzählt, dass sie vorhaben, die Küste nach unseren Lagern abzusuchen. Außerdem hat er uns verraten, dass Canis alle Schiffe in der Werft reparieren lässt, damit er für die Jagd auf uns über mehr Streitkräfte verfügt. Wenn ihm das gelingt, sind wir erledigt. Nur wenn wir sofort losschlagen, können wir alle Schiffe und Vorräte in Ravenna zerstören. Nach so einem Sieg werden sich uns bestimmt weitere Piraten anschließen. Dann können wir Canis und seine restliche Flotte auf offener See stellen und ihn zerquetschen wie eine Laus.«

»Dein Gefangener könnte doch gelogen haben.«

Telemachos gestattete sich ein Lächeln. »Da kennst du meinen Folterknecht schlecht, Gentius.«

»Die Geschichte des Optios hat Hand und Fuß«, bemerkte Kriton. »Sie erklärt, warum Canis noch nicht mit starken Verbänden Jagd auf uns macht. Er kann hier und da einen Überfall bewerkstelligen, aber für alles andere braucht er mehr Schiffe.«

Gentius schien noch immer nicht überzeugt. »Würde denn ein Angriff auf Ravenna die Römer wirklich vertreiben? Sie können doch einfach Verstärkung von Misenum schicken.«

»Das werden sie nicht.«

»Verzeih mir, Telemachos, aber deine bloße Versicherung genügt mir nicht.«

Mit zusammengebissenen Zähnen unterdrückte der Kapitän der *Dreizack* seinen wachsenden Zorn. Gentius gehörte offenbar zu den Piratenkapitänen, die sich nicht um die Bruderschaft scherten und Entscheidungen allein daran maßen, wie viel Gewinn sie sich von ihnen erhoffen durften. In einem anderen Leben hätte er es vielleicht als Geldverleiher in Piräus weit gebracht, überlegte Telemachos. Doch er wusste, dass er auch Leute wie Gentius für sich gewinnen musste, um seinen Vorschlag durchzusetzen.

»Unser Gefangener behauptet, dass die Flotte von Misenum genauso unter den Einschnitten gelitten hat wie die in Ravenna. Das heißt, die Römer werden noch lange für den Wiederaufbau ihrer Streitmacht hier brauchen. Bis dahin können unsere Schiffe nach Lust und Laune plündern, ohne dass sie sich vor einem Angriff der Römer fürchten müssen. Stellt dich das zufrieden?«

In Gentius' Augen trat ein gieriges Funkeln. Auch die anderen Piratenführer um ihn herum grinsten einander an und leckten sich freudig die Lippen.

»Da ist noch etwas.« Die nächsten Worte kosteten Telemachos große Überwindung. »Manche von euch haben vielleicht gehört, dass die Römer vor einigen Wochen meinen Bruder Nereus gefangen genommen haben. Canis droht damit, ihn zu kreuzigen, wenn ich mich nicht bis Ende des Monats bei der Garnison in Ravenna stelle.«

Kriton musterte ihn wachsam. »Das haben wir gehört, ja. Was ist damit?«

»Vor einigen Tagen habe ich rausgefunden, wo Nereus gefangen gehalten wird. Ebenfalls von dem besagten römischen Optio. Er berichtet, dass mein Bruder in einem Kerker in Ravenna sitzt, zusammen mit Piraten, die auf ihre Hinrichtung warten.«

Auf Birrias Stirn bildete sich eine Furche. »Woher weiß Canis überhaupt von deinem Bruder?«

»Jemand hat den Römern einen Hinweis gegeben. Ein Verräter in unseren Reihen.«

»Ein Verräter?«

Telemachos nickte. »Der Gefangene hat uns erzählt, dass der Kapitän eines Kauffahrers vor mehreren Wochen mit einer Schriftrolle für den Präfekten nach Ravenna gelangt ist. Sein Schiff war von Piraten überfallen worden, und einer von ihnen hat ihm befohlen, die Schriftrolle zu überbringen. So hat Canis von Nereus erfahren.«

»Ein Mitglied deiner Besatzung hat dich an die Römer verkauft?«, fragte Birria. »Und wer?«

»Das weiß ich noch nicht. Aber ich werde es bald rausfinden, das kannst du mir glauben. Und dann nehme ich mir den Betreffenden vor. Er wird nicht ungestraft davonkommen.«

»Es gibt nichts Schlimmeres als einen Piraten, der seine Kameraden verrät.« Kriton verzog das Gesicht. »Ich nehme an, du willst deinen Bruder befreien, wenn wir Ravenna angreifen?«

»Ja. Aber ich verlange von keinem anderen, dafür sein Leben aufs Spiel zu setzen. Diese Verantwortung und Gefahr muss ich allein auf mich nehmen. Das möchte ich hier ganz klar betonen.«

»Blödsinn!« Virbius starrte Telemachos mit versteinerter Miene an. »Dir geht es überhaupt nicht darum, den Römern eins auszuwischen und die Bruderschaft zu schützen. Du drängst uns bloß deswegen zu diesem wahnwitzigen Handstreich gegen Ravenna, weil du unbedingt deinen Bruder retten willst.«

Telemachos schüttelte entschieden den Kopf. »Mir geht es nicht um mich oder um meinen Bruder.« Er blickte in die Runde. »Meine Freunde, auch wenn diese Hunde Nereus nicht eingesperrt hätten, würde ich für einen Angriff auf Ravenna eintreten. Was ich gesagt habe, gilt. Die kaiserliche Flotte muss vernichtet werden, damit wir überleben können. Dass mein Bruder dort im Kerker sitzt, bestärkt mich nur in dem Wunsch, diese Sache zum Erfolg zu führen.«

»Wenn er überhaupt noch lebt«, gab Gentius zu bedenken. »Woher willst du denn wissen, dass ihn die Römer noch nicht getötet haben?«

»Canis ist ein grausamer Scheißkerl. Wenn ich ihn richtig einschätze, will er das Leiden meines Bruders – und meines – möglichst in die Länge ziehen, bevor er ihn hinrichten lässt.«

»Das klingt in der Tat nach dem Präfekten«, knurrte Birria.

»Aber wie willst du ihn befreien?«, fragte Kriton. »Die Römer werden die Gefangenen doch sicher sofort töten, wenn wir angreifen.«

»Das werde ich euch später erklären«, antwortete Telemachos. »Im Moment zählt vor allem, dass zwischen unseren Besatzungen ein neuer Geist der Gemeinschaft herrscht. Wir können nicht miteinander kämpfen, wenn wir einander nicht trauen. Denn eins müsst ihr wissen: Solltet ihr euch gegen meinen Plan entscheiden, gibt es für uns keine Zukunft im Adriaticum. Die große Bruderschaft wird ausgelöscht werden. Nur wenn wir zusammenarbeiten, können wir darauf hoffen, über die Macht Roms zu triumphieren.« Er hielt inne und richtete sich gerade auf. »Also, wer zieht mit mir in die Schlacht?«

Die Stille wurde nur von dem Flüstern mehrerer Kapitäne unterbrochen.

Schließlich ergriff Birria das Wort. »Es wird höchste Zeit, dass wir die Römer in die Schranken weisen. Sie spielen sich schon viel zu lang als Herrscher auf. Seit Jahren müssen wir tatenlos zusehen, wie sie unsere Liebsten abschlachten. Ehefrauen, Söhne, Freunde oder … Brüder.« Er schaute Telemachos fest in die Augen. »Ich segle mit dir.«

»Danke, Birria.« Die Worte blieben Telemachos fast im Hals stecken. Er ließ den Blick über die anderen Kapitäne wandern. »Wer schließt sich uns an?«

Lange herrschte Schweigen, dann räusperte sich Kriton. »Brüder, das ist keine leichte Entscheidung. Wie viele von euch scheue ich vor einer offenen Auseinandersetzung mit der römischen Marine zurück. Aber wenn Telemachos die Wahrheit sagt, bleibt uns keine andere Wahl. Wir müssen unsere Meinungsverschiedenheiten zurückstellen und Seite an Seite kämpfen. Ich stimme dem Vorhaben zu.«

Kurz darauf erklärte sich auch Skylla bereit, und dann folgten rasch nacheinander die anderen, bis nur noch Gentius übrig war.

Telemachos sah ihn an. »Nun, Bruder? Was sagst du?«

Gentius schob die Lippen vor. »Du verlangst, dass wir uns da auf ein äußerst waghalsiges Abenteuer einlassen, junger Mann. Wenn der Angriff scheitert, rennen wir in unser Verderben.«

»Und wenn wir nichts tun, sind wir ebenfalls so gut

wie tot.« Telemachos riss die Arme hoch. »Das ist unsere einzige Chance, Gentius. Das wirst du doch einsehen. Oder möchtest du lieber die reichen Gewässer hier aufgeben und deinen Brüdern überlassen?«

Nach kurzem Zögern nickte der übergewichtige Piratenkommandant. »Also schön. Wir schließen uns deiner Unternehmung an.«

Telemachos atmete erleichtert auf. »Gut, dann beginnen wir sofort mit den Vorbereitungen.« Er deutete auf einen runzligen Piraten mit kahl geschorenem Schädel. »Castor ist unser Quartiermeister. Er wird sich um alles kümmern, was ihr für eure Schiffe braucht. Jetzt genießt noch weiter unser Fest und sammelt Kräfte. Denn uns steht ein langer Kampf bevor. Das wäre alles. Wenn es keine weiteren Fragen mehr gibt …«

»Ich hätte noch eine«, sagte Kriton. »Wie willst du uns nach Ravenna reinschleusen, ohne dass Alarm geschlagen wird?«

Birria nickte. »Kriton hat recht. Selbst wenn der größte Teil von Canis' Flotte durch den Geleitschutz gebunden ist, müssen wir mit den Kriegsschiffen dort fertigwerden. In meiner Zeit als Händler bin ich früher oft aus Ravenna ausgelaufen. Die Mistkerle haben Katapulte und schießen mit erhitztem Schleuderblei. Sobald uns der Leuchtturm sichtet, gehen die auf uns los. Die würden unsere ganze Flotte versenken, bevor wir auch nur in die Nähe des Hafens kommen.«

»Dann müssen wir sie eben rauslocken«, erklärte Telemachos.

Kriton schnaubte. »Und wie hast du dir das vorgestellt? Canis wird Ravenna nicht ohne Schutz zurücklassen.«

»Vielleicht doch«, erwiderte Telemachos, »wenn wir ihm einen guten Grund dafür liefern.«

Am Strand wurde es auf einmal ganz still, und die Piraten fixierten Telemachos mit verblüffter Miene. Der Kapitän der *Poseidons Dreizack* atmete tief durch und lächelte. »Hört mir jetzt genau zu, Brüder. Wir machen es so ...«

KAPITEL 38

»Hoffentlich haut das hin, Käpt'n.« Geras spähte hinaus über das Gehölz.
Telemachos und sein erster Offizier kauerten neben einem kleinen Felsausläufer am Rand eines ausgedehnten Olivenhains an der liburnischen Küste. Am Horizont breitete sich ein erster Morgenschimmer aus und ließ das offene Gelände hinter dem Hain erkennen. Keine Viertelmeile vor ihnen lag der kleine römische Hafen Senia an der Mündung einer Bucht. Um den Schutzwall der auf flachem Grund errichteten Stadt verlief ein primitiver Wehrgraben. Vor dem Tor standen drei gelangweilt wirkende Posten, und ein Stück weiter erhob sich ein Wachturm mit Blick auf den Eingang des winzigen Hafens. Am Kai hatte eine Handvoll Kauffahrer festgemacht, deren Masten sich im fahlen Dämmerlicht wie in den Boden gerammte Speere abzeichneten. Die einzige zur Bewachung der Handelsschiffe abgestellte römische Bireme lag zur Reparatur auf dem Strand.

Geras schniefte gereizt. »Immer noch keine Spur von unserer Flotte. Wo bleibt sie nur so lang?«

»Es ist noch zu früh«, antwortete Telemachos. »Sie wird bestimmt bald kommen.«

Er bemerkte den angespannten Gesichtsausdruck seines Freundes. Der Rest des Landetrupps hatte sich in dem dichten Hain versteckt. Im Schutz der Dunkelheit waren sie nur wenige Meilen vor Senia in einem kleinen Haff an Land geschlichen. Die Piraten trugen grobe Umhänge und hatten nur ihre Waffen dabei. Alles andere hatten sie an Bord zurückgelassen, um möglichst lautlos vorgehen zu können. Für den Landetrupp waren zweihundert Mann ausgewählt worden: mehr als genug, um die kleine Garnison und die Seesoldaten zu überwältigen. Trotzdem hatte Telemachos den Rumpfbesatzungen auf den Booten befohlen, in der Bucht zu bleiben, falls sie sich schnell zurückziehen mussten.

Vor drei Tagen hatte die Piratenflotte in Petrapylae die Segel gesetzt und Senia gestern Nachmittag erreicht. Kurz vor Einbruch der Dunkelheit hatten sie ein kleines Fischerboot gekapert, das auf dem Weg zum Hafen war. Dessen Kapitän hatte angesichts der Androhung von Folter bereitwillig bestätigt, was Telemachos schon von dem römischen Optio wusste, und hinzugefügt, dass die Einheimischen den Schutzwall und die Wehranlagen von Senia vernachlässigt hatten. Die hoffnungslos unterbesetzte Garnison war schlecht oder gar nicht ausgerüstet und stellte für die Piraten keine Gefahr dar. Anders verhielt es sich mit den Seesoldaten, doch Telemachos hatte sich vorgenommen, sich sofort in der Stadt festzusetzen und damit jeden Widerstand sofort im Keim zu ersticken. Damit der Kapitän nicht auf die Idee kam, sie in die Irre zu führen, hatte Telemachos befohlen, seine Mannschaft auf der *Dreizack* festzuhalten, und damit gedroht, sie zu töten, falls sich seine Angaben als falsch erwiesen.

»Immer noch nichts.« Mit angestrengter Miene suchte Geras die Küste nach dem ersten Anzeichen eines Segels ab.

»Geduld«, mahnte Telemachos. »Sie kommen schon rechtzeitig. Dann gehört die Stadt uns. Und auch die römische Bireme.«

»Vorausgesetzt, die Verteidiger fallen auf unsere List herein.«

»Das tun sie sicher. Vertrau mir. Sie werden so mit unserer Flotte beschäftigt sein, dass sie uns nicht bemerken. Oder erst, wenn es schon zu spät ist.« Telemachos setzte ein grausames Lächeln auf. »Wir machen sie nieder, bevor sie reagieren können.«

»Und wenn du dich täuschst?«

»Ich täusche mich nicht. Denk doch mal nach, Geras. Das ist eine Hafenstadt. Die Einwohner haben Angst vor der Bedrohung von der See. Sie rechnen nicht mit einem Angriff von der Landseite.«

»Hoffen wir, dass unsere neuen Freunde mitspielen«, knurrte Geras.

Telemachos warf seinem Kameraden einen fragenden Blick zu. »Was hast du für einen Eindruck von ihnen?«

Geras überlegte kurz. »Kriton ist in Ordnung. Ein alter Seebär, der weiß, wo's langgeht. Das gilt auch für die meisten anderen. Sie mögen aufbrausend sein, aber dafür laufen sie auch nicht davon, wenn's ans Kämpfen geht. Gentius ist ein gieriger Sack und wird nur so lange bei uns bleiben, wie für ihn was abfällt. Bei Birria würde ich sagen, er ist ein bisschen verrückt und von dem ganzen Haufen der Erbarmungsloseste. Ein echter Krieger, und das kann nicht schaden.« Er senkte die Stimme. »Aber es sind nicht die Neuen, die mir Sorgen machen, Käpt'n. Es sind ein paar von unseren eigenen Leuten.«

»Sprichst du von Virbius?«

»Genau. Er wird sich nie damit abfinden, dass du das Kommando hast. Das wissen wir beide. Der verschlagene Hund erledigt brav seine Aufgaben, aber insgeheim schmiedet er Pläne gegen dich.«

Telemachos grinste. »Soll er's doch probieren.«

»Ich meine es ernst. Die Sache mit deinem Bruder hat ihn und ein paar von den älteren Piraten mächtig aufgebracht. Sie sind nicht scharf darauf, für ein Familientreffen ihre Haut zu riskieren.«

»Die Befreiung von Nereus hat nichts mit der Rettung der Piratenbruderschaft zu tun.«

»*Ich* weiß das, Käpt'n. Aber einige von den Älteren sind nicht so leicht zu überzeugen, und du kannst Gift darauf nehmen, dass Virbius das ausnutzen wird. Wenn er die Chance hat, wird er dir ohne Zögern den Dolch in den Rücken stoßen.«

»Wahrscheinlich hast du recht.« Telemachos seufzte. »Hör zu, im Moment können wir nichts gegen Virbius unternehmen. Wir brauchen jeden Mann, wenn wir Ravenna zerstören wollen. Außerdem wird er nicht so schnell gegen mich losschlagen. Der Sieg über Canis ist ihm genauso wichtig wie uns anderen.«

»Fürs Erste vielleicht«, räumte Geras ein. »Aber irgendwann wirst du dich mit ihm befassen müssen.«

»Zweifellos.«

Der Lichtstreifen am Horizont wurde allmählich heller, und Telemachos konzentrierte sich wieder auf die Stadt. Alles hing davon ab, dass die Schiffe ihren Teil des Plans erfüllten. Draußen auf dem Meer und vom Land aus nicht zu erkennen, lauerten die *Lykos* und der Rest der Piratenflotte. Im Morgengrauen sollten sie unter vollen Segeln auf den Hafen zusteuern. Sobald sie in Sichtweite kamen, würde sich der Landetrupp unter dem Kommando von Telemachos und Birria aus dem Olivenhain in Bewegung setzen und in die Stadt eindringen. Ganz auf die von der See heranrückende Bedrohung fixiert, würden die Verteidiger die neue Gefahr erst bemerken, wenn es schon zu spät war. Und dann war es nur noch eine Frage der Zeit, bis die Piraten die Garnisonstruppen überrannten.

Die Nachricht von dem Überfall auf Senia würde bald auch Canis zu Ohren kommen und ihn dazu zwingen, mit sämtlichen seetüchtigen Schiffen in Ravenna Jagd auf die Piraten zu machen und den Hafen schutzlos zurückzulassen. Inzwischen wollten sich Telemachos und die anderen Kapitäne in einer kleinen Bucht unweit des Marinekastells auf die Lauer legen. Und sobald die römische Flotte ausgelaufen war, würden die illyrischen Piraten, getarnt mit der in Senia erbeuteten Bireme, ihren Überraschungsangriff einleiten. Wenn alles nach Plan lief, würde die Sache mit der Zerstörung der restlichen Flotte enden, und Telemachos konnte endlich seinen Bruder aus der Gefangenschaft befreien.

Plötzlich regte sich Geras und kniff die Augen zusammen. Er stieß den Kapitän an und packte ihn am Arm. »Da drüben, schau!«

Telemachos starrte angestrengt zum Horizont ungefähr eine Meile vor der Küste. Zuerst erkannte er nur Nebelfetzen auf dem Wasser. Dann verzogen sich die letzten Dunststreifen, und er erspähte etwas: die dunklen Schemen mehrerer auf den Hafen zurasender Schiffe. Alle waren angewiesen, mit gehisster schwarzer Flagge an der Mastspitze zu fahren. Um den Einheimischen noch zusätzlich Angst einzujagen, sollten die Piraten sich auf dem Vordeck zusammendrängen und so viel Lärm wie möglich veranstalten.

Einen Augenblick lang herrschte noch ungestörte morgendliche Stille. Dann blies eine Trompete Alarm, und die gedämpften Schreie von erschrockenen Matrosen und Bewohnern schallten durch die Luft. Die furchteinflößende Flotte rollte wie eine Sturmflut auf den Hafen zu, und die beunruhigten Posten am Tor kehrten der Straße den Rücken. Kurz darauf stiegen aus der Stadt Rufe auf, und die Wachen auf den Festungswällen eilten herbei, um ihren Kameraden bei den Verteidigungsvorbereitungen zu helfen.

Telemachos wartete noch ein wenig ab, dann wandte er sich an Geras. »Komm, es geht los.«

Flach auf dem Bauch krochen die beiden zurück zum Olivenhain, wo zwanzig Schritt entfernt der Rest des Landetrupps auf den Beginn des Seeangriffs wartete. Viele Piraten wirkten angespannt und legten nicht die Begeisterung an den Tag wie sonst bei der Jagd auf Beute. Und mit gutem Grund. Heute hatten sie es nicht bloß mit einigen unbewaffneten Matrosen zu tun, sondern mit einem weitaus gefährlicheren Feind. Trotz der Verachtung, die die Piraten für Rom empfanden, bewunderten und fürchteten viele von ihnen das Geschick und den Mut der Legionäre, und keiner von ihnen freute sich darauf, ihnen in einer offenen Schlacht entgegenzutreten.

Birria hatte das Geschrei vom Hafen gehört und schlich geduckt zu Telemachos, den Blick zum Meer gewandt. »Sind das unsere Schiffe?«

Telemachos nickte. »Wir müssen los. Sag deinen Männern, sie sollen sich formieren.«

»Jetzt geht's den Römern an den Kragen.« Birria lächelte grimmig.

Telemachos schaute den Kapitän ruhig an. »Vergiss nicht: Wir töten nur die Verteidiger. Die Einheimischen werden verschont. Vor allem Frauen und Kinder. Hier geht es allein um die Römer.«

Birria zog sich zurück und erteilte den Befehl. Kurz darauf entstand eine wellenförmige Bewegung, und seine Männer erhoben sich. Gleichzeitig ließ auch Telemachos seine Leute antreten. Die Piraten trugen verschiedene Kurzschwerter, Äxte und Speere, und einige waren mit Entertauen ausgerüstet.

Als sich alle gesammelt hatten, ließ Telemachos den Blick über das Meer von Gesichtern wandern. Inzwischen war es merklich heller geworden, und er konnte ihre entschlossenen Mienen erkennen. »Fertig, Männer. Los!«

Auf sein Kommando hin setzten sich die Piraten in Bewegung. Unter ihren Füßen raschelte das Gras, als sie in gleichmäßigem Tempo durch den Olivenhain zogen. Telemachos marschierte mit klopfendem Herzen vorneweg. Durch eine Lücke zwischen den Bäumen erspähte er die Posten am Stadttor, die das hektische Treiben unten im Hafen beobachteten und den sich nähernden Landetrupp noch nicht entdeckt hatten. Mehrere Kaufleute und Reisende, die auf Einlass gewartet hatten, überlegten es sich anders und machten mit ihren schwer beladenen Maultieren und Wagen auf der Straße kehrt. Telemachos hob den Blick hinauf zum Festungswall.

Weit und breit keine Bogenschützen. Offenkundig konzentrierten die Verteidiger ihre dürftigen Mittel auf die Bedrohung von der See. Voller Erleichterung stellte Telemachos fest, dass sein Plan aufging.

Unmittelbar darauf traten die Piraten aus dem Schutz der Bäume, und ein Posten bemerkte offenbar das Geräusch ihrer schweren Tritte. Er fuhr herum und starrte entsetzt auf die schattenhaften Gestalten, die aus dem Olivenhain strömten. Im nächsten Moment stieß er einen warnenden Ruf aus und fuchtelte wild mit dem Arm in Richtung der Piraten. Seine Kameraden wirbelten herum, und nun schrien auch die Händler und Reisenden auf, als sie die heranrückenden Bewaffneten entdeckten.

Telemachos zückte seine Falcata und richtete die Klinge weit ausholend auf das Tor. »Jetzt!«, brüllte er über die Schulter. »Greift an!«

Sofort stürmten die Piraten über das steinige, mit verkrüppelten Bäumen und Büschen bewachsene Gelände zwischen dem Olivenhain und dem Befestigungswall. Die Posten, die keine fünfzig Schritt mehr entfernt waren, hatten sich inzwischen von ihrem Schreck erholt und flüchteten in die Stadt. Kurz darauf fielen die eisenbeschlagenen Holztore krachend zu, und auf der Mauer zeigten sich mehrere Gestalten, die der Aufruhr alarmiert hatte. Die ausgesperrten Händler und Reisenden flohen in alle Richtungen und stießen in ihrer Verzweiflung Wagen und Karren um, deren dicht gepackter Inhalt sich auf die Straße ergoss. Andere schmissen sich einfach auf den Boden in der Hoffnung, so dem Zorn der Piraten zu entrinnen.

»Weiter!«, befahl Telemachos. »Folgt mir!«

Er lief voraus zu einem Mauerabschnitt links vom Tor. Neben ihm rannten die schwer atmenden Piraten, was das Zeug hielt. Gleichzeitig führte Birria seine mit Enterbeilen bewaffneten Leute hinüber zum Ausfalltor am Fuß des Wachturms. Im nächsten Augenblick schossen die Verteidiger von der Brustwehr eine Salve von Pfeilen auf die heranstürmenden Piraten ab. Die meisten gingen ins Leere, doch einige trafen. Telemachos hörte von rechts das Schmerzgeheul eines Mannes, der von zwei dunklen Schäften durchbohrt wurde. Ein anderer blieb liegen und tastete nach dem Pfeil, der aus seinem Oberschenkel ragte. Ohne auf die Schreie zu achten, gelangte Telemachos mit dem nächsten atemlosen Schritt zum Graben.

»Zur Mauer!« Winkend trieb er die Männer an. »Schnell!«

Schon strömten die ersten Piraten über den Rand und rutschten die Böschung hinunter. Telemachos folgte ihnen auf dem unebenen Gelände und stolperte fast über eine aus dem Boden stehende Wurzel, bevor er die entfernte Seite des Grabens erreichte und sich zu den anderen Piraten am Fuß des Walls hinaufzog. Von oben drangen die verzweifelten Schreie herab, mit denen die Verteidiger auf der Mauer ihre Kameraden im Hafen auf die neue Bedrohung aufmerksam machen wollten.

»Rauf mit den verdammten Leinen!«, brüllte Telemachos.

Sofort schleuderten die Piraten die Taue mit den Enterhaken über den Wall. Der Mann rechts von Telemachos jubelte vor Begeisterung, als sich die Eisenspitzen in die Brüstung krallten. Mit einem Ruck an der Leine vergewisserte er sich, dass sie hielt, dann kletterte er an der Mauer hinauf. Doch die Verteidiger hatten ihn bemerkt, und einer von ihnen schleuderte einen Speer auf ihn. Die schwere Spitze bohrte sich so heftig durch die Brust des Piraten, dass sie am unteren Rücken wieder herausdrang, und er stürzte stöhnend hinunter in den Graben. Beim Anblick ihres aufgespießten Kameraden zögerten die anderen Piraten mit ihren wurfbereiten Tauen.

Telemachos steckte die Falcata in die Scheide und packte die schlaffe Leine. »Worauf wartet ihr? Hoch mit euch!«

Mit zusammengebissenen Zähnen stemmte er die Füße gegen die Mauer und zog sich hinauf. Auf der anderen Seite des Grabens rief Geras einen Befehl, und die Schleuderer trieben die Wachen auf der Brüstung mit einer gezielten Salve zurück. Nun warfen auch andere Piraten ihre Taue in die Höhe und machten sich hastig an den Aufstieg. Mit heftig pochendem Herzen kletterte Telemachos nach oben. Im nächsten Atemzug erreichte er die Brüstung und fand genügend Halt, obwohl das verfallene Mauerwerk unter seinen schwieligen Händen bröckelte. Er schwang das Bein hinüber und ließ sich auf den hölzernen Wehrgang fallen.

Noch in der Hocke bemerkte er einen spindeldürren Wachposten, der mit einem Speer auf ihn zustürzte. Da sein Schwert in der Scheide steckte, konnte er den Stoß nicht parieren, sondern wich mit einer blitzschnellen Bewegung aus. Die Spitze sauste an ihm vorbei und bohrte sich in den Bauch des Piraten, der direkt hinter ihm die Mauer erklommen hatte. Laut ächzend zerrte der Römer seine Waffe heraus, doch bevor er wieder ausholen konnte, zückte Telemachos seine Falcata und schlitzte mit einem Sprung nach den Beinen des Postens. Die Klinge traf ihn am Schienbein und ließ ihn nach hinten wanken. Brüllend warf sich Telemachos auf ihn und rammte ihn mit der Schulter. Der Mann taumelte zurück und stürzte schreiend in die Tiefe.

Ein Blick über die Schulter zeigte Telemachos, dass immer mehr Piraten auf den Wehrgang drängten. Die blutverschmierten Leichen zweier Wachen lagen auf den Bohlen. Inzwischen hatten auf der anderen Seite des Tores Dutzende weitere Seeräuber die Mauer erklommen und machten die wenigen Posten, die sich ihnen entgegenstellten, hauend und stechend nieder.

Er fuhr wieder herum und zeigte zum Tor. »Dorthin! Nicht stehen bleiben!«

Die Stiefel der Piraten polterten über den verwitterten Wehrgang. Telemachos beobachtete, wie die letzten Legionäre durch Seitengassen flohen. Vom Hafen näherte sich mit schnellen Schritten ein Trupp Seesoldaten, um sich dem Angriff von der Landseite entgegenzuwerfen. In diesem Augenblick flog die Tür zum Wehrgang auf, und zwei Wachen mit Kurzschwertern stürzten heraus. Sie hielten überrascht inne, und bevor sie ihre Waffen hochreißen konnten, rammte er einen von ihnen und stieß ihn gegen das Torhaus. Der Römer rang keuchend nach Luft, und Telemachos bohrte dem Mann mit einem blitzschnellen Stich nach unten die Klinge in die Eingeweide.

Sofort riss er die Waffe wieder heraus und schnappte sich den ovalen Schild des Römers, um sich dem zweiten Posten entgegenzustellen. Doch schon drangen zwei Piraten auf diesen ein und schlugen ihn mit einem Hagel wüster Hiebe nieder. Telemachos rannte durch die Tür, und in seinen Ohren rauschte das Blut, als er die schmale Stiege hinunterstürzte, die in die Stadt führte. Kurz darauf gelangte er auf eine breite Straße und jagte nach rechts zum Haupttor. Schwer keuchend stürmten hinter ihm drei weitere Piraten heraus und schauten sich nach den nächsten Gegnern um.

Telemachos rief sie an. »Hierher, Männer! Öffnet das Tor!«

Sofort legten sie ihre Waffen weg und rannten herüber. Hastig schoben sie den schweren Riegel hoch in die Halterung, dann packten sie die Eisenringe und zerrten mit aller Kraft an den beschlagenen Bohlen. Die Flügel schwenkten nach innen und scharrten kreischend über die Steinplatten. Sobald das Tor ganz offen stand, liefen die Piraten, die noch nicht den Wall erklommen hatten, aus dem Graben nach oben und stürmten laut grölend in die Stadt.

Telemachos deutete mit dem Schwert auf den einzelnen Trupp Seesoldaten, der vom Hauptplatz auf sie zusteuerte. »Tötet sie!«, brüllte er. »Bringt die Hunde um!«

KAPITEL 39

Das dumpfe Dröhnen von Schwertern auf Schilden und das Klirren aufeinanderprallender Klingen hallte von den Mauern wider, als die beiden Seiten aufeinandertrafen. Mit dem ovalen Schild auf Brusthöhe drängte sich Telemachos durch bis zur vordersten Reihe und spähte rasch von links nach rechts. Im Gegensatz zu den Hilfstruppen waren die Seesoldaten gut ausgebildet und stellten die Piraten vor eine echte Herausforderung. Wie aus dem Nichts tauchte plötzlich ein Kämpfer in ledernem Harnisch vor ihm auf. Mit einem tückischen Grinsen riss der Römer den Arm zurück, um nach der Kehle des jungen Kapitäns zu schlagen.

»Nein, das wirst du nicht!«, knurrte Telemachos.

Der Seesoldat war langsam, und Telemachos konnte seinen Angriff mühelos mit dem Schild abwehren. Sein Unterarm bebte, als die Klinge auf die geschwungene Oberfläche krachte und schräg abgelenkt wurde. Sofort setzte er nach und stach zu, wie er es in der ersten Zeit auf der *Poseidons Dreizack* gelernt hatte. Die Klinge fand eine Lücke unter dem Harnisch und bohrte sich eine Handbreit tief in den Bauch des Mannes. Telemachos stieß ihn mit einem Tritt beiseite, und er brach leise wimmernd zusammen.

Zu beiden Seiten des Kapitäns drängten die Piraten die Seesoldaten zurück, und der Boden war bereits übersät von einem Dutzend Leichen. Ein Römer heulte laut auf, als ihm ein Pirat mit einem Axthieb den Arm abtrennte. Ein anderer scherte torkelnd aus der Reihe der Kämpfer aus und krallte hektisch nach einem Dolch, der aus seiner Kehle ragte. Der Überfall hatte die Verteidiger völlig überrumpelt, und viele von ihnen waren ohne Panzerhemd und Helm aus ihren Baracken gestürzt, um sich der wilden Horde in den Hafen strömender Piraten entgegenzustellen.

Die Kämpfe wurden mit großer Verbissenheit geführt. Plötzlich hörte Telemachos lautes Gebrüll und bemerkte einen Trupp von Piraten, die von der Seite heranbrandeten wie eine Welle: Birria mit den Axtkämpfern, die durch das Ausfalltor gebrochen waren und sich jetzt ins Getümmel warfen. Sie schwärmten über den Platz und stürzten sich auf die Verteidiger.

Die Seesoldaten waren wie gelähmt von dem Flankenangriff, und rasch erlosch der letzte Funken Widerstand. Einige in den hinteren Reihen zogen sich vom Platz in Seitengassen zurück, und Telemachos schickte ihnen sofort eine Gruppe von Piraten nach. Bald wehrte sich nur noch eine kleine Zahl von Römern, angefeuert von einem bulligen Zenturio.

»Seid standhaft und kämpft, ihr Hunde!«, geiferte er. »Dieser Abschaum darf nicht die Oberhand gewinnen!«

Trotz seiner Rufe begriffen die verbliebenen Seesoldaten, dass keine Hoffnung mehr auf einen Sieg bestand, und ließen klirrend ihre Waffen fallen. Am Ende hielt nur noch der Zenturio seinen Gladius umklammert. Ein Pirat von der *Dreizack* trat mit erhobenem Schwert nach vorn, um den Römer zu erschlagen.

Telemachos gebot ihm Einhalt und wandte sich an den Zenturio. »Es ist vorbei, Römer. Leg deine Waffe weg.«

Ohne zurückzuweichen, funkelte der Mann die Piraten trotzig an. Telemachos glaubte schon, er könnte den Tod wählen, weil er die Demütigung einer Niederlage nicht ertrug. Dann jedoch sackten seine Schultern nach unten, und er warf seine Klinge mit einem bitteren Seufzen beiseite.

Nachdem er Leute zur Bewachung der Gefangenen eingeteilt hatte, steuerte Telemachos auf Birria zu.

Der Piratenkapitän wischte sich den Schweiß von der Stirn und ließ den Blick über den leichenübersäten Platz schweifen. »Ein großer Sieg, Bruder. Ab jetzt werden uns die Römer fürchten.«

»Es ist noch nicht vorbei.« Telemachos winkte Geras und deutete zum Turm, der über den Hafen wachte. »Nimm ein paar Leute und zerstöre den Katapult, bevor die Flotte in Reichweite kommt. Zwölf Mann sollten reichen. Wenn sich dort Verteidiger verschanzt haben, sag ihnen, dass sich der Kommandant der Seesoldaten ergeben hat.«

»Und wenn sie trotzdem Widerstand leisten?«

»Dann bringt ihr sie um.«

Geras rief mehrere Piraten von der *Dreizack* zu sich, und sie marschierten zügig davon. Die meisten Einheimischen waren vor dem Blutbad in ihre Häuser geflohen, und Telemachos bemerkte die ängstlichen Gesichter, die aus vergitterten Fenstern oder aus dem Schatten schuttübersäter Seitengassen spähten. Er schickte die nächste Gruppe los, die unten am Kai die Lagerhäuser räumen und nach weiteren Soldaten suchen sollte. Die nicht zum Wachdienst abgestellten Piraten machten sich sofort daran, die reicheren Häuser zu durchstöbern und sich aus den Geldtruhen und Weinkrügen in den Verkaufsständen an der Hauptstraße zu bedienen.

Im Licht der Morgendämmerung stieg vom Wachturm eine dünne Rauchfahne auf, die der Piratenflotte anzeigte, dass die Stadt erobert war und dass sie ohne Gefahr in den Hafen fahren konnten. Kurze Zeit später glitten die ersten Schiffe um die Mole, und die Besatzungen strömten auf den Pier. Während die Männer an Land eilten, um sich ihren plündernden Kameraden anzuschließen, strebten die Kapitäne zur Beratung mit Telemachos auf den Hauptplatz.

Vorneweg marschierte Gentius und trat vorsichtig über die auf den Steinplatten verstreuten Leichen. »Wie ich sehe, habt ihr kurzen Prozess mit den Legionären gemacht, Bruder. Ich bin beeindruckt.«

»Wir hatten keine große Mühe. Gab es am Hafen Scherereien?«

Gentius schüttelte den Kopf. »Der Statthalter und ein paar Patrizier wollten zusammen mit mehreren Seesoldaten fliehen. Wir haben sie abgefangen, bevor sie sich davonmachen konnten. Das bringt uns bestimmt einen hübschen Batzen Lösegeld ein.«

»Und die Bireme?«

»Gekapert. Zusammen mit den Matrosen. Die haben sich ganz schnell ergeben. Die Kauffahrer haben wir uns auch geschnappt. Einige Kapitäne haben versucht, ihre Besatzungen zu mobilisieren, aber gegen unsere Schiffe waren sie machtlos. Meine Männer laden gerade die Güter und Vorräte um.«

Telemachos nickte. »Nimm, was wir brauchen können, aber lass die Matrosen frei.«

Gentius schnaubte verächtlich. »Warum sollten wir? Mit denen können wir auf dem Sklavenmarkt einen guten Preis erzielen. Da würden wir uns ein kleines Vermögen entgehen lassen.«

»Die nützen uns doch nichts. Unsere Schiffe sind sowieso schon voll, wir können keine Gefangenen mitnehmen. Außerdem haben wir Streit mit Rom und nicht mit den Einheimischen.«

Kriton räusperte sich hörbar. »Bei allem Respekt, ich finde, Gentius liegt nicht so falsch. Mit dem Überfall auf diesen Hafen sind unsere Männer ein großes Risiko eingegangen, und aus diesem Grund sollten sie auch kriegen, was ihnen zusteht.«

»Und sie werden es bekommen«, erwiderte Telemachos. »Sobald Canis aus dem Weg geräumt ist, haben wir auf den Handelsstrecken die freie Auswahl. Aber bis dahin lassen wir die Einheimischen aus dem Spiel.«

»Und was ist mit denen?« Geras deutete auf die Gefangenen. Telemachos wandte sich den Seesoldaten zu, die ihn mit einer Mischung aus Furcht und Hass anstarrten. Er empfand es als seltsam befriedigend, dass die kampferprobten Legionäre Roms so auf ihn reagierten. Nur der Zenturio wahrte seine unerschrockene Haltung. Telemachos trat auf ihn zu und musterte ihn von oben bis unten. An dem Harnisch, den er über seinem Schuppenpanzer trug, glänzten vier Silbermünzen.

Telemachos vermutete, dass es sich um Auszeichnungen handelte. »Du bist wohl der Hauptmann dieser Seesoldaten?«, fragte er auf Lateinisch.

»Das ist richtig!« Der Römer stellte sich aufrecht hin. »Zenturio Ligarius, Kommandant der Seesoldaten an Bord der *Pollux*.«

»Der *Pollux*?« Telemachos deutete mit dem Kinn in Richtung der auf dem Strand liegenden Bireme. »Das ist dein Schiff? Du bist weit weg von Ravenna, Zenturio.«

»Der Präfekt hat uns hierhergeschickt.« Ligarius schaute Telemachos mit festem Blick an. »Er hat uns befohlen, nach dreisten Piraten Ausschau zu halten. Wir hätten wissen müssen, dass ihr Hunde früher oder später angreift.«

»Ja, das hättet ihr.« Telemachos setzte ein schmallippiges Lächeln auf. »Eine beeindruckende Sammlung von Orden hast du da. Sind bestimmt einiges wert, wenn man sie eingeschmolzen hat.«

»Verfluchte Dreckspiraten.« Ligarius spuckte auf den Boden. »Auch wenn ihr uns heute besiegt habt, eure Tage sind gezählt. Sobald Canis von eurem Überfall hier erfährt, wird er Jagd auf euch machen. Und diesmal wird er die Sache zu Ende bringen. Darauf könnt ihr Gift nehmen.«

Telemachos zog die Augen zu Schlitzen zusammen. »Was meinst du mit *diesmal*?«

Jetzt lächelte der Zenturio. »Ich war dabei, als unsere Schiffe einen eurer Schlupfwinkel angegriffen haben. Peiratispolis, dieses stinkende Kaff.«

In Telemachos wallte heißer Zorn auf bei der Erinnerung an die Verwüstungen, die die Besatzung der *Dreizack* in ihrem früheren Lager entdeckt hatte. Ein Marinegeschwader hatte von dem Versteck der Piraten erfahren und die dort Zurückgebliebenen umstellt, bevor sie entkommen konnten. Die Römer hatten die ganze Siedlung niedergebrannt und alle, die sich ergaben, ans Kreuz geschlagen. Telemachos ballte die Fäuste so heftig, dass sich die Fingernägel in die Haut gruben. Finster fixierte er den römischen Offizier. »Du warst bei diesem Geschwader?«

»Ja. Ich und auch die anderen hier. Wie Ratten haben wir die Piraten niedergemacht. Und ihre räudigen Familien gleich dazu.«

»Die Familien waren doch keine Bedrohung für euch.«

»Alles ein einziges Geschmeiß. Aus Nissen schlüpfen Läuse. Einige von ihnen wären groß geworden und in die Fußstapfen ihrer Väter getreten. Warum sollten wir so ein Risiko eingehen? Also hat uns Canis befohlen, sie zu töten. Natürlich nachdem wir sie überredet hatten, die Waffen niederzulegen.« Ligarius lachte gehässig. »Kinderleicht, das Ganze. Ihre Gesichter hättest du sehen sollen, als sie begriffen haben, dass sie sterben werden. Einfach köstlich. Vor allem die Weiber. Haben uns jede sexuelle Gunst unter der Sonne angeboten, wenn wir nur ihre Kleinen verschonen.«

»Du hast unschuldige Frauen und Kinder ermordet, du Schwein.«

»Ach bitte. Diese Familien waren genauso schuldig wie die Piraten, die dort gehaust haben. Die hatten es sich doch selber zuzuschreiben. Genau wie du und deine Bande. Beim letzten Mal seid ihr noch davongekommen, aber bald wird sich Canis auch eure Köpfe holen.«

»Das werden wir ja sehen.« Telemachos trat zurück. In seinen Adern brodelte ein Zorn, wie er ihn noch nie erlebt hatte. »Castor!«

Der Quartiermeister stapfte herüber. »Aye, Käpt'n?«

»Bring diese Männer vor die Stadtmauer und pfähle sie.« Er deutete auf einen Strandabschnitt hinter dem Hafen. »Dort draußen, damit man von jedem vorbeisegelnden Schiff sehen kann, wie diese Römer gestorben sind.«

»So viel zur Piratenehre«, spottete Ligarius. »Du hattest nie vor, uns zu verschonen, oder? Obwohl wir uns ergeben haben.«

»Genau wie die Familien in Peiratispolis«, erwiderte Telemachos kalt.

Die erschrockenen Gefangenen schrien vor Verzweiflung. Castor schielte zu seinem Kommandanten und konnte seine Bestürzung nicht verbergen. Auch die anderen Kapitäne zeigten sich überrascht und beunruhigt.

Gentius nahm sie und Telemachos beiseite, damit die Gefangenen sie nicht belauschen konnten. »Ist das wirklich notwendig?«

»Sie haben es nicht anders verdient. Außerdem ist das eine Botschaft, die Rom nicht so schnell vergessen wird.«

»Genau das ist meine Sorge. Wir haben unser Ziel hier in Senia erreicht. Wenn Canis von unserem Überfall erfährt, hat er einen guten Grund, mit seiner Rumpfflotte Jagd auf uns zu machen. Warum sollten wir Rom mehr verärgern als unbedingt nötig?«

»Ich finde auch, wir sollten sie am Leben lassen«, fügte Kriton hinzu. »Schließlich möchte ich nicht, dass die römischen Aasgeier den Rest meines Lebens hinter mir her sind.«

Telemachos holte tief Luft, um seine wachsende Verbitterung zu verbergen. »Brüder, diese Männer sind verantwortlich für das Massaker an unseren Familien. Und dafür müssen sie büßen. Oder seid ihr der Meinung, dass der Mord an unseren Frauen und Kindern ungesühnt bleiben soll?«

»Niemand verlangt, dass wir sie freilassen«, erwiderte Gentius. »Aber wenn wir sie pfählen, ziehen wir uns den Zorn Roms zu.«

»Im umgekehrten Fall würde Rom nicht zögern, uns genauso zu behandeln. Eine einfache Frage, Gentius: Glaubst du, Canis würde sich gnädig zeigen, wenn er unsere Schiffe erbeuten würde?«

»Ich sehe das genauso«, warf Birria ein. »Nichts wird Canis so sicher aus der Reserve locken wie die Hinrichtung römischer Soldaten.«

Kriton schüttelte den Kopf. »Das war nicht abgemacht.«

»Ich verstehe, dass du nicht begeistert bist«, antwortete Telemachos. »Mir wäre es auch lieber, wenn es nicht nötig wäre. Aber wir müssen hier ein Zeichen setzen, das Rom nicht ignorieren kann. Eine andere Möglichkeit gibt es nicht.« Er blickte in die Runde, und als keiner der Kapitäne weitere Einwände erhob, winkte er Castor zu. »Mach weiter!«

Erst nach kurzem Zögern rief der Veteran den Männern, die die Gefangenen bewachten, Befehle zu. Einen nach dem anderen zerrten sie die Seesoldaten hoch und rissen ihnen Helme, Panzer und Tuniken herunter, bis sie nur noch Lendentücher trugen. Dann banden sie ihnen die Hände hinter den Rücken. Einige Römer flehten um Gnade, andere schrien wüste Beschimpfungen. Alle, die sich sträubten, wurden mit Schlägen und Tritten überwältigt. Die restlichen Piraten, die inzwischen reichlich geplünderten Wein getrunken hatten, johlten vor Begeisterung und verspotteten die Todgeweihten.

»Ihr verdammten Ratten!«, fauchte Ligarius. »Bald werdet ihr am Kreuz hängen. Alle, wie ihr hier steht! Und dann werdet ihr genauso winseln wie dieses elende Pack, das wir damals abgeschlachtet haben!«

»Bringt sie weg!«, befahl Telemachos.

Auf dem Platz hatten sich inzwischen Dutzende Einheimische versammelt und beobachteten, wie die römischen Seesoldaten zum Tor gezerrt wurden. Viele der Gefangenen zitterten am ganzen Leib, entsetzt von dem grausigen Schicksal, das auf sie wartete. Ihr Tod verschaffte Telemachos keine Befriedigung, und er suchte Kraft in dem Wissen, dass er keine andere Wahl hatte. Ein dreister Überfall auf einen kleinen römischen Hafen hätte vielleicht nicht genügt, um Canis aus Ravenna herauszulocken. Der Präfekt würde sicher nur widerstrebend mit allen einsatzfähigen Geschwadern in See stechen und das Kastell schutzlos zurücklassen. Nur wenn sie die gesamte Garnison auslöschten, konnten die Piraten darauf zählen, dass die römische Flotte die Schlacht suchen würde.

Als der letzte Seesoldat gefesselt wurde, befahl Telemachos den Piraten, den Mann zu ihm zu bringen. Zwei Leute zerrten ihn weg von seinen Kameraden und führten ihn zu ihrem Kapitän.

Telemachos musterte den Römer eingehend, bevor er ihn ansprach. »Wie heißt du?«

»Pullus, Herr«, antwortete der Gefangene ängstlich. »Quintus V…Vedius Pullus.«

»Möchtest du am Leben bleiben, Pullus?«

»Ja, Herr.«

»Dann hör mir jetzt genau zu. Du wirst dem Präfekten Canis in Ravenna eine Nachricht überbringen. Sag ihm, dass Roms Herrschaft über das Adriaticum mit dem heutigen Tag geendet hat. Die Bruderschaft der Piraten wird sich nicht mehr der Macht des Kaisers und seiner Speichellecker beugen. Richte Canis aus, dass wir ihn zum Kampf herausfordern. Unsere Flotte gegen seine. Sag ihm, dass wir uns auf die Rache für unsere toten Brüder freuen und ihn in fünf Tagen zehn Meilen vor der Küste von Parentium erwarten. Wenn er uns die Schlacht verweigert, werden wir so lange römische Städte und Häfen plündern und brandschatzen, bis hier an der Küste kein Stein mehr auf dem anderen steht und alle Männer, Frauen und Kinder abgeschlachtet sind. Kannst du dir das alles merken?«

»Ich gl…glaube schon, Herr.«

»Du musst schon mehr als glauben, Römer. Andernfalls suche ich mir einen anderen Boten, und du kannst dich zu deinen Freunden am Pfahl gesellen.«

»Nein, bitte!«, erwiderte Pullus verzweifelt. »Ich werde mich an alles erinnern, das schwöre ich.«

»Das klingt schon besser.« Telemachos sah die Piraten an, die neben Pullus standen. »Bringt diesen Jammerlappen hinunter zum Kai und setzt ihn in ein kleines Boot. Er soll sofort ablegen.«

Während die Wachen den verschreckten Seesoldaten hinunter zum Hafen zerrten, trat Geras mit tief gerunzelter Stirn zu seinem Kommandanten. »Meinst du wirklich, dass Canis anbeißen wird, Käpt'n?«

Telemachos zuckte die Achseln. »Jedenfalls können wir uns darauf verlassen, dass sich Pullus mit unserer Herausforderung bei ihm melden wird. Ob Canis darauf eingeht oder nicht, liegt nicht in unserer Hand.«

In diesem Moment wehten die ersten fernen Schreie der gepfählten Römer herüber, und Geras spähte angespannt zum Strand. »Eins steht auf jeden Fall fest, Käpt'n. Wenn ihn das nicht aus seinem Bau lockt, dann können wir es vergessen.«

»Es wird ihn rauslocken«, antwortete Telemachos. »Da bin ich mir ganz sicher.«

»Und das ist alles? Wir warten darauf, dass die Römer was unternehmen?«

»Nicht ganz. Eine Sache müssen wir noch erledigen.« Der Blick des Kapitäns wanderte zu dem auf Strand gesetzten Kriegsschiff. »Trommle die Zimmerleute aller Besatzungen zusammen und schick sie her. Die Bireme muss so bald wie möglich repariert und seetüchtig sein, damit unser Plan gelingt. Dann segeln wir zur italischen Küste und warten darauf, dass Canis den Köder schluckt.«

KAPITEL 40

Zwei Tage später erreichte die Piratenflotte die umbrische Küste. Nach dem Aufbruch in Senia hatte sie sich aufgeteilt. Birria war auf der *Olympias* zusammen mit den drei schnellsten Seglern ausgelaufen, um nördlich von Parentium vor Anker zu gehen und auf die ersten Anzeichen des heranrückenden römischen Geschwaders zu warten. Die restlichen Piratenschiffe fuhren weiter zu einer von Telemachos ausgekundschafteten Bucht, die eine halbe Tagesreise von Ravenna entfernt lag. Als die letzten Sonnenstrahlen in den Horizont tauchten, liefen sie auf Strand. In den Ruinen eines Bauernhofs auf der nächsten Landzunge wurden Wachen postiert, und alle Schiffe holten den Mast nieder, damit man sie vom Meer aus nicht sehen konnte. Telemachos erteilte strikten Befehl, kein Lagerfeuer anzuzünden, und die Männer durften sich nicht weit vom Strand entfernen für den Fall, dass sie rasch fliehen mussten.

In den nächsten drei Tagen vertieften sich die Piraten in die Vorbereitungen für den Angriff auf Ravenna. Waffen und Ausrüstung wurden auf Schäden geprüft, ausgefranste Leinen ersetzt und kleinere Lecks im Rumpf der erbeuteten Bireme repariert. Eine kleine Gruppe brach zur Proviantbeschaffung ins Landesinnere auf, und die Bireme wurde mit Holz und Flachsbündeln beladen, um als Brandschiff zu dienen. Die Piraten gingen ihren Pflichten in stiller Entschlossenheit nach, angetrieben vom gemeinsamen Hass auf Rom und dem Durst nach Rache. Der erfolgreiche Überfall auf Senia hatte die Spannungen zwischen den rivalisierenden Besatzungen abgebaut, und die Männer plauderten ungezwungen miteinander, wenn sie am Abend an Land gingen und ihre kalten Rationen verzehrten. Selbst die Kapitäne, die Telemachos' Plänen in Petrapylae mit Skepsis begegnet waren, zollten dem jungen Kapitän widerstrebende Bewunderung.

Während die Männer auf den Schiffen arbeiteten, behielt Telemachos den Horizont im Auge. Obwohl er sicher war, dass Canis die Herausforderung der Piraten annehmen würde, bestand auch eine kleine Chance, dass der Präfekt seinen Plan durchschaute. Wenn das passierte, war sein Ruf ruiniert, und seine Männer würden ihn dafür verfluchen, dass er sie zu einer sinnlosen Reise in feindliche Gewässer verleitet hatte. Virbius und mehrere andere Offiziere hatten die Entscheidung zum Verlassen der liburnischen Küste offen infrage gestellt und sich dafür ausgesprochen, weitere Häfen und Kolonien zu plündern, statt sich an der italischen Küste zu verstecken. Am schlimmsten war, dass bis zu Nereus' Hinrichtung nur noch wenige Tage blieben. Wenn Canis seinen Aufbruch aus irgendeinem Grund hinauszögerte, dann waren Telemachos' Anstrengungen zur Rettung seines Bruders zum Scheitern verurteilt.

Entsprechend groß war seine Erleichterung, als der Ausguck am vierten Morgen die Ankunft der *Olympias* verkündete. Sobald Birria das richtige Erkennungszeichen gegeben hatte, ließ Telemachos die Gefechtsbereitschaft aufheben und bestellte die anderen Kapitäne zu Beratungen auf die *Poseidons Dreizack*. An Deck wurde auf einer Holztruhe aus dem Lastraum eine Ziegenlederkarte von Ravenna ausgebreitet und an den Ecken mit Steinen beschwert. Nach und nach scharten sich die Piratenkommandanten und ihre Stellvertreter um den Lageplan.

»Also, meine Brüder«, begann Telemachos, nachdem der letzte Kapitän an Bord geklettert war, »anscheinend ist Canis auf unseren Kniff hereingefallen. Birria und seine Leute haben die Flotte von Ravenna gesichtet.«

Kriton beäugte Birria. »Bist du sicher, dass sie es war?«

Der Angesprochene nickte. »Gestern Morgen kurz nach der Dämmerung sind sie aufgetaucht. Mein Ausguck hat den violetten Wimpel am Mast des Flaggschiffs *Neptun* erspäht.«

»Haben sie euch bemerkt?«

»Ja. Wir waren vor der aufgehenden Sonne leicht zu erkennen, und sie haben direkt auf uns zugehalten. Drei von unseren Schiffen haben gewendet und sind geflohen. Ich habe Befehl gegeben, dass die *Olympias* Kurs auf die offene See nimmt. Die Römer sind den anderen nachgefahren, wie wir es gehofft hatten.«

»Und euch haben sie in Ruhe gelassen?«

»Ich hatte einen guten Mann im Ausguck. Niemand hat uns verfolgt. Bestimmt dachten die Römer, dass wir unsere Kameraden in der Not im Stich gelassen haben und dass es mehr bringt, wenn sie Jagd auf den Hauptverband machen.«

»Wie viele Schiffe hatte Canis dabei?«, fragte Telemachos.

»Fünf Biremen und das Flaggschiff. Also jeder verfügbare seetüchtige Pott.«

»Dann hat unser Plan funktioniert. Ravenna ist wehrlos.« Kriton klatschte vor Aufregung die Faust in die offene Hand. »Jetzt können wir es diesem römischen Geschmeiß endlich zeigen!«

»So einfach wird es nicht«, gab Telemachos zu bedenken. »Nach den Angaben des römischen Optios, den wir befragt haben, müssen wir damit rechnen, dass das Kastell von einer kleinen Einheit Seesoldaten bewacht wird.«

»Aber sicher ist das nicht, oder? Vielleicht ist Ravenna völlig ohne Verteidigung.«

Telemachos schüttelte den Kopf. »Unser Gefangener war der Meinung, dass Canis strikte Anweisung hat, die Stadt um jeden Preis zu schützen. Canis ist ein Narr, aber er hält sich an die Befehle seiner Herren.«

»Von wie vielen Soldaten sprechen wir hier ungefähr?«, fragte Gentius.

»Nicht mehr als eine Zenturie. Gerade genug zur Abschreckung.«

»Hauptsache, wir wissen, worauf wir gefasst sein müssen. Schließlich wollen wir dort nicht auf eine böse Überraschung stoßen.«

Birria schnaubte verächtlich. »Was zerbrichst du dir den Kopf, Gentius? Die Römer sind höchstens achtzig, und wir sind über vierhundert. Die haben nicht die geringste Chance gegen uns.«

»Mag sein.« Telemachos hob mahnend die Hand. »Aber sie haben eine gute Ausbildung und Ausrüstung und sind tapfer. Wenn sie so zäh sind wie die Seesoldaten in Senia, müssen wir uns auf einen harten Kampf einstellen.«

Kriton nickte. »Wann greifen wir an?«

»Heute Nacht.« Telemachos deutete auf die Karte. »Wir stechen bei Einbruch der Dunkelheit in See und nähern uns dem Hafen in gerader Formation. Ich fahre in der Bireme mit der kleinstmöglichen Rumpfmannschaft voraus, die zum Segeln nötig ist. Aus der Ferne und nachts werden uns die Wachposten für die Flotte von Ravenna halten. Sobald wir die Mole hinter uns haben, zünden wir die Bireme an und lenken sie in den Marinehafen. Dort liegen mehrere alte Kriegsschiffe in der Werft, wie wir von dem Optio wissen. Die brennen sicher wie Zunder. Sobald eure Ausguckposten das Feuer sichten, geben sie das Signal zum Einlaufen ins Kastell. Mit ein wenig Glück werden die Seesoldaten so sehr mit dem Feuer beschäftigt sein, dass sie gar nicht merken, was passiert. Birria, Gentius, Kriton … ihr legt zusammen mit der *Poseidons Dreizack* am Kai an. Die anderen kümmern sich um die Kriegsschiffe, die noch nicht in Flammen stehen. Inzwischen nehme ich drei Männer und befreie Nereus und die anderen Gefangenen. Der Optio hat behauptet, dass sie in einem Verlies unter dem Haupttrakt eingesperrt sind. Wenn wir schnell handeln, sollten wir es vor Sonnenaufgang schaffen, die Kriegsschiffe niederzubrennen, die Gefangenen zu retten, das Kastell zu zerstören und zu fliehen.«

Gentius' wilde Augenbrauen wanderten nach oben. »Und wenn die Ausguckposten den Braten riechen?«

»Dann werden uns die Katapulte versenken«, erwiderte Telemachos unumwunden. »Aber sie haben keinen Grund, Verdacht gegen uns zu schöpfen. Zumindest nicht aus der Ferne. In der Dunkelheit werden sie nichts anderes ausmachen können als unsere Segel. Für sie sind wir kaiserliche Kriegsschiffe, die nach einem raschen Sieg über die illyrischen Piraten zurückkehren.«

»Aber sobald wir näher rücken, merken sie doch sicher, dass da keine römischen Schiffe einlaufen.«

»Stimmt. Aber da werden die Posten und Einheimischen schon durch das Feuer abgelenkt sein.«

»Vielleicht sollten wir lieber zuerst den Hafen auskundschaften«, schlug Gentius vor. »Damit wir uns einen besseren Begriff von der Verteidigung und der Stärke der Römer machen können.«

»Das geht nicht. Die Zeit reicht nicht. Wir wissen doch gar nicht, ob Canis nicht schon auf dem Rückweg ist, weil er unsere Täuschung durchschaut hat. Wir müssen sofort losschlagen. Je eher wir Ravenna angreifen, desto wahrscheinlicher können wir uns nach der Zerstörung des Kastells ungeschoren nach Petrapylae zurückziehen.«

Gentius wechselte das Standbein. »Aber wir segeln blind da rein. Was ist, wenn doch mehr Seesoldaten dort sind? Oder weitere Schiffe?«

Telemachos atmete hörbar aus und riss die Arme hoch. »Das haben wir alles schon durchgekaut, Gentius. Eine andere Möglichkeit gibt es nicht. Entweder wir nehmen das Heft in die Hand – oder wir überlassen es Canis. Ich weiß, was *mir* lieber ist.«

Gentius presste die Lippen zusammen und blieb lange stumm. »Na schön. Dann also heute Nacht.«

»Gut.« Telemachos holte tief Atem und schaute in die Runde. »Noch Fragen, Brüder? Nein? Dann würde ich vorschlagen, ihr kehrt auf eure Schiffe zurück und gebt euren Leuten Anweisungen. Geras, auf ein Wort.«

Die Kapitäne zerstreuten sich nach und nach, bis nur noch die zwei Freunde an der Reling standen.

Telemachos wandte sich seinem Stellvertreter zu und sah ihm fest in die Augen. »Ich möchte, dass du das Kommando auf der *Dreizack* übernimmst, solange ich an Bord des Brandschiffs bin. Traust du dir das zu?«

Geras erwiderte den Blick seines Kapitäns. »Wenn es dir nichts ausmacht, würde ich lieber mit dir auf der Bireme fahren.«

Telemachos schüttelte den Kopf. »Das verstehe ich. Aber für den Fall, dass mir etwas zustößt, will ich die Verantwortung für die *Dreizack* in zuverlässige Hände legen. Da kommst nur du infrage. Habe ich mich klar ausgedrückt?«

»Wie du meinst«, erwiderte Geras mürrisch. »Keine Sorge, ich pass gut auf sie auf.«

»Das weiß ich.« Telemachos lächelte. »Außerdem brauche ich ein paar Männer, die mir helfen, die Bireme in den Hafen zu steuern. Fünf sollten reichen.«

»Aye, Käpt'n. An Freiwilligen, die dich begleiten wollen, wird es sicher nicht fehlen.« Geras zögerte. »Ich frage mich bloß, wann du endlich was gegen diesen verschlagenen Halunken unternehmen wirst.« Mit einer unmerklichen Kopfbewegung wies er auf Virbius, der auf der anderen Deckseite in eine Arbeit vertieft war.

Telemachos runzelte die Stirn. »Erwähnst du das aus einem bestimmten Grund?«

Geras trat näher zu ihm und senkte die Stimme. »Die Männer munkeln, dass Virbius deinen Führungsanspruch infrage stellt. Sobald die Sache hier vorbei ist, will er über das Kapitänsamt abstimmen lassen.«

»Das hast du gehört?«

Geras nickte. »Dieser heimtückische Verräter macht mit Versprechungen und Drohungen die Runde, damit ihn die Männer unterstützen. Wenn er genug Stimmen zusammen hat, will er dich absägen.« Er schnaubte angewidert. »Du musst nur den Befehl geben, dann lass ich ihn mit Steinen beschwert über Bord schmeißen. Ganz einfach.«

»Nein«, antwortete Telemachos knapp.

»Warum denn nicht? Komm schon, Käpt'n. Es liegt doch auf der Hand, dass Virbius der Saukerl ist, der dich an die Römer verkauft hat. Nur ein paar Leute haben davon gewusst, dass dein Bruder ein Sklave ist. Er muss es sein.«

»Wir können ihn nicht einfach loswerden. Nicht ohne Beweise.«

»Aber wenn du ihn jetzt nicht aufhältst, wird er dich herausfordern. Bei allen Göttern, mit den Stimmen, die er schon gesammelt hat, gewinnt er am Ende noch. Da kannst du nicht einfach tatenlos zuschauen!«

Telemachos knurrte unbestimmt und wandte den Blick ab. Trotz seiner offenkundigen Feindseligkeit gegen den Kapitän genoss Virbius nach wie vor großen Rückhalt bei der Besatzung. Seine Anhänger würden es Telemachos nie verzeihen, wenn er auf einen bloßen Verdacht hin einen der erfahrensten Offiziere aus dem Weg räumte. Als Kapitän war er auf die Unterstützung dieser Männer angewiesen. Sie standen vor einem waghalsigen Abenteuer mit ungewissem Ausgang. Zu einem Zeitpunkt, da sie geschlossen gegen ihren gemeinsamen Feind vorgehen mussten, konnte Telemachos keinen Streit in der Mannschaft gebrauchen. Außerdem war Virbius ein geübter Kämpfer. Für die kommende Schlacht gegen die Seesoldaten waren seine Fähigkeiten unentbehrlich.

»Später«, antwortete Telemachos schließlich. »Jetzt ist nicht der richtige Moment. Zuerst müssen wir die Sache mit Rom regeln. Dann ist Virbius an der Reihe.«

KAPITEL 41

Die Nacht war hereingebrochen, und ein nahezu voller Mond schien auf die Bireme, die sich der Küste näherte. Telemachos stand am Bug und starrte angestrengt zum Horizont. Keine Meile vor ihm erhob sich der Leuchtturm, der den Eingang zum Hafen von Ravenna markierte. Das Feuer auf dem Dach tauchte den hohen Steinbau in gelbrotes Flackerlicht. An beiden Enden der Mole brannten weitere Feuer, um die Schiffe sicher in den Hafen zu leiten. Der Rest der Seeräuberflotte segelte eine knappe Meile hinter der Bireme in strenger Ordnung und ohne schwarze Flaggen. Sie setzten darauf, dass die Ausguckposten sie bei dieser Formation aus der Ferne und im schwachen Schimmer der Himmelskörper für die heimkehrende Flotte von Ravenna halten würden.

Für die Fahrt auf dem Brandschiff hatten sich Telemachos fünf Freiwillige angeschlossen, die Segel, Pinne und Takelage bedienten. Um die Täuschung zu vervollkommnen, hatten sie ihre farbenprächtigen Gewänder und die bunte Ansammlung von Waffen durch die erbeutete Ausrüstung römischer Seesoldaten und Matrosen ersetzt. Telemachos war mit einer braunen Tunika und einem Ledergürtel bekleidet, während Castor Umhang, Beinschienen und Helm eines Legionärs trug, den sie in Senia gefangen genommen hatten.

Telemachos marschierte zum Heck und wandte sich an einen narbenübersäten Freiwilligen mit dem Körperbau eines ehemaligen Gladiators. »Wann erreichen wir den Hafen, Bassus?«

Nach einem kurzen Blick hinauf zum Segel spähte der Thraker wieder zur dunklen Küstenlinie. »In einer halben Stunde ungefähr, Käpt'n. Vielleicht auch weniger, wenn der Wind hält.«

»Hoffen wir es«, knarzte Castor. »Je schneller wir von diesem Scheiterhaufen runter sind, desto besser.« Der Veteran starrte besorgt zur Ladeluke.

Im Frachtraum waren ein halbes Dutzend große Ballen Brennholz, Flachs und abgenutztes Segeltuch aufgehäuft und mit Öl und Pech getränkt worden, damit sich die Flammen schnell ausbreiteten. Für den Erfolg des Überfalls war es entscheidend, dass sich alle genau an den Plan hielten. Sobald die Bireme die Mole passiert hatte, sollte die Piratenflotte mit vollen Segeln den Hafen anlaufen. Gleichzeitig würde Telemachos das Feuer im Lastraum entfachen und die Bireme auf die im Marinehafen liegenden Schiffe zusteuern. Der Brand sollte die Römer so lange vom Hafeneingang ablenken, dass die Flotte ins Kastell gelangen und ihre Truppen auf dem Kai absetzen konnte. Sobald die Verteidiger getötet oder gefangen waren, konnten die Piraten die Stadt nach Belieben plündern.

Doch noch während er sich den Plan – zum hundertsten Mal – durch den Kopf gehen ließ, beschlichen ihn Zweifel. Wenn die Römer die List nun doch durchschaut hatten? Vielleicht bereitete sich der Feind gerade darauf vor, die Angreifer mit den Bolzenwerfern am Eingang des Kastells zurückzuschlagen. In diesem Fall fuhr die Piratenflotte direkt auf eine tödliche Falle zu. Viele ihrer Schiffe würden sinken oder Schaden leiden, ehe sie sich zur Flucht wenden konnten. Eine derart vernichtende Niederlage würde das zerbrechliche Bündnis zwischen den illyrischen Piratenkapitänen nicht überstehen. Dann konnte Canis in aller Ruhe seine Truppen verstärken und die Besatzungen einzeln zur Strecke bringen. Ganz zu schweigen davon, dass damit Nereus' Schicksal endgültig besiegelt war ...

Telemachos schüttelte den Kopf und schob die düsteren Gedanken beiseite. Zweifel an seinem Plan waren unbegründet. Die Truppen in Ravenna rechneten bestimmt mit einem leichten Sieg über die schlecht ausgerüsteten Piratenschiffe und würden sich nicht wundern, dass die römische Flotte so bald nach ihrem Auslaufen wieder zurückkehrte. Erst wenn sich Telemachos mit seinen Männern dem Marinehafen näherte, würden sie die Täuschung erkennen. Und dann war es zu spät.

»Jetzt dauert es nicht mehr lang.« Er richtete den Blick wieder auf den Leuchtturm.

»Wir wären viel schneller dort, wenn wir stärker ausreffen würden.« Castor schielte hinauf zum Mast.

»Das geht nicht.« Telemachos deutete nach hinten auf die in der Dunkelheit kaum wahrnehmbaren Segel der Piratenflotte. »Wir würden uns zu sehr von den anderen entfernen.«

»Aber je schneller wir das Kastell erreichen, desto eher können wir den Kasten hier in Brand stecken und von Bord gehen. Und die Römer haben weniger Zeit, unsere Tarnung zu erkennen.«

Nach kurzer Überlegung schüttelte Telemachos den Kopf. »Wir geben uns als heimkehrende Flotte aus. Wenn wir es zu eilig haben, könnten die Wachen Verdacht schöpfen. Damit würden wir uns in Gefahr bringen.«

»Wir bringen uns doch sowieso in Gefahr. Wenn die Posten den Braten riechen, kommen wir nie durch den Eingang.«

»Das werden sie nicht, glaub mir.« Telemachos warf dem Quartiermeister einen Blick zu. »Ich weiß, du möchtest dich endlich auf den Feind stürzen. Trotzdem müssen wir unsere Rolle spielen.«

»Das bin nicht bloß ich, Käpt'n.« Castor nickte in Richtung der anderen. »Alle brennen auf den Kampf.«

»Und das ist auch gut so, denn die Abrechnung wird bald kommen. Ob so oder so, die Scherereien mit Rom werden heute enden.«

Knurrend spuckte Castor auf die Decksplanken. »Bloß schade, dass Canis das Ganze nicht miterlebt. Ich hätte den aristokratischen Kotzbrocken so gern mit den Eiern ans Kreuz genagelt.«

»Das ist gar nicht nötig.« Telemachos schenkte seinem Kameraden ein kurzes Lächeln. »Wenn der Kaiser erfährt, dass sein Kastell zerstört wurde, wird *er* das für uns übernehmen.«

»Hoffentlich, verdammt.«

Als sie die Mole passierten, spähten die Piraten in den vor ihnen liegenden Hafen. Am breiten Hauptkai hatten Dutzende von Kauffahrern festgemacht, deren Masten und Spieren im Schein von Feuern und Fackeln ein flackerndes Gewirr von Schatten bildeten. Trotz der Piratenüberfälle an der illyrischen Küste war von einer Störung des für Rom so wichtigen Handels nichts zu erkennen. Selbst zu dieser späten Stunde hatten die Stauer alle Hände voll mit dem Entladen exotischer Güter zu tun, von denen viele für die reichen Ländereien und Städte im Inneren des Reichs bestimmt waren.

Am hinteren Ende des Hauptkais befand sich der Eingang zum Kastell. Dort lagen mehrere leichte Patrouillenboote vor Anker. In der Werft wartete ein halbes Dutzend Kriegsschiffe auf Reparaturen, und ein Stück weiter am Strand saßen vom Bug bis zum Heck vertäut zwei größere, ebenfalls nicht einsatzfähige Triremen. Hinter ihnen standen Lagerhallen, Vorratsschuppen und Zimmermannswerkstätten. Am Ende des Übungsplatzes ragten Kasernen und ein größeres Gebäude auf, bei dem es sich um den Flottenhauptsitz handeln musste. Irgendwo unter diesem Gebäude war das Verlies, in dem Nereus und die anderen Gefangenen festgehalten wurden. Bei der Vorstellung, endlich seinen Bruder wiederzusehen, zersprang ihm fast das Herz in der Brust.

Ein plötzliches Geräusch riss ihn aus seinen Gedanken. Auf dem Kai hatte sich eine Schar von Einheimischen versammelt, um die heimkehrenden Helden zu begrüßen. Ganze Familien riefen und winkten vor Freude darüber, dass die Flotte so bald nach dem Auslaufen wieder da war. Auch vor dem Tor zum Kastell standen Menschen und rissen begeistert die Arme hoch. Die Piraten schauten den Jubelnden ein wenig ratlos zu.

»Worauf wartet ihr?«, fauchte Telemachos. »Winkt zurück, ihr Dummköpfe! Ihr habt gerade eine große Schlacht gewonnen, also benehmt euch auch danach!«

Nervös lächelnd winkten Castor und die anderen zurück. Voller Anspannung wandte sich Telemachos wieder dem befestigten Torhaus zu. Nichts deutete darauf hin, dass Brandballen vorbereitet wurden. Offenbar hatten die Seesoldaten keinen Verdacht geschöpft.

Als die Bireme den Hafendamm hinter sich gelassen hatte, wandte er sich an den Ruderer und wies auf die zwei vertäuten Kriegsschiffe. »Dorthin! Halt auf die Triremen zu.«

Die Beine fest aufgestützt, zog der Mann an der mächtigen Holzpinne, bis der Bug genau auf die Kriegsschiffe zeigte. Im schwachen Schimmer der Fackeln nahm Telemachos mehrere winzige Gestalten wahr, die vom Übungsplatz herüberliefen, um ihre siegreichen Kameraden zu begrüßen. Ihre begeisterten Rufe hallten durch die Nacht, und Telemachos zwang sich zum Zurückwinken, obwohl ihm das Blut in den Ohren pochte.

Als die Bireme nur noch wenige Hundert Schritt vom Kastell entfernt war, nickte er Bassus zu. »Leg jetzt das Feuer. Mach schnell.«

Der bullige Thraker zog eine Zunderbüchse heraus und verschwand unter Deck. Kurz darauf trabte er wieder den schmalen Niedergang herauf, und aus der offenen Luke hinter ihm stieg dünnes Gekräusel. Das Feuer griff rasch um sich, und der Rauch verdichtete sich zu wirbelndem Grau. Noch hatten die Seesoldaten auf dem Kai nichts bemerkt, und die Bireme hielt weiter ruhig auf das Kastell zu.

»Ins Boot!«, rief Telemachos seinen Kameraden zu. »Schnell. Wir müssen runter!«

Im Nu war das Beiboot, das die Bireme hinter sich

herzog, herangeholt. Umwabert vom Rauch ließen sich die Männer an einem Seil über die Brüstung. Schließlich waren nur noch Telemachos und der Ruderer an Deck. Dieser sah den Kapitän fragend an.

Telemachos zeigte zur Reling. Er musste schreien, um das Knacken und Prasseln der brennenden Flachsballen zu übertönen. »Du zuerst. Ich erledige den Rest. Los!«

Der Mann nickte und kletterte über Bord. Telemachos packte die Pinne und band sie am Achtersteven fest, damit die Bireme auf Kurs blieb. Hinter ihm breitete sich der Brand mit rasender Geschwindigkeit aus. Schon leckten die Flammen aus der Luke und fraßen sich in die Decksplanken. Die Hitze war entsetzlich, und er spürte sie wie Schläge im Rücken. Nachdem er den letzten Knoten geschlungen hatte, rannte er zur Reling. Augen und Kehle brannten von den beißenden Dämpfen. Er bekam kaum noch Luft, als er hastig an dem Hanfseil hinunterkletterte. Über ihm qualmte und brauste es von den Flammen, die das Schiff verschlangen. Hustend und würgend stürzte er ins Boot, und die Männer stießen sich sofort mit wilden Ruderschlägen von der lichterloh brennenden Bireme ab.

Nach einer Weile konnte Telemachos wieder atmen und wischte sich die Tränen aus den schmerzenden Augen. Angeschoben von einem auflandigen Windhauch, hielt die Bireme rasch auf die festgemachten Kriegsschiffe zu. Inzwischen hatte das Feuer fast das ganze Deck erfasst und hüllte Mast, Spieren und Tauwerk in einen Schleier aus grellem Orange. In den Reihen der Seesoldaten auf dem Kai machte sich Panik breit. Einige liefen zu den Kasernen und schlugen Alarm, andere rannten mit Äxten zu einer Trireme und hackten verzweifelt auf die Vertäuung ein, um sie vor dem heranrasenden Brandschiff zu retten. Doch es war schon zu spät. Die Soldaten sprangen gerade noch beiseite, dann erfüllte ein splitterndes Krachen die Luft. Der Rammsporn der Bireme bohrte sich von der Seite in den Rumpf, und die beiden Schiffe verkeilten sich in einem Regen glühender Funken. Sofort sprang das Feuer auf das Leibholz und die Reling der Trireme über und überzog das Deck mit dichtem Rauch.

»Ja!«, brüllte Bassus und riss triumphierend die Faust hoch. »Brenne!«

Aus der Richtung der Lagerhallen stürzte eine Gruppe von Seesoldaten mit Wassereimern und Tuchsäcken herbei, um sich gegen den schnell um sich greifenden Brand zu stemmen. Doch sie kamen nicht gegen seine Kraft an; die ersten Lohen schlugen nun auch aus der zweiten Trireme.

In diesem Moment schielte Telemachos über die Schulter und bemerkte, wie die *Poseidons Dreizack* die Mole passierte und in den Hafen rauschte. Auf dem Hauptkai hatten sich mehrere Leute von dem wütenden Feuer im Kastell abgewandt und stießen beim Anblick der heranrückenden Piratenschiffe bestürzte Schreie aus. Die meisten ergriffen sofort die Flucht. Einige versuchten noch, die Seesoldaten zu warnen, doch ihre Rufe gingen im Tosen der Flammen unter, und die Piratenschiffe, die bereits die Segel eingeholt und die Riemen ausgefahren hatten, steuerten ungehindert auf das Kastell zu.

Telemachos zeigte auf die *Dreizack* und feuerte seine Begleiter an: »Los, da rüber!«

Die Männer legten sich ins Zeug und ruderten auf ihr Schiff zu. Dort drängte sich inzwischen der Landetrupp am Bug, und mehrere Piraten deuteten rufend auf das kleine Boot, das sich schaukelnd näherte. Mit einer kleinen Kursänderung schob sich die *Dreizack* neben das Boot, während die anderen Schiffe sie überholten. Hastig wurde eine Strickleiter herabgelassen, und die Piraten hangelten sich hinauf. Telemachos landete als Letzter neben seinen Kameraden. Erschöpft rappelte er sich hoch und atmete tief durch.

Geras lief vom Achterdeck herüber. »Du hast es geschafft, Käpt'n.« Über seine Lippen zog ein erleichtertes Lächeln. »Den Göttern sei Dank.«

Telemachos grinste. »Ein paar Flammen können mir nichts anhaben. Und jetzt bringen wir die Sache zu Ende.« Er deutete auf einen Abschnitt des Kais, den der Brand noch nicht erreicht hatte. »Bring uns dorthin. Da gehen wir an Land und machen die Hunde fertig.«

»Aye, Käpt'n.« Geras machte kehrt und feuerte die Ruderer brüllend an: »Ihr habt den Käpt'n gehört! Schneller, ihr faulen Säcke! Sonst gerbe ich euch das Fell!«

Während sich die *Poseidons Dreizack* in wilder Fahrt dem Kai näherte, zerrte Telemachos die Falcata und den Rundschild aus dem Lederharnisch und schloss sich dem Stoßtrupp auf dem Vordeck an. Zu beiden Seiten hielten die von Perimedes, Skylla und anderen Piratenkapitänen geführten Schiffe auf die im Hafen ankernden Kauffahrer zu. Nur die *Olympias*, die *Lykos* und die von Gentius befehligte *Achilles* setzten ihren Weg zum Kai fort. Inzwischen hatten mehrere Seesoldaten die heranrückende Piratenflotte entdeckt und ihre Kameraden gewarnt.

Die Männer, die das Feuer bekämpften, ließen ihre Wassereimer fallen und griffen nach ihren Waffen. Sofort folgte ihnen eine große Schar von Seesoldaten, die vom Übungsplatz herüberliefen. Telemachos zählte deutlich mehr als hundert.

»Das ist nicht gut«, knurrte Castor.

Geras runzelte die Stirn. »Ich dachte, da wartet nur eine Zenturie Seesoldaten auf uns?«

»Das hat der Gefangene gesagt. Anscheinend hat der Mistkerl gelogen.«

Der Anblick der heranpreschenden Römer ließ Telemachos das Blut in den Adern gefrieren. Er biss die Zähne zusammen und verfluchte sich stumm, weil er nicht damit gerechnet hatte, dass Canis einen größeren Trupp zum Schutz Ravennas abgestellt hatte.

Dann war der Moment des Zweifelns vorüber, und er atmete tief durch. »Wir sind immer noch dreimal so viele wie der Feind«, stellte er mit ruhiger Stimme fest, damit ihn die anderen hörten. »Wir haben schon Schlimmeres erlebt und am Ende trotzdem gewonnen.«

Er spürte die vertraute Trockenheit in der Kehle, eine Mischung aus erregter Kampfbereitschaft und Angst vor dem Tod oder einer bösen Verletzung, die ihn für immer zum Krüppel machen würde.

Als die *Dreizack* schon fast am Ziel war, wandte er sich in gerader Haltung an die Piraten. »Also gut, Männer. Ihr macht das ja nicht zum ersten Mal. Stürzt euch auf den Feind. Unerbittlich und ohne Gnade. Und sobald ihr mit diesem erbärmlichen Haufen fertig seid, könnt ihr nach Herzenslust plündern!«

Die Jüngeren brachen in lauten Jubel aus. Die Erfahreneren wussten, dass man die kampferprobten Römer nicht unterschätzen durfte, und beobachteten mit grimmigem Blick, wie die *Dreizack* den Kai erreichte. Geras rief einen Befehl, dann fuhren die Riemen dumpf knirschend zurück in ihre Halterungen.

Mit einem heftigen Ruck kam das Schiff zum Stehen, und mehrere Männer wurden von den Beinen gerissen. Nachdem er sein Gleichgewicht wiedererlangt hatte, sprang Telemachos über die Reling und zeigte mit der Falcata auf die sich formierenden Legionäre. »Los, Männer! Jetzt geht's ums Ganze!«

KAPITEL 42

Die Piraten drängten noch über die Reling, da nahmen die Seesoldaten vom Übungsplatz Aufstellung. Ihr Zenturio gab einen Befehl, und die Speerwerfer hoben ihre Waffen und rissen die Arme zurück.

Telemachos erkannte die Bedrohung sofort und rief: »Schilde hoch!«

Schon im nächsten Atemzug sauste ein Hagel von Schäften mit Eisenspitzen durch die Luft. Aus der kurzen Entfernung war es fast unmöglich, das Ziel zu verfehlen. Die meisten Spieße wurden von den geschwungenen Rändern der Piratenschilde abgelenkt oder gruben sich in lederbezogenes Holz. Einige Männer hatten zu langsam reagiert und schrien laut auf, als sie getroffen wurden. Andere stürzten durchbohrt zurück aufs Deck, noch ehe sie einen Fuß auf den Kai gesetzt hatten. Auch um Telemachos herum sackten mehrere Piraten zu Boden und umklammerten schreiend die Lanzen, die aus ihrem Rumpf oder ihren Gliedmaßen ragten. Telemachos hatte keine Zeit, ihnen zu helfen, und rannte weiter.

Die Seesoldaten konnten noch einige Speere schleudern, dann fielen die Männer der *Poseidons Dreizack* brüllend über sie her. Telemachos drängte sich durch bis zur vordersten Reihe und ging sofort auf einen stämmigen Optio mit mehreren tiefen Narben im Gesicht los.

Offenbar war er ein erfahrener Soldat, denn er erriet die Absicht seines Gegners ohne Mühe und hob sein Scutum. Telemachos' Falcata glitt mit einem metallischen Klirren vom Schildbuckel ab, und bevor er sein Gleichgewicht wiedergefunden hatte, trieb ihn der Römer mit einem Hieb zurück, den er gerade noch parieren konnte.

»Jetzt bin ich dran!«, knurrte der Piratenkapitän.

Mit einem tiefen Stich zwang er den Legionär, die Schildhaltung zu korrigieren. Sofort packte Telemachos das Scutum am oberen Rand und stieß es mit aller Kraft nach unten. Der Soldat schrie laut auf, als ihm die Kante den Fuß zertrümmerte, und Telemachos setzte ohne Zögern mit einem Stich durch die schmale Lücke nach, die sich über dem Schild aufgetan hatte. Die Schwertspitze fuhr in die Kehle des Mannes, und aus der klaffenden Wunde spritzte Blut auf seinen Schuppenpanzer. Aus seinem Mund drang ein ersticktes Gurgeln, dann ging er zu Boden.

Sofort nahm ein anderer Seesoldat seine Stelle ein. Er war vorsichtiger als sein Kamerad und führte einen gezielten Schlag, ohne den Schild zu senken. Telemachos riss den Kopf zurück, und die über seinen Schild stochernde Klinge schrammte haarscharf an ihm vorbei. Der Legionär bleckte die Zähne zu einem grausamen Grinsen und holte erneut aus. Doch bevor er zustechen konnte, sprang ein kräftig gebauter Pirat nach vorn und ließ mit einem triumphierenden Schrei sein Enterbeil niedersausen, das sich tief in das Rückgrat des Römers grub. Kaum hatte ihm Telemachos dankbar zugenickt, brach das Triumphgeheul des Piraten ab, weil ihm ein anderer Seesoldat seinen Speer in den Bauch gerammt hatte.

Telemachos hob seinen Schild und schaute sich leicht gebückt um. Der erste Schwung des Angriffs war verpufft, und obwohl beide Seiten hier am Hauptkai über annähernd gleich viele Kämpfer verfügten, konnten es die Piraten nicht mit der überlegenen Ausbildung und Ausrüstung der Römer aufnehmen. Schritt für Schritt wurden die Männer der *Poseidons Dreizack* zurückgedrängt, und die Legionäre gewannen allmählich die Oberhand. Immer mehr Piraten sanken nieder, und der Kai war bereits glitschig von Blut und Eingeweiden. Selbst mitten im Gefecht musste er neidlos anerkennen, dass sich die Verteidiger von Ravenna als zähe Gegner erwiesen hatten. Auf einmal erkannte er erschrocken, dass die Piraten schon fast bis zum Rand des Kais zurückgewichen waren. Wenn ihnen die Landetrupps der anderen Piratenschiffe nicht bald zu Hilfe eilten, liefen er und seine Besatzung Gefahr, völlig aufgerieben zu werden.

»Keine Gnade!«, brüllte er aufmunternd. »Haltet stand, Männer!«

Mit frischer Entschlossenheit warfen sich die Piraten auf den Feind. Doch es nützte nichts, denn die Römer wehrten sich mit der grimmigen Verzweiflung derer, die um ihr Leben kämpften. Mehr als ein Dutzend Seeräuber waren gefallen, viele weitere lagen verwundet am Boden. Mitten im Getümmel von Leibern und blitzenden Schwertspitzen entdeckte Telemachos den jungen Longarus, der um Hilfe flehte, bevor er von römischen Stiefeln niedergetrampelt wurde. Durch das Geschrei und Gejammer drang die Stimme des Zenturios, der seine Soldaten ebenfalls antrieb.

»Die Hunde drängen uns zurück«, knurrte Geras zwischen abgerissenen Atemzügen. »Wir können sie nicht mehr lange aufhalten, Käpt'n.«

Genau in diesem Augenblick brandete in den Reihen der Piraten kehliger Jubel auf, und Telemachos erkannte, dass sich gerade die *Olympias* neben die *Poseidons Dreizack* schob. Sofort sprangen Birrias Leute auf den Kai, um die Leinen festzumachen, dann fuhr auch schon das Fallreep herunter, und mit irrem Geheul erschien der Kapitän vor einer Horde von Seeräubern, die mit ihren Waffen fuchtelten. Ohne Zögern stürzten sie sich ins Gewühl und gingen auf die Seesoldaten los. Bellend forderte der Zenturio seine Leute auf, die Stellung zu halten, doch so erbittert sie sich auch wehrten, die zahlenmäßige Überlegenheit des Gegners war einfach zu erdrückend, und sie wichen langsam zurück. Schließlich erreichten auch Skyllas Männer den Kai, und bald darauf brach unter dem unerbittlichen Ansturm der letzte Widerstand der Römer zusammen.

»Das war's!«, schrie Telemachos. »Jetzt haben wir sie!«

Die Legionäre in den hinteren Reihen begriffen, dass die Schlacht verloren war, und zogen sich vom Kai zurück. Viele ihrer Kameraden wurden überwältigt und niedergemacht, bevor sie sich zur Flucht wenden konnten. Andere ergaben sich mit erhobenen Armen, doch die Piraten kannten keine Gnade und schlachteten sie brutal ab, ohne auf ihr Flehen zu achten. Nach und nach wurden auch die fliehenden Legionäre auf dem Übungsplatz gestellt und getötet.

Inzwischen waren die anderen Piratenschiffe auf der Hafenseite gegenüber zu den vor Anker liegenden Kauffahrern vorgedrungen, und bald darauf kräuselten sich von den Feuern in den Laderäumen die ersten dünnen Rauchfahnen hinauf zum Himmel.

»Den Göttern sei Dank«, ächzte Geras mit schweißglänzender Stirn. »Birria hat sich ganz schön Zeit gelassen. Kann nicht behaupten, dass mich unsere Brüder mit ihrer Schnelligkeit beeindruckt haben.«

»Lass das«, antwortete Telemachos kurz angebunden. Für kleinliche Rivalitäten zwischen den Banden war jetzt keine Zeit. »Virbius!«

Schwer atmend kam der Angesprochene herüber.

Telemachos fixierte ihn und deutete zum Torhaus. »Nimm dir ein paar Männer und mach die Wachen unschädlich. Und die Kasernen müssen geräumt werden. Sobald das erledigt ist, könnt ihr das Kastell anzünden. Lagerhallen, Vorratsschuppen, Werkstätten. Brennt alles nieder. Verstanden?«

»Aye, Käpt'n.«

Der drahtige Offizier eilte davon und rief mehrere Piraten zu sich, die gerade die auf dem Kai verstreuten Leichen plünderten. Sie stopften die Sachen in ihre Ranzen und folgten Virbius zum Torhaus. Ein Stück entfernt leisteten versprengte Seesoldaten letzten Widerstand gegen Birrias Leute. Doch nach der Ankunft der anderen Piratenschiffe war der Kampf entschieden, und die Römer blickten dem Tod ins Auge. Jetzt ging es für die Piraten nur noch darum, die letzten Überlebenden umzubringen und das Kastell völlig zu zerstören.

Nachdem Virbius mit seinen Leuten abgezogen war, rief Telemachos Geras und Bassus zu sich. »Folgt mir. Wir befreien die Gefangenen.«

Mit schnellen Schritten entfernten sie sich von dem Gefecht und strebten auf den Hauptsitz der Flotte zu. Vor ihnen flohen kleinere Gruppen von Wachen, Beamten und Matrosen durch das Stadttor in die schmalen, dunklen Gassen Ravennas. Telemachos konzentrierte sich auf das Hauptgebäude und erspähte schnell die unauffällige beschlagene Tür in einer Seitenmauer, die zu den unterirdischen Verliesen führte. Es war genau, wie es der römische Optio Calidus geschildert hatte. Vor der Tür standen drei Posten mit Lanzen und starrten angespannt ihren flüchtenden Kameraden nach.

Just in diesem Moment wandte sich einer der drei mit einem Befehl an die anderen beiden. »Lauft runter und bringt die Gefangenen um!«

Sofort stießen die zwei Seesoldaten die Seitentür auf. Telemachos schnürte es vor Entsetzen die Kehle zusammen, als sie durch die schattenhafte Öffnung verschwanden, und er brüllte aus vollem Hals: »Kommt! Wir müssen die Schweine aufhalten!«

Mit pochender Brust rannte er seinen Kameraden voraus, angetrieben von dem verzweifelten Wunsch, seinen Bruder vor den Römern zu retten. Er riss seinen Schild hoch und rempelte den verbliebenen Posten um. Im Vorbeilaufen versetzte er ihm einen tödlichen Hieb mit der Falcata und stürmte zwei Schritte vor Geras durch die Tür. Das flackernde Zwielicht von Fackeln in Wandhalterungen zwang ihn, die Augen zusammenzukneifen. Trotzdem war er mit wenigen Sprüngen am Fuß der steinernen Treppe. Vor ihm erstreckte sich ein schmaler, schummeriger Gang mit mehreren Verliesen zu beiden Seiten. Die zwei Seesoldaten standen am hinteren Ende vor einer Tür; einer schob gerade den Riegel zurück, der andere hatte sein kurzes Schwert gezückt, um die Gefangenen zu töten.

»Nein, das werdet ihr nicht!« Telemachos stürmte auf die beiden zu.

Beim Klang seiner Stimme fuhr der mit dem Schwert herum und machte sich zum Angriff bereit. Telemachos duckte sich hinter seinen erhobenen Schild, als der Römer nach ihm stach. Ohne auf die klirrend abprallende Schwertspitze zu achten, rannte Telemachos einfach weiter und rammte ihm dabei den Schild in den Bauch. Bevor sich der Legionär, der ächzend zu Boden gesackt war, wieder hochrappeln konnte, fiel Telemachos mit einem wuchtigen Stoß über ihn her. Die Klinge bohrte sich durchs Auge tief in sein Gehirn und tötete ihn augenblicklich. Mit einem glitschigen Schmatzen riss er die Waffe wieder heraus. In seinen Adern brannte das glühende Feuer der Schlacht.

Geras und Bassus liefen an Telemachos vorbei und stürzten sich auf den einzigen noch verbliebenen Feind. Umspielt von den zuckenden Schatten, die die Fackeln auf die Wände des engen Gangs warfen, drangen sie auf den Römer ein. Geras drückte ihn an die Steinmauer und rammte ihm die Klinge in den Unterleib. Der Seesoldat krümmte sich stöhnend, als sich die Waffe brutal drehte. Bassus baute sich breitbeinig auf und ließ brüllend die Breitaxt auf den leblos Liegenden niederfahren. Noch einmal holte er weit aus, dann fing er einen belustigten Blick von Geras auf.

»Was ist?«, fauchte der Thraker.

»Ich glaube, er ist tot, Bassus.«

»Kommt.« Telemachos steckte sein Schwert in die Scheide. »Wir haben keine Zeit zu verlieren!«

Schnell steuerte er auf die Tür zu, und Bassus machte ihm Platz. Von der anderen Seite hörte er leise Stimmen, und sein Herz klopfte vor Sehnsucht, als er den Riegel löste und das Verlies betrat.

Ein übler Gestank nach Kot, Urin und Schweiß drang ihm in die Nase. Hoch an der hinteren Wand befand sich ein winziges, vergittertes Fenster, durch das nur ein dünner Streifen Mondlicht fiel. In einer Ecke stand ein Kübel, bis zum Rand voll mit Exkrementen, neben zwei schmutzigen Strohsäcken. Mehrere dunkle Gestalten hockten zusammengekauert in der Mitte des Kerkers.

Beim Anblick von Telemachos wich eine von ihnen zurück. An Händen und Füßen klirrten Ketten. »Es sind die Römer«, knurrte der Mann. »Die wollen uns ans Leder. Wir sind erledigt, Leute.«

Plötzlich fiel Telemachos wieder ein, dass sie sich für den Überfall verkleidet hatten. Er senkte den Schild und lächelte den zitternden Gefangenen an. »Du täuschst dich, Freund.«

Der Mann zögerte kurz. Dann schob er sich ein wenig nach vorn und starrte vorsichtig auf Telemachos' Unterarm. »Moment. Dieses Brandzeichen kenne ich.« Er schaute genauer hin und bekam große Augen. »Du bist von der *Poseidons Dreizack*?«

Der junge Kapitän nickte. »Ich bin Telemachos, der Kommandant der *Dreizack*. Das sind Geras und Bassus, meine Leute.«

Der Gefangene grinste breit. Ihm fehlten mehrere Zähne. »Ich heiße Duras. Wie habt ihr uns gefunden?«

»Das erklären wir alles später, jetzt haben wir keine Zeit. Wir müssen uns beeilen. Wir sind gekommen, um euch alle hier rauszuholen.«

Duras stieß einen hörbaren Seufzer der Erleichterung aus. Erst jetzt erkannte Telemachos im fahlen Licht des Kerkers, dass sein Körper mit Beulen und Striemen übersät und sein Haar mit eingetrocknetem Blut verklumpt war.

»Den Göttern sei Dank«, krächzte Duras. »Habt ihr das gehört? Wir sind gerettet!«

Einige Gefangene flüsterten vor Aufregung und Freude. Andere waren zu schwach zum Sprechen und konnten nur mit Mühe den Kopf zu ihren Befreiern heben.

Telemachos ließ den Blick über die ausgezehrten Gesichter gleiten und runzelte die Stirn. »Wo ist mein Bruder? Nereus?«

Duras schaute schniefend zu Boden. »Sie haben ihn weggebracht.«

Telemachos hatte das Gefühl, eine eiserne Faust würde sich um seinen Magen krampfen. Bestürzt starrte er den Gefangenen an. »Wann?«

»Vor ein paar Tagen.« Duras kratzte sich den zotteligen Bart. »Zwei Wachen haben ihn abgeholt, kurz vor der Morgendämmerung. Verdammte Hunde. Nereus dachte schon, sie bringen ihn um. Aber sie haben bloß gelacht und gesagt, dass sie ihn auf Befehl von Canis aufs Flaggschiff schaffen sollen. Damit die Flotte mit ihm auslaufen kann, hieß es.«

»Und wozu das alles?«, fragte Telemachos mit wachsendem Grauen.

Duras schaute ihn an. »Einer der Posten meinte, dass

Canis was ganz Besonderes für dich geplant hat. Er will deine Flotte in der Schlacht vernichten und dann deinen Bruder vor deinen Augen töten. Anscheinend freut er sich auf deinen Gesichtsausdruck beim Anblick deines sterbenden Bruders.«

»Nein ... nein!«

Telemachos ballte die Hände zu zitternden Fäusten, in seinen Adern brodelte blinder Zorn. In diesem Augenblick gab es für ihn keinen Zweifel mehr daran, dass der römische Präfekt den Tod verdient hatte und keine Qual für ihn zu grausam war. Voller Verbitterung begriff er, dass sein Bruder verloren war. Sobald Canis von der Zerstörung Ravennas erfuhr, würde er Nereus sicher sofort hinrichten lassen. All seine Mühen waren umsonst gewesen.

»Käpt'n«, meldete sich Geras nach einer Weile mit leiser Stimme. »Wir haben nicht mehr viel Zeit. Wir müssen Ravenna verlassen, bevor Canis zurückkehrt.«

»Ja.« Mit einem tiefen Atemzug schob Telemachos die finstere Verzweiflung in seiner Brust beiseite. Er nickte Duras zu. »Kannst du gehen?«

»Ich glaube schon. Aber ein paar von den anderen sind übel dran.«

»Meine Männer werden euch helfen.« Telemachos zeigte zur Tür. »Unsere Schiffe warten am Kai. Wir bringen euch an Bord und setzen die Segel, sobald wir mit der Plünderung der Stadt fertig sind.«

»Was ist mit den Wachen?«, fragte Duras.

»Die haben wir schon unschädlich gemacht.« Geras' Daumen zuckte in Richtung Gang.

Duras zog eine Grimasse. »Schade. Die Schweine hätte

ich gern leiden sehen. Was die mit mir und den anderen gemacht haben ...«

Telemachos ging neben ihm in die Knie und zog die Stifte aus den Schellen um seine Hände. Bei seinen Fußfesseln machte er es genauso, während Geras und Bassus in dem feuchten Verlies von einem Gefangenen zum anderen traten und ihnen die Ketten abnahmen.

Duras rieb sich die geschwollenen Handgelenke und nickte matt. »Danke.« In seinem Gesicht zuckte es. »Tut mir leid wegen deinem Bruder. Er war ein guter Junge, auch wenn das sicher nur ein schwacher Trost ist. Hat nie gejammert, hat sich vor diesen Dreckskerlen nie Angst anmerken lassen.«

Telemachos rang sich ein gequältes Lächeln ab. »Das klingt nach dem Nereus, den ich kenne. Komm. Verschwinden wir aus diesem stinkenden Loch.«

Er bot ihm die Hand. Duras nahm sie und zuckte zusammen, als ihn Telemachos hochzog. Dann legte ihm der Piratenkapitän den Arm um die Schultern, und sie schritten langsam durch die Kerkertür. Die anderen Gefangenen folgten ihnen schlurfend. Einige waren so zerschunden und ausgehungert, dass sie sich kaum auf den Beinen halten konnten und nur mit großer Mühe vorankamen.

Eisiger Hass erfüllte Telemachos, als sie die schmale Treppe zur Außentür hinaufstiegen. Er dachte an Nereus, der in Ketten geschlossen im Lastraum des römischen Flaggschiffs lag und einem qualvollen Tod entgegensah. Sein Zorn verfestigte sich zu eiserner Entschlossenheit, und er schwor Rache. Bei allen Göttern, Canis musste büßen für all das Elend, das er angerichtet hatte. Und wenn es noch so lange dauerte.

KAPITEL 43

Ein erster fahler Schimmer der Morgendämmerung säumte den Horizont, als sie ins Freie traten. Draußen war die Verwüstung der Stadt in vollem Gang. Kleine Trupps mit Fackeln eilten von einem Gebäude zum nächsten und setzten die Vorräte an Tauen, Spieren und Segeltuch in Brand. Angeführt von Kriton, war ein anderes Kommando auf dem Hauptkai gelandet und plünderte die Kornkammern und Lagerhallen.

Die Männer hatten strikten Befehl, die Einheimischen in Ruhe zu lassen, doch Telemachos hatte von Anfang an gewusst, dass einige nicht gehorchen würden. Getrieben von einer Mischung aus Lust und Gier, zog eine Handvoll Seeräuber durch die Häuser, und die Schreie von Frauen gellten durch die Stadt.

Unten am Kai drängten weitere Gruppen zu den auf Strand gesetzten Kriegsschiffen und übergossen sie mit rauchendem, heißem Teer. Dann hielten sie ihre Fackeln an die pechgetränkten Bordwände, und kurz darauf schlugen die ersten Flammen aus den Planken. Bald trieben tosende Feuer und wabernde Schwaden die brandschatzenden Piraten zurück, und sie suchten sich neue Ziele. Andere schleppten das Beutegut aus dem Kastell herüber: die Soldtruhen der Garnison und reiche Bestände an Schleuderblei, Speerschäften und Köchern voller Pfeile.

Erst der Morgen würde das ganze Ausmaß der Verheerungen in dem Flottenkastell zeigen, von dem nur Ruinen und die verrußten Spanten der Kriegsschiffe geblieben waren. Die Behebung der Schäden würde Monate dauern und dem kaiserlichen Schatzamt gewaltige Kosten verursachen. Dazu kam, dass der Stolz der Römer einen schweren Schlag erlitten hatte. Der erschütternde Überfall auf Ravenna würde sich in das Gedächtnis aller Bürger des Reichs einbrennen.

In die Genugtuung, mit der Telemachos den Blick über die Stadt schweifen ließ, mischte sich Verzweiflung. Der Handstreich war so gut gelaufen, wie er es erhofft hatte. Doch die Freude über den Anblick des brennenden Hafens wurde in schrecklicher Weise getrübt von dem Wissen, dass er mit dem Versuch, seinen Bruder zu befreien, gescheitert war. Nereus war nicht mehr zu retten. Wahrscheinlich musste er schon in wenigen Stunden sterben, und Telemachos konnte nichts dagegen unternehmen. Die römische Flotte auf offener See anzugreifen kam nicht infrage. Und selbst wenn sich die anderen Kapitäne dazu überreden ließen, würde Canis seinen Bruder sicher töten, bevor Telemachos zu ihm vordringen konnte. Es gab keine Hoffnung mehr.

Neben dem Fallreep der *Poseidons Dreizack* wachten drei Piraten mit verschränkten Armen und beobachteten voller Neid das Wüten ihrer Kameraden.

Telemachos wandte sich an einen von ihnen und zeigte auf die Gefangenen. »Nimm diese Leute an Bord, Proculus. Bring sie in den Laderaum und sorg dafür, dass sie Essen und Kleider bekommen. Hol den Arzneikasten und behandle ihre Verletzungen, so gut du kannst.«

»Aye, Käpt'n«, antwortete der übergewichtige Schiffszimmermann, der bei Bedarf auch als Arzt fungierte.

Als die ersten Gefangenen langsam das Fallreep hinaufstiegen, entdeckte Telemachos Virbius, der sich mit einer kleinen Schar näherte.

Der drahtige Pirat betrachtete die Gefangenen mit hochgezogener Braue. »Hast du deinen Bruder gefunden, Käpt'n?«

Telemachos schüttelte den Kopf, ohne etwas von seiner düsteren Stimmung zu verraten. »Canis hat ihn mitgenommen. Wir können nichts tun. Was ist mit den Kasernen?«

»Stehen in Flammen. Birria hat ein paar von seinen Leuten zum Torhaus geschickt, damit sie die Katapulte zerstören. Die Römer werden eine Weile brauchen, bis sie die Garnison wieder auf Vordermann gebracht haben.«

»Habt ihr Gefangene gemacht?«

»Ein paar von diesen römischen Hunden haben sich in einer Kaserne verschanzt. Ich hab den Männern befohlen, dass sie die Ausgänge verrammeln und das Gebäude anzünden. Die werden da drin langsam vor sich hin schmoren, bis sie gar sind.«

»Dann sind wir hier so gut wie fertig.« Telemachos nickte in Richtung Kastell. »Sag den anderen Kapitänen Bescheid und trommle die Männer zusammen. Ich will, dass sich alle in einer Stunde auf dem Kai sammeln.«

Virbius zog ein saures Gesicht. »Wozu denn? Unsere Leute hatten doch kaum Zeit zum Plündern, verdammt noch mal.«

Telemachos deutete auf den hellen Streifen am Horizont. »Nicht mehr lang bis zur Dämmerung. Wir müssen so schnell wie möglich von hier verschwinden.«

»Aber, Käpt'n ...«

»Das ist ein Befehl, Virbius.«

Auf dem Fallreep fuhr Duras plötzlich herum und starrte den Angesprochenen erschrocken an.

»Was ist?«, fragte Telemachos. »Was hast du?«

»Virbius. Diesen Namen hab ich schon mal gehört.«

Telemachos bemerkte die verständnislose Miene, mit der Virbius Duras fixierte, doch er glaubte, auch ein beunruhigtes Flackern in seinem Gesicht zu erkennen. Er wandte sich wieder an den Gefangenen. »Wann?«

»Vor ungefähr einem Monat. Als die Römer unser Schiff aufgebracht haben.«

»Bist du sicher?«

»Ich erinnere mich an den Tag, als wäre es gestern gewesen.« Duras hustete und zuckte vor Schmerz zusammen, bevor er fortfuhr. »Wir waren an der apulischen Küste unterwegs. Wir hatten einen erfolgreichen Raubzug hinter uns und waren bereit für die Rückfahrt ins Illyricum, da ist plötzlich ein römisches Geschwader aufgetaucht und hat uns in einer Bucht eingeschlossen. Die meisten unserer Männer wurden erschlagen, bevor sie sich ergeben konnten. Ein paar versuchten zu fliehen, aber sie wurden gefasst und getötet, und der Rest wurde mit dem Schiff nach Ravenna verfrachtet. Einer von den Römern hat auf der Reise rumgeprahlt. Ein echtes Großmaul. Hat erzählt, dass die Piraten gar nicht so eine verschworene Bruderschaft sind, wie sie immer behaupten, und dass ein Seeräuber namens Virbius sogar den versklavten Bruder seines Kapitäns an die Römer verraten hat.«

Telemachos richtete den Blick auf Virbius. »Ist das wahr?«

»Natürlich nicht, verdammt!«, platzte es aus dem Offizier heraus. »Warum im Namen der Götter sollte ich jemanden an die Römer verpfeifen? Er täuscht sich, Käpt'n. Oder er lügt.«

»Nein.« Duras schüttelte heftig den Kopf und deutete zitternd auf Virbius. »Ich weiß genau, was ich gehört habe. Virbius ... das ist der Name des Piraten, der deinen Bruder hingehängt hat. Ich schwöre es.«

Virbius verschränkte die Arme vor der breiten Brust und setzte ein verkniffenes Grinsen auf. »Dann steht eben dein Wort gegen meins. Du hast keine Beweise.«

Duras schaute Telemachos an. »Du kannst jeden von den anderen fragen. Sie waren mit mir auf dem Schiff. Sie werden dir das Gleiche sagen.«

Mit einem finsteren Lächeln wandte sich Telemachos an Virbius.

»Du hättest deine Spuren besser verwischen sollen. Dann wärst du mit deinem Plan, mich als Kapitän zu verdrängen, vielleicht durchgekommen.«

Zum ersten Mal ließ Virbius einen Anflug von Verunsicherung erkennen. »Was für ein Plan, Käpt'n? Ich weiß nicht, was du meinst.«

»Ich glaube schon.« Telemachos machte einen Schritt auf ihn zu. »Die Geschichte von Duras bestätigt nur meinen Verdacht. Ich weiß nämlich, dass jemand dem Kapitän eines Kauffahrers eine Schriftrolle gegeben und ihn aufgefordert hat, sie den Römern in Ravenna zu überbringen. Zufällig war es ein Schiff, das wir später gekapert haben. Die *Delphinus*.«

Virbius' Gesichtsausdruck wurde hart. »Wer hat dir diese Lüge aufgetischt, verflucht?«

»Der Optio, den wir gefangen genommen haben«, antwortete Telemachos. »Zuerst hat er natürlich behauptet, dass er den Namen des Schiffs nicht kennt. Aber dann hat Skiron gedroht, ihm die Augen auszustechen, und da ist es ihm wieder eingefallen.«

»Das beweist gar nichts. Jeder von uns könnte die Schriftrolle übergeben haben.«

»Aber nur einer von uns hat sich vehement dafür eingesetzt, das Leben der Besatzung zu schonen. Du, Virbius.« Anklagend deutete Telemachos mit dem Finger auf ihn. »Gib es zu. Du bist der Mann, der dem Kapitän die Schriftrolle mitgegeben hat.«

Schweigen breitete sich aus, und alle Blicke richteten sich auf Virbius. Er blickte in die Runde, wie um die Reaktion der Piraten abzuschätzen. Dann zuckte er die Achseln und traf eine Entscheidung. »Na schön. Ich war es. Na und?«

»Warum hast du das getan?«, fragte Telemachos.

»Warum wohl? Du warst der Liebling des Kapitäns. Es war klar, dass Bulla dich bevorzugt und dich irgendwann zu seinem Nachfolger ernennt. Ich konnte nicht zulassen, dass mir so ein arroganter Rotzlöffel meinen Anspruch auf das Kapitänsamt streitig macht.«

»Also hast du Pläne gegen mich geschmiedet. Stimmt das?«

»Ich wusste von deinem Bruder. Hab zufällig mitgehört, wie du ein paar Männern erzählt hast, dass du alles zu seiner Befreiung unternehmen wirst. Also musste ich nur eine Nachricht nach Ravenna schicken, damit die Römer den Rest erledigen. Und es hätte auch geklappt, wenn dich Bulla, dieser Hohlkopf, nicht davon abgehalten hätte, dich dem Feind zu stellen.«

Telemachos starrte den Offizier finster an. »Du hast mich verraten.«

»Blödsinn!« Virbius spuckte empört aus. »Ich bin kein Verräter. Ich habe im Sinn der Mannschaft gehandelt. Damit sie den Kapitän bekommt, den sie verdient.«

»Dich.«

»Hier geht es nicht um mich, Kleiner. Du hast kein Recht auf das Kapitänsamt. Was ich getan habe, war zum Wohl des Schiffs.«

»Lügner.« Telemachos trat ganz nah an Virbius heran, die Hand um den Elfenbeingriff seiner Falcata geklammert. »Du bist ein Verräter. An deinem Kapitän und an deinen Kameraden.«

Virbius lachte bitter. »Und was willst du jetzt machen? Mich in Ketten werfen? Mich zum Duell herausfordern? Das würdest du nie wagen, dafür habe ich zu viel Rückhalt in der Besatzung.« Seine Augen brannten hell. »Aber wenn ich es mir recht überlege, ist es höchste Zeit für einen Führungswechsel.« Mit einer blitzschnellen Bewegung riss er sein Schwert heraus und hielt dem Kapitän die Spitze an den Hals.

Telemachos war völlig überrumpelt und konnte nicht mehr reagieren.

Virbius rief nach zwei seiner engsten Freunde, und die beiden kräftigen Veteranen eilten sofort herbei. Er grinste ihnen zu. »Es ist so weit, Männer. Wir übernehmen das Schiff. Bringt diesen nutzlosen Scheißer mit den Gefangenen in den Lastraum. Sobald wir auf See sind, schmeißen wir ihn über Bord.«

Telemachos starrte ihn wütend an. Inzwischen waren weitere Piraten dazugekommen, um zu verfolgen, was sich vor der *Dreizack* abspielte. »Das kannst du nicht tun. Ich bin dein Kapitän.«

»Nicht mehr. Ich und meine Leute haben jetzt das Sagen. So wie es sich gehört. Bei den anderen hast du vielleicht noch ein paar Unterstützer, aber das wird sich schnell ändern, wenn sie sehen, wie wir dich den Fischen zum Fraß vorwerfen. Es ist vorbei, Kleiner. Nichts für ungut.« Mit einem kurzen Kopfruck wandte sich Virbius an die zwei Veteranen. »Schafft ihn weg.«

Als sich die beiden in Bewegung setzten, stieß Virbius plötzlich ein Ächzen aus. Ein heftiger Ruck ging durch ihn, und die Augen quollen ihm aus den Höhlen. Telemachos senkte den Blick und bemerkte eine geschwungene Klinge, deren Ende aus dem Bauch des Piraten ragte. Auf der Tunika breitete sich ein dunkelroter Fleck aus, und Virbius tastete hilflos nach der feucht glänzenden Schwertspitze. Dann fuhr die Falcata zurück, und er sackte stöhnend vor Schmerz zu Boden.

Erst jetzt erkannte Telemachos Geras, der sich mit bluttriefender Waffe über dem Sterbenden aufrichtete und die Umstehenden herausfordernd anstarrte. »Hat jemand Lust, diesen elenden Schuft in den Hades zu begleiten?«

Die zwei Veteranen neben Telemachos starrten entsetzt auf Virbius' blutige Leiche. Bassus hatte ebenfalls seine Waffe gezückt und war zum Angriff bereit.

Schließlich traten die beiden langsam zurück und hoben die Hände.

Geras bellte den Deckshelfern ein Kommando zu. »Schafft diese Verräter nach unten in den Lastraum und legt sie in Ketten. Wenn sie protestieren oder sich wehren, bringt ihr sie um.«

Sofort packten die Angesprochenen die Veteranen und zerrten sie über das Fallreep an Bord. Duras und die anderen Befreiten folgten ihnen nach hinten zur Heckluke. Halblaut vor sich hin murmelnd schlugen die Piraten einen Bogen um den Toten.

Geras wischte seine Klinge an der Tunika des hingestreckten Offiziers ab und starrte voller Verachtung auf die Leiche. »Den sind wir los. Das war schon längst fällig.«

Telemachos nickte ihm zu. »Ich schulde dir was.«

»Wofür denn? Der Kerl hat es einfach zu weit getrieben. Höchste Zeit, dass ihn jemand zurechtgestutzt hat. Außerdem wollte er eine Meuterei anzetteln. So was können wir doch nicht zulassen.«

Telemachos lächelte seinem Freund zu. So eine Treue war selten in einer Welt, in der alle nur noch auf sich selbst schauten. »Danke dafür, dass du zu mir hältst.«

»Dank mir lieber später. Mit einem Becher Wein. Oder zehn. Nach dieser Nacht habe ich richtig Durst.«

»Abgemacht.«

In diesem Augenblick rief ein Deckshelfer an Bord der *Poseidons Dreizack*: »Käpt'n! Schau, da drüben!«

»Scheiße«, knurrte Geras. »Was ist jetzt schon wieder?«

Ohne zu antworten, hastete Telemachos das Fallreep

hinauf zur Reling und spähte auf Zehenspitzen angestrengt in die angegebene Richtung. Zuerst konnte er nichts anderes ausmachen als den Hafeneingang und das offene Meer dahinter. Dann entdeckte er es. Ein großes Schiff, dessen Umrisse sich schwarz vor dem Rot der Morgendämmerung abzeichneten. Keine Meile mehr entfernt von der Mole und rasch näher kommend.

Inzwischen war Geras zu ihm gestoßen und hatte das Segel ebenfalls gesichtet. »Ein Kauffahrer?«

Telemachos biss sich auf die Unterlippe und schüttelte den Kopf. »Eher nicht. Jeder Kapitän eines Handelsschiffs, der etwas taugt, hätte beim Anblick des Feuers sofort gewendet.«

»Was ist es dann?«

»Da, Käpt'n!« Der Pirat rechts von Telemachos streckte den Arm aus. »Da sind noch mehr Segel. Fünf insgesamt!«

»Fünf?« Geras wurde blass vor Schreck. »Nein …«

»Die Flotte von Ravenna«, murmelte Castor. »Sie muss es sein.«

Allmählich lösten sich die Konturen aus dem Dämmerschein, und Telemachos erkannte, dass vorneweg eine römische Trireme fuhr. Die *Neptun*. Das Flaggschiff der Flotte von Ravenna. Dahinter segelten in geschlossener Formation fünf kleinere Biremen und wühlten mit ihren Rammspornen die ruhige See auf. Alle sechs Kriegsschiffe hatten inzwischen die Segel eingeholt und rasten mit ausgefahrenen Riemen auf die Hafenmole zu.

»Wie sind die so schnell hierher zurückgekehrt?«, fragte Geras.

»Canis hat unsere List wahrscheinlich durchschaut, als Birrias Schiffe einfach geflohen sind. Bestimmt hat er befohlen, noch in der Nacht zurückzufahren, statt sie zu verfolgen.«

»Wie auch immer, wir sitzen in der Falle. Hier können wir ihnen nicht mehr entkommen, Käpt'n.«

»Nein.« Mit mahlenden Kiefern beobachtete Telemachos die Segel am Horizont.

Mit ihrer Geschwindigkeit würden die Kriegsschiffe den Hafen erreichen, lange bevor die Piratenflotte sich sammeln und die offene See gewinnen konnte. Die *Poseidons Dreizack* und ein oder zwei schnellere Segler hatten vielleicht noch eine kleine Chance, sich an dem römischen Geschwader vorbeizuschmuggeln, aber für die langsameren Schiffe gab es kein Entrinnen. Noch während er sich innerlich verfluchte, weil er sich von Canis hatte übertölpeln lassen, ergriff eine andere furchtbare Vorstellung von ihm Besitz.

Geras schielte zu seinem Kapitän. »Was ist mit deinem Bruder? Er ist doch auf dem Flaggschiff, oder?«

»Das hat zumindest Duras gesagt.«

»Falls er überhaupt noch lebt«, warf Castor ein. »Und wenn ja, dann wird er bald tot sein.«

»Was sollen wir tun, Käpt'n?«, fragte Geras.

Mit einem tiefen Atemzug schob Telemachos die Panik beiseite und wandte sich an Castor. »Gib Befehl, dass die Männer sofort auf die Schiffe zurückkehren. Ich möchte, dass alle gefechtsbereit sind. Wir werden den Römern den Kampf ihres Lebens liefern.«

Nach kurzem Zögern wandte sich der Quartiermeister ab und rannte das Fallreep hinunter.

Geras starrte seinen Kapitän staunend an. »Wir sollen es mit den Kriegsschiffen aufnehmen?«

»Wir können nicht fliehen«, erwiderte Telemachos. »Dafür reicht die Zeit nicht mehr. Wenn wir hier lebend rauskommen wollen, müssen wir kämpfen.«

»Werden sie uns nicht einfach versenken?«

»Nicht unbedingt. Wenn wir uns im Haupthafen zum Kampf stellen, sind wir mit unseren kleineren Schiffen wendiger als die Biremen. Das sollte uns einen Vorteil verschaffen.«

»Und dein Bruder, Käpt'n?«

Telemachos deutete auf die Trireme. »Wir schneiden die Trireme von den anderen ab und nehmen sie aus dem Gefecht. Das eröffnet uns die Chance, die Besatzung zu überwältigen und Nereus zu retten, bevor Canis ihn umbringen kann.«

Geras verzog die Lippen zu einem grimmigen Grinsen. »Vielleicht sind uns die Götter gnädig, und wir können doch Rache an dem Schwein nehmen.«

»Wenn wir lang genug leben.«

Während die Männer an ihre Posten liefen, wölbte Telemachos die Hände vor den Mund und rief hinüber zur *Olympias*: »Nachricht weitergeben. Alle Schiffe sollen sich formieren! Wir greifen den Feind im Haupthafen an!«

Es kam zu einem hitzigen Wortwechsel zwischen Birria und seinen Leuten, und einen Moment lang fürchtete Telemachos, sie könnten ihm den Gehorsam verweigern. Dann wandte sich Birria von der Reling ab und blaffte die Männer scharf an. Schnell wurden die Befehle an die im Marinehafen ankernden Schiffe weitergegeben, und die Landetrupps rannten zurück zum Kai, um auf ihre Schiffe zurückzukehren. Sobald die letzten Nachzügler wieder an Bord der *Poseidons Dreizack* waren, wurden das Fallreep hochgezogen und die Leinen losgebunden. Dann griffen die Deckshelfer nach den Riemen, und die *Dreizack* entfernte sich vom Pier. Dicht dahinter folgten die *Olympias* und die anderen. Nacheinander lenkten die Ruderer die Schiffe um die schwelenden Wracks der Patrouillenboote herum und hielten auf den Haupthafen zu.

Ein Blick über den Bug zeigte Telemachos, dass das römische Geschwader bereits stark herangerückt war. Die Biremen hatten die schwerfällige *Neptun* überholt und waren keine hundert Schritt mehr von der Mole entfernt. Inzwischen konnte er den flatternden violetten Wimpel an der Mastspitze des Flaggschiffs ausmachen. Er ließ den Blick über die winzigen behelmten Gestalten an Deck der Trireme wandern, um vielleicht Canis oder Nereus zu erkennen, doch es war noch zu dunkel. Die *Neptun* trug Katapulte an Bug und Heck, dazu eine vor dem Mast verankerte Enterbrücke.

Schließlich wandte er sich ab und rief übers Wasser hinüber zur *Lykos*, die am nächsten war. »Das Flaggschiff darf nicht zerstört werden! Wir müssen es kapern!«

Während die Piraten an Bord der *Lykos* die Nachricht an die anderen Schiffe weitergaben, wandte sich Telemachos an einen seiner Offiziere. »Bassus, lass Schleudern, Bogen und Lanzen bereit machen.«

Der Thraker stapfte los und brüllte Befehle. Sofort rannten Deckshelfer zum Lastraum und schleppten die im Kastell erbeuteten Vorräte an Schleuderblei, Speeren und Bogen herauf. Die anderen Piraten formierten sich mit Schwertern, Äxten und Schilden auf dem Vordeck und warteten auf den Feind. Die Biremen passierten jetzt vor der *Neptun* den Damm und verteilten sich so weit wie möglich in dem kleinen Hafen, um den Piratenschiffen keine Fluchtmöglichkeit zu lassen.

Telemachos drehte sich nach dem Steuermann um und deutete in die Richtung der nächsten Bireme. »Halt auf sie zu, Calkas!«

»Aye, Käpt'n.«

Der Bug schwenkte herum, und die *Poseidons Dreizack* nahm Kurs auf den Feind. Bald darauf visierten die Piraten über die gesamte Breite des Hafens die kleineren Schiffe an. Telemachos wusste, dass sie zuerst die Biremen unschädlich machen mussten, bevor sie sich der *Neptun* zuwenden konnten. Und dann war es vielleicht schon zu spät für die Rettung seines Bruders. Es konnte passieren, dass das Flaggschiff bei dem Gefecht versenkt wurde. Oder aber Canis ließ Nereus hinrichten, bevor die *Dreizack* nah genug zum Entern kam. Die inneren Qualen drohten ihn schier zu zerreißen, und er musste alle Kraft aufbieten, um sich wieder auf die durch das Hafenbecken gleitende *Dreizack* zu konzentrieren.

Als sie in Reichweite der Wurfgeschosse gelangten, wandte er sich mit lauter Stimme an seine Kameraden. »Das wird ein schweres Gefecht, Männer. Schwerer als jedes andere zuvor. Ihr müsst kämpfen wie die Löwen und dürft den Römern keine Handbreit Raum lassen. Denkt an Peiratispolis! Denkt an eure gefallenen Brüder!«

Laut brüllend stachen die Piraten um ihn herum mit ihren Schwertern in die Luft und trommelten auf ihre

Schilde. Im Hinblick auf die Zahl der Schiffe und Kämpfer waren beide Parteien einander etwa ebenbürtig, und Telemachos war klar, dass die Piraten sich nur durchsetzen konnten, wenn sie auf ihre überlegenen seefahrerischen Fähigkeiten und ihre Willenskraft vertrauten.

Auf dem Deck der rasch näher rückenden Bireme drängte sich eine Masse von Legionären, deren Helme und Waffen im Schein des lichterloh brennenden Kastells blinkten. Als der Abstand keine achtzig Schritt mehr betrug, hörte Telemachos ein lautes Kommando vom Deck des anderen Schiffs. Unmittelbar darauf sauste ein Schauer dunkler Schäfte über den fahlen Himmel und senkte sich herab auf das Vordeck, wo sich die Piraten drängten.

»Schilde hoch!«, rief er.

Die meisten Pfeile waren gut gezielt und fuhren polternd in die erhobenen Schilde, während andere auf den Plankengang vor dem Bug trafen. Ein Pfeil durchbohrte die Hand eines Piraten, der sich auf die Reling gestützt hatte, und nagelte sie an das raue Holz. Der Mann heulte vor Schmerz auf, und Geras befahl einem seiner Kameraden, den Verletzten zu befreien. Die Bireme hielt weiter direkt auf sie zu, und es war klar, dass ihr Trierarch die *Dreizack* von vorn rammen wollte. Nachdem die Römer noch ein paar Pfeile abgeschossen hatten, schätzte Telemachos, dass sie nah genug herangekommen waren, und rief dem Steuermann zu: »Hol sie nach backbord!«

Mit einem leichten Schwenk zog Calkas den Vordersteven weg vom Bug des Kriegsschiffs. Im gleichen Augenblick brüllte Geras die Ruderer an, die sofort die Riemen einzogen. Dann raste die *Dreizack* auch schon an der

Bordwand der Bireme entlang. Diese reagierte zu langsam, und ihre Ruder wurden von dem vorbeifahrenden Piratenschiff mit lautem Knirschen zerfetzt. Die Piraten mit Bogen und Schleudern nutzten die Gelegenheit für eine heftige Salve auf die Matrosen und Seesoldaten, von denen Dutzende getötet oder verletzt wurden. Als die *Dreizack* die Bireme passiert hatte, gellten noch immer ihre Schmerzensschreie durch die Morgendämmerung.

»Denen haben wir's gegeben!« Geras riss die Faust in die Luft. »Jetzt gehört sie uns, Käpt'n.«

»Gut gemacht.« Telemachos nickte dem alten Steuermann zu. »Klar zum Wenden, dann können wir die Sache beenden.«

Unter seinen Füßen bewegte sich das Deck, als sich Calkas gegen die Pinne stemmte, und die *Dreizack* schwenkte herum. Der Trierarch forderte seine Matrosen schreiend auf, das hilflos schlingernde Kriegsschiff mit den verbliebenen Riemen zu drehen. Doch bevor Telemachos den Befehl geben konnte, die beschädigte Bireme von achtern zu rammen, tauchte plötzlich ein anderes Piratenschiff auf und schob sich neben die Bireme. Die Seeräuber schleuderten ihre Enterhaken und zogen die zwei Bordwände zusammen, dann sprangen sie hinüber und fielen mit sensenden Schwertern und stechenden Lanzen über die kopflosen Römer her.

»Gierhälse«, knurrte Geras. »Das war unser Schiff.«

»Macht nichts! Eins weniger, jetzt sind es bloß noch fünf.« Telemachos ließ den Blick durch den Hafen schweifen und hielt Ausschau nach der *Neptun*.

Es war ein verbissenes Ringen, und noch hatte keine der beiden Seiten die Oberhand gewonnen. Die von

Kriton befehligte *Lykos* war von einer Bireme gerammt worden, und die Seesoldaten strömten an Bord, um die Verteidiger zu überrennen. Ein weiteres Schiff der Bruderschaft hatte sich knapp hinter dem Heck in eine Bireme gebohrt, deren Deck bereits unter Wasser stand. Die verängstigten Seesoldaten sprangen ins Hafenwasser und wurden damit zur leichten Beute für die Bogenschützen und Schleuderer. Überall hatte sich die See zwischen den verbliebenen Seeräuberschiffen und ihren römischen Kontrahenten in ein tosendes Schlachtfeld verwandelt.

Nur die *Neptun* hatte das Getümmel unversehrt hinter sich gelassen und schwenkte herum, um sich einen Gegner zu suchen. Mit einem Aufschrei streckte Geras plötzlich den Arm über die Reling, und Telemachos beobachtete voller Entsetzen, wie die *Olympias* direkt auf die ungeschützte Seite des römischen Flaggschiffs zuraste. Mehrere Seesoldaten bemerkten die Gefahr und warnten den Steuermann, doch die Trireme bewegte sich zu träge, und kurz darauf krachte Birrias Schiff mit ohrenbetäubendem Splittern in ihre Bordwand. Der Aufprall riss ein gewaltiges Loch in den Rumpf und holte Dutzende von Seesoldaten von den Beinen. Einige Männer stürzten schreiend ins Meer. Als das Wasser in die Bresche strömte, warfen die ersten Piraten schon ihre Enterhaken und sprangen wild brüllend hinüber.

Telemachos drosch sich die Faust auf den Schenkel. »Verdammter Dummkopf! Was treibt der Kerl da?«

Geras schüttelte resigniert den Kopf. »Nicht seine Schuld, Käpt'n. Birria weiß doch nicht, dass Nereus an Bord ist.«

Telemachos wölbte die freie Hand vor dem Mund und deutete mit der gezückten Falcata auf das Flaggschiff. »Calkas, da rüber! Sofort!«

Die Riemen wühlten das Wasser auf, als die *Poseidons Dreizack* drehte, bis ihr Bug auf die andere Seite der *Neptun* zeigte. Die Seesoldaten an Deck des Flaggschiffs hatten sich inzwischen wieder erholt und empfingen die Piraten von der *Olympias* mit Lanzen und Pfeilen. In ohnmächtigem Zorn verfolgte Telemachos das Geschehen. Angesichts der Bresche im Rumpf war es nur eine Frage der Zeit, bis die *Neptun* sank. Wenn die *Dreizack* sie nicht bald erreichte, würde sie Nereus mit in die Tiefe reißen.

Noch immer tobte in dem engen Hafenbecken die Schlacht zwischen den zwei Flotten. Ein Biremenkommandant hatte seinen Leuten befohlen, Brandpfeile abzuschießen, und die glühenden Geschosse schwebten träge über den grauen Himmel, bevor sie in das Deck des angegriffenen Schiffs schlugen. Die Piraten hasteten aufgeregt herbei, um die Flammen zu löschen, und waren so lange abgelenkt, dass die Römer ihre Entertaue hinüberschleudern und die zwei Schiffe zusammenzurren konnten. Den Blick wieder nach vorn gerichtet, bemerkte Telemachos, dass die *Neptun* keine hundert Schritt mehr entfernt war. Unter wüstem Geschrei prallten Birrias Leute auf die Legionäre. Nur eine Gestalt mit Helmbusch und leuchtend rotem Umhang hielt sich von dem Getümmel fern und feuerte die Seesoldaten an. Telemachos spürte, wie sein Inneres zu Eis gefror, als er den Mann erkannte. Canis. Der römische Präfekt, der ihn seit seinen ersten Tagen als Pirat verfolgt hatte. Jetzt bot sich endlich die Gelegenheit zur Vergeltung.

Inzwischen hatten sich einige Legionäre vom Kampfgeschehen abgewandt und starrten hilflos auf die *Dreizack*, die auf das römische Flaggschiff zurauschte.

Der Abstand zwischen den beiden Schiffen wurde rasch kleiner, und Telemachos umklammerte die Reling mit der freien Hand. »Klarmachen zum Entern!«

KAPITEL 44

Die Seeräuber machten sich für das Manöver bereit. Die *Poseidons Dreizack* war zu klein, um die Trireme ohne eigenen Schaden zu rammen, und so warf Calkas im letzten Moment die Pinne herum. Der Bug schwenkte zur Seite, und das Piratenschiff schob sich in einem vollkommenen Bogen neben die *Neptun*. Die Ruder wurden rechtzeitig eingezogen, und der Rumpf der *Dreizack* stieß mit einem heftigen Ruck gegen die Bordwand des Römerschiffs.

»Enterleinen fertig machen!«, brüllte Telemachos. »Jetzt!«

Auf sein Kommando hin schleuderten die Piraten die Eisenhaken hinüber auf das Kriegsschiff und zerrten an den sich straffenden Kabeln. Eilig befestigten sie sie mit Klampen und griffen nach ihren Waffen, dann folgten sie den Enterern, die bereits die Seile hinaufschwärmten. Auch Telemachos steckte die Falcata in die Scheide und zog sich an der Bordwand des Flaggschiffs hinauf. Mit einem Sprung über die Reling landete er auf dem Deck und zückte sofort seine Waffe.

Auf der anderen Seite waren Birria und seine Männer zurück zur Brüstung gedrängt worden und lieferten sich einen verbissenen Kampf mit dem Feind. Die römischen Ruderer hatten ihre Holzbänke verlassen und sich mit ihren bereit gehaltenen Waffen ins Gefecht gestürzt. Telemachos hörte einen Ruf, dann löste sich ein Trupp Legionäre aus dem Gewühl und lief herüber, um der neuen Bedrohung zu begegnen. Canis war offenbar ein scharfsinniger Kommandant und hatte erkannt, dass er zuerst mit Birria und seinen Leuten fertigwerden musste, bevor er sein volles Augenmerk auf die Enterer von der *Poseidons Dreizack* richten konnte.

»Los!«, feuerte Telemachos seine Kameraden an. »Schlagt zu! Werft euch ins Gefecht, oder wollt ihr, dass Birrias Bande den ganzen Ruhm einheimst?«

Die Männer von der *Dreizack* stürmten über das zerrissene Tauwerk und ließen mit wilden Schlachtrufen ihre Klingen und Äxte auf die römischen Schilde niederfahren. Telemachos stürzte sich auf einen kleinen, kräftig gebauten Seesoldaten in einem Schuppenpanzer. Der Römer zog die Schulter nach unten und schlug mit seinem Gladius nach dem Piratenkapitän. Telemachos fing den Hieb mit seinem Faustschild ab und stach sofort mit der Falcata zu. Er erwischte den Römer an der Brust, ohne das Panzerhemd zu durchdringen, doch der Mann taumelte zurück, und während er noch nach Atem rang, knallte ihm Telemachos den Schild so heftig ins Gesicht, dass er zu Boden stürzte. Sofort setzte Telemachos mit einem harten Schildstoß nach unten nach, der den Legionär an der Kehle traf und ihm die Luftröhre zerschmetterte.

Bevor die Seesoldaten ihre Reihen schließen konnten, sprangen weitere Piraten aufs Deck der Trireme und warfen sich in das wilde Getümmel. Die Römer wehrten die Hiebe ab und zielten mit geübten, genau berechneten Stößen auf die Piraten. Zwischen den funkelnden

Schwertspitzen und Panzerhemden erhaschte Telemachos einen Blick auf den Helmbusch des Präfekten, der seine Männer schreiend aufforderte, keine Handbreit zurückzuweichen. Doch die Römer waren jetzt von beiden Seiten eingeschlossen und konnten dem Ansturm der zahlenmäßig weit überlegenen Piraten trotz ihrer eisernen Disziplin nicht auf Dauer standhalten.

Telemachos spürte, dass sich die Schlacht zugunsten seiner Leute wendete, und feuerte sie an. »Jetzt haben wir sie! Weiter so, Männer!«

Mit frischer Entschlossenheit gingen die Besatzungen der *Poseidons Dreizack* und der *Olympias* auf die geschwächten Feinde los und metzelten sie erbarmungslos nieder. Inzwischen drängten sich fast dreihundert Piraten auf dem Deck der Trireme, und die verbliebenen Seesoldaten wurden Schritt für Schritt zum Mast und zum Heck zurückgetrieben. Plötzlich drang durch das Geschrei und Ächzen ein lautes Knirschen, und im nächsten Moment spürte Telemachos, wie unter seinen Füßen die Planken erschauerten. Offenbar war schon die ganze Zeit Wasser in den Lastraum geströmt, und nun war das Schiff dem Druck nicht mehr gewachsen. Wieder ging ein Ruck durch das Holz. Kämpfer beider Seiten verloren den Halt auf den blutverschmierten Planken und stürzten auf das Deck.

»Wir müssen runter von diesem Pott!«, rief Geras. »Bevor er sinkt und uns mit in die Tiefe reißt!«

Telemachos nickte mit zusammengebissenen Zähnen. Sein Freund hatte recht. Die *Olympias* hatte sich von einer Seite in die *Neptun* verkeilt, und die *Poseidons Dreizack* war auf der anderen festgezurrt. Wenn die Trireme den eindringenden Wassermassen nicht mehr standhalten konnte, würde sie die beiden Piratenschiffe mit hinunter in ihr nasses Grab ziehen.

Schnell verschaffte er sich einen Überblick über die Lage. Nur noch zwei kleine Gruppen von Legionären trotzten den Piraten und fingen mit erhobenen Schilden deren unaufhörlich auf sie niederprasselnde Hiebe ab. Telemachos drängte sich nach vorn bis zu dem Handgemenge am Heck und hielt Ausschau nach Canis. Doch der Helmbusch des Präfekten war verschwunden. Er sah auf und bemerkte gerade noch rechtzeitig einen heranstürmenden Seesoldaten. Hastig brachte er den Schild hoch und wehrte den Angriff mit einem lauten Klirren ab. Bevor der Römer seine Waffe zurückziehen konnte, bohrte ihm ein Pirat von der Seite seine Lanze in den Oberkörper. Der Stoß warf den Mann um, und im Fallen riss er zwei seiner Kameraden zu Boden.

Erneut erbebte das Deck, und die letzten Seesoldaten zogen sich zum Mast zurück. Einige von ihnen, die erkannten, dass die *Neptun* dem Untergang geweiht war, warfen Waffen und Schilde von sich und sprangen über Bord, um sich schwimmend in Sicherheit zu bringen. Die meisten wurden von Speeren getötet, die ihnen die Piraten nachschleuderten. Andere wollten sich ergeben, wurden jedoch gnadenlos abgeschlachtet. Nach dem Tod so vieler Kameraden war der Kampfeswille der Römer gebrochen, und bald sanken auch die Letzten von Schwertern erschlagen oder von Lanzen durchbohrt auf die Schiffsplanken.

Das Gesicht und die Arme bespritzt von römischem Blut, grinste Birria Telemachos an. »Ihr habt euch ja ziemlich Zeit gelassen vorhin. Wird anscheinend zur Gewohnheit, Freund, dass wir uns gegenseitig aus der Klemme helfen.«

Telemachos nickte. Es war nicht der richtige Augenblick, den Kapitän für sein fahrlässiges Rammmanöver zu schelten. »Hol deine Leute auf dein Schiff und dreh ab. Schnell, bevor die Tireme sinkt.«

Birria begriff sofort. »Zurück zur *Olympias*, Männer! Keine Zeit zum Plündern! Macht schon!«

Die Männer hörten auf, die Leichen zu durchsuchen, und rannten zurück zur Reling. Dabei halfen sie ihren verwundeten Kameraden auf die Beine und schleppten sie hinüber, bis auch der Letzte in Sicherheit war. Geras beorderte seine Leute ebenfalls laut rufend zurück auf die *Dreizack*.

Während die Piraten über die schmale Lücke zwischen den Bordwänden kletterten, ließ Telemachos angespannt den Blick über das Blutbad gleiten. »Wo ist Canis? Und mein Bruder Nereus? Wo sind sie?«

Birria runzelte die Stirn. »Das verstehe ich nicht. Gerade war Canis doch noch hier. Und wieso Nereus …?«

Hektisch suchte Telemachos zwischen den hingestreckten Toten und Verwundeten beim Mast nach dem Präfekten.

Plötzlich schallte von der Heckluke ein gellender Ruf herüber: »Telemachos!«

Der junge Kapitän fuhr herum und entdeckte Canis, der soeben aus dem schmalen Niedergang zu seiner Kajüte trat. Der blinkende Schuppenpanzer, der polierte Helm und die Beinschienen boten ein strahlendes Bild der Macht. Vor dem Präfekten stand groß und dunkelhaarig ein hohläugiger Mann, gekleidet in eine schmutzige Tunika. Canis hielt ihm ein Messer an die Kehle.

Beim Anblick der ausgemergelten Gestalt schnürte es Telemachos die Kehle zusammen. Dieses Gesicht hätte er überall erkannt, auch wenn er es vor zehn Jahren zum letzten Mal erblickt hatte. »Nereus ...« Er stieg über einen erschlagenen Römer zu seinen Füßen und trat auf seinen Bruder zu.

Nereus zuckte vor Schmerz zusammen, als ihm Canis die Messerspitze fester in die Haut drückte. Die kalten blauen Augen des Römers funkelten Telemachos an. »Keinen Schritt näher«, zischte er auf Lateinisch, »sonst schlitze ich ihm die Kehle auf, das schwöre ich bei Jupiter.«

Telemachos erstarrte. Bitterer Zorn brandete durch seine Adern, als sein Blick über die schlimmen Verletzungen seines Bruders huschte. An den Armen und im Gesicht hatte er mehrere Narben und rote Striemen, und von zwei Fingern an seiner linken Hand waren nur noch knotige Stummel übrig.

»Was hast du mit ihm gemacht?«, knurrte Telemachos.

»Nichts, was der Halunke nicht verdient hat«, erwiderte Canis hochmütig. »Und er wird noch mehr leiden, wenn du dich nicht an meine Anweisungen hältst.«

»Lass ihn frei, du Schwein.«

Der Präfekt lachte auf. »Wohl kaum. Weißt du, eigentlich wollte ich Nereus nach der vernichtenden Niederlage deiner Flotte vor deinen Augen töten. Ein geziemender Triumph, findest du nicht? Doch jetzt, da du diesen arglistigen Anschlag auf die Garnison verübt hast, ist er lebend für mich viel wertvoller als tot. Entweder du tust, was ich sage, oder ich bringe ihn um.«

»Was verlangst du?«

»Ich möchte das Schiff unbehelligt verlassen. Dafür brauche ich das Beiboot und zwei meiner Leute an den Rudern. Wenn mir oder meinen Männern etwas zustößt oder wenn uns jemand verfolgt, stirbt Nereus.«

»Geh nicht darauf ein, Bruder!«, ächzte Nereus. »Lass ihn nicht so davonkommen!«

Geras trat neben Telemachos und schnaubte dem römischen Präfekten ins Gesicht. »Du würdest ihn töten, sagst du? Das glaubst du doch selber nicht. Wir würden dir die Gedärme rausschneiden, bevor du zwei Schritte weit gekommen bist.«

»Ich bin bereit zu sterben, Pirat. Ich habe nichts zu verlieren.«

Geras spuckte aus. »Alles bloß Gefasel.« Er machte einen Schritt auf Canis zu und legte die Hand auf den Griff seines Schwerts.

Telemachos packte seinen Freund sofort am Arm und zog ihn zurück. »Nein, bleib stehen! Das ist ein Befehl.«

»Aber Käpt'n ...«

»Ruhe!« Telemachos richtete den Blick wieder auf den Präfekten. »Wenn ich einwillige, wie kann ich sicher sein, dass du ihn freilässt?«

»Ganz einfach, du wirst mich auf dem Boot begleiten.« Canis verzog die Lippen zu einem schmalen Lächeln. »So weiß ich, dass keiner von deinen Spießgesellen schmutzige Tricks versucht. Sobald wir in sicherer Entfernung von Ravenna und deinen Schiffen sind, kommt Nereus frei. Dir und deinem Bruder wird nichts geschehen. Darauf gebe ich dir mein Wort als römischer Offizier.«

Geras wechselte ins Griechische und redete mit gesenkter Stimme auf seinen Kapitän ein. »Willst du diesem verlogenen Saukerl wirklich vertrauen? Er wird dich und deinen Bruder abmurksen, sobald er außer Sichtweite ist.«

Telemachos biss sich auf die Unterlippe. Inzwischen hatten sich die meisten Piraten auf ihre Schiffe zurückgezogen. Nur eine Handvoll Männer von der *Dreizack* waren noch an Bord der Trireme, um die Leichen auszurauben oder verletzten Seesoldaten den Gnadenstoß zu versetzen. Das durchdringende Knirschen der Planken ließ keinen Zweifel daran, dass die *Neptun* dem Untergang geweiht war.

»Ich gebe dir noch eine letzte Chance«, erklärte Canis. »Folge meinen Bedingungen und hilf mir, von hier wegzukommen, sonst erlebst du, wie Nereus stirbt. Du hast die Wahl.«

Einen Moment lang verharrte Telemachos reglos, hin- und hergerissen zwischen dem Verlangen, seinen Bruder zu retten, und der Notwendigkeit, damit auch seinen verhassten Feind fliehen zu lassen. Dann sackten seine Schultern nach unten, und er ließ die Falcata sinken. »Also gut, Römer. Ich gehe auf deine Bedingungen ein.«

»Schön.« Canis deutete mit dem Kinn auf die Piraten neben Telemachos. »Dann befiehl deinen Leuten, das Boot klarzumachen.«

Geras fluchte leise vor sich hin, doch Telemachos brachte ihn mit einem Blick zum Schweigen. Schließlich rief der erste Offizier vier Männer der *Dreizack* zu sich und erteilte ihnen Anweisungen. Kurz darauf hoben sie das Boot über Bord und ließen es hinab ins Wasser. Zwei Ruderer, die sich ergeben hatten, wurden zur Reling geführt und kletterten hinunter. Als sie nach den Riemen griffen, sprangen gerade die letzten Seeräuber zurück auf die *Poseidons Dreizack*.

Auch Geras wandte sich ab und warf Telemachos noch einen besorgten Blick zu. »Willst du das wirklich tun, Käpt'n?«

»Mir bleibt keine andere Wahl«, antwortete Telemachos. »Entweder ich lasse mich darauf ein, oder Nereus stirbt. Geh jetzt.« Er deutete auf die *Dreizack*. »Mach sie los, bevor uns die Trireme alle in den Tod reißt.«

»Aye, Käpt'n.«

Geras sprang hinüber auf das Piratenschiff und rief den Männern mehrere Befehle zu. Unmittelbar darauf wurden die Enterleinen eingeholt, und die Ruderer legten sich in die Riemen, bis sich die *Dreizack* von der Bordwand der Tireme gelöst hatte. Auf der anderen Seite hatte sich auch die *Olympias* schon ein Stück von dem eingedrückten Rumpf der *Neptun* entfernt.

Telemachos spähte kurz über die Schulter und sah, dass im Hafenbecken noch immer die Schlacht tobte. Drei Piratenschiffe waren beschädigt oder gesunken, die anderen hatten sich in die Biremen verkeilt.

Dann wandte er sich wieder nach vorn, und beim Anblick seines verstümmelten Bruders brandete erneut die Wut in ihm hoch. »Du wirst für deine Taten büßen, Römer. Vielleicht nicht heute. Aber eines Tages wirst du leiden. Dafür werde ich sorgen.«

»Das glaube ich nicht. Diesen dreisten Überfall wird sich der Kaiser nicht gefallen lassen. Auch wenn du heute einen Sieg errungen hast, werden wir dich irgendwann zur Strecke bringen. Dich und alle anderen deines Schlags.« Canis lächelte tückisch. »Und jetzt lass die Waffe fallen und steig ins Boot.«

Telemachos warf Falcata und Schild weg und trat zur Reling. Die Planken des Flaggschiffs ächzten laut, und durch die offene Frachtluke hörte er das Rauschen des Seewassers, das in die Bilge strömte, sowie das Rumpeln der aneinanderstoßenden Vorratsfässer. Inzwischen lag die Trireme bedrohlich tief, und er begriff, dass sie jeden Moment sinken konnte.

In diesem Augenblick erbebte das Deck erneut, und Canis kam mit seinen genagelten Stiefeln auf den glatten Planken ins Rutschen. Um sich abzustützen, streckte er unwillkürlich die rechte Hand nach der Reling aus – und plötzlich war kein Messer mehr am Hals seiner Geisel. Geistesgegenwärtig ließ Nereus den Hinterkopf nach hinten schnellen und traf den Römer mitten ins Gesicht. Ächzend vor Schmerz taumelte Canis zurück, und Blut strömte ihm aus der Nase.

Nereus rannte los, bevor sich der Präfekt von dem Schlag erholt hatte. Doch er kam nur zwei Schritte weit. Der Römer riss sein Schwert aus der Scheide und rammte dem Fliehenden den Knauf in den Rücken. Stöhnend fiel Nereus nach vorn und krachte mit dem Kopf auf die Holzbrüstung. Im gleichen Augenblick schnappte sich Telemachos ein Kurzschwert, das zwischen den verstreuten Leichen und der zerbrochenen Ausrüstung lag, und stürzte sich mit einem wilden Schrei auf Canis. Dieser wirbelte herum, und die Klingen kreuzten sich mit einem spröden Klirren.

Nachdem der Präfekt den Hieb des Piratenkapitäns abgefangen hatte, drängte er ihn mit einer Finte ab und wartete geduckt auf den nächsten Angriff. »Ich hätte dich schon längst umbringen sollen, du Hundesohn. Aber jetzt stirbst du.« Er spuckte einen Blutklumpen aus und verzog das glatte Gesicht zu einer fauchenden Grimasse.

Telemachos schüttelte den Kopf. »Du bist es, der sterben wird, Römer. Hier endet dein Weg.«

Laut brüllend sprang Canis vor und hieb mit erstaunlicher Geschwindigkeit nach dem rechten Bein des Piratenkapitäns. Telemachos reagierte ein wenig zu spät, und die Schwertspitze schlitzte durch seinen angespannten Oberschenkel. Obwohl der flache Riss heftig brannte, zielte er instinktiv mit einem blitzschnellen Stoß auf das Gesicht seines Gegners, doch dieser riss im letzten Moment sein Schwert hoch und lenkte den Streich mit der geübten Leichtigkeit eines Gladiators in der Arena ab.

»Mehr hast du nicht zu bieten?« Der Präfekt lächelte erbarmungslos. »Da habe ich schon Sklaven gesehen, die besser kämpfen.«

Die höhnische Bemerkung war offenkundig darauf berechnet, Telemachos zu einem überstürzten Ausfall zu verleiten. Aber er blieb kühl und schob den pochenden Schmerz in seinem Bein beiseite, als sich Canis mit einem raschen Wirbel von Hieben auf ihn stürzte, ohne ihm Gelegenheit zu einem Gegenangriff zu geben. Schritt für Schritt musste Telemachos zurückweichen, und seine Armmuskeln zitterten bereits, weil er immer wieder die

Streiche seines Gegners parieren musste. Ein riskanter Blick nach links zeigte ihm, dass Nereus halb ohnmächtig dalag und eine klaffende Platzwunde am Kopf hatte.

Mit zusammengebissenen Zähnen konzentrierte er sich wieder auf den Römer, der ihn schreiend mit ausgestreckter Klinge attackierte. Er riss die Falcata hoch, um den Schlag abzuwehren, und stieß seinerseits nach dem Schwertarm des Präfekten. Canis unterband den Angriff ohne Mühe, und Telemachos fluchte, als seine Waffe zur Seite abgelenkt wurde. Um dem schnellen Konter des Römers zu entgehen, sprang er zurück. Dabei stolperte er über die hingestreckte Leiche eines Piraten und stürzte mit rudernden Armen nach hinten. Als er auf dem Rücken landete, entglitt ihm die Falcata und schlitterte laut scheppernd über das Deck, außer Reichweite.

Mit einem triumphierenden Grinsen baute sich Canis vor ihm auf. »Jetzt gehörst du mir, du Abschaum. Ich werde mich an deinem Ende weiden.« Er hob das Schwert, um es seinem Gegner in den Hals zu rammen.

Voller Verbitterung und Verzweiflung blickte Telemachos zu ihm auf. Gleich würde er sterben, hier auf diesem Schiff, das wusste er. Canis hatte ihn bezwungen. Der Präfekt konnte seinen Sieg auskosten und ungehindert fliehen, und ihm blieb nur die dunkle Umarmung des Todes.

Plötzlich rollte das Achterdeck der Trireme mit einem heftigen Ruck auf den Wasserspiegel zu und riss Canis von den Beinen. Vor Schmerz ächzend schlug er mehrere Schritt von Telemachos entfernt auf die Planken. Im nächsten Moment brach der Mast auseinander, und die zerborstenen Holzstücke krachten hinunter aufs

Deck. Canis hatte gerade noch Zeit, aufzusehen und zu schreien, dann begrub ihn die Rah unter sich und zertrümmerte ihm die Beine. Stöhnend drückte er dagegen, doch er konnte sich nicht befreien. Im nächsten Augenblick wälzte sich auch schon die See über die Reling, zerbrochene Ausrüstungsgegenstände und Leichen spülten über das Schiff, und das Achterdeck versank in den trüben Wellen.

Nereus war wieder zu sich gekommen und klammerte sich mit aller Kraft an der Reling fest. Um ihn herum stürzten Leichen in das dunkle Wasser. Ohne auf sie zu achten, eilte Telemachos zu seinem Bruder. »Komm mit, Nereus. Das Schiff sinkt.«

Nereus starrte ihn voller Angst an. »Ich kann nicht schwimmen. Ich werde ertrinken …«

»Nein.« Telemachos deutete nach vorn. »Wir müssen zum Bug. Das ist unsere einzige Hoffnung. Schnell!« Er packte Nereus und zerrte ihn weg von der Reling.

Das Deck krängte immer stärker, als sich der Piratenkapitän und sein Bruder vorankämpften. Telemachos stapfte unbeirrt weiter, obwohl das Wasser inzwischen schon knöcheltief über das Deck schwappte. Er musste seine letzten Kräfte aufbieten, um Nereus zum Bug zu zerren. Hinter ihm schrie Canis um Hilfe und fluchte, weil er die schwere Rah nicht von seinen zermalmten Beinen schieben konnte.

Mit ausgestrecktem Arm ergriff Telemachos die Bugreling und schaute sich nach dem Beiboot um. Zu seinem Entsetzen entdeckte er, dass die römischen Ruderer sich bereits abgestoßen hatten, um sich in Sicherheit zu bringen. Allerdings machte die *Olympias* ihnen mit einem Hagel Pfeile rasch ein Ende. Das Deck der *Neptun* neigte sich immer weiter, und Telemachos brannten schon die Arme vom verkrampften Festhalten.

»Wir schaffen es nicht!«, rief Nereus.

»Warte! Schau, da!« Telemachos deutete hinüber zur *Poseidons Dreizack*. Angetrieben von Bassus und Skiron an den Riemen, glitt das Skiff des Piratenschiffs vorbei an den Trümmern durch die sanfte Dünung. Soeben schob es sich neben den schräg aufragenden Bug der halb im Wasser versunkenen *Neptun*.

Achtern stand Geras und schrie zu ihnen hinauf: »Steigt ein! Schnell, Käpt'n!«

Telemachos sah seinen Bruder an. »Du zuerst. Runter mit dir!«

Nereus kletterte über die Reling, und das winzige Skiff schaukelte hin und her, als er hineinsprang. Telemachos wartete, bis es wieder ruhig im Wasser lag, dann ließ er sich zu Geras hinunter. Knurrend forderte dieser die Männer zum Ablegen auf.

Auf dem Weg zur *Dreizack* schaute sich Telemachos noch einmal nach der sinkenden römischen Trireme um. Canis, dessen Kopf gerade noch zu erkennen war, fluchte und schimpfte auf die Piraten. Dann lief ein ächzendes Beben über das Deck, und der Präfekt stieß einen letzten Schrei aus. Im nächsten Moment schlugen die Wellen über ihm zusammen. Das Vordeck richtete sich steil auf, und die *Neptun* versank in den Fluten.

Schluchzend schloss Telemachos seinen Bruder in die Arme und starrte lange auf die dunkle Stelle im Wasser. Er konnte nicht glauben, dass er endlich Rache geübt hatte. Canis, der Kommandant der Flotte von Ravenna, war tot. Zu guter Letzt riss er sich los und wandte sich dem Kampfgeschehen im Hafen zu.

Aus den Reihen der Seesoldaten, die auf den Piratenschiffen kämpften, erhoben sich Schreie, als sie bemerkten, dass das Flaggschiff gesunken war. Nach dem Verlust ihres Kommandanten und seiner Trireme trat für die verbliebenen Legionäre und Matrosen die Frage nach dem eigenen Überleben in den Vordergrund. Sollten sie durchhalten oder es mit einem Sprung ins Wasser versuchen?

Es dauerte nicht lang, dann waren die letzten zwei Biremen erobert. Teile der Besatzung wurden gnadenlos niedergemetzelt, andere stürzten sich verzweifelt ins Meer und schwammen, verfolgt von einem Hagel von Wurfgeschossen, Richtung Kai. Ein drittes Kriegsschiff versuchte vergeblich, aus dem Hafen zu entkommen. Mit einem lauten Krachen lösten Kritons Männer den Katapult im Heck einer erbeuteten Bireme aus, dann schwebte ein Bolzen durch die Luft und landete dreißig Fuß hinter dem fliehenden Schiff. Der zweite Bolzen schlug im Achterdeck ein und spießte mehrere Matrosen auf. Die Besatzung ergab sich sofort. Ein Piratenkommando ruderte hinüber, um sich die Prise zu sichern, und die überlebenden Seesoldaten und Matrosen wurden kurzerhand in den Hafen geworfen.

Von der *Poseidons Dreizack* flog eine Leine herab, und die Männer im Skiff kletterten hinauf. Nereus sackte völlig erschöpft aufs Deck.

Geras ließ den Blick über den Hafen gleiten und stieß einen Seufzer der Erleichterung aus. »Es ist vorbei, Käpt'n. Bei allen Göttern, es ist wirklich vorbei.«

»Noch nicht ganz.« Telemachos deutete mit dem Schwert auf die Piraten, die im Wasser trieben, weil ihr Schiff gesunken war. »Wir schicken Boote und ziehen sie raus. Alle Überlebenden sollen an Bord der erbeuteten Biremen gehen. Wir nehmen die Schiffe als Trophäen mit nach Petrapylae. Das wird die Demütigung der Römer endgültig besiegeln.«

»Ich wäre gern im Kaiserpalast, wenn die Nachricht in Rom eintrifft, Käpt'n.« Geras grinste breit. »Jetzt wissen die Scheißer endlich, wie es ausgeht, wenn sie sich mit uns anlegen.«

Telemachos nickte nur. In stiller Versunkenheit beobachtete er, wie die Boote hinaus zu den Überlebenden der gesunkenen Piratenschiffe ruderten und die schlotternden Gestalten zu den Biremen brachten. Ein anderes Bootskommando suchte nach den letzten im Wasser treibenden Römern und tötete sie. Nur wenige Seesoldaten hatten sich bis zum Kai durchgeschlagen und waren von ihren Kameraden ans sichere Ufer gezogen worden. Voller Verzweiflung mussten sie mit ansehen, wie die Piraten die gekaperten Schiffe aus dem völlig verwüsteten Hafen lenkten.

Eine milde Brise regte sich, als die *Poseidons Dreizack* hinaus aufs offene Meer gelangte. Im hellen Schein der Vormittagssonne gab Telemachos den Befehl zum Hissen der grünen Flagge, die dem Rest der Flotte signalisierte, sich hinter ihr zu formieren. Angetrieben von Geras, stiegen die Männer mit letzter Kraft hinauf in die Takelage und entrollten das Segel auf der Rah. Nachdem die Hauptschoten befestigt waren, durften sie wieder hinunterklettern, und die *Dreizack* machte sich auf den Weg. Auch die anderen Schiffe setzten die Segel, um den leichten ablandigen Wind zu nutzen. Bald war von Ravenna nur noch ein rotes Glühen am Horizont zu erkennen.

Telemachos wandte sich von der Reling ab, nahm sich einen Trinkbeutel und bahnte sich einen Weg vorbei an den erschöpften Piraten zum Achterdeck. Dort lehnte Nereus zusammengesunken an der Reling und betastete vorsichtig die Platzwunde an seiner Kopfhaut. Telemachos stützte sich neben ihm auf ein Knie und drückte ihm den Trinkbeutel an die aufgesprungenen Lippen.

Nach einem langen Schluck schaute Nereus den Kapitän der *Dreizack* müde an. »Danke«, krächzte er. »Das hab ich gebraucht.«

Telemachos brachte ein Lächeln zuwege. »Wie geht's dem Kopf?«

»Hab schon Schlimmeres erlebt. Und du auch, wie es aussieht.« Nereus deutete mit dem Kinn auf die Narben im Gesicht des jungen Piratenkapitäns.

»Ein paar Kratzer von früher. Nichts im Vergleich zu dem, was die römischen Hunde mit dir gemacht haben.«

»Das kannst du dir gar nicht vorstellen«, erwiderte Nereus voller Bitterkeit. Dann schüttelte er den Kopf. »Ist nicht so wichtig. Du hast mich da rausgeholt. Das ist das Einzige, was zählt.«

»Ja.« Telemachos spürte es wie einen Stich in seinem Innersten, als sein Blick Nereus' fehlende Finger streifte. »Schon gut, Bruder. Jetzt bist du in Sicherheit.«

Obwohl sie sich so lange nicht gesehen hatten, gab es kein verlegenes Zögern zwischen ihnen. Sie nahmen sich einfach in die Arme und hielten sich fest umschlungen, während die Jahre der Trennung dahinschwanden. Telemachos versank in einem Strudel aus Freude und Kummer; Tränen liefen ihm über die Wangen. Nach einer Weile lösten sie sich voneinander, und Nereus fasste seinen jüngeren Bruder ins Auge. »Du hast dich verändert. Du bist nicht mehr der magere, kleine Zwerg, der immer nur Unfug im Kopf hatte.«

»Das ist nicht das Einzige, was sich geändert hat.«

»Hab schon gehört.« Nereus sah ihn voller Bewunderung an. »Also waren die Behauptungen von Canis nicht bloß Gerüchte? Du bist inzwischen Piratenkapitän?«

Telemachos nickte. »Wundert dich das?«

»Nach dem letzten Monat wundert mich nichts mehr.« Nereus runzelte die Stirn. »Aber ich dachte immer, du hasst das Meer. Als wir Kinder waren, hast du es nicht ausstehen können, das weiß ich noch. Wenn Vater uns zum Fischen mitgenommen hat, warst du böse.«

»Ja, stimmt.« Die Erinnerung brachte Telemachos zum Lächeln.

Nereus strahlte ihn an. »Mein Bruder, ein gefürchteter Piratenkapitän. Bei allen Göttern, wie ist es bloß dazu gekommen?«

»Eine lange Geschichte. Das erzähle ich dir alles später. Wenn du dich ein bisschen ausgeruht hast.«

»Wie du meinst.« Nereus schaute ihm tief in die Augen. »Danke dafür, dass du mich nicht aufgegeben hast.«

Telemachos grinste. »Du glaubst doch nicht, ich hätte zugelassen, dass dich die Römer an einer Rah aufknüpfen?«

»Als Sklave lernt man, sich nicht an Hoffnungen zu klammern.«

»Jetzt bist du kein Sklave mehr. Du bist ein freier Mann. Und du brauchst Ruhe. Wir haben eine lange Reise vor uns.« Telemachos winkte Proculus, der sofort herbeieilte. »Bring Nereus in meine Kajüte. Dort kann er sich erholen. Hol ihm was zu essen und kümmere dich um seine Verletzungen. Verstanden?«

»Aye, Käpt'n. Und was ist mit dir?« Proculus deutete auf Telemachos' Oberschenkel. In der Raserei der Schlacht hatte er das Pochen ganz vergessen, doch jetzt kehrte es mit schmerzhafter Macht zurück. »Das muss verbunden werden.«

»Später«, antwortete Telemachos. »Sobald wir Ravenna hinter uns gelassen haben. Konzentrier dich auf die, die es am meisten brauchen.«

»Wie du willst.«

Als Proculus Nereus unter Deck half, trat Geras auf seinen Kapitän zu. »Wie geht es ihm?«

»Er ist müde, aber am Leben. Das ist die Hauptsache.«

»Ja.« Geras schwieg einen Moment, dann nickte er zufrieden in Richtung der Rauchwolken über Ravenna. »Wir haben es geschafft, Käpt'n. Wir haben es wirklich geschafft, verdammt.«

Telemachos lächelte seinen Freund an. »Hast du etwa an mir gezweifelt?«

»Offen gestanden konnte ich mir manchmal nicht vorstellen, dass es möglich ist. Und jetzt ist es doch gelungen. Wir haben den Römern eine Lektion erteilt, die sie nicht so bald vergessen werden.«

»Stimmt«, erwiderte Telemachos still. »Das werden sie nicht vergessen.«

»Wie lauten deine Befehle, Käpt'n?«

Telemachos spähte zurück zum Flottenkastell, das bereits am Horizont verblasste. Er schloss kurz die Augen, überwältigt von Müdigkeit nach der längsten Nacht seines Lebens.

»Fahr uns zurück nach Petrapylae. Die anderen sollen uns folgen. Sie können bei uns im Lager bleiben und ihre Schiffe reparieren. Dann werden wir feiern und trinken wie noch nie.«

Geras grinste. »Das klingt doch mal nach einem vernünftigen Vorschlag.«

EPILOG

Fünf Tage später kehrten die illyrischen Piraten zurück in die Zitadelle von Petrapylae. Als die Nachricht von dem großen Sieg im Lager eintraf, bauten die Händler um den Hauptplatz Weinbuden auf, da von den feiernden Piraten ein satter Gewinn zu erwarten war.

Die Schiffe waren am Vormittag angekommen und hatten sich beim Ausguck zu erkennen gegeben, bevor sie in das ruhige Wasser der Bucht einliefen. Eine bunte Schar Einheimischer am Strand begrüßte winkend und jubelnd die heimkehrenden Besatzungen, die erschöpft von Bord gingen, nachdem sie ihre Schiffe mit dem Bug in den Kies gesetzt hatten. Doch in die Begeisterung mischte sich auch Trauer, denn erst jetzt begriffen die Verwandten und Freunde der Piraten das ganze Ausmaß der Verluste, die ihnen die Römer zugefügt hatten.

Vier Schiffe waren in der Schlacht zerstört worden. Über hundert Piraten hatten den Tod gefunden und noch viel mehr Verletzungen davongetragen. Der Jubel schlug in Klagen um, als die Seeräuber ihre geschwächten Kameraden aus den Lasträumen der Schiffe brachten. Eine lange Reihe von Trägern schleppte die ernsthaft Verwundeten an Land, dann folgten die Blessierten, die noch gehen konnten: ein düsterer Zug versehrter Kämpfer, die nach mehreren Tagen in der fauligen, abgestandenen Luft unter Deck ins Sonnenlicht blinzelten. Es waren so viele Verletzte, dass der Platz in den Wohnquartieren nicht reichte. Telemachos musste die Ställe räumen lassen, damit sie als behelfsmäßige Spitäler genutzt werden konnten.

Zu den schweren Verlusten und Verletzungen in den Reihen der Besatzungen kamen die Schäden an der Piratenflotte. Die meisten Schiffe lagen zur Reparatur auf dem Strand, auch die *Poseidons Dreizack*, und manche waren so angeschlagen, dass es gewiss Monate dauern würde, ehe sie wieder in See stechen konnten. Aus diesem Grund hatte Telemachos den Besatzungen gestattet, in Petrapylae zu bleiben, bis ihre Schiffe wieder instandgesetzt waren.

Wenigstens mussten die Männer bei ihrem erzwungenen Aufenthalt an Land nicht darben. Zwar war ein Teil des Raubguts aus Ravenna bei der Seeschlacht verloren gegangen, doch die Soldtruhen der Garnison hatten überlebt, und die Besatzungen durften aus ihrem Anteil an der Beute einen ordentlichen Gewinn erwarten. Nach der Landung versammelten sich die siegreichen Piraten zum Feiern auf dem Hauptplatz. Viele von ihnen stimmten zotige Gesänge an und stießen auf ihre Kapitäne an. Die anderen teilten sich einfach still einen Krug Wein und sprachen sich in der Trauer um ihre Freunde Trost zu.

Letztlich aber überwog bei allen die Erkenntnis, dass die Zerstörung des Marinekastells und der Flotte von Ravenna ihr wesentliches Ziel erreicht hatte: Die illyrischen Piraten hatten sich als die führende Seemacht in diesem Teil des Adriaticums durchgesetzt. Die patrouillierenden Römerschiffe waren Geschichte, und die Banden konnten wieder ohne Furcht vor Vergeltung die Schifffahrtsstrecken überfallen.

Der schwer erkämpfte Sieg hatte eine neue Kameradschaft zwischen den Besatzungen geweckt, die jetzt frei und ohne die frühere Rivalität miteinander verkehrten. Beim Anblick der fröhlichen, weinseligen Gesichter auf dem Platz empfand Telemachos warme Genugtuung.

Neben ihm leerte Geras seinen Becher und rülpste laut. Dann wischte er sich die Weintropfen vom Kinn und nickte Telemachos zu. »Noch eine Runde, Käpt'n?«

Telemachos senkte den Blick auf seinen Becher, der noch halb voll war. »Später vielleicht.«

»Unsinn, trink noch was. Wir haben so viel geschafft, da musst du doch ein bisschen feiern. Ich bestehe darauf.«

»Und was genau haben wir geschafft?«

Geras machte ein verdutztes Gesicht. »Weiß nicht, ob ich deine Frage richtig verstehe. Wir haben die Römer geschlagen. Ihre Flotte ist zerstört. Die machen uns keine Scherereien mehr.«

»Vielleicht fürs Erste. Aber das wird nicht ewig dauern. Canis hatte recht. Der Kaiser wird Vergeltung verlangen, wenn er von unserem Überfall auf Ravenna erfährt. Und das gilt auch für alle anderen Römer.«

»Na und, sollen sie ruhig Rache schwören.« Geras winkte ab. »Was können sie denn machen? Sie haben keine Schiffe mehr im Adriaticum, und sie werden es nicht wagen, die Flotte aus Misenum hierherzuverlegen.«

»Da hast du sicher recht. Aber sie werden neue Schiffe bauen, um Jagd auf uns zu machen. Und wenn es so weit ist, werden sie nicht mehr die gleichen Fehler begehen. Wir müssen mit einer größeren Flotte rechnen. Das heißt, mit mehr Patrouillen und Geleitzügen. Und mit mehr Angriffen auf unserer Seite des Meers.«

»Dann verpassen wir ihnen eben wieder eine Abreibung. So wie in Ravenna.«

Telemachos schüttelte den Kopf. »Beim nächsten Mal wird uns das nicht mehr so leichtfallen. Die Römer werden darauf gefasst sein. Sie haben gute Soldaten. Da steht uns ein harter Kampf bevor.«

»Kann schon sein. Aber im Moment mache ich mir da keine Sorgen.«

»Davon geht das Problem nicht weg, Geras.«

»Meinst du?« Geras schaute ihn belustigt an. »Da bin ich anderer Meinung. Noch drei Becher Wein, und ich weiß nicht mehr, was Sorgen sind. Wart's nur ab.« Er erhob sich von der Bank, die neben einer Weinbude stand, und rieb sich die Hände. »Also. Heute möchte ich nichts mehr von Rom hören. Ich sauf mir jetzt einen an. Und vielleicht gönne ich mir auch noch ein paar andere Freuden.«

»Viel Spaß.«

Geras grinste. »Ich hab eben eine Schwäche für billigen Wein und dralle Dirnen, Käpt'n. Wenn ich das nicht mehr genießen kann, dann habe ich wirklich ein Problem.« Fröhlich summend torkelte er zum Weinausschank.

Kurz darauf löste sich aus einer Schar zechender Seeräuber Kriton mit einem breiten Grinsen im zerfurchten Gesicht. Er klopfte Telemachos auf die Schulter und setzte sich mit einem Wink in Richtung der Männer. »Die illyrischen Piratenbanden feiern zusammen einen großen Sieg. Ein bewegender Anblick. Ich habe immer an dich geglaubt, Junge.«

»Wirklich?« Telemachos fixierte ihn mit hochgezogener Augenbraue. »Das habe ich anders in Erinnerung. *Bevor die zusammenarbeiten, trocknet noch eher der Styx aus.* Deine Worte, Kriton.«

»Na schön«, räumte der Veteran ein. »Da hab ich mich eben geirrt. Jedenfalls hast du es gut gemacht, Telemachos.«

»Danke.«

»Und jetzt frage ich mich, was du als Nächstes vorhast.«

Telemachos zuckte die Achseln. »Hast du eine Idee?«

»Vielleicht sollten wir über eine dauerhafte Abmachung zwischen unseren Besatzungen nachdenken.«

»Das Bündnis verlängern, meinst du?«

»Warum nicht? In den letzten Tagen haben wir mehr erreicht als in all den Jahren, in denen wir allein gesegelt sind. Und wir brauchen jeden Mann und jedes Schiff für den Tag, an dem Rom wieder angreift.«

Telemachos strich sich über das knotige Narbengewebe am Kinn. »Ein interessanter Vorschlag. Aber was ist mit den anderen Kapitänen? Sie legen großen Wert auf ihre Unabhängigkeit. Du weißt doch selbst, wie schwer es war, sie für den Überfall auf Ravenna zu gewinnen.«

»Ein paar werden erst mal dagegen sein«, erklärte Kriton. »Aber ich bin sicher, dass sie sich überreden lassen. Mein Wort hat immer noch Gewicht. Den meisten geht es doch sowieso nur darum, reich zu werden, und wenn wir gemeinsam fahren, können wir uns mehr Beute unter den Nagel reißen als je zuvor.« Er hielt inne und musterte Telemachos forschend. »Natürlich bräuchten wir dafür einen Anführer. Einen Kommandanten. Jemanden, der alle Besatzungen miteinander vereint.«

Telemachos sah ihn kurz an. »Du meinst, *ich* soll sie führen?«

»Wer sonst?« Kriton zuckte die Achseln. »Die Banden brauchen einen Befehlshaber, und wer sollte dafür besser geeignet sein als der Mann, der Canis getötet und die Vernichtung der Flotte von Ravenna geplant hat?«

»Vorausgesetzt, sie sind damit einverstanden.«

»Ach, das sind sie bestimmt. Du bist der beste Kandidat, davon bin ich überzeugt. Die Piraten respektieren dich, und es gibt nur wenige Kapitäne, die den Mumm haben, es in einer offenen Schlacht mit den Römern aufzunehmen und sie zu schlagen. Du wirst mehr Stimmen kriegen als jeder andere Kapitän.«

»Klingt verlockend«, antwortete Telemachos nach langem Schweigen. »Ich lass es mir durch den Kopf gehen. Doch zuerst muss ich noch was erledigen.«

»Schön. Aber überleg nicht zu lang. Vor dir liegt eine strahlende Zukunft, Telemachos. Ich habe das deutliche Gefühl, du wirst den Römern noch viele Jahre ein Dorn im Auge sein.«

Die Sonne verschwand bereits hinter den Bergen, als Telemachos durch den verfallenen Torbogen in den Hof am hinteren Ende der Zitadelle trat. Er näherte sich den Ställen mit steifen Schritten, weil er die Nachwirkungen der Verletzung spürte, die er im Kampf mit Canis erlitten hatte. Am Tag nach der großen Schlacht hatte Proculus die Scharte gereinigt, vernäht und mit einem frischen

Verband versorgt. Trotzdem quälte ihn bei jeder Bewegung noch immer ein dumpfes, hartnäckiges Pochen im Bein. Doch als er das Stöhnen der Verwundeten hörte, empfand er auf einmal brennende Scham. So viele waren bei dem erbarmungslosen Kampf gegen die Römer gestorben, was zählte da schon eine leichte Beinverletzung?

Schließlich erreichte er am Ende der Stallungen eine Sattelkammer. Der leichte Geruch nach Schweiß und Pferdemist deutete auf den ursprünglichen Zweck des Raums. Das einzige Licht fiel durch ein Fenster in der hinteren Wand herein, vor der Nereus auf einem Strohsack lag.

Beim Geräusch der sich nähernden Schritte drehte er den Kopf und blickte zu Telemachos auf. »Du schon wieder? Hast du nichts Besseres zu tun, als ständig nach deinem älteren Bruder zu schauen?«

»Beim Hades, wenn das dein ganzer Dank ist, dann kann ich ja gleich wieder gehen.«

»Nicht, wenn du keinen Tritt in den Arsch kriegen willst.« In den Tagen nach seiner Rettung hatte sich Nereus gut erholt. Die Striemen an Rücken, Armen und Beinen waren mit Salben behandelt und verbunden worden, und sein blasses Gesicht hatte wieder etwas Farbe bekommen.

Telemachos lächelte. »Wie geht's dir heute?«

»Besser.« Mit einem leichten Zucken setzte sich Nereus auf. »Aber diesem Schiffszimmermann hab ich das nicht zu verdanken. Der Mann ist eine echte Bedrohung. Wenn er mir noch mal mit einem von seinen stinkenden Umschlägen kommt, haue ich ihm den Kopf ab.«

»Da erkenne ich meinen alten Nereus wieder.«

Nereus deutete mit dem Kopf zum Stalleingang. »Wie ich höre, läuft da draußen eine Riesenfeier.«

»So was in der Art.«

»Warum bist du dann hier, statt dich volllaufen zu lassen? Ich weiß, was ich machen würde.«

Nach einem tiefen Atemzug erzählte Telemachos seinem Bruder von dem Gespräch mit Kriton und dessen Idee, ein festes Bündnis zwischen den illyrischen Piraten zu schließen.

Nereus hörte ihm stumm zu, dann kratzte er sich mit einem nachdenklichen Nicken am Kinn. »Ach so. Und sie wollen, dass du diese neue Piratenflotte anführst, ist es das?«

»Ja.« Telemachos zögerte. »Natürlich müssten die anderen Kritons Vorschlag zustimmen. Aber ich habe noch nicht Ja gesagt.«

»Und warum nicht?«

»Keine Ahnung.« Telemachos starrte auf seine Füße. »Ich wollte erst mal hören, wie es bei dir weitergeht.«

»Das versteh ich nicht. Was hat denn meine Zukunft damit zu tun?«

Telemachos hob den Kopf und schaute Nereus in die Augen. »Wenn du ein neues Leben anfangen möchtest, komme ich mit dir. Ich habe Geld gespart, um dich freizukaufen, das würde reichen, dass wir uns irgendwo was aufbauen ... an einem Ort, wo Rom uns nicht finden wird.«

»Und was genau hast du dir da vorgestellt?«

»Wir können ein Fischerboot kaufen. Ein Stück Land bestellen. Glasperlen verkaufen. Spielt doch keine Rolle.«

Nereus schüttelte bedächtig den Kopf. »Das geht nicht. Du bist jetzt ein Anführer, Telemachos. Du musst diese Männer kommandieren, das ist deine Bestimmung. Das erkenne sogar ich, obwohl ich die meiste Zeit da unten in dem feuchten Lastraum war. Du kannst dich nicht einfach irgendwo aufs Land zurückziehen, da würdest du dich bloß elend fühlen. Für ein ruhiges Leben bist du viel zu ehrgeizig.«

»Das ist unwichtig. Ich möchte dich nicht wieder verlieren. Egal, wie du dich entscheidest, ich bleibe bei dir.«

»Und wo sollen wir hin?« Nereus setzte ein schiefes Lächeln auf. »Falls es dir entgangen sein sollte, wir sind nicht irgendwer. Du bist ein berüchtigter Piratenkapitän, und ich bin ein entlaufener Sklave. Und wenn wir uns noch so sehr verkriechen, die Römer würden uns irgendwann aufspüren.«

»Da würde sich schon was finden«, beharrte Telemachos. »Weit weg von hier. Falls du das möchtest.«

»Das ist es ja. Ich möchte es nicht. Ich habe mich schon entschieden.«

»Was meinst du damit, Nereus?«, fragte Telemachos mit leiser Stimme.

»Das hier ist jetzt unser Leben. Für uns beide. Ich gehe nirgends hin.«

Telemachos starrte ihn eindringlich an. »Bist du dir sicher?«

»Was soll besser sein, als an der Seite meines Bruders zu segeln und zu kämpfen? Auch wenn ich ein ehemaliger Sklave mit verstümmelter Hand bin, kann ich mich nützlich machen. Das heißt, falls du mich haben willst.«

Telemachos ging das Herz auf, und er lächelte erleichtert. »Mir fällt bestimmt was ein.«

»Das möchte ich dir auch geraten haben«, erwiderte Nereus. »Und jetzt ab mit dir zu deiner Feier. Du musst dich den Männern zeigen. Die wollen bestimmt ihren Becher auf den neuen Kommandanten der Piratenflotte erheben.«

GLOSSAR

Agora   zentraler Versammlungsort in altgriechischen Städten
Bireme   antikes Kriegsschiff mit zwei Ruderreihen übereinander
Emporion   Markt- und Handelsplatz eines Orts
Falcata   iberisches Krummschwert
Garum   beliebte, aus Fischeingeweiden und Salzlake zubereitete Soße der römischen Küche, die als Gewürz oder Medikament verwendet wurde
Kastell   römisches Militärlager
Liburne   Patrouillengaleere, am weitesten verbreiteter Schiffstyp der kaiserlichen Flotte
Mulsum   mit Honig versetzter Wein
Nauarch   Kommandant eines Geschwaders von römischen Kriegsschiffen
Optio   stellvertretender Befehlshaber einer Zenturie
Präfekt   Kommandant eines römischen Flottenkastells
Pugnum   runder kleiner Faustschild
Scutum   ca. 120 Zentimeter langer, gewölbter Schutzschild
Trierarch   Befehlshaber eines Schiffs der kaiserlichen Flotte, verantwortlich für den laufenden Schiffsbetrieb; bei einer Seeschlacht übernahm allerdings der Zenturio der Seesoldaten das Kommando

Trireme   antikes Kriegsschiff mit drei Ruderreihen übereinander
Zenturie   Abteilung der römischen Legion mit achtzig Mann
Zenturio   Befehlshaber einer Zenturie der römischen Legion

Werkverzeichnis von Simon Scarrow

> Werkverzeichnis

HEYNE <

DIE ROM-SERIE

Im Zeichen des Adlers
(Under the Eagle), Rom 1

Kaiser Claudius gewährt seinem siebzehnjährigen Leibsklaven Cato die lang ersehnte Freiheit. Im Gegenzug muss sich Cato zu zwanzig Jahren Dienst in der römischen Armee verpflichten. Kurz darauf befiehlt der Imperator das gefährlichste aller militärischen Abenteuer, an dem einst sogar Cäsar scheiterte: die Eroberung Britanniens. Cato muss sich im Kampf gegen blutrünstige Barbaren bewähren – und eine tödliche Verschwörung unter den Offizieren zerschlagen ...

Im Auftrag des Adlers
(The Eagle's Conquest), Rom 2

Die Invasion Britanniens hat begonnen! Centurio Macro und sein Vertrauter Cato führen die Zweite Legion gegen den schlimmsten Feind, mit dem es die römische Armee je zu tun hatte: Die keltischen Barbarenhorden sind wild, grausam und beinahe übermenschlich tapfer. Noch dazu müssen sich Cato und Macro gegen einen Feind aus den eigenen Reihen wehren. Denn der verräterische Tribun Vitellius hat seinen beiden Widersachern blutige Rache geschworen ...

Der Zorn des Adlers

(When the Eagle Hunts), Rom 3

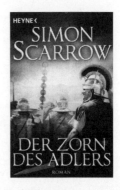

Die Eroberung Britanniens gerät ins Stocken. Seit Monaten bringen verheerende Stürme über dem Kanal den dringend benötigten Nachschub zum Erliegen. Eisiger Frost lähmt die römische Invasionsarmee. Und dann die schreckliche Nachricht: General Plautius' Familie wurde von fanatischen Druiden verschleppt! Nur zwei Männer können ihr Leben jetzt noch retten: Centurio Macro und Optio Cato beginnen einen atemlosen Wettlauf mit der Zeit – denn bald schon werden die grausamen Götter der Druiden ein Blutopfer verlangen ...

Die Brüder des Adlers

(The Eagle and the Wolves), Rom 4

Britannien, 44 n. Chr.: Mit nadelstichartigen Attacken zerstören die britischen Barbaren immer mehr der wichtigsten römischen Versorgungswege. Und Zehntausenden von Legionären droht ein grausamer Hungertod! Allein Macro und Cato können die Nachschublinien jetzt noch vor dem Zusammenbruch retten – an der Spitze einer Schar von schlecht ausgebildeten keltischen Rekruten. Keine leichte Aufgabe, zumal die beiden Centurionen den einheimischen Kriegern zunächst zwei grundlegende Dinge beibringen müssen: eiserne Disziplin und unverbrüchliche Treue zu Rom – ihrem größten Feind ...

Die Beute des Adlers

(The Eagle's Prey), Rom 5

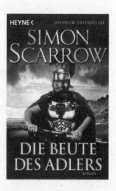

Britannien, 44 n.Chr.: Die römischen Eroberer kämpfen im zweiten Jahr gegen die Stämme Britanniens. Die meisten Soldaten sind kriegsmüde. Bei der entscheidenden Schlacht gerät die Legion, unter der die Centurionen Macro und Cato dienen, in eine Falle. Der Kampf ist verloren, die Soldaten werden vom jähzornigen General Plautius verbannt. Wie Tiere gehetzt, müssen Macro und Cato jetzt um ihr Leben kämpfen – und um ihre Ehre.

Die Prophezeiung des Adlers

(The Eagle's Prophecy), Rom 6

Rom, 45 n.Chr.: Die Centurionen Macro und Cato erhalten einen gefährlichen Auftrag. Geheime Schriftrollen, die über die Zukunft Roms entscheiden, sind in die Hände von Piraten geraten. Mit der römischen Flotte begeben sie sich auf die Jagd. Die erste Begegnung mit den Piraten jedoch gerät zum Desaster. Macro und Cato werden für die Niederlage verantwortlich gemacht. Um ihre Ehre zu retten, müssen sie das Hauptquartier der Piraten ausfindig machen

Die Jagd des Adlers
(The Eagle in the Sand), Rom 7

Syrien, die östliche Grenze des Römischen Reichs, wird von Unruhen erschüttert. Die Centurionen Macro und Cato sollen die Schlagkraft der Kohorten wiederherstellen. Unterdessen schürt der Stammesführer Bannus den Hass gegen Rom. Gelingt es Macro und Cato nicht, die römischen Truppen gegen den Feind zu stärken, wird Rom seine östlichen Provinzen verlieren – und sie ihr Leben ...

Centurio
(Centurion), Rom 8

Im ersten Jahrhundert nach Christus steht nur das kleine Königreich Palmyra zwischen dem römischen Imperium und seinem Erzfeind, dem Reich der Parther. Als die Parther in Palmyra einfallen, um eine Invasion vorzubereiten, werden die beiden Veteranen Macro und Cato mit der Aufgabe betraut, die scheinbar unbesiegbare Übermacht aufzuhalten.

Gladiator

(Gladiator), Rom 9

Die Krieger Macro und Cato sind auf dem Weg nach Rom, als ihr schwer beschädigtes Schiff vor Kreta anlegen muss. Dort tobt ein Aufstand – die Revolte unter der Führung des brutalen Gladiators Ajax droht die Mittelmeerinsel ins Chaos zu stürzen. Ajax steht dem römischen Reich mit unversöhnlichem Hass gegenüber, und auch gegen die beiden Centurionen hegt er tiefen Groll …

Die Legion

(The Legion), Rom 10

Der ehemalige Gladiator Ajax wurde aus Kreta vertrieben und macht nun Ägypten unsicher. Seine Überfälle auf Flottenstützpunkte und Handelsschiffe stellen eine Bedrohung für die Stabilität des römischen Imperiums dar, da sich seine Männer als Römer ausgeben und so den Hass der Bevölkerung auf die Besatzungsmacht schüren. Die beiden erprobten Kämpfer Cato und Macro werden von Ägyptens Statthalter damit beauftragt, sich der 22. Legion anzuschließen und Ajax zur Strecke zu bringen, bevor das Land endgültig verloren ist.

Die Garde
(Praetorian), Rom 11

Rom im Jahre 50 n. Chr.: Intrigen sind an der Tagesordnung, und ein mysteriöser Geheimbund scheint alle Schaltzentralen der Macht unterwandert zu haben. Die Drahtzieher gehören offenbar zu den kampferprobten Prätorianern, der Leibgarde des Kaisers. Allein zwei mutigen Männern, die dem Imperium bis in den Tod treu ergeben sind, gelingt es, sich in die Prätorianergarde einzuschleusen: Präfekt Cato und Centurio Macro. Doch dann bringt sie ein alter Feind in Gefahr, und die beiden müssen erneut zu den Waffen greifen.

Die Blutkrähen
(The Blood Crows), Rom 12

Britannien, 57 n. Chr.: Seit zehn Jahren kämpft das Römische Reich darum, seine Herrschaft über Britannien aufrechtzuerhalten. In dieser Situation ist es fatal, dass der größenwahnsinnige römische Kommandant Quertus einen grausamen Privatkrieg führt, der den Hass in Britannien weiter schürt. Mit seiner Kohorte der »Blutkrähen« richtet er tief im Feindesland wahre Massaker unter der Bevölkerung an. Nun liegt es an den beiden Kriegsveteranen Cato und Macro zu verhindern, dass das Land im Chaos versinkt ...

Blutsbrüder

(Brothers in Blood), Rom 13

Britannien, 52 n. Chr.: Präfekt Cato und Centurio Macro führen ihre Männer weiter im Kampf gegen die einheimischen Stämme unter dem mächtigen Anführer Caratacus. Moral und Stärke der römischen Truppen sind durch unausgesetzte Attacken ausgehöhlt. In dieser verzweifelten Situation wählen Cato und Macro den direkten Angriffsweg ohne Rücksicht auf Verluste ...

Britannia

(Britannia), Rom 14

Britannien, 52 n. Chr.: Die westlichen Stämme planen einen Aufstand. Während Centurio Macro seine Wunden pflegen muss, führt Präfekt Cato eine Legion gegen die Stammeskämpfer an. Doch der Winter naht. Cato und seine Männer kämpfen gegen erbarmungslose Kälte und tödliche Schneestürme. Unterdessen kommt Macro ein schrecklicher Verdacht: Soll Catos Truppe für eine Intrige geopfert werden? Schon bald merken die beiden Blutsbrüder, dass ihre Feinde überall lauern ...

Invictus

(Invictus), Rom 15

Wir schreiben das Jahr 54 n. Chr. Mit brutaler Gewalt zwingt Rom der übrigen Welt seinen Willen auf. Präfekt Cato und Centurio Macro machen sich zusammen mit der kaiserlichen Garde auf nach Spanien, um Ruhm zu erlangen – über ein Land, das als unbesiegbar gilt ...

Imperator

(Day of the Caesars), Rom 16

Rom, 55 n. Chr.: Kaiser Claudius ist tot, auf dem Thron regiert der grausame Nero. Als Präfekt Cato und Centurio Macro von einem Feldzug zurückkehren, finden sie Rom im Chaos vor. Verzweifelt versuchen Cato und Macro, eine Armee aus loyalen Kämpfern zusammenzustellen. Doch der Machtkampf, der nun entbrennt, droht Rom in einen Bürgerkrieg zu stürzen ...

Das Blut Roms

(The Blood of Rome), Rom 17

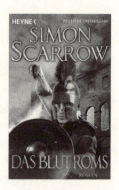

Das mächtige Persische Reich fällt in das von Rom regierte Armenien ein. König Rhadamistus, bei aller Härte loyal gegenüber Rom, wird nach blutigen Kämpfen vom Thron gestoßen. Nun obliegt es seinem General Corbulo, den Kampf gegen die persischen Eindringlinge zu führen. Präfekt Cato und Centurio Macro springen Corbulo bei. Die zahlenmäßig unterlegene Schlagkraft der armenischen Krieger müssen sie mit Tapferkeit und ihrem strategischen Geschick ausgleichen: Es beginnt ein gewaltiger Kampf um Leben und Tod ...

Helden der Schlacht

(Traitor of Rome), Rom 18

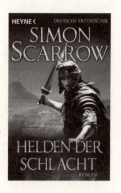

An der Ostgrenze des Imperiums stehen römische Truppen den Parthern gegenüber. Schon wurden erste feindliche Krieger an den Ufern des Euphrat gesichtet. Tribun Cato und Centurio Macro sind kampferprobt in zahllosen Schlachten. Doch die Spione der Parther beobachten jeden ihrer Schritte. Und auch aus den eigenen Reihen droht Gefahr: Ein Verräter ist unter ihnen. Es ist an Macro und Cato, ihn zu finden und zu richten – sonst könnte er nicht nur die Legion zu Fall bringen, sondern das gesamte römische Imperium.

Verbannung

(The Emperor's Exile), Rom 19

57 n. Chr.: Nach außen ist Nero der schillernde Herrscher Roms. Doch in Wahrheit lenken andere die Geschicke des Imperiums. Als eine Geliebte des Kaisers zu viel Einfluss gewinnt, veranlasst der Berater Seneca ihre Verbannung nach Sardinien. Tribun Cato, nach einer glücklosen Mission an der Ostgrenze des Reichs in Ungnade gefallen, soll ihre Sicherheit garantieren. Doch die Stämme aus dem Hinterland der Insel verüben immer wieder blutige Raubzüge. Lediglich eine Handvoll loyaler Männer steht an Catos Seite. Furchtlos kreuzen die zahlenmäßig unterlegenen Römer ihre Klingen mit den Barbaren.

DIE NAPOLEON-SAGA

Schlacht und Blut
(Young Bloods), 1769–1795

Korsika 1769: Unter dramatischen Umständen erblickt ein Junge das Licht der Welt, der schon bald das Schicksal Europas erschüttern wird: Napoleon Bonaparte. Im selben Jahr wird im fernen Dublin Arthur Wellesley geboren. Die Wege dieser beiden außergewöhnlichen Männer werden sich immer wieder kreuzen. Als junger Offizier führt Napoleon einen blutigen Vorstoß gegen die britischen Armeen, die die Französische Revolution niederschlagen wollen. Im Kampf der beiden Imperien treten er und Wellesley zum ersten Mal gegeneinander an ...

Ketten und Macht
(The Generals), 1795–1803

Im Chaos, das die Französische Revolution hinterlässt, wird Napoleon des Verrats angeklagt. Um seine Reputation zu retten, begibt der große Feldherr sich auf Kriegszüge nach Italien und Ägypten. Während Napoleon sich in zahlreichen blutigen Schlachten verliert, schickt England sich an, unter der Führung Wellingtons das mächtige Frankreich zu unterwerfen.

Die zwei mächtigen Schlachtenlenker Napoleon und Wellington stehen sich als erbitterte Feinde gegenüber in einem Kampf, der die Grundfeste der Weltgeschichte erschüttert ...

Feuer und Schwert
(Fire and Sword), 1804–1809

1804. Napoleon trachtet danach, Europa zu unterwerfen. Nach der Niederlage in der Schlacht von Trafalgar erringt er bei Austerlitz einen glorreichen Sieg gegen die Russen und Österreicher. Doch ein erbitterter Feind steht ihm weiterhin im Weg; Arthur Wellesley führt die britischen Truppen auf dem Kontinent an. Er befreit Portugal aus der französischen Herrschaft und führt das Heer in Spanien von Sieg zu Sieg. Bei jenen, die sich der napoleonischen Herrschaft nur widerwillig unterworfen haben, keimt Hoffnung. Freiheit liegt in der Luft ...

Kampf und Tod
(The Fields of Death), 1809–1815

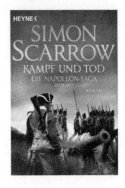

1809: Viscount Wellington und Kaiser Napoleon sind mächtige Feldherren - und erbitterte Feinde. Beide halten ihre Armeen für stark genug, um jeden Feind zu besiegen. Doch im Krieg gibt es keine Gewissheiten.
Während Wellington in Spanien Siege

erringt, scheint sich Napoleons Schicksal gewendet zu haben. Doch selbst nach der verheerenden Niederlage in der Völkerschlacht bei Leipzig weigert sich der Franzosenkaiser, die Waffen zu strecken. Seine Armee ist noch immer gewaltig. Bei Waterloo stehen sich die beiden Erzfeinde zur letzten Entscheidungsschlacht gegenüber.

EINZELTITEL

Arena
(Arena)

Optio Macro, der in der zweiten Legion dient, ist gerade für besondere Tapferkeit ausgezeichnet worden. Jetzt will er Rom hinter sich lassen und neue Abenteuer suchen. Doch das Schicksal meint es anders mit ihm: Macro erhält den kaiserlichen Auftrag, den jungen Gladiator Marcus Valerio Pavo für die Arena vorzubereiten, und gerät schon bald in tödliche Gefahr: Denn bei dem Gladiatorenkampf geht es um mehr als um Leben und Tod. Pavo war einst römischer Legat, und das bevorstehende Duell in der Arena zieht das Gefüge Roms in einen Mahlstrom von Intrigen und Gewalt ...

Schwert und Säbel
(Sword and Scimitar)

Malta, A.D. 1565: Die Inselgruppe steht als Bollwerk zwischen Europa und dem Osmanischen Weltreich, das sich immer weiter ausdehnt. Die gewaltige osmanische Flotte kennt nur ein Ziel: Malta, das die christlichen Länder im Mittelmeerraum verteidigt, von der Landkarte zu wischen. In diesen dunklen Stunden kehrt Sir Thomas Barrett, der einst von der englischen Königin ins Exil verbannt wurde, zurück nach Malta, um den Rittern des Malteserordens beizustehen. Doch neben dieser schweren Aufgabe muss er noch eine geheime Order der Königin ausführen, von der die Zukunft des englischen Reiches abhängt. Im erbitterten Kampf um Malta stehen Schwerter gegen Säbel ...

Invasion
(Invader)

Britannien, 44 n. Chr.: Die Invasion Roms in Britannien hat viel Blut gekostet. Doch noch immer gibt es Widerstand. Die Männer der Zweiten Legion kämpfen weiter. Unter ihnen ist Figulus, ein junger Centurio, der sich durch besondere Tapferkeit hervortut und den Schlachtentod nicht fürchtet. Als der Winter naht, beginnt für Figulus eine gefährliche Mission, die nur Sieg oder Verderben kennt!

REISEN, LESEN, GEWINNEN
Für unterwegs immer das richtige Buch!

GROSSES GEWINNSPIEL
mit attraktiven Buchpaketen

Machen Sie mit! Im Internet unter
www.reisenlesengewinnen.de

Direkt zum Gewinnspiel

REISEN, LESEN, GEWINNEN

Teilnahmeschluss ist der 15. November 2022
Viel Glück wünscht Ihnen Ihr Wilhelm Heyne Verlag

Eine Teilnahme ist nur online unter www.reisenlesengewinnen.de möglich. An der Verlosung nehmen ausschließlich persönlich eingesandte Antworten teil. Mehrfacheinträge (manuell oder automatisiert) sind nicht zugelassen. Der Rechtsweg ist ausgeschlossen.

HEYNE ‹